COLLECTION
FOLIO CLASSIQUE

Voltaire

ROMANS ET CONTES

II

Candide

et autres contes

*Édition complète
présentée, établie et annotée
par Frédéric Deloffre
avec la collaboration
de Jacques Van den Heuvel
et Jacqueline Hellegouarc'h*

*Postface
de Roland Barthes*

Gallimard

CE VOLUME CONTIENT :

CANDIDE OU L'OPTIMISME. *Traduit de l'allemand de M. le docteur Ralph avec les additions qu'on a trouvées dans la poche du docteur, lorsqu'il mourut à Minden, l'an de grâce 1759*

L'HOMME AUX QUARANTE ÉCUS

LES LETTRES D'AMABED, ETC.,
Traduites par l'abbé Tamponet

LE TAUREAU BLANC,
*Traduit du syriaque par Mr. Mamaki,
interprète du roi d'Angleterre pour les langues orientales*

AVENTURE DE LA MÉMOIRE

ÉLOGE HISTORIQUE DE LA RAISON
Prononcé dans une académie de province par M...

LES OREILLES DU COMTE DE CHESTERFIELD
ET LE CHAPELAIN GOUDMAN

HISTOIRE DE JENNI OU LE SAGE ET L'ATHÉE
Par M. Sherloc, Traduit par M. de la Caille

Pour des raisons d'équilibre, *Candide,* dont la place chronologique se situe dans le premier volume de Folio entre *Les Deux Consolés* et l'*Histoire d'un bon bramin,* figure ici en tête du second volume.

Le texte, qui reprend celui de la Pléiade, a été établi par Frédéric Deloffre en collaboration avec Jacqueline Hellegouarc'h.

Jacques Van den Heuvel a présenté et annoté *Candide.*

Frédéric Deloffre a présenté et annoté les textes suivants : *L'Homme aux quarante écus, Le Taureau blanc, Aventure de la Mémoire, Éloge historique de la Raison, Les Oreilles du comte de Chesterfield et le chapelain Goudman, Histoire de Jenni ou le Sage et l'athée, Les Lettres d'Amabed, etc.,* ce dernier conte en collaboration avec Jacqueline Hellegouarc'h.

CANDIDE

OU L'OPTIMISME

*Traduit de l'allemand
de M. le docteur Ralph* [1]

AVEC LES ADDITIONS QU'ON A TROUVÉES
DANS LA POCHE DU DOCTEUR,
LORSQU'IL MOURUT À MINDEN, L'AN DE GRÂCE 1759

CHAPITRE PREMIER

COMMENT CANDIDE FUT ÉLEVÉ
DANS UN BEAU CHÂTEAU,
ET COMMENT IL FUT CHASSÉ D'ICELUI

Il y avait en Westphalie, dans le château de M. le baron de Thunder-ten-tronckh, un jeune garçon à qui la nature avait donné les mœurs les plus douces. Sa physionomie annonçait son âme. Il avait le jugement assez droit, avec l'esprit le plus simple ; c'est, je crois, pour cette raison qu'on le nommait Candide. Les anciens domestiques de la maison soupçonnaient qu'il était fils de la sœur de monsieur le baron et d'un bon et honnête gentilhomme du voisinage, que cette demoiselle ne voulut jamais épouser parce qu'il n'avait pu prouver que soixante et onze quartiers, et que le reste de son arbre généalogique avait été perdu par l'injure du temps.

Monsieur le baron était un des plus puissants seigneurs de la Westphalie [2], car son château avait une porte et des fenêtres. Sa grande salle même était ornée d'une tapisserie. Tous les chiens de ses basses-cours composaient une meute dans le besoin ; ses palefreniers étaient ses piqueurs ; le vicaire du village était son grand aumônier. Ils l'appelaient tous monseigneur, et ils riaient quand il faisait des contes.

Madame la baronne, qui pesait environ trois cent cinquante livres, s'attirait par là une très grande considération, et faisait les honneurs de la maison avec une dignité qui la rendait encore plus respectable. Sa fille Cunégonde, âgée de dix-sept ans, était haute en couleur, fraîche, grasse, appétissante. Le fils du baron paraissait en tout digne de son père. Le précepteur Pangloss était l'oracle de la maison, et le petit Candide écoutait ses leçons avec toute la bonne foi de son âge et de son caractère.

Pangloss enseignait la métaphysico-théologo-cosmoloni-gologie[3]. Il prouvait admirablement qu'il n'y a point d'effet sans cause, et que, dans ce meilleur des mondes possibles, le château de monseigneur le baron était le plus beau des châteaux et madame la meilleure des baronnes possibles[4].

« Il est démontré, disait-il, que les choses ne peuvent être autrement : car, tout étant fait pour une fin, tout est nécessairement pour la meilleure fin. Remarquez bien que les nez ont été faits pour porter des lunettes, aussi avons-nous des lunettes[5]. Les jambes sont visiblement instituées pour être chaussées, et nous avons des chausses. Les pierres ont été formées pour être taillées, et pour en faire des châteaux, aussi monseigneur a un très beau château ; le plus grand baron de la province doit être le mieux logé ; et, les cochons étant faits pour être mangés, nous mangeons du porc toute l'année : par conséquent, ceux qui ont avancé que tout est bien ont dit une sottise ; il fallait dire que tout est au mieux. »

Candide écoutait attentivement, et croyait innocemment ; car il trouvait Mlle Cunégonde extrêmement belle, quoiqu'il ne prît jamais la hardiesse de le lui dire. Il concluait qu'après le bonheur d'être né baron de Thunder-ten-tronckh, le second degré de bonheur était d'être Mlle Cunégonde ; le troisième, de la voir tous les jours ; et le quatrième, d'entendre maître Pangloss, le plus grand philosophe de la province, et par conséquent de toute la terre.

Un jour, Cunégonde, en se promenant auprès du château,

dans le petit bois qu'on appelait *parc*, vit entre des broussailles le docteur Pangloss qui donnait une leçon de physique expérimentale à la femme de chambre de sa mère, petite brune très jolie et très docile. Comme Mlle Cunégonde avait beaucoup de dispositions pour les sciences, elle observa, sans souffler, les expériences réitérées dont elle fut témoin ; elle vit clairement la raison suffisante du docteur, les effets et les causes, et s'en retourna tout agitée, toute pensive, toute remplie du désir d'être savante, songeant qu'elle pourrait bien être la raison suffisante du jeune Candide, qui pouvait aussi être la sienne.

Elle rencontra Candide en revenant au château, et rougit ; Candide rougit aussi ; elle lui dit bonjour d'une voix entrecoupée, et Candide lui parla sans savoir ce qu'il disait. Le lendemain après le dîner, comme on sortait de table, Cunégonde et Candide se trouvèrent derrière un paravent ; Cunégonde laissa tomber son mouchoir, Candide le ramassa, elle lui prit innocemment la main, le jeune homme baisa innocemment la main de la jeune demoiselle avec une vivacité, une sensibilité, une grâce toute particulière ; leurs bouches se rencontrèrent, leurs yeux s'enflammèrent, leurs genoux tremblèrent, leurs mains s'égarèrent. M. le baron de Thunder-ten-tronckh passa auprès du paravent, et voyant cette cause et cet effet, chassa Candide du château à grands coups de pied dans le derrière ; Cunégonde s'évanouit ; elle fut souffletée par madame la baronne dès qu'elle fut revenue à elle-même ; et tout fut consterné dans le plus beau et le plus agréable des châteaux possibles.

CHAPITRE SECOND

CE QUE DEVINT CANDIDE
PARMI LES BULGARES

Candide, chassé du paradis terrestre[6], marcha longtemps
sans savoir où, pleurant, levant les yeux au ciel, les tournant
souvent vers le plus beau des châteaux qui renfermait la plus
belle des baronnettes ; il se coucha sans souper au milieu des
champs entre deux sillons ; la neige tombait à gros flocons.
Candide, tout transi, se traîna le lendemain vers la ville
voisine, qui s'appelle Valdberghoff-trarbk-dikdorff, n'ayant
point d'argent, mourant de faim et de lassitude. Il s'arrêta
tristement à la porte d'un cabaret. Deux hommes habillés de
bleu le remarquèrent : « Camarade, dit l'un, voilà un jeune
homme très bien fait, et qui a la taille requise. » Ils
s'avancèrent vers Candide et le prièrent à dîner très
civilement. « Messieurs, leur dit Candide avec une modestie
charmante, vous me faites beaucoup d'honneur, mais je n'ai
pas de quoi payer mon écot. — Ah ! monsieur, lui dit un des
bleus, les personnes de votre figure et de votre mérite ne
payent jamais rien : n'avez-vous pas cinq pieds cinq pouces
de haut ? — Oui, messieurs, c'est ma taille, dit-il en faisant
la révérence. — Ah ! monsieur, mettez-vous à table ; non
seulement nous vous défrayerons, mais nous ne souffrirons
jamais qu'un homme comme vous manque d'argent ; les
hommes ne sont faits que pour se secourir les uns les autres.
— Vous avez raison, dit Candide : c'est ce que M. Pangloss
m'a toujours dit, et je vois bien que tout est au mieux. » On
le prie d'accepter quelques écus, il les prend et veut faire son
billet ; on n'en veut point, on se met à table : « N'aimez-
vous pas tendrement ?... — Oh ! oui, répondit-il, j'aime
tendrement Mlle Cunégonde. — Non, dit l'un de ces

messieurs, nous vous demandons si vous n'aimez pas
tendrement le roi des Bulgares. — Point du tout, dit-il, car
je ne l'ai jamais vu. — Comment ! c'est le plus charmant des
rois, et il faut boire à sa santé. — Oh ! très volontiers,
messieurs » ; et il boit. « C'en est assez, lui dit-on, vous
voilà l'appui, le soutien, le défenseur, le héros des Bulgares ;
votre fortune est faite, et votre gloire est assurée. » On lui
met sur-le-champ les fers aux pieds, et on le mène au
régiment. On le fait tourner à droite, à gauche, hausser la
baguette[7], remettre la baguette, coucher en joue, tirer,
doubler le pas, et on lui donne trente coups de bâton ; le
lendemain il fait l'exercice un peu moins mal, et il ne reçoit
que vingt coups ; le surlendemain on ne lui en donne que
dix, et il est regardé par ses camarades comme un prodige.

Candide, tout stupéfait, ne démêlait pas encore trop bien
comment il était un héros. Il s'avisa un beau jour de
printemps de s'aller promener, marchant tout droit devant
lui, croyant que c'était un privilège de l'espèce humaine,
comme de l'espèce animale, de se servir de ses jambes à son
plaisir. Il n'eut pas fait deux lieues que voilà quatre autres
héros de six pieds qui l'atteignent, qui le lient, qui le mènent
dans un cachot. On lui demanda juridiquement ce qu'il
aimait le mieux d'être fustigé trente-six fois par tout le
régiment, ou de recevoir à la fois douze balles de plomb
dans la cervelle. Il eut beau dire que les volontés sont libres ;
et qu'il ne voulait ni l'un ni l'autre, il fallut faire un choix ; il
se détermina, en vertu du don de Dieu qu'on nomme
liberté, à passer trente-six fois par les baguettes ; il essuya
deux promenades. Le régiment était composé de deux mille
hommes ; cela lui composa quatre mille coups de baguette,
qui, depuis la nuque du cou jusqu'au cul, lui découvrirent
les muscles et les nerfs. Comme on allait procéder à la
troisième course, Candide, n'en pouvant plus, demanda en
grâce qu'on voulût bien avoir la bonté de lui casser la tête ; il
obtint cette faveur ; on lui bande les yeux, on le fait mettre à
genoux. Le roi des Bulgares passe dans ce moment,

s'informe du crime du patient ; et comme ce roi avait un grand génie, il comprit, par tout ce qu'il apprit de Candide, que c'était un jeune métaphysicien, fort ignorant des choses de ce monde, et il lui accorda sa grâce avec une clémence qui sera louée dans tous les journaux et dans tous les siècles. Un brave chirurgien guérit Candide en trois semaines avec les émollients enseignés par Dioscoride[8]. Il avait déjà un peu de peau et pouvait marcher, quand le roi des Bulgares livra bataille au roi des Abares.

CHAPITRE TROISIÈME

COMMENT CANDIDE SE SAUVA
D'ENTRE LES BULGARES,
ET CE QU'IL DEVINT

Rien n'était si beau, si leste, si brillant, si bien ordonné que les deux armées. Les trompettes, les fifres, les hautbois, les tambours, les canons, formaient une harmonie telle qu'il n'y en eut jamais en enfer. Les canons renversèrent d'abord à peu près six mille hommes de chaque côté ; ensuite la mousqueterie ôta du meilleur des mondes environ neuf à dix mille coquins qui en infectaient la surface. La baïonnette fut aussi la raison suffisante de la mort de quelques milliers d'hommes. Le tout pouvait bien se monter à une trentaine de mille âmes. Candide, qui tremblait comme un philosophe, se cacha du mieux qu'il put pendant cette boucherie héroïque.

Enfin, tandis que les deux rois faisaient chanter des *Te Deum* chacun dans son camp, il prit le parti d'aller raisonner ailleurs des effets et des causes. Il passa par-dessus des tas de morts et de mourants, et gagna d'abord un village voisin ; il était en cendres : c'était un village abare que les Bulgares avaient brûlé, selon les lois du droit public. Ici des

vieillards criblés de coups regardaient mourir leurs femmes
égorgées, qui tenaient leurs enfants à leurs mamelles san-
glantes ; là des filles éventrées après avoir assouvi les besoins
naturels de quelques héros rendaient les derniers soupirs ;
d'autres, à demi brûlées, criaient qu'on achevât de leur
donner la mort. Des cervelles étaient répandues sur la terre à
côté de bras et de jambes coupés.

Candide s'enfuit au plus vite dans un autre village : il
appartenait à des Bulgares, et des héros abares l'avaient
traité de même. Candide, toujours marchant sur des mem-
bres palpitants ou à travers des ruines, arriva enfin hors du
théâtre de la guerre, portant quelques petites provisions
dans son bissac, et n'oubliant jamais Mlle Cunégonde. Ses
provisions lui manquèrent quand il fut en Hollande ; mais
ayant entendu dire que tout le monde était riche dans ce
pays-là, et qu'on y était chrétien, il ne douta pas qu'on ne le
traitât aussi bien qu'il l'avait été dans le château de monsieur
le baron avant qu'il en eût été chassé pour les beaux yeux de
Mlle Cunégonde.

Il demanda l'aumône à plusieurs graves personnages, qui
lui répondirent tous que, s'il continuait à faire ce métier, on
l'enfermerait dans une maison de correction pour lui
apprendre à vivre.

Il s'adressa ensuite à un homme qui venait de parler tout
seul une heure de suite sur la charité dans une grande
assemblée. Cet orateur, le regardant de travers, lui dit :
« Que venez-vous faire ici ? y êtes-vous pour la bonne
cause ? — Il n'y a point d'effet sans cause, répondit
modestement Candide, tout est enchaîné nécessairement et
arrangé pour le mieux. Il a fallu que je fusse chassé d'auprès
de Mlle Cunégonde, que j'aie passé par les baguettes, et il
faut que je demande mon pain jusqu'à ce que je puisse en
gagner ; tout cela ne pouvait être autrement. — Mon ami,
lui dit l'orateur, croyez-vous que le pape soit l'Antéchrist ?
— Je ne l'avais pas encore entendu dire, répondit Candide ;
mais qu'il le soit ou qu'il ne le soit pas, je manque de pain.

— Tu ne mérites pas d'en manger, dit l'autre ; va, coquin, va, misérable, ne m'approche de ta vie. » La femme de l'orateur, ayant mis la tête à la fenêtre et avisant un homme qui doutait que le pape fût antéchrist, lui répandit sur le chef un plein... O ciel ! à quel excès se porte le zèle de la religion dans les dames !

Un homme qui n'avait point été baptisé, un bon anabaptiste, nommé Jacques[9], vit la manière cruelle et ignominieuse dont on traitait ainsi un de ses frères, un être à deux pieds sans plumes, qui avait une âme ; il l'amena chez lui, le nettoya, lui donna du pain et de la bière, lui fit présent de deux florins, et voulut même lui apprendre à travailler dans ses manufactures aux étoffes de Perse qu'on fabrique en Hollande. Candide, se prosternant presque devant lui, s'écriait : « Maître Pangloss me l'avait bien dit que tout est au mieux dans ce monde, car je suis infiniment plus touché de votre extrême générosité que de la dureté de ce monsieur à manteau noir et de madame son épouse. »

Le lendemain, en se promenant, il rencontra un gueux tout couvert de pustules, les yeux morts, le bout du nez rongé, la bouche de travers, les dents noires, et parlant de la gorge, tourmenté d'une toux violente et crachant une dent à chaque effort.

CHAPITRE QUATRIÈME

COMMENT CANDIDE RENCONTRA
SON ANCIEN MAÎTRE DE PHILOSOPHIE,
LE DOCTEUR PANGLOSS,
ET CE QUI EN ADVINT

Candide, plus ému encore de compassion que d'horreur, donna à cet épouvantable gueux les deux florins qu'il avait reçus de son honnête anabaptiste Jacques. Le fantôme le

regarda fixement, versa des larmes, et sauta à son cou.
Candide, effrayé, recule. « Hélas ! dit le misérable à l'autre
misérable, ne reconnaissez-vous plus votre cher Pangloss ?
— Qu'entends-je ? Vous, mon cher maître ! vous, dans cet
état horrible ! Quel malheur vous est-il donc arrivé ?
Pourquoi n'êtes-vous plus dans le plus beau des châteaux ?
Qu'est devenue Mlle Cunégonde, la perle des filles, le chef-
d'œuvre de la nature ? — Je n'en peux plus », dit Pangloss.
Aussitôt Candide le mena dans l'étable de l'anabaptiste, où
il lui fit manger un peu de pain ; et quand Pangloss fut
refait : « Eh bien ! lui dit-il, Cunégonde ? — Elle est
morte », reprit l'autre. Candide s'évanouit à ce mot ; son
ami rappela ses sens avec un peu de mauvais vinaigre qui se
trouva par hasard dans l'étable. Candide rouvre les yeux.
« Cunégonde est morte ! Ah ! meilleur des mondes, où êtes-
vous ? Mais de quelle maladie est-elle morte ? ne serait-ce
point de m'avoir vu chasser du beau château de monsieur
son père à grands coups de pied ? — Non, dit Pangloss ; elle
a été éventrée par des soldats bulgares, après avoir été violée
autant qu'on peut l'être ; ils ont cassé la tête à monsieur le
baron qui voulait la défendre ; madame la baronne a été
coupée en morceaux ; mon pauvre pupille, traité précisé-
ment comme sa sœur ; et quant au château, il n'est pas resté
pierre sur pierre, pas une grange, pas un mouton, pas un
canard, pas un arbre ; mais nous avons été bien vengés, car
les Abares en ont fait autant dans une baronnie voisine qui
appartenait à un seigneur bulgare. »

À ce discours, Candide s'évanouit encore ; mais revenu à
soi, et ayant dit tout ce qu'il devait dire, il s'enquit de la
cause et de l'effet, et de la raison suffisante qui avait mis
Pangloss dans un si piteux état. « Hélas ! dit l'autre, c'est
l'amour ; l'amour, le consolateur du genre humain, le
conservateur de l'univers, l'âme de tous les êtres sensibles, le
tendre amour. — Hélas ! dit Candide, je l'ai connu, cet
amour, ce souverain des cœurs, cette âme de notre âme ; il
ne m'a jamais valu qu'un baiser et vingt coups de pied au

cul. Comment cette belle cause a-t-elle pu produire en vous un effet si abominable ? »

Pangloss répondit en ces termes : « Ô mon cher Candide ! vous avez connu Paquette[10], cette jolie suivante de notre auguste baronne ; j'ai goûté dans ses bras les délices du paradis, qui ont produit ces tourments d'enfer dont vous me voyez dévoré ; elle en était infectée, elle en est peut-être morte. Paquette tenait ce présent d'un cordelier très savant, qui avait remonté à la source ; car il l'avait eue d'une vieille comtesse, qui l'avait reçue d'un capitaine de cavalerie, qui la devait à une marquise, qui la tenait d'un page, qui l'avait reçue d'un jésuite, qui, étant novice, l'avait eue en droite ligne d'un des compagnons de Christophe Colomb[11]. Pou moi, je ne la donnerai à personne, car je me meurs.

— Ô Pangloss ! s'écria Candide, voilà une étrange généalogie ! n'est-ce pas le diable qui en fut la souche ? — Point du tout, répliqua ce grand homme ; c'était une chose indispensable dans le meilleur des mondes, un ingrédient nécessaire ; car si Colomb n'avait pas attrapé, dans une île de l'Amérique, cette maladie qui empoisonne la source de la génération, qui souvent même empêche la génération, et qui est évidemment l'opposé du grand but de la nature, nous n'aurions ni le chocolat ni la cochenille ; il faut encore observer que jusqu'aujourdh'ui, dans notre continent, cette maladie nous est particulière, comme la controverse. Les Turcs, les Indiens, les Persans, les Chinois, les Siamois, les Japonais, ne la connaissent pas encore ; mais il y a une raison suffisante pour qu'ils la connaissent à leur tour dans quelques siècles. En attendant, elle a fait un merveilleux progrès parmi nous, et surtout dans ces grandes armées composées d'honnêtes stipendiaires, bien élevés, qui décident du destin des États ; on peut assurer que, quand trente mille hommes combattent en bataille rangée contre des troupes égales en nombre, il y a environ vingt mille vérolés de chaque côté.

— Voilà qui est admirable, dit Candide, mais il faut vous

faire guérir. — Et comment le puis-je ? dit Pangloss ; je n'ai pas le sou, mon ami ; et dans toute l'étendue de ce globe, on ne peut ni se faire saigner ni prendre un lavement sans payer, ou sans qu'il y ait quelqu'un qui paye pour nous. »

Ce dernier discours détermina Candide ; il alla se jeter aux pieds de son charitable anabaptiste Jacques, et lui fit une peinture si touchante de l'état où son ami était réduit que le bonhomme n'hésita pas à recueillir le docteur Pangloss ; il le fit guérir à ses dépens. Pangloss, dans la cure, ne perdit qu'un œil et une oreille. Il écrivait bien et savait parfaitement l'arithmétique. L'anabaptiste Jacques en fit son teneur de livres. Au bout de deux mois, étant obligé d'aller à Lisbonne pour les affaires de son commerce, il mena dans son vaisseau ses deux philosophes. Pangloss lui expliqua comment tout était on ne peut mieux. Jacques n'était pas de cet avis. « Il faut bien, disait-il, que les hommes aient un peu corrompu la nature, car ils ne sont point nés loups, et ils sont devenus loups. Dieu ne leur a donné ni canon de vingt-quatre ni baïonnettes, et ils se sont fait des baïonnettes et des canons pour se détruire. Je pourrais mettre en ligne de compte les banqueroutes [12], et la justice qui s'empare des biens des banqueroutiers pour en frustrer les créanciers. — Tout cela était indispensable, répliquait le docteur borgne, et les malheurs particuliers font le bien général [13], de sorte que plus il y a de malheurs particuliers, et plus tout est bien. » Tandis qu'il raisonnait, l'air s'obscurcit, les vents soufflèrent des quatre coins du monde et le vaisseau fut assailli de la plus horrible tempête à la vue du port de Lisbonne.

CHAPITRE CINQUIÈME

TEMPÊTE, NAUFRAGE, TREMBLEMENT
DE TERRE, ET CE QUI ADVINT
DU DOCTEUR PANGLOSS, DE CANDIDE
ET DE L'ANABAPTISTE JACQUES

La moitié des passagers, affaiblis, expirants de ces angoisses inconcevables que le roulis d'un vaisseau porte dans les nerfs et dans toutes les humeurs du corps agitées en sens contraire, n'avait pas même la force de s'inquiéter du danger. L'autre moitié jetait des cris et faisait des prières ; les voiles étaient déchirées, les mâts brisés, le vaisseau entrouvert. Travaillait qui pouvait, personne ne s'entendait, personne ne commandait. L'anabaptiste aidait un peu à la manœuvre ; il était sur le tillac ; un matelot furieux le frappe rudement et l'étend sur les planches ; mais du coup qu'il lui donna il eut lui-même une si violente secousse qu'il tomba hors du vaisseau la tête la première. Il restait suspendu et accroché à une partie de mât rompue. Le bon Jacques court à son secours, l'aide à remonter, et de l'effort qu'il fit il est précipité dans la mer à la vue du matelot, qui le laissa périr, sans daigner seulement le regarder. Candide approche, voit son bienfaiteur qui reparaît un moment et qui est englouti pour jamais. Il veut se jeter après lui dans la mer ; le philosophe Pangloss l'en empêche, en lui prouvant que la rade de Lisbonne avait été formée exprès pour que cet anabaptiste s'y noyât. Tandis qu'il le prouvait *a priori*, le vaisseau s'entrouvre, tout périt à la réserve de Pangloss, de Candide, et de ce brutal de matelot qui avait noyé le vertueux anabaptiste ; le coquin nagea heureusement jusqu'au rivage, où Pangloss et Candide furent portés sur une planche.

Quand ils furent revenus un peu à eux, ils marchèrent vers Lisbonne ; il leur restait quelque argent, avec lequel ils espéraient se sauver de la faim après avoir échappé à la tempête.

À peine ont-ils mis le pied dans la ville en pleurant la mort de leur bienfaiteur, qu'ils sentent la terre trembler sous leurs pas ; la mer s'élève en bouillonnant dans le port, et brise les vaisseaux qui sont à l'ancre. Des tourbillons de flammes et de cendres couvrent les rues et les places publiques ; les maisons s'écroulent, les toits sont renversés sur les fondements, et les fondements se dispersent ; trente mille habitants de tout âge et de tout sexe sont écrasés sous des ruines [14]. Le matelot disait en sifflant et en jurant : « Il y aura quelque chose à gagner ici. — Quelle peut être la raison suffisante de ce phénomène ? disait Pangloss. — Voici le dernier jour du monde ! » s'écriait Candide. Le matelot court incontinent au milieu des débris, affronte la mort pour trouver de l'argent, en trouve, s'en empare, s'enivre, et, ayant cuvé son vin, achète les faveurs de la première fille de bonne volonté qu'il rencontre sur les ruines des maisons détruites et au milieu des mourants et des morts. Pangloss le tirait cependant par la manche. « Mon ami, lui disait-il, cela n'est pas bien, vous manquez à la raison universelle, vous prenez mal votre temps. — Tête et sang ! répondit l'autre, je suis matelot et né à Batavia ; j'ai marché quatre fois sur le crucifix dans quatre voyages au Japon ; tu as bien trouvé ton homme avec ta raison universelle ! »

Quelques éclats de pierre avaient blessé Candide ; il était étendu dans la rue et couvert de débris. Il disait à Pangloss : « Hélas ! procure-moi un peu de vin et d'huile ; je me meurs. — Ce tremblement de terre n'est pas une chose nouvelle, répondit Pangloss ; la ville de Lima éprouva les mêmes secousses en Amérique l'année passée ; même causes, même effets : il y a certainement une traînée de soufre sous terre depuis Lima jusqu'à Lisbonne [15]. — Rien n'est plus probable, dit Candide ; mais, pour Dieu, un peu

d'huile et de vin. — Comment, probable ? répliqua le philosophe ; je soutiens que la chose est démontrée. » Candide perdit connaissance, et Pangloss lui apporta un peu d'eau d'une fontaine voisine.

Le lendemain, ayant trouvé quelques provisions de bouche en se glissant à travers des décombres, ils réparèrent un peu leurs forces. Ensuite, ils travaillèrent comme les autres à soulager les habitants échappés à la mort. Quelques citoyens secourus par eux leur donnèrent un aussi bon dîner qu'on le pouvait dans un tel désastre. Il est vrai que le repas était triste ; les convives arrosaient leur pain de leurs larmes ; mais Pangloss les consola en les assurant que les choses ne pouvaient être autrement : « Car, dit-il, tout ceci est ce qu'il y a de mieux. Car, s'il y a un volcan à Lisbonne, il ne pouvait être ailleurs. Car il est impossible que les choses ne soient pas où elles sont. Car tout est bien. »

Un petit homme noir, familier de l'Inquisition, lequel était à côté de lui, prit poliment la parole et dit : « Apparemment que monsieur ne croit pas au péché originel [16] ; car, si tout est au mieux, il n'y a donc eu ni chute ni punition.

— Je demande très humblement pardon à Votre Excellence, répondit Pangloss encore plus poliment, car la chute de l'homme et la malédiction entraient nécessairement dans le meilleur des mondes possibles. — Monsieur ne croit donc pas à la liberté ? dit le familier. — Votre Excellence m'excusera, dit Pangloss ; la liberté peut subsister avec la nécessité absolue ; car il était nécessaire que nous fussions libres ; car enfin la volonté déterminée... » Pangloss était au milieu de sa phrase, quand le familier fit un signe de tête à son estafier qui lui servait à boire du vin de Porto, ou d'Oporto.

CHAPITRE SIXIÈME

COMMENT ON FIT UN BEL AUTO-DA-FÉ
POUR EMPÊCHER LES TREMBLEMENTS
DE TERRE , ET COMMENT
CANDIDE FUT FESSÉ

Après le tremblement de terre qui avait détruit les trois quarts de Lisbonne, les sages du pays n'avaient pas trouvé un moyen plus efficace pour prévenir une ruine totale que de donner au peuple un bel auto-da-fé ; il était décidé par l'université de Coïmbre que le spectacle de quelques personnes brûlées à petit feu, en grande cérémonie, est un secret infaillible pour empêcher la terre de trembler.

On avait en conséquence saisi un Biscayen convaincu d'avoir épousé sa commère [17], et deux Portugais qui en mangeant un poulet en avaient arraché le lard [18] : on vint lier après le dîner le docteur Pangloss et son disciple Candide, l'un pour avoir parlé, et l'autre pour avoir écouté avec un air d'approbation : tous deux furent menés séparément dans des appartements d'une extrême fraîcheur, dans lesquels on n'était jamais incommodé du soleil ; huit jours après ils furent tous deux revêtus d'un *san-benito,* et on orna leurs têtes de mitres de papier : la mitre et le san-benito de Candide étaient peints de flammes renversées et de diables qui n'avaient ni queues ni griffes ; mais les diables de Pangloss portaient griffes et queues, et les flammes étaient droites [19]. Ils marchèrent en procession ainsi vêtus, et entendirent un sermon très pathétique, suivi d'une belle musique en faux-bourdon. Candide fut fessé en cadence, pendant qu'on chantait ; le Biscayen et les deux hommes qui n'avaient point voulu manger de lard furent brûlés, et Pangloss fut pendu, quoique ce ne soit pas la coutume. Le

même jour la terre trembla de nouveau avec un fracas épouvantable.

Candide, épouvanté, interdit, éperdu, tout sanglant, tout palpitant, se disait à lui-même . « Si c'est ici le meilleur des mondes possibles, que sont donc les autres ? Passe encore si je n'étais que fessé, je l'ai été chez les Bulgares. Mais, ô mon cher Pangloss ! le plus grand des philosophes, faut-il vous avoir vu pendre sans que je sache pourquoi ! Ô mon cher anabaptiste, le meilleur des hommes, faut-il que vous ayez été noyé dans le port ! Ô Mlle Cunégonde ! la perle des filles, faut-il qu'on vous ait fendu le ventre ! »

Il s'en retournait, se soutenant à peine, prêché, fessé, absous et béni, lorsqu'une vieille l'aborda et lui dit :

« Mon fils, prenez courage, suivez-moi. »

CHAPITRE SEPTIÈME

COMMENT UNE VIEILLE PRIT SOIN DE CANDIDE, ET COMMENT IL RETROUVA CE QU'IL AIMAIT

Candide ne prit point courage, mais il suivit la vieille dans une masure ; elle lui donna un pot de pommade pour se frotter, lui laissa à manger et à boire ; elle lui montra un petit lit assez propre ; il y avait auprès du lit un habit complet. « Mangez, buvez, dormez, lui dit-elle, et que Notre-Dame d'Atocha, Mgr saint Antoine de Padoue et Mgr saint Jacques de Compostelle prennent soin de vous : je reviendrai demain. » Candide, toujours étonné de tout ce qu'il avait vu, de tout ce qu'il avait souffert, et encore plus de la charité de la vieille, voulut lui baiser la main. « Ce n'est pas ma main qu'il faut baiser, dit la vieille ; je reviendrai demain. Frottez-vous de pommade, mangez et dormez. »

Candide, malgré tant de malheurs, mangea et dormit. Le lendemain la vieille lui apporte à déjeuner, visite son dos, le frotte elle-même d'une autre pommade ; elle lui apporte ensuite à dîner ; elle revient sur le soir, et apporte à souper. Le surlendemain elle fit encore les mêmes cérémonies. « Qui êtes-vous ? lui disait toujours Candide ; qui vous a inspiré tant de bonté ? quelles grâces puis-je vous rendre ? » La bonne femme ne répondait jamais rien ; elle revint sur le soir et n'apporta point à souper. « Venez avec moi, dit-elle, et ne dites mot. » Elle le prend sous le bras, et marche avec lui dans la campagne environ un quart de mille : ils arrivent à une maison isolée, entourée de jardins et de canaux. La vieille frappe à une petite porte. On ouvre ; elle mène Candide, par un escalier dérobé, dans un cabinet doré, le laisse sur un canapé de brocart, referme la porte, et s'en va. Candide croyait rêver, et regardait toute sa vie comme un songe funeste, et le moment présent comme un songe agréable.

La vieille reparut bientôt ; elle soutenait avec peine une femme tremblante, d'une taille majestueuse, brillante de pierreries et couverte d'un voile [20]. « Ôtez ce voile », dit la vieille à Candide. Le jeune homme approche ; il lève le voile d'une main timide. Quel moment ! quelle surprise ! il croit voir Mlle Cunégonde ; il la voyait en effet, c'était elle-même. La force lui manque, il ne peut proférer une parole, il tombe à ses pieds. Cunégonde tombe sur le canapé. La vieille les accable d'eaux spiritueuses ; ils reprennent leurs sens, ils se parlent : ce sont d'abord des mots entrecoupés, des demandes et des réponses qui se croisent, des soupirs, des larmes, des cris. La vieille leur recommande de faire moins de bruit, et les laisse en liberté. « Quoi ! c'est vous, lui dit Candide, vous vivez ! Je vous retrouve en Portugal ! On ne vous a donc pas violée ? On ne vous a point fendu le ventre, comme le philosophe Pangloss me l'avait assuré ? — Si fait, dit la belle Cunégonde ; mais on ne meurt pas toujours de ces deux accidents. — Mais votre père et votre

mère ont-ils été tués ? — Il n'est que trop vrai, dit
Cunégonde en pleurant. — Et votre frère ? — Mon frère a
été tué aussi. — Et pourquoi êtes-vous en Portugal ? et
comment avez-vous su que j'y étais ? et par quelle étrange
aventure m'avez-vous fait conduire dans cette maison ? —
Je vous dirai tout cela, répliqua la dame ; mais il faut
auparavant que vous m'appreniez tout ce qui vous est arrivé
depuis le baiser innocent que vous me donnâtes et les coups
de pied que vous reçûtes. »

Candide lui obéit avec un profond respect ; et quoiqu'il
fût interdit, quoique sa voix fût faible et tremblante,
quoique l'échine lui fît encore un peu mal, il lui raconta de
la manière la plus naïve tout ce qu'il avait éprouvé depuis le
moment de leur séparation. Cunégonde levait les yeux au
ciel ; elle donna des larmes à la mort du bon anabaptiste et
de Pangloss ; après quoi elle parla en ces termes à Candide,
qui ne perdait pas une parole, et qui la dévorait des yeux.

CHAPITRE HUITIÈME

HISTOIRE DE CUNÉGONDE

« J'étais dans mon lit et je dormais profondément, quand
il plut au ciel d'envoyer les Bulgares dans notre beau
château de Thunder-ten-tronckh ; ils égorgèrent mon père
et mon frère, et coupèrent ma mère par morceaux. Un grand
Bulgare, haut de six pieds, voyant qu'à ce spectacle j'avais
perdu connaissance, se mit à me violer ; cela me fit revenir,
je repris mes sens, je criai, je me débattis, je mordis,
j'égratignai, je voulais arracher les yeux à ce grand Bulgare,
ne sachant pas que tout ce qui arrivait dans le château de
mon père était une chose d'usage : le brutal me donna un
coup de couteau dans le flanc gauche dont je porte encore la

marque. — Hélas ! j'espère bien la voir, dit le naïf Candide.
— Vous la verrez, dit Cunégonde ; mais continuons. —
Continuez », dit Candide.

Elle reprit ainsi le fil de son histoire : « Un capitaine
bulgare entra, il me vit toute sanglante, et le soldat ne se
dérangeait pas. Le capitaine se mit en colère du peu de
respect que lui témoignait ce brutal, et le tua sur mon corps.
Ensuite il me fit panser, et m'emmena prisonnière de guerre
dans son quartier. Je blanchissais le peu de chemises qu'il
avait, je faisais sa cuisine ; il me trouvait fort jolie, il faut
l'avouer ; et je ne nierai pas qu'il ne fût très bien fait, et qu'il
n'eût la peau blanche et douce ; d'ailleurs peu d'esprit, peu
de philosophie : on voyait bien qu'il n'avait pas été élevé
par le docteur Pangloss. Au bout de trois mois, ayant perdu
tout son argent et s'étant dégoûté de moi, il me vendit à un
Juif nommé don Issacar, qui trafiquait en Hollande et en
Portugal, et qui aimait passionnément les femmes. Ce Juif
s'attacha beaucoup à ma personne, mais il ne pouvait en
triompher ; je lui ai mieux résisté qu'au soldat bulgare. Une
personne d'honneur peut être violée une fois, mais sa vertu
s'en affermit. Le Juif, pour m'apprivoiser, me mena dans
cette maison de campagne que vous voyez. J'avais cru
jusque-là qu'il n'y avait rien sur la terre de si beau que le
château de Thunder-ten-tronckh ; j'ai été détrompée.

« Le grand inquisiteur m'aperçut un jour à la messe, il me
lorgna beaucoup, et me fit dire qu'il avait à me parler pour
des affaires secrètes. Je fus conduite à son palais ; je lui
appris ma naissance ; il me représenta combien il était au-
dessous de mon rang d'appartenir à un Israélite. On
proposa de sa part à don Issacar de me céder à monseigneur.
Don Issacar, qui est le banquier de la cour et homme de
crédit, n'en voulut rien faire. L'inquisiteur le menaça d'un
auto-da-fé. Enfin mon Juif, intimidé, conclut un marché,
par lequel la maison et moi leur appartiendraient à tous
deux en commun ; que le Juif aurait pour lui les lundis,
mercredis et le jour du sabbat, et que l'inquisiteur aurait les

autres jours de la semaine. Il y a six mois que cette convention subsiste. Ce n'a pas été sans querelles ; car souvent il a été indécis si la nuit du samedi au dimanche appartenait à l'ancienne loi où à la nouvelle. Pour moi, j'ai résisté jusqu'à présent à toutes les deux, et je crois que c'est pour cette raison que j'ai toujours été aimée.

« Enfin, pour détourner le fléau des tremblements de terre, et pour intimider don Issacar, il plut à monseigneur l'inquisiteur de célébrer un auto-da-fé. Il me fit l'honneur de m'y inviter. Je fus très bien placée ; on servit aux dames des rafraîchissements entre la messe et l'exécution. Je fus, à la vérité, saisie d'horreur en voyant brûler ces deux Juifs et cet honnête Biscayen qui avait épousé sa commère ; mais quelle fut ma surprise, mon effroi, mon trouble, quand je vis, dans un san-benito et sous une mitre, une figure qui ressemblait à celle de Pangloss ! Je me frottai les yeux, je regardai attentivement, je le vis pendre ; je tombai en faiblesse. À peine reprenais-je mes sens que je vous vis dépouillé tout nu : ce fut là le comble de l'horreur, de la consternation, de la douleur, du désespoir. Je vous dirai, avec vérité, que votre peau est encore plus blanche et d'un incarnat plus parfait que celle de mon capitaine des Bulgares. Cette vue redoubla tous les sentiments qui m'accablaient, qui me dévoraient. Je m'écriai, je voulus dire : " Arrêtez, barbares ! " mais la voix me manqua, et mes cris auraient été inutiles. Quand vous eûtes été bien fessé : " Comment se peut-il faire, disais-je, que l'aimable Candide et le sage Pangloss se trouvent à Lisbonne, l'un pour recevoir cent coups de fouet, et l'autre pour être pendu par l'ordre de monseigneur l'inquisiteur dont je suis la bien-aimée ? Pangloss m'a donc bien cruellement trompée quand il me disait que tout va le mieux du monde. "

« Agitée, éperdue, tantôt hors de moi-même, et tantôt prête de mourir de faiblesse, j'avais la tête remplie du massacre de mon père, de ma mère, de mon frère, de l'insolence de mon vilain soldat bulgare, du coup de couteau

qu'il me donna, de ma servitude, de mon métier de cuisinière, de mon capitaine bulgare, de mon vilain don Issacar, de mon abominable inquisiteur, de la pendaison du docteur Pangloss, de ce grand *miserere* en faux-bourdon pendant lequel on vous fessait, et surtout du baiser que je vous avais donné derrière un paravent, le jour que je vous avais vu pour la dernière fois. Je louai Dieu qui vous ramenait à moi par tant d'épreuves. Je recommandai à ma vieille d'avoir soin de vous, et de vous amener ici dès qu'elle le pourrait. Elle a très bien exécuté ma commission; j'ai goûté le plaisir inexprimable de vous revoir, de vous entendre, de vous parler. Vous devez avoir une faim dévorante; j'ai grand appétit; commençons par souper. »

Les voilà qui se mettent tous deux à table; et après le souper, ils se replacent sur ce beau canapé dont on a déjà parlé; ils y étaient quand le signor don Issacar, l'un des maîtres de la maison, arriva. C'était le jour du sabbat. Il venait jouir de ses droits, et expliquer son tendre amour.

CHAPITRE NEUVIÈME

CE QUI ADVINT DE CUNÉGONDE, DE CANDIDE, DU GRAND INQUISITEUR ET D'UN JUIF

Cet Issacar était le plus colérique Hébreu qu'on eût vu dans Israël depuis la captivité en Babylone. « Quoi! dit-il, chienne de Galiléenne, ce n'est pas assez de monsieur l'inquisiteur? Il faut que ce coquin partage aussi avec moi? » En disant cela il tire un long poignard dont il était toujours pourvu, et ne croyant pas que son adverse partie eût des armes, il se jette sur Candide; mais notre bon Westphalien avait reçu une belle épée de la vieille avec

l'habit complet. Il tire son épée, quoiqu'il eût les mœurs fort douces, et vous étend l'Israélite roide mort sur le carreau, aux pieds de la belle Cunégonde.

« Sainte Vierge ! s'écria-t-elle, qu'allons-nous devenir ? Un homme tué chez moi ! si la justice vient, nous sommes perdus. — Si Pangloss n'avait pas été pendu, dit Candide, il nous donnerait un bon conseil dans cette extrémité, car c'était un grand philosophe. À son défaut consultons la vieille. » Elle était fort prudente, et commençait à dire son avis, quand une autre petite porte s'ouvrit. Il était une heure après minuit, c'était le commencement du dimanche. Ce jour appartenait à monseigneur l'inquisiteur. Il entre et voit le fessé Candide l'épée à la main, un mort étendu par terre, Cunégonde effarée, et la vieille donnant des conseils.

Voici dans ce moment ce qui se passa dans l'âme de Candide, et comment il raisonna : « Si ce saint homme appelle du secours, il me fera infailliblement brûler ; il pourra en faire autant de Cunégonde ; il m'a fait fouetter impitoyablement ; il est mon rival ; je suis en train de tuer, il n'y a pas à balancer. » Ce raisonnement fut net et rapide ; et sans donner le temps à l'inquisiteur de revenir de sa surprise, il le perce d'outre en outre, et le jette à côté du Juif. « En voici bien d'une autre, dit Cunégonde ; il n'y a plus de rémission ; nous sommes excommuniés, notre dernière heure est venue. Comment avez-vous fait, vous qui êtes né si doux, pour tuer en deux minutes un Juif et un prélat ? — Ma belle demoiselle, répondit Candide, quand on est amoureux, jaloux et fouetté par l'Inquisition, on ne se connaît plus. »

La vieille prit alors la parole et dit : « Il y a trois chevaux andalous dans l'écurie, avec leurs selles et leurs brides : que le brave Candide les prépare ; madame a des moyadors[21] et des diamants : montons vite à cheval, quoique je ne puisse me tenir que sur une fesse, et allons à Cadix ; il fait le plus beau temps du monde, et c'est un grand plaisir de voyager pendant la fraîcheur de la nuit. »

Aussitôt Candide selle les trois chevaux. Cunégonde, la vieille et lui font trente milles d'une traite. Pendant qu'ils s'éloignaient, la Sainte-Hermandad arrive dans la maison ; on enterre monseigneur dans une belle église, et on jette Issacar à la voirie.

Candide, Cunégonde et la vieille étaient déjà dans la petite ville d'Avacéna, au milieu des montagnes de la Sierra-Morena ; et ils parlaient ainsi dans un cabaret.

CHAPITRE DIXIÈME

DANS QUELLE DÉTRESSE
CANDIDE, CUNÉGONDE ET LA VIEILLE
ARRIVENT À CADIX,
ET DE LEUR EMBARQUEMENT

« Qui a donc pu me voler mes pistoles et mes diamants ? disait en pleurant Cunégonde ; de quoi vivrons-nous ? comment ferons-nous ? où trouver des inquisiteurs et des Juifs qui m'en donnent d'autres ? — Hélas ! dit la vieille, je soupçonne fort un révérend père cordelier qui coucha hier dans la même auberge que nous à Badajoz ; Dieu me garde de faire un jugement téméraire ! mais il entra deux fois dans notre chambre, et il partit longtemps avant nous. — Hélas ! dit Candide, le bon Pangloss m'avait souvent prouvé que les biens de la terre sont communs à tous les hommes, que chacun y a un droit égal. Ce cordelier devait bien, suivant ces principes, nous laisser de quoi achever notre voyage. Il ne vous reste donc rien du tout, ma belle Cunégonde ? — Pas un maravédis, dit-elle. — Quel parti prendre ? dit Candide. — Vendons un des chevaux, dit la vieille ; je monterai en croupe derrière mademoiselle, quoique je ne puisse me tenir que sur une fesse, et nous arriverons à Cadix. »

Il y avait dans la même hôtellerie un prieur de bénédictins ; il acheta le cheval bon marché. Candide, Cunégonde et la vieille passèrent par Lucena, par Chillas, par Lebrixa, et arrivèrent enfin à Cadix [22]. On y équipait une flotte, et on y assemblait des troupes pour mettre à la raison les révérends pères jésuites du Paraguay, qu'on accusait d'avoir fait révolter une de leurs hordes contre les rois d'Espagne et de Portugal, auprès de la ville du Saint-Sacrement. Candide, ayant servi chez les Bulgares, fit l'exercice bulgarien devant le général de la petite armée avec tant de grâce, de célérité, d'adresse, de fierté, d'agilité, qu'on lui donna une compagnie d'infanterie à commander. Le voilà capitaine ; il s'embarque avec Mlle Cunégonde, la vieille, deux valets et les deux chevaux andalous qui avaient appartenu à M. le grand inquisiteur de Portugal.

Pendant toute la traversée ils raisonnèrent beaucoup sur la philosophie du pauvre Pangloss. « Nous allons dans un autre univers, disait Candide ; c'est dans celui-là sans doute que tout est bien. Car il faut avouer qu'on pourrait gémir un peu de ce qui se passe dans le nôtre en physique et en morale. — Je vous aime de tout mon cœur, disait Cunégonde ; mais j'ai encore l'âme tout effarouchée de ce que j'ai vu, de ce que j'ai éprouvé. — Tout ira bien, répliquait Candide ; la mer de ce nouveau monde vaut déjà mieux que les mers de notre Europe ; elle est plus calme, les vents plus constants. C'est certainement le nouveau monde qui est le meilleur des univers possibles. — Dieu le veuille ! disait Cunégonde ; mais j'ai été si horriblement malheureuse dans le mien que mon cœur est presque fermé à l'espérance. — Vous vous plaignez, leur dit la vieille ; hélas ! vous n'avez pas éprouvé des infortunes telles que les miennes. » Cunégonde se mit presque à rire, et trouva cette bonne femme fort plaisante de prétendre être plus malheureuse qu'elle. « Hélas ! lui dit-elle, ma bonne, à moins que vous n'ayez été violée par deux Bulgares, que vous n'ayez reçu deux coups de couteau dans le ventre, qu'on n'ait démoli deux de vos

châteaux, qu'on n'ait égorgé à vos yeux deux mères et deux pères, et que vous n'ayez vu deux de vos amants fouettés dans un auto-da-fé, je ne vois pas que vous puissiez l'emporter sur moi ; ajoutez que je suis née baronne avec soixante et douze quartiers, et que j'ai été cuisinière. — Mademoiselle, répondit la vieille, vous ne savez pas quelle est ma naissance ; et si je vous montrais mon derrière, vous ne parleriez pas comme vous faites, et vous suspendriez votre jugement. » Ce discours fit naître une extrême curiosité dans l'esprit de Cunégonde et de Candide. La vieille leur parla en ces termes.

CHAPITRE ONZIÈME

HISTOIRE DE LA VIEILLE

« Je n'ai pas eu toujours les yeux éraillés et bordés d'écarlate ; mon nez n'a pas toujours touché à mon menton, et je n'ai pas toujours été servante. Je suis la fille du pape Urbain X[23], et de la princesse de Palestrine. On m'éleva jusqu'à quatorze ans dans un palais auquel tous les châteaux de vos barons allemands n'auraient pas servi d'écurie ; et une de mes robes valait mieux que toutes les magnificences de la Westphalie. Je croissais en beauté, en grâces, en talents, au milieu des plaisirs, des respects et des espérances. J'inspirais déjà de l'amour, ma gorge se formait ; et quelle gorge ! blanche, ferme, taillée comme celle de la Vénus de Médicis ; et quels yeux ! quelles paupières ! quels sourcils noirs ! quelles flammes brillaient dans mes deux prunelles, et effaçaient la scintillation des étoiles, comme me disaient les poètes du quartier. Les femmes qui m'habillaient et qui me déshabillaient tombaient en extase en me regardant par-devant et par-derrière, et tous les hommes auraient voulu être à leur place.

« Je fus fiancée à un prince souverain de Massa-Carrara. Quel prince ! aussi beau que moi, pétri de douceur et d'agréments, brillant d'esprit et brûlant d'amour. Je l'aimais comme on aime pour la première fois, avec idolâtrie, avec emportement. Les noces furent préparées. C'était une pompe, une magnificence inouïe ; c'étaient des fêtes, des carrousels, des opera-buffa continuels ; et toute l'Italie fit pour moi des sonnets dont il n'y eut pas un seul de passable. Je touchais au moment de mon bonheur, quand une vieille marquise qui avait été maîtresse de mon prince l'invita à prendre du chocolat chez elle. Il mourut en moins de deux heures avec des convulsions épouvantables. Mais ce n'est qu'une bagatelle. Ma mère, au désespoir, et bien moins affligée que moi, voulut s'arracher pour quelque temps à un séjour si funeste. Elle avait une très belle terre auprès de Gaète. Nous nous embarquâmes sur une galère du pays, dorée comme l'autel de Saint-Pierre de Rome. Voilà qu'un corsaire de Salé fond sur nous et nous aborde. Nos soldats se défendirent comme des soldats du pape : ils se mirent tous à genoux en jetant leurs armes, et en demandant au corsaire une absolution *in articulo mortis*.

« Aussitôt on les dépouilla nus comme des singes, et ma mère aussi, nos filles d'honneur aussi, et moi aussi. C'est une chose admirable que la diligence avec laquelle ces messieurs déshabillent le monde. Mais ce qui me surprit davantage, c'est qu'ils nous mirent à tous le doigt dans un endroit où nous autres femmes nous ne nous laissons mettre d'ordinaire que des canules. Cette cérémonie me paraissait bien étrange : voilà comme on juge de tout quand on n'est pas sorti de son pays. J'appris bientôt que c'était pour voir si nous n'avions pas caché là quelques diamants : c'est un usage établi de temps immémorial parmi les nations policées qui courent sur mer. J'ai su que MM. les religieux chevaliers de Malte n'y manquent jamais quand ils prennent des Turcs et des Turques ; c'est une loi du droit des gens à laquelle on n'a jamais dérogé.

« Je ne vous dirai point combien il est dur pour une jeune princesse d'être menée esclave à Maroc avec sa mère. Vous concevez assez tout ce que nous eûmes à souffrir dans le vaisseau corsaire. Ma mère était encore très belle ; nos filles d'honneur, nos simples femmes de chambre, avaient plus de charmes qu'on n'en peut trouver dans toute l'Afrique. Pour moi, j'étais ravissante, j'étais la beauté, la grâce même, et j'étais pucelle ; je ne le fus pas longtemps : cette fleur qui avait été réservée pour le beau prince de Massa-Carrara me fut ravie par le capitaine corsaire ; c'était un nègre abominable, qui croyait encore me faire beaucoup d'honneur. Certes, il fallait que Mme la princesse de Palestrine et moi fussions bien fortes pour résister à tout ce que nous éprouvâmes jusqu'à notre arrivée à Maroc. Mais passons ; ce sont des choses si communes qu'elles ne valent pas la peine qu'on en parle.

« Maroc nageait dans le sang quand nous arrivâmes. Cinquante fils de l'empereur Muley-Ismaël avaient chacun leur parti : ce qui produisait en effet cinquante guerres civiles, de noirs contre noirs, de noirs contre basanés, de basanés contre basanés, de mulâtres contre mulâtres. C'était un carnage continuel dans toute l'étendue de l'empire.

« À peine fûmes-nous débarqués que des noirs d'une faction ennemie de celle de mon corsaire se présentèrent pour lui enlever son butin. Nous étions, après les diamants et l'or, ce qu'il avait de plus précieux. Je fus témoin d'un combat tel que vous n'en voyez jamais dans vos climats d'Europe. Les peuples septentrionaux n'ont pas le sang assez ardent. Ils n'ont pas la rage des femmes au point où elle est commune en Afrique. Il semble que vos Européens aient du lait dans les veines ; c'est du vitriol, c'est du feu qui coule dans celles des habitants du mont Atlas et des pays voisins. On combattit avec la fureur des lions, des tigres et des serpents de la contrée, pour savoir à qui nous aurait. Un Maure saisit ma mère par le bras droit, le lieutenant de mon capitaine la retint par le bras gauche ; un soldat maure la prit

par une jambe, un de nos pirates la tenait par l'autre. Nos filles se trouvèrent presque toutes en un moment tirées ainsi à quatre soldats. Mon capitaine me tenait cachée derrière lui. Il avait le cimeterre au poing, et tuait tout ce qui s'opposait à sa rage. Enfin, je vis toutes nos Italiennes et ma mère déchirées, coupées, massacrées par les monstres qui se les disputaient. Les captifs mes compagnons, ceux qui les avaient pris, soldats, matelots, noirs, basanés, blancs, mulâtres, et enfin mon capitaine, tout fut tué ; et je demeurai mourante sur un tas de morts. Des scènes pareilles se passaient, comme on sait, dans l'étendue de plus de trois cents lieues, sans qu'on manquât aux cinq prières par jour ordonnées par Mahomet.

« Je me débarrassai avec beaucoup de peine de la foule de tant de cadavres sanglants entassés, et je me traînai sous un grand oranger au bord d'un ruisseau voisin ; j'y tombai d'effroi, de lassitude, d'horreur, de désespoir et de faim. Bientôt après, mes sens accablés se livrèrent à un sommeil qui tenait plus de l'évanouissement que du repos. J'étais dans cet état de faiblesse et d'insensibilité, entre la mort et la vie, quand je me sentis pressée de quelque chose qui s'agitait sur mon corps. J'ouvris les yeux, je vis un homme blanc et de bonne mine qui soupirait, et qui disait entre ses dents : *O che sciagura d'essere senza c...* [24] !

CHAPITRE DOUZIÈME

SUITE DES MALHEURS DE LA VIEILLE

« Étonnée et ravie d'entendre la langue de ma patrie, et non moins surprise des paroles que proférait cet homme, je lui répondis qu'il y avait de plus grands malheurs que celui dont il se plaignait. Je l'instruisis en peu de mots des

horreurs que j'avais essuyées, et je retombai en faiblesse. Il m'emporta dans une maison voisine, me fit mettre au lit, me fit donner à manger, me servit, me consola, me flatta, me dit qu'il n'avait rien vu de si beau que moi, et que jamais il n'avait tant regretté ce que personne ne pouvait lui rendre. " Je suis né à Naples, me dit-il, on y chaponne deux ou trois mille enfants tous les ans ; les uns en meurent, les autres acquièrent une voix plus belle que celle des femmes, les autres vont gouverner les États [25]. On me fit cette opération avec un très grand succès, et j'ai été musicien de la chapelle de Mme la princesse de Palestrine. — De ma mère ! m'écriai-je. — De votre mère ! s'écria-t-il en pleurant. Quoi ! vous seriez cette jeune princesse que j'ai élevée jusqu'à l'âge de six ans, et qui promettait déjà d'être aussi belle que vous êtes ? — C'est moi-même ; ma mère est à quatre cents pas d'ici, coupée en quartiers sous un tas de morts... "

« Je lui contai tout ce qui m'était arrivé ; il me conta aussi ses aventures, et m'apprit comment il avait été envoyé chez le roi de Maroc par une puissance chrétienne, pour conclure avec ce monarque un traité, par lequel on lui fournirait de la poudre, des canons et des vaisseaux, pour l'aider à exterminer le commerce des autres chrétiens. " Ma mission est faite, me dit cet honnête eunuque ; je vais m'embarquer à Ceuta, et je vous ramènerai en Italie. *Ma che sciagura d'essere senza c...!* "

« Je le remerciai avec des larmes d'attendrissement ; et au lieu de me mener en Italie, il me conduisit à Alger, et me vendit au dey de cette province. À peine fus-je vendue que cette peste qui a fait le tour de l'Afrique, de l'Asie et de l'Europe, se déclara dans Alger avec fureur. Vous avez vu des tremblements de terre ; mais, mademoiselle, avez-vous jamais eu la peste ? — Jamais, répondit la baronne.

— Si vous l'aviez eue, reprit la vieille, vous avoueriez qu'elle est bien au-dessus d'un tremblement de terre. Elle est fort commune en Afrique ; j'en fus attaquée. Figurez-

vous quelle situation pour la fille d'un pape, âgée de quinze ans, qui en trois mois de temps avait éprouvé la pauvreté, l'esclavage, avait été violée presque tous les jours, avait vu couper sa mère en quatre, avait essuyé la faim et la guerre, et mourait pestiférée dans Alger. Je n'en mourus pourtant pas. Mais mon eunuque et le dey, et presque tout le sérail d'Alger, périrent.

« Quand les premiers ravages de cette épouvantable peste furent passés, on vendit les esclaves du dey. Un marchand m'acheta et me mena à Tunis, il me vendit à un autre marchand, qui me revendit à Tripoli ; de Tripoli je fus revendue à Alexandrie, d'Alexandrie revendue à Smyrne, de Smyrne à Constantinople. J'appartins enfin à un aga des janissaires, qui fut bientôt commandé pour aller défendre Azof contre les Russes qui l'assiégeaient.

« L'aga, qui était un très galant homme, mena avec lui tout son sérail, et nous logea dans un petit fort sur les Palus-Méotides, gardé par deux eunuques noirs et vingt soldats. On tua prodigieusement de Russes, mais ils nous le rendirent bien. Azof fut mis à feu et à sang, et on ne pardonna ni au sexe ni à l'âge ; il ne resta que notre petit fort ; les ennemis voulurent nous prendre par famine. Les vingt janissaires avaient juré de ne se jamais rendre. Les extrémités de la faim où ils furent réduits les contraignirent à manger nos deux eunuques, de peur de violer leur serment. Au bout de quelques jours, ils résolurent de manger les femmes.

« Nous avions un iman très pieux et très compatissant, qui leur fit un beau sermon par lequel il leur persuada de ne nous pas tuer tout à fait. " Coupez, dit-il, seulement une fesse à chacune de ces dames, vous ferez très bonne chère ; s'il faut y revenir, vous en aurez encore autant dans quelques jours ; le ciel vous saura gré d'une action si charitable, et vous serez secourus. "

« Il avait beaucoup d'éloquence ; il les persuada. On nous fit cette horrible opération. L'iman nous appliqua le même

baume qu'on met aux enfants qu'on vient de circoncire. Nous étions toutes à la mort.

« À peine les janissaires eurent-ils fait le repas que nous leur avions fourni que les Russes arrivent sur des bateaux plats ; il ne réchappa pas un janissaire. Les Russes ne firent aucune attention à l'état où nous étions. Il y a partout des chirurgiens français : un d'eux, qui était fort adroit, prit soin de nous ; il nous guérit, et je me souviendrai toute ma vie que, quand les plaies furent bien fermées, il me fit des propositions. Au reste, il nous dit à toutes de nous consoler ; il nous assura que dans plusieurs sièges pareille chose était arrivée, et que c'était la loi de la guerre.

« Dès que mes compagnes purent marcher, on les fit aller à Moscou. J'échus en partage à un boyard qui me fit sa jardinière, et qui me donnait vingt coups de fouet par jour. Mais ce seigneur ayant été roué au bout de deux ans avec une trentaine de boyards pour quelque tracasserie de cour, je profitai de cette aventure ; je m'enfuis ; je traversai toute la Russie ; je fus longtemps servante de cabaret à Riga, puis à Rostock, à Vismar, à Leipsick, à Cassel, à Utrecht, à Leyde, à La Haye, à Rotterdam : j'ai vieilli dans la misère et dans l'opprobre, n'ayant que la moitié d'un derrière, me souvenant toujours que j'étais fille d'un pape ; je voulus cent fois me tuer, mais j'aimais encore la vie. Cette faiblesse ridicule est peut-être un de nos penchants les plus funestes ; car y a-t-il rien de plus sot que de vouloir porter continuellement un fardeau qu'on veut toujours jeter par terre ? d'avoir son être en horreur, et de tenir à son être ? enfin de caresser le serpent qui nous dévore, jusqu'à ce qu'il nous ait mangé le cœur ?

« J'ai vu dans les pays que le sort m'a fait parcourir, et dans les cabarets où j'ai servi, un nombre prodigieux de personnes qui avaient leur existence en exécration ; mais je n'en ai vu que douze qui aient mis volontairement fin à leur misère : trois nègres, quatre Anglais, quatre Genevois et un professeur allemand nommé Robeck[26]. J'ai fini par être

servante chez le Juif don Issacar ; il me mit auprès de vous, ma belle demoiselle ; je me suis attachée à votre destinée, et j'ai été plus occupée de vos aventures que des miennes. Je ne vous aurais même jamais parlé de mes malheurs, si vous ne m'aviez pas un peu piquée, et s'il n'était d'usage dans un vaisseau de conter des histoires pour se désennuyer. Enfin, mademoiselle, j'ai de l'expérience, je connais le monde ; donnez-vous un plaisir, engagez chaque passager à vous conter son histoire ; et s'il s'en trouve un seul qui n'ait souvent maudit sa vie, qui ne se soit souvent dit à lui-même qu'il était le plus malheureux des hommes, jetez-moi dans la mer la tête la première. »

CHAPITRE TREIZIÈME

COMMENT CANDIDE FUT OBLIGÉ DE SE SÉPARER DE LA BELLE CUNÉGONDE ET DE LA VIEILLE

La belle Cunégonde, ayant entendu l'histoire de la vieille, lui fit toutes les politesses qu'on devait à une personne de son rang et de son mérite. Elle accepta la proposition ; elle engagea tous les passagers l'un après l'autre à lui conter leurs aventures. Candide et elle avouèrent que la vieille avait raison. « C'est bien dommage, disait Candide, que le sage Pangloss ait été pendu contre la coutume dans un auto-da-fé ; il nous dirait des choses admirables sur le mal physique et sur le mal moral qui couvrent la terre et la mer, et je me sentirais assez de force pour oser lui faire respectueusement quelques objections. »

À mesure que chacun racontait son histoire, le vaisseau avançait. On aborda dans Buenos-Ayres. Cunégonde, le capitaine Candide et la vieille allèrent chez le gouverneur

Don Fernando d'Ibaraa, y Figueora, y Mascarenes, y
Lampourdos, y Souza[27]. Ce seigneur avait une fierté
convenable à un homme qui portait tant de noms. Il parlait
aux hommes avec le dédain le plus noble, portant le nez si
haut, élevant si impitoyablement la voix, prenant un ton si
imposant, affectant une démarche si altière, que tous ceux
qui le saluaient étaient tentés de le battre. Il aimait les
femmes à la fureur. Cunégonde lui parut ce qu'il avait
jamais vu de plus beau. La première chose qu'il fit fut de
demander si elle n'était point la femme du capitaine. L'air
dont il fit cette question alarma Candide : il n'osa pas dire
qu'elle était sa femme[28], parce qu'en effet elle ne l'était
point ; il n'osait pas dire que c'était sa sœur, parce qu'elle ne
l'était pas non plus ; et quoique ce mensonge officieux eût
été autrefois très à la mode chez les anciens, et qu'il pût être
utile aux modernes, son âme était trop pure pour trahir la
vérité. « Mlle Cunégonde, dit-il, doit me faire l'honneur de
m'épouser, et nous supplions Votre Excellence de daigner
faire notre noce. »

Don Fernando d'Ibaraa, y Figueora, y Mascarenes, y
Lampourdos, y Souza, relevant sa moustache, sourit amère-
ment, et ordonna au capitaine Candide d'aller faire la revue
de sa compagnie. Candide obéit ; le gouverneur demeura
avec Mlle Cunégonde. Il lui déclara sa passion, lui protesta
que le lendemain il l'épouserait à la face de l'Église, ou
autrement, ainsi qu'il plairait à ses charmes. Cunégonde lui
demanda un quart d'heure pour se recueillir, pour consulter
la vieille et pour se déterminer.

La vieille dit à Cunégonde : « Mademoiselle, vous avez
soixante et douze quartiers, et pas une obole ; il ne tient qu'à
vous d'être la femme du plus grand seigneur de l'Amérique
méridionale, qui a une très belle moustache ; est-ce à vous
de vous piquer d'une fidélité à toute épreuve ? Vous avez été
violée par les Bulgares ; un Juif et un inquisiteur ont eu vos
bonnes grâces : les malheurs donnent des droits. J'avoue
que, si j'étais à votre place, je ne ferais aucun scrupule

d'épouser monsieur le gouverneur et de faire la fortune de M. le capitaine Candide. » Tandis que la vieille parlait avec toute la prudence que l'âge et l'expérience donnent, on vit entrer dans le port un petit vaisseau ; il portait un alcade et des alguazils, et voici ce qui était arrivé.

La vieille avait très bien deviné que ce fut un cordelier à la grande manche[29] qui vola l'argent et les bijoux de Cunégonde dans la ville de Badajoz, lorsqu'elle fuyait en hâte avec Candide. Ce moine voulut vendre quelques-unes des pierreries à un joaillier. Le marchand les reconnut pour celles du grand inquisiteur. Le cordelier, avant d'être pendu, avoua qu'il les avait volées ; il indiqua les personnes et la route qu'elles prenaient. La fuite de Cunégonde et de Candide était déjà connue. On les suivit à Cadix ; on envoya sans perdre temps un vaisseau à leur poursuite. Le vaisseau était déjà dans le port de Buenos-Ayres. Le bruit se répandit qu'un alcade allait débarquer, et qu'on poursuivait les meurtriers de monseigneur le grand inquisiteur. La prudente vieille vit dans l'instant tout ce qui était à faire. « Vous ne pouvez fuir, dit-elle à Cunégonde, et vous n'avez rien à craindre ; ce n'est pas vous qui avez tué monseigneur ; et d'ailleurs le gouverneur, qui vous aime, ne souffrira pas qu'on vous maltraite ; demeurez. » Elle court sur-le-champ à Candide : « Fuyez, dit-elle, ou dans une heure vous allez être brûlé. » Il n'y avait pas un moment à perdre ; mais comment se séparer de Cunégonde, et où se réfugier ?

CHAPITRE QUATORZIÈME

COMMENT CANDIDE ET CACAMBO FURENT REÇUS CHEZ LES JÉSUITES DU PARAGUAY[30]

Candide avait amené de Cadix un valet tel qu'on en trouve beaucoup sur les côtes d'Espagne et dans les colonies. C'était un quart d'Espagnol, né d'un métis dans le Tucuman ; il avait été enfant de chœur, sacristain, matelot, moine, facteur[31], soldat, laquais. Il s'appelait Cacambo, et aimait fort son maître parce que son maître était un fort bon homme. Il sella au plus vite les deux chevaux andalous. « Allons, mon maître, suivons le conseil de la vieille ; partons, et courons sans regarder derrière nous. » Candide versa des larmes. « Ô ma chère Cunégonde ! faut-il vous abandonner dans le temps que monsieur le gouverneur va faire nos noces ! Cunégonde amenée de si loin, que deviendrez-vous ? — Elle deviendra ce qu'elle pourra, dit Cacambo ; les femmes ne sont jamais embarrassées d'elles ; Dieu y pourvoit ; courons. — Où me mènes-tu ? où allons-nous ? que ferons-nous sans Cunégonde ? disait Candide. — Par saint Jacques de Compostelle, dit Cacambo, vous alliez faire la guerre aux jésuites ; allons la faire pour eux : je sais assez les chemins, je vous mènerai dans leur royaume, ils seront charmés d'avoir un capitaine qui fasse l'exercice à la bulgare ; vous ferez une fortune prodigieuse ; quand on n'a pas son compte dans un monde, on le trouve dans un autre. C'est un très grand plaisir de voir et de faire des choses nouvelles.

— Tu as donc été déjà dans le Paraguay ? dit Candide. — Eh vraiment oui ! dit Cacambo ; j'ai été cuistre dans le collège de l'Assomption, et je connais le gouvernement de

Los Padres comme je connais les rues de Cadix. C'est une chose admirable que ce gouvernement. Le royaume[32] a déjà plus de trois cents lieues de diamètre ; il est divisé en trente provinces. Los Padres y ont tout, et les peuples rien ; c'est le chef-d'œuvre de la raison et de la justice. Pour moi, je ne vois rien de si divin que Los Padres, qui font ici la guerre au roi d'Espagne et au roi de Portugal, et qui en Europe confessent ces rois ; qui tuent ici des Espagnols, et qui à Madrid les envoient au ciel : cela me ravit ; avançons ; vous allez être le plus heureux de tous les hommes. Quel plaisir auront Los Padres quand ils sauront qu'il leur vient un capitaine qui sait l'exercice bulgare ! »

Dès qu'ils furent arrivés à la première barrière, Cacambo dit à la garde avancée qu'un capitaine demandait à parler à monseigneur le commandant. On alla avertir la grande garde. Un officier paraguain courut aux pieds du commandant lui donner part de la nouvelle. Candide et Cacambo furent d'abord désarmés ; on se saisit de leurs deux chevaux andalous. Les deux étrangers sont introduits au milieu de deux files de soldats ; le commandant était au bout, le bonnet à trois cornes en tête, la robe retroussée, l'épée au côté, l'esponton à la main. Il fit un signe ; aussitôt vingt-quatre soldats entourent les deux nouveaux venus. Un sergent leur dit qu'il faut attendre, que le commandant ne peut leur parler, que le révérend père provincial ne permet pas qu'aucun Espagnol ouvre la bouche qu'en sa présence, et demeure plus de trois heures dans le pays. « Et où est le révérend père provincial ? dit Cacambo. — Il est à la parade après avoir dit sa messe, répondit le sergent ; et vous ne pourrez baiser ses éperons que dans trois heures. — Mais, dit Cacambo, monsieur le capitaine, qui meurt de faim comme moi, n'est point espagnol, il est allemand ; ne pourrions-nous point déjeuner en attendant Sa Révérence ? »

Le sergent alla sur-le-champ rendre compte de ce discours au commandant. « Dieu soit béni ! dit ce seigneur ; puisqu'il est allemand, je peux lui parler ; qu'on le mène

dans ma feuillée. » Aussitôt on conduit Candide dans un cabinet de verdure orné d'une très jolie colonnade de marbre vert et or, et de treillages qui renfermaient des perroquets, des colibris, des oiseaux-mouches, des pintades, et tous les oiseaux les plus rares. Un excellent déjeuner était préparé dans des vases d'or ; et tandis que les Paraguains mangèrent du maïs dans des écuelles de bois, en plein champ, à l'ardeur du soleil, le révérend père commandant entra dans la feuillée.

C'était un très beau jeune homme, le visage plein, assez blanc, haut en couleur, le sourcil relevé, l'œil vif, l'oreille rouge, les lèvres vermeilles, l'air fier, mais d'une fierté qui n'était ni celle d'un Espagnol ni celle d'un jésuite. On rendit à Candide et à Cacambo leurs armes, qu'on leur avait saisies, ainsi que les deux chevaux andalous ; Cacambo leur fit manger l'avoine auprès de la feuillée, ayant toujours l'œil sur eux, crainte de surprise.

Candide baisa d'abord le bas de la robe du commandant, ensuite ils se mirent à table. « Vous êtes donc allemand ? lui dit le jésuite en cette langue. — Oui, mon Révérend Père », dit Candide. L'un et l'autre, en prononçant ces paroles, se regardaient avec une extrême surprise et une émotion dont ils n'étaient pas les maîtres. « Et de quel pays d'Allemagne êtes-vous ? dit le jésuite. — De la sale province de Westphalie, dit Candide : je suis né dans le château de Thunder-ten-tronckh. — Ô ciel ! est-il possible ? s'écria le commandant. — Quel miracle ! s'écria Candide. — Serait-ce vous ? dit le commandant. — Cela n'est pas possible », dit Candide. Ils se laissent tomber tous deux à la renverse, ils s'embrassent, ils versent des ruisseaux de larmes. « Quoi ! serait-ce vous, mon Révérend Père ? vous, le frère de la belle Cunégonde ! vous, qui fûtes tué par les Bulgares ! vous, le fils de monsieur le baron ! vous, jésuite au Paraguay ! Il faut avouer que ce monde est une étrange chose. Ô Pangloss ! Pangloss ! que vous seriez aise si vous n'aviez pas été pendu ! »

Le commandant fit retirer les esclaves nègres et les
Paraguains qui servaient à boire dans des gobelets de cristal
de roche. Il remercia Dieu et saint Ignace mille fois ; il
serrait Candide entre ses bras ; leurs visages étaient baignés
de pleurs. « Vous seriez bien plus étonné, plus attendri, plus
hors de vous-même, dit Candide, si je vous disais que
Mlle Cunégonde, votre sœur, que vous avez crue éventrée,
est pleine de santé. — Où ? — Dans votre voisinage, chez
M. le gouverneur de Buenos-Ayres ; et je venais pour vous
faire la guerre. » Chaque mot qu'ils prononcèrent dans cette
longue conversation accumulait prodige sur prodige. Leur
âme tout entière volait sur leur langue, était attentive dans
leurs oreilles et étincelante dans leurs yeux. Comme ils
étaient allemands, ils tinrent table longtemps, en attendant
le révérend père provincial ; et le commandant parla ainsi à
son cher Candide.

CHAPITRE QUINZIÈME

COMMENT CANDIDE TUA LE FRÈRE
DE SA CHÈRE CUNÉGONDE

« J'aurai toute ma vie présent à la mémoire le jour
horrible où je vis tuer mon père et ma mère, et violer ma
sœur. Quand les Bulgares furent retirés, on ne trouva point
cette sœur adorable, et on mit dans une charrette ma mère,
mon père et moi, deux servantes et trois petits garçons
égorgés, pour nous aller enterrer dans une chapelle de
jésuites, à deux lieues du château de mes pères. Un jésuite
nous jeta de l'eau bénite ; elle était horriblement salée ; il en
entra quelques gouttes dans mes yeux ; le père s'aperçut que
ma paupière faisait un petit mouvement : il mit la main sur
mon cœur et le sentit palpiter ; je fus secouru, et, au bout de

trois semaines, il n'y paraissait pas. Vous savez, mon cher
Candide, que j'étais fort joli, je le devins encore davantage ;
aussi le révérend père Croust[33], supérieur de la maison, prit
pour moi la plus tendre amitié ; il me donna l'habit de
novice ; quelque temps après je fus envoyé à Rome. Le père
général avait besoin d'une recrue de jeunes jésuites alle-
mands. Les souverains du Paraguay reçoivent le moins
qu'ils peuvent de jésuites espagnols ; ils aiment mieux les
étrangers, dont ils se croient plus maîtres. Je fus jugé propre
par le révérend père général pour aller travailler dans cette
vigne. Nous partîmes, un Polonais, un Tyrolien et moi. Je
fus honoré, en arrivant, du sous-diaconat et d'une lieute-
nance ; je suis aujourd'hui colonel et prêtre. Nous recevrons
vigoureusement les troupes du roi d'Espagne ; je vous
réponds qu'elles seront excommuniées et battues. La Provi-
dence vous envoie ici pour nous seconder. Mais est-il bien
vrai que ma chère sœur Cunégonde soit dans le voisinage,
chez le gouverneur de Buenos-Ayres ? » Candide l'assura
par serment que rien n'était plus vrai. Leurs larmes recom-
mencèrent à couler.

Le baron ne pouvait se lasser d'embrasser Candide ; il
l'appelait son frère, son sauveur. « Ah ! peut-être, lui dit-il,
nous pourrons ensemble, mon cher Candide, entrer en
vainqueurs dans la ville, et reprendre ma sœur Cunégonde.
— C'est tout ce que je souhaite, dit Candide ; car je
comptais l'épouser, et je l'espère encore. — Vous, insolent !
répondit le baron, vous auriez l'impudence d'épouser ma
sœur qui a soixante et douze quartiers ! Je vous trouve bien
effronté d'oser me parler d'un dessein si téméraire ! »
Candide, pétrifié d'un tel discours, lui répondit : « Mon
Révérend Père, tous les quartiers du monde n'y font rien ;
j'ai tiré votre sœur des bras d'un Juif et d'un inquisiteur ;
elle m'a assez d'obligations, elle veut m'épouser. Maître
Pangloss m'a toujours dit que les hommes sont égaux, et
assurément je l'épouserai. — C'est ce que nous verrons,
coquin ! » dit le jésuite baron de Thunder-ten-tronckh, et

en même temps il lui donna un grand coup du plat de son
épée sur le visage. Candide dans l'instant tire la sienne et
l'enfonce jusqu'à la garde dans le ventre du baron jésuite ;
mais, en la retirant toute fumante, il se mit à pleurer :
« Hélas ! mon Dieu, dit-il, j'ai tué mon ancien maître, mon
ami, mon beau-frère ; je suis le meilleur homme du monde,
et voilà déjà trois hommes que je tue ; et dans ces trois il y a
deux prêtres. »

Cacambo, qui faisait sentinelle à la porte de la feuillée,
accourut. « Il ne nous reste qu'à vendre cher notre vie, lui
dit son maître : on va sans doute entrer dans la feuillée, il
faut mourir les armes à la main. » Cacambo, qui en avait vu
bien d'autres, ne perdit point la tête ; il prit la robe de jésuite
que portait le baron, la mit sur le corps de Candide, lui
donna le bonnet carré du mort, et le fit monter à cheval.
Tout cela se fit en un clin d'œil. « Galopons, mon maître ;
tout le monde vous prendra pour un jésuite qui va donner
des ordres ; et nous aurons passé les frontières avant qu'on
puisse courir après nous. » Il volait déjà en prononçant ces
paroles, et en criant en espagnol : « Place, place pour le
révérend père colonel. »

CHAPITRE SEIZIÈME

CE QUI ADVINT AUX DEUX VOYAGEURS
AVEC DEUX FILLES, DEUX SINGES
ET LES SAUVAGES NOMMÉS OREILLONS[34]

Candide et son valet furent au-delà des barrières, et
personne ne savait encore dans le camp la mort du jésuite
allemand. Le vigilant Cacambo avait eu soin de remplir sa
valise de pain, de chocolat, de jambon, de fruits et de
quelques mesures de vin. Ils s'enfoncèrent avec leurs

chevaux andalous dans un pays inconnu, où ils ne découvrirent aucune route. Enfin une belle prairie entrecoupée de ruisseaux se présenta devant eux. Nos deux voyageurs font repaître leurs montures. Cacambo propose à son maître de manger, et lui en donne l'exemple. « Comment veux-tu, disait Candide, que je mange du jambon, quand j'ai tué le fils de monsieur le baron, et que je me vois condamné à ne revoir la belle Cunégonde de ma vie ? à quoi me servira de prolonger mes misérables jours, puisque je dois les traîner loin d'elle dans les remords et dans le désespoir ? et que dira le journal de Trévoux[35] ? »

En parlant ainsi, il ne laissait pas de manger. Le soleil se couchait. Les deux égarés entendirent quelques petits cris qui paraissaient poussés par des femmes. Ils ne savaient si ces cris étaient de douleur ou de joie ; mais ils se levèrent précipitamment avec cette inquiétude et cette alarme que tout inspire dans un pays inconnu. Ces clameurs partaient de deux filles toutes nues qui couraient légèrement au bord de la prairie, tandis que deux singes les suivaient en leur mordant les fesses. Candide fut touché de pitié ; il avait appris à tirer chez les Bulgares, et il aurait abattu une noisette dans un buisson sans toucher aux feuilles. Il prend son fusil espagnol à deux coups, tire, et tue les deux singes. « Dieu soit loué, mon cher Cacambo ! j'ai délivré d'un grand péril ces deux pauvres créatures ; si j'ai commis un péché en tuant un inquisiteur et un jésuite, je l'ai bien réparé en sauvant la vie à deux filles. Ce sont peut-être deux demoiselles de condition, et cette aventure nous peut procurer de très grands avantages dans le pays. »

Il allait continuer, mais sa langue devint percluse quand il vit ces deux filles embrasser tendrement les deux singes, fondre en larmes sur leurs corps et remplir l'air des cris les plus douloureux. « Je ne m'attendais pas à tant de bonté d'âme », dit-il enfin à Cacambo ; lequel lui répliqua : « Vous avez fait là un beau chef-d'œuvre, mon maître ; vous avez tué les deux amants de ces demoiselles. — Leurs

amants ! serait-il possible ? vous vous moquez de moi,
Cacambo ; le moyen de vous croire ? — Mon cher maître,
reprit Cacambo, vous êtes toujours étonné de tout ; pour-
quoi trouvez-vous si étrange que dans quelques pays il y ait
des singes qui obtiennent les bonnes grâces des dames ? Ils
sont des quarts d'hommes, comme je suis un quart d'Espa-
gnol. — Hélas ! reprit Candide, je me souviens d'avoir
entendu dire à maître Pangloss qu'autrefois pareils accidents
étaient arrivés, et que ces mélanges avaient produit des
égipans, des faunes, des satyres ; que plusieurs grands
personnages de l'antiquité en avaient vu ; mais je prenais
cela pour des fables. — Vous devez être convaincu à
présent, dit Cacambo, que c'est une vérité, et vous voyez
comment en usent les personnes qui n'ont pas reçu une
certaine éducation ; tout ce que je crains, c'est que ces dames
ne nous fassent quelque méchante affaire. »

Ces réflexions solides engagèrent Candide à quitter la
prairie et à s'enfoncer dans un bois. Il y soupa avec
Cacambo ; et tous deux, après avoir maudit l'inquisiteur de
Portugal, le gouverneur de Buenos-Ayres et le baron,
s'endormirent sur de la mousse. À leur réveil, ils sentirent
qu'ils ne pouvaient remuer [36] ; la raison en était que pendant
la nuit les Oreillons, habitants du pays, à qui les deux dames
les avaient dénoncés, les avaient garrottés avec des cordes
d'écorce d'arbre. Ils étaient entourés d'une cinquantaine
d'Oreillons tout nus, armés de flèches, de massues et de
haches de caillou : les uns faisaient bouillir une grande
chaudière ; les autres préparaient des broches, et tous
criaient : « C'est un jésuite, c'est un jésuite ! nous serons
vengés, et nous ferons bonne chère ; mangeons du jésuite,
mangeons du jésuite ! »

« Je vous l'avais bien dit, mon cher maître, s'écria
tristement Cacambo, que ces deux filles nous joueraient
d'un mauvais tour. » Candide, apercevant la chaudière et les
broches, s'écria : « Nous allons certainement être rôtis ou
bouillis. Ah ! que dirait maître Pangloss, s'il voyait comme

la pure nature est faite ? Tout est bien ; soit, mais j'avoue qu'il est bien cruel d'avoir perdu Mlle Cunégonde et d'être mis à la broche par des Oreillons. » Cacambo ne perdait jamais la tête. « Ne désespérez de rien, dit-il au désolé Candide ; j'entends un peu le jargon de ces peuples, je vais leur parler. — Ne manquez pas, dit Candide, de leur représenter quelle est l'inhumanité affreuse de faire cuire des hommes, et combien cela est peu chrétien. »

« Messieurs, dit Cacambo, vous comptez donc manger aujourd'hui un jésuite : c'est très bien fait ; rien n'est plus juste que de traiter ainsi ses ennemis. En effet le droit naturel nous enseigne à tuer notre prochain, et c'est ainsi qu'on en agit dans toute la terre. Si nous n'usons pas du droit de le manger, c'est que nous avons d'ailleurs de quoi faire bonne chère ; mais vous n'avez pas les mêmes ressources que nous ; certainement il vaut mieux manger ses ennemis que d'abandonner aux corbeaux et aux corneilles le fruit de sa victoire. Mais, messieurs, vous ne voudriez pas manger vos amis. Vous croyez aller mettre un jésuite en broche, et c'est votre défenseur, c'est l'ennemi de vos ennemis que vous allez rôtir. Pour moi, je suis né dans votre pays ; monsieur que vous voyez est mon maître, et, bien loin d'être jésuite, il vient de tuer un jésuite, il en porte les dépouilles : voilà le sujet de votre méprise. Pour vérifier ce que je vous dis, prenez sa robe, portez-la à la première barrière du royaume de Los Padres ; informez-vous si mon maître n'a pas tué un officier jésuite. Il vous faudra peu de temps ; vous pourrez toujours nous manger si vous trouvez que je vous ai menti. Mais, si je vous ai dit la vérité, vous connaissez trop les principes du droit public, les mœurs et les lois, pour ne nous pas faire grâce. »

Les Oreillons trouvèrent ce discours très raisonnable ; ils députèrent deux notables pour aller en diligence s'informer de la vérité ; les deux députés s'acquittèrent de leur commission en gens d'esprit, et revinrent bientôt apporter de bonnes nouvelles. Les Oreillons délièrent leurs deux pri-

sonniers, leur firent toutes sortes de civilités, leur offrirent
des filles, leur donnèrent des rafraîchissements, et les
reconduisirent jusqu'aux confins de leurs États, en criant
avec allégresse : « Il n'est point jésuite, il n'est point
jésuite ! »

Candide ne se lassait point d'admirer le sujet de sa
délivrance. « Quel peuple ! disait-il, quels hommes ! quelles
mœurs ! Si je n'avais pas eu le bonheur de donner un grand
coup d'épée au travers du corps du frère de Mlle Cuné-
gonde, j'étais mangé sans rémission. Mais, après tout, la
pure nature est bonne, puisque ces gens-ci, au lieu de me
manger, m'ont fait mille honnêtetés dès qu'ils ont su que je
n'étais pas jésuite. »

CHAPITRE DIX-SEPTIÈME

ARRIVÉE DE CANDIDE ET DE SON VALET
AU PAYS D'ELDORADO [37],
ET CE QU'ILS Y VIRENT

Quand ils furent aux frontières des Oreillons : « Vous
voyez, dit Cacambo à Candide, que cet hémisphère-ci ne
vaut pas mieux que l'autre : croyez-moi, retournons en
Europe par le plus court. — Comment y retourner ? dit
Candide, et où aller ? Si je vais dans mon pays, les Bulgares
et les Abares y égorgent tout ; si je retourne en Portugal, j'y
suis brûlé ; si nous restons dans ce pays-ci, nous risquons à
tout moment d'être mis en broche. Mais comment se
résoudre à quitter la partie du monde que Mlle Cunégonde
habite ?

— Tournons vers la Cayenne, dit Cacambo : nous y
trouverons des Français, qui vont par tout le monde ; ils
pourront nous aider. Dieu aura peut-être pitié de nous. »

Il n'était pas facile d'aller à la Cayenne : ils savaient bien à peu près de quel côté il fallait marcher ; mais des montagnes, des fleuves, des précipices, des brigands, des sauvages, étaient partout de terribles obstacles. Leurs chevaux moururent de fatigue ; leurs provisions furent consumées ; ils se nourrirent un mois entier de fruits sauvages, et se trouvèrent enfin auprès d'une petite rivière bordée de cocotiers, qui soutinrent leur vie et leurs espérances.

Cacambo, qui donnait toujours d'aussi bons conseils que la vieille, dit à Candide : « Nous n'en pouvons plus, nous avons assez marché ; j'aperçois un canot vide sur le rivage, emplissons-le de cocos, jetons-nous dans cette petite barque, laissons-nous aller au courant ; une rivière mène toujours à quelque endroit habité. Si nous ne trouvons pas des choses agréables, nous trouverons du moins des choses nouvelles. — Allons, dit Candide, recommandons-nous à la Providence. »

Ils voguèrent quelques lieues entre des bords tantôt fleuris, tantôt arides, tantôt unis, tantôt escarpés. La rivière s'élargissait toujours ; enfin elle se perdait sous une voûte de rochers épouvantables qui s'élevaient jusqu'au ciel. Les deux voyageurs eurent la hardiesse de s'abandonner aux flots sous cette voûte. Le fleuve, resserré en cet endroit, les porta avec une rapidité et un bruit horrible. Au bout de vingt-quatre heures ils revirent le jour ; mais leur canot se fracassa contre les écueils ; il fallut se traîner de rocher en rocher pendant une lieue entière ; enfin ils découvrirent un horizon immense, bordé de montagnes inaccessibles. Le pays était cultivé pour le plaisir comme pour le besoin ; partout l'utile était agréable. Les chemins étaient couverts ou plutôt ornés de voitures d'une forme et d'une matière brillante, portant des hommes et des femmes d'une beauté singulière, traînés rapidement par de gros moutons rouges qui surpassaient en vitesse les plus beaux chevaux d'Andalousie, de Tétuan et de Méquinez.

« Voilà pourtant, dit Candide, un pays qui vaut mieux

que la Westphalie. » Il mit pied à terre avec Cacambo
auprès du premier village qu'il rencontra. Quelques enfants
du village, couverts de brocarts d'or tout déchirés, jouaient
au palet à l'entrée du bourg ; nos deux hommes de l'autre
monde s'amusèrent à les regarder : leurs palets étaient
d'assez larges pièces rondes, jaunes, rouges, vertes, qui
jetaient un éclat singulier. Il prit envie aux voyageurs d'en
ramasser quelques-uns ; c'était de l'or, c'était des éme-
raudes, des rubis, dont le moindre aurait été le plus grand
ornement du trône du Mogol. « Sans doute, dit Cacambo,
ces enfants sont les fils du roi du pays qui jouent au petit
palet. » Le magister du village parut dans ce moment pour
les faire rentrer à l'école. « Voilà, dit Candide, le précepteur
de la famille royale. »

Les petits gueux quittèrent aussitôt le jeu, en laissant à
terre leurs palets et tout ce qui avait servi à leurs divertisse-
ments. Candide les ramasse, court au précepteur, et les lui
présente humblement, lui faisant entendre par signes que
Leurs Altesses Royales avaient oublié leur or et leurs
pierreries. Le magister du village, en souriant, les jeta par
terre, regarda un moment la figure de Candide avec
beaucoup de surprise, et continua son chemin.

Les voyageurs ne manquèrent pas de ramasser l'or, les
rubis et les émeraudes. « Où sommes-nous ? s'écria Can-
dide ; il faut que les enfants des rois de ce pays soient bien
élevés, puisqu'on leur apprend à mépriser l'or et les
pierreries. » Cacambo était aussi surpris que Candide. Ils
approchèrent enfin de la première maison du village ;
elle était bâtie comme un palais d'Europe. Une foule de
monde s'empressait à la porte, et encore plus dans le
logis. Une musique très agréable se faisait entendre, et une
odeur délicieuse de cuisine se faisait sentir. Cacambo
s'approcha de la porte, et entendit qu'on parlait péruvien ;
c'était sa langue maternelle : car tout le monde sait que
Cacambo était né au Tucuman, dans un village où l'on
ne connaissait que cette langue. « Je vous servirai d'in-

terprète, dit-il à Candide ; entrons, c'est ici un cabaret. »

Aussitôt deux garçons et deux filles de l'hôtellerie, vêtus de drap d'or, et les cheveux renoués avec des rubans, les invitent à se mettre à la table de l'hôte. On servit quatre potages garnis chacun de deux perroquets, un contour bouilli[38] qui pesait deux cents livres, deux singes rôtis d'un goût excellent, trois cents colibris dans un plat, et six cents oiseaux-mouches dans un autre ; des ragoûts exquis, des pâtisseries délicieuses ; le tout dans des plats d'une espèce de cristal de roche. Les garçons et les filles de l'hôtellerie versaient plusieurs liqueurs faites de canne de sucre.

Les convives étaient pour la plupart des marchands et des voituriers, tous d'une politesse extrême, qui firent quelques questions à Cacambo avec la discrétion la plus circonspecte, et qui répondirent aux siennes d'une manière à le satisfaire.

Quand le repas fut fini, Cacambo crut, ainsi que Candide, bien payer son écot en jetant sur la table de l'hôte deux de ces larges pièces d'or qu'il avait ramassées ; l'hôte et l'hôtesse éclatèrent de rire, et se tinrent longtemps les côtés. Enfin ils se remirent : « Messieurs, dit l'hôte, nous voyons bien que vous êtes des étrangers ; nous ne sommes pas accoutumés à en voir. Pardonnez-nous si nous nous sommes mis à rire quand vous nous avez offert en payement les cailloux de nos grands chemins. Vous n'avez pas sans doute de la monnaie du pays, mais il n'est pas nécessaire d'en avoir pour dîner ici. Toutes les hôtelleries établies pour la commodité du commerce sont payées par le gouvernement. Vous avez fait mauvaise chère ici, parce que c'est un pauvre village ; mais partout ailleurs vous serez reçus comme vous méritez de l'être. » Cacambo expliquait à Candide tous les discours de l'hôte, et Candide les écoutait avec la même admiration et le même égarement que son ami Cacambo les rendait. « Quel est donc ce pays, disaient-ils l'un et l'autre, inconnu à tout le reste de la terre, et où toute la nature est d'une espèce si différente de la nôtre ? C'est probablement le pays où tout va bien ; car il faut absolu-

ment qu'il y en ait de cette espèce. Et, quoi qu'en dît maître Pangloss, je me suis souvent aperçu que tout allait assez mal en Westphalie. »

CHAPITRE DIX-HUITIÈME

CE QU'ILS VIRENT
DANS LE PAYS D'ELDORADO

Cacambo témoigna à son hôte toute sa curiosité ; l'hôte lui dit : « Je suis fort ignorant, et je m'en trouve bien ; mais nous avons ici un vieillard [39] retiré de la cour, qui est le plus savant homme du royaume, et le plus communicatif. » Aussitôt il mène Cacambo chez le vieillard. Candide ne jouait plus que le second personnage, et accompagnait son valet. Ils entrèrent dans une maison fort simple, car la porte n'était que d'argent, et les lambris des appartements n'étaient que d'or, mais travaillés avec tant de goût que les plus riches lambris ne l'effaçaient pas. L'antichambre n'était à la vérité incrustée que de rubis et d'émeraudes ; mais l'ordre dans lequel tout était arrangé réparait bien cette extrême simplicité.

Le vieillard reçut les deux étrangers sur un sopha matelassé de plumes de colibri, et leur fit présenter des liqueurs dans des vases de diamant ; après quoi il satisfit à leur curiosité en ces termes :

« Je suis âgé de cent soixante et douze ans, et j'ai appris de feu mon père, écuyer du roi, les étonnantes révolutions du Pérou dont il avait été témoin. Le royaume où nous sommes est l'ancienne patrie des Incas, qui en sortirent très imprudemment pour aller subjuguer une partie du monde, et qui furent enfin détruits par les Espagnols.

« Les princes de leur famille qui restèrent dans leur pays

natal furent plus sages ; ils ordonnèrent, du consentement de la nation, qu'aucun habitant ne sortirait jamais de notre petit royaume ; et c'est ce qui nous a conservé notre innocence et notre félicité. Les Espagnols ont eu une connaissance confuse de ce pays, ils l'ont appelé El Dorado, et un Anglais, nommé le chevalier Raleigh, en a même approché il y a environ cent années ; mais, comme nous sommes entourés de rochers inabordables et de précipices, nous avons toujours été jusqu'à présent à l'abri de la rapacité des nations de l'Europe, qui ont une fureur inconcevable pour les cailloux et pour la fange de notre terre, et qui, pour en avoir, nous tueraient tous jusqu'au dernier. »

La conversation fut longue ; elle roula sur la forme du gouvernement, sur les mœurs, sur les femmes, sur les spectacles publics, sur les arts. Enfin Candide, qui avait toujours du goût pour la métaphysique, fit demander par Cacambo si dans le pays il y avait une religion.

Le vieillard rougit un peu. « Comment donc, dit-il, en pouvez-vous douter ? Est-ce que vous nous prenez pour des ingrats ? » Cacambo demanda humblement quelle était la religion d'Eldorado. Le vieillard rougit encore. « Est-ce qu'il peut y avoir deux religions ? dit-il ; nous avons, je crois, la religion de tout le monde : nous adorons Dieu du soir jusqu'au matin. — N'adorez-vous qu'un seul Dieu ? dit Cacambo, qui servait toujours d'interprète aux doutes de Candide. — Apparemment, dit le vieillard, qu'il n'y en a ni deux, ni trois, ni quatre. Je vous avoue que les gens de votre monde font des questions bien singulières. » Candide ne se lassait pas de faire interroger ce bon vieillard ; il voulut savoir comment on priait Dieu dans l'Eldorado. « Nous ne le prions point, dit le bon et respectable sage ; nous n'avons rien à lui demander ; il nous a donné tout ce qu'il nous faut ; nous le remercions sans cesse. » Candide eut la curiosité de voir des prêtres ; il fit demander où ils étaient. Le bon vieillard sourit « Mes amis, dit-il, nous sommes tous

prêtres ; le roi et tous les chefs de famille chantent des
cantiques d'actions de grâces solennellement tous les
matins ; et cinq ou six mille musiciens les accompagnent.

— Quoi ! vous n'avez point de moines qui enseignent,
qui disputent, qui gouvernent, qui cabalent, et qui font
brûler les gens qui ne sont pas de leur avis ? — Il faudrait
que nous fussions fous, dit le vieillard ; nous sommes tous
ici du même avis, et nous n'entendons pas ce que vous
voulez dire avec vos moines. » Candide à tous ces discours
demeurait en extase, et disait en lui-même : « Ceci est bien
différent de la Westphalie et du château de monsieur le
baron : si notre ami Pangloss avait vu Eldorado, il n'aurait
plus dit que le château de Thunder-ten-tronckh était ce qu'il
y avait de mieux sur la terre ; il est certain qu'il faut
voyager. »

Après cette longue conversation, le bon vieillard fit
atteler un carrosse à six moutons, et donna douze de ses
domestiques aux deux voyageurs pour les conduire à la
cour : « Excusez-moi, leur dit-il, si mon âge me prive de
l'honneur de vous accompagner. Le roi vous recevra d'une
manière dont vous ne serez pas mécontents, et vous
pardonnerez sans doute aux usages du pays s'il y en a
quelques-uns qui vous déplaisent. »

Candide et Cacambo montent en carrosse ; les six mou-
tons volaient, et en moins de quatre heures on arriva au
palais du roi, situé à un bout de la capitale. Le portail était
de deux cent vingt pieds de haut et de cent de large ; il est
impossible d'exprimer quelle en était la matière. On voit
assez quelle supériorité prodigieuse elle devait avoir sur ces
cailloux et sur ce sable que nous nommons *or* et *pierreries*.

Vingt belles filles de la garde reçurent Candide et
Cacambo à la descente du carrosse, les conduisirent aux
bains, les vêtirent de robes d'un tissu de duvet de colibri ;
après quoi les grands officiers et les grandes officières de la
couronne les menèrent à l'appartement de Sa Majesté, au
milieu de deux files chacune de mille musiciens, selon

l'usage ordinaire. Quand ils approchèrent de la salle du trône, Cacambo demanda à un grand officier comment il fallait s'y prendre pour saluer Sa Majesté ; si on se jetait à genoux ou ventre à terre ; si on mettait les mains sur la tête ou sur le derrière ; si on léchait la poussière de la salle ; en un mot, quelle était la cérémonie. « L'usage, dit le grand officier, est d'embrasser le roi et de le baiser des deux côtés. » Candide et Cacambo sautèrent au cou de Sa Majesté, qui les reçut avec toute la grâce imaginable et qui les pria poliment à souper.

En attendant, on leur fit voir la ville, les édifices publics élevés jusqu'aux nues, les marchés ornés de mille colonnes, les fontaines d'eau pure, les fontaines d'eau rose, celles de liqueurs de canne de sucre, qui coulaient continuellement dans de grandes places, pavées d'une espèce de pierreries qui répandaient une odeur semblable à celle du gérofle et de la cannelle. Candide demanda à voir la cour de justice, le parlement ; on lui dit qu'il n'y en avait point, et qu'on ne plaidait jamais. Il s'informa s'il y avait des prisons, et on lui dit que non. Ce qui le surprit davantage, et qui lui fit le plus de plaisir, ce fut le palais des sciences, dans lequel il vit une galerie de deux mille pas, toute pleine d'instruments de mathématique et de physique.

Après avoir parcouru, toute l'après-dînée, à peu près la millième partie de la ville, on les ramena chez le roi. Candide se mit à table entre Sa Majesté, son valet Cacambo et plusieurs dames. Jamais on ne fit meilleure chère, et jamais on n'eut plus d'esprit à souper qu'en eut Sa Majesté. Cacambo expliquait les bons mots du roi à Candide, et quoique traduits, ils paraissaient toujours des bons mots. De tout ce qui étonnait Candide, ce n'était pas ce qui l'étonna le moins.

Ils passèrent un mois dans cet hospice. Candide ne cessait de dire à Cacambo : « Il est vrai, mon ami, encore une fois, que le château où je suis né ne vaut pas le pays où nous sommes ; mais enfin Mlle Cunégonde n'y est pas, et vous

avez sans doute quelque maîtresse en Europe. Si nous restons ici, nous n'y serons que comme les autres ; au lieu que si nous retournons dans notre monde seulement avec douze moutons chargés de cailloux d'Eldorado, nous serons plus riches que tous les rois ensemble, nous n'aurons plus d'inquisiteurs à craindre, et nous pourrons aisément reprendre Mlle Cunégonde. »

Ce discours plut à Cacambo : on aime tant à courir, à se faire valoir chez les siens, à faire parade de ce qu'on a vu dans ses voyages, que les deux heureux résolurent de ne plus l'être et de demander leur congé à Sa Majesté.

« Vous faites une sottise, leur dit le roi ; je sais bien que mon pays est peu de chose ; mais, quand on est passablement quelque part, il faut y rester ; je n'ai pas assurément le droit de retenir des étrangers ; c'est une tyrannie qui n'est ni dans nos mœurs, ni dans nos lois : tous les hommes sont libres ; partez quand vous voudrez, mais la sortie est bien difficile. Il est impossible de remonter la rivière rapide sur laquelle vous êtes arrivés par miracle, et qui court sous des voûtes de rochers. Les montagnes qui entourent tout mon royaume ont dix mille pieds de hauteur, et sont droites comme des murailles ; elles occupent chacune en largeur un espace de plus de dix lieues ; on ne peut en descendre que par des précipices. Cependant, puisque vous voulez absolument partir, je vais donner ordre aux intendants des machines d'en faire une qui puisse vous transporter commodément. Quand on vous aura conduits au revers des montagnes, personne ne pourra vous accompagner ; car mes sujets ont fait vœu de ne jamais sortir de leur enceinte, et ils sont trop sages pour rompre leur vœu. Demandez-moi d'ailleurs tout ce qu'il vous plaira. — Nous ne demandons à Votre Majesté, dit Cacambo, que quelques moutons chargés de vivres, de cailloux, et de la boue du pays. » Le roi rit. « Je ne conçois pas, dit-il, quel goût vos gens d'Europe ont pour notre boue jaune ; mais emportez-en tant que vous voudrez, et grand bien vous fasse. »

Il donna l'ordre sur-le-champ à ses ingénieurs de faire une machine pour guinder ces deux hommes extraordinaires hors du royaume[40]. Trois mille bons physiciens y travaillèrent ; elle fut prête au bout de quinze jours, et ne coûta pas plus de vingt millions de livres sterling, monnaie du pays. On mit sur la machine Candide et Cacambo ; il y avait deux grands moutons rouges sellés et bridés pour leur servir de monture quand ils auraient franchi les montagnes, vingt moutons de bât chargés de vivres, trente qui portaient des présents de ce que le pays a de plus curieux, et cinquante chargés d'or, de pierreries et de diamants. Le roi embrassa tendrement les deux vagabonds.

Ce fut un beau spectacle que leur départ, et la manière ingénieuse dont ils furent hissés, eux et leurs moutons, au haut des montagnes. Les physiciens prirent congé d'eux après les avoir mis en sûreté, et Candide n'eut plus d'autre désir et d'autre objet que d'aller présenter ses moutons à Mlle Cunégonde. « Nous avons, dit-il, de quoi payer le gouverneur de Buenos-Ayres, si Mlle Cunégonde peut être mise à prix. Marchons vers la Cayenne, embarquons-nous, et nous verrons ensuite quel royaume nous pourrons acheter. »

CHAPITRE DIX-NEUVIÈME

CE QUI LEUR ARRIVA À SURINAM,
ET COMMENT CANDIDE
FIT CONNAISSANCE AVEC MARTIN

La première journée de nos deux voyageurs fut assez agréable. Ils étaient encouragés par l'idée de se voir possesseur de plus de trésors que l'Asie, l'Europe et l'Afrique n'en pouvaient rassembler. Candide, transporté,

écrivit le nom de Cunégonde sur les arbres. À la seconde journée deux de leurs moutons s'enfoncèrent dans des marais, et y furent abîmés avec leurs charges ; deux autres moutons moururent de fatigue quelques jours après ; sept ou huit périrent ensuite de faim dans un désert ; d'autres tombèrent au bout de quelques jours dans des précipices. Enfin, après cent jours de marche, il ne leur resta que deux moutons. Candide dit à Cacambo : « Mon ami, vous voyez comme les richesses de ce monde sont périssables ; il n'y a rien de solide que la vertu et le bonheur de revoir Mlle Cunégonde. — Je l'avoue, dit Cacambo ; mais il nous reste encore deux moutons avec plus de trésors que n'en aura jamais le roi d'Espagne, et je vois de loin une ville que je soupçonne être Surinam, appartenant aux Hollandais. Nous sommes au bout de nos peines et au commencement de notre félicité. »

En approchant de la ville, ils rencontrèrent un nègre[41] étendu par terre, n'ayant plus que la moitié de son habit, c'est-à-dire d'un caleçon de toile bleue ; il manquait à ce pauvre homme la jambe gauche et la main droite. « Eh, mon Dieu ! lui dit Candide en hollandais, que fais-tu là, mon ami, dans l'état horrible où je te vois ? — J'attends mon maître, M. Vanderdendur[42], le fameux négociant, répondit le nègre. — Est-ce M. Vanderdendur, dit Candide, qui t'a traité ainsi ? — Oui, monsieur, dit le nègre, c'est l'usage. On nous donne un caleçon de toile pour tout vêtement deux fois l'année. Quand nous travaillons aux sucreries, et que la meule nous attrape le doigt, on nous coupe la main ; quand nous voulons nous enfuir, on nous coupe la jambe : je me suis trouvé dans les deux cas. C'est à ce prix que vous mangez du sucre en Europe. Cependant, lorsque ma mère me vendit dix écus patagons sur la côte de Guinée, elle me disait : " Mon cher enfant, bénis nos fétiches, adore-les toujours, ils te feront vivre heureux, tu as l'honneur d'être esclave de nos seigneurs les blancs, et tu fais par là la fortune de ton père et de ta mère. " Hélas ! je ne

sais pas si j'ai fait leur fortune, mais ils n'ont pas fait la mienne. Les chiens, les singes et les perroquets sont mille fois moins malheureux que nous. Les fétiches hollandais qui m'ont converti me disent tous les dimanches que nous sommes tous enfants d'Adam, blancs et noirs. Je ne suis pas généalogiste ; mais si ces prêcheurs disent vrai, nous sommes tous cousins issus de germains. Or vous m'avouerez qu'on ne peut pas en user avec ses parents d'une manière plus horrible.

— Ô Pangloss ! s'écria Candide, tu n'avais pas deviné cette abomination ; c'en est fait, il faudra qu'à la fin je renonce à ton optimisme. — Qu'est-ce qu'optimisme ? disait Cacambo. — Hélas ! dit Candide, c'est la rage de soutenir que tout est bien quand on est mal. » Et il versait des larmes en regardant son nègre, et en pleurant il entra dans Surinam.

La première chose dont ils s'informent, c'est s'il n'y a point au port quelque vaisseau qu'on pût envoyer à Buenos-Ayres. Celui à qui ils s'adressèrent était justement un patron espagnol, qui s'offrit à faire avec eux un marché honnête. Il leur donna rendez-vous dans un cabaret. Candide et le fidèle Cacambo allèrent l'y attendre avec leurs deux moutons.

Candide, qui avait le cœur sur les lèvres, conta à l'Espagnol toutes ses aventures, et lui avoua qu'il voulait enlever Mlle Cunégonde. « Je me garderai bien de vous passer à Buenos-Ayres, dit le patron : je serais pendu et vous aussi. La belle Cunégonde est la maîtresse favorite de monseigneur. » Ce fut un coup de foudre pour Candide ; il pleura longtemps ; enfin il tira à part Cacambo : « Voici, mon cher ami, lui dit-il, ce qu'il faut que tu fasses. Nous avons chacun dans nos poches pour cinq ou six millions de diamants ; tu es plus habile que moi ; va prendre Mlle Cunégonde à Buenos-Ayres. Si le gouverneur fait quelques difficultés, donne-lui un million ; s'il ne se rend pas, donne-lui-en deux ; tu n'as point tué d'inquisiteur, on ne se défiera

point de toi. J'équiperai un autre vaisseau ; j'irai t'attendre à
Venise ; c'est un pays libre où l'on n'a rien à craindre ni des
Bulgares, ni des Abares, ni des Juifs, ni des inquisiteurs. »
Cacambo applaudit à cette sage résolution. Il était au
désespoir de se séparer d'un bon maître, devenu son ami
intime ; mais le plaisir de lui être utile l'emporta sur la
douleur de le quitter. Ils s'embrassèrent en versant des
larmes. Candide lui recommanda de ne point oublier la
bonne vieille. Cacambo partit dès le jour même : c'était un
très bon homme que ce Cacambo.

Candide resta encore quelque temps à Surinam, et
attendit qu'un autre patron voulût le mener en Italie, lui et
les deux moutons qui lui restaient. Il prit des domestiques,
et acheta tout ce qui lui était nécessaire pour un long
voyage ; enfin M. Vanderdendur, maître d'un gros vaisseau,
vint se présenter à lui. « Combien voulez-vous, demanda-
t-il à cet homme, pour me mener en droiture à Venise, moi,
mes gens, mon bagage, et les deux moutons que voilà ? » Le
patron s'accorda à dix mille piastres. Candide n'hésita pas.

« Oh ! oh ! dit à part soi le prudent Vanderdendur, cet
étranger donne dix mille piastres tout d'un coup ! il faut
qu'il soit bien riche. » Puis, revenant un moment après, il
signifia qu'il ne pouvait partir à moins de vingt mille. « Eh
bien ! vous les aurez », dit Candide.

« Ouais ! se dit tout bas le marchand, cet homme donne
vingt mille piastres aussi aisément que dix mille. » Il revint
encore, et dit qu'il ne pouvait le conduire à Venise à moins
de trente mille piastres. « Vous en aurez donc trente mille »,
répondit Candide.

« Oh ! oh ! se dit encore le marchand hollandais, trente
mille piastres ne coûtent rien à cet homme-ci ; sans doute les
deux moutons portent des trésors immenses ; n'insistons
pas davantage : faisons-nous d'abord payer les trente mille
piastres, et puis nous verrons. » Candide vendit deux petits
diamants, dont le moindre valait plus que tout l'argent que
demandait le patron. Il le paya d'avance. Les deux moutons

furent embarqués. Candide suivait dans un petit bateau
pour joindre le vaisseau à la rade ; le patron prend son
temps, met à la voile, démarre ; le vent le favorise. Candide,
éperdu et stupéfait, le perd bientôt de vue. « Hélas ! cria-
t-il, voilà un tour digne de l'ancien monde. » Il retourne au
rivage, abîmé dans la douleur ; car enfin il avait perdu de
quoi faire la fortune de vingt monarques.

Il se transporte chez le juge hollandais ; et comme il était
un peu troublé, il frappe rudement à la porte ; il entre,
expose son aventure, et crie un peu plus haut qu'il ne
convenait. Le juge commença par lui faire payer dix mille
piastres pour le bruit qu'il avait fait. Ensuite il l'écouta
patiemment, lui promit d'examiner son affaire sitôt que le
marchand serait revenu, et se fit payer dix mille autres
piastres pour les frais de l'audience.

Ce procédé acheva de désespérer Candide ; il avait à la
vérité essuyé des malheurs mille fois plus douloureux ; mais
le sang-froid du juge, et celui du patron dont il était volé,
alluma sa bile, et le plongea dans une noire mélancolie. La
méchanceté des hommes se présentait à son esprit dans
toute sa laideur ; il ne se nourrissait que d'idées tristes.
Enfin, un vaisseau français étant sur le point de partir pour
Bordeaux, comme il n'avait plus de moutons chargés de
diamants à embarquer, il loua une chambre du vaisseau à
juste prix, et fit signifier dans la ville qu'il payerait le
passage, la nourriture, et donnerait deux mille piastres à un
honnête homme qui voudrait faire le voyage avec lui, à
condition que cet homme serait le plus dégoûté de son état
et le plus malheureux de la province.

Il se présenta une foule de prétendants qu'une flotte
n'aurait pu contenir. Candide voulant choisir entre les plus
apparents, il distingua une vingtaine de personnes qui lui
paraissaient assez sociables, et qui toutes prétendaient
mériter la préférence. Il les assembla dans son cabaret, et
leur donna à souper, à condition que chacun ferait serment
de raconter fidèlement son histoire, promettant de choisir

celui qui lui paraîtrait le plus à plaindre et le plus mécontent de son état à plus juste titre, et de donner aux autres quelques gratifications.

La séance dura jusqu'à quatre heures du matin. Candide, en écoutant toutes leurs aventures, se ressouvenait de ce que lui avait dit la vieille en allant à Buenos-Ayres, et de la gageure qu'elle avait faite, qu'il n'y avait personne sur le vaisseau à qui il ne fût arrivé de très grands malheurs. Il songeait à Pangloss à chaque aventure qu'on lui contait. « Ce Pangloss, disait-il, serait bien embarrassé à démontrer son système. Je voudrais qu'il fût ici. Certainement, si tout va bien, c'est dans Eldorado, et non pas dans le reste de la terre. » Enfin il se détermina en faveur d'un pauvre savant qui avait travaillé dix ans pour les libraires d'Amsterdam. Il jugea qu'il n'y avait point de métier au monde dont on dût être plus dégoûté.

Ce savant, qui était d'ailleurs un bon homme, avait été volé par sa femme, battu par son fils, et abandonné de sa fille qui s'était fait enlever par un Portugais. Il venait d'être privé d'un petit emploi duquel il subsistait ; et les prédicants de Surinam le persécutaient parce qu'ils le prenaient pour un socinien[43]. Il faut avouer que les autres étaient pour le moins aussi malheureux que lui ; mais Candide espérait que le savant le désennuierait dans le voyage. Tous ses autres rivaux trouvèrent que Candide leur faisait une grande injustice ; mais il les apaisa en leur donnant à chacun cent piastres.

CHAPITRE VINGTIÈME

CE QUI ARRIVA SUR MER
À CANDIDE ET À MARTIN

Le vieux savant, qui s'appelait Martin, s'embarqua donc pour Bordeaux avec Candide. L'un et l'autre avaient beaucoup vu et beaucoup souffert ; et quand le vaisseau aurait dû faire voile de Surinam au Japon par le cap de Bonne-Espérance, ils auraient eu de quoi s'entretenir du mal moral et du mal physique pendant tout le voyage.

Cependant Candide avait un grand avantage sur Martin, c'est qu'il espérait toujours revoir Mlle Cunégonde, et que Martin n'avait rien à espérer ; de plus, il avait de l'or et des diamants ; et, quoiqu'il eût perdu cent gros moutons rouges chargés des plus grands trésors de la terre, quoiqu'il eût toujours sur le cœur la friponnerie du patron hollandais, cependant, quand il songeait à ce qui lui restait dans ses poches, et quand il parlait de Cunégonde, surtout à la fin du repas, il penchait alors pour le système de Pangloss.

« Mais vous, monsieur Martin, dit-il au savant, que pensez-vous de tout cela ? Quelle est votre idée sur le mal moral et le mal physique ? — Monsieur, répondit Martin, mes prêtres m'ont accusé d'être socinien ; mais la vérité du fait est que je suis manichéen [44]. — Vous vous moquez de moi, dit Candide, il n'y a plus de manichéens dans le monde. — Il y a moi, dit Martin ; je ne sais qu'y faire, mais je ne peux penser autrement. — Il faut que vous ayez le diable au corps, dit Candide. — Il se mêle si fort des affaires de ce monde, dit Martin, qu'il pourrait bien être dans mon corps, comme partout ailleurs ; mais je vous avoue qu'en jetant la vue sur ce globe, ou plutôt sur ce globule, je pense

que Dieu l'a abandonné à quelque être malfaisant ; j'en
excepte toujours Eldorado. Je n'ai guère vu de ville qui ne
désirât la ruine de la ville voisine, point de famille qui ne
voulût exterminer quelque autre famille. Partout les faibles
ont en exécration les puissants devant lesquels ils rampent,
et les puissants les traitent comme des troupeaux dont on
vend la laine et la chair. Un million d'assassins enrégimen-
tés, courant d'un bout de l'Europe à l'autre, exerce le
meurtre et le brigandage avec discipline pour gagner son
pain, parce qu'il n'a pas de métier plus honnête ; et dans les
villes qui paraissent jouir de la paix et où les arts fleurissent,
les hommes sont dévorés de plus d'envie, de soins et
d'inquiétudes qu'une ville assiégée n'éprouve de fléaux. Les
chagrins secrets sont encore plus cruels que les misères
publiques. En un mot, j'en ai tant vu, et tant éprouvé, que je
suis manichéen.

— Il y a pourtant du bon, répliquait Candide. — Cela
peut être, disait Martin, mais je ne le connais pas. »

Au milieu de cette dispute, on entendit un bruit de canon.
Le bruit redouble de moment en moment. Chacun prend sa
lunette. On aperçoit deux vaisseaux qui combattaient à la
distance d'environ trois milles ; le vent les amena l'un et
l'autre si près du vaisseau français qu'on eut le plaisir de voir
le combat tout à son aise. Enfin l'un des deux vaisseaux
lâcha à l'autre une bordée si bas et si juste qu'il le coula à
fond. Candide et Martin aperçurent distinctement une
centaine d'hommes sur le tillac du vaisseau qui s'enfonçait ;
ils levaient tous les mains au ciel et jetaient des clameurs
effroyables ; en un moment tout fut englouti.

« Eh bien ! dit Martin, voilà comme les hommes se
traitent les uns les autres. — Il est vrai, dit Candide, qu'il y a
quelque chose de diabolique dans cette affaire. » En parlant
ainsi, il aperçut je ne sais quoi d'un rouge éclatant qui
nageait auprès de son vaisseau. On détacha la chaloupe pour
voir ce que ce pouvait être : c'était un de ses moutons.
Candide eut plus de joie de retrouver ce mouton qu'il

n'avait été affligé d'en perdre cent tous chargés de gros diamants d'Eldorado.

Le capitaine français aperçut bientôt que le capitaine du vaisseau submergeant était espagnol, et que celui du vaisseau submergé était un pirate hollandais ; c'était celui-là même qui avait volé Candide. Les richesses immenses dont ce scélérat s'était emparé furent ensevelies avec lui dans la mer, et il n'y eut qu'un mouton de sauvé. « Vous voyez, dit Candide à Martin, que le crime est puni quelquefois ; ce coquin de patron hollandais a eu le sort qu'il méritait. — Oui, dit Martin, mais fallait-il que les passagers qui étaient sur son vaisseau périssent aussi ? Dieu a puni ce fripon, le diable a noyé les autres. »

Cependant le vaisseau français et l'espagnol continuèrent leur route, et Candide continua ses conversations avec Martin. Ils disputèrent quinze jours de suite, et au bout de quinze jours ils étaient aussi avancés que le premier. Mais enfin ils parlaient, ils se communiquaient des idées, ils se consolaient. Candide caressait son mouton. « Puisque je t'ai retrouvé, dit-il, je pourrai bien retrouver Cunégonde. »

CHAPITRE VINGT ET UNIÈME

CANDIDE ET MARTIN
APPROCHENT DES CÔTES DE FRANCE
ET RAISONNENT

On aperçut enfin les côtes de France. « Avez-vous jamais été en France, monsieur Martin ? dit Candide. — Oui, dit Martin, j'ai parcouru plusieurs provinces. Il y en a où la moitié des habitants est folle, quelques-unes où l'on est trop rusé, d'autres où l'on est communément assez doux et assez bête, d'autres où l'on fait le bel esprit ; et dans toutes, la

principale occupation est l'amour, la seconde de médire, et la troisième de dire des sottises. — Mais, monsieur Martin, avez-vous vu Paris[45] ? — Oui, j'ai vu Paris ; il tient de toutes ces espèces-là ; c'est un chaos, c'est une presse dans laquelle tout le monde cherche le plaisir, et où presque personne ne le trouve, du moins à ce qu'il m'a paru. J'y ai séjourné peu ; j'y fus volé, en arrivant, de tout ce que j'avais, par des filous, à la foire Saint-Germain[46] ; on me prit moi-même pour un voleur, et je fus huit jours en prison ; après quoi je me fis correcteur d'imprimerie pour gagner de quoi retourner à pied en Hollande. Je connus la canaille écrivante, la canaille cabalante, et la canaille convulsionnaire[47]. On dit qu'il y a des gens fort polis dans cette ville-là ; je veux croire.

— Pour moi, je n'ai nulle curiosité de voir la France, dit Candide ; vous devinez aisément que, quand on a passé un mois dans Eldorado, on ne se soucie plus de rien voir sur la terre que Mlle Cunégonde ; je vais l'attendre à Venise ; nous traverserons la France pour aller en Italie ; ne m'accompagnerez-vous pas ? — Très volontiers, dit Martin ; on dit que Venise n'est bonne que pour les nobles Vénitiens, mais que cependant on y reçoit très bien les étrangers quand ils ont beaucoup d'argent ; je n'en ai point, vous en avez, je vous suivrai partout. — À propos, dit Candide, pensez-vous que la terre ait été originairement une mer, comme on l'assure dans ce gros livre[48] qui appartient au capitaine du vaisseau ? — Je n'en crois rien du tout, dit Martin, non plus que de toutes les rêveries qu'on nous débite depuis quelque temps. — Mais à quelle fin ce monde a-t-il donc été formé ? dit Candide. — Pour nous faire enrager, répondit Martin. — N'êtes-vous pas bien étonné, continua Candide, de l'amour que ces deux filles du pays des Oreillons avaient pour ces deux singes, et dont je vous ai conté l'aventure ? — Point du tout, dit Martin ; je ne vois pas ce que cette passion a d'étrange ; j'ai tant vu de choses extraordinaires, qu'il n'y a plus rien d'extraordinaire. — Croyez-vous, dit Candide,

que les hommes se soient toujours mutuellement massacrés comme ils font aujourd'hui ? qu'ils aient toujours été menteurs, fourbes, perfides, ingrats, brigands, faibles, volages, lâches, envieux, gourmands, ivrognes, avares, ambitieux, sanguinaires, calomniateurs, débauchés, fanatiques, hypocrites et sots ? — Croyez-vous, dit Martin, que les éperviers aient toujours mangé des pigeons quand ils en ont trouvé ? — Oui, sans doute, dit Candide. — Eh bien ! dit Martin, si les éperviers ont toujours eu le même caractère, pourquoi voulez-vous que les hommes aient changé le leur ? — Oh ! dit Candide, il y a bien de la différence, car le libre arbitre... » En raisonnant ainsi, ils arrivèrent à Bordeaux.

CHAPITRE VINGT-DEUXIÈME

CE QUI ARRIVA EN FRANCE
À CANDIDE ET À MARTIN

Candide ne s'arrêta dans Bordeaux qu'autant de temps qu'il en fallait pour vendre quelques cailloux du Dorado, et pour s'accommoder d'une bonne chaise à deux places ; car il ne pouvait plus se passer de son philosophe Martin. Il fut seulement très fâché de se séparer de son mouton, qu'il laissa à l'Académie des sciences de Bordeaux, laquelle proposa pour le sujet du prix de cette année de trouver pourquoi la laine de ce mouton était rouge ; et le prix fut adjugé à un savant du Nord[49], qui démontra par A plus B, moins C, divisé par Z, que le mouton devait être rouge, et mourir de la clavelée.

Cependant tous les voyageurs que Candide rencontra dans les cabarets de la route lui disaient : « Nous allons à Paris. » Cet empressement général lui donna enfin l'envie

de voir cette capitale ; ce n'était pas beaucoup se détourner
du chemin de Venise.

Il entra par le faubourg Saint-Marceau[50], et crut être dans
le plus vilain village de la Westphalie.

À peine Candide fut-il dans son auberge qu'il fut attaqué
d'une maladie légère causée par ses fatigues. Comme il avait
au doigt un diamant énorme, et qu'on avait aperçu dans son
équipage une cassette prodigieusement pesante, il eut aussi-
tôt auprès de lui deux médecins qu'il n'avait pas mandés,
quelques amis intimes qui ne le quittèrent pas, et deux
dévotes qui faisaient chauffer ses bouillons. Martin disait :
« Je me souviens d'avoir été malade aussi à Paris dans mon
premier voyage ; j'étais fort pauvre : aussi n'eus-je ni amis,
ni dévotes, ni médecins, et je guéris. »

Cependant, à force de médecines et de saignées, la
maladie de Candide devint sérieuse. Un habitué du quartier
vint avec douceur lui demander un billet payable au porteur
pour l'autre monde[51] ; Candide n'en voulut rien faire. Les
dévotes l'assurèrent que c'était une nouvelle mode ; Can-
dide répondit qu'il n'était point homme à la mode. Martin
voulut jeter l'habitué par les fenêtres. Le clerc jura qu'on
n'enterrerait point Candide. Martin jura qu'il enterrerait le
clerc s'il continuait à les importuner. La querelle s'échauffa ;
Martin le prit par les épaules et le chassa rudement ; ce qui
causa un grand scandale, dont on fit un procès-verbal.

Candide guérit ; et pendant sa convalescence il eut très
bonne compagnie à souper chez lui. On jouait gros jeu.
Candide était tout étonné que jamais les as ne lui vinssent ;
et Martin ne s'en étonnait pas.

Parmi ceux qui lui faisaient les honneurs de la ville, il y
avait un petit abbé périgourdin, l'un de ces gens empressés,
toujours alertes, toujours serviables, effrontés, caressants,
accommodants, qui guettent les étrangers à leur passage,
leur content l'histoire scandaleuse de la ville, et leur offrent
des plaisirs à tout prix. Celui-ci mena d'abord Candide et
Martin à la comédie. On y jouait une tragédie nouvelle.

Candide se trouva placé auprès de quelques beaux esprits. Cela ne l'empêcha pas de pleurer à des scènes jouées parfaitement. Un des raisonneurs qui étaient à ses côtés lui dit dans un entracte : « Vous avez grand tort de pleurer : cette actrice est fort mauvaise ; l'acteur qui joue avec elle est plus mauvais acteur encore ; la pièce est encore plus mauvaise que les acteurs ; l'auteur ne sait pas un mot d'arabe, et cependant la scène est en Arabie ; et, de plus, c'est un homme qui ne croit pas aux idées innées [52] : je vous apporterai demain vingt brochures contre lui. — Monsieur, combien avez-vous de pièces de théâtre en France ? » dit Candide à l'abbé ; lequel répondit : « Cinq ou six mille. — C'est beaucoup, dit Candide ; combien y en a-t-il de bonnes ? — Quinze ou seize, répliqua l'autre. — C'est beaucoup », dit Martin.

Candide fut très content d'une actrice qui faisait la reine Élisabeth dans une assez plate tragédie [53] que l'on joue quelquefois. « Cette actrice, dit-il à Martin, me plaît beaucoup ; elle a un faux air de Mlle Cunégonde ; je serais bien aise de la saluer. » L'abbé périgourdin s'offrit à l'introduire chez elle. Candide, élevé en Allemagne, demanda quelle était l'étiquette, et comment on traitait en France les reines d'Angleterre. « Il faut distinguer, dit l'abbé ; en province, on les mène au cabaret ; à Paris, on les respecte quand elles sont belles, et on les jette à la voirie quand elles sont mortes. — Des reines à la voirie ! dit Candide. — Oui vraiment, dit Martin ; monsieur l'abbé a raison : j'étais à Paris quand Mlle Monime [54] passa, comme on dit, de cette vie à l'autre ; on lui refusa ce que ces gens-ci appellent *les honneurs de la sépulture*, c'est-à-dire de pourrir avec tous les gueux du quartier dans un vilain cimetière ; elle fut enterrée toute seule de sa bande au coin de la rue de Bourgogne ; ce qui dut lui faire une peine extrême, car elle pensait très noblement. — Cela est bien impoli, dit Candide. — Que voulez-vous ? dit Martin ; ces gens-ci sont ainsi faits. Imaginez toutes les contradictions,

toutes les incompatibilités possibles, vous les verrez dans le gouvernement, dans les tribunaux, dans les églises, dans les spectacles de cette drôle de nation. — Est-il vrai qu'on rit toujours à Paris ? dit Candide. — Oui, dit l'abbé, mais c'est en enrageant ; car on s'y plaint de tout avec de grands éclats de rire ; et même on y fait en riant les actions les plus détestables.

— Quel est, dit Candide, ce gros cochon qui me disait tant de mal de la pièce où j'ai tant pleuré et des acteurs qui m'ont fait tant de plaisir [55] ? — C'est un mal vivant, répondit l'abbé, qui gagne sa vie à dire du mal de toutes les pièces et de tous les livres ; il hait quiconque réussit, comme les eunuques haïssent les jouissants : c'est un de ces serpents de la littérature qui se nourrissent de fange et de venin ; c'est un folliculaire. — Qu'appelez-vous folliculaire [56] ? dit Candide. — C'est, dit l'abbé, un faiseur de feuilles, un *Fréron*. »

C'est ainsi que Candide, Martin et le Périgourdin raisonnaient sur l'escalier, en voyant défiler le monde au sortir de la pièce. « Quoique je sois très empressé de revoir Mlle Cunégonde, dit Candide, je voudrais pourtant souper avec Mlle Clairon ; car elle m'a paru admirable. »

L'abbé n'était pas homme à approcher de Mlle Clairon, qui ne voyait que bonne compagnie. « Elle est engagée pour ce soir, dit-il ; mais j'aurai l'honneur de vous mener chez une dame de qualité, et là vous connaîtrez Paris comme si vous y aviez été quatre ans. »

Candide, qui était naturellement curieux, se laissa mener chez la dame, au fond du faubourg Saint-Honoré ; on y était occupé d'un pharaon [57] ; douze tristes pontes tenaient chacun en main un petit livre de cartes, registre cornu de leurs infortunes. Un profond silence régnait, la pâleur était sur le front des pontes, l'inquiétude sur celui du banquier, et la dame du logis, assise auprès de ce banquier impitoyable, remarquait avec des yeux de lynx tous les parolis, tous les sept-et-le-va de campagne, dont chaque joueur cornait ses cartes ; elle les faisait décorner avec une attention sévère

mais polie, et ne se fâchait point, de peur de perdre ses pratiques : la dame se faisait appeler la marquise de Parolignac. Sa fille, âgée de quinze ans, était au nombre des pontes et avertissait d'un clin d'œil des friponneries de ces pauvres gens, qui tâchaient de réparer les cruautés du sort. L'abbé périgourdin, Candide et Martin entrèrent ; personne ne se leva, ni les salua, ni les regarda ; tous étaient profondément occupés de leurs cartes. « Madame la baronne de Thunder-ten-tronckh était plus civile », dit Candide.

Cependant l'abbé s'approcha de l'oreille de la marquise, qui se leva à moitié, honora Candide d'un sourire gracieux, et Martin d'un air de tête tout à fait noble ; elle fit donner un siège et un jeu de cartes à Candide, qui perdit cinquante mille francs en deux tailles[58] ; après quoi on soupa très gaiement, et tout le monde était étonné que Candide ne fût pas ému de sa perte ; les laquais disaient entre eux, dans leur langage de laquais : « Il faut que ce soit quelque milord anglais. »

Le souper fut comme la plupart des soupers de Paris : d'abord du silence, ensuite un bruit de paroles qu'on ne distingue point, puis des plaisanteries dont la plupart sont insipides, de fausses nouvelles, de mauvais raisonnements, un peu de politique et beaucoup de médisance ; on parla même de livres nouveaux. « Avez-vous lu, dit l'abbé périgourdin, le roman du sieur Gauchat, docteur en théologie[59] ? — Oui, répondit un des convives, mais je n'ai pu l'achever. Nous avons une foule d'écrits impertinents, mais tous ensemble n'approchent pas de l'impertinence de Gauchat, docteur en théologie ; je suis si rassasié de cette immensité de détestables livres qui nous inondent que je me suis mis à ponter au pharaon. — Et les *Mélanges* de l'archidiacre T...[60], qu'en dites-vous ? dit l'abbé. — Ah ! dit Mme de Parolignac, l'ennuyeux mortel ! comme il vous dit curieusement tout ce que le monde sait ! comme il discute pesamment ce qui ne vaut pas la peine d'être remarqué

légèrement! comme il s'approprie sans esprit l'esprit des
autres! comme il gâte ce qu'il pille! comme il me dégoûte!
Mais il ne me dégoûtera plus : c'est assez d'avoir lu
quelques pages de l'archidiacre. »

Il y avait à table un homme savant et de goût qui appuya
ce que disait la marquise. On parla ensuite de tragédies ; la
dame demanda pourquoi il y avait des tragédies qu'on jouait
quelquefois, et qu'on ne pouvait lire. L'homme de goût
expliqua très bien comment une pièce pouvait avoir quelque
intérêt et n'avoir presque aucun mérite ; il prouva en peu de
mots que ce n'était pas assez d'amener une ou deux de ces
situations qu'on trouve dans tous les romans, et qui
séduisent toujours les spectateurs, mais qu'il faut être neuf
sans être bizarre, souvent sublime, et toujours naturel ;
connaître le cœur humain et le faire parler ; être grand poète
sans que jamais aucun personnage de la pièce paraisse
poète ; savoir parfaitement sa langue, la parler avec pureté,
avec une harmonie continue, sans que jamais la rime coûte
rien au sens. « Quiconque, ajouta-t-il, n'observe pas toutes
ces règles peut faire une ou deux tragédies applaudies au
théâtre, mais il ne sera jamais compté au rang des bons
écrivains ; il y a très peu de bonnes tragédies ; les unes sont
des idylles en dialogues bien écrits et bien rimés ; les autres,
des raisonnements politiques qui endorment, ou des ampli-
fications qui rebutent ; les autres, des rêves d'énergumène,
en style barbare, des propos interrompus, de longues
apostrophes aux dieux, parce qu'on ne sait point parler aux
hommes, des maximes fausses, des lieux communs
ampoulés[61]. »

Candide écouta ce propos avec attention, et conçut une
grande idée du discoureur ; et, comme la marquise avait eu
soin de le placer à côté d'elle, il s'approcha de son oreille, et
prit la liberté de lui demander qui était cet homme qui
parlait si bien. « C'est un savant, dit la dame, qui ne ponte
point, et que l'abbé m'amène quelquefois à souper ; il se
connaît parfaitement en tragédies et en livres, et il a fait une

tragédie sifflée et un livre dont on n'a jamais vu hors de la
boutique de son libraire qu'un exemplaire qu'il m'a dédié.
— Le grand homme! dit Candide; c'est un autre Pan-
gloss. »

Alors, se tournant vers lui, il lui dit : « Monsieur, vous
pensez sans doute que tout est au mieux dans le monde
physique et dans le moral, et que rien ne pouvait être
autrement ? — Moi, monsieur, lui répondit le savant, je ne
pense rien de tout cela : je trouve que tout va de travers
chez nous; que personne ne sait ni quel est son rang, ni
quelle est sa charge, ni ce qu'il fait, ni ce qu'il doit faire, et
qu'excepté le souper, qui est assez gai et où il paraît assez
d'union, tout le reste du temps se passe en querelles
impertinentes : jansénistes contre molinistes, gens du parle-
ment contre gens d'église, gens de lettres contre gens de
lettres, courtisans contre courtisans, financiers contre le
peuple, femmes contre maris, parents contre parents; c'est
une guerre éternelle. »

Candide lui répliqua : « J'ai vu pis. Mais un sage, qui
depuis a eu le malheur d'être pendu, m'apprit que tout cela
est à merveille; ce sont des ombres à un beau tableau[62]. —
Votre pendu se moquait du monde, dit Martin; vos ombres
sont des taches horribles. — Ce sont les hommes qui font
les taches, dit Candide, et ils ne peuvent pas s'en dispenser.
— Ce n'est donc pas leur faute », dit Martin. La plupart des
pontes, qui n'entendaient rien à ce langage, buvaient; et
Martin raisonna avec le savant, et Candide raconta une
partie de ses aventures à la dame du logis.

Après soupé, la marquise mena Candide dans son cabinet
et le fit asseoir sur un canapé. « Eh bien! lui dit-elle, vous
aimez donc toujours éperdument Mlle Cunégonde de
Thunder-ten-tronckh ? — Oui, madame », répondit Can-
dide. La marquise lui répliqua avec un souris tendre :
« Vous me répondez comme un jeune homme de Westpha-
lie; un Français m'aurait dit : " Il est vrai que j'ai aimé
Mlle Cunégonde; mais en vous voyant, madame, je crains

de ne la plus aimer. " — Hélas ! madame, dit Candide, je
répondrai comme vous voudrez. — Votre passion pour elle,
dit la marquise, a commencé en ramassant son mouchoir ; je
veux que vous ramassiez ma jarretière. — De tout mon
cœur », dit Candide ; et il la ramassa. « Mais je veux que
vous me la remettiez », dit la dame ; et Candide la lui remit.
« Voyez-vous, dit la dame, vous êtes étranger, je fais
quelquefois languir mes amants de Paris quinze jours, mais
je me rends à vous dès la première nuit, parce qu'il faut faire
les honneurs de son pays à un jeune homme de Westpha-
lie. » La belle, ayant aperçu deux énormes diamants aux
deux mains de son jeune étranger, les loua de si bonne foi
que des doigts de Candide ils passèrent aux doigts de la
marquise.

Candide, en s'en retournant avec son abbé périgourdin,
sentit quelques remords d'avoir fait une infidélité à
Mlle Cunégonde ; monsieur l'abbé entra dans sa peine ; il
n'avait qu'une légère part aux cinquante mille livres perdues
au jeu par Candide, et à la valeur des deux brillants moitié
donnés, moitié extorqués. Son dessein était de profiter,
autant qu'il le pourrait, des avantages que la connaissance de
Candide pouvait lui procurer. Il lui parla beaucoup de
Cunégonde ; et Candide lui dit qu'il demanderait bien
pardon à cette belle de son infidélité, quand il la verrait à
Venise.

Le Périgourdin redoublait de politesse et d'attentions, et
prenait un intérêt tendre à tout ce que Candide disait, à tout
ce qu'il faisait, à tout ce qu'il voulait faire.

« Vous avez donc, monsieur, lui dit-il, un rendez-vous à
Venise ? — Oui, monsieur l'abbé, dit Candide ; il faut
absolument que j'aille trouver Mlle Cunégonde. » Alors,
engagé par le plaisir de parler de ce qu'il aimait, il conta,
selon son usage, une partie de ses aventures avec cette
illustre Westphalienne.

« Je crois, dit l'abbé, que Mlle Cunégonde a bien de
l'esprit, et qu'elle écrit des lettres charmantes ? — Je n'en ai

jamais reçu, dit Candide ; car figurez-vous qu'ayant été
chassé du château pour l'amour d'elle, je ne pus lui écrire ;
que bientôt après j'appris qu'elle était morte, qu'ensuite je la
retrouvai, et que je la perdis, et que je lui ai envoyé à deux
mille cinq cents lieues d'ici un exprès dont j'attends la
réponse. »

L'abbé écoutait attentivement, et paraissait un peu
rêveur. Il prit bientôt congé des deux étrangers, après les
avoir tendrement embrassés. Le lendemain Candide reçut à
son réveil une lettre conçue en ces termes :

*Monsieur, mon très cher amant, il y a huit jours que je suis
malade en cette ville ; j'apprends que vous y êtes. Je volerais
dans vos bras si je pouvais remuer. J'ai su votre passage à
Bordeaux ; j'y ai laissé le fidèle Cacambo et la vieille, qui
doivent bientôt me suivre. Le gouverneur de Buenos-Ayres
a tout pris, mais il me reste votre cœur. Venez, votre
présence me rendra la vie, ou me fera mourir de plaisir.*

Cette lettre charmante, cette lettre inespérée, transporta
Candide d'une joie inexprimable ; et la maladie de sa chère
Cunégonde l'accabla de douleur. Partagé entre ces deux
sentiments, il prend son or et ses diamants, et se fait
conduire avec Martin à l'hôtel où Mlle Cunégonde demeu-
rait. Il entre en tremblant d'émotion, son cœur palpite, sa
voix sanglote ; il veut ouvrir les rideaux du lit, il veut faire
apporter de la lumière. « Gardez-vous-en bien, lui dit la
suivante, la lumière la tue » ; et soudain elle referme le
rideau. « Ma chère Cunégonde, dit Candide en pleurant,
comment vous portez-vous ? si vous ne pouvez me voir,
parlez-moi du moins. — Elle ne peut parler », dit la
suivante. La dame alors tire du lit une main potelée que
Candide arrose longtemps de ses larmes, et qu'il remplit
ensuite de diamants, en laissant un sac plein d'or sur le
fauteuil.

Au milieu de ses transports arrive un exempt suivi de

l'abbé périgourdin et d'une escouade. « Voilà donc, dit-il, ces deux étrangers suspects ? » Il les fait incontinent saisir, et ordonne à ses braves de les traîner en prison. « Ce n'est pas ainsi qu'on traite les voyageurs dans le Dorado, dit Candide. — Je suis plus manichéen que jamais, dit Martin. — Mais, monsieur, où nous menez-vous ? dit Candide. — Dans un cul de basse-fosse », dit l'exempt.

Martin, ayant repris son sang-froid, jugea que la dame qui se prétendait Cunégonde était une friponne, monsieur l'abbé périgourdin un fripon qui avait abusé au plus vite de l'innocence de Candide, et l'exempt un autre fripon dont on pouvait aisément se débarrasser.

Plutôt que de s'exposer aux procédures de la justice, Candide, éclairé par son conseil, et d'ailleurs toujours impatient de revoir la véritable Cunégonde, propose à l'exempt trois petits diamants d'environ trois mille pistoles chacun. « Ah ! monsieur, lui dit l'homme au bâton d'ivoire, eussiez-vous commis tous les crimes imaginables, vous êtes le plus honnête homme du monde ; trois diamants ! chacun de trois mille pistoles ! Monsieur ! je me ferais tuer pour vous, au lieu de vous mener dans un cachot. On arrête tous les étrangers, mais laissez-moi faire ; j'ai un frère à Dieppe en Normandie, je vais vous y mener ; et si vous avez quelque diamant à lui donner, il aura soin de vous comme moi-même.

— Et pourquoi arrête-t-on tous les étrangers ? » dit Candide. L'abbé périgourdin prit alors la parole et dit : « C'est parce qu'un gueux du pays d'Atrébatie[63] a entendu dire des sottises : cela seul lui a fait commettre un parricide, non pas tel que celui de 1610 au mois de mai, mais tel que celui de 1594 au mois de décembre, et tel que plusieurs autres commis dans d'autres années et dans d'autres mois par d'autres gueux qui avaient entendu dire des sottises. »

L'exempt alors expliqua de quoi il s'agissait. « Ah, les monstres ! s'écria Candide ; quoi ! de telles horreurs chez un peuple qui danse et qui chante ! Ne pourrai-je sortir au plus

vite de ce pays où des singes agacent des tigres ? J'ai vu des
ours dans mon pays ; je n'ai vu des hommes que dans le
Dorado. Au nom de Dieu, monsieur l'exempt, menez-moi à
Venise, où je dois attendre Mlle Cunégonde. — Je ne peux
vous mener qu'en Basse-Normandie », dit le barigel[64].
Aussitôt il lui fait ôter ses fers, dit qu'il s'est mépris, renvoie
ses gens et emmène à Dieppe Candide et Martin, et les laisse
entre les mains de son frère. Il y avait un petit vaisseau
hollandais à la rade. Le Normand, à l'aide de trois autres
diamants, devenu le plus serviable des hommes, embarque
Candide et ses gens dans le vaisseau qui allait faire voile
pour Portsmouth en Angleterre. Ce n'était pas le chemin de
Venise ; mais Candide croyait être délivré de l'enfer, et il
comptait bien reprendre la route de Venise à la première
occasion.

CHAPITRE VINGT-TROISIÈME

CANDIDE ET MARTIN
VONT SUR LES CÔTES D'ANGLETERRE ;
CE QU'ILS Y VOIENT

« Ah, Pangloss ! Pangloss ! Ah, Martin ! Martin ! Ah, ma
chère Cunégonde ! qu'est-ce que ce monde-ci ? disait Can-
dide sur le vaisseau hollandais. — Quelque chose de bien
fou et de bien abominable, répondait Martin. — Vous
connaissez l'Angleterre ; y est-on aussi fou qu'en France ?
— C'est une autre espèce de folie, dit Martin. Vous savez
que ces deux nations sont en guerre pour quelques arpents
de neige vers le Canada, et qu'elles dépensent pour cette
belle guerre beaucoup plus que tout le Canada ne vaut[65]. De
vous dire précisément s'il y a plus[*] de gens à lier dans un
pays que dans un autre, c'est ce que mes faibles lumières ne

me permettent pas. Je sais seulement qu'en général les gens que nous allons voir sont fort atrabilaires. »

En causant ainsi ils abordèrent à Portsmouth ; une multitude de peuple couvrait le rivage, et regardait attentivement un assez gros homme qui était à genoux, les yeux bandés, sur le tillac d'un des vaisseaux de la flotte ; quatre soldats, postés vis-à-vis de cet homme, lui tirèrent chacun trois balles dans le crâne le plus paisiblement du monde, et toute l'assemblée s'en retourna extrêmement satisfaite. « Qu'est-ce donc que tout ceci ? dit Candide, et quel démon exerce partout son empire ? » Il demanda qui était ce gros homme qu'on venait de tuer en cérémonie. « C'est un amiral[66], lui répondit-on. — Et pourquoi tuer cet amiral ? — C'est, lui dit-on, parce qu'il n'a pas fait tuer assez de monde ; il a livré un combat à un amiral français, et on a trouvé qu'il n'était pas assez près de lui. — Mais, dit Candide, l'amiral français était aussi loin de l'amiral anglais que celui-ci l'était de l'autre ! — Cela est incontestable, lui répliqua-t-on ; mais dans ce pays-ci il est bon de tuer de temps en temps un amiral pour encourager les autres. »

Candide fut si étourdi et si choqué de ce qu'il voyait, et de ce qu'il entendait, qu'il ne voulut pas seulement mettre pied à terre, et qu'il fit son marché avec le patron hollandais (dût-il le voler comme celui de Surinam) pour le conduire sans délai à Venise.

Le patron fut prêt au bout de deux jours. On côtoya la France ; on passa à la vue de Lisbonne, et Candide frémit. On entra dans le détroit et dans la Méditerranée ; enfin on aborda à Venise. « Dieu soit loué ! dit Candide en embrassant Martin ; c'est ici que je reverrai la belle Cunégonde. Je compte sur Cacambo comme sur moi-même. Tout est bien, tout va bien, tout va le mieux qu'il soit possible. »

CHAPITRE VINGT-QUATRIÈME

DE PAQUETTE ET DE FRÈRE GIROFLÉE

Dès qu'il fut à Venise, il fit chercher Cacambo dans tous les cabarets, dans tous les cafés, chez toutes les filles de joie, et ne le trouva point. Il envoyait tous les jours à la découverte de tous les vaisseaux et de toutes les barques : nulles nouvelles de Cacambo. « Quoi ! disait-il à Martin, j'ai eu le temps de passer de Surinam à Bordeaux, d'aller de Bordeaux à Paris, de Paris à Dieppe, de Dieppe à Portsmouth, de côtoyer le Portugal et l'Espagne, de traverser toute la Méditerranée, de passer quelques mois à Venise, et la belle Cunégonde n'est point venue ! Je n'ai rencontré au lieu d'elle qu'une drôlesse et un abbé périgourdin ! Cunégonde est morte sans doute, je n'ai plus qu'à mourir. Ah ! il valait mieux rester dans le paradis du Dorado que de revenir dans cette maudite Europe. Que vous avez raison, mon cher Martin ! tout n'est qu'illusion et calamité. »

Il tomba dans une mélancolie noire, et ne prit aucune part à l'opéra *alla moda* ni aux autres divertissements du carnaval ; pas une dame ne lui donna la moindre tentation. Martin lui dit : « Vous êtes bien simple, en vérité, de vous figurer qu'un valet métis, qui a cinq ou six millions dans ses poches, ira chercher votre maîtresse au bout du monde et vous l'amènera à Venise. Il la prendra pour lui, s'il la trouve. S'il ne la trouve pas, il en prendra une autre : je vous conseille d'oublier votre valet Cacambo et votre maîtresse Cunégonde. » Martin n'était pas consolant. La mélancolie de Candide augmenta, et Martin ne cessait de lui prouver qu'il y avait peu de vertu et peu de bonheur sur la terre, excepté peut-être dans Eldorado, où personne ne pouvait aller.

En disputant sur cette matière importante, et en attendant
Cunégonde, Candide aperçut un jeune théatin [67] dans la
place Saint-Marc, qui tenait sous le bras une fille. Le théatin
paraissait frais, potelé, vigoureux ; ses yeux étaient brillants,
son air assuré, sa mine haute, sa démarche fière. La fille était
très jolie et chantait ; elle regardait amoureusement son
théatin, et de temps en temps lui pinçait ses grosses joues.
« Vous m'avouerez du moins, dit Candide à Martin, que ces
gens-ci sont heureux. Je n'ai trouvé jusqu'à présent dans
toute la terre habitable, excepté dans Eldorado, que des
infortunés ; mais, pour cette fille et ce théatin, je gage que ce
sont des créatures très heureuses. — Je gage que non, dit
Martin. — Il n'y a qu'à les prier à dîner, dit Candide, et
vous verrez si je me trompe. »

Aussitôt il les aborde, il leur fait son compliment, et les
invite à venir à son hôtellerie manger des macaronis, des
perdrix de Lombardie, des œufs d'esturgeon, et à boire du
vin de Montepulciano, du lacrima-christi, du chypre et du
samos. La demoiselle rougit, le théatin accepta la partie, et la
fille le suivit en regardant Candide avec des yeux de surprise
et de confusion qui furent obscurcis de quelques larmes. À
peine fut-elle entrée dans la chambre de Candide qu'elle lui
dit : « Eh quoi ! monsieur Candide ne reconnaît plus
Paquette ! » À ces mots, Candide, qui ne l'avait pas
considérée jusque-là avec attention, parce qu'il n'était
occupé que de Cunégonde, lui dit : « Hélas ! ma pauvre
enfant, c'est donc vous qui avez mis le docteur Pangloss
dans le bel état où je l'ai vu ?

— Hélas ! monsieur, c'est moi-même, dit Paquette ; je
vois que vous êtes instruit de tout. J'ai su les malheurs
épouvantables arrivés à toute la maison de madame la
baronne et à la belle Cunégonde. Je vous jure que ma
destinée n'a guère été moins triste. J'étais fort innocente
quand vous m'avez vue. Un cordelier qui était mon
confesseur me séduisit aisément. Les suites en furent
affreuses ; je fus obligée de sortir du château quelques temps

après que monsieur le baron vous eut renvoyé à grands coups de pied dans le derrière. Si un fameux médecin n'avait pas pris pitié de moi, j'étais morte. Je fus quelque temps par reconnaissance la maîtresse de ce médecin. Sa femme, qui était jalouse à la rage, me battait tous les jours impitoyablement ; c'était une furie. Ce médecin était le plus laid de tous les hommes, et moi la plus malheureuse de toutes les créatures d'être battue continuellement pour un homme que je n'aimais pas. Vous savez, monsieur, combien il est dangereux pour une femme acariâtre d'être l'épouse d'un médecin. Celui-ci, outré des procédés de sa femme, lui donna un jour, pour la guérir d'un petit rhume, une médecine si efficace qu'elle en mourut en deux heures de temps dans des convulsions horribles. Les parents de madame intentèrent à monsieur un procès criminel ; il prit la fuite, et moi je fus mise en prison. Mon innocence ne m'aurait pas sauvée si je n'avais été un peu jolie. Le juge m'élargit à condition qu'il succéderait au médecin. Je fus bientôt supplantée par une rivale, chassée sans récompense, et obligée de continuer ce métier abominable qui vous paraît si plaisant à vous autres hommes, et qui n'est pour nous qu'un abîme de misères. J'allai exercer la profession à Venise. Ah ! monsieur, si vous pouviez vous imaginer ce que c'est que d'être obligée de caresser indifféremment un vieux marchand, un avocat, un moine, un gondolier, un abbé ; d'être exposée à toutes les insultes, à toutes les avanies ; d'être souvent réduite à emprunter une jupe pour aller se la faire lever par un homme dégoûtant ; d'être volée par l'un de ce qu'on a gagné avec l'autre ; d'être rançonnée par les officiers de justice, et de n'avoir en perspective qu'une vieillesse affreuse, un hôpital et un fumier, vous concluriez que je suis une des plus malheureuses créatures du monde. »

Paquette ouvrait ainsi son cœur au bon Candide, dans un cabinet, en présence de Martin, qui disait à Candide : « Vous voyez que j'ai déjà gagné la moitié de la gageure. »

Frère Giroflée était resté dans la salle à manger, et buvait un coup en attendant le dîner. « Mais, dit Candide à Paquette, vous aviez l'air si gai, si content, quand je vous ai rencontrée ; vous chantiez, vous caressiez le théatin avec une complaisance naturelle ; vous m'avez paru aussi heureuse que vous prétendez être infortunée. — Ah ! monsieur, répondit Paquette, c'est encore là une des misères du métier. J'ai été hier volée et battue par un officier, et il faut aujourd'hui que je paraisse de bonne humeur pour plaire à un moine. »

Candide n'en voulut pas davantage ; il avoua que Martin avait raison. On se mit à table avec Paquette et le théatin, le repas fut assez amusant, et sur la fin on se parla avec quelque confiance. « Mon Père, dit Candide au moine, vous me paraissez jouir d'une destinée que tout le monde doit envier ; la fleur de la santé brille sur votre visage, votre physionomie annonce le bonheur ; vous avez une très jolie fille pour votre récréation, et vous paraissez très content de votre état de théatin.

— Ma foi, monsieur, dit frère Giroflée, je voudrais que tous les théatins fussent au fond de la mer. J'ai été tenté cent fois de mettre le feu au couvent, et d'aller me faire turc. Mes parents me forcèrent à l'âge de quinze ans d'endosser cette détestable robe, pour laisser plus de fortune à un maudit frère aîné que Dieu confonde ! La jalousie, la discorde, la rage, habitent dans le couvent. Il est vrai que j'ai prêché quelques mauvais sermons qui m'ont valu un peu d'argent, dont le prieur me vole la moitié : le reste me sert à entretenir des filles ; mais, quand je rentre le soir dans le monastère, je suis prêt de me casser la tête contre les murs du dortoir ; et tous mes confrères sont dans le même cas. »

Martin se tournant vers Candide avec son sang-froid ordinaire : « Eh bien ! lui dit-il, n'ai-je pas gagné la gageure tout entière ? » Candide donna deux mille piastres à Paquette et mille piastres à frère Giroflée. « Je vous réponds, dit-il, qu'avec cela ils seront heureux. — Je n'en

crois rien du tout, dit Martin ; vous les rendrez peut-être
avec ces piastres beaucoup plus malheureux encore. — Il en
sera ce qui pourra, dit Candide ; mais une chose me console,
je vois qu'on retrouve souvent les gens qu'on ne croyait
jamais retrouver ; il se pourra bien faire qu'ayant rencontré
mon mouton rouge et Paquette, je rencontre aussi Cuné-
gonde. — Je souhaite, dit Martin, qu'elle fasse un jour votre
bonheur ; mais c'est de quoi je doute fort. — Vous êtes bien
dur, dit Candide. — C'est que j'ai vécu, dit Martin.

— Mais regardez ces gondoliers, dit Candide ; ne chan-
tent-ils pas sans cesse ? — Vous ne les voyez pas dans leur
ménage, avec leurs femmes et leurs marmots d'enfants, dit
Martin. Le doge a ses chagrins, les gondoliers ont les leurs.
Il est vrai qu'à tout prendre le sort d'un gondolier est
préférable à celui d'un doge ; mais je crois la différence si
médiocre que cela ne vaut pas la peine d'être examiné.

— On parle, dit Candide, du sénateur Pococuranté[68] qui
demeure dans ce beau palais sur la Brenta, et qui reçoit assez
bien les étrangers. On prétend que c'est un homme qui n'a
jamais eu de chagrin. — Je voudrais voir une espèce si
rare », dit Martin. Candide aussitôt fit demander au sei-
gneur Pococuranté la permission de venir le voir le lende-
main.

CHAPITRE VINGT-CINQUIÈME

VISITE CHEZ LE SEIGNEUR POCOCURANTÉ, NOBLE VÉNITIEN

Candide et Martin allèrent en gondole sur la Brenta et
arrivèrent au palais du noble Pococuranté. Les jardins
étaient bien entendus, et ornés de belles statues de marbre ;
le palais, d'une belle architecture. Le maître du logis,

homme de soixante ans, fort riche, reçut très poliment les deux curieux, mais avec très peu d'empressement, ce qui déconcerta Candide et ne déplut point à Martin.

D'abord deux filles jolies et proprement mises servirent du chocolat qu'elles firent très bien mousser. Candide ne put s'empêcher de les louer sur leur beauté, sur leur bonne grâce et sur leur adresse. « Ce sont d'assez bonnes créatures, dit le sénateur Pococuranté ; je les fais quelquefois coucher dans mon lit, car je suis bien las des dames de la ville, de leurs coquetteries, de leurs jalousies, de leurs querelles, de leurs humeurs, de leurs petitesses, de leur orgueil, de leurs sottises, et des sonnets qu'il faut faire ou commander pour elles ; mais, après tout, ces deux filles commencent fort à m'ennuyer. »

Candide, après le déjeuner, se promenant dans une longue galerie, fut surpris de la beauté des tableaux. Il demanda de quel maître étaient les deux premiers. « Ils sont de Raphaël, dit le sénateur ; je les achetai fort cher par vanité il y a quelques années ; on dit que c'est ce qu'il y a de plus beau en Italie, mais ils ne me plaisent point du tout : la couleur en est très rembrunie ; les figures ne sont pas assez arrondies, et ne sortent point assez ; les draperies ne ressemblent en rien à une étoffe ; en un mot, quoi qu'on en dise, je ne trouve point là une imitation vraie de la nature. Je n'aimerai un tableau que quand je croirai voir la nature elle-même : il n'y en a point de cette espèce. J'ai beaucoup de tableaux mais je ne les regarde plus. »

Pococuranté, en attendant le dîner, se fit donner un concerto. Candide trouva la musique délicieuse. « Ce bruit, dit Pococuranté, peut amuser une demi-heure ; mais, s'il dure plus longtemps, il fatigue tout le monde, quoique personne n'ose l'avouer. La musique aujourd'hui n'est plus que l'art d'exécuter des choses difficiles [69], et ce qui n'est que difficile ne plaît point à la longue.

« J'aimerais peut-être mieux l'opéra, si on n'avait pas trouvé le secret d'en faire un monstre qui me révolte. Ira

voir qui voudra de mauvaises tragédies en musique, où les scènes ne sont faites que pour amener, très mal à propos, deux ou trois chansons ridicules qui font valoir le gosier d'une actrice[70] ; se pâmera de plaisir qui voudra, ou qui pourra, en voyant un châtré fredonner le rôle de César et de Caton et se promener d'un air gauche sur des planches ; pour moi, il y a longtemps que j'ai renoncé à ces pauvretés, qui font aujourd'hui la gloire de l'Italie, et que des souverains payent si chèrement. » Candide disputa un peu, mais avec discrétion. Martin fut entièrement de l'avis du sénateur.

On se mit à table, et après un excellent dîner, on entra dans la bibliothèque. Candide, en voyant un Homère[71] magnifiquement relié, loua l'illustrissime sur son bon goût. « Voilà, dit-il, un livre qui faisait les délices du grand Pangloss, le meilleur philosophe de l'Allemagne. — Il ne fait pas les miennes, dit froidement Pococuranté ; on me fit accroire autrefois que j'avais du plaisir en le lisant ; mais cette répétition continuelle de combats qui se ressemblent tous, ces dieux qui agissent toujours pour ne rien faire de décisif, cette Hélène qui est le sujet de la guerre, et qui à peine est une actrice de la pièce ; cette Troie qu'on assiège et qu'on ne prend point, tout cela me causait le plus mortel ennui. J'ai demandé quelquefois à des savants s'ils s'ennuyaient autant que moi à cette lecture. Tous les gens sincères m'ont avoué que le livre leur tombait des mains, mais qu'il fallait toujours l'avoir dans sa bibliothèque, comme un monument de l'antiquité, et comme ces médailles rouillées qui ne peuvent être de commerce.

— Votre Excellence ne pense pas ainsi de Virgile ? dit Candide. — Je conviens, dit Pococuranté, que le second, le quatrième et le sixième livre de son *Énéide* sont excellents ; mais pour son pieux Énée, et le fort Cloanthe, et l'ami Achates, et le petit Ascanius, et l'imbécile roi Latinus, et la bourgeoise Amata, et l'insipide Lavinia, je ne crois pas qu'il y ait rien de si froid et de plus désagréable. J'aime

mieux le Tasse et les contes à dormir debout de l'Arioste.

— Oserais-je vous demander, monsieur, dit Candide, si vous n'avez pas un grand plaisir à lire Horace ? — Il y a des maximes, dit Pococuranté, dont un homme du monde peut faire son profit, et qui, étant resserrées dans des vers énergiques, se gravent plus aisément dans la mémoire. Mais je me soucie fort peu de son voyage à Brindes, et de sa description d'un mauvais dîner, et de la querelle des crocheteurs entre je ne sais quel Pupilus, dont les paroles, dit-il, *étaient pleines de pus,* et un autre dont les paroles *étaient du vinaigre.* Je n'ai lu qu'avec un extrême dégoût ses vers grossiers contre des vieilles et contre des sorcières ; et je ne vois pas quel mérite il peut y avoir à dire à son ami Mæcenas que, s'il est mis par lui au rang des poètes lyriques, il frappera les astres de son front sublime. Les sots admirent tout dans un auteur estimé. Je ne lis que pour moi ; je n'aime que ce qui est à mon usage. » Candide, qui avait été élevé à ne jamais juger de rien par lui-même, était fort étonné de ce qu'il entendait ; et Martin trouvait la façon de penser de Pococuranté assez raisonnable.

« Oh ! voici un Cicéron, dit Candide ; pour ce grand homme-là, je pense que vous ne vous lassez point de le lire ? — Je ne le lis jamais, répondit le Vénitien. Que m'importe qu'il ait plaidé pour Rabirius ou pour Cluentius ? J'ai bien assez des procès que je juge ; je me serais mieux accommodé de ses œuvres philosophiques ; mais, quand j'ai vu qu'il doutait de tout, j'ai conclu que j'en savais autant que lui, et que je n'avais besoin de personne pour être ignorant.

— Ah ! voilà quatre-vingts volumes de recueils d'une académie des sciences, s'écria Martin ; il se peut qu'il y ait là du bon. — Il y en aurait, dit Pococuranté, si un seul des auteurs de ces fatras avait inventé seulement l'art de faire des épingles ; mais il n'y a dans tous ces livres que de vains systèmes et pas une seule chose utile.

— Que de pièces de théâtre je vois là ! dit Candide ; en italien, en espagnol, en français ! — Oui, dit le sénateur, il y

en a trois mille, et pas trois douzaines de bonnes. Pour ces recueils de sermons, qui tous ensemble ne valent pas une page de Sénèque, et tous ces gros volumes de théologie, vous pensez bien que je ne les ouvre jamais, ni moi ni personne. »

Martin aperçut des rayons chargés de livres anglais. « Je crois, dit-il, qu'un républicain doit se plaire à la plupart de ces ouvrages, écrits si librement. — Oui, répondit Pococuranté, il est beau d'écrire ce qu'on pense ; c'est le privilège de l'homme. Dans toute notre Italie, on n'écrit que ce qu'on ne pense pas ; ceux qui habitent la patrie des Césars et des Antonins n'osent avoir une idée sans la permission d'un jacobin. Je serais content de la liberté qui inspire les génies anglais si la passion et l'esprit de parti ne corrompaient pas tout ce que cette précieuse liberté a d'estimable. »

Candide, apercevant un Milton[72], lui demanda s'il ne regardait pas cet auteur comme un grand homme. « Qui ? dit Pococuranté, ce barbare qui fait un long commentaire du premier chapitre de la Genèse en dix livres de vers durs ? ce grossier imitateur des Grecs, qui défigure la création, et qui, tandis que Moïse représente l'Être éternel produisant le monde par la parole, fait prendre un grand compas par le Messiah dans une armoire du ciel pour tracer son ouvrage ? Moi, j'estimerais celui qui a gâté l'enfer et le diable du Tasse ; qui déguise Lucifer tantôt en crapaud, tantôt en pygmée ; qui lui fait rebattre cent fois les mêmes discours ; qui le fait disputer sur la théologie ; qui, en imitant sérieusement l'invention comique des armes à feu de l'Arioste, fait tirer le canon dans le ciel par les diables ? Ni moi, ni personne en Italie, n'a pu se plaire à toutes ces tristes extravagances. Le mariage du péché et de la mort et les couleuvres dont le péché accouche font vomir tout homme qui a le goût un peu délicat, et sa longue description d'un hôpital n'est bonne que pour un fossoyeur. Ce poème obscur, bizarre et dégoûtant, fut méprisé à sa naissance ; je le traite aujourd'hui comme il fut traité dans sa patrie par les

contemporains. Au reste, je dis ce que je pense, et je me soucie fort peu que les autres pensent comme moi. » Candide était affligé de ces discours ; il respectait Homère, il aimait un peu Milton. « Hélas ! dit-il tout bas à Martin, j'ai bien peur que cet homme-ci n'ait un souverain mépris pour nos poètes allemands. — Il n'y aurait pas grand mal à cela, dit Martin. — Oh, quel homme supérieur ! disait encore Candide entre ses dents, quel grand génie que ce Pococuranté ! rien ne peut lui plaire. »

Après avoir fait ainsi la revue de tous les livres, ils descendirent dans le jardin. Candide en loua toutes les beautés. « Je ne sais rien de si mauvais goût, dit le maître : nous n'avons ici que des colifichets ; mais je vais dès demain en faire planter un d'un dessin plus noble. »

Quand les deux curieux eurent pris congé de Son Excellence : « Or çà, dit Candide à Martin, vous conviendrez que voilà le plus heureux de tous les hommes, car il est au-dessus de tout ce qu'il possède. — Ne voyez-vous pas, dit Martin, qu'il est dégoûté de tout ce qu'il possède ? Platon[73] a dit, il y a longtemps, que les meilleurs estomacs ne sont pas ceux qui rebutent tous les aliments. — Mais, dit Candide, n'y a-t-il pas du plaisir à tout critiquer, à sentir des défauts où les autres hommes croient voir des beautés ? — C'est-à-dire, reprit Martin, qu'il y a du plaisir à n'avoir pas de plaisir ? — Oh bien ! dit Candide, il n'y a donc d'heureux que moi, quand je reverrai Mlle Cunégonde. — C'est toujours bien fait d'espérer », dit Martin.

Cependant les jours, les semaines s'écoulaient ; Cacambo ne revenait point, et Candide était si abîmé dans sa douleur qu'il ne fit pas même réflexion que Paquette et frère Giroflée n'étaient pas venus seulement le remercier.

CHAPITRE VINGT-SIXIÈME

D'UN SOUPER QUE CANDIDE
ET MARTIN FIRENT AVEC SIX ÉTRANGERS,
ET QUI ILS ÉTAIENT

Un soir que Candide, suivi de Martin, allait se mettre à table avec les étrangers qui logeaient dans la même hôtellerie, un homme à visage couleur de suie l'aborda par-derrière, et, le prenant par le bras, lui dit : « Soyez prêt à partir avec nous, n'y manquez pas. » Il se retourne, et voit Cacambo. Il n'y avait que la vue de Cunégonde qui pût l'étonner et lui plaire davantage. Il fut sur le point de devenir fou de joie. Il embrasse son cher ami. « Cunégonde est ici, sans doute, où est-elle ? Mène-moi vers elle, que je meure de joie avec elle. — Cunégonde n'est point ici, dit Cacambo, elle est à Constantinople. — Ah, Ciel ! à Constantinople ! mais, fût-elle à la Chine, j'y vole, partons. — Nous partirons après souper, reprit Cacambo, je ne peux vous en dire davantage ; je suis esclave, mon maître m'attend ; il faut que j'aille le servir à table : ne dites mot ; soupez et tenez-vous prêt. »

Candide, partagé entre la joie et la douleur, charmé d'avoir revu son agent fidèle, étonné de le voir esclave, plein de l'idée de retrouver sa maîtresse, le cœur agité, l'esprit bouleversé, se mit à table avec Martin, qui voyait de sang-froid toutes ces aventures, et avec six étrangers qui étaient venus passer le carnaval à Venise.

Cacambo, qui versait à boire à l'un de ces six étrangers, s'approcha de l'oreille de son maître, sur la fin du repas, et lui dit : « Sire, Votre Majesté partira quand elle voudra, le vaisseau est prêt. » Ayant dit ces mots, il sortit. Les convives, étonnés, se regardaient sans proférer une seule

parole, lorsqu'un autre domestique, s'approchant de son
maître, lui dit : « Sire, la chaise de Votre Majesté est à
Padoue, et la barque est prête. » Le maître fit un signe, et le
domestique partit. Tous les convives se regardèrent encore,
et la surprise commune redoubla. Un troisième valet,
s'approchant aussi d'un troisième étranger, lui dit : « Sire,
croyez-moi, Votre Majesté ne doit pas rester ici plus
longtemps : je vais tout préparer » ; et aussitôt il disparut.

Candide et Martin ne doutèrent pas alors que ce ne fût
une mascarade du carnaval. Un quatrième domestique dit
au quatrième maître : « Votre Majesté partira quand elle
voudra », et sortit comme les autres. Le cinquième valet en
dit autant au cinquième maître. Mais le sixième valet parla
différemment au sixième étranger, qui était auprès de
Candide ; il lui dit : « Ma foi, Sire, on ne veut plus faire
crédit à Votre Majesté, ni à moi non plus ; et nous pourrions
bien être coffrés cette nuit, vous et moi : je vais pourvoir à
mes affaires ; adieu. »

Tous les domestiques ayant disparu, les six étrangers,
Candide et Martin demeurèrent dans un profond silence.
Enfin Candide le rompit. « Messieurs, dit-il, voilà une
singulière plaisanterie : pourquoi êtes-vous tous rois ? Pour
moi, je vous avoue que ni moi ni Martin nous ne le
sommes. »

Le maître de Cacambo prit alors gravement la parole, et
dit en italien : « Je ne suis point plaisant, je m'appelle
Achmet III[74]. J'ai été grand sultan plusieurs années ; je
détrônai mon frère ; mon neveu m'a détrôné ; on a coupé le
cou à mes vizirs ; j'achève ma vie dans le vieux sérail ; mon
neveu le grand sultan Mahmoud me permet de voyager
quelquefois pour ma santé, et je suis venu passer le carnaval
à Venise. »

Un jeune homme qui était auprès d'Achmet parla après
lui, et dit : « Je m'appelle Ivan[75] ; j'ai été empereur de
toutes les Russies ; j'ai été détrôné au berceau ; mon père et
ma mère ont été enfermés ; on m'a élevé en prison ; j'ai

quelquefois la permission de voyager, accompagné de ceux qui me gardent, et je suis venu passer le carnaval à Venise. »

Le troisième dit : « Je suis Charles-Édouard[76], roi d'Angleterre ; mon père m'a cédé ses droits au royaume ; j'ai combattu pour les soutenir ; on a arraché le cœur à huit cents de mes partisans, et on leur en a battu les joues. J'ai été mis en prison ; je vais à Rome faire une visite au roi mon père, détrôné ainsi que moi et mon grand-père, et je suis venu passer le carnaval à Venise. »

Le quatrième prit alors la parole et dit : « Je suis roi des Polaques[77] ; le sort de la guerre m'a privé de mes États héréditaires ; mon père a éprouvé les mêmes revers ; je me résigne à la Providence comme le sultan Achmet, l'empereur Ivan et le roi Charles-Édouard, à qui Dieu donne une longue vie, et je suis venu passer le carnaval à Venise. »

Le cinquième dit : « Je suis aussi roi des Polaques ; j'ai perdu mon royaume deux fois ; mais la Providence m'a donné un autre État, dans lequel j'ai fait plus de bien que tous les rois des Sarmates ensemble n'en ont jamais pu faire sur les bords de la Vistule ; je me résigne aussi à la Providence, et je suis venu passer le carnaval à Venise. »

Il restait au sixième monarque à parler. « Messieurs, dit-il, je ne suis pas si grand seigneur que vous ; mais enfin j'ai été roi tout comme un autre. Je suis Théodore[78] ; on m'a élu roi en Corse ; on m'a appelé *Votre Majesté*, et à présent, à peine m'appelle-t-on *Monsieur*. J'ai fait frapper de la monnaie, et je ne possède pas un denier ; j'ai eu deux secrétaires d'État, et j'ai à peine un valet ; je me suis vu sur un trône, et j'ai longtemps été à Londres en prison, sur la paille. J'ai bien peur d'être traité de même ici, quoique je sois venu comme Vos Majestés passer le carnaval à Venise. »

Les cinq autres rois écoutèrent ce discours avec une noble compassion. Chacun d'eux donna vingt sequins au roi Théodore pour avoir des habits et des chemises ; et Candide lui fit présent d'un diamant de deux mille sequins. « Quel est donc, disaient les cinq rois, ce simple particulier qui est

en état de donner cent fois autant que chacun de nous, et qui le donne ? »

Dans l'instant qu'on sortait de table, il arriva dans la même hôtellerie quatre altesses sérénissimes qui avaient aussi perdu leurs États par le sort de la guerre, et qui venaient passer le reste du carnaval à Venise. Mais Candide ne prit pas seulement garde à ces nouveaux venus. Il n'était occupé que d'aller trouver sa chère Cunégonde à Constantinople.

CHAPITRE VINGT-SEPTIÈME

VOYAGE DE CANDIDE À CONSTANTINOPLE

Le fidèle Cacambo avait déjà obtenu du patron turc qui allait reconduire le sultan Achmet à Constantinople qu'il recevrait Candide et Martin sur son bord. L'un et l'autre s'y rendirent après s'être prosternés devant Sa misérable Hautesse. Candide, chemin faisant, disait à Martin : « Voilà pourtant six rois détrônés, avec qui nous avons soupé, et encore dans ces six rois il y en a un à qui j'ai fait l'aumône. Peut-être y a-t-il beaucoup d'autres princes plus infortunés. Pour moi, je n'ai perdu que cent moutons, et je vole dans les bras de Cunégonde. Mon cher Martin, encore une fois, Pangloss avait raison : tout est bien. — Je le souhaite, dit Martin. — Mais, dit Candide, voilà une aventure bien peu vraisemblable que nous avons eue à Venise. On n'avait jamais vu ni ouï conter que six rois détrônés soupassent ensemble au cabaret. — Cela n'est pas plus extraordinaire, dit Martin, que la plupart des choses qui nous sont arrivées. Il est très commun que des rois soient détrônés ; et à l'égard de l'honneur que nous avons eu de souper avec eux, c'est une bagatelle qui ne mérite pas notre attention. »

À peine Candide fut-il dans le vaisseau qu'il sauta au cou de son ancien valet, de son ami Cacambo. « Eh bien ! lui dit-il, que fait Cunégonde ? Est-elle toujours un prodige de beauté ? M'aime-t-elle toujours ? Comment se porte-t-elle ? Tu lui as sans doute acheté un palais à Constantinople ?

— Mon cher maître, répondit Cacambo, Cunégonde lave les écuelles sur le bord de la Propontide, chez un prince qui a très peu d'écuelles ; elle est esclave dans la maison d'un ancien souverain nommé Ragotski[79], à qui le Grand Turc donne trois écus par jour dans son asile ; mais ce qui est bien plus triste, c'est qu'elle a perdu sa beauté et qu'elle est devenue horriblement laide. — Ah ! belle ou laide, dit Candide, je suis honnête homme, et mon devoir est de l'aimer toujours. Mais comment peut-elle être réduite à un état si abject avec les cinq ou six millions que tu avais apportés ? — Bon, dit Cacambo, ne m'en a-t-il pas fallu donner deux millions au señor don Fernando d'Ibaraa, y Figueora, y Mascarenes, y Lampourdos, y Souza, gouverneur de Buenos-Ayres, pour avoir la permission de reprendre mademoiselle Cunégonde ? Et un pirate ne nous a-t-il pas bravement dépouillés de tout le reste ? Ce pirate ne nous a-t-il pas menés au cap de Matapan, à Milo, à Nicarie, à Samos, à Petra, aux Dardanelles, à Marmora, à Scutari ? Cunégonde et la vieille servent chez ce prince dont je vous ai parlé, et moi je suis esclave du sultan détrôné. — Que d'épouvantables calamités enchaînées les unes aux autres ! dit Candide. Mais, après tout, j'ai encore quelques diamants ; je délivrerai aisément Cunégonde. C'est bien dommage qu'elle soit devenue si laide. »

Ensuite, se tournant vers Martin : « Qui pensez-vous, dit-il, qui soit le plus à plaindre, de l'empereur Achmet, de l'empereur Ivan, du roi Charles-Édouard, ou de moi ? — Je n'en sais rien, dit Martin ; il faudrait que je fusse dans vos cœurs pour le savoir. — Ah ! dit Candide, si Pangloss était ici, il le saurait et nous l'apprendrait. — Je ne sais, dit Martin, avec quelles balances votre Pangloss aurait pu peser

les infortunes des hommes et apprécier leurs douleurs. Tout ce que je présume, c'est qu'il y a des millions d'hommes sur la terre cent fois plus à plaindre que le roi Charles-Édouard, l'empereur Ivan et le sultan Achmet. — Cela pourrait bien être », dit Candide.

On arriva en peu de jours sur le canal de la mer Noire. Candide commença par racheter Cacambo fort cher, et, sans perdre de temps, il se jeta dans une galère, avec ses compagnons, pour aller sur le rivage de la Propontide chercher Cunégonde, quelque laide qu'elle pût être.

Il y avait dans la chiourme deux forçats qui ramaient fort mal, et à qui le levanti patron appliquait de temps en temps quelques coups de nerf de bœuf sur leurs épaules nues ; Candide, par un mouvement naturel, les regarda plus attentivement que les autres galériens et s'approcha d'eux avec pitié. Quelques traits de leurs visages défigurés lui parurent avoir un peu de ressemblance avec Pangloss et avec ce malheureux jésuite, ce baron, ce frère de Mlle Cunégonde. Cette idée l'émut et l'attrista. Il les considéra encore plus attentivement. « En vérité, dit-il à Cacambo, si je n'avais pas vu pendre maître Pangloss, et si je n'avais pas eu le malheur de tuer le baron, je croirais que ce sont eux qui rament dans cette galère. »

Au nom du baron et de Pangloss les deux forçats poussèrent un grand cri, s'arrêtèrent sur leur banc et laissèrent tomber leurs rames. Le levanti patron accourait sur eux, et les coups de nerf de bœuf redoublaient. « Arrêtez, arrêtez, Seigneur, s'écria Candide, je vous donnerai tant d'argent que vous voudrez. — Quoi ! c'est Candide ! disait l'un des forçats. — Quoi ! c'est Candide ! disait l'autre. — Est-ce un songe ? dit Candide ; veillé-je ? suis-je dans cette galère ? Est-ce là monsieur le baron que j'ai tué ? Est-ce là maître Pangloss que j'ai vu pendre ?

— C'est nous-mêmes, c'est nous-mêmes, répondaient-ils. — Quoi ! c'est là ce grand philosophe ? disait Martin.

— Eh ! Monsieur le levanti patron, dit Candide, combien

voulez-vous d'argent pour la rançon de M. de Thunder-
ten-tronckh, un des premiers barons de l'Empire, et de
M. Pangloss, le plus profond métaphysicien d'Allemagne ?
— Chien de chrétien, répondit le levanti patron, puisque ces
deux chiens de forçats chrétiens sont des barons et des
métaphysiciens, ce qui est sans doute une grande dignité
dans leurs pays, tu m'en donneras cinquante mille sequins.
— Vous les aurez, monsieur, ramenez-moi comme un éclair
à Constantinople, et vous serez payé sur-le-champ. Mais
non, menez-moi chez Mlle Cunégonde. » Le levanti patron,
sur la première offre de Candide, avait déjà tourné la proue
vers la ville, et il faisait ramer plus vite qu'un oiseau ne fend
les airs.

Candide embrassa cent fois le baron et Pangloss. « Et
comment ne vous ai-je pas tué, mon cher baron ? et mon
cher Pangloss, comment êtes-vous en vie après avoir été
pendu ? et pourquoi êtes-vous tous deux aux galères en
Turquie ? — Est-il bien vrai que ma chère sœur soit dans ce
pays ? disait le baron. — Oui, répondait Cacambo. — Je
revois donc mon cher Candide », s'écriait Pangloss. Can-
dide leur présentait Martin et Cacambo. Ils s'embrassaient
tous, ils parlaient tous à la fois. La galère volait, ils étaient
déjà dans le port. On fit venir un Juif, à qui Candide vendit
pour cinquante mille sequins un diamant de la valeur de
cent mille, et qui lui jura par Abraham qu'il n'en pouvait
donner davantage. Il paya incontinent la rançon du baron et
de Pangloss. Celui-ci se jeta aux pieds de son libérateur et
les baigna de larmes ; l'autre le remercia par un signe de tête,
et lui promit de lui rendre cet argent à la première occasion.
« Mais est-il bien possible que ma sœur soit en Turquie ?
disait-il. — Rien n'est si possible, reprit Cacambo, puis-
qu'elle écure la vaisselle chez un prince de Transylvanie. »
On fit aussitôt venir deux Juifs ; Candide vendit encore des
diamants ; et ils repartirent tous dans une autre galère pour
aller délivrer Cunégonde.

CHAPITRE VINGT-HUITIÈME

CE QUI ARRIVA À CANDIDE, À CUNÉGONDE, À PANGLOSS, À MARTIN, ETC.

« Pardon, encore une fois, dit Candide au baron ; pardon, mon Révérend Père, de vous avoir donné un grand coup d'épée au travers du corps. — N'en parlons plus, dit le baron ; je fus un peu trop vif, je l'avoue ; mais, puisque vous voulez savoir par quel hasard vous m'avez vu aux galères, je vous dirai qu'après avoir été guéri de ma blessure par le frère apothicaire du collège, je fus attaqué et enlevé par un parti espagnol ; on me mit en prison à Buenos-Ayres dans le temps que ma sœur venait d'en partir. Je demandai à retourner à Rome auprès du père général. Je fus nommé pour aller servir d'aumônier à Constantinople auprès de M. l'ambassadeur de France. Il n'y avait pas huit jours que j'étais entré en fonctions, quand je trouvai sur le soir un jeune icoglan [80] très bien fait. Il faisait fort chaud : le jeune homme voulut se baigner ; je pris cette occasion de me baigner aussi. Je ne savais pas que ce fût un crime capital pour un chrétien d'être trouvé tout nu avec un jeune musulman. Un cadi [81] me fit donner cent coups de bâton sous la plante des pieds et me condamna aux galères. Je ne crois pas qu'on ait fait une plus horrible injustice. Mais je voudrais bien savoir pourquoi ma sœur est dans la cuisine d'un souverain de Transylvanie réfugié chez les Turcs.

— Mais vous, mon cher Pangloss, dit Candide, comment se peut-il que je vous revoie ? — Il est vrai, dit Pangloss, que vous m'avez vu pendre ; je devais naturellement être brûlé ; mais vous vous souvenez qu'il plut à verse lorsqu'on allait me cuire : l'orage fut si violent qu'on désespéra d'allumer le feu ; je fus pendu, parce qu'on ne put mieux faire : un

chirurgien acheta mon corps, m'emporta chez lui, et me
disséqua. Il me fit d'abord une incision cruciale depuis le
nombril jusqu'à la clavicule. On ne pouvait pas avoir été
plus mal pendu que je l'avais été. L'exécuteur des hautes
œuvres de la sainte Inquisition, lequel était sous-diacre,
brûlait à la vérité les gens à merveille, mais il n'était pas
accoutumé à pendre : la corde était mouillée et glissa mal,
elle fut nouée ; enfin je respirais encore : l'incision cruciale
me fit jeter un si grand cri que mon chirurgien tomba à la
renverse, et, croyant qu'il disséquait le diable, il s'enfuit en
mourant de peur, et tomba encore sur l'escalier en fuyant.
Sa femme accourut au bruit, d'un cabinet voisin ; elle me vit
sur la table étendu avec mon incision cruciale : elle eut
encore plus de peur que son mari, s'enfuit et tomba sur lui.
Quand ils furent un peu revenus à eux, j'entendis la
chirurgienne qui disait au chirurgien : " Mon bon, de quoi
vous avisez-vous aussi de disséquer un hérétique ? Ne
savez-vous pas que le diable est toujours dans le corps de
ces gens-là ? Je vais vite chercher un prêtre pour l'exorci-
ser. " Je frémis à ce propos, et je ramassai le peu de forces
qui me restaient, pour crier : " Ayez pitié de moi ! " Enfin
le barbier portugais s'enhardit ; il recousit ma peau ; sa
femme même eut soin de moi ; je fus sur pied au bout de
quinze jours. Le barbier me trouva une condition, et me fit
laquais d'un chevalier de Malte qui allait à Venise ; mais
mon maître n'ayant pas de quoi me payer, je me mis au
service d'un marchand vénitien, et je le suivis à Constanti-
nople.

« Un jour il me prit fantaisie d'entrer dans une mosquée ;
il n'y avait qu'un vieil iman [82] et une jeune dévote très jolie
qui disait ses patenôtres ; sa gorge était toute découverte :
elle avait entre ses deux tétons un beau bouquet de tulipes,
de roses, d'anémones, de renoncules, d'hyacinthes et
d'oreilles-d'ours ; elle laissa tomber son bouquet ; je le
ramassai, et je le lui remis avec un empressement très
respectueux. Je fus si longtemps à le lui remettre que l'iman

se mit en colère, et voyant que j'étais chrétien, il cria à l'aide. On me mena chez le cadi, qui me fit donner cent coups de lattes sur la plante des pieds et m'envoya aux galères. Je fus enchaîné précisément dans la même galère et au même banc que monsieur le baron. Il y avait dans cette galère quatre jeunes gens de Marseille, cinq prêtres napolitains, et deux moines de Corfou, qui nous dirent que de pareilles aventures arrivaient tous les jours. Monsieur le baron prétendait qu'il avait essuyé une plus grande injustice que moi ; je prétendais, moi, qu'il était beaucoup plus permis de remettre un bouquet sur la gorge d'une femme que d'être tout nu avec un icoglan. Nous disputions sans cesse, et nous recevions vingt coups de nerf de bœuf par jour, lorsque l'enchaînement des événements de cet univers vous a conduit dans notre galère, et que vous nous avez rachetés.

— Eh bien ! mon cher Pangloss, lui dit Candide, quand vous avez été pendu, disséqué, roué de coups, et que vous avez ramé aux galères, avez-vous toujours pensé que tout allait le mieux du monde ? — Je suis toujours de mon premier sentiment, répondit Pangloss, car enfin je suis philosophe : il ne me convient pas de me dédire, Leibnitz ne pouvant pas avoir tort, et l'harmonie préétablie étant d'ailleurs la plus belle chose du monde, aussi bien que le plein et la matière subtile [83]. »

CHAPITRE VINGT-NEUVIÈME

COMMENT CANDIDE RETROUVA CUNÉGONDE
ET LA VIEILLE

Pendant que Candide, le baron, Pangloss, Martin et Cacambo contaient leurs aventures, qu'ils raisonnaient sur les événements contingents ou non contingents de cet

univers, qu'ils disputaient sur les effets et les causes, sur le mal moral et sur le mal physique, sur la liberté et la nécessité, sur les consolations que l'on peut éprouver lorsqu'on est aux galères en Turquie, ils abordèrent sur le rivage de la Propontide à la maison du prince de Transylvanie. Les premiers objets qui se présentèrent furent Cunégonde et la vieille, qui étendaient des serviettes sur des ficelles pour les faire sécher.

Le baron pâlit à cette vue. Le tendre amant Candide, en voyant sa belle Cunégonde rembrunie, les yeux éraillés, la gorge sèche, les joues ridées, les bras rouges et écaillés, recula trois pas saisi d'horreur, et avança ensuite par bon procédé. Elle embrassa Candide et son frère ; on embrassa la vieille : Candide les racheta toutes deux.

Il y avait une petite métairie dans le voisinage : la vieille proposa à Candide de s'en accommoder, en attendant que toute la troupe eût une meilleure destinée. Cunégonde ne savait pas qu'elle était enlaidie, personne ne l'en avait avertie : elle fit souvenir Candide de ses promesses avec un ton si absolu que le bon Candide n'osa pas la refuser. Il signifia donc au baron qu'il allait se marier avec sa sœur. « Je ne souffrirai jamais, dit le baron, une telle bassesse de sa part et une telle insolence de la vôtre ; cette infamie ne me sera jamais reprochée : les enfants de ma sœur ne pourraient entrer dans les chapitres d'Allemagne. Non, jamais ma sœur n'épousera qu'un baron de l'Empire. » Cunégonde se jeta à ses pieds et les baigna de larmes ; il fut inflexible. « Maître fou, lui dit Candide, je t'ai réchappé des galères, j'ai payé ta rançon, j'ai payé celle de ta sœur ; elle lavait ici des écuelles, elle est laide, j'ai la bonté d'en faire ma femme, et tu prétends encore t'y opposer ! Je te retuerais si j'en croyais ma colère. — Tu peux me tuer encore, dit le baron, mais tu n'épouseras pas ma sœur de mon vivant. »

CHAPITRE TRENTIÈME

CONCLUSION

Candide, dans le fond de son cœur, n'avait aucune envie d'épouser Cunégonde. Mais l'impertinence extrême du baron le déterminait à conclure le mariage, et Cunégonde le pressait si vivement qu'il ne pouvait s'en dédire. Il consulta Pangloss, Martin et le fidèle Cacambo. Pangloss fit un beau mémoire par lequel il prouvait que le baron n'avait nul droit sur sa sœur, et qu'elle pouvait, selon toutes les lois de l'Empire, épouser Candide de la main gauche. Martin conclut à jeter le baron dans la mer. Cacambo décida qu'il fallait le rendre au levanti patron et le remettre aux galères ; après quoi on l'enverrait à Rome au père général par le premier vaisseau. L'avis fut trouvé fort bon ; la vieille l'approuva ; on n'en dit rien à sa sœur ; la chose fut exécutée pour quelque argent, et on eut le plaisir d'attraper un jésuite et de punir l'orgueil d'un baron allemand.

Il était tout naturel d'imaginer qu'après tant de désastres, Candide, marié avec sa maîtresse et vivant avec le philosophe Pangloss, le philosophe Martin, le prudent Cacambo et la vieille, ayant d'ailleurs rapporté tant de diamants de la patrie des anciens Incas, mènerait la vie du monde la plus agréable ; mais il fut tant friponné par les Juifs qu'il ne lui resta plus rien que sa petite métairie ; sa femme, devenant tous les jours plus laide, devint acariâtre et insupportable ; la vieille était infirme et fut encore de plus mauvaise humeur que Cunégonde. Cacambo, qui travaillait au jardin, et qui allait vendre des légumes à Constantinople, était excédé de travail et maudissait sa destinée. Pangloss était au désespoir de ne pas briller dans quelque université d'Allemagne. Pour Martin, il était fermement persuadé qu'on est également mal

partout ; il prenait les choses en patience. Candide, Martin
et Pangloss disputaient quelquefois de métaphysique et de
morale. On voyait souvent passer sous les fenêtres de la
métairie des bateaux chargés d'effendis [84], de bachas, de
cadis, qu'on envoyait en exil à Lemnos, à Mitylène, à
Erzeroum. On voyait venir d'autres cadis, d'autres bachas,
d'autres effendis, qui prenaient la place des expulsés et qui
étaient expulsés à leur tour. On voyait des têtes proprement
empaillées [85] qu'on allait présenter à la Sublime Porte. Ces
spectacles faisaient redoubler les dissertations ; et quand on
ne disputait pas, l'ennui était si excessif que la vieille osa un
jour leur dire : « Je voudrais savoir lequel est le pire, ou
d'être violée cent fois par des pirates nègres, d'avoir une
fesse coupée, de passer par les baguettes chez les Bulgares,
d'être fouetté et pendu dans un auto-da-fé, d'être disséqué,
de ramer en galère, d'éprouver enfin toutes les misères par
lesquelles nous avons tous passé, ou bien de rester ici à ne
rien faire ? — C'est une grande question », dit Candide.

Ce discours fit naître de nouvelles réflexions, et Martin
surtout conclut que l'homme était né pour vivre dans les
convulsions de l'inquiétude, ou dans la léthargie de l'ennui.
Candide n'en convenait pas, mais il n'assurait rien. Pangloss
avouait qu'il avait toujours horriblement souffert ; mais
ayant soutenu une fois que tout allait à merveille, il le
soutenait toujours, et n'en croyait rien.

Une chose acheva de confirmer Martin dans ses détesta-
bles principes, de faire hésiter plus que jamais Candide, et
d'embarrasser Pangloss. C'est qu'ils virent un jour aborder
dans leur métairie Paquette et le frère Giroflée, qui étaient
dans la plus extrême misère ; ils avaient bien vite mangé
leurs trois mille piastres, s'étaient quittés, s'étaient raccom-
modés, s'étaient brouillés, avaient été mis en prison,
s'étaient enfuis, et enfin frère Giroflée s'était fait turc.
Paquette continuait son métier partout, et n'y gagnait plus
rien. « Je l'avais bien prévu, dit Martin à Candide, que vos
présents seraient bientôt dissipés et ne les rendraient que

plus misérables. Vous avez regorgé de millions de piastres, vous et Cacambo, et vous n'êtes pas plus heureux que frère Giroflée et Paquette. — Ah, ah ! dit Pangloss à Paquette, le ciel vous ramène donc ici parmi nous, ma pauvre enfant ! Savez-vous bien que vous m'avez coûté le bout du nez, un œil et une oreille ? Comme vous voilà faite ! Et qu'est-ce que ce monde ! » Cette nouvelle aventure les engagea à philosopher plus que jamais.

Il y avait dans le voisinage un derviche très fameux, qui passait pour le meilleur philosophe de la Turquie ; ils allèrent le consulter ; Pangloss porta la parole, et lui dit : « Maître, nous venons vous prier de nous dire pourquoi un aussi étrange animal que l'homme a été formé.

— De quoi te mêles-tu ? dit le derviche, est-ce là ton affaire ? — Mais, mon Révérend Père, dit Candide, il y a horriblement de mal sur la terre. — Qu'importe, dit le derviche, qu'il y ait du mal ou du bien ? Quand Sa Hautesse envoie un vaisseau en Égypte, s'embarrasse-t-elle si les souris qui sont dans le vaisseau sont à leur aise ou non ? — Que faut-il donc faire ? dit Pangloss. — Te taire, dit le derviche. — Je me flattais, dit Pangloss, de raisonner un peu avec vous des effets et des causes, du meilleur des mondes possibles, de l'origine du mal, de la nature de l'âme et de l'harmonie préétablie. » Le derviche, à ces mots, leur ferma la porte au nez.

Pendant cette conversation, la nouvelle s'était répandue qu'on venait d'étrangler à Constantinople deux vizirs du banc [86] et le muphti, et qu'on avait empalé plusieurs de leurs amis. Cette catastrophe faisait partout un grand bruit pendant quelques heures. Pangloss, Candide et Martin, en retournant à la petite métairie, rencontrèrent un bon vieillard qui prenait le frais à sa porte sous un berceau d'orangers. Pangloss, qui était aussi curieux que raisonneur, lui demanda comment se nommait le muphti qu'on venait d'étrangler. « Je n'en sais rien, répondit le bonhomme, et je n'ai jamais su le nom d'aucun muphti ni d'aucun vizir.

J'ignore absolument l'aventure dont vous me parlez ; je présume qu'en général ceux qui se mêlent des affaires publiques périssent quelquefois misérablement, et qu'ils le méritent ; mais je ne m'informe jamais de ce qu'on fait à Constantinople ; je me contente d'y envoyer vendre les fruits du jardin que je cultive. » Ayant dit ces mots, il fit entrer les étrangers dans sa maison : ses deux filles et ses deux fils leur présentèrent plusieurs sortes de sorbets qu'ils faisaient eux-mêmes, du kaïmac piqué d'écorces de cédrat confit, des oranges, des citrons, des limons, des ananas, des pistaches, du café de Moka qui n'était point mêlé avec le mauvais café de Batavia et des îles. Après quoi les deux filles de ce bon musulman parfumèrent les barbes de Candide, de Pangloss et de Martin.

« Vous devez avoir, dit Candide au Turc, une vaste et magnifique terre ? — Je n'ai que vingt arpents, répondit le Turc ; je les cultive avec mes enfants ; le travail éloigne de nous trois grands maux : l'ennui, le vice, et le besoin. »

Candide, en retournant dans sa métairie, fit de profondes réflexions sur le discours du Turc. Il dit à Pangloss et à Martin : « Ce bon vieillard me paraît s'être fait un sort bien préférable à celui des six rois avec qui nous avons eu l'honneur de souper. — Les grandeurs, dit Pangloss, sont fort dangereuses, selon le rapport de tous les philosophes : car enfin Églon [87], roi des Moabites, fut assassiné par Aod ; Absalon fut pendu par les cheveux et percé de trois dards ; le roi Nadab, fils de Jéroboam, fut tué par Baaza ; le roi Éla, par Zambri ; Ochosias, par Jéhu ; Athalia, par Joïada ; les rois Joachim, Jéchonias, Sédécias, furent esclaves. Vous savez comment périrent Crésus, Astyage, Darius, Denys de Syracuse, Pyrrhus, Persée, Annibal, Jugurtha, Arioviste, César, Pompée, Néron, Othon, Vitellius, Domitien, Richard II d'Angleterre, Édouard II, Henri VI, Richard III, Marie Stuart, Charles Ier, les trois Henri de France, l'empereur Henri IV ? Vous savez... — Je sais aussi, dit Candide, qu'il faut cultiver notre jardin. — Vous avez

raison, dit Pangloss : car, quand l'homme fut mis dans le jardin d'Éden, il y fut mis *ut operaretur eum*, pour qu'il travaillât, ce qui prouve que l'homme n'est pas né pour le repos. — Travaillons sans raisonner, dit Martin ; c'est le seul moyen de rendre la vie supportable. »

Toute la petite société entra dans ce louable dessein ; chacun se mit à exercer ses talents. La petite terre rapporta beaucoup. Cunégonde était à la vérité bien laide ; mais elle devint une excellente pâtissière ; Paquette broda ; la vieille eut soin du linge. Il n'y eut pas jusqu'à frère Giroflée qui ne rendît service ; il fut un très bon menuisier, et même devint honnête homme ; et Pangloss disait quelquefois à Candide : « Tous les événements sont enchaînés dans le meilleur des mondes possibles ; car enfin, si vous n'aviez pas été chassé d'un beau château à grands coups de pied dans le derrière pour l'amour de Mlle Cunégonde, si vous n'aviez pas été mis à l'Inquisition, si vous n'aviez pas couru l'Amérique à pied, si vous n'aviez pas donné un bon coup d'épée au baron, si vous n'aviez pas perdu tous vos moutons du bon pays d'Eldorado, vous ne mangeriez pas ici des cédrats confits et des pistaches. — Cela est bien dit, répondit Candide, mais il faut cultiver notre jardin. »

L'HOMME AUX QUARANTE ÉCUS

Un vieillard, qui *toujours plaint le présent et vante le passé*[1], me disait : « Mon ami, la France n'est pas aussi riche qu'elle l'a été sous Henri IV. Pourquoi ? C'est que les terres ne sont pas si bien cultivées[2] ; c'est que les hommes manquent à la terre, et que, le journalier ayant enchéri son travail, plusieurs colons laissent leurs héritages en friche.

— D'où vient cette disette de manœuvres ? — De ce que quiconque s'est senti un peu d'industrie a embrassé les métiers de brodeur, de ciseleur, d'horloger, d'ouvrier en soie, de procureur ou de théologien[3]. C'est que la révocation de l'édit de Nantes a laissé un très grand vide dans le royaume ; que les religieuses et les mendiants se sont multipliés ; et qu'enfin chacun a fui, autant qu'il a pu, le travail pénible de la culture, pour laquelle Dieu nous a fait naître, et que nous avons rendue ignominieuse, tant nous sommes sensés.

« Une autre cause de notre pauvreté est dans nos besoins nouveaux. Il faut payer à nos voisins quatre millions d'un article, et cinq ou six d'un autre, pour mettre dans notre nez une poudre puante venue de l'Amérique ; le café, le thé, le chocolat, la cochenille, l'indigo, les épiceries, nous coûtent plus de soixante millions par an. Tout cela était inconnu du temps de Henri IV, aux épiceries près, dont la consommation était bien moins grande. Nous brûlons cent fois plus de bougie, et nous tirons plus de la moitié de notre cire de

l'étranger, parce que nous négligeons les ruches[4]. Nous voyons cent fois plus de diamants aux oreilles, au cou, aux mains de nos citoyennes de Paris et de nos grandes villes qu'il n'y en avait chez toutes les dames de la cour de Henri IV, en comptant la reine. Il a fallu payer presque toutes ces superfluités argent comptant.

« Observez surtout que nous payons plus de quinze millions de rentes sur l'Hôtel de ville aux étrangers, et que Henri IV, à son avènement, en ayant trouvé pour deux millions en tout sur cet hôtel imaginaire, en remboursa sagement une partie pour délivrer l'État de ce fardeau.

« Considérez que nos guerres civiles avaient fait verser en France les trésors du Mexique, lorsque *don Phelippo el discreto* voulait acheter la France[5], et que depuis ce temps-là les guerres étrangères nous ont débarrassés de la moitié de notre argent.

« Voilà en partie les causes de notre pauvreté. Nous la cachons sous des lambris vernis et par l'artifice des marchandes de modes : nous sommes pauvres avec goût. Il y a des financiers, des entrepreneurs, des négociants très riches ; leurs enfants, leurs gendres, sont très riches ; en général la nation ne l'est pas. »

Le raisonnement de ce vieillard, bon ou mauvais, fit sur moi une impression profonde ; car le curé de ma paroisse, qui a toujours eu de l'amitié pour moi, m'a enseigné un peu de géométrie et d'histoire, et je commence à réfléchir, ce qui est très rare dans ma province. Je ne sais s'il avait raison en tout ; mais, étant fort pauvre, je n'eus pas grand'peine à croire que j'avais beaucoup de compagnons*.

* Mme de Maintenon, qui en tout genre était une femme fort entendue, excepté dans celui sur lequel elle consultait le trigaud[6] et processif abbé Gobelin, son confesseur ; Mme de Maintenon, dis-je, dans une de ses lettres, fait le compte du ménage de son frère et de sa femme, en 1680. Le mari et la femme avaient à payer le loyer d'une maison agréable ; leurs domestiques étaient au nombre de dix ; ils avaient quatre chevaux et deux cochers, un bon dîner tous les jours. Mme de Maintenon évalue le tout à neuf mille francs par an, et met trois

DÉSASTRE DE L'HOMME
AUX QUARANTE ÉCUS

Je suis bien aise d'apprendre à l'univers[7] que j'ai une terre qui me vaudrait net quarante écus de rente, n'était la taxe à laquelle elle est imposée.

Il parut plusieurs édits de quelques personnes qui, se trouvant de loisir, gouvernent l'État au coin de leur feu. Le préambule de ces édits était que la puissance *législatrice et exécutrice est née de droit divin copropriétaire de ma terre*[8], et que je lui dois au moins la moitié de ce que je mange. L'énormité de l'estomac de la puissance législatrice et exécutrice me fit faire un grand signe de croix. Que serait-ce si cette puissance, qui préside à l'*ordre essentiel des sociétés*, avait ma terre en entier ? L'un est encore plus divin que l'autre.

Monsieur le contrôleur général sait que je ne payais en tout que douze livres ; que c'était un fardeau très pesant pour moi, et que j'y aurais succombé si Dieu ne m'avait donné le génie de faire des paniers d'osier qui m'aidaient à supporter ma misère. Comment donc pourrai-je tout d'un coup donner au roi vingt écus[9] ?

Les nouveaux ministres disaient encore dans leur préambule qu'on ne doit taxer que les terres, parce que tout vient de la terre, jusqu'à la pluie, et que par conséquent il n'y a que les fruits de la terre qui doivent l'impôt.

mille livres pour le jeu, les spectacles, les fantaisies, et les magnificences de monsieur et madame.

Il faudrait à présent environ quarante mille livres pour mener une telle vie dans Paris ; il n'en eût fallu que six mille du temps de Henri IV. Cet exemple prouve assez que le vieux bonhomme ne radote pas absolument.

Un de leurs huissiers vint chez moi dans la dernière guerre ; il me demanda pour ma quote-part trois setiers de blé et un sac de fèves, le tout valant vingt écus, pour soutenir la guerre qu'on faisait, et dont je n'ai jamais su la raison, ayant seulement entendu dire que, dans cette guerre, il n'y avait rien à gagner du tout pour mon pays et beaucoup à perdre. Comme je n'avais alors ni blé, ni fèves, ni argent, la puissance législatrice et exécutrice me fit traîner en prison ; et on fit la guerre comme on put.

En sortant de mon cachot, n'ayant que la peau sur les os, je rencontrai un homme joufflu et vermeil dans un carrosse à six chevaux ; il avait six laquais, et donnait à chacun d'eux pour gages le double de mon revenu[10]. Son maître d'hôtel, aussi vermeil que lui, avait deux mille francs d'appointements, et lui en volait par an vingt mille. Sa maîtresse lui coûtait quarante mille écus en six mois ; je l'avais connu autrefois dans le temps qu'il était moins riche que moi : il m'avoua, pour me consoler, qu'il jouissait de quatre cent mille livres de rente. « Vous en payez donc deux cent mille à l'État, lui dis-je, pour soutenir la guerre avantageuse que nous avons ; car moi, qui n'ai juste que mes cent vingt livres, il faut que j'en paye la moitié.

— Moi ! dit-il, que je contribue aux besoins de l'État ! Vous voulez rire, mon ami : j'ai hérité d'un oncle qui avait gagné huit millions à Cadix et à Surate ; je n'ai pas un pouce de terre ; tout mon bien est en contrats, en billets sur la place ; je ne dois rien à l'État : c'est à vous de donner la moitié de votre subsistance, vous qui êtes un seigneur terrien. Ne voyez-vous pas que, si le ministre des Finances exigeait de moi quelques secours pour la patrie, il serait un imbécile qui ne saurait pas calculer ? Car tout vient de la terre ; l'argent et les billets ne sont que des gages d'échange : au lieu de mettre sur une carte au pharaon cent setiers de blé, cent bœufs, mille moutons et deux cents sacs d'avoine, je joue des rouleaux d'or qui représentent ces denrées dégoûtantes. Si, après avoir mis l'*impôt unique* sur ces

denrées, on venait encore me demander de l'argent, ne
voyez-vous pas que ce serait un double emploi ? que ce
serait demander deux fois la même chose ? Mon oncle
vendit à Cadix pour deux millions de votre blé et pour deux
millions d'étoffes fabriquées avec votre laine ; il gagna plus
de cent pour cent dans ces deux affaires. Vous concevez
bien que ce profit fut fait sur des terres déjà taxées : ce que
mon oncle achetait dix sous de vous, il le revendait plus de
cinquante francs au Mexique, et, tous frais faits, il est revenu
avec huit millions.

« Vous sentez bien qu'il serait d'une horrible injustice de
lui redemander quelques oboles sur les dix sous qu'il vous
donna. Si vingt neveux comme moi, dont les oncles auraient
gagné dans le bon temps chacun huit millions au Mexique, à
Buenos-Ayres, à Lima, à Surate, ou à Pondichéry, prêtaient
seulement à l'État chacun deux cent mille francs dans les
besoins urgents de la patrie, cela produirait quatre millions :
quelle horreur ! Payez, mon ami, vous qui jouissez en paix
d'un revenu clair et net de quarante écus ; servez bien la
patrie, et venez quelquefois dîner avec ma livrée [11]. »

Ce discours plausible me fit beaucoup réfléchir, et ne me
consola guère.

ENTRETIEN AVEC UN GÉOMÈTRE

Il arrive quelquefois qu'on ne peut rien répondre, et
qu'on n'est pas persuadé. On est atterré sans pouvoir être
convaincu. On sent dans le fond de son âme un scrupule,
une répugnance qui nous empêche de croire ce qu'on nous a
prouvé. Un géomètre vous démontre qu'entre un cercle et
une tangente vous pouvez faire passer une infinité de lignes
courbes, et que vous n'en pouvez faire passer une droite.
Vos yeux, votre raison, vous disent le contraire. Le
géomètre vous répond gravement que c'est là un infini du

second ordre. Vous vous taisez, et vous vous en retournez tout stupéfait, sans avoir aucune idée nette, sans rien comprendre, et sans rien répliquer.

Vous consultez un géomètre de meilleure foi, qui vous explique le mystère. « Nous supposons, dit-il, ce qui ne peut être dans la nature, des lignes qui ont de la longueur sans largeur ; il est impossible, physiquement parlant, qu'une ligne réelle en pénètre une autre. Nulle courbe ni nulle droite réelle ne peut passer entre deux lignes réelles qui se touchent : ce ne sont là que des jeux de l'entendement, des chimères idéales ; et la véritable géométrie est l'art de mesurer les choses existantes. »

Je fus très content de l'aveu de ce sage mathématicien, et je me mis à rire, dans mon malheur, d'apprendre qu'il y avait de la charlatanerie jusque dans la science qu'on appelle la *haute science* [12].

Mon géomètre [13] était un citoyen philosophe qui avait daigné quelquefois causer avec moi dans ma chaumière. Je lui dis : « Monsieur, vous avez tâché d'éclairer les badauds de Paris sur le plus grand intérêt des hommes, la durée de la vie humaine. Le ministère a connu par vous seul ce qu'il doit donner aux rentiers viagers, selon leurs différents âges. Vous avez proposé de donner aux maisons de la ville l'eau qui leur manque, et de nous sauver enfin de l'opprobre et du ridicule d'entendre toujours crier à l'eau, et de voir des femmes enfermées dans un cerceau oblong porter deux seaux d'eau, pesant ensemble trente livres, à un quatrième étage auprès d'un privé. Faites-moi, je vous prie, l'amitié de me dire combien il y a d'animaux à deux mains et à deux pieds en France.

LE GÉOMÈTRE

On prétend qu'il y en a environ vingt millions, et je veux bien adopter ce calcul très probable *, en attendant qu'on le

* Cela est prouvé par les mémoires des intendants faits à la fin du dix-septième siècle, combinés avec le dénombrement par feux, composé

vérifie, ce qui serait très aisé, et qu'on n'a pas encore fait parce qu'on ne s'avise jamais de tout.

L'HOMME AUX QUARANTE ÉCUS

Combien croyez-vous que le territoire de France contienne d'arpents ?

LE GÉOMÈTRE

Cent trente millions, dont presque la moitié est en chemins, en villes, villages, landes, bruyères, marais, sables, terres stériles, couvents inutiles, jardins de plaisance plus agréables qu'utiles, terrains incultes, mauvais terrains mal cultivés. On pourrait réduire les terres d'un bon rapport à soixante et quinze millions d'arpents carrés ; mais comptons-en quatre-vingts millions ; on ne saurait trop faire pour sa patrie.

L'HOMME AUX QUARANTE ÉCUS

Combien croyez-vous que chaque arpent rapporte l'un dans l'autre, année commune, en blés, en semence de toute espèce, vins, étangs, bois, métaux, bestiaux, fruits, laines, soies, lait, huile, tous frais faits, sans compter l'impôt ?

LE GÉOMÈTRE

Mais, s'ils produisent chacun vingt-cinq livres, c'est beaucoup ; cependant mettons trente livres, pour ne pas décourager nos concitoyens. Il y a des arpents qui produisent des valeurs renaissantes estimées trois cents livres ; il y en a qui produisent trois livres. La moyenne proportionnelle entre trois et trois cents est trente : car vous voyez bien que trois est à trente comme trente est à trois cents. Il est vrai que, s'il y avait beaucoup d'arpents à trente livres et

en 1753, par ordre de M. le comte d'Argenson, et surtout avec l'ouvrage très exact de M. de Messance [14], fait sous les yeux de M. l'intendant de La Michaudière, l'un des hommes les plus éclairés.

très peu à trois cents livres, notre compte ne s'y trouverait pas ; mais, encore une fois, je ne veux point chicaner.

L'HOMME AUX QUARANTE ÉCUS

Eh bien ! monsieur, combien les quatre-vingts millions d'arpents donneront-ils de revenu, estimé en argent ?

LE GÉOMÈTRE

Le compte est tout fait : cela produit par an deux milliards quatre cents millions de livres numéraires au cours de ce jour.

L'HOMME AUX QUARANTE ÉCUS

J'ai lu que Salomon possédait lui seul vingt-cinq milliards d'argent comptant ; et certainement il n'y a pas deux milliards quatre cents millions d'espèces circulantes dans la France, qu'on m'a dit être beaucoup plus grande et plus riche que le pays de Salomon.

LE GÉOMÈTRE

C'est là le mystère : il y a peut-être à présent environ neuf cents millions d'argent circulant dans le royaume, et cet argent, passant de main en main, suffit pour payer toutes les denrées et tous les travaux ; le même écu peut passer mille fois de la poche du cultivateur dans celle du cabaretier et du commis des aides.

L'HOMME AUX QUARANTE ÉCUS

J'entends. Mais vous m'avez dit que nous sommes vingt millions d'habitants, hommes et femmes, vieillards et enfants ; combien pour chacun, s'il vous plaît ?

LE GÉOMÈTRE

Cent vingt livres, ou quarante écus.

L'HOMME AUX QUARANTE ÉCUS

Vous avez deviné tout juste mon revenu : j'ai quatre arpents qui, en comptant les années de repos mêlées avec les années de produit, me valent cent vingt livres ; c'est peu de chose.

Quoi ! si chacun avait une portion égale comme dans l'âge d'or, chacun n'aurait que cinq louis d'or par an ?

LE GÉOMÈTRE

Pas davantage, suivant notre calcul, que j'ai un peu enflé. Tel est l'état de la nature humaine. La vie et la fortune sont bien bornées ; on ne vit à Paris, l'un portant l'autre, que vingt-deux à vingt-trois ans [15] ; l'un portant l'autre, on n'a tout au plus que cent vingt livres par an à dépenser ; c'est-à-dire que votre nourriture, votre vêtement, votre logement, vos meubles, sont représentés par la somme de cent vingt livres.

L'HOMME AUX QUARANTE ÉCUS

Hélas ! que vous ai-je fait pour m'ôter ainsi la fortune et la vie ? Est-il vrai que je n'aie que vingt-trois ans à vivre, à moins que je ne vole la part de mes camarades ?

LE GÉOMÈTRE

Cela est incontestable dans la bonne ville de Paris ; mais, de ces vingt-trois ans, il en faut retrancher au moins dix de votre enfance ; car l'enfance n'est pas une jouissance de la vie, c'est une préparation : c'est le vestibule de l'édifice, c'est l'arbre qui n'a pas encore donné de fruits, c'est le crépuscule d'un jour. Retranchez des treize années qui vous restent le temps du sommeil et celui de l'ennui, c'est au moins la moitié ; restent six ans et demi que vous passez dans le chagrin, les douleurs, quelques plaisirs et l'espérance.

L'HOMME AUX QUARANTE ÉCUS

Miséricorde ! votre compte ne va pas à trois ans d'une existence supportable.

LE GÉOMÈTRE

Ce n'est pas ma faute. La nature se soucie fort peu des individus. Il y a d'autres insectes qui ne vivent qu'un jour, mais dont l'espèce dure à jamais. La nature est comme ces grands princes qui comptent pour rien la perte de quatre cent mille hommes, pourvu qu'ils viennent à bout de leurs augustes desseins.

L'HOMME AUX QUARANTE ÉCUS

Quarante écus, et trois ans à vivre ! quelle ressource imagineriez-vous contre ces deux malédictions ?

LE GÉOMÈTRE

Pour la vie, il faudrait rendre dans Paris l'air plus pur, que les hommes mangeassent moins, qu'ils fissent plus d'exercice, que les mères allaitassent leurs enfants, qu'on ne fût plus assez malavisé pour craindre l'inoculation [16] : c'est ce que j'ai déjà dit, et pour la fortune, il n'y a qu'à se marier et faire des garçons et des filles.

L'HOMME AUX QUARANTE ÉCUS

Quoi ! le moyen de vivre commodément est d'associer ma misère à celle d'un autre ?

LE GÉOMÈTRE

Cinq ou six misères ensemble font un établissement très tolérable. Ayez une brave femme, deux garçons et deux filles seulement, cela fait sept cent vingt livres pour votre petit ménage, supposé que justice soit faite, et que chaque individu ait cent vingt livres de rente. Vos enfants en bas âge ne vous coûtent rien ; devenus grands, ils vous soulagent ;

leurs secours mutuels vous sauvent presque toutes les dépenses, et vous vivez très heureusement en philosophe, pourvu que ces messieurs qui gouvernent l'État n'aient pas la barbarie de vous extorquer à chacun vingt écus par an [17], mais le malheur est que nous ne sommes plus dans l'âge d'or, où les hommes, nés tous égaux, avaient également part aux productions succulentes d'une terre non cultivée. Il s'en faut beaucoup aujourd'hui que chaque être à deux mains et à deux pieds possède un fonds de cent vingt livres de revenu.

L'HOMME AUX QUARANTE ÉCUS

Ah ! vous nous ruinez. Vous nous disiez tout à l'heure que dans un pays où il y a quatre-vingts millions d'arpents de terre assez bonne, et vingt millions d'habitants, chacun doit jouir de cent vingt livres de rente, et vous nous les ôtez !

LE GÉOMÈTRE

Je comptais suivant les registres du siècle d'or, et il faut compter suivant le siècle de fer. Il y a beaucoup d'habitants qui n'ont que la valeur de dix écus de rente, d'autres qui n'en ont que quatre ou cinq, et plus de six millions d'hommes qui n'ont absolument rien.

L'HOMME AUX QUARANTE ÉCUS

Mais ils mourraient de faim au bout de trois jours.

LE GÉOMÈTRE

Point du tout ; les autres, qui possèdent leurs portions, les font travailler et partagent avec eux ; c'est ce qui paye le théologien, le confiturier, l'apothicaire, le prédicateur, le comédien, le procureur et le fiacre. Vous vous êtes cru à plaindre de n'avoir que cent vingt livres à dépenser par an, réduites à cent huit livres à cause de votre taxe de douze francs ; mais regardez les soldats qui donnent leur sang pour

la patrie : ils ne disposent, à quatre sous par jour, que de soixante et treize livres, et ils vivent gaiement en s'associant par chambrées.

<div align="center">L'HOMME AUX QUARANTE ÉCUS</div>

Ainsi donc un ex-jésuite a plus de cinq fois la paye du soldat. Cependant les soldats ont rendu plus de services à l'État sous les yeux du roi à Fontenoy, à Laufelt, au siège de Fribourg, que n'en a jamais rendu le révérend père La Valette[18].

<div align="center">LE GÉOMÈTRE</div>

Rien n'est plus vrai ; et même chaque jésuite devenu libre a plus à dépenser qu'il ne coûtait à son couvent : il y en a même qui ont gagné beaucoup d'argent à faire des brochures contre les parlements, comme le révérend père Patouillet et le révérend père Nonnotte[19]. Chacun s'ingénie dans ce monde : l'un est à la tête d'une manufacture d'étoffes, l'autre, de porcelaine ; un autre entreprend l'opéra ; celui-ci fait la gazette ecclésiastique ; cet autre une tragédie bourgeoise ou un roman dans le goût anglais ; il entretient le papetier, le marchand d'encre, le libraire, le colporteur, qui sans lui demanderaient l'aumône. Ce n'est enfin que la restitution de cent vingt livres à ceux qui n'ont rien qui fait fleurir l'État.

<div align="center">L'HOMME AUX QUARANTE ÉCUS</div>

Parfaite manière de fleurir !

<div align="center">LE GÉOMÈTRE</div>

Il n'y en a point d'autre : par tout pays le riche fait vivre le pauvre. Voilà l'unique source de l'industrie du commerce. Plus la nation est industrieuse, plus elle gagne sur l'étranger. Si nous attrapions de l'étranger dix millions par an pour la balance du commerce, il y aurait dans vingt ans deux cents millions de plus dans l'État : ce serait dix francs de plus à

répartir loyalement sur chaque tête ; c'est-à-dire que les négociants feraient gagner à chaque pauvre dix francs de plus, dans l'espérance de faire des gains encore plus considérables. Mais le commerce a ses bornes comme la fertilité de la terre : autrement la progression irait à l'infini ; et puis, il n'est pas sûr que la balance de notre commerce nous soit toujours favorable ; il y a des temps où nous perdons.

L'HOMME AUX QUARANTE ÉCUS

J'ai entendu parler beaucoup de population. Si nous nous avisions de faire le double d'enfants de ce que nous en faisons, si notre patrie était peuplée du double, si nous avions quarante millions d'habitants au lieu de vingt, qu'arriverait-il ?

LE GÉOMÈTRE

Il arriverait que chacun n'aurait à dépenser que vingt écus, l'un portant l'autre, ou qu'il faudrait que la terre rendît le double de ce qu'elle rend, ou qu'il y aurait le double de pauvres, ou qu'il faudrait avoir le double d'industrie et gagner le double sur l'étranger, ou envoyer la moitié de la nation en Amérique, ou que la moitié de la nation mangeât l'autre[20].

L'HOMME AUX QUARANTE ÉCUS

Contentons-nous donc de nos vingt millions d'hommes et de nos cent vingt livres par tête, réparties comme il plaît à Dieu ; mais cette situation est triste, et votre siècle de fer est bien dur.

LE GÉOMÈTRE

Il n'y a aucune nation qui soit mieux ; et il en est beaucoup qui sont plus mal. Croyez-vous qu'il y ait dans le Nord de quoi donner la valeur de cent vingt livres à chaque habitant ? S'ils avaient eu l'équivalent, les Huns, les Goths,

les Vandales et les Francs n'auraient pas déserté leur patrie
pour aller s'établir ailleurs, le fer et la flamme à la main.

L'HOMME AUX QUARANTE ÉCUS

Si je vous laissais dire, vous me persuaderiez bientôt que
je suis heureux avec mes cent vingt francs.

LE GÉOMÈTRE

Si vous pensiez être heureux, en ce cas vous le seriez.

L'HOMME AUX QUARANTE ÉCUS

On ne peut s'imaginer être ce qu'on n'est pas, à moins
qu'on ne soit fou.

LE GÉOMÈTRE

Je vous ai déjà dit que, pour être plus à votre aise et plus
heureux que vous n'êtes, il faut que vous preniez une
femme ; mais j'ajouterai qu'elle doit avoir comme vous cent
vingt livres de rente, c'est-à-dire quatre arpents à dix écus
l'arpent. Les anciens Romains n'en avaient chacun que trois.
Si vos enfants sont industrieux, ils pourront en gagner
chacun autant en travaillant pour les autres.

L'HOMME AUX QUARANTE ÉCUS

Ainsi ils ne pourront avoir de l'argent sans que d'autres
en perdent.

LE GÉOMÈTRE

C'est la loi de toutes les nations ; on ne respire qu'à ce
prix.

L'HOMME AUX QUARANTE ÉCUS

Et il faudra que ma femme et moi nous donnions chacun
la moitié de notre récolte à la puissance législatrice et
exécutrice, et que les nouveaux ministres d'État nous
enlèvent la moitié du prix de nos sueurs et de la substance de

nos pauvres enfants avant qu'ils puissent gagner leur vie !
Dites-moi, je vous prie, combien nos nouveaux ministres
font entrer d'argent de droit divin dans les coffres du
roi.

LE GÉOMÈTRE

Vous payez vingt écus pour quatre arpents qui vous en
rapportent quarante. L'homme riche qui possède quatre
cents arpents payera deux mille écus par ce nouveau tarif, et
les quatre-vingts millions d'arpents rendront au roi douze
cents millions de livres par année, ou quatre cents millions
d'écus.

L'HOMME AUX QUARANTE ÉCUS

Cela me paraît impraticable et impossible.

LE GÉOMÈTRE

Vous avez très grande raison, et cette impossibilité est
une démonstration géométrique qu'il y a un vice fondamen-
tal de raisonnement dans nos nouveaux ministres.

L'HOMME AUX QUARANTE ÉCUS

N'y a-t-il pas aussi une prodigieuse injustice démontrée à
me prendre la moitié de mon blé, de mon chanvre, de la
laine de mes moutons, etc., et de n'exiger aucun secours de
ceux qui auront gagné dix ou vingt ou trente mille livres de
rente avec mon chanvre, dont ils ont tissé de la toile ; avec
ma laine, dont ils ont fabriqué des draps ; avec mon blé,
qu'ils auront vendu plus cher qu'ils ne l'ont acheté [21] ?

LE GÉOMÈTRE

L'injustice de cette administration est aussi évidente que
son calcul est erroné. Il faut que l'industrie soit favorisée,
mais il faut que l'industrie opulente secoure l'État. Cette
industrie vous a certainement ôté une partie de vos cent
vingt livres, et se les est appropriées en vous vendant vos

chemises et votre habit vingt fois plus cher qu'ils ne vous auraient coûté si vous les aviez faits vous-même. Le manufacturier qui s'est enrichi à vos dépens a, je l'avoue, donné un salaire à ses ouvriers, qui n'avaient rien par eux-mêmes ; mais il a retenu pour lui chaque année une somme qui lui a valu enfin trente mille livres de rente : il a donc acquis cette fortune à vos dépens ; vous ne pourrez jamais lui vendre vos denrées assez cher pour vous rembourser de ce qu'il a gagné sur vous ; car, si vous tentiez ce surhausse-ment, il en ferait venir de l'étranger à meilleur prix[22]. Une preuve que cela est ainsi, c'est qu'il reste toujours posses-seur de ses trente mille livres de rente, et vous restez avec vos cent vingt livres, qui diminuent souvent, bien loin d'augmenter.

Il est donc nécessaire et équitable que l'industrie raffinée du négociant paye plus que l'industrie grossière du labou-reur. Il en est de même des receveurs des deniers publics. Votre taxe avait été jusqu'ici de douze francs avant que nos grands ministres vous eussent pris vingt écus. Sur ces douze francs, le publicain retenait dix sols pour lui. Si dans votre province il y a cinq cent mille âmes, il aura gagné deux cent cinquante mille francs par an. Qu'il en dépense cinquante, il est clair qu'au bout de dix ans il aura deux millions de bien. Il est très juste qu'il contribue à proportion, sans quoi tout serait perverti et bouleversé[23].

L'HOMME AUX QUARANTE ÉCUS

Je vous remercie d'avoir taxé ce financier, cela soulage mon imagination ; mais, puisqu'il a si bien augmenté son superflu, comment puis-je faire pour accroître aussi ma petite fortune ?

LE GÉOMÈTRE

Je vous l'ai déjà dit, en vous mariant, en travaillant, en tâchant de tirer de votre terre quelques gerbes de plus que ce qu'elle vous produisait.

L'HOMME AUX QUARANTE ÉCUS

Je suppose que j'aie bien travaillé, que toute la nation en ait fait autant, que la puissance législatrice et exécutrice en ait reçu un plus gros tribut, combien la nation a-t-elle gagné au bout de l'année ?

LE GÉOMÈTRE

Rien du tout ; à moins qu'elle n'ait fait un commerce étranger utile : mais elle aura vécu plus commodément. Chacun aura eu à proportion plus d'habits, de chemises, de meubles, qu'il n'en avait auparavant. Il y aura eu dans l'État une circulation plus abondante, les salaires auront été augmentés avec le temps à peu près en proportion du nombre de gerbes de blé, de toisons de moutons, de cuirs de bœufs, de cerfs et de chèvres qui auront été employés, de grappes de raisin qu'on aura foulées dans le pressoir. On aura payé au roi plus de valeurs de denrées en argent, et le roi aura rendu plus de valeurs à tous ceux qu'il aura fait travailler sous ses ordres ; mais il n'y aura pas un écu de plus dans le royaume.

L'HOMME AUX QUARANTE ÉCUS

Que restera-t-il donc à la puissance au bout de l'année ?

LE GÉOMÈTRE

Rien, encore une fois ; c'est ce qui arrive à toute puissance : elle ne thésaurise pas ; elle a été nourrie, vêtue, logée, meublée ; tout le monde l'a été aussi, chacun suivant son état ; et, si elle thésaurise, elle a arraché à la circulation autant d'argent qu'elle en a entassé ; elle a fait autant de malheureux qu'elle a mis de fois quarante écus dans ses coffres.

L'HOMME AUX QUARANTE ÉCUS

Mais ce grand Henri IV n'était donc qu'un vilain, un ladre, un pillard ; car on m'a conté qu'il avait encaqué [24]

dans la Bastille plus de cinquante millions de notre monnaie d'aujourd'hui ?

LE GÉOMÈTRE

C'était un homme aussi bon, aussi prudent que valeureux. Il allait faire une juste guerre, et en amassant dans ses coffres vingt-deux millions de son temps, en ayant encore à recevoir plus de vingt autres qu'il laissait circuler, il épargnait à son peuple plus de cent millions qu'il en aurait coûté s'il n'avait pas pris ces utiles mesures. Il se rendait moralement sûr du succès contre un ennemi qui n'avait pas les mêmes précautions. Le calcul des probabilités était prodigieusement en sa faveur. Ses vingt-deux millions encaissés prouvaient qu'il y avait alors dans le royaume la valeur de vingt-deux millions d'excédent dans les biens de la terre ; ainsi personne ne souffrait.

L'HOMME AUX QUARANTE ÉCUS

Mon vieillard me l'avait bien dit qu'on était à proportion plus riche sous l'administration du duc de Sully que sous celle des nouveaux ministres qui ont mis l'impôt unique, et qui m'ont pris vingt écus sur quarante. Dites-moi, je vous en prie, y a-t-il une nation au monde qui jouisse de ce beau bénéfice de l'impôt unique ?

LE GÉOMÈTRE

Pas une nation opulente. Les Anglais, qui ne rient guère, se sont mis à rire quand ils ont appris que des gens d'esprit avaient proposé parmi nous cette administration[25]. Les Chinois exigent une taxe de tous les vaisseaux marchands qui abordent à Canton ; les Hollandais payent à Nangasaki, quand ils sont reçus au Japon sous prétexte qu'ils ne sont pas chrétiens. Les Lapons et les Samoyèdes, à la vérité, sont soumis à un impôt unique en peaux de martres ; la république de Saint-Marin ne paye que des dîmes pour entretenir l'État dans sa splendeur.

Il y a dans notre Europe une nation célèbre par son équité et pour sa valeur, qui ne paye aucune taxe. C'est le peuple helvétien ; mais voici ce qui est arrivé : ce peuple s'est mis à la place des ducs d'Autriche et de Zeringue ; les petits cantons sont démocratiques et très pauvres, chaque habitant y paye une somme très modique pour les besoins de la petite république. Dans les cantons riches, on est chargé envers l'État des redevances que les archiducs d'Autriche et les seigneurs fonciers exigeaient : les cantons protestants sont à proportion du double plus riches que les catholiques, parce que l'État y possède les biens des moines. Ceux qui étaient sujets des archiducs d'Autriche, des ducs de Zeringue et des moines, le sont aujourd'hui de la patrie ; ils payent à cette patrie les mêmes dîmes, les mêmes droits, les mêmes lods et ventes [26] qu'ils payaient à leurs anciens maîtres ; et, comme les sujets en général ont très peu de commerce, le négoce n'est assujetti à aucune charge, excepté de petits droits d'entrepôt : les hommes trafiquent de leur valeur avec les puissances étrangères, et se vendent pour quelques années, ce qui fait entrer quelque argent dans leur pays à nos dépens ; et c'est un exemple aussi unique dans le monde policé que l'est l'impôt établi par nos nouveaux législateurs.

L'HOMME AUX QUARANTE ÉCUS

Ainsi, monsieur, les Suisses ne sont pas de droit divin dépouillés de la moitié de leurs biens ; et celui qui possède quatre vaches n'en donne pas deux à l'État [27] ?

LE GÉOMÈTRE

Non, sans doute. Dans un canton, sur treize tonneaux de vin on en donne un, et on en boit douze. Dans un autre canton, on paye la douzième partie, et on en boit onze.

L'HOMME AUX QUARANTE ÉCUS

Ah ! qu'on me fasse suisse ! Le maudit impôt que l'impôt unique et inique, qui m'a réduit à demander l'aumône ! mais

trois ou quatre cents impôts, dont les noms même me sont impossibles à retenir et à prononcer, sont-ils plus justes et plus honnêtes ? Y a-t-il jamais eu un législateur qui, en fondant un État, ait imaginé de créer des conseillers du roi mesureurs de charbon, jaugeurs de vin, mouleurs de bois, langueyeurs de porc, contrôleurs de beurre salé ? d'entretenir une armée de faquins deux fois plus nombreuse que celle d'Alexandre, commandée par soixante généraux qui mettent le pays à contribution[28], qui remportent des victoires signalées tous les jours, qui font des prisonniers, et qui quelquefois les sacrifient en l'air ou sur un petit théâtre de planches, comme faisaient les anciens Scythes, à ce que m'a dit mon curé ?

Une telle législation, contre laquelle tant de cris s'élevaient et qui faisait verser tant de larmes, valait-elle mieux que celle qui m'ôte tout d'un coup nettement et paisiblement la moitié de mon existence ? J'ai peur qu'à bien compter on ne m'en prît en détail les trois quarts sous l'ancienne finance.

LE GÉOMÈTRE

Iliacos intra muros peccatur et extra.
Est modus in rebus, caveas ne quid nimis[29].

L'HOMME AUX QUARANTE ÉCUS

J'ai appris un peu d'histoire et de géométrie, mais je ne sais pas le latin.

LE GÉOMÈTRE

Cela signifie à peu près : *On a tort des deux côtés. Gardez le milieu en tout. Rien de trop.*

L'HOMME AUX QUARANTE ÉCUS

Oui, rien de trop, c'est ma situation ; mais je n'ai pas assez.

LE GÉOMÈTRE

Je conviens que vous périrez de faim, et moi aussi, et l'État aussi, supposé que la nouvelle administration dure seulement deux ans ; mais il faut espérer que Dieu aura pitié de nous.

L'HOMME AUX QUARANTE ÉCUS

On passe sa vie à espérer, et on meurt en espérant. Adieu, monsieur ; vous m'avez instruit, mais j'ai le cœur navré.

LE GÉOMÈTRE

C'est souvent le fruit de la science.

AVENTURE AVEC UN CARME

Quand j'eus bien remercié l'académicien de l'Académie des sciences de m'avoir mis au fait, je m'en allai tout pantois, louant la Providence, mais grommelant entre mes dents ces tristes paroles : « Vingt écus de rente seulement pour vivre, et n'avoir que vingt-deux ans à vivre ! » Hélas ! puisse notre vie être encore plus courte, puisqu'elle est si malheureuse !

Je me trouvai bientôt vis-à-vis d'une maison superbe. Je sentais déjà la faim ; je n'avais pas seulement la cent vingtième partie de la somme qui appartient de droit à chaque individu ; mais, dès qu'on m'eut appris que ce palais était le couvent des révérends pères carmes déchaussés, je conçus de grandes espérances, et je dis : « Puisque ces saints sont assez humbles pour marcher pieds nus, ils seront assez charitables pour me donner à dîner. »

Je sonnai ; un carme vint : « Que voulez-vous, mon fils ? — Du pain, mon Révérend Père ; les nouveaux édits m'ont

tout ôté. — Mon fils, nous demandons nous-mêmes l'aumône, nous ne la faisons pas. — Quoi ! votre saint institut vous ordonne de n'avoir pas de souliers, et vous avez une maison de prince, et vous me refusez à manger ! — Mon fils, il est vrai que nous sommes sans souliers et sans bas ; c'est une dépense de moins ; mais nous n'avons pas plus froid aux pieds qu'aux mains ; et si notre saint institut nous avait ordonné d'aller cul nu, nous n'aurions point froid au derrière. À l'égard de notre belle maison, nous l'avons aisément bâtie, parce que nous avons cent mille livres de rente en maisons dans la même rue.

— Ah, ah ! vous me laissez mourir de faim, et vous avez cent mille livres de rente ! Vous en rendez donc cinquante mille au nouveau gouvernement ?

— Dieu nous préserve de payer une obole. Le seul produit de la terre cultivée par des mains laborieuses, endurcies de calus et mouillées de larmes, doit des tributs à la puissance législatrice et exécutrice. Les aumônes qu'on nous a données nous ont mis en état de faire bâtir ces maisons dont nous tirons cent mille livres par an. Mais ces aumônes venant des fruits de la terre, ayant déjà payé le tribut, elles ne doivent pas payer deux fois [30] : elles ont sanctifié les fidèles qui se sont appauvris en nous enrichissant ; et nous continuons à demander l'aumône et à mettre à contribution le faubourg Saint-Germain pour sanctifier encore les fidèles. » Ayant dit ces mots, le carme me ferma la porte au nez [31].

Je passai par devant l'hôtel des mousquetaires gris [32] ; je contai la chose à un de ces messieurs : ils me donnèrent un bon dîner et un écu. L'un d'eux me proposa d'aller brûler le couvent ; mais un mousquetaire plus sage lui remontra que le temps n'était pas encore venu, et le pria d'attendre encore deux ou trois ans [33].

AUDIENCE
DE MONSIEUR LE CONTRÔLEUR GÉNÉRAL

J'allai, avec mon écu, présenter un placet à monsieur le contrôleur général, qui donnait audience ce jour-là. Son antichambre était remplie de gens de toute espèce. Il y avait surtout des visages encore plus pleins, des ventres plus rebondis, des mines plus fières que mon homme aux huit millions. Je n'osais m'approcher ; je les voyais, et ils ne me voyaient pas [34].

Un moine, gros décimateur, avait intenté un procès à des citoyens qu'il appelait *ses paysans*. Il avait déjà plus de revenu que la moitié de ses paroissiens ensemble ; et de plus il était seigneur de fief. Il prétendait que ses vassaux, ayant converti avec des peines extrêmes leurs bruyères en vignes, ils lui devaient la dixième partie de leur vin, ce qui faisait, en comptant le prix du travail, et des échalas, et des futailles, et du cellier, plus du quart de la récolte. « Mais comme les dîmes, disait-il, sont de droit divin, je demande le quart de la substance de mes paysans au nom de Dieu. » Le ministre lui dit : « Je vois combien vous êtes charitable. »

Un fermier général, fort intelligent dans les aides, lui dit alors : « Monseigneur, ce village ne peut rien donner à ce moine ; car, ayant fait payer aux paroissiens l'année passée trente-deux impôts pour leur vin, et les ayant fait condamner ensuite à payer le trop-bu, ils sont entièrement ruinés. J'ai fait vendre leurs bestiaux et leurs meubles, ils sont encore mes redevables. Je m'oppose aux prétentions du révérend père.

— Vous avez raison d'être son rival, repartit le ministre ; vous aimez l'un et l'autre également votre prochain, et vous m'édifiez tous deux. »

Un troisième, moine et seigneur, dont les paysans sont

mainmortables, attendait aussi un arrêt du conseil qui le mît en possession de tout le bien d'un badaud de Paris, qui, ayant par inadvertance demeuré un an et un jour dans une maison sujette à cette servitude et enclavée dans les États de ce prêtre, y était mort au bout de l'année. Le moine réclamait tout le bien du badaud, et cela de droit divin[35].

Le ministre trouva le cœur du moine aussi juste et aussi tendre que les deux premiers.

Un quatrième, qui était contrôleur du domaine, présenta un beau mémoire, par lequel il se justifiait d'avoir réduit vingt familles à l'aumône. Elles avaient hérité de leurs oncles ou tantes, ou frères, ou cousins ; il avait fallu payer les droits. Le domanier leur avait prouvé généreusement qu'elles n'avaient pas assez estimé leurs héritages, qu'elles étaient beaucoup plus riches qu'elles ne croyaient ; et, en conséquence, les ayant condamnées à l'amende du triple, les ayant ruinées en frais, et fait mettre en prison les pères de famille, il avait acheté leurs meilleures possessions sans bourse délier.

Le contrôleur général lui dit (d'un ton un peu amer à la vérité) : « *Euge !* contrôleur *bone et fidelis, quia supra pauca fuisti fidelis,* fermier général *te constituam*[*][36]. » Cependant il dit tout bas à un maître des requêtes qui était à côté de lui : « Il faudra bien faire rendre gorge à ces sangsues sacrées et à ces sangsues profanes : il est temps de soulager le peuple, qui, sans nos soins et notre équité, n'aurait jamais de quoi vivre que dans l'autre monde[**]. »

Des hommes d'un génie profond lui présentèrent des projets[37]. L'un avait imaginé de mettre des impôts sur l'esprit. « Tout le monde, disait-il, s'empressera de payer,

[*] Je me fis expliquer ces paroles par un savant à quarante écus ; elles me réjouirent.

[**] Le cas à peu près semblable est arrivé dans la province que j'habite, et le contrôleur du domaine a été forcé à faire restitution ; mais il n'a pas été puni.

personne ne voulant passer pour un sot. » Le ministre lui dit : « Je vous déclare exempt de la taxe. »

Un autre proposa d'établir l'impôt unique sur les chansons et sur le rire, attendu que la nation était la plus gaie du monde, et qu'une chanson la consolait de tout. Mais le ministre observa que depuis quelque temps on ne faisait plus guère de chansons plaisantes, et il craignit que, pour échapper à la taxe, on ne devînt trop sérieux.

Vint un sage et brave citoyen qui offrit de donner au roi trois fois plus, en faisant payer par la nation trois fois moins. Le ministre lui conseilla d'apprendre l'arithmétique.

Un cinquième prouvait au roi, *par amitié*, qu'il ne pouvait recueillir que soixante et quinze millions, mais qu'il allait lui en donner deux cent vingt-cinq. « Vous me ferez plaisir, dit le ministre, quand nous aurons payé les dettes de l'État. »

Enfin arriva un commis de l'auteur nouveau[38] qui fait la puissance législatrice copropriétaire de toutes nos terres par le droit divin, et qui donnait au roi douze cents millions de rente. Je reconnus l'homme qui m'avait mis en prison pour n'avoir pas payé mes vingt écus. Je me jetai aux pieds de monsieur le contrôleur général, et je lui demandai justice ; il fit un grand éclat de rire, et me dit que c'était un tour qu'on m'avait joué. Il ordonna à ces mauvais plaisants de me donner cent écus de dédommagement, et m'exempta de taille pour le reste de ma vie. Je lui dis : « Monseigneur, Dieu vous bénisse ! »

LETTRE
À L'HOMME AUX QUARANTE ÉCUS

Quoique je sois trois fois aussi riche que vous, c'est-à-dire quoique je possède trois cent soixante livres ou francs de revenu, je vous écris cependant comme d'égal à égal, sans affecter l'orgueil des grandes fortunes.

J'ai lu l'histoire de votre désastre et de la justice que monsieur le contrôleur général vous a rendue ; je vous en fais mon compliment ; mais par malheur je viens de lire *Le Financier citoyen*[39], malgré la répugnance que m'avait inspirée le titre, qui paraît contradictoire à bien des gens. Ce citoyen vous ôte vingt francs de vos rentes, et à moi soixante : il n'accorde que cent francs à chaque individu sur la totalité des habitants ; mais, en récompense, un homme non moins illustre enfle nos rentes jusqu'à cent cinquante livres ; je vois que votre géomètre a pris un juste milieu. Il n'est point de ces magnifiques seigneurs qui d'un trait de plume peuplent Paris d'un million d'habitants, et vous font rouler quinze cents millions d'espèces sonnantes dans le royaume, après tout ce que nous en avons perdu dans nos guerres dernières.

Comme vous êtes grand lecteur, je vous prêterai *Le Financier citoyen*. Mais n'allez pas le croire en tout : il cite le testament du grand ministre Colbert, et il ne sait pas que c'est une rapsodie ridicule faite par un Gatien de Courtilz[40] ; il cite la *Dîme* du maréchal de Vauban, et il ne sait pas qu'elle est d'un Boisguilbert[41] ; il cite le testament du cardinal de Richelieu, et il ne sait pas qu'il est de l'abbé de Bourzeïs[42]. Il suppose que ce cardinal assure que, *quand la viande enchérit, on donne une paye plus forte au soldat.* Cependant la viande enchérit beaucoup sous son ministère, et la paye du soldat n'augmenta point ; ce qui prouve, indépendamment de cent autres preuves, que ce livre, reconnu pour supposé dès qu'il parut, et ensuite attribué au cardinal même, ne lui appartient pas plus que les testaments du cardinal Alberoni et du maréchal de Belle-Isle ne leur appartiennent[43].

Défiez-vous toute votre vie des testaments et des systèmes ; j'en ai été victime comme vous. Si les Solons et les Lycurgues modernes se sont moqués de vous, les nouveaux Triptolèmes se sont encore plus moqués de moi ; et, sans une petite succession qui m'a ranimé, j'étais mort de misère.

J'ai cent vingt arpents labourables dans le plus beau pays de la nature et le sol le plus ingrat. Chaque arpent ne rend, tous frais faits, dans mon pays, qu'un écu de trois livres. Dès que j'eus lu dans les journaux qu'un célèbre agriculteur[44] avait inventé un nouveau semoir, et qu'il labourait sa terre par planches, afin qu'en semant moins il recueillît davantage, j'empruntai vite de l'argent, j'achetai un semoir, je labourai par planches ; je perdis ma peine et mon argent, aussi bien que l'illustre agriculteur, qui ne sème plus par planches.

Mon malheur voulut que je lusse le *Journal économique*, qui se vend à Paris chez Boudot[45]. Je tombai sur l'expérience d'un Parisien ingénieux qui, pour se réjouir, avait fait labourer son parterre quinze fois et y avait semé du froment, au lieu d'y planter des tulipes : il eut une récolte très abondante. J'empruntai encore de l'argent. « Je n'ai qu'à donner trente labours, me disais-je, j'aurai le double de la récolte de ce digne Parisien qui s'est formé des principes d'agriculture à l'opéra et à la comédie, et me voilà enrichi par ses leçons et par son exemple. »

Labourer seulement quatre fois dans mon pays est une chose impossible ; la rigueur et les changements soudains des saisons ne le permettent pas ; et d'ailleurs le malheur que j'avais eu de semer par planches, comme l'illustre agriculteur dont j'ai parlé, m'avait forcé à vendre mon attelage. Je fais labourer trente fois mes cent vingt arpents par toutes les charrues qui sont à quatre lieues à la ronde. Trois labours pour chaque arpent coûtent douze livres, c'est un prix fait ; il fallut donner trente façons par arpent ; le labour de chaque arpent me coûta cent vingt livres : la façon de mes cent vingt arpents me revint à quatorze mille quatre cents livres. Ma récolte, qui se monte, année commune, dans mon maudit pays, à trois cents setiers, monta, il est vrai, à trois cent trente, qui, à vingt livres le setier, me produisirent six mille six cents livres : je perdis sept mille huit cents livres ; il est vrai que j'eus la paille.

J'étais ruiné, abîmé, sans une vieille tante qu'un grand médecin dépêcha dans l'autre monde, en raisonnant aussi bien en médecine que moi en agriculture.

Qui croirait que j'eus encore la faiblesse de me laisser séduire par le *Journal* de Boudot ? Cet homme-là, après tout, n'avait pas juré ma perte. Je lis dans son recueil qu'il n'y a qu'à faire une avance de quatre mille francs pour avoir quatre mille livres de rente en artichauts : certainement Boudot me rendra en artichauts ce qu'il m'a fait perdre en blé. Voilà mes quatre mille francs dépensés, et mes artichauts mangés par des rats de campagne. Je fus hué dans mon canton comme le diable de Papefiguière [46].

J'écrivis une lettre de reproche fulminante à Boudot. Pour toute réponse le traître s'égaya dans son *Journal* à mes dépens. Il me nia impudemment que les Caraïbes fussent nés rouges. Je fus obligé de lui envoyer une attestation d'un ancien procureur du roi de la Guadeloupe, comme quoi Dieu a fait les Caraïbes rouges, ainsi que les nègres noirs. Mais cette petite victoire ne m'empêcha pas de perdre jusqu'au dernier sou toute la succession de ma tante, pour avoir trop cru les nouveaux systèmes. Mon cher monsieur, encore une fois, gardez-vous des charlatans.

NOUVELLES DOULEURS OCCASIONNÉES PAR LES NOUVEAUX SYSTÈMES

(Ce petit morceau est tiré des manuscrits d'un vieux solitaire.)

Je vois que, si de bons citoyens se sont amusés à gouverner les États et à se mettre à la place des rois, si d'autres se sont crus des Triptolèmes [47] et des Cérès, il y en a de plus fiers qui se sont mis sans façon à la place de Dieu, et

qui ont créé l'univers avec leur plume, comme Dieu le créa autrefois par la parole.

Un des premiers qui se présenta à mes adorations fut un descendant de Thalès, nommé Téliamed [48], qui m'apprit que les montagnes et les hommes sont produits par les eaux de la mer. Il y eut d'abord de beaux hommes marins qui ensuite devinrent amphibies. Leur belle queue fourchue se changea en cuisses et en jambes. J'étais encore tout plein des *Métamorphoses* d'Ovide et d'un livre où il était démontré que la race des hommes était bâtarde d'une race de babouins : j'aimais autant descendre d'un poisson que d'un singe.

Avec le temps j'eus quelques doutes sur cette généalogie, et même sur la formation des montagnes. « Quoi ! me dit-il, vous ne savez pas que les courants de la mer, qui jettent toujours du sable à droite et à gauche à dix ou douze pieds de hauteur tout au plus, ont produit, dans une suite infinie de siècles, des montagnes de vingt mille pieds de haut, lesquelles ne sont pas de sable ? Apprenez que la mer a nécessairement couvert tout le globe. La preuve en est qu'on a vu des ancres de vaisseau sur le mont Saint-Bernard, qui étaient là plusieurs siècles avant que les hommes eussent des vaisseaux. Figurez-vous que la terre est un globe de verre qui a été longtemps tout couvert d'eau. »

Plus il m'endoctrinait, plus je devenais incrédule. « Quoi donc ! me dit-il, n'avez-vous pas vu le falun de Touraine à trente-six lieues de la mer ? C'est un amas de coquilles avec lesquelles on engraisse la terre comme avec du fumier. Or, si la mer a déposé dans la succession des temps une mine entière de coquilles à trente-six lieues de l'Océan, pourquoi n'aura-t-elle pas été jusqu'à trois mille lieues pendant plusieurs siècles sur notre globe de verre ? »

Je lui répondis : « Monsieur Téliamed, il y a des gens qui font quinze lieues par jour à pied ; mais ils ne peuvent en faire cinquante. Je ne crois pas que mon jardin soit de verre ; et, quant à votre falun, je doute encore qu'il soit un lit de

coquilles de mer. Il se pourrait bien que ce ne fût qu'une mine de petites pierres calcaires qui prennent aisément la forme des fragments de coquilles, comme il y a des pierres qui sont figurées en langues [49], et qui ne sont point des langues ; en étoiles, et qui ne sont point des astres ; en serpents roulés sur eux-mêmes, et qui ne sont point des serpents ; en parties naturelles du beau sexe, et qui ne sont point pourtant les dépouilles des dames [50]. On voit des dendrites, des pierres figurées, qui représentent des arbres et des maisons, sans que jamais ces petites pierres aient été des maisons et des chênes.

« Si la mer avait déposé tant de lits de coquilles en Touraine, pourquoi aurait-elle négligé la Bretagne, la Normandie, la Picardie, et toutes les autres côtes ? J'ai bien peur que ce falun tant vanté ne vienne pas plus de la mer que les hommes. Et, quand la mer se serait répandue à trente-six lieues, ce n'est pas à dire qu'elle ait été jusqu'à trois mille, et même jusqu'à trois cents, et que toutes les montagnes aient été produites par les eaux. J'aimerais autant dire que le Caucase a formé la mer que de prétendre que la mer a fait le Caucase.

— Mais, monsieur l'incrédule, que répondrez-vous aux huîtres pétrifiées qu'on a trouvées sur le sommet des Alpes ?

— Je répondrai, monsieur le créateur, que je n'ai pas vu plus d'huîtres pétrifiées que d'ancres de vaisseau sur le haut du mont Cenis. Je répondrai ce qu'on a déjà dit, qu'on a trouvé des écailles d'huîtres (qui se pétrifient aisément) à de très grandes distances de la mer, comme on a déterré des médailles romaines à cent lieues de Rome ; et j'aime mieux croire que des pèlerins de Saint-Jacques ont laissé quelques coquilles vers Saint-Maurice [51] que d'imaginer que la mer a formé le mont Saint-Bernard.

« Il y a des coquillages partout ; mais est-il bien sûr qu'ils ne soient pas les dépouilles des testacés et des crustacés de nos lacs et de nos rivières, aussi bien que des petits poissons marins ?

— Monsieur l'incrédule, je vous tournerai en ridicule dans le monde que je me propose de créer.

— Monsieur le créateur, à vous permis : chacun est le maître dans son monde ; mais vous ne me ferez jamais croire que celui où nous sommes soit de verre, ni que quelques coquilles soient des démonstrations que la mer a produit les Alpes et le mont Taurus. Vous savez qu'il n'y a aucune coquille dans les montagnes d'Amérique. Il faut que ce ne soit pas vous qui ayez créé cet hémisphère, et que vous vous soyez contenté de former l'ancien monde : c'est bien assez.

— Monsieur, monsieur, si on n'a pas découvert de coquilles sur les montagnes d'Amérique, *on en découvrira*.

— Monsieur, c'est parler en créateur qui sait son secret et qui est sûr de son fait. Je vous abandonne, si vous voulez, votre falun, pourvu que vous me laissiez mes montagnes. Je suis d'ailleurs le très humble et très obéissant serviteur de Votre Providence. »

Dans le temps que je m'instruisais ainsi avec Téliamed, un jésuite irlandais déguisé en homme, d'ailleurs grand observateur, et ayant de bons microscopes, fit des anguilles avec de la farine de blé ergoté[52]. On ne douta pas alors qu'on ne fît des hommes avec de la farine de bon froment. Aussitôt on créa des particules organiques qui composèrent des hommes. Pourquoi non ? Le grand géomètre Fatio avait bien ressuscité des morts à Londres[53] : on pouvait tout aussi aisément faire à Paris des vivants avec des particules organiques ; mais malheureusement les nouvelles anguilles de Needham ayant disparu, les nouveaux hommes disparurent aussi, et s'enfuirent chez les monades qu'ils rencontrèrent dans le plein au milieu de la matière subtile, globuleuse et cannelée[54].

Ce n'est pas que ces créateurs de systèmes n'aient rendu de grands services à la physique ; à Dieu ne plaise que je méprise leurs travaux ! On les a comparés à des alchimistes qui, en faisant de l'or (qu'on ne fait point), ont trouvé de bons remèdes ou du moins des choses très curieuses. On

peut être un homme d'un rare mérite, et se tromper sur la formation des animaux et sur la structure du globe.

Les poissons changés en hommes, et les eaux changées en montagnes, ne m'avaient pas fait autant de mal que M. Boudot ; je me bornais tranquillement à douter, lorsqu'un Lapon[55] me prit sous sa protection. C'était un profond philosophe, mais qui ne pardonnait jamais aux gens qui n'étaient pas de son avis. Il me fit d'abord connaître clairement l'avenir en exaltant mon âme[56]. Je fis de si prodigieux efforts d'exaltation que j'en tombai malade ; mais il me guérit en m'enduisant de poix-résine de la tête aux pieds. A peine fus-je en état de marcher qu'il me proposa un voyage aux terres australes pour y disséquer des têtes de géants, ce qui nous ferait connaître clairement la nature de l'âme. Je ne pouvais supporter la mer ; il eut la bonté de me mener par terre. Il fit creuser un grand trou dans le globe terraqué[57] : ce trou allait droit chez les Patagons. Nous partîmes ; je me cassai une jambe à l'entrée du trou ; on eut beaucoup de peine à me redresser la jambe : il s'y forma un calus qui m'a beaucoup soulagé.

J'ai déjà parlé de tout cela dans une de mes diatribes, pour instruire l'univers très attentif à ces grandes choses. Je suis bien vieux ; j'aime quelquefois à répéter mes contes, afin de les inculquer mieux dans la tête des petits garçons, pour lesquels je travaille depuis si longtemps.

MARIAGE
DE L'HOMME AUX QUARANTE ÉCUS

L'homme aux quarante écus s'étant beaucoup formé, et ayant fait une petite fortune, épousa une jolie fille qui possédait cent écus de rente. Sa femme devint bientôt grosse. Il alla trouver son géomètre, et lui demanda si elle lui

donnerait un garçon ou une fille. Le géomètre lui répondit
que les sages-femmes, les femmes de chambre, le savaient
pour l'ordinaire, mais que les physiciens, qui prédisent les
éclipses, n'étaient pas si éclairés qu'elles.

Il voulut savoir ensuite si son fils ou sa fille avait déjà une
âme. Le géomètre dit que ce n'était pas son affaire, et qu'il
en fallait parler au théologien du coin.

L'homme aux quarante écus, qui était déjà l'homme
aux deux cents écus pour le moins, demanda en quel
endroit était son enfant. « Dans une petite poche, lui dit
son ami, entre la vessie et l'intestin rectum. — Ô Dieu
paternel ! s'écria-t-il, l'âme immortelle de mon fils née
et logée entre de l'urine et quelque chose de pis [58] ! —
Oui, mon cher voisin, l'âme d'un cardinal n'a point eu
d'autre berceau ; et avec cela on fait le fier, on se donne des
airs.

— Ah ! monsieur le savant, ne pourriez-vous point me
dire comment les enfants se font ?

— Non, mon ami ; mais, si vous voulez, je vous dirai ce
que les philosophes ont imaginé, c'est-à-dire comment les
enfants ne se font point.

« Premièrement, le révérend père Sanchez, dans son
excellent livre *De matrimonio* [59], est entièrement de l'avis
d'Hippocrate ; il croit comme un article de foi que les deux
véhicules fluides de l'homme et de la femme s'élancent et
s'unissent ensemble, et que dans le moment l'enfant est
conçu par cette union ; et il est si persuadé de ce système
physique, devenu théologique, qu'il examine, chap. XXI du
livre second : *Utrum virgo Maria semen emiserit in copula-
tione cum Spiritu Sancto* [60].

— Eh ! monsieur, je vous ai déjà dit que je n'entends pas
le latin ; expliquez-moi en français l'oracle du père San-
chez. » Le géomètre lui traduisit le texte, et tous deux
frémirent d'horreur.

Le nouveau marié, en trouvant Sanchez prodigieusement
ridicule, fut pourtant assez content d'Hippocrate ; et il se

flattait que sa femme avait rempli toutes les conditions imposées par ce médecin pour faire un enfant.

« Malheureusement, lui dit le voisin, il y a beaucoup de femmes qui ne répandent aucune liqueur, mais qui ne reçoivent qu'avec aversion les embrassements de leurs maris, et qui cependant en ont des enfants. Cela seul décide contre Hippocrate et Sanchez.

« De plus, il y a très grande apparence que la nature agit toujours dans les mêmes cas par les mêmes principes ; or, il y a beaucoup d'espèces d'animaux qui engendrent sans copulation, comme les poissons écaillés, les huîtres, les pucerons. Il a donc fallu que les physiciens cherchassent une mécanique de génération qui convînt à tous les animaux. Le célèbre Harvey, qui le premier démontra la circulation, et qui était digne de découvrir le secret de la nature, crut l'avoir trouvé dans les poules : elles pondent des œufs ; il jugea que les femmes pondaient aussi[61]. Les mauvais plaisants dirent que c'est pour cela que les bourgeois, et même quelques gens de cour, appellent leur femme ou leur maîtresse *ma poule*, et qu'on dit que toutes les femmes sont coquettes, parce qu'elles voudraient que les coqs les trouvassent belles. Malgré ces railleries, Harvey ne changea point d'avis, et il fut établi dans toute l'Europe que nous venons d'un œuf.

L'HOMME AUX QUARANTE ÉCUS

Mais, monsieur, vous m'avez dit que la nature est toujours semblable à elle-même, qu'elle agit toujours par le même principe dans le même cas[62] : les femmes, les juments, les ânesses, les anguilles, ne pondent point ; vous vous moquez de moi.

LE GÉOMÈTRE

Elles ne pondent point en dehors, mais elles pondent en dedans ; elles ont des ovaires comme tous les oiseaux ; les juments, les anguilles, en ont aussi. Un œuf se détache de

l'ovaire ; il est couvé dans la matrice. Voyez tous les poissons écaillés, les grenouilles : ils jettent des œufs, que le mâle féconde. Les baleines et les autres animaux marins de cette espèce font éclore leurs œufs dans leur matrice. Les mites, les teignes, les plus vils insectes, sont visiblement formés d'un œuf : tout vient d'un œuf ; et notre globe est un grand œuf qui contient tous les autres.

L'HOMME AUX QUARANTE ÉCUS

Mais vraiment ce système porte tous les caractères de la vérité ; il est simple, il est uniforme, il est démontré aux yeux dans plus de la moitié des animaux ; j'en suis fort content, je n'en veux point d'autre ; les œufs de ma femme me sont fort chers.

LE GÉOMÈTRE

On s'est lassé à la longue de ce système : on a fait les enfants d'une autre façon.

L'HOMME AUX QUARANTE ÉCUS

Et pourquoi, puisque celle-là est si naturelle ?

LE GÉOMÈTRE

C'est qu'on a prétendu que nos femmes n'ont point d'ovaire, mais seulement de petites glandes.

L'HOMME AUX QUARANTE ÉCUS

Je soupçonne que des gens qui avaient un autre système à débiter ont voulu décréditer les œufs.

LE GÉOMÈTRE

Cela pourrait bien être. Deux Hollandais[63] s'avisèrent d'examiner la liqueur séminale au microscope, celle de l'homme, celle de plusieurs animaux, et ils crurent y apercevoir des animaux déjà tout formés qui couraient dans une vitesse inconcevable. Ils en virent même dans le fluide

du coq. Alors on jugea que les mâles faisaient tout, et les femelles rien ; elles ne servirent plus qu'à porter le trésor que le mâle leur avait confié.

L'HOMME AUX QUARANTE ÉCUS

Voilà qui est bien étrange. J'ai quelques doutes sur tous ces petits animaux qui frétillent si prodigieusement dans une liqueur, pour être ensuite immobiles dans les œufs des oiseaux, et pour être non moins immobiles neuf mois (à quelques culbutes près) dans le ventre de la femme ; cela ne me paraît pas conséquent. Ce n'est pas (autant que j'en puis juger) la marche de la nature. Comment sont faits, s'il vous plaît, ces petits hommes qui sont si bons nageurs dans la liqueur dont vous me parlez ?

LE GÉOMÈTRE

Comme des vermisseaux. Il y avait surtout un médecin nommé Andry[64] qui voyait des vers partout et qui voulait absolument détruire le système d'Harvey. Il aurait, s'il l'avait pu, anéanti la circulation du sang, parce qu'un autre l'avait découverte. Enfin deux Hollandais et M. Andry, à force de tomber dans le péché d'Onan[65] et de voir les choses au microscope, réduisirent l'homme à être chenille. Nous sommes d'abord un ver comme elle ; de là, dans notre enveloppe, nous devenons comme elle, pendant neuf mois, une vraie chrysalide, que les paysans appellent *fève*. Ensuite, si la chenille devient papillon, nous devenons hommes : voilà nos métamorphoses.

L'HOMME AUX QUARANTE ÉCUS

Eh bien ! s'en est-on tenu là ? N'y a-t-il point eu depuis de nouvelles modes ?

LE GÉOMÈTRE

On s'est dégoûté d'être chenille. Un philosophe extrêmement plaisant[66] a découvert dans une *Vénus physique* que

l'attraction faisait les enfants, et voici comment la chose s'opère. Le germe étant tombé dans la matrice, l'œil droit attire l'œil gauche, qui arrive pour s'unir à lui en qualité d'œil ; mais il en est empêché par le nez, qu'il rencontre en chemin, et qui l'oblige de se placer à gauche. Il en est de même des bras, des cuisses et des jambes, qui tiennent aux cuisses. Il est difficile d'expliquer, dans cette hypothèse, la situation des mamelles et des fesses. Ce grand philosophe n'admet aucun dessein de l'Être créateur dans la formation des animaux. Il est bien loin de croire que le cœur soit fait pour recevoir le sang et pour le chasser, l'estomac pour digérer, les yeux pour voir, les oreilles pour entendre : cela lui paraît trop vulgaire ; tout se fait par attraction.

L'HOMME AUX QUARANTE ÉCUS

Voilà un maître fou. Je me flatte que personne n'a pu adopter une idée aussi extravagante.

LE GÉOMÈTRE

On en rit beaucoup ; mais ce qu'il y eut de triste, c'est que cet insensé ressemblait aux théologiens, qui persécutent autant qu'ils le peuvent ceux qu'ils font rire.

D'autres philosophes ont imaginé d'autres manières qui n'ont pas fait une plus grande fortune : ce n'est plus le bras qui va chercher le bras, ce n'est plus la cuisse qui court après la cuisse ; ce sont de petites molécules, de petites particules de bras et de cuisse qui se placent les unes sur les autres. On sera peut-être enfin obligé d'en revenir aux œufs, après avoir perdu bien du temps.

L'HOMME AUX QUARANTE ÉCUS

J'en suis ravi ; mais quel a été le résultat de toutes ces disputes ?

LE GÉOMÈTRE

Le doute. Si la question avait été débattue entre des théologaux, il y aurait eu des excommunications et du sang

répandu ; mais entre des physiciens la paix est bientôt faite : chacun a couché avec sa femme, sans penser le moins du monde à son ovaire ni à ses trompes de Fallope. Les femmes sont devenues grosses ou enceintes sans demander seulement comment ce mystère s'opère. C'est ainsi que vous semez du blé, et que vous ignorez comment le blé germe en terre.

L'HOMME AUX QUARANTE ÉCUS

Oh ! je le sais bien ; on me l'a dit il y a longtemps : c'est par pourriture[67]. Cependant il me prend quelquefois des envies de rire de tout ce qu'on m'a dit.

LE GÉOMÈTRE

C'est une fort bonne envie. Je vous conseille de douter de tout, excepté que les trois angles d'un triangle sont égaux à deux droits, et que les triangles qui ont même base et même hauteur sont égaux entre eux, ou autres propositions pareilles, comme, par exemple, que deux et deux font quatre.

L'HOMME AUX QUARANTE ÉCUS

Oui, je crois qu'il est fort sage de douter ; mais je sens que je suis curieux depuis que j'ai fait fortune et que j'ai du loisir. Je voudrais, quand ma volonté remue mon bras ou ma jambe, découvrir le ressort par lequel ma volonté les remue : car sûrement il y en a un. Je suis quelquefois tout étonné de pouvoir lever et abaisser mes yeux et de ne pouvoir dresser mes oreilles. Je pense, et je voudrais connaître un peu… là… toucher au doigt ma pensée. Cela doit être fort curieux. Je cherche si je pense par moi-même, si Dieu me donne mes idées, si mon âme est venue dans mon corps à six semaines ou à un jour, comment elle s'est logée dans mon cerveau ; si je pense beaucoup quand je dors profondément, et quand je suis en léthargie. Je me creuse la cervelle pour savoir comment un corps en pousse un autre.

Mes sensations ne m'étonnent pas moins ; j'y trouve du divin, et surtout dans le plaisir. J'ai fait quelquefois mes efforts pour imaginer un nouveau sens, et je n'ai jamais pu y parvenir. Les géomètres savent toutes ces choses ; ayez la bonté de m'instruire.

LE GÉOMÈTRE

Hélas ! nous sommes aussi ignorants que vous : adressez-vous à la Sorbonne.

L'HOMME AUX QUARANTE ÉCUS, DEVENU PÈRE, RAISONNE SUR LES MOINES

Quand l'homme aux quarante écus se vit père d'un garçon, il commença à se croire un homme de quelque poids dans l'État ; il espéra donner au moins dix sujets au roi, qui seraient tous utiles. C'était l'homme du monde qui faisait le mieux des paniers ; et sa femme était une excellente couturière. Elle était née dans le voisinage d'une grosse abbaye de cent mille livres de rente. Son mari me demanda un jour pourquoi ces messieurs, qui étaient en petit nombre, avaient englouti tant de parts de quarante écus. « Sont-ils plus utiles que moi à la patrie ? — Non, mon cher voisin. — Servent-ils comme moi à la population du pays ? — Non, au moins en apparence. — Cultivent-ils la terre ? défendent-ils l'État quand il est attaqué ? — Non, ils prient Dieu pour vous. — Eh bien ! je prierai Dieu pour eux, et partageons.

« Combien croyez-vous que les couvents renferment de ces gens utiles, soit en hommes, soit en filles, dans le royaume ?

— Par les mémoires des intendants faits sur la fin du dernier siècle, il y en avait environ quatre-vingt-dix mille.

— Par notre ancien compte, ils ne devraient, à quarante écus par tête, posséder que dix millions huit cent mille livres ; combien en ont-ils ?

— Cela va à cinquante millions, en comptant les messes et les quêtes des moines mendiants, qui mettent réellement un impôt considérable sur le peuple. Un frère quêteur d'un couvent de Paris s'est vanté publiquement que sa besace valait quatre-vingt mille livres de rente.

— Voyons combien cinquante millions répartis entre quatre-vingt-dix mille têtes tondues donnent à chacune.

— Cinq cent cinquante-cinq livres.

« C'est une somme considérable dans une société nombreuse, où les dépenses diminuent par la quantité même des consommateurs ; car il en coûte bien moins à dix personnes pour vivre ensemble que si chacun avait séparément son logis et sa table.

— Les ex-jésuites, à qui on donne aujourd'hui quatre cents livres de pension, ont donc réellement perdu à ce marché ?

— Je ne le crois pas : car ils sont presque tous retirés chez des parents qui les aident ; plusieurs disent la messe pour de l'argent, ce qu'ils ne faisaient pas auparavant ; d'autres se sont faits précepteurs, d'autres ont été soutenus par des dévotes, chacun s'est tiré d'affaire ; et peut-être y en a-t-il peu aujourd'hui qui, ayant goûté du monde et de la liberté, voulussent reprendre leurs anciennes chaînes[68]. La vie monacale, quoi qu'on en dise, n'est point du tout à envier. C'est une maxime assez connue que les moines sont des gens qui s'assemblent sans se connaître, vivent sans s'aimer, et meurent sans se regretter.

— Vous pensez donc qu'on leur rendrait un très grand service de les défroquer tous ?

— Ils y gagneraient beaucoup sans doute, et l'État encore davantage ; on rendrait à la patrie des citoyens et des citoyennes qui ont sacrifié témérairement leur liberté dans un âge où les lois ne permettent pas qu'on dispose d'un

fonds de dix sous de rente ; on tirerait ces cadavres de leurs tombeaux : ce serait une vraie résurrection. Leurs maisons deviendraient des hôtels de ville, des hôpitaux, des écoles publiques, ou seraient affectées à des manufactures. La population deviendrait plus grande, tous les arts seraient mieux cultivés. On pourrait du moins diminuer le nombre de ces victimes volontaires en fixant le nombre des novices. La patrie aurait plus d'hommes utiles et moins de malheureux. C'est le sentiment de tous les magistrats, c'est le vœu unanime du public, depuis que les esprits sont éclairés. L'exemple de l'Angleterre, et de tant d'autres États, est une preuve évidente de la nécessité de cette réforme. Que ferait aujourd'hui l'Angleterre si, au lieu de quarante mille hommes de mer, elle avait quarante mille moines ? Plus les arts se sont multipliés, plus le nombre des sujets laborieux est devenu nécessaire. Il y a certainement dans les cloîtres beaucoup de talents ensevelis, qui sont perdus pour l'État. Il faut, pour faire fleurir un royaume, le moins de prêtres possible et le plus d'artisans possible. L'ignorance et la barbarie de nos pères, loin d'être une règle pour nous, n'est qu'un avertissement de faire ce qu'ils feraient s'ils étaient en notre place avec nos lumières.

— Ce n'est donc point par haine contre les moines que vous voulez les abolir ? c'est par pitié pour eux, c'est par amour pour la patrie ? Je pense comme vous. Je ne voudrais point que mon fils fût moine. Et, si je croyais que je dusse avoir des enfants pour le cloître, je ne coucherais plus avec ma femme.

— Quel est en effet le bon père de famille qui ne gémisse de voir son fils et sa fille perdus pour la société ? Cela s'appelle *se sauver ;* mais un soldat qui se sauve quand il faut combattre est puni. Nous sommes tous les soldats de l'État ; nous sommes à la solde de la société, nous devenons des déserteurs quand nous la quittons. Que dis-je ? Les moines sont des parricides qui étouffent une postérité tout entière. Quatre-vingt-dix mille cloîtrés, qui braillent ou qui nasil-

lent du latin, pourraient donner à l'État chacun deux sujets : cela fait cent soixante mille hommes [69] qu'ils font périr dans leur germe. Au bout de cent ans la perte est immense ; cela est démontré [70].

— Pourquoi donc le monachisme a-t-il prévalu ? — Parce que le gouvernement fut presque partout détestable et absurde depuis Constantin ; parce que l'empire romain eut plus de moines que de soldats ; parce qu'il y en avait cent mille dans la seule Égypte ; parce qu'ils étaient exempts de travail et de taxe ; parce que les chefs des nations barbares qui détruisirent l'empire, s'étant faits chrétiens pour gouverner des chrétiens, exercèrent la plus horrible tyrannie ; parce qu'on se jetait en foule dans les cloîtres pour échapper aux fureurs de ces tyrans, et qu'on se plongeait dans un esclavage pour en éviter un autre ; parce que les papes, en instituant tant d'ordres différents de fainéants sacrés, se firent autant de sujets dans les autres États ; parce qu'un paysan aime mieux être appelé *mon révérend père*, et donner des bénédictions, que de conduire la charrue ; parce qu'il ne sait pas que la charrue est plus noble que le froc ; parce qu'il aime mieux vivre aux dépens des sots que par un travail honnête ; enfin parce qu'il ne sait pas qu'en se faisant moine il se prépare des jours malheureux, tissus d'ennui et de repentir.

— Allons, monsieur, plus de moines, pour leur bonheur et pour le nôtre. Mais je suis fâché d'entendre dire au seigneur de mon village, père de quatre garçons et de trois filles, qu'il ne saura où les placer s'il ne fait pas ses filles religieuses.

— Cette allégation trop souvent répétée est inhumaine, antipatriotique, destructive de la société.

« Toutes les fois qu'on peut dire d'un état de vie, quel qu'il puisse être : *Si tout le monde embrassait cet état, le genre humain serait perdu*, il est démontré que cet état ne vaut rien, et que celui qui le prend nuit au genre humain autant qu'il est en lui.

« Or il est clair que, si tous les garçons et toutes les filles s'encloîtraient, le monde périrait ; donc la moinerie est par cela seul l'ennemie de la nature humaine, indépendamment des maux affreux qu'elle a causés quelquefois.

— Ne pourrait-on pas en dire autant des soldats ?

— Non assurément : car, si chaque citoyen porte les armes à son tour, comme autrefois dans toutes les républiques, et surtout dans celle de Rome, le soldat n'en est que meilleur cultivateur ; le soldat citoyen se marie, il combat pour sa femme et pour ses enfants. Plût à Dieu que tous les laboureurs fussent soldats et mariés ! ils seraient d'excellents citoyens. Mais un moine, en tant que moine, n'est bon qu'à dévorer la substance de ses compatriotes. Il n'y a point de vérité plus reconnue.

— Mais les filles, monsieur, les filles des pauvres gentilshommes, qu'on ne peut marier, que feront-elles ?

— Elles feront, on l'a dit mille fois, comme les filles d'Angleterre, d'Écosse, d'Irlande, de Suisse, de Hollande, de la moitié de l'Allemagne, de Suède, de Norvège, du Danemark, de Tartarie, de Turquie, d'Afrique, et de presque tout le reste de la terre. Elles seront bien meilleures épouses, bien meilleures mères, quand on se sera accoutumé ainsi qu'en Allemagne à prendre des femmes sans dot. Une femme ménagère et laborieuse fera plus de bien dans une maison que la fille d'un financier, qui dépense plus en superfluités qu'elle n'a porté de revenu chez son mari.

« Il faut qu'il y ait des maisons de retraite pour la vieillesse, pour l'infirmité, pour la difformité. Mais, par le plus détestable des abus, les fondations ne sont que pour la jeunesse et pour les personnes bien conformées. On commence, dans le cloître, par faire étaler aux novices des deux sexes leur nudité, malgré toutes les lois de la pudeur ; on les examine attentivement devant et derrière. Qu'une vieille bossue aille se présenter pour entrer dans un cloître, on la chassera avec mépris, à moins qu'elle ne donne une dot immense. Que dis-je ? toute religieuse doit être dotée, sans

quoi elle est le rebut du couvent. Il n'y eut jamais d'abus plus intolérable.

— Allez, allez, monsieur, je vous jure que mes filles ne seront jamais religieuses. Elles apprendront à filer, à coudre, à faire de la dentelle, à broder, à se rendre utiles. Je regarde les vœux comme un attentat contre la patrie et contre soi-même.

« Expliquez-moi, je vous prie, comment il se peut faire qu'un de mes amis, pour contredire le genre humain, prétende que les moines sont très utiles à la population d'un État, parce que leurs bâtiments sont mieux entretenus que ceux des seigneurs, et leurs terres mieux cultivées.

— Eh ! quel est donc votre ami qui avance une proposition si étrange ?

— C'est l'Ami des hommes[71], ou plutôt celui des moines.

— Il a voulu rire ; il sait trop bien que dix familles qui ont chacune cinq mille livres de rente en terre sont cent fois, mille fois plus utiles qu'un couvent qui jouit d'un revenu de cinquante mille livres, et qui a toujours un trésor secret. Il vante les belles maisons bâties par les moines, et c'est précisément ce qui irrite les citoyens ; c'est le sujet des plaintes de l'Europe. Le vœu de pauvreté condamne les palais, comme le vœu d'humilité contredit l'orgueil, et comme le vœu d'anéantir sa race contredit la nature.

— Je commence à croire qu'il faut beaucoup se défier des livres.

— Il faut en user avec eux comme avec les hommes, choisir les plus raisonnables, les examiner, et ne se rendre jamais qu'à l'évidence. »

DES IMPÔTS PAYÉS À L'ÉTRANGER

Il y a un mois que l'homme aux quarante écus vint me trouver en se tenant les côtes de rire, et il riait de si grand

cœur que je me mis à rire aussi sans savoir de quoi il était
question ; tant l'homme est né imitateur, tant l'instinct nous
maîtrise, tant les grands mouvements de l'âme sont conta-
gieux :

> *Ut ridentibus arrident, ita flentibus adflent* *
> *Humani vultus.*

Quand il eut bien ri, il me dit qu'il venait de rencontrer
un homme qui se disait protonotaire du Saint-Siège, et que
cet homme envoyait une grosse somme d'argent à trois
cents lieues d'ici, à un Italien, au nom d'un Français à qui le
roi avait donné un petit fief, et que ce Français ne pourrait
jamais jouir des bienfaits du roi s'il ne donnait à cet Italien la
première année de son revenu [73].

« La chose est très vraie, lui dis-je, mais elle n'est pas si
plaisante. Il en coûte à la France environ quatre cent mille
livres par an en menus droits de cette espèce ; et, depuis
environ deux siècles et demi que cet usage dure, nous avons
déjà porté en Italie quatre-vingts millions.

— Dieu paternel ! s'écria-t-il que de fois quarante écus !
Cet Italien-là nous subjugua donc, il y a deux siècles et
demi ? Il nous imposa ce tribut ? — Vraiment, répondis-je,
il nous en imposait autrefois d'une façon bien plus oné-
reuse. Ce n'est là qu'une bagatelle en comparaison de ce
qu'il leva longtemps sur notre pauvre nation, et sur les
autres pauvres nations de l'Europe. » Alors je lui racontai
comment ces saintes usurpations s'étaient établies. Il sait un
peu d'histoire, il a du bon sens : il comprend aisément que
nous avions été des esclaves auxquels il restait encore un
petit bout de chaîne. Il parla longtemps avec énergie contre
cet abus, mais avec quel respect pour la religion en général !
Comme il révérait les évêques ! comme il leur souhaitait

* Le jésuite Sanadon a mis *adsunt* pour *adflent* [72]. Un amateur
d'Horace prétend que c'est pour cela qu'on a chassé les jésuites.

beaucoup de quarante écus, afin qu'ils les dépensassent dans leurs diocèses en bonnes œuvres !

Il voulait aussi que tous les curés de campagne eussent un nombre de quarante écus suffisant pour les faire vivre avec décence. « Il est triste, disait-il, qu'un curé soit obligé de disputer trois gerbes de blé à son ouaille, et qu'il ne soit pas largement payé par la province. Il est honteux que ces messieurs soient toujours en procès avec leurs seigneurs. Ces contestations éternelles pour des droits imaginaires, pour les dîmes, détruisent la considération qu'on leur doit. Le malheureux cultivateur, qui a déjà payé aux préposés son dixième, et les deux sous pour livre, et la taille, et la capitation, et le rachat du logement des gens de guerre, après qu'il a logé des gens de guerre, etc., etc., etc., cet infortuné, dis-je, qui se voit encore enlever le dixième de sa récolte par son curé, ne le regarde plus comme son pasteur, mais comme son écorcheur, qui lui arrache le peu de peau qui lui reste. Il sent bien qu'en lui enlevant la dixième gerbe de droit divin, on a la cruauté diabolique de ne pas lui tenir compte de ce qu'il lui en a coûté pour faire croître cette gerbe. Que lui reste-t-il pour lui et pour sa famille ? les pleurs, la disette, le découragement, le désespoir, et il meurt de fatigue et de misère. Si le curé était payé par la province, il serait la consolation de ses paroissiens, au lieu d'être regardé par eux comme leur ennemi. »

Ce digne homme s'attendrissait en prononçant ces paroles ; il aimait sa patrie et était idolâtre du bien public. Il s'écriait quelquefois : « Quelle nation que la française, si on voulait ! »

Nous allâmes voir son fils, à qui sa mère, bien propre et bien lavée, donnait un gros téton blanc. L'enfant était fort joli. « Hélas ! dit le père, te voilà donc, et tu n'as que vingt-trois ans de vie et quarante écus à prétendre ! »

DES PROPORTIONS

Le produit des extrêmes est égal au produit des moyens ; mais deux sacs de blé volés ne sont pas à ceux qui les ont pris comme la perte de leur vie l'est à l'intérêt de la personne volée.

Le prieur de..., à qui deux de ses domestiques de campagne avaient dérobé deux setiers de blé, vient de faire pendre les deux délinquants. Cette exécution lui a plus coûté que toute sa récolte ne lui a valu, et depuis ce temps il ne trouve plus de valets.

Si les lois avaient ordonné que ceux qui voleraient le blé de leur maître laboureraient son champ toute leur vie, les fers aux pieds, et une sonnette au cou, attachée à un carcan, ce prieur aurait beaucoup gagné.

Il faut effrayer le crime ; oui, sans doute ; mais le travail forcé et la honte durable l'intimident plus que la potence.

Il y a quelques mois qu'à Londres un malfaiteur fut condamné à être transporté en Amérique pour y travailler aux sucreries avec les nègres. Tous les criminels en Angleterre, comme en bien d'autres pays, sont reçus à présenter requête au roi, soit pour obtenir grâce entière, soit pour diminution de peine. Celui-ci présenta requête pour être pendu. Il alléguait qu'il haïssait mortellement le travail, et qu'il aimait mieux être étranglé une minute que de faire du sucre toute sa vie.

D'autres peuvent penser autrement, chacun a son goût ; mais on a déjà dit[74], et il faut répéter, qu'un pendu n'est bon à rien, et que les supplices doivent être utiles.

Il y a quelques années que l'on condamna dans la Tartarie deux jeunes gens à être empalés, pour avoir regardé (leur bonnet sur la tête) passer une procession de lamas[75]. L'empereur de la Chine[76], qui est un homme de beaucoup

d'esprit, dit qu'il les aurait condamnés à marcher nu-tête à la procession pendant trois mois.

« Proportionnez les peines aux délits », a dit le marquis Beccaria ; ceux qui ont fait les lois n'étaient pas géomètres.

Si l'abbé Guyon [77], ou Coger [78], ou l'ex-jésuite Nonnotte, ou l'ex-jésuite Patouillet, ou le prédicant La Beaumelle [79], font de misérables libelles, où il n'y a ni vérité, ni raison, ni esprit, irez-vous les faire pendre comme le prieur de... a fait pendre ses deux domestiques, et cela sous prétexte que les calomniateurs sont plus coupables que les voleurs ?

Condamnerez-vous Fréron même aux galères, pour avoir insulté le bon goût, et pour avoir menti toute sa vie dans l'espérance de payer son cabaretier ?

Ferez-vous mettre au pilori le sieur Larcher [80] parce qu'il a été très pesant, parce qu'il a entassé erreur sur erreur, parce qu'il n'a jamais su distinguer aucun degré de probabilité, parce qu'il veut que, dans une antique et immense cité, renommée par sa police et par la jalousie des maris, dans Babylone enfin, où les femmes étaient gardées par des eunuques, toutes les princesses allassent par dévotion donner publiquement leurs faveurs dans la cathédrale aux étrangers pour de l'argent ? Contentons-nous de l'envoyer sur les lieux courir les bonnes fortunes ; soyons modérés en tout ; mettons de la proportion entre les délits et les peines.

Pardonnons à ce pauvre Jean-Jacques lorsqu'il n'écrit que pour se contredire ; lorsqu'après avoir donné une comédie sifflée sur le théâtre de Paris [81], il injurie ceux qui en font jouer à cent lieues de là [82] ; lorsqu'il cherche des protecteurs, et qu'il les outrage ; lorsqu'il déclame contre les romans, et qu'il fait des romans dont le héros est un sot précepteur qui reçoit l'aumône d'une Suissesse à laquelle il a fait un enfant, et qui va dépenser son argent dans un bordel de Paris [83] ; laissons-le croire qu'il a surpassé Fénelon et Xénophon, en élevant un jeune homme de qualité dans le métier de menuisier [84] : ces extravagantes platitudes ne méritent pas

un décret de prise de corps ; les petites-maisons suffisent avec de bons bouillons, de la saignée, et du régime.

Je hais les lois de Dracon, qui punissaient également les crimes et les fautes, la méchanceté et la folie. Ne traitons point le jésuite Nonnotte, qui n'est coupable que d'avoir écrit des bêtises et des injures, comme on a traité les jésuites Malagrida, Oldcorn, Garnet, Guignard, Guéret[85], et comme on devait traiter le jésuite Le Tellier, qui trompa son roi et qui troubla la France[86]. Distinguons principalement dans tout procès, dans toute contention, dans toute querelle, l'agresseur de l'outragé, l'oppresseur de l'opprimé. La guerre offensive est d'un tyran ; celui qui se défend est un homme juste.

Comme j'étais plongé dans ces réflexions, l'homme aux quarante écus me vint voir tout en larmes. Je lui demandai avec émotion si son fils, qui devait vivre vingt-trois ans, était mort : « Non, dit-il, le petit se porte bien, et ma femme aussi ; mais j'ai été appelé en témoignage contre un meunier à qui on a fait subir la question ordinaire et extraordinaire, et qui s'est trouvé innocent ; je l'ai vu s'évanouir dans les tortures redoublées ; j'ai entendu craquer ses os ; j'entends encore ses cris et ses hurlements ; ils me poursuivent, je pleure de pitié, et je tremble d'horreur. » Je me mis à pleurer et à frémir aussi ; car je suis extrêmement sensible.

Ma mémoire alors me représenta l'aventure épouvantable des Calas, une mère vertueuse dans les fers, ses filles éplorées et fugitives, sa maison au pillage, un père de famille respectable brisé par la torture, agonisant sur la roue et expirant dans les flammes, un fils chargé de chaînes, traîné devant les juges, dont un lui dit : *Nous venons de rouer votre père, nous allons vous rouer aussi.*

Je me souvins de la famille des Sirven, qu'un de mes amis rencontra dans des montagnes couvertes de glaces, lorsqu'elle fuyait la persécution d'un juge aussi inique qu'ignorant. « Ce juge, me dit-il, a condamné toute cette famille

innocente au supplice, en supposant, sans la moindre apparence de preuve, que le père et la mère, aidés de deux de leurs filles, avaient égorgé et noyé la troisième, de peur qu'elle n'allât à la messe. » Je voyais à la fois dans des jugements de cette espèce l'excès de la bêtise, de l'injustice et de la barbarie.

Nous plaignions la nature humaine, l'homme aux quarante écus et moi. J'avais dans ma poche le discours d'un avocat général de Dauphiné[87], qui roulait en partie sur ces matières intéressantes. Je lui en lus les endroits suivants :

Certes, ce furent des hommes véritablement grands qui osèrent les premiers se charger de gouverner leurs semblables, et s'imposer le fardeau de la félicité publique ; qui, pour le bien qu'ils voulaient faire aux hommes, s'exposèrent à leur ingratitude, et, pour le repos d'un peuple, renoncèrent au leur ; qui se mirent, pour ainsi dire, entre les hommes et la Providence, pour leur composer par artifice un bonheur qu'elle semblait leur avoir refusé.

. .

Quel magistrat, un peu sensible à ses devoirs, à la seule humanité, pourrait soutenir ces idées ? Dans la solitude d'un cabinet pourra-t-il, sans frémir d'horreur et de pitié, jeter les yeux sur ces papiers, monuments infortunés du crime ou de l'innocence ? Ne lui semble-t-il pas entendre des voix gémissantes sortir de ces fatales écritures, et le presser de décider du sort d'un citoyen, d'un époux, d'un père, d'une famille ? Quel juge impitoyable (s'il est chargé d'un seul procès criminel) pourra passer de sang-froid devant une prison ? « C'est donc moi, dira-t-il, qui retiens dans ce détestable séjour mon semblable, peut-être mon égal, mon concitoyen, un homme enfin ! c'est moi qui le lie tous les jours, qui ferme sur lui ces odieuses portes ! peut-être le désespoir s'est emparé de son âme ; il pousse vers le ciel mon nom avec des malédictions ; et sans doute il atteste contre

moi le grand Juge qui nous observe et doit nous juger tous les deux. »

. .

Ici un spectacle effrayant se présente tout à coup à mes yeux : le juge se lasse d'interroger par la parole, il veut interroger par les supplices : impatient dans ses recherches, et peut-être irrité de leur inutilité, on apporte des torches, des chaînes, des leviers et tous ces instruments inventés pour la douleur. Un bourreau vient se mêler aux fonctions de la magistrature, et termine par la violence un interrogatoire commencé par la liberté.

Douce philosophie, toi qui ne cherches la vérité qu'avec l'attention et la patience, t'attendais-tu que, dans ton siècle, on employât de tels instruments pour la découvrir ?

Est-il bien vrai que nos lois approuvent cette méthode inconcevable, et que l'usage la consacre ?

. .

Leurs lois imitent leurs préjugés ; les punitions publiques sont aussi cruelles que les vengeances particulières, et les actes de leur raison ne sont guère moins impitoyables que ceux de leurs passions. Quelle est donc la cause de cette bizarre opposition ? C'est que nos préjugés sont anciens, et que notre morale est nouvelle ; c'est que nous sommes aussi pénétrés de nos sentiments qu'inattentifs à nos idées ; c'est que l'avidité des plaisirs nous empêche de réfléchir sur nos besoins, et que nous sommes plus empressés de vivre que de nous diriger. C'est, en un mot, que nos mœurs sont douces, et qu'elles ne sont pas bonnes ; c'est que nous sommes polis, et nous ne sommes seulement pas humains.

Ces fragments que l'éloquence avait dictés à l'humanité remplirent le cœur de mon ami d'une douce consolation. Il admirait avec tendresse. « Quoi ! disait-il dans son transport, on fait de ces chefs-d'œuvre en province ! on m'avait dit qu'il n'y a que Paris dans le monde.

— Il n'y a que Paris, lui dis-je, où l'on fasse des opéras-

comiques ; mais il y a aujourd'hui dans les provinces beaucoup de magistrats qui pensent avec la même vertu et qui s'expriment avec la même force. Autrefois les oracles de la justice, ainsi que ceux de la morale, n'étaient que ridicules. Le docteur Balouard déclamait au barreau, et Arlequin dans la chaire. La philosophie est enfin venue, elle a dit : " Ne parlez en public que pour dire des vérités neuves et utiles, avec l'éloquence du sentiment et de la raison.

« — Mais si nous n'avons rien de neuf à dire ? se sont écriés les parleurs. — Taisez-vous alors, a répondu la philosophie ; tous ces vains discours d'appareil, qui ne contiennent que des phrases, sont comme le feu de la Saint-Jean, allumé le jour de l'année où l'on a le moins besoin de se chauffer : il ne cause aucun plaisir, et il n'en reste pas même la cendre. "

« Que toute la France lise les bons livres. Mais, malgré les progrès de l'esprit humain, on lit très peu ; et, parmi ceux qui veulent quelquefois s'instruire, la plupart lisent très mal. Mes voisins et mes voisines jouent, après dîner, un jeu anglais que j'ai beaucoup de peine à prononcer, car on l'appelle *wisk*. Plusieurs bons bourgeois, plusieurs grosses têtes, qui se croient de bonnes têtes, vous disent, avec un air d'importance, que les livres ne sont bons à rien. Mais, messieurs les Velches [88], savez-vous que vous n'êtes gouvernés que par des livres ? Savez-vous que l'ordonnance civile, le code militaire, et l'Évangile, sont des livres dont vous dépendez continuellement ? Lisez, éclairez-vous ; ce n'est que par la lecture qu'on fortifie son âme ; la conversation la dissipe, le jeu la resserre.

— J'ai bien peu d'argent, me répondit l'homme aux quarante écus ; mais, si jamais je fais une petite fortune, j'achèterai des livres chez Marc-Michel Rey [89]. »

DE LA VÉROLE

L'homme aux quarante écus demeurait dans un petit canton où l'on n'avait jamais mis de soldats en garnison depuis cent cinquante années [90]. Les mœurs, dans ce coin de terre inconnu, étaient pures comme l'air qui l'environne. On ne savait pas qu'ailleurs l'amour pût être infecté d'un poison destructeur, que les générations fussent attaquées dans leur germe, et que la nature, se contredisant elle-même, pût rendre la tendresse horrible et le plaisir affreux ; on se livrait à l'amour avec la sécurité de l'innocence. Des troupes vinrent, et tout changea.

Deux lieutenants, l'aumônier du régiment, un caporal, et un soldat de recrue [91] qui sortait du séminaire, suffirent pour empoisonner douze villages en moins de trois mois. Deux cousines de l'homme aux quarante écus se virent couvertes de pustules calleuses ; leurs beaux cheveux tombèrent ; leur voix devint rauque ; les paupières de leurs yeux fixes et éteints se chargèrent d'une couleur livide, et ne se fermèrent plus pour laisser entrer le repos dans des membres disloqués, qu'une carie secrète commençait à ronger comme ceux de l'Arabe Job, quoique Job n'eût jamais eu cette maladie.

Le chirurgien-major du régiment, homme d'une grande expérience, fut obligé de demander des aides de la cour pour guérir toutes les filles du pays. Le ministre de la guerre, toujours porté d'inclination à soulager le beau sexe, envoya une recrue de fraters [92], qui gâtèrent d'une main ce qu'ils rétablirent de l'autre.

L'homme aux quarante écus lisait alors l'histoire philosophique de *Candide*, traduite de l'allemand du docteur Ralph, qui prouve évidemment que tout est bien, et qu'il était absolument *impossible*, dans le meilleur des mondes

possibles, que la vérole, la peste, la pierre, la gravelle, les écrouelles, la chambre de Valence[93] et l'Inquisition n'entrassent dans la composition de l'univers, de cet univers uniquement fait pour l'homme, roi des animaux, et image de Dieu, auquel on voit bien qu'il ressemble comme deux gouttes d'eau.

Il lisait, dans l'histoire véritable de *Candide,* que le fameux docteur Pangloss avait perdu dans le traitement un œil et une oreille[94]. « Hélas ! dit-il, mes deux cousines, mes deux pauvres cousines, seront-elles borgnes ou borgnesses et essorillées ? — Non, lui dit le major consolateur ; les Allemands ont la main lourde ; mais, nous autres, nous guérissons les filles promptement, sûrement et agréablement. »

En effet les deux jolies cousines en furent quittes pour avoir la tête enflée comme un ballon pendant six semaines, pour perdre la moitié de leurs dents, en tirant la langue d'un demi-pied, et pour mourir de la poitrine au bout de six mois.

Pendant l'opération, le cousin et le chirurgien-major raisonnèrent ainsi :

L'HOMME AUX QUARANTE ÉCUS

Est-il possible, monsieur, que la nature ait attaché de si épouvantables tourments à un plaisir si nécessaire, tant de honte à tant de gloire, et qu'il y ait plus de risque à faire un enfant qu'à tuer un homme ? Serait-il vrai au moins, pour notre consolation, que ce fléau diminue un peu sur la terre, et qu'il devienne moins dangereux de jour en jour ?

LE CHIRURGIEN-MAJOR

Au contraire, il se répand de plus en plus dans toute l'Europe chrétienne ; il s'est étendu jusqu'en Sibérie ; j'en ai vu mourir plus de cinquante personnes, et surtout un grand général d'armée et un ministre d'État fort sage. Peu de poitrines faibles résistent à la maladie et au remède. Les

deux sœurs, la petite et la grosse, se sont liguées encore plus que les moines pour détruire le genre humain.

L'HOMME AUX QUARANTE ÉCUS

Nouvelle raison pour abolir les moines, afin que, remis au rang des hommes, ils réparent un peu le mal que font les deux sœurs. Dites-moi, je vous prie, si les bêtes ont la vérole.

LE CHIRURGIEN

Ni la petite, ni la grosse, ni les moines, ne sont connus chez elles.

L'HOMME AUX QUARANTE ÉCUS

Il faut donc avouer qu'elles sont plus heureuses et plus prudentes que nous dans ce meilleur des mondes.

LE CHIRURGIEN

Je n'en ai jamais douté ; elles éprouvent bien moins de maladies que nous ; leur instinct est bien plus sûr que notre raison : jamais ni le passé ni l'avenir ne les tourmente.

L'HOMME AUX QUARANTE ÉCUS

Vous avez été chirurgien d'un ambassadeur de France en Turquie : y a-t-il beaucoup de vérole à Constantinople ?

LE CHIRURGIEN

Les Francs l'ont apportée dans le faubourg de Péra, où ils demeurent. J'y ai connu un capucin qui en était mangé comme Pangloss ; mais elle n'est point parvenue dans la ville : les Francs n'y couchent presque jamais. Il n'y a presque point de filles publiques dans cette ville immense. Chaque homme riche a des femmes, esclaves de Circassie, toujours gardées, toujours surveillées, dont la beauté ne peut être dangereuse. Les Turcs appellent la vérole *le mal chrétien*, et cela redouble le profond mépris qu'ils ont pour

notre théologie. Mais, en récompense, ils ont la peste, maladie d'Égypte, dont ils font peu de cas et qu'ils ne se donnent jamais la peine de prévenir.

L'HOMME AUX QUARANTE ÉCUS

En quel temps croyez-vous que ce fléau commença dans l'Europe ?

LE CHIRURGIEN

Au retour du premier voyage de Christophe Colomb chez des peuples innocents qui ne connaissaient ni l'avarice ni la guerre, vers l'an 1494. Ces nations simples et justes étaient attaquées de ce mal de temps immémorial, comme la lèpre régnait chez les Arabes et chez les Juifs, et la peste chez les Égyptiens. Le premier fruit que les Espagnols recueillirent de cette conquête du nouveau monde fut la vérole ; elle se répandit plus promptement que l'argent du Mexique, qui ne circula que longtemps après en Europe. La raison en est que, dans toutes les villes, il y avait alors de belles maisons publiques appelées *bordels,* établies par l'autorité des souverains pour conserver l'honneur des dames. Les Espagnols portèrent le venin dans ces maisons privilégiées dont les princes et les évêques tiraient les filles qui leur étaient nécessaires. On a remarqué qu'à Constance il y avait eu sept cent dix-huit filles pour le service du concile qui fit brûler si dévotement Jean Hus et Jérôme de Prague [95].

On peut juger, par ce seul trait, avec quelle rapidité le mal parcourut tous les pays. Le premier seigneur qui en mourut fut l'illustrissime et révérendissime évêque et vice-roi de Hongrie, en 1499, que Bartolomeo Montanagua, grand médecin de Padoue, ne put guérir. Gualtieri assure que l'archevêque de Mayence, Berthold de Henneberg, *attaqué de la grosse vérole, rendit son âme à Dieu en 1504.* On sait que notre roi François I[er] en mourut. Henri III la prit à

Venise, mais le jacobin Jacques Clément prévint l'effet de la maladie[96].

Le parlement de Paris, toujours zélé pour le bien public, fut le premier qui donna un arrêt contre la vérole, en 1497[97]. Il défendit à tous les vérolés de rester dans Paris *sous peine de la hart*. Mais, comme il n'était pas facile de prouver juridiquement aux bourgeois et bourgeoises qu'ils étaient en délit, cet arrêt n'eut pas plus d'effet que ceux qui furent rendus depuis contre l'émétique ; et, malgré le parlement, le nombre des coupables augmenta toujours. Il est certain que, si on les avait exorcisés au lieu de les faire pendre, il n'y en aurait plus aujourd'hui sur la terre ; mais c'est à quoi malheureusement on ne pensa jamais.

L'HOMME AUX QUARANTE ÉCUS

Est-il bien vrai ce que j'ai lu dans *Candide*[98], que, parmi nous, quand deux armées de trente mille hommes chacune marchent ensemble en front de bandière, on peut parier qu'il y a vingt mille vérolés de chaque côté ?

LE CHIRURGIEN

Il n'est que trop vrai. Il en est de même dans les licences de Sorbonne. Que voulez-vous que fassent de jeunes bacheliers à qui la nature parle plus haut et plus ferme que la théologie ? Je puis vous jurer que, proportion gardée, mes confrères et moi nous avons traité plus de jeunes prêtres que de jeunes officiers.

L'HOMME AUX QUARANTE ÉCUS

N'y aurait-il point quelque manière d'extirper cette contagion qui désole l'Europe ? On a déjà tâché d'affaiblir le poison d'une vérole, ne pourra-t-on rien tenter sur l'autre ?

LE CHIRURGIEN

Il n'y aurait qu'un seul moyen, c'est que tous les princes de l'Europe se liguassent ensemble comme dans les temps

de Godefroy de Bouillon. Certainement une croisade
contre la vérole serait beaucoup plus raisonnable que ne
l'ont été celles qu'on entreprit autrefois si malheureusement
contre Saladin, Melecsala [99] et les Albigeois. Il vaudrait bien
mieux s'entendre pour repousser l'ennemi commun du
genre humain que d'être continuellement occupé à guetter
le moment favorable de dévaster la terre et de couvrir les
champs de morts pour arracher à son voisin deux ou trois
villes et quelques villages. Je parle contre mes intérêts, car la
guerre et la vérole font ma fortune ; mais il faut être homme
avant d'être chirurgien-major.

C'est ainsi que l'homme aux quarante écus se formait,
comme on dit, *l'esprit et le cœur* [100]. Non seulement il hérita
de ses deux cousines, qui moururent en six mois ; mais il eut
encore la succession d'un parent fort éloigné, qui avait été
sous-fermier des hôpitaux des armées, et qui s'était fort
engraissé en mettant les soldats blessés à la diète. Cet
homme n'avait jamais voulu se marier ; il avait un assez joli
sérail. Il ne reconnut aucun de ses parents, vécut dans la
crapule, et mourut à Paris d'indigestion. C'était un homme,
comme on voit, fort utile à l'État.

Notre nouveau philosophe fut obligé d'aller à Paris pour
recueillir l'héritage de son parent. D'abord les fermiers du
domaine le lui disputèrent. Il eut le bonheur de gagner son
procès, et la générosité de donner aux pauvres de son
canton, qui n'avaient pas leur contingent de quarante écus
de rente, une partie des dépouilles du richard. Après quoi il
se mit à satisfaire sa grande passion d'avoir une
bibliothèque.

Il lisait tous les matins, faisait des extraits, et le soir il
consultait les savants pour savoir : en quelle langue le
serpent avait parlé à notre bonne mère ; si l'âme est dans le
corps calleux ou dans la glande pinéale ; si saint Pierre avait
demeuré vingt-cinq ans à Rome [101] ; quelle différence spéci-
fique est entre un trône et une domination ; et pourquoi les

nègres ont le nez épaté. D'ailleurs il se proposa de ne jamais gouverner l'État, et de ne faire aucune brochure contre les pièces nouvelles. On l'appelait M. André, c'était son nom de baptême. Ceux qui l'ont connu rendent justice à sa modestie et à ses qualités tant acquises que naturelles. Il a bâti une maison commode dans son ancien domaine de quatre arpents. Son fils sera bientôt en âge d'aller au collège, mais il veut qu'il aille au collège d'Harcourt et non à celui de Mazarin, à cause du professeur Coger [102], qui fait des libelles, et parce qu'il ne faut pas qu'un professeur de collège fasse des libelles.

Mme André lui a donné une fille fort jolie, qu'il espère marier à un conseiller de la cour des aides, pourvu que ce magistrat n'ait pas la maladie que le chirurgien-major veut extirper dans l'Europe chrétienne.

GRANDE QUERELLE

Pendant le séjour de M. André à Paris, il y eut une querelle importante. Il s'agissait de savoir si Marc-Antonin [103] était un honnête homme, et s'il était en enfer ou en purgatoire, ou dans les limbes, en attendant qu'il ressuscitât. Tous les honnêtes gens prirent le parti de Marc-Antonin. Ils disaient : « Antonin a toujours été juste, sobre, chaste, bienfaisant. Il est vrai qu'il n'a pas en paradis une place aussi belle que saint Antoine : car il faut des proportions, comme nous l'avons vu ; mais certainement l'âme de l'empereur Antonin n'est point à la broche dans l'enfer. Si elle est en purgatoire, il faut l'en tirer ; il n'y a qu'à dire des messes pour lui. Les jésuites n'ont plus rien à faire ; qu'ils disent trois mille messes pour le repos de l'âme de Marc-Antonin ; ils y gagneront, à quinze sous la pièce, deux mille deux cent

cinquante livres. D'ailleurs, on doit du respect à une tête
couronnée ; il ne faut pas la damner légèrement. »

Les adversaires de ces bonnes gens prétendaient au
contraire qu'il ne fallait accorder aucune composition à
Marc-Antonin ; qu'il était un hérétique ; que les Carpocra-
tiens et les Aloges [104] n'étaient pas si méchants que lui ; qu'il
était mort sans confession ; qu'il fallait faire un exemple ;
qu'il était bon de le damner pour apprendre à vivre aux
empereurs de la Chine et du Japon, à ceux de Perse, de
Turquie et de Maroc, aux rois d'Angleterre, de Suède, de
Danemark, de Prusse, au stathouder de Hollande, et aux
avoyers du canton de Berne, qui n'allaient pas plus à
confesse que l'empereur Marc-Antonin ; et qu'enfin c'est un
plaisir indicible de donner des décrets contre des souverains
morts, quand on ne peut en lancer contre eux de leur vivant,
de peur de perdre ses oreilles.

La querelle devint aussi sérieuse que le fut autrefois celle
des Ursulines et des Annonciades, qui disputèrent à qui
porterait plus longtemps des œufs à la coque entre les fesses
sans les casser. On craignit un schisme, comme du temps
des cent et un contes de ma mère l'oie, et de certains billets
payables au porteur dans l'autre monde [105]. C'est une chose
bien épouvantable qu'un schisme ; cela signifie *division dans
les opinions,* et jusqu'à ce moment fatal tous les hommes
avaient pensé de même.

M. André, qui est un excellent citoyen, pria les chefs des
deux partis à souper. C'est un des bons convives que nous
ayons ; son humeur est douce et vive, sa gaieté n'est point
bruyante ; il est facile et ouvert ; il n'a point cette sorte
d'esprit qui semble vouloir étouffer celui des autres ;
l'autorité qu'il se concilie n'est due qu'à ses grâces, à sa
modération, et à une physionomie ronde qui est tout à fait
persuasive. Il aurait fait souper gaiement ensemble un Corse
et un Génois, un représentant de Genève et un négatif [106], le
muphti et un archevêque. Il fit tomber habilement les
premiers coups que les disputants se portaient, en détour-

nant la conversation et en faisant un conte très agréable qui réjouit également les damnants et les damnés. Enfin, quand ils furent un peu en pointe de vin, il leur fit signer que l'âme de l'empereur Marc-Antonin resterait *in statu quo*, c'est-à-dire je ne sais où, en attendant un jugement définitif.

Les âmes des docteurs s'en retournèrent dans leurs limbes paisiblement après le souper : tout fut tranquille. Cet accommodement fit un très grand honneur à l'homme aux quarante écus ; et toutes les fois qu'il s'élevait une dispute bien acariâtre, bien virulente, entre les gens lettrés ou non lettrés, on disait aux deux partis : *Messieurs, allez souper chez M. André.*

Je connais deux factions acharnées qui, faute d'avoir été souper chez M. André, se sont attiré de grands malheurs [107].

SCÉLÉRAT CHASSÉ

La réputation qu'avait acquise M. André d'apaiser les querelles en donnant de bons soupers lui attira, la semaine passée, une singulière visite. Un homme noir assez mal mis, le dos voûté, la tête penchée sur une épaule, l'œil hagard, les mains fort sales, vint le conjurer de lui donner à souper avec ses ennemis.

« Quels sont vos ennemis ? lui dit M. André, et qui êtes-vous ? — Hélas, dit-il, j'avoue, monsieur, qu'on me prend pour un de ces maroufles qui font des libelles pour gagner du pain, et qui crient : " Dieu, Dieu, Dieu, religion, religion ", pour attraper quelque petit bénéfice. On m'accuse d'avoir calomnié les citoyens les plus véritablement religieux, les plus sincères adorateurs de la Divinité, les plus honnêtes gens du royaume. Il est vrai, monsieur, que dans la chaleur de la composition, il échappe souvent aux gens de

mon métier de petites inadvertances qu'on prend pour des
erreurs grossières, des écarts qu'on qualifie de mensonges
impudents. Notre zèle est regardé comme un mélange
affreux de friponnerie et de fanatisme. On assure que, tandis
que nous surprenons la bonne foi de quelques vieilles
imbéciles, nous sommes le mépris et l'exécration de tous les
honnêtes gens qui savent lire.

« Mes ennemis sont les principaux membres des plus
illustres académies de l'Europe, des écrivains honorés, des
citoyens bienfaisants. Je viens de mettre en lumière un
ouvrage que j'ai intitulé *Anti-philosophique*[108]. Je n'avais
que de bonnes intentions, mais personne n'a voulu acheter
mon livre. Ceux à qui je l'ai présenté l'ont jeté dans le feu,
en me disant qu'il n'était pas seulement anti-raisonnable,
mais anti-chrétien et très anti-honnête.

— Eh bien ! lui dit M. André, imitez ceux à qui vous avez
présenté votre libelle ; jetez-le dans le feu, et qu'il n'en soit
plus parlé. Je loue fort votre repentir ; mais il n'est pas
possible que je vous fasse souper avec des gens d'esprit qui
ne peuvent être vos ennemis, attendu qu'ils ne vous liront
jamais.

— Ne pourriez-vous pas du moins, monsieur, dit le
cafard, me réconcilier avec les parents de feu M. de
Montesquieu, dont j'ai outragé la mémoire pour glorifier le
révérend père Routh, qui vint assiéger ses derniers moments
et qui fut chassé de sa chambre[109] ?

— Morbleu ! lui dit M. André, il y a longtemps que le
révérend père Routh est mort ; allez-vous-en souper avec
lui. »

C'est un rude homme que M. André quand il a affaire à
cette espèce méchante et sotte. Il sentit que le cafard ne
voulait souper chez lui avec des gens de mérite que pour
engager une dispute, pour les aller ensuite calomnier, pour
écrire contre eux, pour imprimer de nouveaux mensonges.
Il le chassa de sa maison, comme on avait chassé Routh de
l'appartement du président de Montesquieu.

On ne peut guère tromper M. André. Plus il était simple et naïf quand il était l'homme aux quarante écus, plus il est devenu avisé quand il a connu les hommes.

LE BON SENS DE M. ANDRÉ

Comme le bon sens de M. André s'est fortifié depuis qu'il a une bibliothèque ! Il vit avec les livres comme avec les hommes ; il choisit ; et il n'est jamais la dupe des noms. Quel plaisir de s'instruire et d'agrandir son âme pour un écu, sans sortir de chez soi !

Il se félicite d'être né dans un temps où la raison humaine commence à se perfectionner.

« Que je serais malheureux, dit-il, si l'âge où je vis était celui du jésuite Garasse, du jésuite Guignard, ou du docteur Boucher, du docteur Aubry, du docteur Guincestre [110], ou du temps que l'on condamnait aux galères ceux qui écrivaient contre les catégories d'Aristote [111] ! »

La misère avait affaibli les ressorts de l'âme de M. André, le bien-être leur a rendu leur élasticité. Il y a mille Andrés dans le monde auxquels il n'a manqué qu'un tour de roue de la fortune pour en faire des hommes d'un vrai mérite [112].

Il est aujourd'hui au fait de toutes les affaires de l'Europe, et surtout des progrès de l'esprit humain.

« Il me semble, me disait-il mardi dernier, que la Raison voyage à petites journées [113], du nord au midi, avec ses deux intimes amies, l'Expérience et la Tolérance. L'Agriculture et le Commerce l'accompagnent. Elle s'est présentée en Italie, mais la Congrégation de l'*Indice* [114] l'a repoussée. Tout ce qu'elle a pu faire a été d'envoyer secrètement quelques-uns de ses facteurs, qui ne laissent pas de faire du bien. Encore quelques années, et le pays des Scipions ne sera plus celui des Arlequins enfroqués.

« Elle a de temps en temps de cruels ennemis en France ; mais elle y a tant d'amis qu'il faudra bien à la fin qu'elle y soit premier ministre.

« Quand elle s'est présentée en Bavière et en Autriche, elle a trouvé deux ou trois grosses têtes à perruque, qui l'ont regardée avec des yeux stupides et étonnés. Ils lui ont dit : " Madame, nous n'avons jamais entendu parler de vous ; nous ne vous connaissons pas. — Messieurs, leur a-t-elle répondu, avec le temps vous me connaîtrez et vous m'aimerez. Je suis très bien reçue à Berlin, à Moscou, à Copenhague, à Stockholm. Il y a longtemps que par le crédit de Locke, de Gordon [115], de Trenchard [116], de milord Shaftesbury [117], et de tant d'autres, j'ai reçu mes lettres de naturalité en Angleterre. Vous m'en accorderez un jour. Je suis la fille du Temps, et j'attends tout de mon père. "

Quand elle a passé sur les frontières de l'Espagne et du Portugal, elle a béni Dieu de voir que les bûchers de l'Inquisition n'étaient plus si souvent allumés ; elle a espéré beaucoup en voyant chasser les jésuites ; mais elle a craint qu'en purgeant le pays de renards on ne le laissât exposé aux loups [118].

« Si elle fait encore des tentatives pour entrer en Italie, on croit qu'elle commencera par s'établir à Venise, et qu'elle séjournera dans le royaume de Naples, malgré toutes les liquéfactions de ce pays-là [119], qui lui donnent des vapeurs. On prétend qu'elle a un secret infaillible pour détacher les cordons d'une couronne qui sont embarrassés, je ne sais comment, dans ceux d'une tiare, et pour empêcher les haquenées d'aller faire la révérence aux mules [120]. »

Enfin la conversation de M. André me réjouit beaucoup ; et plus je le vois, plus je l'aime.

D'UN BON SOUPER CHEZ M. ANDRÉ

Nous soupâmes hier ensemble avec un docteur de Sorbonne, M. Pinto, célèbre juif[121], le chapelain de la chapelle réformée de l'ambassadeur batave, le secrétaire de M. le prince Galitzin[122], du rite grec, un capitaine suisse, calviniste, deux philosophes et trois dames d'esprit.

Le souper fut fort long, et cependant on ne disputa pas plus sur la religion que si aucun des convives n'en avait jamais eu ; tant il faut avouer que nous sommes devenus polis ; tant on craint à souper de contrister ses frères. Il n'en est pas ainsi du régent Coger, et de l'ex-jésuite Nonnotte, et de l'ex-jésuite Patouillet, et de l'ex-jésuite Rotalier[123], et de tous les animaux de cette espèce. Ces croquants-là vous disent plus de sottises dans une brochure de deux pages que la meilleure compagnie de Paris ne peut dire de choses agréables et instructives dans un souper de quatre heures. Et, ce qu'il y a d'étrange, c'est qu'ils n'oseraient dire en face à personne ce qu'ils ont l'impudence d'imprimer.

La conversation roula d'abord sur une plaisanterie des *Lettres persanes*[124], dans laquelle on répète, d'après plusieurs graves personnages[125], que le monde va non seulement en empirant, mais en se dépeuplant tous les jours ; de sorte que, si le proverbe : *Plus on est de fous, plus on rit*, a quelque vérité, le rire sera incessamment banni de la terre.

Le docteur de Sorbonne assura qu'en effet le monde était réduit presque à rien. Il cita le père Petau[126], qui démontre qu'en moins de trois cents ans un seul des fils de Noé (je ne sais si c'est Sem ou Japhet) avait procréé de son corps une série d'enfants qui se montait à six cent vingt-trois milliards six cent douze millions trois cent cinquante-huit mille fidèles, l'an 285 après le déluge universel.

M. André demanda pourquoi du temps de Philippe le bel,

c'est-à-dire environ trois cents ans après Hugues Capet, il n'y avait pas six cent vingt-trois milliards de princes de la maison royale. « C'est que la foi est diminuée », dit le docteur de Sorbonne.

On parla beaucoup de Thèbes-aux-cent-portes, et du million de soldats qui sortait par ces portes avec vingt mille chariots de guerre. « Serrez, serrez, disait M. André, je soupçonne, depuis que je me suis mis à lire, que le même génie qui a écrit *Gargantua* écrivait autrefois toutes les histoires.

— Mais enfin, lui dit un des convives, Thèbes, Memphis, Babylone, Ninive, Troie, Séleucie, étaient de grandes villes et n'existent plus. — Cela est vrai, répondit le secrétaire de M. le prince Galitzin ; mais Moscou, Constantinople, Londres, Paris, Amsterdam, Lyon, qui vaut mieux que Troie, toutes les villes de France, d'Allemagne, d'Espagne et du Nord, étaient alors des déserts. »

Le capitaine suisse, homme très instruit, nous avoua que quand ses ancêtres voulurent quitter leurs montagnes et leurs précipices pour aller s'emparer, comme de raison, d'un pays plus agréable, César, qui vit de ses yeux le dénombrement de ces émigrants, trouva qu'il se montait à trois cent soixante et huit mille, en comptant les vieillards, les enfants et les femmes. Aujourd'hui le seul canton de Berne possède autant d'habitants : il n'est pas tout à fait la moitié de la Suisse, et je puis vous assurer que les treize cantons ont au-delà de sept cent vingt mille âmes, en comptant les natifs qui servent ou qui négocient en pays étranger. Après cela, messieurs les savants, faites des calculs et des systèmes, ils seront aussi faux les uns que les autres.

Ensuite on agita la question si les bourgeois de Rome, du temps des Césars, étaient plus riches que les bourgeois de Paris, du temps de M. Silhouette [127].

« Ah ! ceci me regarde, dit M. André. J'ai été longtemps l'homme aux quarante écus ; je crois bien que les citoyens romains en avaient davantage. Ces illustres voleurs de grand

chemin avaient pillé les plus beaux pays de l'Asie, de l'Afrique et de l'Europe. Ils vivaient fort splendidement du fruit de leurs rapines ; mais enfin il y avait des gueux à Rome. Et je suis persuadé que parmi ces vainqueurs du monde il y eut des gens réduits à quarante écus de rente comme je l'ai été.

— Savez-vous bien, lui dit un savant de l'Académie des inscriptions et belles-lettres, que Lucullus dépensait à chaque souper qu'il donnait dans le salon d'Apollon, trente-neuf mille trois cent soixante et douze livres treize sous de notre monnaie courante ? mais qu'Atticus, le célèbre épicurien Atticus, ne dépensait pas par mois, pour sa table, au-delà de deux cent trente-cinq livres tournois ?

— Si cela est, dis-je, il était digne de présider à la confrérie de la lésine établie depuis peu en Italie. J'ai lu comme vous, dans Florus, cette incroyable anecdote ; mais apparemment que Florus n'avait jamais soupé chez Atticus, ou que son texte a été corrompu, comme tant d'autres, par les copistes. Jamais Florus ne me fera croire que l'ami de César et de Pompée, de Cicéron et d'Antoine qui mangeaient souvent chez lui, en fût quitte pour un peu moins de dix louis d'or par mois.

Et voilà justement comme on écrit l'histoire [128]. »

Mme André, prenant la parole, dit au savant que, s'il voulait défrayer sa table pour dix fois autant, il lui ferait grand plaisir.

Je suis persuadé que cette soirée de M. André valait bien un mois d'Atticus ; et les dames doutèrent fort que les soupers de Rome fussent plus agréables que ceux de Paris. La conversation fut très gaie, quoiqu'un peu savante. Il ne fut parlé ni des modes nouvelles, ni des ridicules d'autrui, ni de l'histoire scandaleuse du jour.

La question du luxe fut traitée à fond. On demanda si c'était le luxe qui avait détruit l'empire romain, et il fut

prouvé que les deux empires d'Occident et d'Orient n'avaient été détruits que par la controverse et par les moines. En effet, quand Alaric prit Rome, on n'était occupé que de disputes théologiques ; et, quand Mahomet II prit Constantinople, les moines défendaient beaucoup plus l'éternité de la lumière du Tabor, qu'ils voyaient à leur nombril, qu'ils ne défendaient la ville contre les Turcs.

Un de nos savants fit une réflexion qui me frappa beaucoup : c'est que ces deux grands empires sont anéantis, et que les ouvrages de Virgile, d'Horace et d'Ovide subsistent.

On ne fit qu'un saut du siècle d'Auguste au siècle de Louis XIV. Une dame demanda pourquoi, avec beaucoup d'esprit, on ne faisait plus guère aujourd'hui d'ouvrages de génie.

M. André répondit que c'est parce qu'on en avait fait dans le siècle passé. Cette idée était fine, et pourtant vraie ; elle fut approfondie. Ensuite on tomba rudement sur un Écossais qui s'est avisé de donner des règles de goût, et de critiquer les plus admirables endroits de Racine, sans savoir le français *. On traita encore plus sévèrement [130] un Italien,

* Ce M. Home, grand juge d'Écosse, enseigne la manière de faire parler les héros d'une tragédie avec esprit ; et voici un exemple remarquable qu'il rapporte de la tragédie de *Henri IV*, du divin Shakespeare. Le divin Shakespeare introduit milord Falstaff, chef de justice, qui vient de prendre prisonnier le chevalier Jean Coleville, et qui le présente au roi :

« Sire, le voilà, je vous le livre ; je supplie Votre Grâce de faire enregistrer ce fait d'armes parmi les autres de cette journée, ou, pardieu, je le ferai mettre dans une ballade avec mon portrait à la tête ; on verra Coleville me baisant les pieds. Voilà ce que je ferai si vous ne rendez pas ma gloire aussi brillante qu'une pièce de deux sous dorée ; et alors vous me verrez, dans le clair ciel de la renommée, tenir votre splendeur comme la pleine lune efface les charbons éteints de l'élément de l'air, qui ne paraissent autour d'elle que comme des têtes d'épingle. »

C'est cet absurde et abominable galimatias, très fréquent dans le divin Shakespeare, que M. Jean Home [129] propose pour le modèle du bon goût et de l'esprit dans la tragédie. Mais, en récompense, M. Home trouve l'*Iphigénie* et la *Phèdre* de Racine extrêmement ridicules.

nommé Denina, qui a dénigré *l'Esprit des lois* sans le
comprendre, et qui surtout a censuré ce que l'on aime le
mieux dans cet ouvrage.

Cela fit souvenir du mépris affecté que Boileau étalait
pour le Tasse. Quelqu'un des convives avança que le Tasse,
avec ses défauts, était autant au-dessus d'Homère que
Montesquieu, avec ses défauts encore plus grands, est au-
dessus du fatras de Grotius. On s'éleva contre ces mauvaises
critiques, dictées par la haine nationale et le préjugé. Le
signor Denina fut traité comme il le méritait, et comme les
pédants le sont par les gens d'esprit.

On remarqua surtout avec beaucoup de sagacité que la
plupart des ouvrages littéraires du siècle présent, ainsi que
les conversations, roulent sur l'examen des chefs-d'œuvre
du dernier siècle. Notre mérite est de discuter leur mérite.
Nous sommes comme des enfants déshérités qui font le
compte du bien de leurs pères. On avoua que la philosophie
avait fait de très grands progrès, mais que la langue et le
style s'étaient un peu corrompus.

C'est le sort de toutes les conversations de passer d'un
sujet à un autre. Tous ces objets de curiosité, de science et
de goût disparurent bientôt devant le grand spectacle que
l'impératrice de Russie et le roi de Pologne donnaient au
monde. Ils venaient de relever l'humanité écrasée, et
d'établir la liberté de conscience dans une partie de la terre
beaucoup plus vaste que ne le fut jamais l'empire romain.
Ce service rendu au genre humain, cet exemple donné à tant
de cours qui se croient politiques, fut célébré comme il
devait l'être [131]. On but à la santé de l'impératrice, du roi
philosophe, et du primat philosophe, et on leur souhaita
beaucoup d'imitateurs. Le docteur de Sorbonne même les
admira ; car il y a quelques gens de bon sens dans ce corps,
comme il y eut autrefois des gens d'esprit chez les Béotiens.

Le secrétaire russe nous étonna par le récit de tous les
grands établissements qu'on faisait en Russie. On demanda
pourquoi on aimait mieux lire l'histoire de Charles XII, qui

a passé sa vie à détruire, que celle de Pierre le Grand, qui a
consumé la sienne à créer[132]. Nous conclûmes que la
faiblesse et la frivolité sont la cause de cette préférence ; que
Charles XII fut le don Quichotte du Nord, et que Pierre en
fut le Solon ; que les esprits superficiels préfèrent l'héroïsme
extravagant aux grandes vues d'un législateur ; que les
détails de la fondation d'une ville leur plaisent moins que la
témérité d'un homme qui brave dix mille Turcs avec ses
seuls domestiques ; et qu'enfin la plupart des lecteurs
aiment mieux s'amuser que s'instruire. De là vient que cent
femmes lisent *Les Mille et Une Nuits* contre une qui lit deux
chapitres de Locke.

De quoi ne parla-t-on point dans ce repas, dont je me
souviendrai longtemps ! Il fallut bien enfin dire un mot des
acteurs et des actrices, sujet éternel des entretiens de table de
Versailles et de Paris. On convint qu'un bon déclamateur
était aussi rare qu'un bon poète. Le souper finit par une
chanson très jolie qu'un des convives fit pour les dames.
Pour moi, j'avoue que le banquet de Platon ne m'aurait pas
fait plus de plaisir que celui de M. et de Mme André.

Nos petits-maîtres et nos petites-maîtresses s'y seraient
ennuyés sans doute : ils prétendent être la bonne compa-
gnie ; mais ni M. André ni moi ne soupons jamais avec cette
bonne compagnie-là.

LES LETTRES D'AMABED, ETC.,

Traduites par l'abbé Tamponet [1]

PREMIÈRE LETTRE

D'AMABED À SHASTASID,
GRAND BRAME DE MADURÉ

À Bénarès, le second du mois
de la souris [2], l'an du renouvellement
du monde 115 652 *.

Lumière de mon âme, père de mes pensées, toi qui conduis les hommes dans les voies de l'Éternel, à toi, savant Shastasid, respect et tendresse.

Je me suis déjà rendu la langue chinoise si familière, suivant tes sages conseils, que je lis avec fruit leurs cinq Kings, qui me semblent égaler en antiquité notre *Shasta*,

* Cette date répond à l'année de notre ère vulgaire 1512, deux ans après qu'Alphonse d'Albuquerque eut pris Goa. Il faut savoir que les brames comptaient 111 100 années depuis la rébellion et la chute des êtres célestes, et 4 552 ans depuis la promulgation du *Shasta*, leur premier livre sacré ; ce qui faisait 115 652 pour l'année correspondante à notre année 1512, temps auquel régnait Babar, dans le Mogol ; Ismaël Sophi, en Perse ; Sélim, en Turquie ; Maximilien I, en Allemagne ; Louis XII, en France ; Jules II, à Rome ; Jeanne la folle, en Espagne ; Emmanuel, en Portugal [3].

dont tu es l'interprète, les sentences du premier Zoroastre, et les livres de l'Égyptien Thaut[4].

Il paraît à mon âme, qui s'ouvre toujours devant toi, que ces écrits et ces cultes n'ont rien pris les uns des autres : car nous sommes les seuls à qui Brahma, confident de l'Éternel, ait enseigné la rébellion des créatures célestes, le pardon que l'Éternel leur accorde et la formation de l'homme ; les autres peuples n'ont rien dit, ce me semble, de ces choses sublimes[5].

Je crois surtout que nous ne tenons rien, ni nous, ni les Chinois, des Égyptiens. Ils n'ont pu former une société policée et savante que longtemps après nous, puisqu'il leur a fallu dompter leur Nil avant de pouvoir cultiver les campagnes et bâtir leurs villes[6].

Notre *Shasta* divin n'a, je l'avoue, que quatre mille cinq cent cinquante-deux ans d'antiquité[7] ; mais il est prouvé par nos monuments que cette doctrine avait été enseignée de père en fils plus de cent siècles avant la publication de ce sacré livre. J'attends sur cela les instructions de ta paternité.

Depuis la prise de Goa par les Portugais, il est venu quelques docteurs d'Europe à Bénarès. Il y en a un[8] à qui j'enseigne la langue indienne, il m'apprend en récompense un jargon qui a cours dans l'Europe, et qu'on nomme l'*italien*. C'est une plaisante langue. Presque tous les mots se terminent en *a*, en *e*, en *i*, en *o*[9] ; je l'apprends facilement, et j'aurai bientôt le plaisir de lire des livres européans[10].

Ce docteur s'appelle le père Fa tutto ; il paraît poli et insinuant ; je l'ai présenté à Charme des yeux, la belle Adaté, que mes parents et les siens me destinent pour épouse ; elle apprend l'italien avec moi. Nous avons conjugué ensemble le verbe *j'aime* dès le premier jour. Il nous a fallu deux jours pour tous les autres verbes. Après elle, tu es le mortel le plus près de mon cœur. Je prie Birmah et Brahma[11] de conserver tes jours jusqu'à l'âge de cent trente ans, passé lequel la vie n'est plus qu'un fardeau.

RÉPONSE

DE SHASTASID

J'ai reçu ta lettre, esprit enfant de mon esprit. Puisse Drugha*, montée sur son dragon, étendre toujours sur toi ses dix bras vainqueurs des vices [12] !

Il est vrai (et nous n'en devons tirer aucune vanité) que nous sommes le peuple de la terre le plus anciennement policé. Les Chinois eux-mêmes n'en disconviennent pas. Les Égyptiens sont un peuple tout nouveau qui fut lui-même enseigné par les Chaldéens [13]. Ne nous glorifions pas d'être les plus anciens ; et songeons à être toujours les plus justes.

Tu sauras, mon cher Amabed, que depuis très peu de temps une faible image de notre révélation sur la chute des êtres célestes et le renouvellement du monde a pénétré jusqu'aux Occidentaux. Je trouve, dans une traduction arabe d'un livre syriaque, qui n'est composé que depuis environ quatorze cents ans, ces propres paroles : *L'Éternel tient liées de chaînes éternelles, jusqu'au grand jour du jugement, les puissances célestes qui ont souillé leur dignité première**. L'auteur cite en preuve un livre composé par

* *Drugha* est le mot indien qui signifie *vertu*. Elle est représentée avec dix bras et montée sur un dragon pour combattre les vices qui sont l'intempérance, l'incontinence, le larcin, le meurtre, l'injure, la médisance, la calomnie, la fainéantise, la résistance à ses père et mère, l'ingratitude. C'est cette figure que plusieurs missionnaires ont prise pour le diable.

** On voit que Shastasid avait lu notre Bible en arabe, et qu'il a en vue l'épître de saint Jude, où se trouvent en effet ces paroles au verset 6. Le livre apocryphe qui n'a jamais existé est celui d'*Énoch*, cité par saint Jude au verset 14.

un de leurs premiers hommes, nommé Énoch[14]. Tu vois par là que les nations barbares n'ont jamais été éclairées que par un rayon faible et trompeur, qui s'est égaré vers eux du sein de notre lumière.

Mon cher fils, je crains mortellement l'irruption des barbares d'Europe dans nos heureux climats. Je sais trop quel est cet Albuquerque qui est venu des bords de l'Occident dans ce pays cher à l'astre du jour. C'est un des plus illustres brigands qui aient désolé la terre. Il s'est emparé de Goa contre la foi publique. Il a noyé dans leur sang des hommes justes et paisibles. Ces Occidentaux habitent un pays pauvre qui ne leur produit que très peu de soie : point de coton, point de sucre, nulle épicerie[15]. La terre même dont nous fabriquons la porcelaine leur manque. Dieu leur a refusé le cocotier, qui ombrage, loge, vêtit, nourrit, abreuve les enfants de Brahma. Ils ne connaissent qu'une liqueur, qui leur fait perdre la raison. Leur vraie divinité est l'or ; ils vont chercher ce dieu à une autre extrémité du monde.

Je veux croire que ton docteur est un homme de bien ; mais l'Éternel nous permet de nous défier de ces étrangers. S'ils sont moutons à Bénarès, on dit qu'ils sont tigres dans les contrées où les Européans se sont établis.

Puissent ni la belle Adaté ni toi n'avoir jamais à se plaindre du père Fa tutto ! Mais un secret pressentiment m'alarme. Adieu. Que bientôt Adaté, unie à toi par un saint mariage, puisse goûter dans tes bras les joies célestes !

Cette lettre te parviendra par un banian[16], qui ne partira qu'à la pleine lune de l'éléphant.

SECONDE LETTRE

D'AMABED À SHASTASID

Père de mes pensées, j'ai eu le temps d'apprendre ce jargon d'Europe avant que ton marchand banian ait pu arriver sur le rivage du Gange. Le père Fa tutto me témoigne toujours une amitié sincère. En vérité, je commence à croire qu'il ne ressemble point aux perfides dont tu crains avec raison la méchanceté. La seule chose qui pourrait me donner de la défiance, c'est qu'il me loue trop et qu'il ne loue jamais assez Charme des yeux ; mais d'ailleurs il me paraît rempli de vertu et d'onction. Nous avons lu ensemble un livre de son pays, qui m'a paru bien étrange. C'est une histoire universelle du monde entier dans laquelle il n'est pas dit un mot de notre antique empire, rien des immenses contrées au-delà du Gange, rien de la Chine, rien de la vaste Tartarie [17]. Il faut que les auteurs, dans cette partie de l'Europe, soient bien ignorants. Je les compare à des villageois qui parlent avec emphase de leurs chaumières, et qui ne savent pas où est la capitale ; ou plutôt à ceux qui pensent que le monde finit aux bornes de leur horizon.

Ce qui m'a le plus surpris, c'est qu'ils comptent les temps depuis la création de leur monde tout autrement que nous. Mon docteur européan m'a montré un de ses almanachs sacrés, par lequel ses compatriotes sont à présent dans l'année de leur création 5552, ou dans l'année 6244, ou bien dans l'année 6940 *, comme on voudra [18]. Cette bizarrerie m'a surpris. Je lui ai demandé comment on pouvait avoir trois époques différentes de la même aventure. « Tu ne peux, lui ai-je dit, avoir à la fois trente ans, quarante ans et

* C'est la différence du texte hébreu, du samaritain et des Septante.

cinquante ans. Comment ton monde peut-il avoir trois
dates qui se contrarient ? » Il m'a répondu que ces trois
dates se trouvent dans le même livre, et qu'on est obligé
chez eux de croire les contradictions pour humilier la
superbe de l'esprit.

Ce même livre traite d'un premier homme qui s'appelait
Adam, d'un Caïn, d'un Mathusalem, d'un Noé qui planta
des vignes après que l'Océan eut submergé tout le globe ;
enfin d'une infinité de choses dont je n'ai jamais entendu
parler, et que je n'ai lues dans aucun de nos livres [19]. Nous
en avons ri, la belle Adaté et moi, en l'absence du père Fa
tutto ; car nous sommes trop bien élevés et trop pénétrés de
tes maximes pour rire des gens en leur présence.

Je plains ces malheureux d'Europe, qui n'ont été créés
que depuis 6 940 ans tout au plus, tandis que notre ère est de
115 652 années. Je les plains davantage de manquer de
poivre, de cannelle, de gérofle, de thé, de café, de soie, de
coton, de vernis, d'encens, d'aromates, et de tout ce qui
peut rendre la vie agréable : il faut que la Providence les ait
longtemps oubliés. Mais je les plains encore plus de venir de
si loin, parmi tant de périls, ravir nos denrées les armes à la
main. On dit qu'ils ont commis à Calicut des cruautés
épouvantables pour du poivre [20] : cela fait frémir la nature
indienne, qui est en tout différente de la leur, car leurs
poitrines et leurs cuisses sont velues. Ils portent de longues
barbes, leurs estomacs sont carnassiers. Ils s'enivrent avec le
jus fermenté de la vigne, plantée, disent-ils, par leur Noé. Le
père Fa tutto lui-même, tout poli qu'il est, a égorgé deux
petits poulets ; il les a fait cuire dans une chaudière, et il les a
mangés impitoyablement. Cette action barbare lui a attiré la
haine de tout le voisinage, que nous n'avons apaisé qu'avec
peine. Dieu me pardonne ! je crois que cet étranger aurait
mangé nos vaches sacrées, qui nous donnent du lait, si on
l'avait laissé faire. Il a bien promis qu'il ne commettrait plus
de meurtre envers les poulets, et qu'il se contenterait d'œufs
frais, de laitages, de riz, de nos excellents légumes, de

pistaches, de dattes, de cocos, de gâteaux d'amandes, de biscuits, d'ananas, d'oranges, et de tout ce que produit notre climat béni de l'Éternel[21].

Depuis quelques jours, il paraît plus attentif auprès de Charme des yeux. Il a même fait pour elle deux vers italiens qui finissent en *o*. Cette politesse me plaît beaucoup : car tu sais que mon bonheur est qu'on rende justice à ma chère Adaté.

Adieu. Je me mets à tes pieds, qui t'ont toujours conduit dans la voie droite, et je baise tes mains, qui n'ont jamais écrit que la vérité.

RÉPONSE

DE SHASTASID

Mon cher fils en Birmah, en Brahma, je n'aime point ton Fa tutto qui tue des poulets, et qui fait des vers pour ta chère Adaté. Veuille Birmah rendre vains mes soupçons !

Je puis te jurer qu'on n'a jamais connu son Adam ni son Noé dans aucune partie du monde, tout récents qu'ils sont. La Grèce même, qui était le rendez-vous de toutes les fables quand Alexandre approcha de nos frontières, n'entendit jamais parler de ces noms-là. Je ne m'étonne pas que des amateurs du vin, tels que les peuples occidentaux, fassent un si grand cas de celui qui, selon eux, planta la vigne ; mais sois sûr que Noé a été ignoré de toute l'antiquité connue.

Il est vrai que du temps d'Alexandre, il y avait dans un coin de la Phénicie un petit peuple de courtiers et d'usuriers, qui avait été longtemps esclave à Babylone. Il se forgea une histoire pendant sa captivité, et c'est dans cette seule histoire qu'il ait jamais été question de Noé. Quand ce petit peuple obtint depuis des privilèges dans Alexandrie, il y traduisit

ses annales en grec. Elles furent ensuite traduites en arabe, et
ce n'est que dans nos derniers temps que nos savants en ont
eu quelque connaissance. Mais cette histoire est aussi
méprisée par eux que la misérable horde qui l'a écrite * [22].

Il serait plaisant en effet que tous les hommes, qui sont
frères, eussent perdu leurs titres de famille, et que ces titres
ne se retrouvassent que dans une petite branche composée
d'usuriers et de lépreux. J'ai peur, mon cher ami, que les
concitoyens de ton père Fa tutto, qui ont, comme tu me le
mandes, adopté ces idées, ne soient aussi insensés, aussi
ridicules, qu'ils sont intéressés, perfides et cruels.

Épouse au plus tôt ta charmante Adaté, car, encore une
fois, je crains les Fa tutto plus que les Noé [23].

TROISIÈME LETTRE

D'AMABED À SHASTASID

Béni soit à jamais Birmah, qui a fait l'homme pour la
femme ! Sois béni ! ô cher Shastasid, qui t'intéresses tant à
mon bonheur ! Charme des yeux est à moi ; je l'ai épousée.
Je ne touche plus à la terre, je suis dans le ciel ; il n'a manqué
que toi à cette divine cérémonie. Le docteur Fa tutto a été
témoin de nos saints engagements ; et, quoiqu'il ne soit pas
de notre religion, il n'a fait nulle difficulté d'écouter nos
chants et nos prières [24] : il a été fort gai au festin des noces.
Je succombe à ma félicité. Tu jouis d'un autre bonheur, tu
possèdes la sagesse ; mais l'incomparable Adaté me possède.
Vis longtemps heureux, sans passions, tandis que la mienne
m'absorbe dans une mer de voluptés. Je ne puis t'en dire
davantage : je revole dans les bras d'Adaté.

* On voit bien que Shastasid parle ici en brame qui n'a pas le don de
la foi, et à qui la grâce a manqué.

QUATRIÈME LETTRE

D'AMABED À SHASTASID

Cher ami, cher père, nous partons, la tendre Adaté et moi, pour te demander ta bénédiction. Notre félicité serait imparfaite si nous ne remplissions pas ce devoir de nos cœurs ; mais, le croirais-tu ? nous passons par Goa, dans la compagnie de Coursom, le célèbre marchand, et de sa femme. Fa tutto dit que Goa est devenue la plus belle ville de l'Inde[25], que le grand Albuquerque nous recevra comme des ambassadeurs, qu'il nous donnera un vaisseau à trois voiles pour nous conduire à Maduré. Il a persuadé ma femme ; et j'ai voulu le voyage dès qu'elle l'a voulu. Fa tutto nous assure qu'on parle italien plus que portugais à Goa. Charme des yeux brûle d'envie de faire usage d'une langue qu'elle vient d'apprendre. Je partage tous ses goûts. On dit qu'il y a des gens qui ont eu deux volontés ; mais Adaté et moi nous n'en avons qu'une, parce que nous n'avons qu'une âme à nous deux. Enfin nous partons demain avec la douce espérance de verser dans tes bras, avant deux mois, des larmes de joie et de tendresse.

PREMIÈRE LETTRE

D'ADATÉ À SHASTASID

À Goa, le cinq du mois du tigre,
l'an du renouvellement
du monde 115 652.

Birmah, entends mes cris, vois mes pleurs, sauve mon
cher époux ! Brahma, fils de Birmah, porte ma douleur et
ma crainte à ton père ! Généreux Shastasid, plus sage que
nous, tu avais prévu nos malheurs. Mon cher Amabed, ton
disciple, mon tendre époux, ne t'écrira plus ; il est dans une
fosse que les barbares appellent *prison*. Des gens que je ne
puis définir, on les nomme ici *inquisitori*[26], je ne sais ce que
ce mot signifie ; ces monstres, le lendemain de notre arrivée,
saisirent mon mari et moi, et nous mirent chacun dans une
fosse séparée[27] comme si nous étions morts. Mais, si nous
l'étions, il fallait du moins nous ensevelir ensemble. Je ne
sais ce qu'ils ont fait de mon cher Amabed. J'ai dit à mes
anthropophages : « Où est Amabed ? Ne le tuez pas, et
tuez-moi. » Ils ne m'ont rien répondu. « Où est-il ? pour-
quoi m'avez-vous séparée de lui ? » Ils ont gardé le silence,
ils m'ont enchaînée. J'ai depuis une heure un peu plus de
liberté ; le marchand Coursom a trouvé moyen de me faire
tenir du papier, du coton, un pinceau et de l'encre[28]. Mes
larmes imbibent tout, ma main tremble, mes yeux s'obscur-
cissent, je me meurs.

SECONDE LETTRE

D'ADATÉ À SHASTASID,
ÉCRITE DE LA PRISON DE L'INQUISITION

Divin Shastasid, je fus hier longtemps évanouie ; je ne pus achever ma lettre. Je la pliai quand je repris un peu mes sens ; je la mis dans mon sein, qui n'allaitera pas les enfants que j'espérais avoir d'Amabed : je mourrai avant que Birmah m'ait accordé la fécondité.

Ce matin, au point du jour, sont entrés dans ma fosse deux spectres, armés de hallebardes, portant au cou des grains enfilés, et ayant sur la poitrine quatre petites bandes rouges croisées. Ils m'ont prise par les mains, toujours sans rien me dire, et m'ont menée dans une chambre où il y avait pour tous meubles une grande table, cinq chaises, et un grand tableau qui représentait un homme tout nu, les bras étendus et les pieds joints [29].

Aussitôt entrent cinq personnages vêtus de robes noires avec une chemise par-dessus leur robe, et deux longs pendants d'étoffe bigarrée par-dessus leur chemise [30]. Je suis tombée à terre de frayeur. Mais quelle a été ma surprise ! J'ai vu le père Fa tutto parmi ces cinq fantômes. Je l'ai vu, il a rougi ; mais il m'a regardée d'un air de douceur et de compassion qui m'a un peu rassurée pour un moment. « Ah ! Père Fa tutto, ai-je dit, où suis-je ? Qu'est devenu Amabed ? dans quel gouffre m'avez-vous jetée ? On dit qu'il y a des nations qui se nourrissent de sang humain : va-t-on nous tuer ? va-t-on nous dévorer ? » Il ne m'a répondu qu'en levant les yeux et les mains au ciel, mais avec une attitude si douloureuse et si tendre que je ne savais plus que penser.

Le président de ce conseil de muets a enfin délié sa langue

et m'a adressé la parole ; il m'a dit ces mots : « Est-il vrai que vous avez été baptisée [31] ? » J'étais si abîmée dans mon étonnement et dans ma douleur que d'abord je n'ai pu répondre. Il a recommencé la même question d'une voix terrible. Mon sang s'est glacé, et ma langue s'est attachée à mon palais. Il a répété les mêmes mots pour la troisième fois, et à la fin j'ai dit *oui*, car il ne faut jamais mentir. J'ai été baptisée dans le Gange comme tous les fidèles enfants de Brahma le sont, comme tu le fus, divin Shastasid, comme l'a été mon cher et malheureux Amabed. Oui, je suis baptisée, c'est ma consolation, c'est ma gloire. Je l'ai avoué devant ces spectres.

À peine cette parole *oui*, symbole de la vérité, est sortie de ma bouche, qu'un des cinq monstres noirs et blancs s'est écrié : *Apostata !* les autres ont répété : *Apostata !* Je ne sais ce que ce mot veut dire ; mais ils l'ont prononcé d'un ton si lugubre et si épouvantable que mes trois doigts sont en convulsion en te l'écrivant.

Alors le père Fa tutto, prenant la parole et me regardant toujours avec des yeux bénins, les a assurés que j'avais dans le fond de bons sentiments, qu'il répondait de moi, que la grâce opérerait, qu'il se chargeait de ma conscience ; et il a fini son discours, auquel je ne comprenais rien, par ces paroles : *Io la converteró.* Cela signifie en italien, autant que j'en puis juger : *Je la retournerai.*

Quoi ! disais-je en moi-même, il me retournera ! Qu'entend-il par me retourner ? veut-il dire qu'il me rendra à ma patrie ? « Ah ! Père Fa tutto, lui ai-je dit, retournez donc le jeune Amabed [32], mon tendre époux ; rendez-moi mon âme, rendez-moi ma vie. »

Alors il a baissé les yeux ; il a parlé en secret aux quatre fantômes dans un coin de la chambre. Ils sont partis avec les deux hallebardiers. Tous ont fait une profonde révérence au tableau qui représente un homme tout nu ; et le père Fa tutto est resté seul avec moi.

Il m'a conduite dans une chambre assez propre [33], et m'a

promis que, si je voulais m'abandonner à ses conseils, je ne serais plus enfermée dans une fosse. « Je suis désespéré comme vous, m'a-t-il dit, de tout ce qui est arrivé. Je m'y suis opposé autant que j'ai pu ; mais nos saintes lois m'ont lié les mains ; enfin, grâces au ciel et à moi, vous êtes libre, dans une bonne chambre, dont vous ne pouvez pas sortir. Je viendrai vous y voir souvent, je vous consolerai, je travaillerai à votre félicité présente et future[34].

— Ah ! lui ai-je répondu, il n'y a que mon cher Amabed qui puisse la faire, cette félicité, et il est dans une fosse ! Pourquoi y est-il enterré ? Pourquoi y ai-je été plongée ? qui sont ces spectres qui m'ont demandé si j'avais été baignée ? où m'avez-vous conduite ? m'avez-vous trompée ? est-ce vous qui êtes la cause de ces horribles cruautés ? Faites-moi venir le marchand Coursom, qui est de mon pays et homme de bien. Rendez-moi ma suivante, ma compagne, mon amie Déra, dont on m'a séparée. Est-elle aussi dans un cachot pour avoir été baignée ? Qu'elle vienne ; que je revoie Amabed, ou que je meure ! »

Il a répondu à mes discours et aux sanglots qui les entrecoupaient par des protestations de service et de zèle dont j'ai été touchée. Il m'a promis qu'il m'instruirait des causes de toute cette épouvantable aventure, et qu'il obtiendrait qu'on me rendît ma pauvre Déra[35], en attendant qu'il pût parvenir à délivrer mon mari. Il m'a plainte ; j'ai vu même ses yeux un peu mouillés. Enfin, au son d'une cloche, il est sorti de ma chambre en me prenant la main, et en la mettant sur son cœur. C'est le signe visible, comme tu le sais, de la sincérité, qui est invisible. Puisqu'il a mis ma main sur son cœur, il ne me trompera pas. Eh ! pourquoi me tromperait-il ? que lui ai-je fait pour me persécuter ? nous l'avons si bien traité à Bénarès, mon mari et moi ! je lui ai fait tant de présents quand il m'enseignait l'italien ! il a fait des vers italiens pour moi, il ne peut pas me haïr. Je le regarderai comme mon bienfaiteur s'il me rend mon malheureux époux, si nous pouvons tous deux sortir de

cette terre envahie et habitée par des anthropophages, si
nous pouvons venir embrasser tes genoux à Maduré, et
recevoir tes saintes bénédictions.

TROISIÈME LETTRE

D'ADATÉ À SHASTASID

Tu permets sans doute, généreux Shastasid, que je
t'envoie le journal de mes infortunes inouïes ; tu aimes
Amabed, tu prends pitié de mes larmes, tu lis avec intérêt
dans un cœur percé de toutes parts, qui te déploie ses
inconsolables afflictions.

On m'a rendu mon amie Déra, et je pleure avec elle. Les
monstres l'avaient descendue dans une fosse comme moi.
Nous n'avons nulle nouvelle d'Amabed. Nous sommes
dans la même maison, et il y a entre nous un espace infini,
un chaos impénétrable. Mais voici des choses qui vont faire
frémir ta vertu, et qui déchireront ton âme juste.

Ma pauvre Déra a su, par un de ces deux satellites qui
marchent toujours devant les cinq anthropophages, que
cette nation a un baptême comme nous. J'ignore comment
nos sacrés rites ont pu parvenir jusqu'à eux. Ils ont prétendu
que nous avions été baptisés suivant les rites de leur secte.
Ils sont si ignorants qu'ils ne savent pas qu'ils tiennent de
nous le baptême depuis très peu de siècles[36]. Ces barbares se
sont imaginé que nous étions de leur secte, et que nous
avions renoncé à leur culte. Voilà ce que voulait dire ce mot
apostata, que les anthropophages faisaient retentir à mes
oreilles avec tant de férocité. Ils disent que c'est un crime
horrible et digne des plus grands supplices d'être d'une
autre religion que la leur. Quand le père Fa tutto leur
disait : *Io la converteró*, je la retournerai, il entendait qu'il

me ferait retourner à la religion des brigands. Je n'y conçois rien ; mon esprit est couvert d'un nuage comme mes yeux. Peut-être mon désespoir trouble mon entendement ; mais je ne puis comprendre comment ce Fa tutto, qui me connaît si bien, a pu dire qu'il me ramènerait à une religion que je n'ai jamais connue, et qui est aussi ignorée dans nos climats que l'étaient les Portugais quand ils sont venus pour la première fois dans l'Inde chercher du poivre les armes à la main. Nous nous perdons dans nos conjectures, la bonne Déra et moi. Elle soupçonne le père Fa tutto de quelques desseins secrets ; mais me préserve Birmah de former un jugement téméraire !

J'ai voulu écrire au grand brigand Albuquerque pour implorer sa justice, et pour lui demander la liberté de mon cher mari. Mais on m'a dit qu'il était parti pour aller surprendre Bombay et le piller. Quoi ! venir de si loin dans le dessein de ravager nos habitations et de nous tuer ! et cependant ces monstres sont baptisés comme nous ! On dit pourtant que cet Albuquerque a fait quelques belles actions. Enfin, je n'ai plus d'espérance que dans l'Être des êtres, qui doit punir le crime et protéger l'innocence. Mais j'ai vu ce matin un tigre qui dévorait deux agneaux. Je tremble de n'être pas assez précieuse devant l'Être des êtres pour qu'il daigne me secourir.

QUATRIÈME LETTRE

D'ADATÉ À SHASTASID

Il sort de ma chambre, ce père Fa tutto : quelle entrevue ! quelle complication de perfidies, de passions et de noirceurs ! le cœur humain est donc capable de réunir tant d'atrocités ! Comment les écrirai-je à un juste ?

Il tremblait quand il est entré. Ses yeux étaient baissés ; j'ai tremblé plus que lui. Bientôt il s'est rassuré. « Je ne sais pas, m'a-t-il dit, si je pourrai sauver votre mari. Les juges ont ici quelquefois de la compassion pour les jeunes femmes, mais ils sont bien sévères pour les hommes. — Quoi ! la vie de mon mari n'est pas en sûreté ? » Je suis tombée en faiblesse. Il a cherché des eaux spiritueuses pour me faire revenir ; il n'y en avait point. Il a envoyé ma bonne Déra en acheter à l'autre bout de la rue chez un banian. Cependant il m'a délacée pour donner passage aux vapeurs qui m'étouffaient. J'ai été étonnée, en revenant à moi, de trouver ses mains sur ma gorge et sa bouche sur la mienne. J'ai jeté un cri affreux, je me suis reculée d'horreur. Il m'a dit : « Je prenais de vous un soin que la charité commande. Il fallait que votre gorge fût en liberté, et je m'assurais de votre respiration.

— Ah ! prenez soin que mon mari respire[37]. Est-il encore dans cette fosse horrible ? — Non, m'a-t-il répondu. J'ai eu, avec bien de la peine, le crédit de le faire transférer dans un cachot plus commode. — Mais, encore une fois, quel est son crime, quel est le mien ? d'où vient cette épouvantable inhumanité ? pourquoi violer envers nous les droits de l'hospitalité, celui des gens, celui de la nature ? — C'est notre sainte religion qui exige de nous ces petites sévérités. Vous et votre mari vous êtes accusés d'avoir renoncé tous deux à votre baptême. »

Je me suis écriée alors : « Que voulez-vous dire ? Nous n'avons jamais été baptisés à votre mode ; nous l'avons été dans le Gange au nom de Brahma. Est-ce vous qui avez persuadé cette exécrable imposture aux spectres qui m'ont interrogée ? Quel pouvait être votre dessein ? »

Il a rejeté bien loin cette idée. Il m'a parlé de vertu, de vérité, de charité ; il a presque dissipé un moment mes soupçons, en m'assurant que ces spectres sont des gens de bien, des hommes de Dieu, des juges de l'âme, qui ont partout de saints espions, et principalement auprès des

étrangers qui abordent dans Goa. Ces espions ont, dit-il, juré à ses confrères, les juges de l'âme, devant le tableau de l'homme tout nu, qu'Amabed et moi nous avons été baptisés à la mode des brigands portugais, qu'Amabed est *apostato*, et que je suis *apostata*.

Ô vertueux Shastasid, ce que j'entends, ce que je vois de moment en moment me saisit d'épouvante, depuis la racine des cheveux jusqu'à l'ongle du petit doigt du pied !

« Quoi ! vous êtes, ai-je dit au père Fa tutto, un des cinq hommes de Dieu, un des juges de l'âme ? — Oui, ma chère Adaté, oui, Charme des yeux, je suis un des cinq domini-cains délégués par le vice-Dieu de l'univers pour disposer souverainement des âmes et des corps. — Qu'est-ce qu'un dominicain ? qu'est-ce qu'un vice-Dieu ? — Un dominicain est un prêtre, enfant de saint Dominique, inquisiteur pour la foi. Et un vice-Dieu est un prêtre que Dieu a choisi pour le représenter, pour jouir de dix millions de roupies par an, et pour envoyer dans toute la terre des dominicains vicaires du vicaire de Dieu. »

J'espère, grand Shastasid, que tu m'expliqueras ce galima-tias infernal, ce mélange incompréhensible d'absurdités et d'horreurs, d'hypocrisie et de barbarie.

Fa tutto me disait tout cela avec un air de componction, avec un ton de vérité, qui, dans un autre temps, aurait pu produire quelque effet sur mon âme simple et ignorante. Tantôt il levait les yeux au ciel, tantôt il les arrêtait sur moi. Ils étaient animés et remplis d'attendrissement. Mais cet attendrissement jetait dans tout mon corps un frissonne-ment d'horreur et de crainte. Amabed est continuellement dans ma bouche comme dans mon cœur. « Rendez-moi mon cher Amabed », c'était le commencement, le milieu, et la fin de tous mes discours.

Ma bonne Déra arrive dans ce moment ; elle m'apporte des eaux de *cinnamum* et d'*amonum*[38]. Cette charmante créature a trouvé le moyen de remettre au marchand Coursom mes trois lettres précédentes. Coursom part cette

nuit ; il sera dans peu de jours à Maduré. Je serai plainte du grand Shastasid ; il versera des pleurs sur le sort de mon mari ; il me donnera des conseils ; un rayon de sa sagesse pénétrera dans la nuit de mon tombeau.

RÉPONSE

DU BRAME SHASTASID
AUX TROIS LETTRES PRÉCÉDENTES D'ADATÉ

Vertueuse et infortunée Adaté, épouse de mon cher disciple Amabed, Charme des yeux, les miens ont versé sur tes trois lettres des ruisseaux de larmes. Quel démon ennemi de la nature a déchaîné du fond des ténèbres de l'Europe les monstres à qui l'Inde est en proie ! Quoi ! tendre épouse de mon cher disciple, tu ne vois pas que le père Fa tutto est un scélérat qui t'a fait tomber dans le piège ? Tu ne vois pas que c'est lui seul qui a fait enfermer ton mari dans une fosse, et qui t'y a plongée toi-même pour que tu lui eusses l'obligation de t'en avoir tirée ? Que n'exigera-t-il pas de ta reconnaissance ? Je tremble avec toi : je donne part de cette violation du droit des gens à tous les pontifes de Brahma, à tous les omras, à tous les rayas [39], aux nababs, au grand empereur des Indes lui-même, le sublime Babar, roi des rois, cousin du soleil et de la lune, fils de Mirsamachamed, fils de Semcor, fils d'Abouchaïd, fils de Miracha, fils de Timur [40], afin qu'on s'oppose de tous côtés au brigandage des voleurs d'Europe. Quelles profondeurs de scélératesse ! Jamais les prêtres de Timur, de Gengis-khan, d'Alexandre, d'Oguskan, de Sésac [41], de Bacchus, qui tour à tour vinrent subjuguer nos saintes et paisibles contrées, ne permirent de pareilles horreurs hypocrites ; au contraire, Alexandre laissa partout des marques éternelles de sa générosité. Bacchus ne

fit que du bien : c'était le favori du ciel ; une colonne de feu conduisait son armée pendant la nuit, et une nuée marchait devant elle pendant le jour * ; il traversait la mer Rouge à pied sec ; il commandait au soleil et à la lune de s'arrêter quand il le fallait ; deux gerbes de rayons divins sortaient de son front ; l'ange exterminateur était debout à ses côtés ; mais il employait toujours l'ange de la joie. Votre Albuquerque au contraire n'est venu qu'avec des moines, des fripons de marchands et des meurtriers[43]. Coursom le juste m'a confirmé le malheur d'Amabed et le vôtre. Puissé-je avant ma mort vous sauver tous deux, ou vous venger ! Puisse l'éternel Birmah vous tirer des mains du moine Fatutto ! Mon cœur saigne des blessures du vôtre.

N. B. — *Cette lettre ne parvint à Charme des yeux que longtemps après, lorsqu'elle partit de la ville de Goa.*

* Il est indubitable que les fables concernant Bacchus étaient fort communes en Arabie et en Grèce, longtemps avant que les nations fussent informées si les Juifs avaient une histoire ou non. Josèphe avoue même que les Juifs tinrent toujours leurs livres cachés à leurs voisins. Bacchus était révéré en Égypte, en Arabie, en Grèce, longtemps avant que le nom de Moïse pénétrât dans ces contrées. Les anciens vers orphiques appellent Bacchus *Misa* ou *Mosa*. Il fut élevé sur la montagne de Nisa, qui est précisément le mont Sina. Il s'enfuit vers la mer Rouge ; il y rassembla une armée et passa avec elle cette mer à pied sec. Il arrêta le soleil et la lune. Son chien le suivit dans toutes ses expéditions et le nom de *Caleb*, l'un des conquérants hébreux, signifie *chien*.

Les savants ont beaucoup disputé et ne sont pas convenus si Moïse est antérieur à Bacchus, ou Bacchus à Moïse[42]. Ils sont tous deux de grands hommes ; mais Moïse, en frappant un rocher avec sa baguette, n'en fit sortir que de l'eau ; au lieu que Bacchus, en frappant la terre de son thyrse, en fit sortir du vin. C'est de là que toutes les chansons de table célèbrent Bacchus, et qu'il n'y a peut-être pas deux chansons en faveur de Moïse.

CINQUIÈME LETTRE

D'ADATÉ AU GRAND BRAME SHASTASID

De quels termes oserai-je me servir pour t'exprimer mon nouveau malheur ! comment la pudeur pourra-t-elle parler de la honte ! Birmah a vu le crime, et il l'a souffert ! que deviendrai-je ? La fosse où j'étais enterrée est bien moins horrible que mon état.

Le père Fa tutto est entré ce matin dans ma chambre, tout parfumé, et couvert d'une simarre de soie légère. J'étais dans mon lit. « Victoire ! m'a-t-il dit, l'ordre de délivrer votre mari est signé. » À ces mots les transports de la joie se sont emparés de tous mes sens ; je l'ai nommé *mon protecteur, mon père*. Il s'est penché vers moi, il m'a embrassée. J'ai cru d'abord que c'était une caresse innocente, un témoignage chaste de ses bontés pour moi ; mais, dans le même instant, écartant ma couverture, dépouillant sa simarre, se jetant sur moi comme un oiseau de proie sur une colombe, me pressant du poids de son corps, ôtant de ses bras nerveux tout mouvement à mes faibles bras, arrêtant sur mes lèvres ma voix plaintive par des baisers criminels, enflammé, invincible, inexorable... Quel moment ! et pourquoi ne suis-je pas morte ?

Déra, presque nue, est venue à mon secours, mais lorsque rien ne pouvait plus me secourir qu'un coup de tonnerre. Ô providence de Birmah ! il n'a point tonné, et le détestable Fa tutto a fait pleuvoir dans mon sein la brûlante rosée de son crime. Non, Drugha elle-même, avec ses dix bras célestes, n'aurait pu déranger ce Mosasor * indomptable.

* Ce Mosasor est l'un des principaux anges rebelles qui combattirent contre l'Éternel, comme le rapporte l'*Autorashasta*, le plus ancien livre des bracmanes, et c'est là probablement l'origine de la guerre des Titans et de toutes les fables imaginées depuis sur ce modèle [44].

Ma chère Déra le tirait de toutes ses forces ; mais figurez-vous un passereau qui becquèterait le bout des plumes d'un vautour acharné sur une tourterelle : c'est l'image du père Fa tutto, de Déra et de la pauvre Adaté.

Pour se venger des importunités de Déra, il la saisit elle-même, la renverse d'une main en me tenant de l'autre ; il la traite comme il m'a traitée, sans miséricorde ; ensuite il sort fièrement comme un maître qui a châtié deux esclaves et nous dit : « Sachez que je vous punirai ainsi toutes deux quand vous ferez les mutines. »

Nous sommes restées, Déra et moi, un quart d'heure sans oser dire un mot, sans oser nous regarder. Enfin Déra s'est écriée : « Ah ! ma chère maîtresse, quel homme ! Tous les gens de son espèce sont-ils aussi cruels que lui ? »

Pour moi, je ne pensais qu'au malheureux Amabed. On m'a promis de me le rendre, et on ne me le rend point. Me tuer, c'était l'abandonner ; ainsi je ne me suis pas tuée.

Je ne m'étais nourrie depuis un jour que de ma douleur. On ne nous a point apporté à manger à l'heure accoutumée. Déra s'en étonnait et s'en plaignait. Il me paraissait bien honteux de manger après ce qui nous était arrivé. Cependant nous avions un appétit dévorant. Rien ne venait, et, après nous être pâmées de douleur, nous nous évanouissions de faim.

Enfin, sur le soir, on nous a servi une tourte de pigeonneaux, une poularde et deux perdrix, avec un seul petit pain ; et, pour comble d'outrage, une bouteille de vin sans eau[45]. C'est le tour le plus sanglant qu'on puisse jouer à deux femmes comme nous, après tout ce que nous avions souffert ; mais que faire ? Je me suis mise à genoux : « Ô Birmah ! ô Visnou ! ô Brahma ! vous savez que l'âme n'est point souillée de ce qui entre dans le corps[46]. Si vous m'avez donné une âme, pardonnez-lui la nécessité funeste où est mon corps de n'être pas réduit aux légumes ; je sais que c'est un péché horrible de manger du poulet ; mais on nous y force. Puissent tant de crimes retomber sur la tête du père

Fa tutto ? Qu'il soit, après sa mort, changé en une jeune malheureuse Indienne ; que je sois changée en dominicain ; que je lui rende tous les maux qu'il m'a faits, et que je sois plus impitoyable encore pour lui qu'il ne l'a été pour moi. » Ne sois point scandalisé, pardonne, vertueux Shastasid ! Nous nous sommes mises à table. Qu'il est dur d'avoir des plaisirs qu'on se reproche !

Postscript.

Immédiatement après dîné, j'écris au modérateur de Goa, qu'on appelle *le corrégidor*. Je lui demande la liberté d'Amabed et la mienne ; je l'instruis de tous les crimes du père Fa tutto. Ma chère Déra dit qu'elle lui fera parvenir ma lettre par cet alguazil[47] des inquisiteurs pour la foi, qui vient quelquefois la voir dans mon antichambre, et qui a pour elle beaucoup d'estime. Nous verrons ce que cette démarche hardie pourra produire.

SIXIÈME LETTRE

D'ADATÉ

Le croirais-tu, sage instructeur des hommes ? Il y a des justes à Goa ! et don Jéronimo le corrégidor en est un. Il a été touché de mon malheur et de celui d'Amabed. L'injustice le révolte, le crime l'indigne. Il s'est transporté avec des officiers de justice à la prison qui nous renferme. J'apprends qu'on appelle ce repaire *le palais du Saint-Office*. Mais, ce qui t'étonnera, on lui a refusé l'entrée. Les cinq spectres, suivis de leurs hallebardiers, se sont présentés à la porte, et ont dit à la justice : « Au nom de Dieu, tu n'entreras pas. — J'entrerai au nom du roi, a dit le corrégidor ; c'est un cas royal. — C'est un cas sacré », ont répondu les spectres. Don

Jéronimo le juste a dit : « Je dois interroger Amabed, Adaté, Déra, et le père Fa tutto. — Interroger un inquisiteur, un dominicain ! s'est écrié le chef des spectres ; c'est un sacrilège : *scommunicao, scommunicao*[48]. » On dit que ce sont des mots terribles, et qu'un homme sur qui on les a prononcés meurt ordinairement au bout de trois jours.

Les deux partis se sont échauffés, ils étaient prêts d'en venir aux mains. Enfin ils s'en sont rapportés à l'*obispo* de Goa[49]. Un *obispo* est à peu près parmi ces barbares ce que tu es chez les enfants de Brahma ; c'est un intendant de leur religion ; il est vêtu de violet, et il porte aux mains des souliers violets[50]. Il a sur la tête, les jours de cérémonie, un pain de sucre fendu en deux. Cet homme a décidé que les deux partis avaient également tort, et qu'il n'appartenait qu'à leur vice-Dieu de juger le père Fa tutto[51]. Il a été convenu qu'on l'enverrait par-devant sa divinité avec Amabed et moi, et ma fidèle Déra.

Je ne sais où demeure ce vice, si c'est dans le voisinage du grand lama ou en Perse mais n'importe. Je vais revoir Amabed ; j'irais avec lui au bout du monde, au ciel, en enfer. J'oublie dans ce moment ma fosse, ma prison, les violences de Fa tutto, ses perdrix que j'ai eu la lâcheté de manger, et son vin que j'ai eu la faiblesse de boire.

SEPTIÈME LETTRE

D'ADATÉ

Je l'ai revu, mon tendre époux ; on nous a réunis, je l'ai tenu dans mes bras. Il a effacé la tache du crime dont cet abominable Fa tutto m'avait souillée ; semblable à l'eau sainte du Gange, qui lave toutes les macules des âmes, il m'a rendu une nouvelle vie[52]. Il n'y a que cette pauvre Déra qui

reste encore profanée ; mais tes prières et tes bénédictions remettront son innocence dans tout son éclat.

On nous fait partir demain sur un vaisseau qui fait voile pour Lisbonne. C'est la patrie du fier Albuquerque. C'est là sans doute qu'habite ce vice-Dieu qui doit juger entre Fa tutto et nous. S'il est vice-Dieu, comme tout le monde l'assure ici, il est bien certain qu'il damnera Fa tutto. C'est une petite consolation, mais je cherche bien moins la punition de ce terrible coupable que le bonheur du tendre Amabed.

Quelle est donc la destinée des faibles mortels, de ces feuilles que les vents emportent ! Nous sommes nés, Amabed et moi, sur les bords du Gange ; on nous emmène en Portugal ; on va nous juger dans un monde inconnu, nous qui sommes nés libres ! Reverrons-nous jamais notre patrie ? pourrons-nous accomplir le pèlerinage que nous méditions vers ta personne sacrée ?

Comment pourrons-nous, moi et ma chère Déra, être enfermées dans le même vaisseau avec le père Fa tutto ? cette idée me fait trembler. Heureusement j'aurai mon brave époux pour me défendre. Mais que deviendra Déra, qui n'a point de mari ? Enfin nous nous recommandons à la Providence.

Ce sera désormais mon cher Amabed qui t'écrira, il fera le journal de nos destins ; il te peindra la nouvelle terre et les nouveaux cieux que nous allons voir. Puisse Brahma conserver longtemps ta tête rase[53] et l'entendement divin qu'il a placé dans la moelle de ton cerveau !

PREMIÈRE LETTRE

D'AMABED À SHASTASID, APRÈS SA CAPTIVITÉ

Je suis donc encore au nombre des vivants ! C'est donc moi qui t'écris, divin Shastasid ! J'ai tout su, et tu sais tout. Charme des yeux n'a point été coupable ; elle ne peut l'être. La vertu est dans le cœur, et non ailleurs. Ce rhinocéros de Fa tutto, qui avait cousu à sa peau celle du renard, soutient hardiment qu'il nous a baptisés, Adaté et moi, dans Bénarès, à la mode de l'Europe ; que je suis *apostato*, et que Charme des yeux est *apostata*. Il jure, par l'homme nu qui est peint ici sur presque toutes les murailles, qu'il est injustement accusé d'avoir violé ma chère épouse et la jeune Déra. Charme des yeux, de son côté, et la douce Déra, jurent qu'elles ont été violées. Les esprits européans ne peuvent percer ce sombre abîme ; ils disent tous qu'il n'y a que le vice-Dieu qui puisse y rien connaître, attendu qu'il est infaillible [54].

Don Jéronimo, le corrégidor, nous fait tous embarquer demain pour comparaître devant cet être extraordinaire qui ne se trompe jamais. Ce grand juge des barbares ne siège point à Lisbonne, mais beaucoup plus loin, dans une ville magnifique qu'on nomme Roume. Ce nom est absolument inconnu chez nos Indiens. Voilà un terrible voyage. À quoi les enfants de Brahma sont-ils exposés dans cette courte vie !

Nous avons pour compagnons de voyage des marchands d'Europe, des chanteuses [55], deux vieux officiers des troupes du roi de Portugal, qui ont gagné beaucoup d'argent dans notre pays [56], des prêtres du vice-Dieu, et quelques soldats.

C'est un grand bonheur pour nous d'avoir appris l'italien, qui est la langue courante de tous ces gens-là ; car comment pourrions-nous entendre le jargon portugais ? Mais, ce qui

est horrible, c'est d'être dans la même barque avec un Fa
tutto. On nous fait coucher ce soir à bord, pour démarrer
demain au lever du soleil. Nous aurons une petite chambre
de six pieds de long sur quatre de large pour ma femme et
pour Déra. On dit que c'est une faveur insigne[57]. Il faut
faire ses petites provisions de toute espèce. C'est un bruit,
c'est un tintamarre inexprimable. La foule du peuple se
précipite pour nous regarder. Charme des yeux est en
larmes, Déra tremble : il faut s'armer de courage. Adieu ;
adresse pour nous tes saintes prières à l'Éternel, qui créa les
malheureux mortels il y a juste cent quinze mille six cent
cinquante-deux révolutions annuelles du soleil autour de la
terre, ou de la terre autour du soleil[58].

SECONDE LETTRE

D'AMABED, PENDANT SA ROUTE

Après un jour de navigation, le vaisseau s'est trouvé vis-à-
vis Bombay, dont l'exterminateur Albuquerque, qu'on
appelle ici *le grand*, s'est emparé[59]. Aussitôt un bruit
infernal s'est fait entendre : notre vaisseau a tiré neuf coups
de canon ; on lui en a répondu autant des remparts de la
ville. Charme des yeux et la jeune Déra ont cru être à leur
dernier jour. Nous étions couverts d'une fumée épaisse.
Croirais-tu, sage Shastasid, que ce sont là des politesses ?
C'est la façon dont ces barbares se saluent. Une chaloupe a
apporté des lettres pour le Portugal ; alors nous avons fait
voile dans la grande mer, laissant à notre droite les
embouchures du grand fleuve Zonboudipo, que les barbares
appellent l'Indus[60].

Nous ne voyons plus que les airs, nommés *ciel* par ces

brigands si peu dignes du ciel, et cette grande mer que l'avarice et la cruauté leur a fait traverser.

Cependant le capitaine paraît un homme honnête et prudent. Il ne permet pas que le père Fa tutto soit sur le tillac quand nous y prenons le frais ; et, lorsqu'il est en haut, nous nous tenons en bas. Nous sommes comme le jour et la nuit, qui ne paraissent jamais ensemble sur le même horizon. Je ne cesse de réfléchir sur la destinée qui se joue des malheureux mortels. Nous voguons sur la mer des Indes avec un dominicain, pour aller être jugés dans Roume, à six mille lieues de notre patrie.

Il y a dans le vaisseau un personnage considérable qu'on nomme *l'aumônier*. Ce n'est pas qu'il fasse l'aumône ; au contraire, on lui donne de l'argent pour dire des prières dans une langue qui n'est ni la portugaise ni l'italienne, et que personne de l'équipage n'entend ; peut-être ne l'entend-il pas lui-même : car il est toujours en dispute sur le sens des paroles avec le père Fa tutto. Le capitaine m'a dit que cet aumônier est franciscain et que, l'autre étant dominicain, ils sont obligés en conscience de n'être jamais du même avis [61]. Leurs sectes sont ennemies jurées l'une de l'autre ; aussi sont-ils vêtus tout différemment pour marquer la différence de leurs opinions.

Ce franciscain s'appelle Fa molto. Il me prête des livres italiens concernant la religion du vice-Dieu devant qui nous comparaîtrons. Nous lisons ces livres, ma chère Adaté et moi. Déra assiste à la lecture. Elle y a eu d'abord de la répugnance, craignant de déplaire à Brahma ; mais plus nous lisons, plus nous nous fortifions dans l'amour des saints dogmes que tu enseignes aux fidèles.

TROISIÈME LETTRE

DU JOURNAL D'AMABED

Nous avons lu avec l'aumônier des épîtres d'un des grands saints de la religion italienne et portugaise. Son nom est Pual. Toi qui possèdes la science universelle, tu connais Pual sans doute. C'est un grand homme : il a été renversé de cheval par une voix, et aveuglé par un trait de lumière ; il se vante d'avoir été comme moi au cachot ; il ajoute qu'il a eu cinq fois trente-neuf coups de fouet, ce qui fait en tout cent quatre-vingt-quinze écourgées[62] sur les fesses ; plus, trois fois des coups de bâton, sans spécifier le nombre ; plus, il dit qu'il a été lapidé une fois : cela est violent, car on n'en revient guère ; plus, il jure qu'il a été un jour et une nuit au fond de la mer. Je le plains beaucoup ; mais, en récompense, il a été ravi au troisième ciel. Je t'avoue, illuminé Shastasid, que je voudrais en faire autant, dussé-je acheter cette gloire par cent quatre-vingt-quinze coups de verges bien appliqués sur le derrière :

> *Il est beau qu'un mortel jusques aux cieux s'élève ;*
> *Il est beau même d'en tomber*[63],

comme dit un de nos plus aimables poètes indiens, qui est quelquefois sublime.

Enfin je vois qu'on a conduit comme moi Pual à Roume pour être jugé. Quoi donc ! mon cher Shastasid, Roume a donc jugé tous les mortels dans tous les temps ? Il faut certainement qu'il y ait dans cette ville quelque chose de supérieur au reste de la terre. Tous les gens qui sont dans le vaisseau ne jurent que par Roume. On faisait tout à Goa au nom de Roume.

Je te dirai bien plus. Le dieu de notre aumônier Fa molto, qui est le même que celui de Fa tutto, naquit et mourut dans un pays dépendant de Roume, et il paya le tribut au zamorin [64] qui régnait dans cette ville. Tout cela ne te paraît-il pas bien surprenant ? Pour moi, je crois rêver, et que tous les gens qui m'entourent rêvent aussi.

Notre aumônier Fa molto nous a lu des choses encore plus merveilleuses [65]. Tantôt c'est un âne qui parle, tantôt c'est un de leurs saints qui passe trois jours et trois nuits dans le ventre d'une baleine, et qui en sort de fort mauvaise humeur. Ici c'est un prédicateur qui s'en va prêcher dans le ciel, monté sur un char de feu traîné par quatre chevaux de feu. Un docteur passe la mer à pied sec, suivi de deux ou trois millions d'hommes qui s'enfuient avec lui. Un autre docteur arrête le soleil et la lune ; mais cela ne me surprend point : tu m'as appris que Bacchus en avait fait autant [66].

Ce qui me fait le plus de peine, à moi qui me pique de propreté et d'une grande pudeur, c'est que le Dieu de ces gens-là ordonne à un de ses prédicateurs de manger de la matière louable sur son pain, et à un autre de coucher pour de l'argent avec des filles de joie et d'en avoir des enfants.

Il y a bien pis. Ce savant homme nous a fait remarquer deux sœurs Oolla et Ooliba. Tu les connais bien, puisque tu as tout lu. Cet article a fort scandalisé ma femme. Le blanc de ses yeux en a rougi. J'ai remarqué que la bonne Déra était tout en feu à ce paragraphe. Il faut certainement que ce franciscain Fa molto soit un gaillard. Cependant il a fermé son livre dès qu'il a vu combien Charme des yeux et moi nous étions effarouchés, et il est sorti pour aller méditer sur le texte [67].

Il m'a laissé son livre sacré. J'en ai lu quelques pages au hasard. Ô Brahma ! ô justice éternelle ! quels hommes que tous ces gens-là ! Ils couchent tous avec leurs servantes dans leur vieillesse. L'un fait des infamies à sa belle-mère, l'autre à sa belle-fille. Ici c'est une ville tout entière qui veut absolument traiter un pauvre prêtre comme une jolie fille.

Là deux demoiselles de condition enivrent leur père[68], couchent avec lui l'une après l'autre, et en ont des enfants.

Mais ce qui m'a le plus épouvanté, le plus saisi d'horreur, c'est que les habitants d'une ville magnifique à qui leur Dieu députa deux êtres éternels qui sont sans cesse au pied de son trône, deux esprits purs resplendissants d'une lumière divine... ma plume frémit comme mon âme... le dirai-je ? oui, ces habitants firent tout ce qu'ils purent pour violer ces messagers de Dieu[69]. Quel péché abominable avec des hommes ! mais avec des anges cela est-il possible ? Cher Shastasid, bénissons Birmah, Visnou et Brahma. Remercions-les de n'avoir jamais connu ces inconcevables turpitudes. On dit que le conquérant Alexandre voulut autrefois introduire cette coutume superstitieuse parmi nous ; qu'il polluait publiquement son mignon Éphestion. Le ciel l'en punit. Éphestion et lui périrent à la fleur de leur âge. Je te salue, maître de mon âme, esprit de mon esprit. Adaté, la triste Adaté se recommande à tes prières.

QUATRIÈME LETTRE

D'AMABED À SHASTASID

Du cap qu'on appelle
Bonne-Espérance,
le quinze du mois du rhinocéros.

Il y a longtemps que je n'ai étendu mes feuilles de coton sur une planche et trempé mon pinceau dans la laque noire délayée, pour te rendre un compte fidèle. Nous avons laissé loin derrière nous à notre droite le golfe de Babelmandeb, qui entre dans la fameuse mer Rouge, dont les flots se séparèrent autrefois et s'amoncelèrent comme des mon-

tagnes pour laisser passer Bacchus et son armée. Je regrettais qu'on n'eût point mouillé aux côtes de l'Arabie Heureuse, ce pays presque aussi beau que le nôtre, dans lequel Alexandre voulait établir le siège de son empire et l'entrepôt du commerce du monde. J'aurais voulu voir cet Aden ou Éden dont les jardins sacrés furent si renommés dans l'antiquité ; ce Moka fameux par le café, qui ne croît jusqu'à présent que dans cette province ; Mecca[70], où le grand prophète des musulmans établit le siège de son empire, et où tant de nations de l'Asie, de l'Afrique et de l'Europe viennent tous les ans baiser une pierre noire descendue du ciel[71], qui n'envoie pas souvent de pareilles pierres aux mortels ; mais il ne nous est pas permis de contenter notre curiosité. Nous voguons toujours pour arriver à Lisbonne, et de là à Roume.

Nous avons déjà passé la ligne équinoxiale ; nous sommes descendus à terre au royaume de Mélinde[72], où les Portugais ont un port considérable. Notre équipage y a embarqué de l'ivoire, de l'ambre gris, du cuivre, de l'argent et de l'or. Nous voici parvenus au grand cap : c'est le pays des Hottentots. Ces peuples ne paraissent pas descendus des enfants de Brahma. La nature y a donné aux femmes un tablier que forme leur peau ; ce tablier[73] couvre leur joyau, dont les Hottentots sont idolâtres, et pour lequel ils font des madrigaux et des chansons. Ces peuples vont tout nus[74]. Cette mode est fort naturelle ; mais elle ne me paraît ni honnête ni habile. Un Hottentot est bien malheureux ; il n'a plus rien à désirer quand il a vu sa Hottentote par-devant et par-derrière. Le charme des obstacles lui manque. Il n'y a plus rien de piquant pour lui. Les robes de nos Indiennes, inventées pour être troussées, marquent un génie bien supérieur. Je suis persuadé que le sage Indien à qui nous devons le jeu des échecs[75] et celui du trictrac, imagina aussi les ajustements des dames pour notre félicité.

Nous resterons deux jours à ce cap, qui est la borne du monde, et qui semble séparer l'Orient de l'Occident. Plus je

réfléchis sur la couleur de ces peuples, sur le glossement dont ils se servent[76] pour se faire entendre au lieu d'un langage articulé, sur leur figure, sur le tablier de leurs dames, plus je suis convaincu que cette race ne peut avoir la même origine que nous[77].

Notre aumônier prétend que les Hottentots, les Nègres et les Portugais descendent du même père. Cette idée est bien ridicule. J'aimerais autant qu'on me dît que les poules, les arbres et l'herbe de ce pays-là viennent des poules, des arbres et de l'herbe de Bénarès ou de Pékin.

CINQUIÈME LETTRE

D'AMABED

> Du 16 au soir, au cap dit
> de Bonne-Espérance.

Voici bien une autre aventure. Le capitaine se promenait avec Charme des yeux et moi sur un grand plateau, au pied duquel la mer du midi vient briser ses vagues. L'aumônier Fa molto a conduit notre jeune Déra tout doucement dans une petite maison nouvellement bâtie, qu'on appelle *un cabaret*[78]. La pauvre fille n'y entendait point finesse, et croyait qu'il n'y avait rien à craindre, parce que cet aumônier n'est pas dominicain. Bientôt nous avons entendu des cris. Figure-toi que le père Fa tutto a été jaloux de ce tête-à-tête. Il est entré dans le cabaret en furieux. Il y avait deux matelots, qui ont été jaloux aussi. C'est une terrible passion que la jalousie. Les deux matelots et les deux prêtres avaient beaucoup bu de cette liqueur qu'ils disent avoir été inventée par leur Noé, et dont nous prétendons que Bacchus est l'auteur : présent funeste, qui pourrait être utile

s'il n'était pas si facile d'en abuser. Les Européans disent que ce breuvage leur donne de l'esprit. Comment cela peut-il être, puisqu'il leur ôte la raison ?

Les deux hommes de mer et les deux bonzes [79] d'Europe se sont gourmés violemment [80], un matelot donnant sur Fa tutto, celui-ci sur l'aumônier, ce franciscain sur l'autre matelot, qui rendait ce qu'il recevait ; tous quatre changeant de main à tout moment, deux contre deux, trois contre un, tous contre tous, chacun jurant, chacun tirant à soi notre infortunée, qui jetait des cris lamentables. Le capitaine est accouru au bruit ; il a frappé indifféremment sur les quatre combattants ; et, pour mettre Déra en sûreté, il l'a menée dans son quartier, où elle est enfermée avec lui depuis deux heures. Les officiers et les passagers, qui sont tous fort polis, se sont assemblés autour de nous, et nous ont assuré que les deux moines (c'est ainsi qu'ils les appellent) seraient punis sévèrement par le vice-Dieu dès qu'ils seraient arrivés à Roume. Cette espérance nous a un peu consolés.

Au bout de deux heures le capitaine est revenu en nous ramenant Déra, avec des civilités et des compliments dont ma chère femme a été très contente. Ô Brahma, qu'il arrive d'étranges choses dans les voyages, et qu'il serait bien plus sage de rester chez soi !

SIXIÈME LETTRE

D'AMABED, PENDANT SA ROUTE

Je ne t'ai point écrit depuis l'aventure de notre petite Déra. Le capitaine, pendant la traversée, a toujours eu pour elle des bontés très distinguées. J'avais peur qu'il ne redoublât de civilités pour ma femme ; mais elle a feint d'être grosse de quatre mois. Les Portugais regardent les femmes grosses comme des personnes sacrées, qu'il n'est

pas permis de chagriner. C'est du moins une bonne coutume, qui met en sûreté le cher honneur d'Adaté. Le dominicain a eu ordre de ne se présenter jamais devant nous, et il a obéi.

Le franciscain, quelques jours après la scène du cabaret, vint nous demander pardon. Je le tirai à part. Je lui demandai comment, ayant fait vœu de chasteté, il avait pu s'émanciper à ce point. Il me répondit : « Il est vrai que j'ai fait ce vœu ; mais, si j'avais promis que mon sang ne coulerait jamais dans mes veines et que mes ongles et mes cheveux ne croîtraient pas, vous m'avouerez que je ne pourrais accomplir cette promesse. Au lieu de nous faire jurer d'être chastes, il fallait nous forcer à l'être et rendre tous les moines eunuques. Tant qu'un oiseau a ses plumes, il vole. Le seul moyen d'empêcher un cerf de courir est de lui couper les jambes. Soyez très sûr que les prêtres vigoureux comme moi, et qui n'ont point de femmes, s'abandonnent malgré eux à des excès qui font rougir la nature, après quoi ils vont célébrer les saints mystères[81]. »

J'ai beaucoup appris dans la conversation avec cet homme. Il m'a instruit de tous ces mystères de sa religion, qui m'ont tous étonné. « Le révérend père Fa tutto, m'a-t-il dit, est un fripon qui ne croit pas un mot de tout ce qu'il enseigne ; pour moi, j'ai des doutes violents ; mais je les écarte, je me mets un bandeau sur les yeux, je repousse mes pensées et je marche comme je puis dans la carrière que je cours. Tous les moines sont réduits à cette alternative : ou l'incrédulité leur fait détester leur profession, ou la stupidité la leur rend supportable. »

Croirais-tu bien qu'après ces aveux, il m'a proposé de me faire chrétien ? Je lui ai dit : « Comment pouvez-vous me présenter une religion dont vous n'êtes pas persuadé vous-même, à moi qui suis né dans la plus ancienne religion du monde, à moi dont le culte existait cent quinze mille trois cents ans pour le moins, de votre aveu, avant qu'il y eût des franciscains dans le monde ?

— Ah! mon cher Indien, m'a-t-il dit, si je pouvais réussir à vous rendre chrétiens, vous et la belle Adaté, je ferais crever de dépit ce maraud de dominicain qui ne croit pas à l'immaculée conception de la Vierge! Vous feriez ma fortune; je pourrais devenir *obispo**, ce serait une bonne action, et Dieu vous en saurait gré. »

C'est ainsi, divin Shastasid, que parmi ces barbares d'Europe on trouve des hommes qui sont un composé d'erreur, de faiblesse, de cupidité et de bêtise, et d'autres qui sont des coquins conséquents et endurcis. J'ai fait part de ces conversations à Charme des yeux; elle a souri de pitié. Qui l'eût cru que ce serait dans un vaisseau, en voguant vers les côtes d'Afrique, que nous apprendrions à connaître les hommes!

SEPTIÈME LETTRE

D'AMABED

Quel beau climat que ces côtes méridionales, mais quels vilains habitants! quelles brutes! Plus la nature a fait pour nous, moins nous faisons pour elle. Nul art n'est connu chez tous ces peuples. C'est une grande question parmi eux s'ils sont descendus des singes, ou si les singes sont venus d'eux. Nos sages ont dit que l'homme est l'image de Dieu : voilà une plaisante image de l'Être éternel qu'un nez noir épaté, avec peu ou point d'intelligence[82]! Un temps viendra, sans doute, où ces animaux sauront bien cultiver la terre, l'embellir par des maisons et par des jardins, et connaître la route des astres. Il faut du temps pour tout.

* *Obispo* est le mot portugais qui signifie *episcopus*, évêque, en langage gaulois. Ce mot n'est dans aucun des quatre Évangiles.

Nous datons, nous autres, notre philosophie de cent quinze mille six cent cinquante-deux ans : en vérité, sauf le respect que je te dois, je pense que nous nous trompons ; il me semble qu'il faut bien plus de temps pour être arrivés au point où nous sommes. Mettons seulement vingt mille ans pour inventer un langage tolérable, autant pour écrire par le moyen d'un alphabet, autant pour la métallurgie, autant pour la charrue et la navette, autant pour la navigation ; et combien d'autres arts encore exigent-ils de siècles ! Les Chaldéens datent de quatre cent mille ans, et ce n'est pas encore assez.

Le capitaine a acheté, sur un rivage qu'on nomme Angola, six nègres qu'on lui a vendus pour le prix courant de six bœufs. Il faut que ce pays-là soit bien plus peuplé que le nôtre, puisqu'on y vend les hommes si bon marché[83]. Mais aussi comment une si abondante population s'accorde-t-elle avec tant d'ignorance ?

Le capitaine a quelques musiciens auprès de lui : il leur a ordonné de jouer de leurs instruments, et aussitôt ces pauvres nègres se sont mis à danser avec presque autant de justesse que nos éléphants. Est-il possible qu'aimant la musique ils n'aient pas su inventer le violon, pas même la musette ! Tu me diras, grand Shastasid, que l'industrie des éléphants mêmes n'a pas pu parvenir à cet effort, et qu'il faut attendre. À cela je n'ai rien à répliquer.

HUITIÈME LETTRE

D'AMABED

L'année est à peine révolue, et nous voici à la vue de Lisbonne, sur le fleuve du Tage, qui depuis longtemps a la réputation de rouler de l'or dans ses flots[84]. S'il en est ainsi,

d'où vient donc que les Portugais vont en chercher si loin ?
Tous ces gens d'Europe répondent qu'on n'en peut trop
avoir. Lisbonne est, comme tu me l'avais dit, la capitale d'un
très petit royaume. C'est la patrie de cet Albuquerque qui
nous a fait tant de mal. J'avoue qu'il y a quelque chose de
grand dans ces Portugais, qui ont subjugué une partie de
nos belles contrées. Il faut que l'envie d'avoir du poivre
donne de l'industrie et du courage.

Nous espérions, Charme des yeux et moi, entrer dans la
ville ; mais on ne l'a pas permis, parce qu'on dit que nous
sommes prisonniers du vice-Dieu, et que le dominicain Fa
tutto, le franciscain aumônier Fa molto, Déra, Adaté et moi,
nous devons tous être jugés à Roume.

On nous a fait passer sur un autre vaisseau qui part pour
la ville du vice-Dieu.

Le capitaine est un vieux Espagnol différent en tout du
Portugais, qui en usait si poliment avec nous [85]. Il ne parle
que par monosyllabes, et encore très rarement. Il porte à sa
ceinture des grains enfilés qu'il ne cesse de compter : on dit
que c'est une grande marque de vertu.

Déra regrette fort l'autre capitaine ; elle trouve qu'il était
bien plus civil. On a remis à l'Espagnol une grosse liasse de
papiers, pour instruire notre procès en cour de Roume. Un
scribe du vaisseau l'a lue à haute voix. Il prétend que le père
Fa tutto sera condamné à ramer dans une des galères du
vice-Dieu, et que l'aumônier Fa molto aura le fouet en
arrivant. Tout l'équipage est de cet avis ; le capitaine a serré
les papiers sans rien dire. Nous mettons à la voile. Que
Brahma ait pitié de nous, et qu'il te comble de ses faveurs !
Brahma est juste ; mais c'est une chose bien singulière
qu'étant né sur le rivage du Gange j'aille être jugé à Roume.
On assure pourtant que la même chose est arrivée à plus
d'un étranger.

NEUVIÈME LETTRE

D'AMABED

Rien de nouveau ; tout l'équipage est silencieux et morne comme le capitaine. Tu connais le proverbe indien : *Tout se conforme aux mœurs du maître* [86]. Nous avons passé une mer qui n'a que neuf mille pas de large entre deux montagnes ; nous sommes entrés dans une autre mer semée d'îles. Il y en a une fort singulière ; elle est gouvernée par des religieux chrétiens, qui portent un habit court et un chapeau, et qui font vœu de tuer tous ceux qui portent un bonnet et une robe. Ils doivent aussi faire l'oraison [87]. Nous avons mouillé dans une île plus grande et fort jolie, qu'on nomme *Sicile ;* elle était bien plus belle autrefois : on parle de villes admirables dont on ne voit plus que les ruines. Elle fut habitée par des dieux, des déesses, des géants, des héros ; on y forgeait la foudre. Une déesse nommée *Cérès* la couvrit de riches moissons. Le vice-Dieu a changé tout cela ; on y voit beaucoup de processions et de coupeurs de bourse.

DIXIÈME LETTRE

D'AMABED

Enfin nous voici sur la terre sacrée du vice-Dieu. J'avais lu dans le livre de l'aumônier que ce pays était d'or et d'azur ; que les murailles étaient d'émeraudes et de rubis ; que les ruisseaux étaient d'huile, les fontaines de lait, les campagnes couvertes de vignes, dont chaque cep produisait

cent tonneaux de vin*. Peut-être trouverons-nous tout cela quand nous serons auprès de Roume.

Nous avons abordé avec beaucoup de peine dans un petit port fort incommode, qu'on appelle *la cité vieille*. Elle tombe en ruines, et est fort bien nommée.

On nous a donné, pour nous conduire, des charrettes attelées par des bœufs. Il faut que ces bœufs viennent de loin, car la terre à droite et à gauche n'est point cultivée ; ce ne sont que des marais infects, des bruyères, des landes stériles [88]. Nous n'avons vu dans le chemin que des gens couverts de la moitié d'un manteau, sans chemise, qui nous demandaient l'aumône fièrement. Ils ne se nourrissent, nous a-t-on dit, que de petits pains très plats qu'on leur donne gratis le matin et ne s'abreuvent que d'eau bénite.

Sans ces troupes de gueux, qui font cinq ou six mille pas pour obtenir, par leurs lamentations, la trentième partie d'une roupie, ce canton serait un désert affreux. On nous avertit même que quiconque y passe la nuit est en danger de mort. Apparemment que Dieu est fâché contre son vicaire, puisqu'il lui a donné un pays qui est le cloaque de la nature. J'apprends que cette contrée a été autrefois très belle et très fertile, et qu'elle n'est devenue si misérable que depuis le temps où ces vicaires s'en sont mis en possession.

Je t'écris, sage Shastasid, sur ma charrette, pour me désennuyer. Adaté est bien étonnée. Je t'écrirai dès que je serai dans Roume.

* Il veut apparemment parler de la sainte Jérusalem décrite dans le livre exact de l'*Apocalypse*, dans Justin, dans Tertullien, Irénée, et autres grands personnages. Mais on voit bien que ce pauvre brame n'en avait qu'une idée très imparfaite.

ONZIÈME LETTRE

D'AMABED

Nous y voilà, nous y sommes, dans cette ville de Roume. Nous arrivâmes hier en plein jour, le trois du mois de la brebis, qu'on dit ici le 15 mars 1513. Nous avons d'abord éprouvé tout le contraire de ce que nous attendions.

À peine étions-nous à la porte dite de Saint-Pancrace* que nous avons vu deux troupes de spectres, dont l'une est vêtue comme notre aumônier [89], et l'autre comme le père Fa tutto. Elles avaient chacune une bannière à leur tête, et un grand bâton sur lequel était sculpté un homme tout nu, dans la même attitude que celui de Goa. Elles marchaient deux à deux et chantaient un air à faire bâiller toute une province. Quand cette procession fut parvenue à notre charrette, une troupe cria : « C'est saint Fa tutto ! », l'autre : « C'est saint Fa molto ! » On baisa leurs robes, le peuple se mit à genoux. « Combien avez-vous converti d'Indiens, mon Révérend Père ? — Quinze mille sept cents [90], disait l'un. — Onze mille neuf cents, disait l'autre. — Bénie soit la vierge Marie ! » Tout le monde avait les yeux sur nous, tout le monde nous entourait. « Sont-ce là de vos catéchumènes, mon Révérend Père ? — Oui, nous les avons baptisés. — Vraiment ils sont bien jolis. Gloire dans les hauts ! Gloire dans les hauts [91] ! »

Le père Fa tutto et le père Fa molto furent conduits, chacun par sa procession, dans une maison magnifique, et, pour nous, nous allâmes à l'auberge. Le peuple nous y suivit en criant *Cazzo, Cazzo*, en nous donnant des bénédictions,

* C'était autrefois la porte du Janicule ; voyez comme la nouvelle Rome l'emporte sur l'ancienne.

en nous baisant les mains, en donnant mille éloges à ma chère Adaté, à Déra et à moi-même. Nous ne revenions pas de notre surprise.

À peine fûmes-nous dans notre auberge qu'un homme vêtu d'une robe violette, accompagné de deux autres en manteau noir, vint nous féliciter sur notre arrivée. La première chose qu'il fit fut de nous offrir de l'argent de la part de la *Propaganda*[92], si nous en avions besoin. Je ne sais pas ce que c'est que cette propagande. Je lui répondis qu'il nous en restait encore avec beaucoup de diamants (en effet, j'avais eu le soin de cacher toujours ma bourse et une boîte de brillants dans mon caleçon[93]). Aussitôt cet homme se prosterna presque devant moi, et me traita d'*excellence*. « Son Excellence la signora Adaté n'est-elle pas bien fatiguée du voyage ? ne va-t-elle pas se coucher ? je crains de l'incommoder, mais je serai toujours à ses ordres. Le signor Amabed peut disposer de moi ; je lui enverrai un Cicéron* qui sera à son service : il n'a qu'à commander. Veulent-ils tous deux, quand ils seront reposés, me faire l'honneur de venir prendre le rafraîchissement chez moi ? j'aurai l'honneur de leur envoyer un carrosse. »

Il faut avouer, mon divin Shastasid, que les Chinois ne sont pas plus polis que cette nation occidentale. Ce seigneur se retira. Nous dormîmes six heures, la belle Adaté et moi. Quand il fut nuit, le carrosse vint nous prendre. Nous allâmes chez cet homme civil. Son appartement était illuminé et orné de tableaux, bien plus agréables que celui de l'homme tout nu que nous avions vu à Goa. Une très nombreuse compagnie nous accabla de caresses, nous admira d'être Indiens, nous félicita d'être baptisés, et nous offrit ses services pour tout le temps que nous voudrions rester à Roume[94].

Nous voulions demander justice du père Fa tutto. On ne

* On sait qu'on appelle à Rome *Cicérons* ceux qui font métier de montrer aux étrangers les antiquailles.

nous donna pas le temps d'en parler. Enfin nous fûmes reconduits, étonnés, confondus d'un tel accueil, et n'y comprenant rien.

DOUZIÈME LETTRE

D'AMABED

Aujourd'hui nous avons reçu des visites sans nombre, et une princesse de Piombino[95] nous a envoyé deux écuyers nous prier de venir dîner chez elle. Nous y sommes allés dans un équipage magnifique. L'homme violet s'y est trouvé. J'ai su que c'est un des seigneurs, c'est-à-dire un des valets du vice-Dieu, qu'on appelle *préférés, prelati*[96]. Rien n'est plus aimable, plus honnête que cette princesse de Piombino. Elle m'a placé à table à côté d'elle. Notre répugnance à manger des pigeons romains et des perdrix l'a fort surprise. Le *préféré* nous a dit que, puisque nous étions baptisés, il fallait manger des perdrix et boire du vin de Montepulciano ; que tous les vice-Dieu en usaient ainsi ; que c'était la marque essentielle d'un véritable chrétien.

La belle Adaté a répondu avec sa naïveté ordinaire qu'elle n'était pas chrétienne, qu'elle avait été baptisée dans le Gange. « Eh, mon Dieu ! madame, a dit le *préféré*, dans le Gange ou dans le Tibre, ou dans un bain, qu'importe ! Vous êtes des nôtres. Vous avez été convertie par le père Fa tutto ; c'est pour nous un honneur que nous ne voulons pas perdre. Voyez quelle supériorité notre religion a sur la vôtre ! » Et aussitôt il a couvert nos assiettes d'ailes de gelinottes. La princesse a bu à notre santé et à notre salut. On nous a pressés avec tant de grâces, on a dit tant de bons mots, on a été si poli, si gai, si séduisant, qu'enfin, ensorcelés par le plaisir (j'en demande pardon à Brahma), nous avons fait, Adaté et moi, la meilleure chère du monde,

avec un ferme propos de nous laver dans le Gange jusqu'aux oreilles, à notre retour, pour effacer notre péché. On n'a pas douté que nous ne fussions chrétiens. « Il faut, disait la princesse, que ce père Fa tutto soit un grand missionnaire. J'ai envie de le prendre pour mon confesseur [97]. » Nous rougissions, et nous baissions les yeux, ma pauvre femme et moi.

De temps en temps la signora Adaté faisait entendre que nous venions pour être jugés par le vice-Dieu, et qu'elle avait la plus grande envie de le voir. « Il n'y en a point, nous a dit la princesse ; il est mort, et on est occupé à présent à en faire un autre : dès qu'il sera fait [98], on vous présentera à Sa Sainteté. Vous serez témoin de la plus auguste fête que les hommes puissent jamais voir, et vous en serez le plus bel ornement. » Adaté a répondu avec esprit ; et la princesse s'est prise d'un grand goût pour elle.

Sur la fin du repas nous avons eu une musique qui était (si j'ose le dire) supérieure à celle de Bénarès et de Maduré.

Après dîner, la princesse a fait atteler quatre chars dorés [99] ; elle nous a fait monter dans le sien. Elle nous a fait voir de beaux édifices, des statues, des peintures. Le soir, on a dansé. Je comparais secrètement cette réception charmante avec le cul de basse-fosse où nous avions été renfermés dans Goa, et je comprenais à peine comment le même gouvernement, la même religion, pouvaient avoir tant de douceur et d'agrément dans Roume, et exercer au loin tant d'horreurs.

TREIZIÈME LETTRE

D'AMABED

Tandis que cette ville est partagée sourdement en petites factions pour élire un vice-Dieu, que ces factions animées de la plus forte haine se ménagent toutes avec une politesse qui

ressemble à l'amitié, que le peuple regarde les pères Fa tutto et Fa molto comme les favoris de la Divinité, qu'on s'empresse autour de nous avec une curiosité respectueuse, je fais, mon cher Shastasid, de profondes réflexions sur le gouvernement de Roume.

Je le compare au repas que nous a donné la princesse de Piombino. La salle était propre, commode, et parée ; l'or et l'argent brillaient sur les buffets ; la gaieté, l'esprit et les grâces animaient les convives ; mais, dans les cuisines, le sang et la graisse coulaient ; les peaux des quadrupèdes, les plumes des oiseaux et leurs entrailles, pêle-mêle amoncelées, soulevaient le cœur et répandaient l'infection.

Telle est, ce me semble, la cour romaine. Polie et flatteuse chez elle, ailleurs brouillonne et tyrannique. Quand nous disons que nous espérons avoir justice de Fa tutto, on se met doucement à rire ; on nous dit que nous sommes trop au-dessus de ces bagatelles ; que le gouvernement nous considère trop pour souffrir que nous gardions le souvenir d'une telle *facétie* [100] ; que les Fa tutto et les Fa molto sont des espèces de singes élevés avec soin pour faire des tours de passe-passe devant le peuple [101] ; et on finit par des protestations de respect et d'amitié pour nous. Quel parti veux-tu que nous prenions, grand Shastasid ? Je crois que le plus sage est de rire comme les autres, et d'être poli comme eux. Je vais étudier Roume ; elle en vaut la peine.

QUATORZIÈME LETTRE

D'AMABED

Il y a un assez grand intervalle entre ma dernière lettre et la présente. J'ai lu, j'ai vu, j'ai conversé, j'ai médité. Je te jure qu'il n'y eut jamais sur la terre une contradiction plus

énorme qu'entre le gouvernement romain et sa religion. J'en parlais hier à un théologien du feu vice-Dieu. Un théologien est, dans cette cour, ce que sont les derniers valets dans une maison ; ils font la grosse besogne, portent les ordures, et, s'ils y trouvent quelque chiffon qui puisse servir, ils le mettent à part pour le besoin.

Je lui disais [102] : « Votre Dieu est né dans une étable entre un bœuf et un âne ; il a été élevé, a vécu, est mort dans la pauvreté ; il a ordonné expressément la pauvreté à ses disciples ; il leur a déclaré qu'il n'y aurait parmi eux ni premier, ni dernier, et que celui qui voudrait commander aux autres les servirait.

« Cependant je vois ici qu'on fait exactement tout le contraire de ce que veut votre Dieu. Votre culte même est tout différent du sien. Vous obligez les hommes à croire des choses dont il n'a pas dit un seul mot.

— Tout cela est vrai, m'a-t-il répondu. Notre Dieu n'a pas commandé à nos maîtres formellement de s'enrichir aux dépens des peuples, et de ravir le bien d'autrui ; mais il l'a commandé virtuellement. Il est né entre un bœuf et un âne ; mais trois rois sont venus l'adorer dans une écurie. Les bœufs et les ânes figurent les peuples que nous enseignons [103] ; et les trois rois figurent tous les monarques qui sont à nos pieds. Ses disciples étaient dans l'indigence ; donc nos maîtres doivent aujourd'hui regorger de richesses. Car, si ces premiers vice-Dieu n'eurent besoin que d'un écu, ceux d'aujourd'hui ont un besoin pressant de dix millions d'écus. Or, être pauvre, c'est n'avoir précisément que le nécessaire. Donc nos maîtres, n'ayant pas même le nécessaire, accomplissent la loi de la pauvreté à la rigueur.

« Quant aux dogmes, notre Dieu n'écrivit jamais rien [104], et nous savons écrire ; donc c'est à nous d'écrire les dogmes : aussi les avons-nous fabriqués avec le temps selon le besoin. Par exemple nous avons fait du mariage le signe visible d'une chose invisible ; cela fait que tous les procès suscités pour cause de mariage ressortissent de tous les coins

de l'Europe à notre tribunal de Roume, parce que nous seuls pouvons voir des choses invisibles. C'est une source abondante de trésors qui coulent dans notre chambre sacrée des finances pour étancher la soif de notre pauvreté. »

Je lui demandai si la chambre sacrée n'avait pas encore d'autres ressources. « Nous n'y avons pas manqué, dit-il ; nous tirons parti des vivants et des morts. Par exemple, dès qu'une âme est trépassée, nous l'envoyons dans une infirmerie ; nous lui faisons prendre médecine dans l'apothicairerie des âmes ; et vous ne sauriez croire combien cette apothicairerie nous vaut d'argent. — Comment cela, Monsignor ? car il me semble que la bourse d'une âme est d'ordinaire assez mal garnie. — Cela est vrai, Signor ; mais elles ont des parents qui sont bien aises de retirer leurs parents morts de l'infirmerie et de les faire placer dans un lieu plus agréable. Il est triste pour une âme de passer toute une éternité à prendre médecine. Nous composons avec les vivants ; ils achètent la santé des âmes de leurs défunts parents, les uns plus cher, les autres à meilleur compte, selon leurs facultés. Nous leur délivrons des billets pour l'apothicairerie. Je vous assure que c'est un de nos meilleurs revenus [105].

— Mais, Monsignor, comment ces billets parviennent-ils aux âmes ? » Il se mit à rire. « C'est l'affaire des parents, dit-il : et puis ne vous ai-je pas dit que nous avons un pouvoir incontestable sur les choses invisibles ? »

Ce monsignor me paraît bien dessalé ; je me forme beaucoup avec lui, et je me sens déjà tout autre.

QUINZIÈME LETTRE

D'AMABED

Tu dois savoir, mon cher Shastasid, que le Cicéron à qui monsignor m'a recommandé, et dont je t'ai dit un mot dans mes précédentes lettres, est un homme fort intelligent qui montre aux étrangers les curiosités de l'ancienne Roume et de la nouvelle. L'une et l'autre, comme tu le vois, ont commandé aux rois ; mais les premiers Romains acquirent leur pouvoir par leur épée, et les derniers par leur plume. La discipline militaire donna l'empire aux Césars, dont tu connais l'histoire ; la discipline monastique donne une autre espèce d'empire à ces vice-Dieu qu'on appelle *Papes*. On voit des processions dans la même place où l'on voyait autrefois des triomphes. Les Cicérons expliquent tout cela aux étrangers ; ils leur fournissent des livres et des filles. Pour moi, qui ne veux pas faire d'infidélité à ma belle Adaté (tout jeune que je suis), je me borne aux livres ; et j'étudie principalement la religion du pays, qui me divertit beaucoup.

Je lisais avec mon Cicéron l'histoire de la vie du Dieu du pays. Elle est fort extraordinaire. C'était un homme qui séchait des figuiers d'une seule parole, qui changeait l'eau en vin, et qui noyait des cochons[106]. Il avait beaucoup d'ennemis. Tu sais qu'il était né dans une bourgade appartenant à l'empereur de Roume. Ses ennemis étaient malins ; ils lui demandèrent un jour s'ils devaient payer le tribut à l'empereur ; il leur répondit : « Rendez au prince ce qui est au prince, mais rendez à Dieu ce qui est à Dieu. » Cette réponse me paraît sage ; nous en parlions, mon Cicéron et moi, lorsque monsignor est entré. Je lui ai dit beaucoup de bien de son Dieu, et je l'ai prié de m'expliquer comment sa chambre des finances observait ce précepte en

prenant pour elle, et en ne donnant rien à l'empereur. Car tu dois savoir que, bien que les Romains aient un vice-Dieu, ils ont un empereur aussi auquel même ils donnent le titre de *roi des Romains*. Voici ce que cet homme très avisé m'a répondu :

« Il est vrai que nous avons un empereur ; mais il ne l'est qu'en peinture. Il est banni de Roume ; il n'y a pas seulement une maison ; nous le laissons habiter auprès d'un grand fleuve qui est gelé quatre mois de l'année, dans un pays dont le langage écorche nos oreilles [107]. Le véritable empereur est le pape, puisqu'il règne dans la capitale de l'empire. Ainsi *Rendez à l'empereur* veut dire *Rendez au pape ; Rendez à Dieu* signifie encore *Rendez au pape* puisqu'en effet il est vice-Dieu. Il est seul le maître de tous les cœurs et de toutes les bourses. Si l'autre empereur qui demeure sur un grand fleuve osait seulement dire un mot, alors nous soulèverions contre lui tous les habitants des rives du grand fleuve, qui sont pour la plupart de gros corps sans esprit, et nous armerions contre lui les autres rois, qui partageraient avec lui [108] ses dépouilles. »

Te voilà au fait, divin Shastasid, de l'esprit de Roume. Le pape est en grand ce que le dalai-lama est en petit ; s'il n'est pas immortel comme le lama [109], il est tout-puissant pendant sa vie, ce qui vaut bien mieux. Si quelquefois on lui résiste, si on le dépose, si on lui donne des soufflets, ou si même on le tue * [110] entre les bras de sa maîtresse, comme il est arrivé

* Jean VIII, assassiné à coups de marteau par un mari jaloux.
Jean X, amant de Théodora, étranglé dans son lit.
Étienne VIII, enfermé au château qu'on appelle aujourd'hui *Saint-Ange*.
Étienne IX, sabré au visage par les Romains.
Jean XII, déposé par l'empereur Othon I^{er}, assassiné chez une de ses maîtresses.
Benoît V, exilé par l'empereur Othon I^{er}.
Benoît VII, étranglé par le bâtard de Jean X.
Benoît IX, qui acheta le pontificat, lui troisième, et revendit sa part, etc., etc.
Ils étaient tous infaillibles.

quelquefois, ces inconvénients n'attaquent jamais son divin caractère. On peut lui donner cent coups d'étrivières, mais il faut toujours croire tout ce qu'il dit. Le pape meurt, la papauté est immortelle. Il y a eu trois ou quatre vice-Dieu à la fois [111] qui disputaient cette place. Alors la divinité était partagée entre eux : chacun en avait sa part, chacun était infaillible dans son parti.

J'ai demandé à monsignor par quel art sa cour est parvenue à gouverner toutes les autres cours. « Il faut peu d'art, me dit-il, aux gens d'esprit pour conduire des sots. » J'ai voulu savoir si on ne s'était jamais révolté contre les décisions du vice-Dieu. Il m'a avoué qu'il y avait eu des hommes assez téméraires pour lever les yeux ; mais qu'on les leur avait crevés aussitôt, ou qu'on avait exterminé ces misérables ; et que ces révoltes n'avaient jamais servi jusqu'à présent qu'à mieux affirmer l'infaillibilité sur le trône de la vérité [112].

On vient enfin de nommer un nouveau vice-Dieu. Les cloches sonnent, on frappe les tambours, les trompettes éclatent, le canon tire, cent mille voix lui répondent. Je t'informerai de tout ce que j'aurai vu.

SEIZIÈME LETTRE

D'AMABED

Ce fut le 25 du mois du crocodile, et le 13 de la planète Mars, comme on dit ici [113], que des hommes vêtus de rouge et inspirés élurent l'homme infaillible devant qui je devais être jugé, aussi bien que Charme des yeux en qualité d'*apostata*.

Ce Dieu en terre s'appelle Leone, dixième du nom. C'est un très bel homme de trente-quatre à trente-cinq ans, et fort

aimable ; les femmes sont folles de lui. Il était attaqué d'un mal immonde qui n'est bien connu encore qu'en Europe, mais dont les Portugais commencent à faire part à l'Indoustan. On croyait qu'il en mourrait, et c'est pourquoi on l'a élu [114], afin que cette sublime place fût bientôt vacante ; mais il est guéri, et il se moque de ceux qui l'ont nommé.

Rien n'a été si magnifique que son couronnement ; il y a dépensé cinq millions de roupies pour subvenir aux nécessités de son Dieu, qui a été si pauvre ! Je n'ai pu t'écrire dans le fracas de nos fêtes : elles se sont succédé si rapidement, il a fallu passer par tant de plaisirs, que le loisir a été impossible.

Le vice-Dieu Leone a donné des divertissements dont tu n'as point d'idée. Il y en a un surtout qu'on appelle *comédie* qui me plaît beaucoup plus que tous les autres ensemble. C'est une représentation de la vie humaine ; c'est un tableau vivant ; les personnages parlent et agissent ; ils exposent leurs intérêts ; ils développent leurs passions ; ils remuent l'âme des spectateurs.

La comédie que je vis avant-hier chez le pape était intitulée *La Mandragore* [115]. Le sujet de la pièce est un jeune homme adroit qui veut coucher avec la femme de son voisin. Il engage, avec de l'argent, un moine, un Fa tutto ou un Fa molto, à séduire sa maîtresse et à faire tomber son mari dans un piège ridicule. On se moque, tout le long de la pièce, de la religion que l'Europe professe, dont Roume est le centre, et dont le siège papal est le trône. De tels plaisirs te paraîtront peut-être indécents, mon cher et pieux Shastasid. Charme des yeux en a été scandalisée ; mais la comédie est si jolie que le plaisir l'a emporté sur le scandale.

Les festins, les bals, les belles cérémonies de la religion, les danseurs de corde, se sont succédé tour à tour sans interruption. Les bals surtout sont fort plaisants. Chaque personne invitée au bal met un habit étranger, et un visage de carton par-dessus le sien. On tient sous ce déguisement des propos à faire éclater de rire. Pendant les repas il y a

toujours une musique très agréable ; enfin c'est un enchantement.

On m'a conté qu'un vice-Dieu, prédécesseur de Leone, nommé Alexandre, sixième du nom, avait donné aux noces d'une de ses bâtardes une fête bien plus extraordinaire. Il y fit danser cinquante filles toutes nues[116]. Les bracmanes n'ont jamais institué de pareilles danses : tu vois que chaque pays a ses coutumes. Je t'embrasse avec respect, et je te quitte pour aller danser avec ma belle Adaté. Que Birmah te comble de bénédictions !

DIX-SEPTIÈME LETTRE

D'AMABED

Vraiment, mon grand brame, tous les vice-Dieu n'ont pas été si plaisants que celui-ci. C'est un plaisir de vivre sous sa domination. Le défunt, nommé Jules, était d'un caractère différent ; c'était un vieux soldat turbulent qui aimait la guerre comme un fou ; toujours à cheval, toujours le casque en tête[117], distribuant des bénédictions et des coups de sabre, attaquant tous ses voisins, damnant leurs âmes et tuant leurs corps autant qu'il le pouvait : il est mort d'un accès de colère. Quel diable de vice-Dieu on avait là ! Croirais-tu bien qu'avec un morceau de papier il s'imaginait dépouiller les rois de leur royaume ! Il s'avisa de détrôner de cette manière le roi d'un pays assez beau qu'on appelle *la France*. Ce roi était un fort bon homme. Il passe ici pour un sot parce qu'il n'a pas été heureux. Ce pauvre prince fut obligé d'assembler un jour les plus savants hommes de son royaume* pour leur demander s'il lui était permis de se

* Le pape Jules II excommunia le roi de France, Louis XII, en 1510. Il mit le royaume de France en interdit, et le donna au premier qui

défendre contre un vice-Dieu qui le détrônait avec du papier. C'est être bien bon que de faire une question pareille ! J'en témoignais ma surprise au monsignor violet qui m'a pris en amitié. « Est-il possible, lui disais-je, qu'on soit si sot en Europe ? — J'ai bien peur, me dit-il, que les vice-Dieu n'abusent tant de la complaisance des hommes qu'à la fin ils leur donneront de l'esprit. »

Il faudra donc qu'il y ait des révolutions dans la religion de l'Europe [119]. Ce qui te surprendra, docte et pénétrant Shastasid, c'est qu'il ne s'en fit point sous le vice-Dieu Alexandre qui régnait avant Jules [120]. Il faisait assassiner, pendre, noyer, empoisonner impunément tous les seigneurs ses voisins [121]. Un de ses cinq bâtards fut l'instrument de cette foule de crimes à la vue de toute l'Italie [122]. Comment les peuples persistèrent-ils dans la religion de ce monstre ! c'est celui-là même qui faisait danser les filles sans aucun ornement superflu. Ses scandales devaient inspirer le mépris, ses barbaries devaient aiguiser contre lui mille poignards ; cependant il vécut honoré et paisible dans sa cour. La raison en est, à mon avis, que les prêtres gagnaient à tous ses crimes, et que les peuples n'y perdaient rien. Dès qu'on vexera trop les peuples, ils briseront leurs liens. Cent coups de bélier n'ont pu ébranler le colosse, un caillou le

voudrait s'en saisir. Cette excommunication et cette interdiction furent réitérées en 1512. On a peine à concevoir aujourd'hui cet excès d'insolence et de ridicule. Mais, depuis Grégoire VII, il n'y eut presque aucun évêque de Rome qui ne fît ou qui ne voulût faire et défaire des souverains, selon son bon plaisir. Tous les souverains méritaient cet infâme traitement, puisqu'ils avaient été assez imbéciles pour fortifier eux-mêmes chez leurs sujets l'opinion de l'infaillibilité du pape et son pouvoir sur toutes les Églises. Ils s'étaient donné eux-mêmes des fers qu'il était très difficile de briser. Le gouvernement fut partout un chaos formé par la superstition [118]. La raison n'a pénétré que très tard chez les peuples de l'Occident ; elle a guéri quelques blessures que cette superstition, ennemie du genre humain, avait faites aux hommes ; mais il en reste encore de profondes cicatrices.

jettera par terre. C'est ce que disent ici les gens déliés qui se piquent de prévoir.

Enfin, les fêtes sont finies ; il n'en faut pas trop ; rien ne lasse comme les choses extraordinaires devenues communes. Il n'y a que les besoins renaissants qui puissent donner du plaisir tous les jours. Je me recommande à tes saintes prières.

DIX-HUITIÈME LETTRE

D'AMABED

L'infaillible nous a voulu voir en particulier, Charme des yeux et moi. Notre monsignor nous a conduits dans son palais. Il nous a fait mettre à genoux trois fois. Le vice-Dieu nous a fait baiser son pied droit en se tenant les côtés de rire [123]. Il nous a demandé si le père Fa tutto nous avait convertis, et si en effet nous étions chrétiens. Ma femme a répondu que le père Fa tutto était un insolent, et le pape s'est mis à rire encore plus fort. Il a donné deux baisers à ma femme et à moi aussi.

Ensuite, il nous a fait asseoir à côté de son petit lit de baise-pieds. Il nous a demandé comment on faisait l'amour à Bénarès, à quel âge on mariait communément les filles, si le grand Brahma avait un sérail. Ma femme rougissait ; je répondais avec une modestie respectueuse. Ensuite il nous a congédiés, en nous recommandant le christianisme, en nous embrassant, et en nous donnant de petites claques sur les fesses en signe de bonté. Nous avons rencontré en sortant les pères Fa tutto et Fa molto, qui nous ont baisé le bas de la robe. Le premier moment, qui commande toujours à l'âme, nous a fait d'abord reculer avec horreur, ma femme et moi. Mais le violet nous a dit : « Vous n'êtes pas encore

entièrement formés : ne manquez pas de faire mille caresses
à ces bons pères ; c'est un devoir essentiel dans ce pays-ci
d'embrasser ses plus grands ennemis ; vous les ferez empoi-
sonner, si vous pouvez, à la première occasion ; mais, en
attendant, vous ne pouvez leur marquer trop d'amitié. » Je
les embrassai donc, mais Charme des yeux leur fit une
révérence fort sèche, et Fa tutto la lorgnait du coin de l'œil
en s'inclinant jusqu'à terre devant elle. Tout ceci est un
enchantement. Nous passons nos jours à nous étonner. En
vérité je doute que Maduré soit plus agréable que Roume.

DIX-NEUVIÈME LETTRE

D'AMABED

Point de justice du père Fa tutto. Hier notre jeune Déra
s'avisa d'aller le matin, par curiosité, dans un petit temple.
Le peuple était à genoux ; un brame du pays, vêtu magnifi-
quement, se courbait sur une table ; il tournait le derrière au
peuple. On dit qu'il faisait Dieu. Dès qu'il eut fait Dieu, il se
montra par devant. Déra fit un cri, et dit : « Voilà le coquin
qui m'a violée ! » Heureusement, dans l'excès de sa douleur
et de sa surprise, elle prononça ces paroles en indien. On
m'assure que, si le peuple les avait comprises, la canaille se
serait jetée sur elle comme sur une sorcière. Fa tutto lui
répondit en italien : « Ma fille, la grâce de la Vierge Marie
soit avec vous ! parlez plus bas. » Elle revint tout éperdue
nous conter la chose. Nos amis nous ont conseillé de ne
nous jamais plaindre. Ils nous ont dit que Fa tutto est un
saint, et qu'il ne faut jamais mal parler des saints. Que veux-
tu ! ce qui est fait est fait. Nous prenons en patience tous les
agréments qu'on nous fait goûter dans ce pays-ci. Chaque

jour nous apprend des choses dont nous ne nous doutions pas. On se forme beaucoup par les voyages.

Il est venu à la cour de Leone un grand poète ; son nom est messer Arioste : il n'aime pas les moines ; voici comme il parle d'eux :

> *Non sa quel che sia amor, non sa che vaglia*
> *La caritate, e quindi avvien che i frati*
> *Sono si ingorda e si crudel canaglia* [124].

Cela veut dire en indien :

> *Modermen sebar eso*
> *La te ben sofa meso* [125].

Tu sens quelle supériorité la langue indienne, qui est si antique, conservera toujours sur tous les jargons nouveaux de l'Europe : nous exprimons en quatre mots ce qu'ils ont de la peine à faire entendre en dix. Je conçois bien que cet Arioste dise que les moines sont de la canaille, mais je ne sais pourquoi il prétend qu'ils ne connaissent point l'amour. Hélas ! nous en savons des nouvelles. Peut-être entend-il qu'ils jouissent et qu'ils n'aiment point.

VINGTIÈME LETTRE

D'AMABED

Il y a quelques jours, mon cher grand brame, que je ne t'ai écrit. Les empressements dont on nous honore en sont la cause. Notre monsignor nous donna un excellent repas, avec deux jeunes gens vêtus de rouge de la tête aux pieds. Leur dignité est *cardinal*, comme qui dirait *gond de*

porte [126] ; l'un est le cardinal Sacripanté et l'autre le cardinal Faquinetti. Ils sont les premiers de la terre après le vice-Dieu ; aussi sont-ils intitulés *vicaires du vicaire*. Leur droit, qui est sans doute droit divin, est d'être égaux aux rois et supérieurs aux princes [127], et d'avoir surtout d'immenses richesses. Ils méritent bien tout cela, vu la grande utilité dont ils sont au monde.

Ces deux gentilshommes, en dînant avec nous, proposèrent de nous mener passer quelques jours à leur maison de campagne, car c'est à qui nous aura. Après s'être disputé la préférence le plus plaisamment du monde, Faquinetti s'est emparé de la belle Adaté, et j'ai été le partage de Sacripanté, à condition qu'ils changeraient le lendemain, et que le troisième jour nous nous rassemblerions tous quatre. Déra était du voyage. Je ne sais comment te conter ce qui nous est arrivé, je vais pourtant essayer de m'en tirer.

Ici finit le manuscrit des lettres d'Amabed. *On a cherché dans toutes les bibliothèques de Maduré et de Bénarès la suite de ces* lettres. *Il est sûr qu'elle n'existe pas.*

Ainsi, supposé que quelque malheureux faussaire imprime jamais le reste des aventures des deux jeunes Indiens, Nouvelles lettres d'Amabed, Nouvelles lettres de Charme des yeux, Réponses du grand brame Shastasid, *le lecteur peut être sûr qu'on le trompe, et qu'on l'ennuie, comme il est arrivé cent fois en cas pareil* [128].

LE TAUREAU BLANC

*Traduit du syriaque par Mr. Mamaki,
interprète du roi d'Angleterre
pour les langues orientales*[1].

CHAPITRE PREMIER

COMMENT LA PRINCESSE AMASIDE
RENCONTRE UN BŒUF

La jeune princesse Amaside, fille d'Amasis, roi de Tanis
en Égypte[2], se promenait sur le chemin de Péluse avec les
dames de sa suite. Elle était plongée dans une tristesse
profonde ; les larmes coulaient de ses beaux yeux. On sait
quel était le sujet de sa douleur, et combien elle craignait de
déplaire au roi son père par sa douleur même. Le vieillard
Mambrès[3], ancien mage et eunuque des pharaons, était
auprès d'elle, et ne la quittait presque jamais. Il la vit naître,
il l'éleva, il lui enseigna tout ce qu'il est permis à une belle
princesse de savoir des sciences de l'Égypte. L'esprit
d'Amaside égalait sa beauté ; elle était aussi sensible, aussi
tendre que charmante ; et c'était cette sensibilité qui lui
coûtait tant de pleurs.

La princesse était âgée de vingt-quatre ans ; le mage
Mambrès en avait environ treize cents. C'était lui, comme
on sait, qui avait eu avec le grand Moïse cette dispute
fameuse, dans laquelle la victoire fut longtemps balancée
entre ces deux profonds philosophes. Si Mambrès suc-
comba, ce ne fut que par la protection visible des puissances

célestes qui favorisèrent son rival[4] ; il fallut des dieux pour
vaincre Mambrès.

Amasis le fit surintendant de la maison de sa fille, et il
s'acquittait de cette charge avec sa sagesse ordinaire : la
belle Amaside l'attendrissait par ses soupirs. « Ô mon
amant ! mon jeune et cher amant ! s'écriait-elle quelquefois ;
ô le plus grand des vainqueurs, le plus accompli, le plus
beau des hommes ! quoi ! depuis près de sept ans[5], tu as
disparu de la terre ! Quel dieu t'a enlevé à ta tendre
Amaside ? tu n'es point mort, les savants prophètes de
l'Égypte en conviennent ; mais tu es mort pour moi, je suis
seule sur la terre, elle est déserte. Par quel étrange prodige
as-tu abandonné ton trône à ta maîtresse ? Ton trône ! il
était le premier du monde, et c'est peu de chose ; mais moi,
qui t'adore, ô mon cher Na… » Elle allait achever. « Trem-
blez de prononcer ce nom fatal, lui dit le sage Mambrès,
ancien eunuque et mage des pharaons. Vous seriez peut-être
décelée par quelqu'une de vos dames du palais. Elles vous
sont toutes dévouées, et toutes les belles dames se font sans
doute un mérite de servir les nobles passions des belles
princesses. Mais enfin, il peut se trouver une indiscrète, et
même à toute force une perfide. Vous savez que le roi votre
père, qui d'ailleurs vous aime, a juré de vous faire couper le
cou si vous prononciez ce nom terrible, toujours prêt à vous
échapper. Pleurez, mais taisez-vous. Cette loi est bien dure,
mais vous n'avez pas été élevée dans la sagesse égyptienne[6]
pour ne savoir pas commander à votre langue. Songez
qu'Harpocrate, l'un de nos plus grands dieux, a toujours le
doigt sur sa bouche[7]. » La belle Amaside pleura et ne parla
plus.

Comme elle avançait en silence vers les bords du Nil, elle
aperçut de loin, sous un bocage baigné par le fleuve, une
vieille femme couverte de lambeaux gris, assise sur un tertre.
Elle avait auprès d'elle une ânesse, un chien, un bouc. Vis-à-
vis d'elle était un serpent qui n'était pas comme les serpents
ordinaires, car ses yeux étaient aussi tendres qu'animés ; sa

physionomie était noble et intéressante ; sa peau brillait des couleurs les plus vives et les plus douces. Un énorme poisson, à moitié plongé dans le fleuve, n'était pas la moins étonnante personne de la compagnie. Il y avait sur une branche un corbeau et un pigeon. Toutes ces créatures semblaient avoir ensemble une conversation assez animée.

« Hélas ! dit la princesse tout bas, ces gens-là parlent sans doute de leurs amours, et il ne m'est pas permis de prononcer le nom de ce que j'aime ! »

La vieille dame tenait à la main une chaîne légère d'acier, longue de cent brasses, à laquelle était attaché un taureau qui paissait dans la prairie. Ce taureau était blanc, fait au tour, potelé, léger même, ce qui est bien rare. Ses cornes étaient d'ivoire. C'était ce qu'on vit jamais de plus beau dans son espèce. Celui de Pasiphaé, celui dont Jupiter prit la figure pour enlever Europe, n'approchait pas de ce superbe animal. La charmante génisse en laquelle Isis fut changée[8] aurait à peine été digne de lui.

Dès qu'il vit la princesse, il courut vers elle avec la rapidité d'un jeune cheval arabe qui franchit les vastes plaines et les fleuves de l'antique Saana[9] pour s'approcher de la brillante cavale qui règne dans son cœur, et qui fait dresser ses oreilles. La vieille faisait des efforts pour le retenir ; le serpent semblait l'épouvanter par ses sifflements ; le chien le suivait et lui mordait ses belles jambes ; l'ânesse traversait son chemin et lui détachait des ruades pour le faire retourner. Le gros poisson remontait le Nil, et, s'élançant hors de l'eau, menaçait de le dévorer ; le bouc restait immobile et saisi de crainte ; le corbeau voltigeait autour de la tête du taureau, comme s'il eût voulu s'efforcer de lui crever les yeux. La colombe seule l'accompagnait par curiosité, et lui applaudissait par un doux murmure.

Un spectacle si extraordinaire rejeta Mambrès dans ses sérieuses pensées. Cependant le taureau blanc, tirant après lui sa chaîne et la vieille, était déjà parvenu auprès de la princesse qui était saisie d'étonnement et de peur. Il se jette

à ses pieds, il les baise, il verse des larmes, il la regarde avec
des yeux où régnait un mélange inouï de douleur et de joie.
Il n'osait mugir de peur d'effaroucher la belle Amaside. Il ne
pouvait parler. Un faible usage de la voix accordé par le ciel
à quelques animaux lui était interdit, mais toutes ses actions
étaient éloquentes. Il plut beaucoup à la princesse. Elle
sentit qu'un léger amusement pouvait suspendre pour
quelques moments les chagrins les plus douloureux.
« Voilà, disait-elle, un animal bien aimable, je voudrais
l'avoir dans mon écurie [10]. »

À ces mots, le taureau plia les quatre genoux et baisa la
terre. « Il m'entend ! s'écria la princesse ; il me témoigne
qu'il veut m'appartenir. Ah, divin mage, divin eunuque !
donnez-moi cette consolation, achetez ce beau chéru-
bin [* 11], faites le prix avec la vieille à laquelle il appartient
sans doute. Je veux que cet animal soit à moi ; ne me refusez
pas cette consolation innocente. » Toutes les dames du
palais joignirent leurs instances aux prières de la princesse.
Mambrès se laissa toucher, et alla parler à la vieille.

CHAPITRE SECOND

COMMENT LE SAGE MAMBRÈS, CI-DEVANT
SORCIER DE PHARAON,
RECONNUT UNE VIEILLE,
ET COMME IL FUT RECONNU PAR ELLE

« Madame, lui dit-il, vous savez que les filles, et surtout
les princesses ont besoin de se divertir. La fille du roi est
folle de votre taureau ; je vous prie de nous le vendre, vous
serez payée argent comptant.

* *Chérub*, en chaldéen et en syriaque, signifie un bœuf.

— Seigneur, lui répondit la vieille, ce précieux animal n'est point à moi. Je suis chargée, moi et toutes les bêtes que vous avez vues, de le garder avec soin, d'observer toutes ses démarches et d'en rendre compte. Dieu me préserve de vouloir jamais vendre cet animal impayable [12] ! »

Mambrès, à ce discours, se sentit éclairé de quelques traits d'une lumière confuse qu'il ne démêlait pas encore. Il regarda la vieille au manteau gris avec plus d'attention. « Respectable dame, lui dit-il, ou je me trompe, ou je vous ai vue autrefois. — Je ne me trompe pas, répondit la vieille, je vous ai vu, Seigneur, il y a sept cents ans dans un voyage que je fis de Syrie en Égypte, quelques mois après la destruction de Troie, lorsque Hiram régnait à Tyr, et Néphel-Kérès sur l'antique Égypte [13].

— Ah ! madame, s'écria le vieillard, vous êtes l'auguste pythonisse d'Endor. — Et vous, Seigneur, lui dit la pythonisse en l'embrassant, vous êtes le grand Mambrès d'Égypte.

— Ô rencontre imprévue ! jour mémorable ! décrets éternels ! dit Mambrès ; ce n'est pas sans doute sans un ordre de la Providence universelle que nous nous retrouvons dans cette prairie sur les rivages du Nil, près de la superbe ville de Tanis. Quoi ! c'est vous, madame, qui êtes si fameuse sur les bords de votre petit Jourdain, et la première personne du monde pour faire venir des ombres [14] ! — Quoi ! c'est vous, Seigneur, qui êtes si fameux pour changer les baguettes en serpents, le jour en ténèbres, et les rivières en sang [15] ! — Oui, madame, mais mon grand âge affaiblit une partie de mes lumières et de ma puissance. J'ignore d'où vous vient ce beau taureau blanc, et qui sont ces animaux qui veillent avec vous autour de lui. » La vieille se recueillit, leva les yeux au ciel, puis répondit en ces termes :

« Mon cher Mambrès, nous sommes de la même profession, mais il m'est expressément défendu de vous dire quel est ce taureau. Je puis vous satisfaire sur les autres animaux.

Vous les reconnaîtrez aisément aux marques qui les caracté-
risent. Le serpent est celui qui persuada Ève de manger une
pomme, et d'en faire manger à son mari. L'ânesse est celle
qui parla dans un chemin creux à Balaam, votre contempo-
rain. Le poisson qui a toujours sa tête hors de l'eau est celui
qui avala Jonas il y a quelques années. Ce chien est celui qui
suivit l'ange Raphaël et le jeune Tobie dans le voyage qu'ils
firent à Ragès en Médie, du temps du grand Salmanasar [16].
Ce bouc est celui qui expie tous les péchés d'une nation. Ce
corbeau et ce pigeon sont ceux qui étaient dans l'arche de
Noé, grand événement, catastrophe universelle, que pres-
que toute la terre ignore encore [17]. Vous voilà au fait. Mais,
pour le taureau, vous n'en saurez rien. »

Mambrès écoutait avec respect. Puis il dit : « L'Éternel
révèle ce qu'il veut et à qui il veut, illustre pythonisse.
Toutes ces bêtes, qui sont commises avec vous à la garde du
taureau blanc, ne sont connues que de votre généreuse et
agréable nation, qui est elle-même inconnue à presque tout
le monde. Les merveilles que vous et les vôtres, et moi et les
miens, nous avons opérées, seront un jour un grand sujet de
doute et de scandale pour les faux sages. Heureusement elles
trouveront croyance chez les sages véritables qui seront
soumis aux voyants [18] dans une petite partie du monde, et
c'est tout ce qu'il faut. »

Comme il prononçait ces paroles, la princesse le tira par
la manche, et lui dit : « Mambrès, est-ce que vous ne
m'achèterez pas mon taureau ? » Le mage, plongé dans une
rêverie profonde, ne répondit rien, et Amaside versa des
larmes.

Elle s'adressa alors elle-même à la vieille, et lui dit : « Ma
bonne, je vous conjure par tout ce que vous avez de plus
cher au monde, par votre père, par votre mère, par votre
nourrice, qui sans doute vivent encore, de me vendre non
seulement votre taureau, mais aussi votre pigeon, qui lui
paraît fort affectionné. Pour vos autres bêtes, je n'en veux
point ; mais je suis fille à tomber malade de vapeurs si vous

ne me vendez ce charmant taureau blanc, qui fera toute la douceur de ma vie. »

La vieille lui baisa respectueusement les franges de sa robe de gaze, et lui dit : « Princesse, mon taureau n'est point à vendre, votre illustre mage en est instruit. Tout ce que je pourrais faire pour votre service, ce serait de le mener paître tous les jours près de votre palais ; vous pourriez le caresser, lui donner des biscuits, le faire danser à votre aise. Mais il faut qu'il soit continuellement sous les yeux de toutes les bêtes qui m'accompagnent et qui sont chargées de sa garde. S'il ne veut point s'échapper, elles ne lui feront point de mal ; mais s'il essaye encore de rompre sa chaîne comme il a fait dès qu'il vous a vue, malheur à lui ! je ne répondrais pas de sa vie. Ce gros poisson que vous voyez l'avalerait infailliblement, et le garderait plus de trois jours dans son ventre ; ou bien ce serpent, qui vous a paru peut-être assez doux et assez aimable, lui pourrait faire un piqûre mortelle. »

Le taureau blanc, qui entendait à merveille tout ce que disait la vieille, mais qui ne pouvait parler, accepta toutes ses propositions d'un air soumis. Il se coucha à ses pieds, mugit doucement ; et regardant Amaside avec tendresse, il semblait lui dire : « Venez me voir quelquefois sur l'herbe. » Le serpent prit alors la parole et dit : « Princesse, je vous conseille de faire aveuglément tout ce que Mlle d'Endor vient de vous dire. » L'ânesse dit aussi son mot et fut de l'avis du serpent. Amaside était affligée que ce serpent et cette ânesse parlassent si bien, et qu'un beau taureau, qui avait les sentiments si nobles et si tendres, ne pût les exprimer. « Hélas ! rien n'est plus commun à la cour, disait-elle tout bas ; on y voit tous les jours de beaux seigneurs qui n'ont point de conversation, et des malotrus qui parlent avec assurance.

— Ce serpent n'est point un malotru, dit Mambrès ; ne vous y trompez pas. C'est peut-être la personne de la plus grande considération. »

Le jour baissait ; la princesse fut obligée de s'en retourner, après avoir bien promis de revenir le lendemain à la même heure. Ses dames du palais étaient émerveillées et ne comprenaient rien à ce qu'elles avaient vu et entendu. Mambrès faisait ses réflexions. La princesse, songeant que le serpent avait appelé la vieille *mademoiselle*, conclut au hasard qu'elle était pucelle, et sentit quelque affliction de l'être encore : affliction respectable qu'elle cachait avec autant de scrupule que le nom de son amant.

CHAPITRE TROISIÈME

COMMENT LA BELLE AMASIDE
EUT UN SECRET ENTRETIEN
AVEC UN BEAU SERPENT

La belle princesse recommanda le secret à ses dames sur ce qu'elles avaient vu. Elles le promirent toutes, et en effet le gardèrent un jour entier. On peut croire qu'Amaside dormit peu cette nuit. Un charme inexplicable lui rappelait sans cesse l'idée de son beau taureau. Dès qu'elle pu être en liberté avec son sage Mambrès, elle lui dit : « Ô sage ! cet animal me tourne la tête. — Il occupe beaucoup la mienne, dit Mambrès. Je vois clairement que ce chérubin [19] est fort au-dessus de son espèce. Je vois qu'il y a là un grand mystère, mais je crains un événement funeste. Votre père Amasis est violent et soupçonneux ; toute cette affaire exige que vous vous conduisiez avec la plus grande prudence.

— Ah ! dit la princesse, j'ai trop de curiosité pour être prudente ; c'est la seule passion qui puisse se joindre dans mon cœur à celle qui me dévore pour l'amant que j'ai perdu. Quoi ! ne pourrai-je savoir ce que c'est que ce taureau blanc qui excite dans moi un trouble si inouï ?

— Madame, lui répondit Mambrès, je vous ai avoué déjà
que ma science baisse à mesure que mon âge avance ; mais je
me trompe fort, ou le serpent est instruit de ce que vous
avez tant d'envie de savoir. Il a de l'esprit, il s'explique en
bons termes, il est accoutumé depuis longtemps à se mêler
des affaires des dames. — Ah ! sans doute, dit Amaside,
c'est ce beau serpent de l'Égypte qui, en se mettant la queue
dans la bouche, est le symbole de l'éternité [20], qui éclaire le
monde dès qu'il ouvre les yeux, et qui l'obscurcit dès qu'il
les ferme. — Non, madame. — C'est donc le serpent
d'Esculape ? — Encore moins. — C'est peut-être Jupiter
sous la forme d'un serpent ? — Point du tout. — Ah ! je
vois, c'est votre baguette que vous changeâtes autrefois en
serpent ? — Non, vous dis-je, madame ; mais tous ces
serpents-là sont de la même famille. Celui-là a beaucoup de
réputation dans son pays ; il y passe pour le plus habile
serpent qu'on ait jamais vu. Adressez-vous à lui. Toutefois,
je vous avertis que c'est une entreprise fort dangereuse. Si
j'étais à votre place, je laisserais là le taureau, l'ânesse, le
serpent, le poisson, le chien, le bouc, le corbeau et la
colombe. Mais la passion vous emporte ; tout ce que je puis
faire est d'en avoir pitié, et de trembler. »

La princesse le conjura de lui procurer un tête-à-tête avec
le serpent. Mambrès, qui était bon, y consentit ; et, en
réfléchissant toujours profondément, il alla trouver sa
pythonisse. Il lui exposa la fantaisie de sa princesse avec tant
d'insinuation qu'il la persuada.

La vieille lui dit donc qu'Amaside était la maîtresse ; que
le serpent savait très bien vivre ; qu'il était fort poli avec les
dames ; qu'il ne demandait pas mieux que de les obliger, et
qu'il se trouverait au rendez-vous.

Le vieux mage revint apporter à la princesse cette bonne
nouvelle ; mais il craignait encore quelque malheur, et faisait
toujours ses réflexions : « Vous voulez parler au serpent,
madame ; ce sera quand il plaira à Votre Altesse. Souvenez-
vous qu'il faut beaucoup le flatter ; car tout animal est pétri

d'amour-propre, et surtout lui. On dit même qu'il fut chassé autrefois d'un beau lieu pour son excès d'orgueil. — Je ne l'ai jamais ouï dire, repartit la princesse. — Je le crois bien », reprit le vieillard [21]. Alors il lui apprit tous les bruits qui avaient couru sur ce serpent si fameux. « Mais, madame, quelque aventure singulière qui lui soit arrivée, vous ne pouvez arracher son secret qu'en le flattant. Il passe dans un pays voisin pour avoir joué autrefois un tour pendable aux femmes ; il est juste qu'à son tour une femme le séduise. — J'y ferai mon possible », dit la princesse.

Elle partit donc avec ses dames du palais et le bon mage eunuque [22]. La vieille alors faisait paître le taureau blanc assez loin. Mambrès laissa Amaside en liberté, et alla entretenir sa pythonisse. La dame d'honneur causa avec l'ânesse ; les dames de compagnie s'amusèrent avec le bouc, le chien, le corbeau et la colombe ; pour le gros poisson qui faisait peur à tout le monde, il se replongea dans le Nil par ordre de la vieille.

Le serpent alla aussitôt au-devant de la belle Amaside dans le bocage ; et ils eurent ensemble cette conversation :

LE SERPENT

Vous ne sauriez croire combien je suis flatté, madame, de l'honneur que Votre Altesse daigne me faire.

LA PRINCESSE

Monsieur, votre grande réputation, la finesse de votre physionomie et le brillant de vos yeux m'ont aisément déterminée à rechercher ce tête-à-tête. Je sais par la voix publique (si elle n'est point trompeuse) que vous avez été un grand seigneur dans le ciel empyrée.

LE SERPENT

Il est vrai, madame, que j'y avais une place assez distinguée. On prétend que je suis un favori disgracié : c'est

un bruit qui a couru d'abord dans l'Inde*. Les bracmanes sont les premiers qui ont donné une longue histoire de mes aventures²³. Je ne doute pas que des poètes du Nord n'en fassent un jour un poème épique bien bizarre ; car en vérité, c'est tout ce qu'on en peut faire. Mais je ne suis pas tellement déchu que je n'aie encore dans ce globe-ci un domaine très considérable. J'oserais presque dire que toute la terre m'appartient.

LA PRINCESSE

Je le crois, monsieur, car on dit que vous avez le talent de persuader tout ce que vous voulez ; et c'est régner que de plaire.

LE SERPENT

J'éprouve, madame, en vous voyant et en vous écoutant, que vous avez sur moi cet empire qu'on m'attribue sur tant d'autres âmes.

LA PRINCESSE

Vous êtes, je le crois, un aimable vainqueur. On prétend que vous avez subjugué bien des dames, et que vous commençâtes par notre mère commune dont j'ai oublié le nom.

LE SERPENT

On me fait tort : je lui donnai le meilleur conseil du monde. Elle m'honorait de sa confiance. Mon avis fut qu'elle et son mari devaient se gorger du fruit de l'arbre de la science. Je crus plaire en cela au maître des choses. Un arbre si nécessaire au genre humain ne me paraissait pas

* Les bracmanes furent en effet les premiers qui imaginèrent une révolte dans le ciel, et cette fable servit longtemps après de canevas à l'histoire de la guerre des géants contre les dieux, et à quelques autres histoires.

planté pour être inutile. Le maître aurait-il voulu être servi par des ignorants et des idiots ? L'esprit n'est-il pas fait pour s'éclairer, pour se perfectionner ? Ne faut-il pas connaître le bien et le mal pour faire l'un et pour éviter l'autre[24] ? Certainement on me devait des remerciements.

LA PRINCESSE

Cependant on dit qu'il vous en arriva mal. C'est apparemment depuis ce temps-là que tant de ministres ont été punis d'avoir donné de bons conseils, et que tant de vrais savants et de grands génies ont été persécutés pour avoir écrit des choses utiles au genre humain.

LE SERPENT

Ce sont apparemment mes ennemis, madame, qui vous ont fait ces contes. Ils vont criant que je suis mal en cour. Une preuve que j'y ai un très grand crédit, c'est qu'euxmêmes avouent que j'entrai dans le conseil quand il fut question d'éprouver le bonhomme Job ; et que j'y fus encore appelé quand on y prit la résolution de tromper un certain roitelet nommé Achab * : ce fut moi seul qu'on chargea de cette noble commission[25].

LA PRINCESSE

Ah ! monsieur, je ne crois pas que vous soyez fait pour tromper. Mais puisque vous êtes toujours dans le ministère, puis-je vous demander une grâce ? J'espère qu'un seigneur si aimable ne me refusera pas.

* Troisième livre des *Rois*, chap. XXII, v. 21 et 22. « Le Seigneur dit : " Qui trompera Achab, roi d'Israël, afin qu'il marche en Ramoth de Galaad, et qu'il y tombe ? " Et un esprit s'avança, et se présenta devant le Seigneur, et lui dit : " C'est moi qui le tromperai. " Et le Seigneur lui dit : " Comment ?... Oui, tu le tromperas, et tu prévaudras. Va, et fais ainsi. " »

LE SERPENT

Madame, vos prières sont des lois. Qu'ordonnez-vous ?

LA PRINCESSE

Je vous conjure de me dire ce que c'est que ce beau taureau blanc pour qui j'éprouve dans moi des sentiments incompréhensibles qui m'attendrissent et qui m'épouvantent. On m'a dit que vous daigneriez m'en instruire.

LE SERPENT

Madame, la curiosité est nécessaire à la nature humaine, et surtout à votre aimable sexe ; sans elle, on croupirait dans la plus honteuse ignorance. J'ai toujours satisfait, autant que j'ai pu, la curiosité des dames. On m'accuse de n'avoir eu cette complaisance que pour faire dépit au maître des choses. Je vous jure que mon seul but serait de vous obliger ; mais la vieille a dû vous avertir qu'il y a quelque danger pour vous dans la révélation de ce secret.

LA PRINCESSE

Ah ! c'est ce qui me rend encore plus curieuse.

LE SERPENT

Je reconnais là toutes les belles dames à qui j'ai rendu service.

LA PRINCESSE

Si vous êtes sensible, si tous les êtres se doivent des secours mutuels, si vous avez pitié d'une infortunée, ne me refusez pas.

LE SERPENT

Vous me fendez le cœur : il faut vous satisfaire ; mais ne m'interrompez pas.

LA PRINCESSE

Je vous le promets.

LE SERPENT

Il y avait un jeune roi, beau, fait à peindre, amoureux, aimé...

LA PRINCESSE

Un jeune roi ! beau, fait à peindre, amoureux, aimé ! et de qui ? et quel était ce roi ? quel âge avait-il ? qu'est-il devenu ? quel est son nom ?

LE SERPENT

Ne voilà-t-il pas que vous m'interrompez, quand j'ai commencé à peine. Prenez garde : si vous n'avez pas plus de pouvoir sur vous-même, vous êtes perdue.

LA PRINCESSE

Ah ! pardon, monsieur, cette indiscrétion ne m'arrivera plus ; continuez, de grâce.

LE SERPENT

Ce grand roi, le plus aimable et le plus valeureux des hommes, victorieux partout où il avait porté ses armes, rêvait souvent en dormant ; et, quand il oubliait ses rêves, il voulait que ses mages s'en ressouvinssent et qu'ils lui apprissent ce qu'il avait rêvé, sans quoi il les faisait tous pendre, car rien n'est plus juste. Or, il y a bientôt sept ans qu'il songea un beau songe dont il perdit la mémoire en se réveillant ; et un jeune Juif, plein d'expérience, lui ayant expliqué son rêve, cet aimable roi fut soudain changé en bœuf* : car [26]...

* Toute l'antiquité employait indifféremment les termes de *bœuf* et de *taureau*.

LA PRINCESSE

Ah ! c'est mon cher Nabu...

Elle ne put achever ; elle tomba évanouie. Mambrès, qui écoutait de loin, la vit tomber, et la crut morte.

CHAPITRE QUATRIÈME

COMMENT ON VOULUT SACRIFIER LE BŒUF ET EXORCISER LA PRINCESSE

Mambrès court à elle en pleurant. Le serpent est attendri ; il ne peut pleurer, mais il siffle d'un ton lugubre ; il crie : « Elle est morte ! » L'ânesse répète : « Elle est morte ! » Le corbeau le redit ; tous les autres animaux paraissaient saisis de douleur, excepté le poisson de Jonas, qui a toujours été impitoyable. La dame d'honneur, les dames du palais arrivent et s'arrachent les cheveux. Le taureau blanc qui paissait au loin et qui entend leurs clameurs, court au bosquet et entraîne la vieille avec lui en poussant des mugissements dont les échos retentissent. En vain toutes les dames versaient sur Amaside expirante leurs flacons d'eau de rose, d'œillet, de myrte, de benjoin, de baume de La Mecque, de cannelle, d'amomon, de gérofle, de muscade, d'ambre gris[27]. Elle n'avait donné aucun signe de vie ; mais, dès qu'elle sentit le beau taureau blanc à ses côtés, elle revint à elle plus fraîche, plus belle, plus animée que jamais. Elle donne cent baisers à cet animal charmant qui penchait languissamment sa tête sur son sein d'albâtre. Elle l'appelle : « Mon maître, mon roi, mon cœur, ma vie. » Elle passe ses bras d'ivoire autour de ce cou plus blanc que la neige. La paille légère s'attache moins fortement à l'ambre, la vigne à l'ormeau, le lierre au chêne. On entendait le doux

murmure de ses soupirs ; on voyait ses yeux, tantôt étincelants d'une tendre flamme, tantôt offusqués par ces larmes précieuses que l'amour fait répandre.

On peut juger dans quelle surprise la dame d'honneur d'Amaside et les dames de compagnie étaient plongées. Dès qu'elles furent rentrées au palais, elles racontèrent toutes à leurs amants cette aventure étrange, et chacune avec des circonstances différentes qui en augmentaient la singularité et qui contribuent toujours à la variété de toutes les histoires.

Dès qu'Amasis roi de Tanis en fut informé, son cœur royal fut saisi d'une juste colère. Tel fut le courroux de Minos quand il sut que sa fille Pasiphaé[28] prodiguait ses tendres faveurs au père du Minotaure. Ainsi frémit Junon lorsqu'elle vit Jupiter son époux caresser la belle vache Io, fille du fleuve Inachus[29]. Amasis fit enfermer la belle Amaside dans sa chambre, et mit une garde d'eunuques noirs à sa porte ; puis il assembla son conseil secret.

Le grand mage Mambrès y présidait, mais il n'avait plus le même crédit qu'autrefois. Tous les ministres d'État conclurent que le taureau blanc était un sorcier. C'était tout le contraire, il était ensorcelé ; mais on se trompe toujours à la cour dans ces affaires délicates.

On conclut à la pluralité des voix qu'il fallait exorciser la princesse, et sacrifier le taureau blanc et la vieille.

Le sage Mambrès ne voulut point choquer l'opinion du roi et du conseil. C'était à lui qu'appartenait le droit de faire les exorcismes. Il pouvait les différer sous un prétexte très plausible. Le dieu Apis venait de mourir à Memphis. Un dieu bœuf meurt comme un autre. Il n'était permis d'exorciser personne en Égypte jusqu'à ce qu'on eût trouvé un autre bœuf qui pût remplacer le défunt.

Il fut donc arrêté dans le conseil qu'on attendrait la nomination qu'on devait faire du nouveau dieu à Memphis.

Le bon vieillard Mambrès sentait à quel péril sa chère princesse était exposée : il voyait quel était son amant. Les

syllabes *Nabu,* qui lui étaient échappées, avaient décelé tout le mystère aux yeux de ce sage.

La dynastie*[30] de Memphis appartenait alors aux Babyloniens ; ils conservaient ce reste de leurs conquêtes passées, qu'ils avaient faites sous le plus grand roi du monde, dont Amasis étaient l'ennemi mortel. Mambrès avait besoin de toute sa sagesse pour se bien conduire parmi tant de difficultés. Si le roi Amasis découvrait l'amant de sa fille, elle était morte, il l'avait juré. Le grand, le jeune, le beau roi dont elle était éprise, avait détrôné son père, qui n'avait repris son royaume de Tanis que depuis près de sept ans qu'on ne savait ce qu'était devenu l'adorable monarque, le vainqueur et l'idole des nations, le tendre et généreux amant de la charmante Amaside. Mais aussi, en sacrifiant le taureau, on faisait mourir infailliblement la belle Amaside de douleur.

Que pouvait faire Mambrès dans des circonstances si épineuses ? Il va trouver sa chère nourrissonne au sortir du conseil, et lui dit : « Ma belle enfant, je vous servirai ; mais, je vous le répète, on vous coupera le cou si vous prononcez jamais le nom de votre amant.

— Ah ! qu'importe mon cou, dit la belle Amaside, si je ne puis embrasser celui de Nabucho… ! Mon père est un bien méchant homme ! Non seulement il refusa de me donner au beau prince que j'idolâtre, mais il lui déclara la guerre ; et, quand il a été vaincu par mon amant, il a trouvé le secret de le changer en bœuf. A-t-on jamais vu une malice plus effroyable ? Si mon père n'était pas mon père, je ne sais pas ce que je lui ferais.

— Ce n'est pas votre père qui lui a joué ce cruel tour, dit le sage Mambrès, c'est un Palestin, un de nos anciens

* *Dynastie* signifie proprement puissance. Ainsi on peut se servir de ce mot, malgré les cavillations de Larcher. Dynastie vient du phénicien *dunast* et Larcher est un ignorant qui ne sait ni le phénicien, ni le syriaque, ni le cophte.

ennemis, un habitant d'un petit pays compris dans la foule
des États que votre auguste amant a domptés pour les
policer. Ces métamorphoses ne doivent point vous surpren-
dre ; vous savez que j'en faisais autrefois de plus belles. Rien
n'était plus commun alors que ces changements qui éton-
nent aujourd'hui les sages. L'histoire véritable[31] que nous
avons lue ensemble nous a enseigné que Lycaon, roi
d'Arcadie, fut changé en loup. La belle Callisto, sa fille, fut
changée en ourse ; Io, fille d'Inachus, notre vénérable Isis,
en vache ; Daphné, en laurier ; Syrinx, en flûte. La belle
Édith, femme de Loth, le meilleur, le plus tendre père qu'on
ait jamais vu, n'est-elle pas devenue dans notre voisinage
une grande statue de sel très belle et très piquante, qui a
conservé toutes les marques de son sexe, et qui a régulière-
ment ses ordinaires *[32] chaque mois, comme l'attestent les
grands hommes qui l'ont vue[33] ? J'ai été témoin de ce
changement dans ma jeunesse. J'ai vu cinq puissantes villes,
dans le séjour du monde le plus sec et le plus aride,
transformées tout à coup en un beau lac[34]. On ne marchait
dans mon jeune temps que sur des métamorphoses.

« Enfin, madame, si les exemples peuvent adoucir votre
peine, souvenez-vous que Vénus a changé les Cérastes en
bœufs[35]. — Je le sais, dit la malheureuse princesse, mais les
exemples consolent-ils ? Si mon amant était mort, me
consolerai-je par l'idée que tous les hommes meurent[36] ? —
Votre peine peut finir, dit le sage ; et puisque votre tendre
amant est devenu bœuf, vous voyez bien que de bœuf il
peut devenir homme. Pour moi, il faudrait que je fusse
changé en tigre ou en crocodile, si je n'employais le peu de
pouvoir qui me reste pour le service d'une princesse digne

* Tertullien, dans son poème de *Sodome*, dit :

> *Dicitur et vivens alio sub corpore sexus*
> *Munificos solito dispungere sanguine menses.*

Saint Irénée, liv. IV, dit : *Per naturalia ea quae sunt consuetudinis
feminae ostendens.*

des adorations de la terre, pour la belle Amaside que j'ai élevée sur mes genoux, et que sa fatale destinée met à des épreuves si cruelles. »

CHAPITRE CINQUIÈME

COMMENT LE SAGE MAMBRÈS
SE CONDUISIT SAGEMENT

Le divin Mambrès ayant dit à la princesse tout ce qu'il fallait pour la consoler, et ne l'ayant point consolée, courut aussitôt à la vieille. « Ma camarade, lui dit-il, notre métier est beau, mais il est bien dangereux : vous courez risque d'être pendue, et votre bœuf d'être brûlé ou noyé, ou mangé. Je ne sais pas ce qu'on fera de vos autres bêtes, car, tout prophète que je suis, je sais bien peu de choses ; mais cachez soigneusement le serpent et le poisson ; que l'un ne mette pas la tête hors de l'eau, et que l'autre ne sorte pas de son trou. Je placerai le bœuf dans une de mes écuries à la campagne ; vous y serez avec lui, puisque vous dites qu'il ne vous est pas permis de l'abandonner. Le bouc émissaire pourra dans l'occasion servir d'expiatoire ; nous l'enverrons dans le désert chargé des péchés de la troupe : il est accoutumé à cette cérémonie qui ne lui fait aucun mal ; et l'on sait que tout s'expie avec un bouc qui se promène. Je vous prie seulement de me prêter tout à l'heure le chien de Tobie qui est un lévrier fort agile, l'ânesse de Balaam, qui court mieux qu'un dromadaire, le corbeau et le pigeon de l'arche, qui volent très rapidement. Je veux les envoyer en ambassade à Memphis pour une affaire de la dernière conséquence. »

La vieille repartit au mage : « Seigneur, vous pouvez disposer à votre gré du chien de Tobie, de l'ânesse de

Balaam, du corbeau et du pigeon de l'arche, et du bouc
émissaire ; mais mon bœuf ne peut coucher dans une écurie.
Il est dit qu'il doit être attaché à une chaîne d'acier, *être
toujours mouillé de la rosée, et brouter de l'herbe sur la
terre**, *et que sa portion sera avec les bêtes sauvages*. Il m'est
confié, je dois obéir. Que penseraient de moi Daniel,
Ézéchiel, Jérémie, si je confiais mon bœuf à d'autres qu'à
moi-même ? Je vois que vous savez le secret de cet étrange
animal. Je n'ai pas à me reprocher de vous l'avoir révélé. Je
vais le conduire loin de cette terre impure, vers le lac Sirbon,
loin des cruautés du roi de Tanis. Mon poisson et mon
serpent me défendront ; je ne crains personne quand je sers
mon maître [37]. »

Le sage Mambrès repartit ainsi : « Ma bonne, la volonté
de Dieu soit faite ! Pourvu que je retrouve notre taureau
blanc, il ne m'importe ni du lac de Sirbon, ni du lac de
Mœris, ni du lac de Sodome ; je ne veux que lui faire du
bien, et à vous aussi. Mais pourquoi m'avez-vous parlé de
Daniel, d'Ézéchiel, et de Jérémie ? — Ah ! Seigneur, reprit la
vieille, vous savez aussi bien que moi l'intérêt qu'ils ont eu
dans cette grande affaire. Mais je n'ai pas de temps à perdre ;
je ne veux point être pendue ; je ne veux point que mon
taureau soit brûlé, ou noyé, ou mangé. Je m'en vais auprès
du lac de Sirbon par Canope [38], avec mon serpent et mon
poisson. Adieu. »

Le taureau la suivit tout pensif, après avoir témoigné au
bienfaisant Mambrès la reconnaissance qu'il lui devait.

Le sage Mambrès était dans une cruelle inquiétude. Il
voyait bien qu'Amasis, roi de Tanis, désespéré de la folle
passion de sa fille pour cet animal, et la croyant ensorcelée,
ferait poursuivre partout le malheureux taureau, et qu'il
serait infailliblement brûlé en qualité de sorcier dans la place
publique de Tanis, ou livré au poisson de Jonas, ou rôti, ou

* Daniel, chap. V.

servi sur table. Il voulait, à quelque prix que ce fût, épargner ce désagrément à la princesse.

Il écrivit une lettre au grand prêtre de Memphis, son ami, en caractères sacrés, sur du papier d'Égypte qui n'était pas encore en usage [39]. Voici les propres mots de sa lettre.

Lumière du monde, lieutenant d'Isis, d'Osiris et d'Horus, chef des circoncis, vous dont l'autel est élevé, comme de raison, au-dessus de tous les trônes ; j'apprends que votre dieu le bœuf Apis est mort. J'en ai un autre à votre service. Venez vite avec vos prêtres le reconnaître, l'adorer, et le conduire dans l'écurie de votre temple. Qu'Isis, Osiris et Horus vous aient en leur sainte et digne garde ; et vous, messieurs les prêtres de Memphis, en leur sainte garde !

Votre affectionné ami,
MAMBRÈS.

Il fit quatre duplicata de cette lettre, de crainte d'accident [40] et les enferma dans des étuis de bois d'ébène le plus dur. Puis appelant à lui quatre courriers qu'il destinait à ce message (c'étaient l'ânesse, le chien, le corbeau et le pigeon), il dit à l'ânesse : « Je sais avec quelle fidélité vous avez servi Balaam, mon confrère ; servez-moi de même. Il n'y a point d'onocrotale [41] qui vous égale à la course ; allez, ma chère amie, rendez ma lettre en main propre et revenez. » L'ânesse lui répondit : « Comme j'ai servi Balaam, je servirai monseigneur ; j'irai et je reviendrai. » Le sage lui mit le bâton d'ébène dans la bouche, et elle partit comme un trait.

Puis il fit venir le chien de Tobie, et lui dit : « Chien fidèle, et plus prompt à la course qu'Achille aux pieds légers, je sais ce que vous avez fait pour Tobie, fils de Tobie, lorsque vous et l'ange Raphaël vous l'accompagnâtes de Ninive à Ragès en Médie, et de Ragès à Ninive, et qu'il

rapporta à son père dix talents* que l'esclave Tobie père avait prêtés à l'esclave Gabelus ; car ces esclaves étaient fort riches. Portez à son adresse cette lettre qui est plus précieuse que dix talents d'argent. » Le chien lui répondit : « Seigneur, si j'ai suivi autrefois le messager Raphaël, je puis tout aussi bien faire votre commission. » Mambrès lui mit la lettre dans la gueule ; il en dit autant à la colombe. Elle lui répondit : « Seigneur, si j'ai rapporté un rameau dans l'arche, je vous apporterai de même votre réponse. » Elle prit la lettre dans son bec. On les perdit tous trois de vue en un instant.

Puis il dit au corbeau : « Je sais que vous avez nourri le grand prophète Élie**, lorsqu'il était caché auprès du torrent Carith, si fameux dans toute la terre. Vous lui apportiez tous les jours de bon pain et des poulardes grasses[42] ; je ne vous demande que de porter cette lettre à Memphis. »

Le corbeau répondit en ces mots : « Il est vrai, Seigneur, que je portais tous les jours à dîner au grand prophète Élie le Thesbite, que j'ai vu monter dans l'atmosphère sur un char de feu traîné par quatre chevaux de feu, quoique ce ne soit pas la coutume ; mais je prenais toujours la moitié du dîner pour moi. Je veux bien porter votre lettre, pourvu que vous m'assuriez de deux bons repas chaque jour et que je sois payé d'avance en argent comptant pour ma commission. »

Mambrès, en colère, dit à cet animal : « Gourmand et malin, je ne suis pas étonné qu'Apollon, de blanc que tu étais comme un cygne, t'ait rendu noir comme une taupe, lorsque dans les plaines de Thessalie tu trahis la belle Coronis, malheureuse mère d'Esculape[43]. Eh ! dis-moi donc, mangeais-tu tous les jours des aloyaux et des poulardes, quand tu fus dix mois dans l'arche ? — Monsieur, nous y faisions très bonne chère, repartit le corbeau. On

* Vingt mille écus argent de France, au cours de ce jour.
** III⁰ liv. des *Rois*, chap. XVII.

servait du rôti deux fois par jour à tous les volatiles de mon espèce, qui ne vivent que de chair, comme à vautours, milans, aigles, buses, éperviers, ducs, émouchets, faucons, hiboux, et à la foule innombrable des oiseaux de proie. On garnissait avec une profusion bien plus grande les tables des lions, des léopards, des tigres, des panthères, des onces, des hyènes, des loups, des ours, des renards, des fouines et de tous les quadrupèdes carnivores. Il y avait dans l'arche huit personnes de marque, et les seules qui fussent alors au monde, continuellement occupées du soin de notre table et de notre garde-robe ; savoir : Noé et sa femme, qui n'avaient guère plus de six cents ans, leurs trois fils et leurs trois épouses. C'était un plaisir de voir avec quel soin, quelle propreté, nos huit domestiques servaient plus de quatre mille convives du plus grand appétit, sans compter les peines prodigieuses qu'exigeaient dix à douze mille autres personnes, depuis l'éléphant et la girafe jusqu'aux vers à soie et aux mouches[44]. Tout ce qui m'étonne, c'est que notre pourvoyeur Noé soit inconnu à toutes les nations dont il est la tige ; mais je ne m'en soucie guère. Je m'étais déjà trouvé à une pareille fête* chez le roi de Thrace Xissutre[45]. Ces choses-là arrivent de temps en temps pour l'instruction des corbeaux. En un mot, je veux faire bonne chère, et être très bien payé en argent comptant. »

Le sage Mambrès se garda bien de donner sa lettre à une bête si difficile et si bavarde. Ils se séparèrent fort mécontents l'un et l'autre.

Il fallait cependant savoir ce que deviendrait le beau taureau, et ne pas perdre la piste de la vieille et du serpent. Mambrès ordonna à des domestiques intelligents et affidés

* Bérose, auteur chaldéen, rapporte en effet que la même aventure advint au roi de Thrace Xissutre : elle était même encore plus merveilleuse, car son arche avait cinq stades de long sur deux de large. Il s'est élevé une grande dispute entre les savants pour démêler lequel est le plus ancien, du roi Xissutre ou de Noé.

de les suivre ; et pour lui, il s'avança en litière sur le bord du Nil, toujours faisant des réflexions.

« Comment se peut-il, disait-il en lui-même, que ce serpent soit le maître de presque toute la terre, comme il s'en vante et comme tant de doctes l'avouent, et que cependant il obéisse à une vieille ? Comment est-il quelquefois appelé au conseil de là-haut, tandis qu'il rampe sur la terre[46] ? Pourquoi entre-t-il tous les jours dans le corps des gens par sa seule vertu, et que tant de sages prétendent l'en déloger avec des paroles ? Enfin, comment passe-t-il chez un petit peuple du voisinage pour avoir perdu le genre humain et comment le genre humain n'en sait-il rien ? Je suis bien vieux, j'ai étudié toute ma vie, mais je vois là une foule d'incompatibilités que je ne puis concilier. Je ne saurais expliquer ce qui m'est arrivé à moi-même, ni les grandes choses que j'ai faites autrefois, ni celles dont j'ai été témoin. Tout bien pesé, je commence à soupçonner que ce monde-ci subsiste de contradictions : *Rerum concordia discors,* comme disait autrefois mon maître Zoroastre en sa langue[47]. »

Tandis qu'il était plongé dans cette métaphysique obscure, comme l'est toute métaphysique, un batelier, en chantant une chanson à boire, amarra un petit bateau près de la rive. On en vit sortir trois graves personnages, à demi vêtus de lambeaux crasseux et déchirés, mais conservant sous ces livrées de la pauvreté l'air le plus majestueux et le plus auguste. C'étaient Daniel, Ézéchiel et Jérémie.

CHAPITRE SIXIÈME

COMMENT MAMBRÈS RENCONTRA
TROIS PROPHÈTES, ET LEUR DONNA
UN BON DÎNER

Ces trois grands hommes, qui avaient la lumière prophé-
tique sur le visage, reconnurent le sage Mambrès pour un de
leurs confrères, à quelques traits de cette même lumière qui
lui restaient encore, et se prosternèrent devant son palan-
quin. Mambrès les reconnut aussi pour prophètes encore
plus à leurs habits qu'aux traits de feu qui partaient de leurs
têtes augustes. Il se douta bien qu'ils venaient savoir des
nouvelles du taureau blanc ; et usant de sa prudence
ordinaire, il descendit de sa voiture, et avança quelques pas
au-devant d'eux avec une politesse mêlée de dignité. Il les
releva, fit dresser des tentes et apprêter un dîner, dont il
jugea que les trois prophètes avaient grand besoin.

Il fit inviter la vieille, qui n'était encore qu'à cinq cents
pas. Elle se rendit à l'invitation, et arriva menant toujours le
taureau blanc en laisse.

On servit deux potages, l'un de bisque, l'autre à la reine ;
les entrées furent une tourte de langues de carpes, de foies
de lottes et de brochets, des poulets aux pistaches, des
innocents aux truffes et aux olives, deux dindonneaux au
coulis d'écrevisses, de mousserons et de morilles, et un
chipolata[48]. Le rôti fut composé de faisandeaux, de per-
dreaux, de gelinottes, de cailles et d'ortolans, avec quatre
salades. Au milieu était un surtout dans le dernier goût.
Rien ne fut plus délicat que l'entremets ; rien de plus
magnifique, de plus brillant et de plus ingénieux que le
dessert.

Au reste, le discret Mambrès avait eu grand soin que dans

ce repas il n'y eût ni pièce de bouilli, ni aloyau, ni langue, ni palais de bœuf, ni tétines de vache, de peur que l'infortuné monarque, assistant de loin au dîner, ne crût qu'on lui insultât.

Ce grand et malheureux prince broutait l'herbe auprès de la tente. Jamais il ne sentit plus cruellement la fatale révolution qui l'avait privé du trône pour sept années entières. « Hélas ! disait-il en lui-même, ce Daniel, qui m'a changé en taureau, et cette sorcière de pythonisse, qui me garde, font la meilleure chère du monde ; et moi, le souverain de l'Asie, je suis réduit à manger du foin et à boire de l'eau ! »

On but beaucoup de vin d'Engaddi, de Tadmor et de Chiraz[49]. Quand les prophètes et la pythonisse furent un peu en pointe de vin, on se parla avec plus de confiance qu'aux premiers services. « J'avoue, dit Daniel, que je ne faisais pas si bonne chère quand j'étais dans la fosse aux lions. — Quoi ! monsieur, on vous a mis dans la fosse aux lions ? dit Mambrès ; et comment n'avez-vous pas été mangé ? — Monsieur, dit Daniel, vous savez que les lions ne mangent jamais de prophètes. — Pour moi, dit Jérémie, j'ai passé toute ma vie à mourir de faim ; je n'ai jamais fait un bon repas qu'aujourd'hui. Si j'avais à renaître, et si je pouvais choisir mon état, j'avoue que j'aimerais cent fois mieux être contrôleur général, ou évêque à Babylone, que prophète à Jérusalem. »

Ézéchiel dit : « Il me fut ordonné une fois de dormir trois cent quatre-vingt-dix jours de suite sur le côté gauche et de manger pendant tout ce temps-là du pain d'orge, de millet, de vesces, de fèves et de froment couvert de *... je n'ose pas dire[50]. Tout ce que je pus obtenir, ce fut de ne le couvrir que de bouse de vache. J'avoue que la cuisine du seigneur Mambrès est plus délicate. Cependant le métier de prophète a du bon ; et la preuve en est que mille gens s'en mêlent.

* *Ézéchiel*, chap. IV.

— À propos, dit Mambrès, expliquez-moi ce que vous entendez par votre Oolla et par votre Ooliba, qui faisaient tant de cas des chevaux et des ânes[51] ? — Ah ! répondit Ézéchiel, ce sont des fleurs de rhétorique. »

Après ces ouvertures de cœur, Mambrès parla d'affaires. Il demanda aux trois pèlerins pourquoi ils étaient venus dans les États du roi de Tanis. Daniel prit la parole ; il dit que le royaume de Babylone avait été en combustion, depuis que Nabuchodonosor avait disparu ; qu'on avait persécuté tous les prophètes selon l'usage de la cour ; qu'ils passaient leur vie tantôt à voir des rois à leurs pieds, tantôt à recevoir cent coups d'étrivières ; qu'enfin ils avaient été obligés de se réfugier en Égypte de peur d'être lapidés. Ézéchiel et Jérémie parlèrent aussi très longtemps dans un fort beau style, qu'on pouvait à peine comprendre. Pour la pythonisse, elle avait toujours l'œil sur son animal. Le poisson de Jonas se tenait dans le Nil, vis-à-vis de la tente, et le serpent se jouait sur l'herbe.

Après le café, on alla se promener sur le bord du Nil. Alors le taureau blanc, apercevant les trois prophètes ses ennemis, poussa des mugissements épouvantables ; puis il se jeta impétueusement sur eux, il les frappa de ses cornes ; et comme les prophètes n'ont jamais que la peau sur les os, il les aurait percés d'outre en outre et leur aurait ôté la vie ; mais le maître des choses, qui voit tout et qui remédie à tout, les changea sur-le-champ en pies ; et ils continuèrent à parler comme auparavant. La même chose arriva depuis aux Piérides[52], tant la fable a imité l'histoire.

Ce nouvel incident produisait de nouvelles réflexions dans l'esprit du sage Mambrès. « Voilà, disait-il, trois grands prophètes changés en pies ; cela doit nous apprendre à ne pas trop parler, et à garder toujours une discrétion convenable. » Il concluait que sagesse vaut mieux qu'éloquence, et pensait profondément, selon sa coutume, lorsqu'un grand et terrible spectacle vint frapper ses regards.

CHAPITRE SEPTIÈME

LE ROI DE TANIS ARRIVE,
SA FILLE ET LE TAUREAU
VONT ÊTRE SACRIFIÉS

Des tourbillons de poussière s'élevaient du midi au nord. On entendait le bruit des tambours, des trompettes, des fifres, des psaltérions, des cithares, des sambuques[53]; plusieurs escadrons avec plusieurs bataillons s'avançaient et Amasis, roi de Tanis, était à leur tête sur un cheval caparaçonné d'une housse écarlate brochée d'or; et les hérauts criaient : « Qu'on prenne le taureau blanc, qu'on le lie, qu'on le jette dans le Nil, et qu'on le donne à manger au poisson de Jonas : car le roi mon seigneur, qui est juste, veut se venger du taureau blanc qui a ensorcelé sa fille. »

Le bon vieillard Mambrès fit plus de réflexions que jamais. Il vit bien que le malin corbeau était allé tout dire au roi, et que la princesse courait grand risque d'avoir le cou coupé. Il dit au serpent : « Mon cher ami, allez vite consoler la belle Amaside, ma nourrissonne; dites-lui qu'elle ne craigne rien, quelque chose qui arrive, et faites-lui des contes pour charmer son inquiétude, car les contes amusent toujours les filles, et ce n'est que par des contes qu'on réussit dans le monde[54]. »

Puis il se prosterna devant Amasis, roi de Tanis, et lui dit : « Ô roi ! vivez à jamais. Le taureau blanc doit être sacrifié, car Votre Majesté a toujours raison; mais le maître des choses a dit : *Ce taureau ne doit être mangé par le poisson de Jonas qu'après que Memphis aura trouvé un dieu pour mettre à la place de son dieu qui est mort.* Alors vous serez vengé, et votre fille sera exorcisée; car elle est

possédée. Vous avez trop de piété pour ne pas obéir aux ordres du maître des choses. »

Amasis, roi de Tanis, resta tout pensif ; puis il dit : « Le bœuf Apis est mort ; Dieu veuille avoir son âme ! Quand croyez-vous qu'on aura trouvé un autre bœuf pour régner sur la féconde Égypte ? — Sire, dit Mambrès, je ne vous demande que huit jours. » Le roi, qui était très dévot, dit : « Je les accorde, et je veux rester ici huit jours ; après quoi, je sacrifierai le séducteur de ma fille. » Et il fit venir ses tentes, ses cuisiniers, ses musiciens, et resta huit jours en ce lieu, comme il est dit dans Manéthon[55].

La vieille était au désespoir de voir que le taureau qu'elle avait en garde n'avait plus que huit jours à vivre. Elle faisait apparaître, toutes les nuits, des ombres au roi, pour le détourner de sa cruelle résolution. Mais le roi ne se souvenait plus le matin des ombres qu'il avait vues la nuit, de même que Mabuchodonosor avait oublié ses songes[56].

CHAPITRE HUITIÈME

COMMENT LE SERPENT FIT DES CONTES À LA PRINCESSE, POUR LA CONSOLER

Cependant le serpent contait des histoires à la belle Amaside pour calmer ses douleurs. Il lui disait comment il avait guéri autrefois tout un peuple de la morsure de certains petits serpents, en se montrant seulement au bout d'un bâton. Il lui apprenait les conquêtes d'un héros[57] qui fit un si beau contraste avec Amphion, architecte de Thèbes en Béotie. Cet Amphion faisait venir les pierres de taille au son du violon : un rigodon et un menuet lui suffisaient pour bâtir une ville, mais l'autre les détruisait au son du cornet à bouquin ; il fit pendre trente et un rois très puissants[57] dans

un canton de quatre lieues de long et de large ; il fit pleuvoir de grosses pierres du haut du ciel sur un bataillon d'ennemis fuyant devant lui ; et les ayant ainsi exterminés, il arrêta le soleil et la lune en plein midi pour les exterminer encore entre Gabaon et Aïalon sur le chemin de Béthoron, à l'exemple de Bacchus qui avait arrêté le soleil et la lune dans son voyage aux Indes[59].

La prudence que tout serpent doit avoir[60] ne lui permit pas de parler à la belle Amaside du puissant bâtard Jephté, qui coupa le cou à sa fille, parce qu'il avait gagné une bataille ; il aurait jeté trop de terreur dans le cœur de la belle princesse ; mais il lui conta les aventures du grand Samson, qui tuait mille Philistins avec une mâchoire d'âne, qui attachait ensemble trois cents renards par la queue, et qui tomba dans les filets d'une fille moins belle, moins tendre et moins fidèle que la charmante Amaside.

Il lui racontait les amours malheureux de Sichem et de l'agréable Dina, âgée de six ans, et les amours plus fortunés de Booz et de Ruth, ceux de Juda avec sa bru Thamar, ceux de Loth avec ses deux filles qui ne voulaient pas que le monde finît, ceux d'Abraham et de Jacob avec leurs servantes, ceux de Ruben avec sa mère, ceux de David et de Bethsabée, ceux du grand roi Salomon, enfin tout ce qui pouvait dissiper la douleur d'une belle princesse[61].

CHAPITRE NEUVIÈME

COMMENT LE SERPENT
NE LA CONSOLA POINT

« Tous ces contes-là m'ennuient, répondit la belle Amaside, qui avait de l'esprit et du goût. Ils ne sont bons que pour être commentés chez les Irlandais par ce fou

d'Abbadie, ou chez les Velches par ce phrasier d'Houteville[62]. Les contes qu'on pouvait faire à la quadrisaïeule de la quadrisaïeule de ma grand-mère ne sont plus bons pour moi, qui ai été élevée par le sage Mambrès, et qui ai lu l'*Entendement humain* du philosophe égyptien nommé Locke, et *La Matrone d'Éphèse*[63]. Je veux qu'un conte soit fondé sur la vraisemblance, et qu'il ne ressemble pas toujours à un rêve. Je désire qu'il n'ait rien de trivial ni d'extravagant. Je voudrais surtout que, sous le voile de la fable, il laissât entrevoir aux yeux exercés quelque vérité fine qui échappe au vulgaire. Je suis lasse du soleil et de la lune dont une vieille dispose à son gré, et des montagnes qui dansent, et des fleuves qui remontent à leur source, et des morts qui ressuscitent[64] ; mais surtout, quand ces fadaises sont écrites d'un style ampoulé et inintelligible, cela me dégoûte horriblement. Vous sentez qu'une fille qui craint de voir avaler son amant par un gros poisson, et d'avoir elle-même le cou coupé par son propre père, a besoin d'être amusée ; mais tâchez de m'amuser selon mon goût.

— Vous m'imposez là une tâche bien difficile, répondit le serpent. J'aurais pu autrefois vous faire passer quelques quarts d'heure assez agréables ; mais j'ai perdu depuis quelque temps l'imagination et la mémoire. Hélas ! où est le temps où j'amusais les filles ? Voyons cependant si je pourrai me souvenir de quelque conte moral pour vous plaire[65].

« Il y a vingt-cinq mille ans que le roi Gnaof et la reine Patra étaient sur le trône de Thèbes aux cent portes. Le roi Gnaof était fort beau, et la reine Patra encore plus belle ; mais ils ne pouvaient avoir d'enfants. Le roi Gnaof proposa un prix pour celui qui enseignerait la meilleure méthode de perpétuer la race royale.

« La faculté de médecine et l'académie de chirurgie firent d'excellents traités sur cette question importante : pas un ne réussit. On envoya la reine aux eaux ; elle fit des neuvaines ; elle donna beaucoup d'argent au temple de Jupiter Ammon,

dont vient le sel ammoniac : tout fut inutile. Enfin un jeune
prêtre de vingt-cinq ans se présenta au roi, et lui dit : " Sire,
je crois savoir faire la conjuration qui opère ce que Votre
Majesté désire avec tant d'ardeur. Il faut que je parle en
secret à l'oreille de madame votre femme ; et si elle ne
devient féconde, je consens d'être pendu. — J'accepte votre
proposition ", dit le roi Gnaof. On ne laissa la reine et le
prêtre qu'un quart d'heure ensemble. La reine devint
grosse, et le roi voulut faire pendre le prêtre.

— Mon Dieu ! dit la princesse, je vois où cela mène : ce
conte est trop commun ; je vous dirai même qu'il alarme ma
pudeur. Contez-moi quelque fable bien vraie, bien avérée et
bien morale, dont je n'aie jamais entendu parler, pour
achever *de me former l'esprit et le cœur*, comme dit le
professeur égyptien Linro [66].

— En voici une, madame, dit le beau serpent, qui est des
plus authentiques.

« Il y avait trois prophètes, tous trois également ambi-
tieux et dégoûtés de leur état. Leur folie était de vouloir être
rois ; car il n'y a qu'un pas du rang de prophète à celui de
monarque, et l'homme aspire toujours à monter tous les
degrés de l'échelle de la fortune. D'ailleurs, leurs goûts,
leurs plaisirs étaient absolument différents. Le premier
prêchait admirablement ses frères rassemblés qui lui bat-
taient des mains ; le second était fou de la musique ; et le
troisième aimait passionnément les filles. L'ange Ituriel [67]
vint se présenter à eux un jour qu'ils étaient à table et qu'ils
s'entretenaient des douceurs de la royauté.

« " Le maître des choses, leur dit l'ange, m'envoie vers
vous pour récompenser votre vertu. Non seulement vous
serez rois, mais vous satisferez continuellement vos pas-
sions dominantes. Vous, premier prophète, je vous fais roi
d'Égypte, et vous tiendrez toujours votre conseil, qui
applaudira à votre éloquence et à votre sagesse. Vous,
second prophète, vous régnerez sur la Perse, et vous
entendrez continuellement une musique divine. Et vous,

troisième prophète, je vous fais roi de l'Inde, et je vous donne une maîtresse charmante qui ne vous quittera jamais. "

« Celui qui eut l'Égypte en partage commença par assembler son conseil privé, qui n'était composé que de deux cents sages. Il leur fit, selon l'étiquette, un long discours qui fut très applaudi, et le monarque goûta la douce satisfaction de s'enivrer de louanges qui n'étaient corrompues par aucune flatterie.

« Le conseil des affaires étrangères succéda au conseil privé. Il fut beaucoup plus nombreux ; et un nouveau discours reçut encore plus d'éloges. Il en fut de même des autres conseils. Il n'y eut pas un moment de relâche aux plaisirs et à la gloire du prophète roi d'Égypte. Le bruit de son éloquence remplit toute la terre.

« Le prophète, roi de Perse, commença par se faire donner un opéra italien, dont les chœurs étaient chantés par quinze cents châtrés. Leurs voix lui remuaient l'âme jusqu'à la moelle des os, où elle réside[68]. À cet opéra en succédait un autre, et à ce second un troisième, sans interruption.

« Le roi de l'Inde s'enferma avec sa maîtresse, et goûta une volupté parfaite avec elle. Il regardait comme le souverain bonheur la nécessité de la caresser toujours, et il plaignait le triste sort de ses deux confrères, dont l'un était réduit à tenir toujours son conseil, et l'autre à être toujours à l'opéra.

« Chacun d'eux, au bout de quelques jours, entendit par la fenêtre des bûcherons qui sortaient d'un cabaret pour aller couper du bois dans la forêt voisine, et qui tenaient sous le bras leurs douces amies dont ils pouvaient changer à volonté. Nos rois prièrent Ituriel de vouloir bien intercéder pour eux auprès du maître des choses, et de les faire bûcherons.

— Je ne sais pas, interrompit la tendre Amaside, si le maître des choses leur accorda leur requête, et je ne m'en soucie guère, mais je sais bien que je ne demanderais rien à

personne si j'étais enfermée tête à tête avec mon amant, avec mon cher Nabuchodonosor. »

Les voûtes du palais retentirent de ce grand nom. D'abord Amaside n'avait prononcé que Na, ensuite Nabu, puis Nabucho, mais à la fin la passion l'emporta, elle prononça le nom fatal tout entier, malgré le serment qu'elle avait fait au roi son père. Toutes les dames du palais répétèrent *Nabuchodonosor*, et le malin corbeau ne manqua pas d'en aller avertir le roi. Le visage d'Amasis, roi de Tanis, fut troublé, parce que son cœur était plein de trouble. Et voilà comment le serpent, qui était le plus prudent et le plus subtil des animaux, faisait toujours du mal aux femmes, en croyant bien faire.

Or Amasis en courroux envoya sur-le-champ chercher sa fille Amaside par douze de ses alguazils, qui sont toujours prêts à exécuter toutes les barbaries que le roi commande, et qui disent pour raison : « Nous sommes payés pour cela. »

CHAPITRE DIXIÈME

COMMENT ON VOULUT
COUPER LE COU À LA PRINCESSE,
ET COMMENT ON NE LE LUI COUPA POINT

Dès que la princesse fut arrivée toute tremblante au camp du roi son père, il lui dit : « Ma fille, vous savez qu'on fait mourir toutes les princesses qui désobéissent aux rois leurs pères, sans quoi un royaume ne pourrait être bien gouverné. Je vous avais défendu de proférer le nom de votre amant Nabuchodonosor, mon ennemi mortel, qui m'avait détrôné il y a bientôt sept ans, et qui a disparu de la terre. Vous avez choisi à sa place un taureau blanc, et vous avez crié : " Nabuchodonosor. " Il est juste que je vous coupe le cou. »

La princesse lui répondit : « Mon père, soit fait selon

votre volonté, mais donnez-moi du temps pour pleurer ma virginité[69]. — Cela est juste, dit le roi Amasis ; c'est une loi établie chez tous les princes éclairés et prudents. Je vous donne toute la journée pour pleurer votre virginité, puisque vous dites que vous l'avez. Demain, qui est le huitième jour de mon campement, je ferai avaler le taureau blanc par le poisson, et je vous couperai le cou à neuf heures du matin. »

La belle Amaside alla donc pleurer le long du Nil, avec ses dames du palais, tout ce qui lui restait de virginité. Le sage Mambrès réfléchissait à côté d'elle, et comptait les heures et les moments. « Eh bien ! mon cher Mambrès, lui dit-elle, vous avez changé les eaux du Nil en sang, selon la coutume, et vous ne pouvez changer le cœur d'Amasis, mon père, roi de Tanis ! Vous souffrirez qu'il me coupe le cou demain à neuf heures du matin ? — Cela dépendra, répondit le réfléchissant Mambrès, de la diligence de mes courriers. »

Le lendemain, dès que les ombres des obélisques et des pyramides marquèrent sur la terre la neuvième heure du jour, on lia le taureau blanc pour le jeter au poisson de Jonas, et on apporta au roi son grand sabre. « Hélas ! hélas ! disait Nabuchodonosor dans le fond de son cœur, moi, le roi, je suis bœuf depuis près de sept ans, et à peine j'ai retrouvé ma maîtresse qu'on me fait manger par un poisson. »

Jamais le sage Mambrès n'avait fait des réflexions si profondes. Il était absorbé dans ses tristes pensées lorsqu'il voit de loin tout ce qu'il attendait. Une foule innombrable approchait. Les trois figures d'Isis, d'Osiris et d'Horus, unies ensemble, avançaient portées sur un brancard d'or et de pierreries par cent sénateurs de Memphis, et précédées de cent filles jouant du sistre sacré. Quatre mille prêtres, la tête rasée et couronnée de fleurs, étaient montés chacun sur un hippopotame[70]. Plus loin, paraissaient dans la même pompe la brebis de Thèbes, le chien de Bubaste, le chat de Phœbé, le crocodile d'Arsinoé, le bouc de Mendès[71], et tous les dieux inférieurs de l'Égypte, qui venaient rendre hommage

au grand bœuf, au grand dieu Apis, aussi puissant qu'Isis, Osiris et Horus réunis ensemble.

Au milieu de tous ces demi-dieux, quarante prêtres portaient une énorme corbeille remplie d'oignons sacrés qui n'étaient pas tout à fait des dieux, mais qui leur ressemblaient beaucoup[72].

Aux deux côtés de cette file de dieux suivis d'un peuple innombrable, marchaient quarante mille guerriers, le casque en tête, le cimeterre sur la cuisse gauche, le carquois sur l'épaule, l'arc à la main.

Tous les prêtres chantaient en chœur, avec une harmonie qui élevait l'âme et qui l'attendrissait :

> *Notre bœuf est au tombeau,*
> *Nous en aurons un plus beau.*

Et, à chaque pause, on entendait résonner les sistres, les castagnettes, les tambours de basque, les psaltérions, les cornemuses, les harpes et les sambuques.

CHAPITRE ONZIÈME

COMMENT LA PRINCESSE ÉPOUSA SON BŒUF

Amasis, roi de Tanis, surpris de ce spectacle, ne coupa point le cou à sa fille : il remit son cimeterre dans son fourreau. Mambrès lui dit : « Grand roi ! l'ordre des choses est changé ; il faut que Votre Majesté donne l'exemple. Ô roi ! déliez vous-même promptement le taureau blanc, et soyez le premier à l'adorer. » Amasis obéit et se prosterna avec tout son peuple. Le grand prêtre de Memphis présenta au nouveau bœuf Apis la première poignée de foin. La princesse Amaside attachait à ses belles cornes des festons de roses, d'anémones, de renoncules, de tulipes, d'œillets et d'hyacinthes. Elle prenait la liberté de le baiser, mais avec

un profond respect. Les prêtres jonchaient de palmes et de fleurs le chemin par lequel on le conduisait à Memphis. Et le sage Mambrès, faisant toujours ses réflexions, disait tout bas à son ami le serpent : « Daniel a changé cet homme en bœuf, et j'ai changé ce bœuf en dieu. »

On s'en retournait à Memphis dans le même ordre. Le roi de Tanis, tout confus, suivait la marche. Mambrès, l'air serein et recueilli, était à son côté. La vieille suivait tout émerveillée ; elle était accompagnée du serpent, du chien, de l'ânesse, du corbeau, de la colombe et du bouc émissaire. Le grand poisson remontait le Nil. Daniel, Ézéchiel et Jérémie, transformés en pies, fermaient la marche.

Quand on fut arrivé aux frontières du royaume, qui n'étaient pas fort loin, le roi Amasis prit congé du bœuf Apis, et dit à sa fille : « Ma fille, retournons dans nos États, afin que je vous y coupe le cou, ainsi qu'il a été résolu dans mon cœur royal, parce que vous avez prononcé le nom de Nabuchodonosor, mon ennemi, qui m'avait détrôné il y a sept ans. Lorsqu'un père a juré de couper le cou à sa fille, il faut qu'il accomplisse son serment, sans quoi il est précipité pour jamais dans les enfers, et je ne veux pas me damner pour l'amour de vous. » La belle princesse répondit en ces mots au roi Amasis : « Mon cher père, allez couper le cou à qui vous voudrez ; mais ce ne sera pas à moi. Je suis sur les terres d'Isis, d'Osiris, d'Horus et d'Apis ; je ne quitterai point mon beau taureau blanc ; je le baiserai tout le long du chemin, jusqu'à ce que j'aie vu son apothéose dans la grande écurie de la sainte ville de Memphis : c'est une faiblesse pardonnable à une fille bien née[73]. »

À peine eut-elle prononcé ces paroles que le bœuf Apis s'écria : « Ma chère Amaside, je t'aimerai toute ma vie. » C'était pour la première fois qu'on avait entendu parler Apis en Égypte depuis quarante mille ans qu'on l'adorait. Le serpent et l'ânesse s'écrièrent : « Les sept années sont accomplies ! » Et les trois pies répétèrent : « Les sept années sont accomplies ! » Tous les prêtres d'Égypte levèrent les

mains au ciel. On vit tout d'un coup le dieu perdre ses deux jambes de derrière ; ses deux jambes de devant se changèrent en deux jambes humaines ; deux beaux bras charnus, musculeux et blancs sortirent de ses épaules ; son mufle de taureau fit place au visage d'un héros charmant ; il redevint le plus bel homme de la terre, et dit : « J'aime mieux être l'amant d'Amaside que dieu. Je suis Nabuchodonosor, roi des rois. »

Cette nouvelle métamorphose étonna tout le monde, hors le réfléchissant Mambrès. Mais ce qui ne surprit personne, c'est que Nabuchodonosor épousa sur-le-champ la belle Amaside, en présence de cette grande assemblée.

Il conserva le royaume de Tanis à son beau-père, et fit de belles fondations pour l'ânesse, le serpent, le chien, la colombe, et même pour le corbeau, les trois pies et le gros poisson, montrant à tout l'univers qu'il savait pardonner comme triompher. La vieille eut une grosse pension. Le bouc émissaire fut envoyé pour un jour, dans le désert, afin que tous les péchés passés fussent expiés ; après quoi, on lui donna douze chèvres pour sa récompense[74]. Le sage Mambrès retourna dans son palais faire des réflexions. Nabuchodonosor, après l'avoir embrassé, gouverna tranquillement le royaume de Memphis, celui de Babylone, de Damas, de Balbec, de Tyr, la Syrie, l'Asie Mineure, la Scythie, les contrées de Chiraz, de Mosok, du Tubal, de Madaï, de Gog, de Magog, de Javan[75], la Sogdiane, la Bactriane, les Indes et les îles.

Les peuples de cette vaste monarchie criaient tous les matins : « Vive le grand Nabuchodonosor, roi des rois, qui n'est plus bœuf ! » Et depuis ce fut une coutume dans Babylone que, toutes les fois que le souverain (ayant été grossièrement trompé par ses satrapes, ou par ses mages, ou par ses trésoriers ou par ses femmes) reconnaissait enfin ses erreurs et corrigeait sa mauvaise conduite, tout le peuple criait à sa porte : « Vive notre grand roi qui n'est plus bœuf[76] ! »

AVENTURE DE LA MÉMOIRE

Le genre humain pensant, c'est-à-dire la cent millième partie du genre humain tout au plus, avait cru longtemps, ou du moins avait souvent répété, que nous n'avions d'idées que par nos sens, et que la mémoire est le seul instrument par lequel nous puissions joindre deux idées et deux mots ensemble.

C'est pourquoi Jupiter, représentant la nature[1], fut amoureux de Mnémosyne, déesse de la mémoire, dès le premier moment qu'il la vit ; et de ce mariage naquirent les neuf Muses, qui furent les inventrices de tous les arts.

Ce dogme, sur lequel sont fondées toutes nos connaissances, fut reçu universellement, et même la Nonsobre[2] l'embrassa dès qu'elle fut née, quoique ce fût une vérité.

Quelque temps après vint un argumenteur[3], moitié géomètre, moitié chimérique, lequel argumenta contre les cinq sens et contre la mémoire ; et il dit au petit nombre du genre humain pensant : « Vous vous êtes trompés jusqu'à présent, car vos sens sont inutiles ; car les idées sont innées chez vous avant qu'aucun de vos sens pût agir, car vous aviez toutes les notions nécessaires[4] lorsque vous vîntes au monde ; vous aviez tout sans avoir jamais rien senti ; toutes vos idées, nées avec vous, étaient présentes à votre intelligence, nommée *âme*, sans le secours de la mémoire. Cette mémoire n'est bonne à rien. »

La Nonsobre condamna cette proposition, non parce

qu'elle était ridicule, mais parce qu'elle était nouvelle :
cependant, lorsque ensuite un Anglais[5] se fut mis à prouver,
et même longuement, qu'il n'y avait point d'idées innées,
que rien n'était plus nécessaire que les cinq sens, que la
mémoire servait beaucoup à retenir les choses reçues par les
cinq sens, elle condamna ses propres sentiments, parce
qu'ils étaient devenus ceux d'un Anglais. En conséquence,
elle ordonna au genre humain de croire désormais aux idées
innées, et de ne plus croire aux cinq sens et à la mémoire. Le
genre humain, au lieu d'obéir, se moqua de la Nonsobre,
laquelle se mit en telle colère qu'elle voulut faire brûler un
philosophe. Car ce philosophe avait dit[6] qu'il est impossible
d'avoir une idée complète d'un fromage à moins d'en avoir
vu et d'en avoir mangé ; et même le scélérat osa avancer que
les hommes et les femmes n'auraient jamais pu travailler en
tapisserie s'ils n'avaient pas eu des aiguilles et des doigts
pour les enfiler.

Les liolisteois[7] se joignirent à la Nonsobre pour la
première fois de leur vie ; et les séjanistes[8], ennemis mortels
des liolisteois, se réunirent pour un moment à eux. Ils
appelèrent à leur secours les anciens dicastériques[9], qui
étaient de grands philosophes ; et tous ensemble, avant de
mourir[10], proscrivirent la mémoire et les cinq sens, et
l'auteur qui avait dit du bien de ces six choses.

Un cheval se trouva présent au jugement que prononcè-
rent ces messieurs, quoiqu'il ne fût pas de la même espèce,
et qu'il y eût entre lui et eux plusieurs différences, comme
celle de la taille, de la voix, de l'égalité des crins, et des
oreilles ; ce cheval, dis-je, qui avait du sens aussi bien que
des sens, en parla un jour à Pégase dans mon écurie ; et
Pégase alla raconter aux Muses cette histoire avec sa vivacité
ordinaire.

Les Muses, qui depuis cent ans avaient singulièrement
favorisé le pays longtemps barbare où cette scène se passait,
furent extrêmement scandalisées ; elles aimaient tendrement
Mémoire ou Mnémosyne leur mère, à laquelle ces neuf filles

sont redevables de tout ce qu'elles savent. L'ingratitude des hommes les irrita. Elles ne firent point de satire contre les anciens dicastériques, les liolisteois, les séjanistes et la Nonsobre, parce que les satires ne corrigent personne, irritent les sots et les rendent encore plus méchants. Elles imaginèrent un moyen de les éclairer, en les punissant. Les hommes avaient blasphémé la mémoire ; les Muses leur ôtèrent ce don des dieux, afin qu'ils apprissent une bonne fois ce qu'on est sans son secours.

Il arriva donc qu'au milieu d'une belle nuit tous les cerveaux s'appesantirent, de façon que le lendemain matin tout le monde se réveilla sans avoir le moindre souvenir du passé. Quelques dicastériques, couchés avec leurs femmes, voulurent s'approcher d'elles par un reste d'instinct indépendant de la mémoire. Les femmes, qui n'ont eu que très rarement l'instinct d'embrasser leurs maris, rejetèrent leurs caresses dégoûtantes avec aigreur. Les maris se fâchèrent, les femmes crièrent, et la plupart des ménages en vinrent aux coups.

Messieurs, trouvant un bonnet carré, s'en servirent pour certains besoins que ni la mémoire ni le bon sens ne soulagent. Mesdames employèrent les pots de leur toilette aux mêmes usages. Les domestiques, ne se souvenant plus du marché qu'ils avaient fait avec leurs maîtres, entrèrent dans leurs chambres, sans savoir où ils étaient ; mais, comme l'homme est né curieux, ils ouvrirent tous les tiroirs ; et comme l'homme aime naturellement l'éclat de l'argent et de l'or, sans avoir pour cela besoin de mémoire, ils prirent tout ce qu'ils en trouvèrent sous la main. Les maîtres voulurent crier au voleur ; mais l'idée de voleur étant sortie de leur cerveau, le mot ne put arriver sur leur langue. Chacun, ayant oublié son idiome, articulait des sons informes. C'était bien pis qu'à Babel où chacun inventait sur-le-champ une langue nouvelle. Le sentiment inné dans le sens des jeunes valets pour les jolies femmes agit si puissamment que ces insolents se jetèrent étourdiment sur

les premières femmes ou filles qu'ils trouvèrent, soit cabaretières, soit présidentes ; et celles-ci, ne se souvenant plus des leçons de pudeur, les laissèrent faire en toute liberté.

Il fallut dîner ; personne ne savait plus comment il fallait s'y prendre. Personne n'avait été au marché ni pour vendre ni pour acheter. Les domestiques avaient pris les habits des maîtres, et les maîtres ceux des domestiques. Tout le monde se regardait avec des yeux hébétés. Ceux qui avaient le plus de génie pour se procurer le nécessaire (et c'étaient les gens du peuple) trouvèrent un peu à vivre ; les autres manquèrent de tout. Le premier président, l'archevêque, allaient tout nus, et leurs palefreniers étaient les uns en robes rouges, les autres en dalmatiques : tout était confondu, tout allait périr de misère et de faim, faute de s'entendre.

Au bout de quelques jours les Muses eurent pitié de cette pauvre race : elles sont bonnes, quoiqu'elles fassent sentir quelquefois leur colère aux méchants ; elles supplièrent donc leur mère de rendre à ces blasphémateurs la mémoire qu'elle leur avait ôtée. Mnémosyne descendit au séjour des contraires, dans lequel on l'avait insultée avec tant de témérité, et leur parla en ces mots :

« Imbéciles, je vous pardonne ; mais ressouvenez-vous que sans les sens il n'y a point de mémoire, et que sans la mémoire il n'y a point d'esprit. »

Les dicastériques la remercièrent assez sèchement, et arrêtèrent qu'on lui ferait des remontrances. Les séjanistes mirent toute cette aventure dans leur gazette [11], on s'aperçut qu'ils n'étaient pas encore guéris. Les liolisteois en firent une intrigue de cour. Maître Coger, tout ébahi de l'aventure, et n'y entendant rien, dit à ses écoliers de cinquième ce bel axiome : *Non magis musis quam hominibus infensa est ista quae vocatur memoria* [12].

ÉLOGE HISTORIQUE
DE LA RAISON

*Prononcé dans une académie
de province par M...*

Messieurs,

Érasme fit, au seizième siècle, l'*Éloge de la Folie*[1]. Vous m'ordonnez de vous faire l'éloge de la Raison. Cette Raison n'est fêtée en effet tout au plus que deux cents ans après son ennemie, souvent beaucoup plus tard ; et il y a des nations chez lesquelles on ne l'a point encore vue.

Elle était si inconnue chez nous du temps de nos druides qu'elle n'avait pas même de nom dans notre langue. César ne l'apporta ni en Suisse, ni à Autun, ni à Paris, qui n'était alors qu'un hameau de pêcheurs ; et lui-même ne la connut guère.

Il avait tant de grandes qualités que la Raison ne put trouver de place dans la foule. Ce magnanime insensé sortit de notre pays dévasté pour aller dévaster le sien, et pour se faire donner vingt-trois coups de poignard par vingt-trois autres illustres enragés qui ne le valaient pas, à beaucoup près.

Le Sicambre Clodvich, ou Clovis, vint environ cinq cents années après exterminer une partie de notre nation, et subjuguer l'autre. On n'entendit parler de raison ni dans son armée ni dans nos malheureux petits villages, si ce n'est de la raison du plus fort.

Nous croupîmes longtemps dans cette horrible et avilissante barbarie. Les croisades ne nous en tirèrent pas. Ce fut à la fois la folie la plus universelle, la plus atroce, la plus

ridicule et la plus malheureuse. L'abominable folie de la
guerre civile et sacrée qui extermina tant de gens de la
langue de *oc* et de la langue de *oueil* succéda à ces croisades
lointaines[2]. La Raison n'avait garde de se trouver là. Alors
la Politique régnait à Rome ; elle avait pour ministres ses
deux sœurs, la Fourberie et l'Avarice. On voyait l'Igno-
rance, le Fanatisme, la Fureur, courir sous ses ordres dans
l'Europe ; la Pauvreté les suivait partout ; la Raison se
cachait dans un puits avec la Vérité sa fille. Personne ne
savait où était ce puits ; et, si on s'en était douté, on y serait
descendu pour égorger la fille et la mère.

Après que les Turcs eurent pris Constantinople et
redoublé les malheurs épouvantables de l'Europe, deux ou
trois Grecs, en s'enfuyant, tombèrent dans ce puits, ou
plutôt dans cette caverne, demi-morts de fatigue, de faim et
de peur[3].

La Raison les reçut avec humanité, leur donna à manger
sans distinction des viandes (chose qu'ils n'avaient jamais
connue à Constantinople). Ils reçurent d'elle quelques
instructions en petit nombre : car la Raison n'est pas
prolixe. Elle leur fit jurer qu'ils ne découvriraient pas le lieu
de sa retraite. Ils partirent, et arrivèrent, après bien des
courses, à la cour de Charles Quint et de François premier.

On les y reçut comme des jongleurs qui venaient faire des
tours de souplesse pour amuser l'oisiveté des courtisans et
des dames, dans les intervalles de leurs rendez-vous. Les
ministres daignèrent les regarder dans les moments de
relâche qu'ils pouvaient donner au torrent des affaires. Ils
furent même accueillis par l'empereur et par le roi de
France, qui jetèrent sur eux un coup d'œil en passant,
lorsqu'ils allaient chez leurs maîtresses. Mais ils firent plus
de fruit dans de petites villes où ils trouvèrent de bons
bourgeois qui avaient encore, je ne sais comment, quelque
lueur de sens commun.

Ces faibles lueurs s'éteignirent dans toute l'Europe parmi
les guerres civiles qui la désolèrent. Deux ou trois étincelles

de raison ne pouvaient pas éclairer le monde au milieu des torches ardentes et des bûchers que le fanatisme alluma pendant tant d'années. La Raison et sa fille se cachèrent plus que jamais.

Les disciples de leurs premiers apôtres se turent, excepté quelques-uns qui furent assez inconsidérés pour prêcher la Raison déraisonnablement et à contretemps[4] : il leur en coûta la vie, comme à Socrate ; mais personne n'y fit attention. Rien n'est si désagréable que d'être pendu obscurément. On fut occupé si longtemps des Saint-Barthélemy, des massacres d'Irlande, des échafauds de la Hongrie, des assassinats des rois, qu'on n'avait ni assez de temps, ni assez de liberté d'esprit pour penser aux menus crimes, et aux calamités secrètes qui inondaient le monde d'un bout à l'autre.

La Raison, informée de ce qui se passait par quelques exilés qui se réfugièrent dans sa retraite, fut touchée de pitié, quoiqu'elle ne passe pas pour être fort tendre. Sa fille, qui est plus hardie qu'elle, l'encouragea à voir le monde et à tâcher de le guérir. Elles parurent, elles parlèrent ; mais elles trouvèrent tant de méchants intéressés à les contredire, tant d'imbéciles aux gages de ces méchants, tant d'indifférents uniquement occupés d'eux-mêmes et du moment présent, qui ne s'embarrassaient ni d'elles ni de leurs ennemis, qu'elles regagnèrent sagement leur asile.

Cependant quelques semences des fruits qu'elles portent toujours avec elles, et qu'elles avaient répandues, germèrent sur la terre ; et même sans pourrir[5].

Enfin il y a quelque temps qu'il leur prit envie d'aller à Rome en pèlerinage, déguisées et cachant leur nom, de peur de l'Inquisition. Dès qu'elles furent arrivées, elles s'adressèrent au cuisinier du pape Ganganelli, Clément XIV[6]. Elles savaient que c'était le cuisinier de Rome le moins occupé. On peut dire même qu'il était, après vos confesseurs, messieurs, l'homme le plus désœuvré de sa profession[7].

Ce bonhomme, après avoir donné aux deux pèlerines un

dîner presque aussi frugal que celui du pape, les introduisit chez Sa Sainteté, qu'elles trouvèrent lisant les *Pensées de Marc Aurèle*. Le pape reconnut les masques, les embrassa cordialement malgré l'étiquette. « Mesdames, leur dit-il, si j'avais pu imaginer que vous fussiez sur la terre, je vous aurais fait la première visite. »

Après les compliments, on parla d'affaires. Dès le lendemain, Ganganelli abolit la bulle *In coena Domini* [8], l'un des plus grands monuments de la folie humaine, qui avait si longtemps outragé tous les potentats. Le surlendemain il prit la résolution de détruire la compagnie de Garasse, de Guignard, de Garnet, de Busenbaum, de Malagrida, de Paulian, de Patouillet, de Nonotte ; et l'Europe battit des mains. Le surlendemain il diminua les impôts dont le peuple se plaignait. Il encouragea l'agriculture et tous les arts ; il se fit aimer de tous ceux qui passaient pour les ennemis de sa place. On eût dit alors dans Rome qu'il n'y avait qu'une nation et qu'une loi dans le monde.

Les deux pèlerines, très étonnées et très satisfaites, prirent congé du pape, qui leur fit présent non d'agnus et de reliques, mais d'une bonne chaise de poste, pour continuer leurs voyages. La Raison et la Vérité n'avaient pas été jusque-là dans l'habitude d'avoir leurs aises.

Elles visitèrent toute l'Italie, et furent surprises d'y trouver, au lieu du machiavélisme, une émulation entre les princes et les républiques, depuis Parme jusqu'à Turin, à qui rendrait ses sujets plus gens de bien, plus riches et plus heureux.

« Ma fille, disait la Raison à la Vérité, voici, je crois, notre règne qui pourrait bien commencer à advenir après notre longue prison. Il faut que quelques-uns des prophètes qui sont venus nous visiter dans notre puits aient été bien puissants en paroles et en œuvres pour changer ainsi la face de la terre. Vous voyez que tout vient tard : il fallait passer par les ténèbres de l'ignorance et du mensonge avant de rentrer dans votre palais de lumière, dont vous avez été

chassée avec moi pendant tant de siècles. Il nous arrivera ce qui est arrivé à la Nature ; elle a été couverte d'un méchant voile, et toute défigurée pendant des siècles innombrables. À la fin il est venu un Galilée, un Copernic, un Newton, qui l'ont montrée presque nue, et qui en ont rendu les hommes amoureux. »

En conversant ainsi, elles arrivèrent à Venise. Ce qu'elles y considérèrent avec le plus d'attention, ce fut un procurateur de Saint-Marc, qui tenait une grande paire de ciseaux devant une table toute couverte de griffes, de becs et de plumes noires. « Ah ! s'écria la Raison, Dieu me pardonne, *lustrissimo Signor*, je crois que voilà une de mes paires de ciseaux que j'avais apportés dans mon puits, lorsque je m'y réfugiai avec ma fille ! Comment Votre Excellence les a-t-elle eus, et qu'en faites-vous ? — *Lustrissima Signora*, lui répondit le procurateur, il se peut que les ciseaux aient appartenu autrefois à Votre Excellence ; mais ce fut un nommé Fra Paolo [9] qui nous les apporta il y a longtemps, et nous nous en servons pour couper les griffes de l'Inquisition, que vous voyez étalées sur cette table.

« Ces plumes noires appartenaient à des harpies qui venaient manger le dîner de la république ; nous leur rognons tous les jours les ongles et le bout du bec. Sans cette précaution elles auraient fini par tout avaler ; il ne serait rien resté pour les sages grands, ni pour les *pregadi*, ni pour les citadins [10].

« Si vous passez par la France, vous trouverez peut-être à Paris votre autre paire de ciseaux chez un ministre espagnol [11] qui s'en servait au même usage que nous dans son pays, et qui sera un jour béni du genre humain. »

Les voyageuses, après avoir assisté à l'opéra vénitien, partirent pour l'Allemagne. Elles virent avec satisfaction ce pays, qui du temps de Charlemagne n'était qu'une forêt immense, entrecoupée de marais, maintenant couverte de villes florissantes et tranquilles ; ce pays, peuplé de souverains, autrefois barbares et pauvres, devenus tous polis et

magnifiques ; ce pays, qui n'avait eu dans les temps antiques
que des sorcières pour prêtres, immolant alors des hommes
sur des pierres grossièrement creusées ; ce pays, qui ensuite
avait été inondé de son sang pour savoir au juste si la chose
était *in, cum, sub,* ou non ; ce pays, qui enfin recevait dans
son sein trois religions ennemies, étonnées de vivre paisible-
ment ensemble. « Dieu soit béni ! dit la Raison ; ces gens-ci
sont venus enfin à moi à force de démence. »

On les introduisit chez une impératrice [12], qui était bien
plus que raisonnable, car elle était bienfaisante. Les pèle-
rines furent si contentes d'elle qu'elles ne prirent pas garde à
quelques usages qui les choquèrent ; mais elles furent toutes
deux amoureuses de l'empereur son fils.

Leur étonnement redoubla quand elles furent en Suède.
« Quoi ! disaient-elles, une révolution si difficile, et cepen-
dant si prompte ! si périlleuse, et pourtant si paisible [13], et
depuis ce grand jour pas un seul jour perdu sans faire du
bien, et tout cela dans l'âge qui est si rarement celui de la
raison ! Que nous avons bien fait de sortir de notre cache
quand ce grand événement saisissait d'admiration l'Europe
entière ! »

De là elles passèrent vite par la Pologne. « Ah ! ma mère,
quel contraste ! s'écria la Vérité. Il me prend envie de
regagner mon puits. Voilà ce que c'est que d'avoir écrasé
toujours la portion du genre humain la plus utile, et d'avoir
traité les cultivateurs plus mal qu'ils ne traitent leurs
animaux de labourage ! ce chaos de l'anarchie ne pouvait se
débrouiller autrement que par une ruine : on l'avait assez
clairement prédite. Je plains un monarque vertueux, sage et
humain [14], et j'ose espérer qu'il sera heureux, puisque les
autres rois commencent à l'être, et que vos lumières se
communiquent de proche en proche [15].

« Allons voir, continua-t-elle, un changement plus favo-
rable et plus surprenant. Allons dans cette immense région
hyperborée, qui était si barbare il y a quatre-vingts ans, et
qui est aujourd'hui si éclairée et si invincible. Allons

contempler celle qui a achevé le miracle d'une création nouvelle… » Elles y coururent, et avouèrent qu'on ne leur en avait pas assez dit.

Elles ne cessaient d'admirer combien le monde était changé depuis quelques années. Elles en concluaient que peut-être un jour le Chili et les Terres australes seraient le centre de la politesse et du bon goût, et qu'il faudrait aller au pôle antarctique pour apprendre à vivre.

Quand elles furent en Angleterre, la Vérité dit à sa mère : « Il me semble que le bonheur de cette nation n'est point fait comme celui des autres ; elle a été plus folle, plus fanatique, plus cruelle et plus malheureuse qu'aucune de celles que je connais ; et la voilà qui s'est fait un gouvernement unique, dans lequel on a conservé tout ce que la monarchie a d'utile, et tout ce qu'une république a de nécessaire. Elle est supérieure dans la guerre, dans les lois, dans les arts, dans le commerce. Je la vois seulement embarrassée de l'Amérique septentrionale, qu'elle a conquise à un bout de l'univers[16], et des plus belles provinces de l'Inde, subjuguées à l'autre bout. Comment portera-t-elle ces deux fardeaux de sa félicité ? — Le poids est lourd, dit la Raison ; mais, pour peu qu'elle m'écoute, elle trouvera des leviers qui le rendront très léger. »

Enfin la Raison et la Vérité passèrent par la France. Elles y avaient fait déjà quelques apparitions, et en avaient été chassées. « Vous souvient-il, disait la Vérité à sa mère, de l'extrême envie que nous eûmes de nous établir chez les Français dans les beaux jours de Louis XIV ? Mais les querelles impertinentes des jésuites et des jansénistes nous firent enfuir bientôt. Les plaintes continuelles des peuples ne nous rappelèrent pas. J'entends à présent les acclamations de vingt millions d'hommes qui bénissent le ciel. Les uns disent : *Cet avènement est d'autant plus joyeux que nous n'en payons pas la joie*[17]. Les autres crient : *Le luxe n'est que vanité. Les doubles emplois, les dépenses superflues, les profits excessifs, vont être retranchés.* — Et ils ont

raison. *Tout impôt nouveau va être aboli.* — Et ils ont tort : car il faut que chaque particulier paye pour le bonheur général.

« *Les lois vont être uniformes.* — Rien n'est plus à désirer, mais rien n'est plus difficile. *On va répartir aux indigents qui travaillent, et surtout aux pauvres officiers, les biens immenses de certains oisifs qui ont fait vœu de pauvreté. Ces gens de mainmorte n'auront plus eux-mêmes des esclaves de mainmorte. On ne verra plus des huissiers de moines chasser de la maison paternelle des orphelins réduits à la mendicité pour enrichir de leurs dépouilles un couvent jouissant des droits seigneuriaux, qui sont les droits des anciens conquérants. On ne verra plus des familles entières demandant vainement l'aumône à la porte de ce couvent qui les dépouille*[18]. Plût à Dieu ! Rien n'est plus digne d'un roi. Le roi de Sardaigne a détruit chez lui cet abus abominable. Fasse le ciel que cet abus soit exterminé en France !

« N'entendez-vous pas, ma mère, toutes ces voix qui disent : *Les mariages de cent mille familles utiles à l'État*[19] *ne seront plus réputés concubinages ; et les enfants ne seront plus déclarés bâtards par la loi ?* La nature, la justice, et vous, ma mère, tout demande sur ce grand objet un règlement sage, qui soit compatible avec le repos de l'État et avec les droits de tous les hommes.

« *On rendra la profession de soldat si honorable que l'on ne sera plus tenté de déserter.* La chose est possible mais délicate.

« *Les petites fautes ne seront point punies comme de grands crimes, parce qu'il faut de la proportion à tout. Une loi barbare, obscurément énoncée, mal interprétée, ne fera plus périr sous des barres de fer et dans les flammes des enfants indiscrets et imprudents*[20], *comme s'ils avaient assassiné leurs pères et leurs mères.* Ce devait être le premier axiome de la justice criminelle.

« *Les biens d'un père de famille ne seront plus confisqués, parce que les enfants ne doivent point mourir de faim pour*

les fautes de leur père, et que le roi n'a nul besoin de cette
misérable confiscation. — À merveille ! et cela est digne de la
magnanimité du souverain.

« *La torture, inventée autrefois par les voleurs de grands
chemins pour forcer les volés à découvrir leur trésor, et
employée aujourd'hui chez un petit nombre de nations pour
sauver le coupable robuste et pour perdre l'innocent faible de
corps et d'esprit, ne sera plus en usage que dans les crimes de
lèse-société au premier chef, et seulement pour avoir révéla-
tion des complices. Mais ces crimes ne se commettront jamais.*
— On ne peut mieux. Voilà les vœux que j'entends faire
partout et j'écrirai tous ces grands changements dans mes
annales, moi qui suis la Vérité.

« J'entends encore proférer autour de moi, dans tous les
tribunaux, ces paroles remarquables : *Nous ne citerons plus
jamais les deux puissances ; parce qu'il ne peut en exister
qu'une : celle du roi, ou de la loi, dans une monarchie ; celle
de la nation, dans une république. La puissance divine est
d'une nature si différente, et si supérieure, qu'elle ne doit pas
être compromise par un mélange profane avec les lois
humaines. L'infini ne peut se joindre au fini. Grégoire VII
fut le premier qui osa appeler l'infini à son secours, dans ses
guerres jusqu'alors inouïes, contre Henri IV, empereur trop
fini ; j'entends trop borné*[21]. *Ces guerres ont ensanglanté
l'Europe bien longtemps ; mais enfin on a séparé ces deux
êtres vénérables qui n'ont rien de commun : et c'est le seul
moyen d'être en paix.*

« Ces discours, que tiennent tous les ministres des lois,
me paraissent bien forts. Je sais qu'on ne reconnaît deux
puissances ni à la Chine, ni dans l'Inde, ni en Perse, ni à
Constantinople, ni à Moscou, ni à Londres, etc. Mais je
m'en rapporte à vous, ma mère. Je n'écrirai rien que ce que
vous aurez dicté. »

La Raison lui répondit : « Ma fille, vous sentez bien que
je désire à peu près les mêmes choses et bien d'autres. Tout
cela demande du temps et de la réflexion. J'ai toujours été

très contente quand, dans mes chagrins, j'ai obtenu une partie des soulagements que je voulais. Je suis aujourd'hui trop heureuse.

« Vous souvenez-vous du temps où presque tous les rois de la terre, étant dans une profonde paix, s'amusaient à jouer aux énigmes, et où la belle reine de Saba venait proposer tête à tête des logogriphes à Salomon ? — Oui, ma mère ; c'était un bon temps, mais il n'a pas duré. — Eh bien ! reprit la mère, celui-ci est infiniment meilleur. On ne songeait alors qu'à montrer un peu d'esprit ; et je vois que depuis dix à douze ans on s'est appliqué, dans l'Europe, aux arts et aux vertus nécessaires qui adoucissent l'amertume de la vie. Il semble en général qu'on se soit donné le mot pour penser plus solidement qu'on n'avait fait pendant des milliers de siècles. Vous, qui n'avez jamais pu mentir, dites-moi quel temps vous auriez choisi ou préféré au temps où nous sommes pour vous habituer en France...

— J'ai la réputation, répondit la fille, d'aimer à dire des choses assez dures aux gens chez qui je me trouve ; et vous savez bien que j'y ai toujours été forcée ; mais j'avoue que je n'ai que du bien à dire du temps présent, en dépit de tant d'auteurs qui ne louent que le passé.

« Je dois instruire la postérité que c'est dans cet âge que les hommes ont appris à se garantir d'une maladie affreuse et mortelle, en se la donnant moins funeste [22] ; à rendre la vie à ceux qui la perdent dans les eaux [23] ; à gouverner et à braver le tonnerre [24] ; à suppléer au point fixe qu'on désire en vain d'occident en orient [25]. On a fait plus en morale. On a osé demander justice aux lois contre des lois qui avaient condamné la vertu au supplice ; et cette justice a été quelquefois obtenue [26]. Enfin on a osé prononcer le mot de tolérance [27].

— Eh bien ! ma chère fille, jouissons de ces beaux jours ; restons ici, s'ils durent ; et, si les orages surviennent, retournons dans notre puits. »

LES OREILLES
DU COMTE DE CHESTERFIELD
ET LE CHAPELAIN GOUDMAN

CHAPITRE PREMIER

Ah ! la fatalité gouverne irrémissiblement toutes les choses de ce monde. J'en juge, comme de raison, par mon aventure.

Milord Chesterfield, qui m'aimait fort, m'avait promis de me faire du bien. Il vaquait un bon *preferment** à sa nomination. Je cours du fond de ma province à Londres ; je me présente à milord ; je le fais souvenir de ses promesses ; il me serre la main avec amitié, et me dit qu'en effet j'ai bien mauvais visage. Je lui réponds que mon plus grand mal est la pauvreté. Il me réplique qu'il veut me faire guérir, et me donne sur-le-champ une lettre pour M. Sidrac, près de Guid'hall[1].

Je ne doute pas que M. Sidrac ne soit celui qui doit m'expédier les provisions de ma cure. Je vole chez lui. M. Sidrac, qui était le chirurgien de milord, se met incontinent en devoir de me sonder, et m'assure que, si j'ai la pierre, il me taillera[2] très heureusement.

Il faut savoir que milord avait entendu que j'avais un grand mal à la vessie, et qu'il avait voulu, selon sa générosité ordinaire, me faire tailler à ses dépens. Il était sourd, aussi

* *Preferment* signifie *bénéfice* en anglais.

bien que monsieur son frère, et je n'en étais pas encore instruit.

Pendant le temps que je perdis à défendre ma vessie contre M. Sidrac, qui voulait me sonder à toute force, un des cinquante-deux compétiteurs qui prétendaient au même bénéfice arriva chez milord, demanda ma cure, et l'emporta.

J'étais amoureux de miss Fidler[3], que je devais épouser dès que je serais curé ; mon rival eut ma place et ma maîtresse.

Le comte, ayant appris mon désastre et sa méprise, me promit de tout réparer. Mais il mourut deux jours après.

M. Sidrac me fit voir, clair comme le jour, que mon bon protecteur ne pouvait pas vivre une minute de plus, vu la constitution présente de ses organes, et me prouva que sa surdité ne venait que de l'extrême sécheresse de la corde et du tambour de son oreille. Il m'offrit même d'endurcir mes deux oreilles avec de l'esprit de vin, de façon à me rendre plus sourd qu'aucun pair du royaume.

Je compris que M. Sidrac était un très savant homme. Il m'inspira du goût pour la science de la nature. Je voyais d'ailleurs que c'était un homme charitable qui me taillerait gratis dans l'occasion, et qui me soulagerait dans tous les accidents qui pourraient m'arriver vers le col de la vessie.

Je me mis donc à étudier la nature sous sa direction, pour me consoler de la perte de ma cure et de ma maîtresse.

CHAPITRE SECOND

Après bien des observations sur la nature, faites avec mes cinq sens, des lunettes, des microscopes, je dis un jour à M. Sidrac : « On se moque de nous ; il n'y a point de nature, tout est art[4]. C'est par un art admirable que toutes les planètes dansent régulièrement autour du soleil, tandis

que le soleil fait la roue sur lui-même. Il faut assurément que
quelqu'un d'aussi savant que la Société royale de Londres
ait arrangé les choses de manière que le carré des révolutions
de chaque planète soit toujours proportionnel à la racine du
cube de leur distance à leur centre ; et il faut être sorcier
pour le deviner.

« Le flux et le reflux de notre Tamise me paraît l'effet
constant d'un art non moins profond et non moins difficile
à connaître.

« Animaux, végétaux, minéraux, tout me paraît arrangé
avec poids, mesure, nombre, mouvement. Tout est ressort,
levier, poulie, machine hydraulique, laboratoire de chimie,
depuis l'herbe jusqu'au chêne, depuis la puce jusqu'à
l'homme, depuis un grain de sable jusqu'à nos nuées.

« Certainement il n'y a que de l'art, et la nature est une
chimère.

— Vous avez raison, me répondit M. Sidrac, mais vous
n'en avez pas les gants[5] ; cela a déjà été dit par un rêveur
delà la Manche *[6], mais on n'y a pas fait attention.

— Ce qui m'étonne, et ce qui me plaît le plus, c'est que,
par cet art incompréhensible, deux machines en produisent
toujours une troisième ; et je suis bien fâché de n'en avoir
pas fait une avec miss Fidler ; mais je vois bien qu'il était
arrangé de toute éternité que miss Fidler emploierait une
autre machine que moi.

— Ce que vous dites, me répliqua M. Sidrac, a été encore
dit, et tant mieux : c'est une probabilité que vous pensez
juste. Oui, il est fort plaisant que deux êtres en produisent
un troisième ; mais cela n'est pas vrai de tous les êtres. Deux
roses ne produisent point une troisième rose en se baisant.
Deux cailloux, deux métaux, n'en produisent pas un
troisième, et cependant un métal, une pierre sont des choses
que toute l'industrie humaine ne saurait faire. Le grand, le
beau miracle continuel, est qu'un garçon et une fille fassent

* *Questions encyclopédiques*, article « Nature ».

un enfant ensemble, qu'un rossignol fasse un rossignolet à sa rossignole, et non pas à une fauvette. Il faudrait passer la moitié de sa vie à les imiter, et l'autre moitié à bénir celui qui inventa cette méthode. Il y a dans la génération mille secrets tout à fait curieux. Newton dit que la nature se ressemble partout : *Natura est ubique sibi consona.* Cela est faux en amour[7], les poissons, les reptiles, les oiseaux, ne font point l'amour comme nous : c'est une variété infinie. La fabrique des êtres sentants et agissants me ravit. Les végétaux ont aussi leur prix. Je m'étonne toujours qu'un grain de blé jeté en terre en produise plusieurs autres.

— Ah ! lui dis-je comme un sot que j'étais encore, c'est que le blé doit mourir pour naître, comme on l'a dit dans l'École[8]. »

M. Sidrac me reprit en riant avec beaucoup de circonspection. « Cela était vrai du temps de l'École, dit-il, mais le moindre laboureur sait bien aujourd'hui que la chose est absurde. — Ah ! monsieur Sidrac, je vous demande pardon ; mais j'ai été théologien, et on ne se défait pas tout d'un coup de ses habitudes. »

CHAPITRE TROISIÈME

Quelque temps après ces conversations entre le pauvre prêtre Goudman et l'excellent anatomiste Sidrac, ce chirurgien le rencontra dans le parc Saint-James tout pensif, tout rêveur, et l'air plus embarrassé qu'un algébriste qui vient de faire un faux calcul. « Qu'avez-vous ? lui dit Sidrac ; est-ce la vessie ou le côlon qui vous tourmente ? — Non, dit Goudman, c'est la vésicule du fiel. Je viens de voir passer dans un bon carrosse l'évêque de Glocester[9], qui est un pédant bavard et insolent. J'étais à pied, et cela m'a irrité. J'ai songé que, si je voulais avoir un évêché dans ce

royaume, il y a dix mille à parier contre un que je ne l'aurais pas, attendu que nous sommes dix mille prêtres en Angleterre. Je suis sans aucune protection depuis la mort de milord Chesterfield, qui était sourd. Posons que les dix mille prêtres anglicans aient chacun deux protecteurs, il y aurait en ce cas vingt mille à parier contre un que je n'aurais pas l'évêché. Cela fâche quand on y fait attention.

« Je me suis souvenu qu'on m'avait proposé autrefois d'aller aux grandes Indes [10] en qualité de mousse ; on m'assurait que j'y ferais une grande fortune, mais je ne me sentis pas propre à devenir un jour amiral. Et, après avoir examiné toutes les professions, je suis resté prêtre sans être bon à rien.

— Ne soyez plus prêtre, lui dit Sidrac, et faites-vous philosophe. Ce métier n'exige ni ne donne des richesses. Quel est votre revenu ? — Je n'ai que trente guinées de rente, et, après la mort de ma vieille tante, j'en aurai cinquante. — Allons, mon cher Goudman, c'est assez pour vivre libre et pour penser. Trente guinées font six cent trente shellings, c'est près de deux shellings par jour. Philips n'en voulait qu'un seul [11]. On peut, avec ce revenu assuré, dire tout ce qu'on pense de la compagnie des Indes, du parlement, de nos colonies, du roi, de l'être en général, de l'homme et de Dieu, ce qui est un grand amusement. Venez dîner avec moi, cela vous épargnera de l'argent ; nous causerons, et votre faculté pensante aura le plaisir de se communiquer à la mienne par le moyen de la parole, ce qui est une chose merveilleuse que les hommes n'admirent pas assez. »

CHAPITRE QUATRIÈME

CONVERSATION DU DOCTEUR GOUDMAN
ET DE L'ANATOMISTE SIDRAC,
SUR L'ÂME ET SUR QUELQUE AUTRE CHOSE

GOUDMAN

Mais, mon cher Sidrac, pourquoi dites-vous toujours *ma faculté pensante*? Que ne dites-vous *mon âme*[12], tout court? cela serait plus tôt fait, et je vous entendrais tout aussi bien.

SIDRAC

Et moi, je ne m'entendrais pas. Je sens bien, je sais bien que Dieu m'a donné la faculté de penser et de parler, mais je ne sens ni ne sais s'il m'a donné un être qu'on appelle âme.

GOUDMAN

Vraiment, quand j'y réfléchis, je vois que je n'en sais rien non plus, et que j'ai été longtemps assez hardi pour croire le savoir. J'ai remarqué que les peuples orientaux appelèrent l'âme d'un nom qui signifiait la vie. À leur exemple, les Latins entendirent d'abord par *anima* la vie de l'animal. Chez les Grecs on disait : la respiration est l'âme. Cette respiration est un souffle. Les Latins traduisirent le mot souffle par *spiritus*. De là le mot qui répond à *esprit* chez presque toutes les nations modernes. Comme personne n'a jamais vu ce souffle, cet esprit, on en a fait un être que personne ne peut voir ni toucher. On a dit qu'il logeait dans notre corps sans y tenir de place, qu'il remuait nos organes sans les atteindre. Que n'a-t-on pas dit? Tous nos discours, à ce qu'il me semble, ont été fondés sur des équivoques. Je

vois que le sage Locke a bien senti dans quel chaos ces équivoques de toutes les langues avaient plongé la raison humaine. Il n'a fait aucun chapitre sur l'âme dans le seul livre de métaphysique raisonnable qu'on ait jamais écrit[13]. Et si par hasard il prononce ce mot en quelques endroits, ce mot ne signifie chez lui que notre intelligence.

En effet, tout le monde sent bien qu'il a une intelligence, qu'il reçoit des idées, qu'il en assemble, qu'il en décompose ; mais personne ne sent qu'il ait dans lui un autre être qui lui donne du mouvement, des sensations et des pensées. Il est, au fond, ridicule de prononcer des mots qu'on n'entend pas, et d'admettre des êtres dont on ne peut avoir la plus légère connaissance.

SIDRAC

Nous voilà donc déjà d'accord sur une chose qui a été un objet de dispute pendant tant de siècles.

GOUDMAN

Et j'admire que nous soyons d'accord.

SIDRAC

Cela n'est pas étonnant, nous cherchons le vrai de bonne foi. Si nous étions sur les bancs de l'École, nous argumenterions comme les personnages de Rabelais[14]. Si nous vivions dans les siècles de ténèbres affreuses qui enveloppèrent si longtemps l'Angleterre, l'un de nous deux ferait peut-être brûler l'autre. Nous sommes dans un siècle de raison ; nous trouvons aisément ce qui nous paraît la vérité, et nous osons la dire.

GOUDMAN

Oui, mais j'ai peur que cette vérité ne soit bien peu de chose. Nous avons fait en mathématique des prodiges qui étonneraient Apollonius et Archimède, et qui les rendraient

nos écoliers. Mais, en métaphysique, qu'avons-nous
trouvé ? Notre ignorance.

SIDRAC

Et n'est-ce rien ? Vous convenez que le grand Être vous a
donné une faculté de sentir et de penser, comme il a donné à
vos pieds la faculté de marcher, à vos mains le pouvoir de
faire mille ouvrages, à vos viscères le pouvoir de digérer, à
votre cœur le pouvoir de pousser votre sang dans vos
artères. Nous tenons tout de lui ; nous n'avons rien pu nous
donner [15] ; et nous ignorerons toujours la manière dont le
maître de l'univers s'y prend pour nous conduire. Pour moi,
je lui rends grâce de m'avoir appris que je ne sais rien des
premiers principes.

On a toujours recherché comment l'âme agit sur le corps.
Il fallait d'abord savoir si nous en avions une. Ou Dieu nous
a fait ce présent, ou il nous a communiqué quelque chose
qui en est l'équivalent. De quelque manière qu'il s'y soit
pris, nous sommes sous sa main. Il est notre maître, voilà
tout ce que je sais.

GOUDMAN

Mais, au moins, dites-moi ce que vous en soupçonnez.
Vous avez disséqué des cerveaux, vous avez vu des
embryons et des fœtus : y avez-vous découvert quelque
apparence d'âme ?

SIDRAC

Pas la moindre, et je n'ai jamais pu comprendre comment
un être immatériel, immortel, logeait pendant neuf mois
inutilement caché dans une membrane puante entre de
l'urine et des excréments. Il m'a paru difficile de concevoir
que cette prétendue âme simple existât avant la formation de
son corps ; car à quoi aurait-elle servi pendant des siècles
sans être âme humaine ? Et puis comment imaginer un être
simple ? un être métaphysique qui attend pendant une

éternité le moment d'animer de la matière pendant quelques minutes ? Que devient cet être inconnu si le fœtus qu'il doit animer meurt dans le ventre de sa mère ?

Il m'a paru encore plus ridicule que Dieu créât une âme au moment qu'un homme couche avec une femme. Il m'a semblé blasphématoire que Dieu attendît la consommation d'un adultère, d'un inceste, pour récompenser ces turpitudes en créant des âmes en leur faveur. C'est encore pis quand on me dit que Dieu tire du néant des âmes immortelles pour leur faire souffrir éternellement des tourments incroyables. Quoi ! brûler des êtres simples, des êtres qui n'ont rien de brûlable ! Comment nous y prendrions-nous pour brûler un son de voix, un vent qui vient de passer ? Encore ce son, ce vent, étaient matériels dans le petit moment de leur passage ; mais un esprit pur, une pensée, un doute ; je m'y perds. De quelque côté que je me tourne, je ne trouve qu'obscurité, contradiction, impossibilité, ridicule, rêveries, impertinence, chimère, absurdité, bêtise, charlatanerie.

Mais je suis à mon aise quand je me dis : Dieu est le maître. Celui qui fait graviter des astres innombrables les uns vers les autres, celui qui fit la lumière, est bien assez puissant pour nous donner des sentiments et des idées, sans que nous ayons besoin d'un petit atome étranger, invisible, appelé *âme*.

Dieu a donné certainement du sentiment, de la mémoire, de l'industrie à tous les animaux. Il leur a donné la vie, et il est bien aussi beau de faire présent de la vie que de faire présent d'une âme. Il est assez reçu que les animaux vivent ; il est démontré qu'ils ont du sentiment, puisqu'ils ont les organes du sentiment. Or, s'ils ont tout cela sans âme, pourquoi voulons-nous à toute force en avoir une ?

GOUDMAN

Peut-être c'est par vanité. Je suis persuadé que, si un paon pouvait parler, il se vanterait d'avoir une âme, et il dirait que

son âme est dans sa queue. Je me sens très enclin à soupçonner avec vous que Dieu nous a faits mangeants, buvants, marchants, dormants, sentants, pensants, pleins de passions, d'orgueil et de misère, sans nous dire un mot de son secret. Nous n'en savons pas plus sur cet article que ces paons dont je parle. Et celui qui a dit que nous naissons, vivons et mourons sans savoir comment [16], a dit une grande vérité.

Celui qui nous appelle les marionnettes de la Providence [17] me paraît nous avoir bien définis. Car enfin, pour que nous existions, il faut une infinité de mouvements. Or nous n'avons pas fait le mouvement ; ce n'est pas nous qui en avons établi les lois. Il y a quelqu'un qui, ayant fait la lumière, la fait mouvoir du soleil à nos yeux, et y arriver en sept minutes. Ce n'est que par le mouvement que mes cinq sens sont remués ; ce n'est que par ces cinq sens que j'ai des idées : donc c'est l'auteur du mouvement qui me donne mes idées. Et, quand il me dira de quelle manière il me les donne, je lui rendrai de très humbles actions de grâces. Je lui en rends déjà beaucoup de m'avoir permis de contempler pendant quelques années le magnifique spectacle de ce monde, comme disait Épictète. Il est vrai qu'il pouvait me rendre plus heureux, et me faire avoir un bon bénéfice et ma maîtresse miss Fidler ; mais enfin, tel que je suis avec mes six cent trente schellings de rente, je lui ai encore bien de l'obligation.

SIDRAC

Vous dites que Dieu pouvait vous donner un bon bénéfice, et qu'il pouvait vous rendre plus heureux que vous n'êtes. Il y a des gens qui ne vous passeront pas cette proposition. Eh ! ne vous souvenez-vous pas que vous-même vous vous êtes plaint de la fatalité ? Il n'est pas permis à un homme qui a voulu être curé de se contredire. Ne voyez-vous pas que, si vous aviez eu la cure et la femme que vous demandiez, ce serait vous qui auriez fait un enfant à

miss Fidler, et non pas votre rival ? L'enfant dont elle aurait accouché aurait pu être mousse, devenir amiral, gagner une bataille navale à l'embouchure du Gange, et achever de détrôner le grand Mogol. Cela seul aurait changé la constitution de l'univers. Il aurait fallu un monde tout différent du nôtre pour que votre compétiteur n'eût pas la cure[18], pour qu'il n'épousât pas miss Fidler, pour que vous ne fussiez pas réduit à six cent trente shellings, en attendant la mort de votre tante. Tout est enchaîné, et Dieu n'ira pas rompre la chaîne éternelle pour mon ami Goudman.

GOUDMAN

Je ne m'attendais pas à ce raisonnement quand je parlais de fatalité. Mais enfin, si cela est ainsi, Dieu est donc esclave tout comme moi ?

SIDRAC

Il est esclave de sa volonté, de sa sagesse, des propres lois qu'il a faites, de sa nature nécessaire. Il ne peut les enfreindre, parce qu'il ne peut être faible, inconstant, volage comme nous, et que l'Être nécessairement éternel ne peut être une girouette.

GOUDMAN

Monsieur Sidrac, cela pourrait mener tout droit à l'irréligion. Car, si Dieu ne peut rien changer aux affaires de ce monde, à quoi bon chanter ses louanges, à quoi bon lui adresser des prières ?

SIDRAC

Eh ! qui vous dit de prier Dieu et de le louer ? Il a vraiment bien à faire de vos louanges et de vos placets ! On loue un homme parce qu'on le croit vain ; on le prie quand on le croit faible, et qu'on espère le faire changer d'avis. Faisons notre devoir envers Dieu, adorons-le, soyons justes ; voilà nos vraies louanges et nos vraies prières.

GOUDMAN

Monsieur Sidrac, nous avons embrassé bien du terrain ; car, sans compter miss Fidler, nous examinons si nous avons une âme, s'il y a un Dieu, s'il peut changer, si nous sommes destinés à deux vies, si... ce sont là de profondes études, et peut-être je n'y aurais jamais pensé si j'avais été curé. Il faut que j'approfondisse ces choses nécessaires et sublimes, puisque je n'ai rien à faire.

SIDRAC

Eh bien ! demain le docteur Grou vient dîner chez moi : c'est un médecin fort instruit ; il a fait le tour du monde avec MM. Banks et Solander [19] ; il doit certainement connaître Dieu et l'âme, le vrai et le faux, le juste et l'injuste, bien mieux que ceux qui ne sont jamais sortis de Covent-Garden. De plus, le docteur Grou a vu presque toute l'Europe dans sa jeunesse ; il a été témoin de cinq ou six révolutions en Russie ; il a fréquenté le bacha comte de Bonneval, qui était devenu, comme on sait, un parfait musulman à Constantinople [20]. Il a été lié avec le prêtre papiste Makarti [21], Irlandais, qui se fit couper le prépuce à l'honneur de Mahomet, et avec notre presbytérien écossais Ramsay [22], qui en fit autant, et qui ensuite servit en Russie, et fut tué dans une bataille contre les Suédois en Finlande. Enfin, il a conversé avec le révérend père Malagrida [23], qui a été brûlé depuis à Lisbonne, parce que la Sainte Vierge lui avait révélé tout ce qu'elle avait fait lorsqu'elle était dans le ventre de sa mère sainte Anne. Vous sentez bien qu'un homme comme M. Grou qui a vu tant de choses, doit être le plus grand métaphysicien du monde. À demain donc chez moi à dîner.

GOUDMAN

Et après-demain encore, mon cher Sidrac, car il faut plus d'un dîner pour s'instruire.

CHAPITRE CINQUIÈME

Le lendemain, les trois penseurs dînèrent ensemble ; et, comme ils devenaient un peu plus gais sur la fin du repas, selon la coutume des philosophes qui dînent, on se divertit à parler de toutes les misères, de toutes les sottises, de toutes les horreurs qui affligent le genre animal, depuis les terres australes jusqu'auprès du pôle arctique, et depuis Lima jusqu'à Méaco. Cette diversité d'abominations ne laisse pas d'être fort amusante. C'est un plaisir que n'ont point les bourgeois casaniers et les vicaires de paroisse, qui ne connaissent que leur clocher, et qui croient que tout le reste de l'univers est fait comme Exchange-Alley à Londres, ou comme la rue de la Huchette à Paris.

« Je remarque, dit le docteur Grou, que, malgré la variété infinie répandue sur ce globe, cependant tous les hommes que j'ai vus, soit noirs à laine, soit noirs à cheveux, soit bronzés, soit rouges, soit bis qui s'appellent blancs, ont également deux jambes, deux yeux et une tête sur leurs épaules, quoi qu'en ait dit saint Augustin, qui, dans son trente-septième sermon, assure qu'il a vu des acéphales, c'est-à-dire des hommes sans tête, des monocules, qui n'ont qu'un œil, et des monopèdes, qui n'ont qu'une jambe. Pour des anthropophages, j'avoue qu'on en regorge, et que tout le monde l'a été.

« On m'a souvent demandé si les habitants de ce pays immense nommé la Nouvelle-Zélande, qui sont aujourd'hui les plus barbares de tous les barbares, étaient baptisés. J'ai répondu que je n'en savais rien, que cela pouvait être ; que les Juifs, qui étaient plus barbares qu'eux, avaient eu deux baptêmes au lieu d'un, le baptême de justice et le baptême de domicile.

— Vraiment, je les connais, dit M. Goudman, et j'ai eu

sur cela de grandes disputes avec ceux qui croient que nous
avons inventé le baptême. Non, messieurs, nous n'avons
rien inventé, nous n'avons fait que rapetasser. Mais, dites-
moi, je vous en prie, monsieur Grou, de quatre-vingts ou
cent religions que vous avez vues en chemin, laquelle vous a
paru la plus agréable ? est-ce celle des Zélandais ou celle des
Hottentots ?

MONSIEUR GROU

« C'est celle de l'île d'Otaïti, sans aucune comparaison.
J'ai parcouru les deux hémisphères, je n'ai rien vu comme
Otaïti et sa religieuse reine. C'est dans Otaïti que la nature
habite [24]. Je n'ai vu ailleurs que des masques, je n'ai vu que
des fripons qui trompent des sots, des charlatans qui
escamotent l'argent des autres pour avoir de l'autorité, et
qui escamotent de l'autorité pour avoir de l'argent impuné-
ment ; qui vous vendent des toiles d'araignées pour manger
vos perdrix, qui vous promettent richesses et plaisir quand il
n'y aura plus personne, afin que vous tourniez la broche
pendant qu'ils existent.

« Pardieu ! il n'en est pas de même dans l'île d'Aïti, ou
d'Otaïti [25]. Cette île est bien plus civilisée que celle de
Zélande et que le pays des Cafres, et, j'ose dire, que notre
Angleterre, parce que la nature l'a favorisée d'un sol plus
fertile ; elle lui a donné l'arbre à pain, présent aussi utile
qu'admirable, qu'elle n'a fait qu'à quelques îles de la mer du
Sud. Otaïti possède d'ailleurs beaucoup de volailles, de
légumes et de fruits. On n'a pas besoin dans un tel pays de
manger son semblable. Mais il y a un besoin plus naturel,
plus doux, plus universel, que la religion d'Otaïti ordonne
de satisfaire en public. C'est de toutes les cérémonies
religieuses la plus respectable sans doute ; j'en ai été témoin,
aussi bien que tout l'équipage de notre vaisseau. Ce ne sont
point ici des fables de missionnaires, telles qu'on en trouve
quelquefois dans les *Lettres édifiantes et curieuses* des
révérends pères jésuites [26]. Le docteur Jean Hakerovorth [27]

achève actuellement de faire imprimer nos découvertes dans l'hémisphère méridional. J'ai toujours accompagné M. Banks, ce jeune homme si estimable, qui a consacré son temps et son bien à observer la nature vers le pôle antarctique, tandis que MM. Dakins et Wood[28] revenaient des ruines de Palmyre et de Balbek, où ils avaient fouillé les plus anciens monuments des arts, et que M. Hamilton[29] apprenait aux Napolitains étonnés l'histoire naturelle de leur mont Vésuve. Enfin j'ai vu avec MM. Banks, Solander, Cook, et cent autres, ce que je vais vous raconter.

« La princesse Obéira, reine de l'île Otaïti... »

Alors on apporta le café, et dès qu'on l'eut pris, M. Grou continua ainsi son récit.

CHAPITRE SIXIÈME

« La princesse Obéira, dis-je, après nous avoir comblés de présents, avec une politesse digne d'une reine d'Angleterre, fut curieuse d'assister un matin à notre service anglican. Nous le célébrâmes aussi pompeusement que nous pûmes. Elle nous invita au sien l'après-dîné ; c'était le 14 mai 1769. Nous la trouvâmes entourée d'environ mille personnes des deux sexes, rangées en demi-cercle, et dans un silence respectueux. Une jeune fille très jolie, simplement parée d'un déshabillé galant, était couchée sur une estrade qui servait d'autel. La reine Obéira ordonna à un beau garçon d'environ vingt ans d'aller sacrifier. Il prononça une espèce de prière et monta sur l'autel. Les deux sacrificateurs étaient à demi nus. La reine, d'un air majestueux, enseignait à la jeune victime la manière la plus convenable de consommer le sacrifice. Tous les Otaïtiens étaient si attentifs et si respectueux qu'aucun de nos

matelots n'osa troubler la cérémonie par un rire indécent.
Voilà ce que j'ai vu, vous dis-je, voilà tout ce que notre
équipage a vu. C'est à vous d'en tirer les conséquences.

— Cette fête sacrée ne m'étonne pas, dit le docteur
Goudman. Je suis persuadé que c'est la première fête que les
hommes aient jamais célébrée ; et je ne vois pas pourquoi on
ne prierait pas Dieu lorsqu'on va faire un être à son image,
comme nous le prions avant les repas qui servent à soutenir
notre corps. Travailler à faire naître une créature raisonna-
ble est l'action la plus noble et la plus sainte. C'est ainsi que
pensaient les premiers Indiens qui révérèrent le Lingam,
symbole de la génération ; les anciens Égyptiens qui por-
taient en procession le Phallus ; les Grecs qui érigèrent des
temples à Priape. S'il est permis de citer la misérable petite
nation juive, grossière imitatrice de tous ses voisins [30], il est
dit dans ses livres que ce peuple adora Priape, et que la reine
mère du roi juif Asa fut sa grande prêtresse *.

« Quoi qu'il en soit, il est très vraisemblable que jamais
aucun peuple n'établit ni ne put établir un culte par
libertinage. La débauche s'y glisse quelquefois dans la suite
des temps ; mais l'institution est toujours innocente et pure.
Nos premiers agapes, dans lesquels les garçons et les filles se
baisaient modestement sur la bouche, ne dégénérèrent
qu'assez tard en rendez-vous et en infidélités ; et plût à Dieu
que je pusse sacrifier avec miss Fidler devant la reine Obéira
en tout bien et en tout honneur ! Ce serait assurément le
plus beau jour et la plus belle action de ma vie. »

M. Sidrac, qui avait jusque-là gardé le silence, parce que
MM. Goudman et Grou avaient toujours parlé, sortit enfin
de sa taciturnité, et dit : « Tout ce que je viens d'entendre
me ravit en admiration. La reine Obéira me paraît la
première reine de l'hémisphère méridional, je n'ose dire des
deux hémisphères. Mais, parmi tant de gloire et tant de
félicité, il y a un article qui me fait frémir, et dont

* Troisième des *Rois*, chap. XIII ; et *Paralipomènes*, chap. XV.

M. Goudman vous a dit un mot auquel vous n'avez pas répondu. Est-il vrai, M. Grou, que le capitaine Wallis, qui mouilla dans cette île fortunée avant vous, y porta les deux plus horribles fléaux de la terre, les deux véroles ? — Hélas, reprit M. Grou, ce sont les Français qui nous en accusent, et nous en accusons les Français. M. Bougainville dit[31] que ce sont ces maudits Anglais qui ont donné la vérole à la reine Obéira. Et M. Cook prétend que cette reine ne l'a acquise que de M. Bougainville lui-même. Quoi qu'il en soit, la vérole ressemble aux beaux-arts : on ne sait point qui en fut l'inventeur ; mais, à la longue, ils font le tour de l'Europe, de l'Asie, de l'Afrique et de l'Amérique.

— Il y a longtemps que j'exerce la chirurgie, dit Sidrac, et j'avoue que je dois à cette vérole la plus grande partie de ma fortune ; mais je ne la déteste pas moins. Mme Sidrac me la communiqua dès la première nuit de ses noces ; et comme c'est une femme excessivement délicate sur ce qui peut entamer son honneur, elle publia dans tous les papiers publics de Londres qu'elle était à la vérité attaquée du mal immonde, mais qu'elle l'avait apporté du ventre de madame sa mère, et que c'était une ancienne habitude de famille.

« À quoi pensa ce qu'on appelle *la nature*, quand elle versa ce poison dans les sources de la vie ? On l'a dit[32], et je le répète, c'est la plus énorme et la plus détestable de toutes les contradictions. Quoi ! l'homme a été fait, dit-on, à l'image de Dieu, *finxit in effigiem moderantum cuncta deorum*[33], et c'est dans les vaisseaux spermatiques de cette image qu'on a mis la douleur, l'infection et la mort ! Que deviendra ce beau vers de milord Rochester[34] : *L'amour ferait adorer Dieu dans un pays d'athées ?*

— Hélas ! dit alors le bon Goudman, j'ai peut-être à remercier la Providence de n'avoir pas épousé ma chère miss Fidler, car sait-on ce qui serait arrivé ? On n'est jamais sûr de rien dans ce monde. En tout cas, monsieur Sidrac, vous m'avez promis votre aide dans tout ce qui concernerait ma

vessie. — Je suis à votre service, répondit Sidrac ; mais il faut chasser ces mauvaises pensées. » Goudman, en parlant ainsi, semblait prévoir sa destinée.

CHAPITRE SEPTIÈME

Le lendemain les trois philosophes agitèrent la grande question : quel est le premier mobile de toutes les actions des hommes. Goudman, qui avait toujours sur le cœur la perte de son bénéfice et de sa bien-aimée, dit que le principe de tout était l'amour et l'ambition. Grou, qui avait vu plus de pays, dit que c'était l'argent ; et le grand anatomiste Sidrac assura que c'était la chaise percée. Les deux convives demeurèrent tout étonnés ; et voici comme le savant Sidrac prouva sa thèse :

« J'ai toujours observé que toutes les affaires de ce monde dépendaient de l'opinion et de la volonté d'un principal personnage, soit roi, soit premier ministre, soit premier commis. Or cette opinion et cette volonté sont l'effet immédiat de la manière dont les esprits animaux se filtrent dans le cervelet, et de là dans la moelle allongée. Ces esprits animaux dépendent de la circulation du sang ; ce sang dépend de la formation du chyle ; ce chyle s'élabore dans le réseau du mésentère ; ce mésentère est attaché aux intestins par des filets très déliés ; ces intestins, s'il m'est permis de le dire, sont remplis de merde. Or malgré les trois fortes tuniques dont chaque intestin est vêtu, il est percé comme un crible : car tout est à jour dans la nature, et il n'y a grain de sable si imperceptible qui n'ait plus de cinq cents pores. On ferait passer mille aiguilles à travers un boulet de canon si on en trouvait d'assez fines et d'assez fortes. Qu'arrive-t-il donc à un homme constipé ? Les éléments les plus ténus, les plus délicats de sa merde, se mêlent au chyle dans les

veines d'Azellius, vont à la veine porte et dans le réservoir de Paquet[35], elles passent dans la sous-clavière ; elles entrent dans le cœur de l'homme le plus galant, de la femme la plus coquette. C'est une rosée d'étron desséché qui court dans tout son corps. Si cette rosée inonde les parenchymes, les vaisseaux et les glandes d'un atrabilaire, sa mauvaise humeur devient férocité ; le blanc de ses yeux est d'un sombre ardent ; ses lèvres sont collées l'une sur l'autre ; la couleur de son visage a des teintes brouillées. Il semble qu'il vous menace ; ne l'approchez pas ; et, si c'est un ministre d'État, gardez-vous de lui présenter une requête. Il ne regarde tout papier que comme un secours dont il voudrait bien se servir selon l'ancien et l'abominable usage des gens d'Europe. Informez-vous adroitement de son valet de chambre favori si monseigneur a poussé sa selle le matin.

« Ceci est plus important qu'on ne pense. La constipation a produit quelquefois les scènes les plus sanglantes. Mon grand-père, qui est mort centenaire, était apothicaire de Cromwell ; il m'a conté souvent que Cromwell n'avait pas été à la garde-robe depuis huit jours lorsqu'il fit couper la tête à son roi.

« Tous les gens un peu instruits des affaires du continent savent que l'on avertit souvent le duc de Guise le balafré de ne pas fâcher Henri III en hiver pendant un vent de nord-est. Ce monarque n'allait alors à la garde-robe qu'avec une difficulté extrême. Ses matières lui montaient à la tête ; il était capable, dans ces temps-là, de toutes les violences. Le duc de Guise ne crut pas un si sage conseil ; que lui en arriva-t-il ? son frère et lui furent assassinés.

« Charles IX, son prédécesseur, était l'homme le plus constipé de son royaume. Les conduits de son côlon et de son rectum étaient si bouchés qu'à la fin son sang jaillit par ses pores. On ne sait que trop que ce tempérament aduste[36] fut une des principales causes de la Saint-Barthélemy.

« Au contraire, les personnes qui ont de l'embonpoint, les entrailles veloutées, le cholédoque coulant, le mouve-

ment péristaltique aisé et régulier, qui s'acquittent tous les matins, dès qu'elles ont déjeuné, d'une bonne selle aussi aisément qu'on crache ; ces personnes favorites de la nature sont douces, affables, gracieuses, prévenantes, compatissantes, officieuses. Un *non* dans leur bouche a plus de grâce qu'un *oui* dans la bouche d'un constipé.

« La garde-robe a tant d'empire qu'un dévoiement rend souvent un homme pusillanime. La dysenterie ôte le courage. Ne proposez pas à un homme affaibli par l'insomnie, par une fièvre lente, et par cinquante déjections putrides, d'aller attaquer une demi-lune en plein jour. C'est pourquoi je ne puis croire que toute notre armée eut la dysenterie à la bataille d'Azincourt, comme on le dit, et qu'elle remporta la victoire culottes bas. Quelques soldats auront eu le dévoiement pour s'être gorgés de mauvais raisins dans la route. Et les historiens auront dit que toute l'armée malade se battit à cul nu, et que, pour ne pas le montrer aux petits-maîtres français, elle les battit à *plate couture*, selon l'expression du jésuite Daniel [37].

> *Et voilà justement comme on écrit l'histoire* [38].

« C'est ainsi que les Français ont tous repété, les uns après les autres, que notre grand Édouard III se fit livrer six bourgeois de Calais, la corde au cou, pour les faire pendre, parce qu'ils avaient osé soutenir le siège avec courage, et que sa femme obtint enfin leur pardon par ses larmes. Ces romanciers ne savent pas que c'était la coutume dans ces temps barbares que les bourgeois se présentassent devant leur vainqueur la corde au cou, quand ils l'avaient arrêté trop longtemps devant une bicoque [39]. Mais certainement le généreux Édouard n'avait nulle envie de serrer le cou de ces six otages qu'il combla de présents et d'honneurs. Je suis las de toutes les fadaises dont tant d'historiens prétendus ont farci leurs chroniques, et de toutes les batailles qu'ils ont si mal décrites. J'aime autant croire que Gédéon [40] remporta

une victoire signalée avec trois cents cruches. Je ne lis plus,
Dieu merci, que l'histoire naturelle, pourvu qu'un Bur-
net [41], et un Wiston [42], et un Voodward [43], ne m'ennuient
plus de leurs maudits systèmes ; qu'un Maillet [44] ne me dise
plus que la mer d'Irlande a produit le mont Caucase, et que
notre globe est de verre ; pourvu qu'on ne me donne pas de
petits joncs aquatiques pour des animaux voraces, et le
corail pour des insectes ; pourvu que des charlatans ne me
donnent pas insolemment leurs rêveries pour des vérités. Je
fais plus de cas d'un bon régime qui entretient mes humeurs
en équilibre, et qui me procure une digestion louable et un
sommeil plein. Buvez chaud quand il gèle, buvez frais dans
la canicule ; rien de trop ni de trop peu en tout genre ;
digérez, dormez, ayez du plaisir, et moquez-vous du
reste. »

CHAPITRE HUITIÈME

Comme M. Sidrac proférait ces sages paroles, on vint
avertir M. Goudman que l'intendant du comte de Chester-
field était à la porte dans son carrosse, et demandait à lui
parler pour une affaire très pressante. Goudman court pour
recevoir les ordres de monsieur l'intendant, qui, l'ayant prié
de monter, lui dit :

« Monsieur, vous savez sans doute ce qui arriva à M. et à
Mme Sidrac la première nuit de leurs noces ?

— Oui, monsieur, il me contait tout à l'heure cette petite
aventure.

— Eh bien ! il en est arrivé tout autant à la belle
Mlle Fidler et à monsieur le curé, son mari. Le lendemain ils
se sont battus, le surlendemain ils se sont séparés et on a ôté
à monsieur le curé son bénéfice. J'aime la Fidler, je sais
qu'elle vous aime ; elle ne me hait pas. Je suis au-dessus de la

petite disgrâce qui est cause de son divorce. Je suis amoureux et intrépide. Cédez-moi miss Fidler, et je vous fais avoir la cure, qui vaut cent cinquante guinées de revenu. Je ne vous donne que dix minutes pour y rêver.

— Monsieur, la proposition est délicate. Je vais consulter mes philosophes Sidrac et Grou ; je suis à vous sans tarder. »

Il revole à ses deux conseillers. « Je vois, dit-il, que la digestion ne décide pas seule des affaires de ce monde, et que l'amour, l'ambition et l'argent y ont beaucoup de part. » Il leur expose le cas et les prie de le déterminer sur-le-champ. Tous deux conclurent qu'avec cent cinquante guinées il aurait toutes les filles de sa paroisse, et encore miss Fidler par-dessus le marché.

Goudman sentit la sagesse de cette décision, il eut la cure, il eut miss Fidler en secret, ce qui était bien plus doux que de l'avoir pour femme. M. Sidrac lui prodigua ses bons offices dans l'occasion. Il est devenu un des plus terribles prêtres de l'Angleterre ; et il est plus persuadé que jamais de la fatalité qui gouverne toutes les choses de ce monde.

HISTOIRE DE JENNI

OU LE SAGE ET L'ATHÉE

PAR M. SHERLOC[1],

Traduit par M. de la Caille[2]

CHAPITRE PREMIER

Vous me demandez, monsieur, quelques détails sur notre ami le respectable Freind, et sur son étrange fils. Le loisir dont je jouis enfin après la retraite de milord Peterborou[3] me permet de vous satisfaire. Vous serez aussi étonné que je l'ai été, et vous partagerez tous mes sentiments.

Vous n'avez guère vu ce jeune et malheureux Jenni, ce fils unique de Freind, que son père mena avec lui en Espagne lorsqu'il était chapelain de notre armée, en 1705[4]. Vous partîtes pour Alep avant que milord assiégeât Barcelone ; mais vous avez raison de me dire que Jenni était de la figure la plus aimable et la plus engageante, et qu'il annonçait du courage et de l'esprit. Rien n'est plus vrai ; on ne pouvait le voir sans l'aimer. Son père l'avait d'abord destiné à l'Église ; mais, le jeune homme ayant marqué de la répugnance pour cet état qui demande tant d'art, de ménagement et de finesse, ce père sage aurait cru faire un crime et une sottise de forcer la nature.

Jenni n'avait pas encore vingt ans. Il voulut absolument servir en volontaire à l'attaque du Montjouy[5], que nous emportâmes, et où le prince de Hesse fut tué. Notre pauvre Jenni blessé fut prisonnier et mené dans la ville. Voici un récit très fidèle de ce qui lui arriva depuis l'attaque de

Montjouy jusqu'à la prise de Barcelone. Cette relation est d'une Catalane un peu trop libre et trop naïve ; de tels écrits ne vont point jusqu'au cœur du sage. Je pris cette relation chez elle lorsque j'entrai dans Barcelone à la suite de milord Peterborou. Vous la lirez sans scandale comme un portrait fidèle des mœurs du pays.

AVENTURE D'UN JEUNE ANGLAIS
NOMMÉ JENNI
écrite de la main de doña Las Nalgas[6].

Lorsqu'on nous dit que les mêmes sauvages qui étaient venus par l'air d'une île inconnue nous prendre Gibraltar, venaient assiéger notre belle ville de Barcelone, nous commençâmes par faire des neuvaines à la Sainte Vierge de Manreze[7] ; ce qui est assurément la meilleure manière de se défendre.

Ce peuple, qui venait nous attaquer de si loin, s'appelle d'un nom qu'il est difficile de prononcer, car c'est *English*. Notre révérend père inquisiteur don Jeronimo Bueno Caracucarador[8] prêcha contre ces brigands. Il lança contre eux une excommunication majeure dans Notre-Dame d'El-pino[9]. Il nous assura que les English avaient des queues de singes, des pattes d'ours et des têtes de perroquets ; qu'à la vérité ils parlaient quelquefois comme les hommes, mais qu'ils sifflaient presque toujours ; que de plus ils étaient notoirement hérétiques ; que la Sainte Vierge, qui est très favorable aux autres pécheurs et pécheresses, ne pardonnait jamais aux hérétiques, et que par conséquent ils seraient tous infailliblement exterminés, surtout s'ils se présentaient devant le Montjouy. À peine avait-il fini son sermon que nous apprîmes que le Montjouy était pris d'assaut.

Le soir, on nous conta qu'à cet assaut nous avions blessé

un jeune English, et qu'il était entre nos mains. On cria dans toute la ville : *Vitoria, vitoria !* et on fit des illuminations.

La doña Boca Vermeja [10], qui avait l'honneur d'être maîtresse du révérend père inquisiteur, eut une extrême envie de voir comment un animal english et hérétique était fait. C'était mon intime amie. J'étais aussi curieuse qu'elle. Mais il fallut attendre qu'il fût guéri de sa blessure ; ce qui ne tarda pas.

Nous sûmes bientôt après qu'il devait prendre les bains chez mon cousin germain Elvob le baigneur, qui est, comme on sait, le meilleur chirurgien de la ville [11]. L'impatience de voir ce monstre redoubla dans mon amie Boca Vermeja. Nous n'eûmes point de cesse, point de repos, nous n'en donnâmes point à mon cousin le baigneur, jusqu'à ce qu'il nous eût cachées dans une petite garde-robe, derrière une jalousie par laquelle on voyait la baignoire. Nous y entrâmes sur la pointe du pied, sans faire aucun bruit, sans parler, sans oser respirer, précisément dans le temps que l'English sortait de l'eau. Son visage n'était pas tourné vers nous ; il ôta un petit bonnet sous lequel étaient renoués ses cheveux blonds, qui descendirent en grosses boucles sur la plus belle chute de reins que j'aie vue de ma vie ; ses bras, ses cuisses, ses jambes, me parurent d'un charnu, d'un fini, d'une élégance qui approche à mon gré l'Apollon du Belvédère de Rome, dont la copie est chez mon oncle le sculpteur [12].

Doña Boca Vermeja était extasiée de surprise et d'enchantement. J'étais saisie comme elle. Je ne pus m'empêcher de dire : *Oh, que hermoso muchacho* [13] *!* Ces paroles, qui m'échappèrent, firent tourner le jeune homme. Ce fut bien pis alors ; nous vîmes le visage d'Adonis sur le corps d'un jeune Hercule [14]. Il s'en fallut peu que doña Boca Vermeja ne tombât à la renverse, et moi aussi. Ses yeux s'allumèrent et se couvrirent d'une légère rosée, à travers laquelle on entrevoyait des traits de flamme. Je ne sais ce qui arriva aux miens.

Quand elle fut revenue à elle : « Saint Jacques, me dit-elle, et Sainte Vierge ! est-ce ainsi que sont faits les hérétiques ? Eh, qu'on nous a trompées ! »

Nous sortîmes le plus tard que nous pûmes. Boca Vermeja fut bientôt éprise du plus violent amour pour le monstre hérétique. Elle est plus belle que moi, je l'avoue ; et j'avoue aussi que je me sentis doublement jalouse. Je lui représentai qu'elle se damnait en trahissant le révérend père inquisiteur don Jeronimo Bueno Caracucarador pour un English. « Ah ! ma chère Las Nalgas, me dit-elle (car Las Nalgas est mon nom), je trahirais Melchisédech [15] pour ce beau jeune homme. » Elle n'y manqua pas, et, puisqu'il faut tout dire, je donnai secrètement plus de la dîme des offrandes.

Un des familiers de l'Inquisition, qui entendait quatre messes par jour pour obtenir de Notre-Dame de Manreze la destruction des English, fut instruit de nos actes de dévotion. Le révérend père don Caracucarador nous donna le fouet à toutes deux. Il fit saisir notre cher English par vingt-quatre alguazils de la Sainte-Hermandad. Jenni en tua cinq et fut pris par les dix-neuf qui restaient. On le fit reposer dans un caveau bien frais. Il fut destiné à être brûlé le dimanche suivant en cérémonie, orné d'un grand san-benito et d'un bonnet en pain de sucre, en l'honneur de notre Sauveur et de la Vierge Marie, sa mère. Don Caracucarador prépara un beau sermon ; mais il ne put le prononcer, car le dimanche même la ville fut prise à quatre heures du matin.

Ici finit le récit de doña Las Nalgas. C'était une femme qui ne manquait pas d'un certain esprit, que les Espagnols appellent *agudeza* [16].

CHAPITRE SECOND

SUITE DES AVENTURES DU JEUNE ANGLAIS JENNI,
ET DE CELLES DE MONSIEUR SON PÈRE,
DOCTEUR EN THÉOLOGIE,
MEMBRE DU PARLEMENT
ET DE LA SOCIÉTÉ ROYALE [17]

Vous savez quelle admirable conduite tint le comte de Peterborou dès qu'il fut maître de Barcelone ; comme il empêcha le pillage, avec quelle sagacité prompte il mit ordre à tout, comme il arracha la duchesse de Popoli des mains de quelques soldats allemands ivres, qui la volaient et qui la violaient [18]. Mais vous peindrez-vous bien la surprise, la douleur, l'anéantissement, la colère, les larmes, les transports de notre ami Freind, quand il apprit que Jenni était dans les cachots du Saint-Office, et que son bûcher était préparé ? Vous savez que les têtes les plus froides sont les plus animées dans les grandes occasions. Vous eussiez vu ce père, que vous avez connu si grave et si imperturbable, voler à l'antre de l'Inquisition plus vite que nos chevaux de race ne courent à Neumarket [19]. Cinquante soldats, qui le suivaient hors d'haleine, étaient toujours à deux cents pas de lui. Il arrive, il entre dans la caverne. Quel moment ! que de pleurs et que de joie ! Vingt victimes, destinées à la même cérémonie que Jenni, sont délivrées. Tous ces prisonniers s'arment ; tous se joignent à nos soldats ; ils démolissent le Saint-Office en dix minutes, et déjeunent sur ses ruines avec le vin et les jambons des inquisiteurs [20].

Au milieu de ce fracas, et des fanfares, et des tambours, et du retentissement de quatre cents canons qui annonçaient notre victoire à la Catalogne, notre ami Freind avait repris la tranquillité que vous lui connaissez. Il était calme comme

l'air dans un beau jour après un orage. Il élevait à Dieu un
cœur aussi serein que son visage, lorsqu'il vit sortir du
soupirail d'une cave un spectre noir en surplis, qui se jeta à
ses pieds et qui lui criait miséricorde. « Qui es-tu ? lui dit
notre ami ; viens-tu de l'enfer ? — À peu près, répondit
l'autre ; je suis don Jeronimo Bueno Caracucarador, inqui-
siteur pour la foi ; je vous demande très humblement
pardon d'avoir voulu cuire monsieur votre fils en place
publique : je le prenais pour un Juif.

— Eh ! quand il serait juif, répondit notre ami avec son
sang-froid ordinaire [21], vous sied-il bien, monsieur Caracu-
carador, de cuire des gens parce qu'ils sont descendus d'une
race qui habitait autrefois un petit canton pierreux tout près
du désert de Syrie ? Que vous importe qu'un homme ait un
prépuce ou qu'il n'en ait pas, et qu'il fasse sa pâque dans la
pleine lune rousse ou le dimanche d'après ? Cet homme est
juif, donc il faut que je le brûle ; et tout son bien
m'appartient : voilà un très mauvais argument ; on ne
raisonne point ainsi dans la société royale de Londres.

« Savez-vous bien, monsieur Caracucarador, que Jésus-
Christ était juif, qu'il naquit, vécut et mourut juif ; qu'il fit
sa pâque en juif dans la pleine lune ; que tous ses apôtres
étaient juifs ; qu'ils allèrent dans le temple juif après son
malheur, comme il est dit expressément ; que les quinze
premiers évêques secrets de Jérusalem étaient juifs ? Mon
fils ne l'est pas, il est anglican : quelle idée vous a passé par
la tête de le brûler ? »

L'inquisiteur Caracucarador, épouvanté de la science de
M. Freind, et toujours prosterné à ses pieds, lui dit :
« Hélas ! nous ne savions rien de tout cela dans l'université
de Salamanque. Pardon, encore une fois ; mais la véritable
raison est que monsieur votre fils m'a pris ma maîtresse
Boca Vermeja. — Ah ! s'il vous a pris votre maîtresse,
repartit Freind, c'est autre chose ; il ne faut jamais prendre
le bien d'autrui. Il n'y a pourtant pas là une raison suffisante
(comme dit Leibniz) pour brûler un jeune homme. Il faut

proportionner les peines aux délits[22]. Vous autres, chrétiens de delà la mer britannique, en tirant vers le sud[23], vous avez plus tôt fait cuire un de vos frères, soit le conseiller Anne Dubourg[24], soit Michel Servet[25], soit tous ceux qui furent ars sous Philippe second surnommé *le discret,* que nous ne faisons rôtir un rostbif à Londres. Mais qu'on m'aille chercher Mlle Boca Vermeja, et que je sache d'elle la vérité. »

Boca Vermeja fut amenée pleurante, et embellie par ses larmes, comme c'est l'usage. « Est-il vrai, mademoiselle, que vous aimiez tendrement don Caracucarador, et que mon fils Jenni vous ait prise à force ? — À force ! monsieur l'Anglais, c'était assurément du meilleur de mon cœur. Je n'ai jamais rien vu de si beau et de si aimable que monsieur votre fils ; et je vous trouve bienheureux d'être son père. C'est moi qui lui ai fait toutes les avances ; il les mérite bien : je le suivrai jusqu'au bout du monde, si le monde a un bout. J'ai toujours, dans le fond de mon âme, détesté ce vilain inquisiteur ; il m'a fouettée presque jusqu'au sang, moi et Mlle Las Nalgas. Si vous voulez me rendre la vie douce, vous ferez pendre ce scélérat de moine à ma fenêtre, tandis que je jurerai à monsieur votre fils un amour éternel ; heureuse si je pouvais jamais lui donner un fils qui vous ressemble ! »

En effet, pendant que Boca Vermeja prononçait ces paroles naïves, milord Peterborou envoyait chercher l'inquisiteur Caracucarador pour le faire pendre. Vous ne serez pas surpris quand je vous dirai que M. Freind s'y opposa fortement. « Que votre juste colère, dit-il, respecte votre générosité ; il ne faut jamais faire mourir un homme que quand la chose est absolument nécessaire pour le salut du prochain. Les Espagnols diraient que les Anglais sont des barbares qui tuent tous les prêtres qu'ils rencontrent. Cela pourrait faire grand tort à monsieur l'archiduc[26], pour lequel vous venez de prendre Barcelone. Je suis assez content que mon fils soit sauvé, et que ce coquin de moine

soit hors d'état d'exercer ses fonctions inquisitoriales. »
Enfin le sage et charitable Freind en dit tant que milord se
contenta de faire fouetter Caracucarador, comme ce miséra-
ble avait fouetté miss Boca Vermeja et miss Las Nalgas.

Tant de clémence toucha le cœur des Catalans. Ceux qui
avaient été délivrés des cachots de l'Inquisition conçurent
que notre religion valait infiniment mieux que la leur. Ils
demandèrent presque tous à être reçus dans l'Église angli-
cane ; et même quelques bacheliers de l'université de
Salamanque, qui se trouvaient dans Barcelone, voulurent
être éclairés. La plupart le furent bientôt. Il n'y en eut qu'un
seul, nommé don Inigo y Medroso y Comodios y Papala-
miendo[27], qui fut un peu rétif.

Voici le précis de la dispute honnête que notre cher ami
Freind et le bachelier don Papalamiendo eurent ensemble en
présence de milord Peterborou. On appela cette conversa-
tion familière le dialogue des *Mais*[28]. Vous verrez aisément
pourquoi, en le lisant.

CHAPITRE TROISIÈME

PRÉCIS DE LA CONTROVERSE DES « MAIS »
ENTRE M. FREIND ET
DON INIGO Y MEDROSO Y PAPALAMIENDO,
BACHELIER DE SALAMANQUE

LE BACHELIER

Mais, monsieur, malgré toutes les belles choses que vous
venez de me dire, vous m'avouerez que votre Église
anglicane, si respectable, n'existait pas avant don Luther, et
avant don Œcolampade[29]. Vous êtes tout nouveaux : donc
vous n'êtes pas de la maison.

FREIND

C'est comme si on me disait que je ne suis pas le fils de mon grand-père, parce qu'un collatéral, demeurant en Italie, s'était emparé de son testament et de mes titres. Je les ai heureusement retrouvés, et il est clair que je suis le petit-fils de mon grand-père. Nous sommes, vous et moi, de la même famille, à cela près que nous autres Anglais nous lisons le testament de notre grand-père dans notre propre langue, et qu'il vous est défendu de le lire dans la vôtre. Vous êtes esclaves d'un étranger, et nous ne sommes soumis qu'à notre raison.

LE BACHELIER

Mais, si votre raison vous égare ?... car enfin, vous ne croyez point à notre université de Salamanque, laquelle a déclaré l'infaillibilité du pape, et son droit incontestable sur le passé, le présent, le futur et le paulo-post-futur [30].

FREIND

Hélas ! les apôtres n'y croyaient pas non plus. Il est écrit que ce Pierre, qui renia son maître Jésus, fut sévèrement tancé par Paul. Je n'examine point ici lequel des deux avait tort ; ils l'avaient peut-être tous deux, comme il arrive dans presque toutes les querelles ; mais enfin, il n'y a pas un seul endroit dans les *Actes des apôtres* où Pierre soit regardé comme le maître de ses compagnons [31] et du paulo-post-futur.

LE BACHELIER

Mais certainement saint Pierre fut archevêque de Rome ; car Sanchez [32] nous enseigne que ce grand homme y arriva du temps de Néron, et qu'il y occupa le trône archiépiscopal pendant vingt-cinq ans sous ce même Néron, qui n'en régna que treize. De plus, il est de foi, et c'est don Grillandus [33] le prototype de l'Inquisition qui l'affirme (car nous ne lisons

jamais la sainte Bible) ; il est de foi, dis-je, que saint Pierre était à Rome une certaine année ; car il date une de ses lettres de Babylone : car, puisque Babylone est visiblement l'anagramme de Rome, il est clair que le pape est de droit divin le maître de toute la terre : car, de plus, tous les licenciés de Salamanque ont démontré que Simon Vertu-Dieu, premier sorcier, conseiller d'État de l'empereur Néron, envoya faire des compliments par son chien à saint Simon Barjone, autrement dit saint Pierre, dès qu'il fut à Rome ; que saint Pierre, n'étant pas moins poli, envoya aussi son chien complimenter Simon Vertu-Dieu ; qu'ensuite ils jouèrent à qui ressusciterait le plus tôt un cousin germain de Néron ; que Simon Vertu-Dieu ne ressuscita son mort qu'à moitié, et que Simon Barjone gagna la partie en ressuscitant le cousin tout à fait ; que Vertu-Dieu voulut avoir sa revanche en volant dans les airs comme saint Dédale, et que saint Pierre lui cassa les deux jambes en le faisant tomber[34]. C'est pourquoi saint Pierre reçut la couronne du martyre, la tête en bas et les jambes en haut *[35]. Donc il est démontré *a posteriori* que notre saint-père le pape doit régner sur tous ceux qui ont des couronnes sur la tête, et qu'il est le maître du passé, du présent et de tous les futurs du monde.

FREIND

Il est clair que toutes ces choses arrivèrent dans le temps où Hercule, d'un tour de main, sépara les deux montagnes Calpé et Abyla, et passa le détroit de Gibraltar dans son gobelet[36]. Mais ce n'est pas sur ces histoires, tout authentiques qu'elles sont, que nous fondons notre religion ; c'est sur l'Évangile.

LE BACHELIER

Mais, monsieur, sur quels endroits de l'Évangile ? Car j'ai lu une partie de cet Évangile dans nos cahiers de théologie.

* Toute cette histoire est racontée par Abdias, Marcel et Hégésippe. Eusèbe en rapporte une partie.

Est-ce sur l'ange descendu des nuées pour annoncer à Marie qu'elle sera engrossée par le Saint-Esprit ? Est-ce sur le voyage des trois rois et d'une étoile ? sur le massacre de tous les enfants du pays ? sur la peine que prit le diable d'emporter Dieu dans le désert, au faîte du temple et à la cime d'une montagne dont on découvrait tous les royaumes de la terre ? sur le miracle de l'eau changée en vin à une noce de village ? sur le miracle de deux mille cochons que le diable noya dans un lac par ordre de Jésus[37] ? sur...

FREIND

Monsieur, nous respectons toutes ces choses, parce qu'elles sont dans l'Évangile ; et nous n'en parlons jamais, parce qu'elles sont trop au-dessus de la faible raison humaine.

LE BACHELIER

Mais on dit que vous n'appelez jamais la Sainte Vierge mère de Dieu ?

FREIND

Nous la révérons, nous la chérissons ; mais nous croyons qu'elle se soucie peu des titres qu'on lui donne ici-bas. Elle n'est jamais nommée mère de Dieu dans l'Évangile. Il y eut une grande dispute, en 431, à un concile d'Éphèse, pour savoir si Marie était *théotocos*, et si, Jésus-Christ étant Dieu à la fois et fils de Marie, il se pouvait que Marie fût à la fois mère de Dieu le Père et de Dieu le fils. Nous n'entrons point dans ces querelles d'Éphèse, et la société royale de Londres ne s'en mêle pas.

LE BACHELIER

Mais, monsieur, vous me donnez là du *théotocos* ! qu'est-ce que *théotocos*, s'il vous plaît ?

FREIND

Cela signifie mère de Dieu. Quoi ! vous êtes bachelier de Salamanque, et vous ne savez pas le grec ?

LE BACHELIER

Mais le grec, le grec ! de quoi cela peut-il servir à un Espagnol ? Mais, monsieur, croyez-vous que Jésus ait une nature, une personne et une volonté ? ou deux natures, deux personnes et deux volontés ? ou une volonté, une nature et deux personnes ? ou deux volontés, deux personnes et une nature ? ou...

FREIND

Ce sont encore les affaires d'Éphèse ; cela ne nous importe en rien.

LE BACHELIER

Mais qu'est-ce donc qui vous importe ? Pensez-vous qu'il n'y ait que trois personnes en Dieu, ou qu'il y ait trois dieux en une personne ? La seconde personne procède-t-elle de la première personne, et la troisième procède-t-elle des deux autres, ou de la seconde *intrinsecus*, ou de la première seulement ? le Fils a-t-il tous les attributs du Père, excepté la paternité ? et cette troisième personne vient-elle par infusion, ou par identification, ou par spiration ?

FREIND

L'Évangile n'agite pas cette question ; et jamais saint Paul n'écrit le nom de Trinité.

LE BACHELIER

Mais vous me parlez toujours de l'Évangile, et jamais de saint Bonaventure, ni d'Albert le grand, ni de Tambourini ni de Grillandus, ni d'Escobar [38].

FREIND

C'est que je ne suis ni dominicain, ni cordelier, ni jésuite [39], je me contente d'être chrétien.

LE BACHELIER

Mais si vous êtes chrétien, dites-moi en conscience : croyez-vous que le reste des hommes soit damné éternellement ?

FREIND

Ce n'est pas à moi à mesurer la justice de Dieu et sa miséricorde.

LE BACHELIER

Mais enfin, si vous êtes chrétien, que croyez-vous donc ?

FREIND

Je crois avec Jésus-Christ qu'il faut aimer Dieu et son prochain, pardonner les injures et réparer ses torts. Croyez-moi : adorez Dieu, soyez juste et bienfaisant ; voilà tout l'homme. Ce sont là les maximes de Jésus[40]. Elles sont si vraies, qu'aucun législateur, aucun philosophe n'a jamais eu d'autres principes avant lui, et qu'il est impossible qu'il y en ait d'autres. Ces vérités n'ont jamais eu et ne peuvent avoir pour adversaires que nos passions.

LE BACHELIER

Mais... ah ! ah ! à propos de passions, est-il vrai que vos évêques, vos prêtres et vos diacres, vous êtes tous mariés ?

FREIND

Cela est très vrai. Saint Joseph, qui passa pour être père de Jésus, était marié. Il eut pour fils Jacques le mineur, surnommé Oblia, frère de Notre-Seigneur[41] ; lequel, après la mort de Jésus, passa sa vie dans le temple. Saint Paul, le grand saint Paul, était marié.

LE BACHELIER

Mais Grillandus et Molina disent le contraire.

FREIND

Molina et Grillandus diront tout ce qu'ils voudront, j'aime mieux croire saint Paul lui-même[42], car il dit dans sa première aux Corinthiens* : *N'avons-nous pas le droit de boire et de manger à vos dépens ? N'avons-nous pas le droit de mener avec nous notre femme, notre sœur, comme font les autres apôtres, et les frères de Notre-Seigneur, et Céphas ? Va-t-on jamais à la guerre à ses dépens ? Quand on a planté une vigne, n'en mange-t-on pas le fruit ? etc.*[43]

LE BACHELIER

Mais, monsieur, est-il bien vrai que saint Paul ait dit cela ?

FREIND

Oui, il a dit cela, et il en a dit bien d'autres.

LE BACHELIER

Mais quoi ! ce prodige, cet exemple de la grâce efficace !...

FREIND

Il est vrai, monsieur, que sa conversion était un grand prodige. J'avoue que, suivant les *Actes des apôtres*, il avait été le plus cruel satellite des ennemis de Jésus. Les *Actes* disent qu'il servit à lapider saint Étienne ; il dit lui-même que, quand les Juifs faisaient mourir un suivant de Jésus, c'était lui qui portait la sentence, *detuli sententiam***. J'avoue qu'Abdias, son disciple, et Jules Africain, son traducteur, l'accusent aussi d'avoir fait mourir Jacques Oblia, frère de Notre-Seigneur*** ; mais ses fureurs rendent sa conversion plus admirable, et ne l'ont pas empêché de

* Chap. IX.
** *Actes*, Chap. XXVI.
*** *Histoire apostolique d'Abdias.* Traduction de Jules Africain, liv. VI, p. 595 et suivantes.

trouver une femme. Il était marié, vous dis-je, comme saint Clément d'Alexandrie le déclare expressément.

LE BACHELIER

Mais c'était donc un digne homme, un brave homme que saint Paul ! Je suis fâché qu'il ait assassiné saint Jacques et saint Étienne, et fort surpris qu'il ait voyagé au troisième ciel ; mais poursuivez, je vous prie.

FREIND

Saint Pierre, au rapport de saint Clément d'Alexandrie, eut des enfants ; et même on compte parmi eux une sainte Pétronille. Eusèbe, dans son *Histoire de l'Église,* dit que saint Nicolas, l'un des premiers disciples, avait une très belle femme, et que les apôtres lui reprochèrent d'en être trop occupé, et d'en paraître jaloux... « Messieurs, leur dit-il, la prenne qui voudra, je vous la cède *. »

Dans l'économie juive, qui devait durer éternellement, et à laquelle cependant a succédé l'économie chrétienne, le mariage était non seulement permis, mais expressément ordonné aux prêtres, puisqu'ils devaient être de la même race ; et le célibat était une espèce d'infamie.

Il faut bien que le célibat ne fût pas regardé comme un état bien pur et bien honorable par les premiers chrétiens, puisque parmi les hérétiques anathématisés dans les premiers conciles on trouve principalement ceux qui s'élevaient contre le mariage des prêtres, comme saturniens, basilidiens, montanistes, encratistes, et autres *ens* et *ites*. Voilà pourquoi la femme d'un saint Grégoire de Nazianze accoucha d'un autre saint Grégoire de Nazianze, et qu'elle eut le bonheur inestimable d'être femme et mère d'un canonisé, ce qui n'est pas même arrivé à sainte Monique, mère de saint Augustin.

Voilà pourquoi je pourrais vous nommer autant et plus

* Eusèbe, liv. III, chap. XXX.

d'anciens évêques mariés que vous n'avez autrefois eu d'évêques et de papes concubinaires, adultères, ou pédérastes, ce qu'on ne trouve plus aujourd'hui en aucun pays. Voilà pourquoi l'Église grecque, mère de l'Église latine, veut encore que les curés soient mariés. Voilà enfin pourquoi, moi qui vous parle, je suis marié, et j'ai le plus bel enfant du monde.

Et dites-moi, mon cher bachelier, n'avez-vous pas dans votre Église sept sacrements de compte fait, qui sont tous des signes visibles d'une chose invisible ? Or un bachelier de Salamanque jouit des agréments du baptême dès qu'il est né ; de la confirmation dès qu'il a des culottes ; de la confession dès qu'il a fait quelques fredaines, ou qu'il entend celles des autres ; de la communion, quoique un peu différente de la nôtre, dès qu'il a treize ou quatorze ans ; de l'ordre quand il est tondu sur le haut de la tête, et qu'on lui donne un bénéfice de vingt, ou trente, ou quarante mille piastres de rente ; enfin de l'extrême-onction quand il est malade. Faut-il le priver du sacrement de mariage quand il se porte bien, surtout après que Dieu lui-même a marié Adam et Ève : Adam, le premier des bacheliers du monde, puisqu'il avait la science infuse, selon votre école ; Ève, la première bachelette, puisqu'elle tâta de l'arbre de la science avant son mari ?

LE BACHELIER

Mais, s'il en est ainsi, je ne dirai plus *mais*. Voilà qui est fait, je suis de votre religion ; je me fais anglican. Je veux me marier à une femme honnête qui fera toujours semblant de m'aimer, tant que je serai jeune, qui aura soin de moi dans ma vieillesse, et que j'enterrerai proprement si je lui survis ; cela vaut mieux que de cuire des hommes et de déshonorer des filles, comme a fait mon cousin don Caracucarador, inquisiteur pour la foi.

Tel est le précis fidèle de la conversation qu'eurent ensemble le docteur Freind et le bachelier don Papalamiendo, nommé depuis par nous Papa Dexando[44]. Cet entretien curieux fut rédigé par Jacob Hulf, l'un des secrétaires de milord.

Après cet entretien, le bachelier me tira à part et me dit : « Il faut que cet Anglais, que j'avais cru d'abord anthropophage, soit un bien bon homme, car il est théologien, et il ne m'a point dit d'injures. » Je lui appris que M. Freind était tolérant, et qu'il descendait de la fille de Guillaume Penn[45], le premier des tolérants, et le fondateur de Philadelphie. « Tolérant et Philadelphie ! s'écria-t-il ; je n'avais jamais entendu parler de ces sectes-là. » Je le mis au fait ; il ne pouvait me croire, il pensait être dans un autre univers, et il avait raison.

CHAPITRE QUATRIÈME

RETOUR À LONDRES ;
JENNI COMMENCE À SE CORROMPRE

Tandis que notre digne philosophe Freind éclairait ainsi les Barcelonais, et que son fils Jenni enchantait les Barcelonaises, milord Peterborou fut perdu dans l'esprit de la reine Anne, et dans celui de l'archiduc, pour leur avoir donné Barcelone. Les courtisans lui reprochèrent d'avoir pris cette ville contre toutes les règles, avec une armée moins forte de moitié que la garnison. L'archiduc en fut d'abord très piqué, et l'ami Freind fut obligé d'imprimer l'apologie du général[46]. Cependant cet archiduc, qui était venu conquérir le royaume d'Espagne, n'avait pas de quoi payer son chocolat. Tout ce que la reine Anne lui avait donné était dissipé. Montecuculi dit, dans ses Mémoires, qu'il faut trois choses

pour faire la guerre : 1. de l'argent, 2. de l'argent, 3. de
l'argent. L'archiduc écrivit de Guadalaxara où il était le
11 auguste [47] 1706, à milord Peterborou, une grande lettre
signée *yo el rey*, par laquelle il le conjurait d'aller sur-le-
champ à Gênes, lui chercher, sur son crédit, cent mille livres
sterling pour régner *. Voilà donc notre Sertorius devenu
banquier génois, de général d'armée. Il confia sa détresse à
l'ami Freind ; tous deux allèrent à Gênes ; je les suivis, car
vous savez que mon cœur me mène. J'admirai l'habileté et
l'esprit de conciliation de mon ami dans cette affaire
délicate. Je vis qu'un bon esprit peut suffire à tout ; notre
grand Locke était médecin. Il fut le seul métaphysicien de
l'Europe, et il rétablit les monnaies d'Angleterre [48].

Freind en trois jours trouva les cent mille livres sterling
que la cour de Charles VI mangea en moins de trois
semaines. Après quoi il fallut que le général, accompagné de
son théologien, allât se justifier à Londres, en plein parle-
ment, d'avoir conquis la Catalogne contre les règles, et de
s'être ruiné pour le service de la cause commune [49]. L'affaire
traîna en longueur et en aigreur, comme toutes les affaires
de parti.

Vous savez que M. Freind avait été député en parlement
avant d'être prêtre [50], et qu'il est le seul à qui l'on ait permis
d'exercer ces deux fonctions incompatibles. Or un jour que
Freind méditait un discours qu'il devait prononcer dans la
Chambre des Communes [51], dont il était un digne membre,
on lui annonça une dame espagnole qui demandait à lui
parler pour affaire pressante. C'était doña Boca Vermeja
elle-même. Elle était tout en pleurs ; notre bon ami lui fit
servir à déjeuner. Elle essuya ses larmes, déjeuna, et lui parla
ainsi :

« Il vous souvient, mon cher monsieur, qu'en allant à
Gênes vous ordonnâtes à monsieur votre fils Jenni de partir

* Elle est imprimée dans l'*Apologie du comte de Peterborou*, par le
docteur Freind, p. 143, chez Jonas Bourer.

de Barcelone pour Londres, et d'aller s'installer dans l'emploi de clerc de l'Échiquier que votre crédit lui a fait obtenir. Il s'embarqua sur *Le Triton* avec le jeune bachelier don Papa Dexando, et quelques autres que vous aviez convertis. Vous jugez bien que je fus du voyage avec ma bonne amie Las Nalgas. Vous savez que vous m'avez permis d'aimer monsieur votre fils, et que je l'adore...

— Moi ! mademoiselle ! je ne vous ai point permis ce petit commerce, je l'ai toléré : cela est bien différent. Un bon père ne doit être ni le tyran de son fils, ni son mercure. La fornication entre deux personnes libres a été peut-être autrefois une espèce de droit naturel dont Jenni peut jouir avec discrétion sans que je m'en mêle ; je ne le gêne pas plus sur ses maîtresses que sur son dîner et sur son souper : s'il s'agissait d'un adultère, j'avoue que je serais plus difficile, parce que l'adultère est un larcin ; mais pour vous, mademoiselle, qui ne faites tort à personne, je n'ai rien à vous dire.

— Eh bien ! monsieur, c'est d'adultère qu'il s'agit. Le beau Jenni m'abandonne pour une jeune mariée qui n'est pas si belle que moi. Vous sentez bien que c'est une injure atroce. — Il a tort », dit alors M. Freind. Boca Vermeja, en versant quelques larmes, lui conta comment Jenni avait été jaloux, ou fait semblant d'être jaloux du bachelier ; comment Mme Clive-Hart[52], jeune mariée, très effrontée, très emportée, très masculine, très méchante, s'était emparée de son esprit ; comment il vivait avec des libertins non craignants Dieu ; comment enfin il méprisait sa fidèle Boca Vermeja pour la coquine de Clive-Hart, parce que la Clive-Hart avait une nuance ou deux de blancheur et d'incarnat au-dessus de la pauvre Boca Vermeja.

« J'examinerai cette affaire-là à loisir, dit le bon Freind. Il faut que j'aille en parlement pour celle de milord Peterborou. » Il alla donc en parlement : je l'y entendis prononcer un discours ferme et serré, sans aucun lieu commun, sans épithète, sans ce que nous appelons des phrases ; il n'*invo-*

quait point un témoignage, une loi ; il les attestait, il les citait, il les réclamait[53] ; il ne disait point qu'on avait *surpris la religion* de la cour en accusant milord Peterborou d'avoir hasardé les troupes de la reine Anne, parce que ce n'était pas une affaire de religion ; il ne prodiguait pas à une conjecture le nom de démonstration ; il ne manquait pas de respect à l'auguste assemblée du parlement par de fades plaisanteries bourgeoises ; il n'appelait pas milord Peterborou son client, parce que le mot de client signifie un homme de la bourgeoisie protégé par un sénateur. Freind parlait avec autant de modestie que de fermeté ; on l'écoutait en silence ; on ne l'interrompait qu'en disant : « *Hear him, hear him :* écoutez-le, écoutez-le. » La Chambre des Communes vota qu'on remercierait le comte de Peterborou au lieu de le condamner. Milord obtint la même justice de la Cour des Pairs, et se prépara à repartir avec son cher Freind pour aller donner le royaume d'Espagne à l'archiduc ; ce qui n'arriva pourtant pas, par la raison que rien n'arrive dans ce monde précisément comme on le veut.

Au sortir du parlement nous n'eûmes rien de plus pressé que d'aller nous informer de la conduite de Jenni. Nous apprîmes en effet qu'il menait une vie débordée et crapuleuse avec Mme Clive-Hart, et une troupe de jeunes athées, d'ailleurs gens d'esprit, à qui leurs débauches avaient persuadé « que l'homme n'a rien au-dessus de la bête ; qu'il naît et meurt comme la bête ; qu'ils sont également formés de terre, qu'ils retourneront également à la terre, et qu'il n'y a rien de bon et de sage que de se réjouir dans ses œuvres, et de vivre avec celle que l'on aime, comme le conclut Salomon à la fin de son chapitre troisième du *Coheleth*, que nous nommons Ecclésiastès. »

Ces idées leur étaient principalement insinuées par un nommé Warburton, méchant garnement très impudent[54]. J'ai lu quelque chose des manuscrits de ce fou : Dieu nous préserve de les voir imprimés un jour ! Warburton prétend que Moïse ne croyait pas à l'immortalité de l'âme ; et

comme en effet Moïse n'en parla jamais, il en conclut que
c'est la seule preuve que sa mission était divine. Cette
conclusion absurde fait malheureusement conclure que la
secte juive était fausse ; les impies en concluent par consé-
quent que la nôtre, fondée sur la juive, est fausse aussi, et
que cette nôtre, qui est la meilleure de toutes, étant fausse,
toutes les autres sont encore plus fausses ; qu'ainsi il n'y a
point de religion. De là quelques gens viennent à conclure
qu'il n'y a point de Dieu ; ajoutez à ces conclusions que ce
petit Warburton est un intrigant et un calomniateur. Voyez
quel danger !

Un autre fou nommé Needham[55], qui est en secret
jésuite, va bien plus loin. Cet animal, comme vous le savez
d'ailleurs, et comme on vous l'a tant dit, s'imagine qu'il a
créé des anguilles avec de la farine de seigle et du jus de
mouton ; que sur-le-champ ces anguilles en ont produit
d'autres, sans accouplement. Aussitôt nos philosophes
décident qu'on peut faire des hommes avec de la farine de
froment et du jus de perdrix : parce qu'ils doivent avoir une
origine plus noble que celle des anguilles ; ils prétendent que
ces hommes en produiront d'autres incontinent ; qu'ainsi ce
n'est point Dieu qui a fait l'homme ; que tout s'est fait de
soi-même ; qu'on peut très bien se passer de Dieu ; qu'il n'y
a point de Dieu. Jugez quels ravages le *Coheleth* mal
entendu, et Warburton et Needham bien entendus peuvent
faire dans de jeunes cœurs tout pétris de passions, et qui ne
raisonnent que d'après elles.

Mais ce qu'il y avait de pis, c'est que Jenni avait des dettes
par-dessus les oreilles ; il les payait d'une étrange façon. Un
de ses créanciers était venu le jour même lui demander cent
guinées pendant que nous étions en parlement. Le beau
Jenni, qui jusque-là paraissait très doux et très poli, s'était
battu avec lui, et lui avait donné pour tout paiement un bon
coup d'épée. On craignait que le blessé n'en mourût : Jenni
allait être mis en prison, et risquait d'être pendu, malgré la
protection de milord Peterborou.

CHAPITRE CINQUIÈME

ON VEUT MARIER JENNI

Il nous souvient, mon cher ami, de la douleur et de l'indignation qu'avait ressenties le vénérable Freind quand il apprit que son cher Jenni était à Barcelone dans les prisons du Saint-Office. Croyez qu'il fut saisi d'un plus violent transport en apprenant les déportements de ce malheureux enfant, ses débauches, ses dissipations, sa manière de payer ses créanciers et son danger d'être pendu. Mais Freind se contint. C'est une chose étonnante que l'empire de cet excellent homme sur lui-même[56]. Sa raison commande à son cœur comme un bon maître à un bon domestique. Il fait tout à propos, et agit prudemment avec autant de célérité que les imprudents se déterminent. « Il n'est pas temps, dit-il, de prêcher Jenni ; il faut le tirer du précipice. »

Vous saurez que notre ami avait touché la veille une très grosse somme de la succession de George Hubert, son oncle[57]. Il va chercher lui-même notre grand chirurgien Cheselden[58]. Nous le trouvons heureusement ; nous allons ensemble chez le créancier blessé. M. Freind fait visiter sa plaie, elle n'était pas mortelle. Il donne au patient les cent guinées[59] pour premier appareil, et cinquante autres en forme de réparation ; il lui demande pardon pour son fils ; il lui exprime sa douleur avec tant de tendresse, avec tant de vérité, que ce pauvre homme, qui était dans son lit, l'embrasse en versant des larmes, et veut lui rendre son argent. Ce spectacle étonnait et attendrissait le jeune M. Cheselden, qui commence[60] à se faire une grande réputation, et dont le cœur est aussi bon que son coup d'œil et sa main sont habiles. J'étais ému, j'étais hors de moi ; je n'avais jamais tant révéré, tant aimé notre ami.

Je lui demandai, en retournant à sa maison, s'il ne ferait pas venir son fils chez lui, s'il ne lui représenterait pas ses fautes. « Non, dit-il, je veux qu'il les sente avant que je lui en parle. Soupons ce soir tous deux, nous verrons ensemble ce que l'honnêteté m'oblige de faire. Les exemples corrigent bien mieux que les réprimandes. »

J'allai, en attendant le souper, chez Jenni ; je le trouvai, comme je pense que tout homme est après son premier crime, pâle, l'œil égaré, la voix rauque et entrecoupée, l'esprit agité, répondant de travers à tout ce qu'on lui disait. Enfin je lui appris ce que son père venait de faire. Il resta immobile, me regarda fixement, puis se détourna un moment pour verser quelques larmes. J'en augurai bien ; je conçus une grande espérance que Jenni pourrait être un jour très honnête homme. J'allais me jeter à son cou, lorsque Mme Clive-Hart entra avec un jeune étourdi de ses amis nommé Birton.

« Eh bien ! dit la dame en riant, est-il vrai que tu as tué un homme aujourd'hui ? C'était apparemment quelque ennuyeux ; il est bon de délivrer le monde de ces gens-là. Quand il te prendra envie d'en tuer quelque autre, je te prie de donner la préférence à mon mari ; car il m'ennuie furieusement. »

Je regardais cette femme des pieds jusqu'à la tête. Elle était belle ; mais elle me parut avoir quelque chose de sinistre dans la physionomie. Jenni n'osait répondre, et baissait les yeux parce que j'étais là. « Qu'as-tu donc, mon ami ? lui dit Birton. Il semble que tu aies fait quelque mal ; je viens te remettre ton péché. Tiens, voici un petit livre que je viens d'acheter chez Lintot ; il prouve, comme deux et deux font quatre, qu'il n'y a ni Dieu, ni vice, ni vertu. Cela est consolant. Buvons ensemble. »

À cet étrange discours, je me retirai au plus vite. Je fis sentir discrètement à M. Freind combien son fils avait besoin de sa présence et de ses conseils. « Je le conçois comme vous, dit ce bon père ; mais commençons par payer

ses dettes. » Toutes furent acquittées dès le lendemain
matin. Jenni vint se jeter à ses pieds. Croiriez-vous bien que
le père ne lui fit aucun reproche ! Il l'abandonna à sa
conscience et lui dit seulement : « Mon fils, souvenez-vous
qu'il n'y a point de bonheur sans la vertu. »

Ensuite il maria Boca Vermeja avec le bachelier de
Catalogne, pour qui elle avait un penchant secret malgré les
larmes qu'elle avait répandues pour Jenni ; car tout cela
s'accorde merveilleusement chez les femmes. On dit que
c'est dans leurs cœurs que toutes les contradictions se
rassemblent. C'est sans doute parce qu'elles ont été pétries
originairement d'une de nos côtes.

Le généreux Freind paya la dot des deux mariés ; il plaça
bien tous ses nouveaux convertis, par la protection de
milord Peterborou : car ce n'est pas assez d'assurer le salut
des gens ; il faut les faire vivre.

Ayant dépêché toutes ces bonnes actions avec ce sang-
froid actif qui m'étonnait toujours, il conclut qu'il n'y avait
d'autre parti à prendre pour remettre son fils dans le chemin
des honnêtes gens que de le marier avec une personne bien
née qui eût de la beauté, des mœurs, de l'esprit, et même un
peu de richesses ; et que c'était le seul moyen de détacher
Jenni de cette détestable Clive-Hart, et des gens perdus qu'il
fréquentait.

J'avais entendu parler de Mlle Primerose, jeune héritière,
élevée par milady Hervey [61], sa parente. Milord Peterborou
m'introduisit chez milady Hervey. Je vis miss Primerose, et
je jugeai qu'elle était bien capable de remplir toutes les vues
de mon ami Freind. Jenni, dans sa vie débordée, avait un
profond respect pour son père, et même de la tendresse. Il
était touché principalement de ce que son père ne lui faisait
aucun reproche de sa conduite passée. Ses dettes payées sans
l'en avertir, des conseils sages donnés à propos et sans
réprimandes, des marques d'amitié échappées de temps en
temps sans aucune familiarité qui eût pu les avilir, tout cela
pénétrait Jenni, né sensible et avec beaucoup d'esprit. J'avais

toutes les raisons de croire que la fureur de ses désordres céderait aux charmes de Primerose et aux étonnantes vertus de mon ami.

Milord Peterborou lui-même présenta d'abord le père et ensuite Jenni chez milady Hervey. Je remarquai que l'extrême beauté de Jenni fit d'abord une impression profonde sur le cœur de Primerose ; car je la vis baisser les yeux, les relever, et rougir. Jenni ne parut que poli, et Primerose avoua à milady Hervey qu'elle eût bien souhaité que cette politesse fût de l'amour.

Peu à peu notre beau jeune homme démêla tout le mérite de cette incomparable fille, quoiqu'il fût subjugué par l'infâme Clive-Hart. Il était comme cet Indien invité par un ange à cueillir un fruit céleste, et retenu par les griffes d'un dragon. Ici, le souvenir de ce que j'ai vu me suffoque. Mes pleurs mouillent mon papier. Quand j'aurai repris mes sens, je reprendrai le fil de mon histoire.

CHAPITRE SIXIÈME

AVENTURE ÉPOUVANTABLE

L'on était prêt de conclure le mariage de la belle Primerose avec le beau Jenni. Notre ami Freind n'avait jamais goûté une joie plus pure ; je la partageais. Voici comme elle fut changée en un désastre que je puis à peine comprendre.

La Clive-Hart aimait Jenni en lui faisant continuellement des infidélités. C'est le sort, dit-on, de toutes les femmes qui, en méprisant trop la pudeur, ont renoncé à la probité. Elle trahissait surtout son cher Jenni pour son cher Birton et pour un autre débauché de la même trempe. Ils vivaient ensemble dans la crapule. Et ce qui ne se voit peut-être que

dans notre nation, c'est qu'ils avaient tous de l'esprit et de la valeur. Malheureusement ils n'avaient jamais plus d'esprit que contre Dieu. La maison de Mme Clive-Hart était le rendez-vous des athées. Encore s'ils avaient été des athées gens de bien, comme Épicure et Leontium[62], comme Lucrèce et Memmius[63], comme Spinoza, qu'on dit avoir été un des plus honnêtes hommes de la Hollande, comme Hobbes, si fidèle à son infortuné monarque Charles premier[64]... Mais !...

Quoi qu'il en soit, Clive-Hart, jalouse avec fureur de la tendre et innocente Primerose, sans être fidèle à Jenni, ne put souffrir cet heureux mariage. Elle médite une vengeance dont je ne crois pas qu'il y ait d'exemple dans notre ville de Londres, où nos pères ont vu cependant tant de crimes de tant d'espèces.

Elle sut que Primerose devait passer devant sa porte en revenant de la Cité, où cette jeune personne était allée faire des emplettes avec sa femme de chambre. Elle prend ce temps pour faire travailler à un petit canal souterrain qui conduisait l'eau dans ses offices.

Le carrosse de Primerose fut obligé, en revenant, de s'arrêter vis-à-vis cet embarras. La Clive-Hart se présente à elle, la prie de descendre, de se reposer, d'accepter quelques rafraîchissements, en attendant que le chemin soit libre. La belle Primerose tremblait à cette proposition ; mais Jenni était dans le vestibule. Un mouvement involontaire, plus fort que la réflexion, la fit descendre. Jenni courait au-devant d'elle et lui donnait déjà la main. Elle entre ; le mari de la Clive-Hart était un ivrogne imbécile, odieux à sa femme autant que soumis, à charge même par ses complaisances[65]. Il présente d'abord en balbutiant des rafraîchissements à la demoiselle qui honore sa maison, il en boit après elle. La dame Clive-Hart les emporte sur-le-champ et en fait présenter d'autres. Pendant ce temps la rue est débarrassée. Primerose remonte en carrosse et rentre chez sa mère.

Au bout d'un quart d'heure elle se plaint d'un mal de

cœur et d'un étourdissement. On croit que ce petit dérangement n'est que l'effet du mouvement du carrosse. Mais le mal augmente de moment en moment ; et le lendemain elle était à la mort. Nous courûmes chez elle, M. Freind et moi. Nous trouvâmes cette charmante créature pâle, livide, agitée de convulsions, les lèvres retirées, les yeux tantôt éteints, tantôt étincelants, et toujours fixes. Des taches noires défiguraient sa belle gorge et son beau visage. Sa mère était évanouie à côté de son lit. Le secourable Cheselden prodiguait en vain toutes les ressources de son art. Je ne vous peindrai point le désespoir de Freind ; il était inexprimable. Je vole au logis de la Clive-Hart. J'apprends que son mari vient de mourir, et que la femme a déserté la maison. Je cherche Jenni ; on ne le trouve pas. Une servante me dit que sa maîtresse s'est jetée aux pieds de Jenni et l'a conjuré de ne la pas abandonner dans son malheur, qu'elle est partie avec Jenni et Birton, et qu'on ne sait où elle est allée.

Écrasé de tant de coups si rapides et si multipliés, l'esprit bouleversé par des soupçons horribles que je chassais et qui revenaient, je me traîne dans la maison de la mourante. « Cependant, me disais-je à moi-même, si cette abominable femme s'est jetée aux genoux de Jenni, si elle l'a prié d'avoir pitié d'elle, il n'est donc point complice. Jenni est incapable d'un crime si lâche, si affreux, qu'il n'a eu nul intérêt, nul motif de commettre, qui le priverait d'une femme adorable et de sa fortune, qui le rendrait exécrable au genre humain. Faible, il se sera laissé subjuguer par une malheureuse dont il n'aura pas connu les noirceurs. Il n'a point vu comme moi Primerose expirante, il n'aurait pas quitté le chevet de son lit pour suivre l'empoisonneuse de sa femme. » Dévoré de ces pensées, j'entre en frissonnant chez celle que je craignais de ne plus trouver en vie. Elle respirait. Le vieux Clive-Hart avait succombé en un moment, parce que son corps était usé par les débauches ; mais la jeune Primerose était soutenue par un tempérament aussi robuste que son âme était pure. Elle m'aperçut, et d'une voix tendre elle me demanda où

était Jenni. À ce mot, j'avoue qu'un torrent de larmes coula
de mes yeux. Je ne pus lui répondre ; je ne pus parler au
père. Il fallut la laisser enfin entre les mains fidèles qui la
servaient.

Nous allâmes instruire milord de ce désastre. Vous
connaissez son cœur : il est aussi tendre pour ses amis que
terrible à ses ennemis. Jamais homme ne fut plus compatis-
sant avec une physionomie plus dure. Il se donna autant de
peine pour secourir la mourante, pour découvrir l'asile de
Jenni et de sa scélérate, qu'il en avait prise pour donner
l'Espagne à l'archiduc. Toutes nos recherches furent inu-
tiles. Je crus que Freind en mourrait. Nous volions tantôt
chez Primerose, dont l'agonie était longue, tantôt à Roches-
ter, à Douvres, à Portsmouth ; on envoyait des courriers
partout, on était partout, on errait à l'aventure, comme des
chiens de chasse qui ont perdu la voie ; et cependant la mère
infortunée de l'infortunée Primerose voyait d'heure en
heure mourir sa fille.

Enfin, nous apprenons qu'une femme assez jeune et assez
belle, accompagnée de trois jeunes gens et de quelques
valets, s'est embarquée à Neuport dans le comté de
Pembroke, sur un petit vaisseau qui était à la rade, plein de
contrebandiers, et que ce bâtiment est parti pour l'Améri-
que septentrionale [66].

Freind à cette nouvelle poussa un profond soupir ; puis
tout à coup se recueillant et me serrant la main : « Il faut,
dit-il, que j'aille en Amérique. » Je lui répondis en l'admi-
rant et en pleurant : « Je ne vous quitterai pas ; mais que
pourrez-vous faire ? — Ramener mon fils unique, dit-il, à sa
patrie et à la vertu, ou m'ensevelir auprès de lui. » Nous ne
pouvions douter en effet, aux indices qu'on nous donna,
que ce ne fût Jenni qui s'était embarqué avec cette horrible
femme et Birton, et les garnements de son cortège.

Le bon père, ayant pris son parti, dit adieu à milord
Peterborou qui retourna bientôt en Catalogne, et nous
allâmes fréter à Bristol un vaisseau pour la rivière de Laware

et pour la baie de Maryland. Freind concluait que, ces parages étant au milieu des possessions anglaises, il fallait y diriger sa navigation, soit que son fils fût vers le sud, soit qu'il eût marché vers le septentrion. Il se munit d'argent, de lettres de change et de vivres, laissant à Londres un domestique affidé, chargé de lui donner des nouvelles par les vaisseaux qui allaient toutes les semaines dans le Maryland ou dans la Pensylvanie.

Nous partîmes; les gens de l'équipage, en voyant la sérénité sur le visage de Freind, croyaient que nous faisions un voyage de plaisir. Mais, quand il n'avait que moi pour témoin, ses soupirs m'expliquaient assez sa douleur profonde. Je m'applaudissais quelquefois en secret de l'honneur de consoler une si belle âme. Un vent d'ouest nous retint longtemps à la hauteur des Sorlingues. Nous fûmes obligés de diriger notre route vers la Nouvelle-Angleterre[67]. Que d'informations nous fîmes sur toute la côte! que de temps et de soins perdus! Enfin, un vent de nord-est s'étant levé, nous tournâmes vers Maryland. C'est là qu'on nous dépeignit Jenni, la Clive-Hart et leurs compagnons.

Ils avaient séjourné sur la côte pendant plus d'un mois, et avaient étonné toute la colonie par des débauches et des magnificences inconnues jusqu'alors dans cette partie du globe; après quoi ils étaient disparus, et personne ne savait de leurs nouvelles.

Nous avançâmes dans la baie avec le dessein d'aller jusqu'à Baltimore prendre de nouvelles informations.

CHAPITRE SEPTIÈME

CE QUI ARRIVA EN AMÉRIQUE

Nous trouvâmes dans la route, sur la droite, une habitation très bien entendue. C'était une maison basse, commode et propre, entre une grange spacieuse et une vaste étable, le tout entouré d'un jardin où croissaient tous les fruits du pays. Cet enclos appartenait à un vieillard qui nous invita à descendre dans sa retraite. Il n'avait pas l'air d'un Anglais, et nous jugeâmes bientôt à son accent qu'il était étranger. Nous ancrâmes ; nous descendîmes ; ce bon homme nous reçut avec cordialité, et nous donna le meilleur repas qu'on puisse faire dans le nouveau monde.

Nous lui insinuâmes discrètement notre désir de savoir à qui nous avions l'obligation d'être si bien reçus. « Je suis, dit-il, un de ceux que vous appelez sauvages. Je naquis sur une des montagnes bleues qui bordent cette contrée, et que vous voyez à l'occident[68]. Un gros vilain serpent à sonnettes m'avait mordu dans mon enfance sur une de ces montagnes. J'étais abandonné, j'allais mourir. Le père de milord Baltimore d'aujourd'hui me rencontra, me mit entre les mains de son médecin, et je lui dus la vie. Je lui rendis bientôt ce que je lui devais ; car je lui sauvai la sienne dans un combat contre une horde voisine. Il me donna pour récompense cette habitation où je vis heureux. »

M. Freind lui demanda s'il était de la religion du lord Baltimore[69]. « Moi ? dit-il, je suis de la mienne ; pourquoi voudriez-vous que je fusse de la religion d'un autre homme ? » Cette réponse courte et énergique nous fit rentrer un peu en nous-mêmes. « Vous avez donc, lui dis-je, votre Dieu et votre loi ? — Oui, nous répondit-il avec une assurance qui n'avait rien de la fierté ; mon Dieu est là, et il

montra le ciel ; ma loi est là-dedans », et il mit la main sur son cœur.

M. Freind fut saisi d'admiration, et me serrant la main : « Cette pure nature, me dit-il, en sait plus que tous les bacheliers qui ont raisonné avec nous dans Barcelone. »

Il était pressé d'apprendre, s'il se pouvait, quelque nouvelle certaine de son fils Jenni. C'était un poids qui l'oppressait. Il demanda si on n'avait pas entendu parler de cette bande de jeunes gens qui avaient fait tant de fracas dans les environs. « Comment ! dit le vieillard, si on m'en a parlé ! Je les ai vus, je les ai reçus chez moi, et ils ont été si contents de ma réception qu'ils sont partis avec une de mes filles. »

Jugez quel fut le frémissement et l'effroi de mon ami à ce discours. Il ne put s'empêcher de s'écrier dans son premier mouvement : « Quoi ! votre fille a été enlevée par mon fils ? — Bon Anglais, lui repartit le vieillard, ne te fâche point ; je suis très aise que celui qui est parti de chez moi avec ma fille soit ton fils ; car il est beau, bien fait, et paraît courageux. Il ne m'a point enlevé ma chère Parouba ; car il faut que tu saches que Parouba est son nom, parce que Parouba est le mien. S'il m'avait pris ma Parouba, ce serait un vol ; et mes cinq enfants mâles, qui sont à présent à la chasse dans le voisinage, à quarante ou cinquante milles d'ici, n'auraient pas souffert cet affront. C'est un grand péché de voler le bien d'autrui. Ma fille s'en est allée de son plein gré avec ces jeunes gens ; elle a voulu voir le pays ; c'est une petite satisfaction qu'on ne doit pas refuser à une personne de son âge. Ces voyageurs me la rendront avant qu'il soit un mois : j'en suis sûr ; car ils me l'ont promis. » Ces paroles m'auraient fait rire si la douleur où je voyais mon ami plongé n'avait pas pénétré mon âme, qui en était tout occupée.

Le soir, tandis que nous étions prêts à partir et à profiter du vent, arrive un des fils de Parouba, tout essoufflé, la pâleur, l'horreur et le désespoir sur le visage. « Qu'as-tu

donc, mon fils ? d'où viens-tu ? je te croyais à la chasse. Que
t'est-il arrivé ? Es-tu blessé par quelque bête sauvage ? —
Non, mon père, je ne suis point blessé, mais je me meurs.
— Mais d'où viens-tu, encore une fois, mon cher fils ? —
De quarante milles d'ici sans m'arrêter ; mais je suis
mort. »

Le père tout tremblant le fait reposer. On lui donne des
restaurants [70] ; nous nous empressons autour de lui, ses
petits frères, ses petites sœurs, M. Freind et moi, et nos
domestiques. Quand il eut repris ses sens, il se jeta au cou
du bon vieillard Parouba. « Ah ! dit-il en sanglotant, ma
sœur Parouba est prisonnière de guerre, et probablement va
être mangée. »

Le bonhomme Parouba tomba par terre à ces paroles.
M. Freind qui était père aussi, sentit ses entrailles s'émou-
voir. Enfin Parouba le fils nous apprit qu'une troupe de
jeunes Anglais fort étourdis avaient attaqué par passe-temps
des gens de la montagne bleue. « Ils avaient, dit-il, avec eux
une très belle femme et sa suivante ; et je ne sais comment
ma sœur se trouvait dans cette compagnie. La belle Anglaise
a été tuée et mangée ; ma sœur a été prise et sera mangée
tout de même. Je viens ici chercher du secours contre les
gens de la montagne bleue ; je veux les tuer, les manger à
mon tour, reprendre ma chère sœur, ou mourir. »

Ce fut alors à M. Freind de s'évanouir ; mais l'habitude de
se commander à lui-même le soutint. « Dieu m'a donné un
fils, me dit-il ; il reprendra le fils et le père quand le moment
d'exécuter ses décrets éternels sera venu. Mon ami, je serais
tenté de croire que Dieu agit quelquefois par une provi-
dence particulière, soumise à ses lois générales, puisqu'il
punit en Amérique les crimes commis en Europe, et que la
scélérate Clive-Hart est morte comme elle devait mourir.
Peut-être le souverain fabricateur de tant de mondes aura-
t-il arrangé les choses de façon que les grands forfaits
commis dans un globe sont expiés quelquefois dans ce globe
même. Je n'ose le croire, mais je le souhaite ; et je le croirais

si cette idée n'était pas contre toutes les règles de la bonne métaphysique[71]. »

Après des réflexions si tristes sur de si fatales aventures, fort ordinaires en Amérique, Friend prit son parti incontinent selon sa coutume. « J'ai un bon vaisseau, dit-il à son hôte, il est bien approvisionné ; remontons le golfe avec la marée le plus près que nous pourrons des montagnes bleues. Mon affaire la plus pressée est à présent de sauver votre fille. Allons vers vos anciens compatriotes ; vous leur direz que je viens leur apporter le calumet de la paix, et que je suis le petit-fils de Penn : ce nom seul suffira. »

À ce nom de Penn, si révéré dans toute l'Amérique boréale, le bon Parouba et son fils sentirent les mouvements du plus profond respect et de la plus chère espérance. Nous nous embarquons, nous mettons à la voile, nous abordons en trente-six heures auprès de Baltimore.

À peine étions-nous à la vue de cette petite place, alors presque déserte, que nous découvrîmes de loin une troupe nombreuse d'habitants des montagnes bleues qui descendaient dans la plaine, armés de casse-tête, de haches, et de ces mousquets que les Européans leur ont si sottement vendus pour avoir des pelleteries. On entendait déjà leurs hurlements effroyables. D'un autre côté s'avançaient quatre cavaliers, suivis de quelques hommes de pied. Cette petite troupe nous prit pour des gens de Baltimore qui venaient les combattre. Les cavaliers courent sur nous à bride abattue, le sabre à la main. Nos compagnons se préparaient à les recevoir. M. Freind, ayant regardé fixement les cavaliers frissonna un moment ; mais, reprenant tout à coup son sang-froid ordinaire : « Ne bougez, mes amis, nous dit-il d'une voix attendrie ; laissez-moi agir seul. » Il s'avance en effet seul, sans armes, à pas lents, vers la troupe. Nous voyons en un moment le chef abandonner la bride de son cheval, se jeter à terre, et tomber prosterné. Nous poussons un cri d'étonnement ; nous approchons : c'était Jenni lui-même qui baignait de larmes les pieds de son père, qui

l'embrassait de ses mains tremblantes. Ni l'un ni l'autre ne
pouvait parler. Birton et les deux jeunes cavaliers qui
l'accompagnaient descendirent de cheval. Mais Birton,
conservant son caractère, lui dit : « Pardieu, notre cher
Freind, je ne t'attendais pas ici. Toi et moi nous sommes
faits pour les aventures. Pardieu ! je suis bien aise de te
voir. »

Freind, sans daigner lui répondre, se retourna vers
l'armée des montagnes bleues qui s'avançait. Il marche à elle
avec le seul Parouba, qui lui servait d'interprète. « Compa-
triotes, leur dit Parouba, voici le descendant de Penn qui
vous apporte le calumet de la paix. »

À ces mots, le plus ancien du peuple répondit, en élevant
les mains et les yeux au ciel : « Un fils de Penn ! que je baise
ses pieds et ses mains, et ses parties sacrées de la génération.
Qu'il puisse faire une longue race de Penn ! que les Penn
vivent à jamais ! le grand Penn est notre Manitou, notre
Dieu. Ce fut presque le seul des gens d'Europe qui ne nous
trompa point, qui ne s'empara point de nos terres par la
force. Il acheta le pays que nous lui cédâmes ; il le paya
libéralement ; il entretint chez nous la concorde ; il apporta
des remèdes pour le peu de maladies que notre commerce
avec les gens d'Europe nous communiquait ; il nous ensei-
gna des arts que nous ignorions. Jamais nous ne fumâmes
contre lui ni contre ses enfants le calumet de la guerre ; nous
n'avons avec les Penn que le calumet de l'adoration[72]. »

Ayant parlé ainsi au nom de son peuple, il courut en effet
baiser les pieds et les mains de M. Freind ; mais il s'abstint
de parvenir aux parties sacrées, dès qu'on lui dit que ce
n'était pas l'usage en Angleterre, et que chaque pays a ses
cérémonies.

Freind fit apporter sur-le-champ une trentaine de jam-
bons, autant de grands pâtés et de poulardes à la daube,
deux cents gros flacons de vin de Pontac qu'on tira du
vaisseau ; il plaça à côté de lui le commandant des mon-
tagnes bleues. Jenni et ses compagnons furent du festin ;

mais Jenni aurait voulu être cent pieds sous terre. Son père ne lui disait mot ; et ce silence augmentait encore sa honte.

Birton, à qui tout était égal, montrait une gaieté évaporée. Freind, avant qu'on se mît à manger, dit au bon Parouba : « Il nous manque ici une personne bien chère, c'est votre fille. » Le commandant des montagnes bleues la fit venir sur-le-champ ; on ne lui avait fait aucun outrage ; elle embrassa son père et son frère comme si elle fût revenue de la promenade.

Je profitai de la liberté du repas pour demander par quelle raison les guerriers des montagnes bleues avaient tué et mangé Mme Clive-Hart, et n'avaient rien fait à la fille de Parouba. « C'est parce que nous sommes justes, répondit le commandant. Cette fière Anglaise était de la troupe qui nous attaqua ; elle tua un des nôtres d'un coup de pistolet par derrière. Nous n'avons rien fait à la Parouba dès que nous avons su qu'elle était la fille d'un de nos anciens camarades, et qu'elle n'était venue ici que pour s'amuser ; il faut rendre à chacun selon ses œuvres. »

Freind fut touché de cette maxime ; mais il représenta que la coutume de manger des femmes était indigne de si braves gens, et qu'avec tant de vertu on ne devait pas être anthropophage.

Le chef des montagnes nous demanda alors ce que nous faisions de nos ennemis lorsque nous les avions tués. « Nous les enterrons, lui répondis-je. — J'entends, dit-il ; vous les faites manger par les vers. Nous voulons avoir la préférence ; nos estomacs sont une sépulture plus honorable[73]. »

Birton prit plaisir à soutenir l'opinion des montagnes bleues. Il dit que la coutume de mettre son prochain au pot ou à la broche était la plus ancienne, et la plus naturelle, puisqu'on l'avait trouvée établie dans les deux hémisphères ; qu'il était par conséquent démontré que c'était là une idée innée[74] ; qu'on avait été à la chasse aux hommes, avant d'aller à la chasse aux bêtes, par la raison qu'il était bien plus

aisé de tuer un homme que de tuer un loup. Que si les Juifs, dans leurs livres si longtemps ignorés, ont imaginé qu'un nommé Caïn tua un nommé Abel, ce ne put être que pour le manger. Que ces Juifs eux-mêmes avouent nettement s'être nourris plusieurs fois de chair humaine ; que, selon les meilleurs historiens, les Juifs dévorèrent les chairs sanglantes des Romains assassinés par eux en Égypte, en Chypre, en Asie, dans leurs révoltes contre les empereurs Trajan et Adrien.

Nous lui laissâmes débiter ces dures plaisanteries, dont le fond pouvait malheureusement être vrai, mais qui n'avaient rien de l'atticisme grec et de l'urbanité romaine.

Le bon Freind, sans lui répondre, adressa la parole aux gens du pays. Parouba l'interprétait phrase à phrase. Jamais le grave Tillotson [75] ne parla avec tant d'énergie. Jamais l'insinuant Smaldrige [76] n'eut des grâces si touchantes. Le grand secret est de démontrer avec éloquence. Il leur démontra donc que ces festins où l'on se nourrit de la chair de ses semblables sont des repas de vautours, et non pas d'hommes ; que cette exécrable coutume inspire une férocité destructive du genre humain ; que c'était la raison pour laquelle ils ne connaissaient ni les consolations de la société, ni la culture de la terre. Enfin ils jurèrent par leur grand Manitou qu'ils ne mangeraient plus ni hommes ni femmes.

Freind, dans une seule conversation, fut leur législateur ; c'était Orphée qui apprivoisait les tigres. Les jésuites ont beau s'attribuer des miracles dans leurs *Lettres curieuses et édifiantes* [77], qui sont rarement l'un et l'autre ; ils n'égaleront jamais notre ami Freind.

Après avoir comblé de présents les seigneurs des montagnes bleues, il ramena dans son vaisseau le bonhomme Parouba vers sa demeure. Le jeune Parouba fut du voyage avec sa sœur ; les autres frères avaient poursuivi leur chasse du côté de la Caroline. Jenni, Birton, et leurs camarades, s'embarquèrent dans le vaisseau ; le sage Freind persistait toujours dans sa méthode de ne faire aucun reproche à son

fils quand ce garnement avait fait quelque mauvaise action ;
il le laissait s'examiner lui-même, et dévorer son cœur,
comme dit Pythagore. Cependant il reprit trois fois la lettre
qu'on lui avait apportée d'Angleterre et, en la relisant, il
regardait son fils, qui baissait toujours les yeux ; et on lisait
sur le visage de ce jeune homme le respect et le repentir.

Pour Birton, il était aussi gai et aussi désinvolte que s'il
était revenu de la comédie : c'était un caractère à peu près
dans le goût du feu comte de Rochester [78], extrême dans la
débauche, dans la bravoure, dans ses idées, dans ses
expressions, dans sa philosophie épicurienne, n'étant atta-
ché à rien, sinon aux choses extraordiraires, dont il se
dégoûtait bien vite ; ayant cette sorte d'esprit qui tient les
vraisemblances pour des démonstrations ; plus savant, plus
éloquent qu'aucun jeune homme de son âge ; mais ne s'étant
jamais donné la peine de rien approfondir.

Il échappa à M. Freind, en dînant avec nous dans le
vaisseau, de me dire : « En vérité, mon ami, j'espère que
Dieu inspirera des mœurs plus honnêtes à ces jeunes gens,
et que l'exemple terrible de la Clive-Hart les corrigera. »

Birton, ayant entendu ces paroles, lui dit d'un ton un peu
dédaigneux : « J'étais depuis longtemps très mécontent de
cette méchante Clive-Hart : je ne me soucie pas plus d'elle
que d'une poularde grasse qu'on aurait mise à la broche ;
mais, en bonne foi, pensez-vous qu'il existe, je ne sais où,
un être continuellement occupé à faire punir toutes les
méchantes femmes et tous les hommes pervers qui peuplent
et dépeuplent les quatre parties de notre petit monde ?
Oubliez-vous que notre détestable Marie, fille de Henri
VIII, fut heureuse jusqu'à sa mort ? et cependant elle avait
fait périr dans les flammes plus de huit cents citoyens et
citoyennes, sur le seul prétexte qu'ils ne croyaient ni à la
transsubstantiation ni au pape. Son père, presque aussi
barbare qu'elle, et son mari, plus profondément méchant,
vécurent dans les plaisirs. Le pape Alexandre VI, plus
criminel qu'eux tous, fut aussi le plus fortuné : tous ses

crimes lui réussirent, et il mourut à soixante et douze ans, puissant, riche, courtisé de tous les rois. Où donc est le Dieu juste et vengeur? Non, pardieu! il n'y a point de Dieu. »

M. Freind, d'un air austère, mais tranquille, lui dit : « Monsieur, vous ne devriez pas, ce me semble, jurer par Dieu même que ce Dieu n'existe pas. Songez que Newton et Locke n'ont prononcé jamais ce nom sacré sans un air de recueillement et d'adoration secrète qui a été remarqué de tout le monde.

— *Pox*[79] ! repartit Birton, je me soucie bien de la mine que deux hommes ont faite. Quelle mine avait donc Newton quand il commentait l'*Apocalypse*[80] ? et quelle grimace faisait Locke lorsqu'il racontait la longue conversation d'un perroquet avec le prince Maurice[81] ? » Alors Freind prononça ces belles paroles d'or qui se gravèrent dans mon cœur : *Oublions les rêves des grands hommes, et souvenons-nous des vérités qu'ils nous ont enseignées.* Cette réponse engagea une dispute réglée, plus intéressante que la conversation avec le bachelier de Salamanque ; je me mis dans un coin, j'écrivis en notes tout ce qui fut dit : on se rangea autour des deux combattants ; le bonhomme Parouba, son fils, et surtout sa fille, les compagnons de débauches de Jenni, écoutaient, le cou tendu, les yeux fixés ; et Jenni la tête baissée, les deux coudes sur ses genoux, les mains sur ses yeux, semblait plongé dans la plus profonde méditation.

Voici mot à mot la dispute.

CHAPITRE HUITIÈME

DIALOGUE DE FREIND
ET DE BIRTON SUR L'ATHÉISME

FREIND

Je ne vous répéterai pas, monsieur, les arguments métaphysiques de notre célèbre Clarke[82]. Je vous exhorte seulement à les relire ; ils sont plus faits pour vous éclairer que pour vous toucher : je ne veux vous apporter que des raisons, qui peut-être parleront plus à votre cœur.

BIRTON

Vous me ferez plaisir ; je veux qu'on m'amuse et qu'on m'intéresse ; je hais les sophismes : les disputes métaphysiques ressemblent à des ballons remplis de vent que les combattants se renvoient. Les vessies crèvent, l'air en sort ; il ne reste rien.

FREIND

Peut-être dans les profondeurs du respectable arien Clarke y a-t-il quelques obscurités, quelques vessies ; peut-être s'est-il trompé sur la réalité de l'infini actuel et de l'espace, etc. ; peut-être, en se faisant commentateur de Dieu, a-t-il imité quelquefois les commentateurs d'Homère, qui lui supposent des idées auxquelles Homère ne pensa jamais.

> À ces mots d'infini, d'espace, d'Homère, de commentateurs, le bonhomme Parouba et sa fille, et quelques Anglais même voulurent aller prendre l'air sur le tillac ; mais, Freind ayant promis d'être intelligible, ils demeurèrent ; et moi, j'expliquais tout bas à Parouba quelques mots un peu scientifiques, que des gens nés sur les

montagnes bleues ne pouvaient entendre aussi commo-
dément que des docteurs d'Oxford et de Cambridge.
L'ami Freind continua donc ainsi :

Il serait triste que, pour être sûr de l'existence de Dieu, il
fût nécessaire d'être un profond métaphysicien : il n'y
aurait tout au plus en Angleterre qu'une centaine d'esprits
bien versés ou renversés dans cette science ardue du pour et
du contre, qui fussent capables de sonder cet abîme, et le
reste de la terre entière croupirait dans une ignorance
invincible, abandonné en proie à ses passions brutales,
gouverné par le seul instinct, et ne raisonnant passablement
que sur les grossières notions de ses intérêts charnels. Pour
savoir s'il est un Dieu, je ne vous demande qu'une chose,
c'est d'ouvrir les yeux.

BIRTON

Ah ! je vous vois venir : vous recourez à ce vieil argument
tant rebattu que le soleil tourne sur son axe en vingt-cinq
jours et demi, en dépit de l'absurde Inquisition de Rome ;
que la lumière nous arrive réfléchie de Saturne en quatorze
minutes, malgré les suppositions absurdes de Descartes ;
que chaque étoile fixe est un soleil comme le nôtre,
environné de planètes ; que tous ces astres innombrables,
placés dans les profondeurs de l'espace, obéissent aux lois
mathématiques, découvertes et démontrées par le grand
Newton ; qu'un catéchiste annonce Dieu aux enfants, et que
Newton le prouve aux sages, comme le dit un philosophe
franchman [83], persécuté dans son drôle de pays pour l'avoir
dit.

Ne vous tourmentez pas à m'étaler cet ordre constant qui
règne dans toutes les parties de l'univers : il faut bien que
tout ce qui existe soit dans un ordre quelconque ; il faut bien
que la matière plus rare s'élève sur la plus massive, que le
plus fort en tout sens presse le plus faible, que ce qui est
poussé avec plus de mouvement coure plus vite que son
égal ; tout s'arrange ainsi de soi-même. Vous auriez beau,

après avoir bu une pinte de vin comme Esdras [84], me parler comme lui neuf cent soixante heures de suite sans fermer la bouche, je ne vous en croirai pas davantage. Voudriez-vous que j'adoptasse un Être éternel, infini et immuable, qui s'est plu dans je ne sais quel temps à créer de rien des choses qui changent à tout moment, et à faire des araignées pour éventrer des mouches ? Voudriez-vous que je disse, avec ce bavard impertinent de Nieuventyd [85], que *Dieu nous a donné des oreilles pour avoir la foi, parce que la foi vient par ouï-dire* ? Non, non, je ne croirai point à des charlatans qui ont vendu cher leurs drogues à des imbéciles ; je m'en tiens au petit livre d'un *Frenchman* [86] qui dit que rien n'existe et ne peut exister, sinon la nature ; que la nature fait tout, que la nature est tout, qu'il est impossible et contradictoire qu'il existe quelque chose au-delà du tout ; en un mot, je ne crois qu'à la nature.

FREIND

Et si je vous disais qu'il n'y a point de nature, et que dans nous, autour de nous, et à cent mille millions de lieues, tout est art sans aucune exception [87] !

BIRTON

Comment ! tout est art ! en voici bien d'une autre !

FREIND

Presque personne n'y prend garde. Cependant rien n'est plus vrai. Je vous dirai toujours : Servez-vous de vos yeux, et vous reconnaîtrez, vous adorerez un Dieu. Songez comment ces globes immenses, que vous voyez rouler dans leur immense carrière, observent les lois d'une profonde mathématique : il y a donc un grand mathématicien que Platon appelait l'éternel géomètre. Vous admirez ces machines d'une nouvelle invention qu'on appelle oréri, parce que milord Oréri [88] les a mises à la mode en protégeant l'ouvrier par ses libéralités ; c'est une très faible

copie de notre monde planétaire et de ses révolutions, la période même du changement des solstices et des équinoxes, qui nous amène de jour en jour une nouvelle étoile polaire. Cette période, cette course si lente d'environ vingt-six mille ans, n'a pu être exécutée par des mains humaines dans nos oréris. Cette machine est très imparfaite : il faut la faire tourner avec une manivelle ; cependant c'est un chef-d'œuvre de l'habileté de nos artisans. Jugez donc quelle est la puissance, quel est le génie de l'éternel architecte, si l'on peut se servir de ces termes impropres si mal assortis à l'Être suprême.

> *Je donnai une légère idée d'un oréri à Parouba. Il dit :*
> *« S'il y a du génie dans cette copie, il faut bien qu'il y en ait dans l'original. Je voudrais voir un oréri ; mais le ciel est plus beau. » Tous les assistants, Anglais et Américains, entendant ces mots, furent également frappés de la vérité, et levèrent les mains au ciel*[89]. *Birton demeura tout pensif, puis il s'écria : « Quoi ! tout serait art, et la nature ne serait que l'ouvrage d'un suprême artisan ! serait-il possible ? »*
> *Le sage Freind continua ainsi :*

Portez à présent vos yeux sur vous-même ; examinez avec quel art étonnant, et jamais assez connu, tout y est construit en dedans et en dehors pour tous vos usages et pour tous vos désirs ; je ne prétends pas faire ici une leçon d'anatomie, vous savez assez qu'il n'y a pas un viscère qui ne soit nécessaire, et qui ne soit secouru dans ses dangers par le jeu continuel des viscères voisins. Les secours dans le corps sont si artificieusement préparés de tous côtés qu'il n'y a pas une seule veine qui n'ait ses valvules et ses écluses, pour ouvrir au sang des passages. Depuis la racine des cheveux jusqu'aux orteils des pieds, tout est art, tout est préparation, moyen, et fin. Et en vérité, on ne peut que se sentir de l'indignation contre ceux qui osent nier les véritables causes finales, et qui ont assez de mauvaise foi ou de fureur pour dire que la bouche n'est pas faite pour parler et pour

manger ; que ni les yeux ne sont merveilleusement disposés pour voir, ni les oreilles pour entendre, ni les parties de la génération pour engendrer : cette audace est si folle que j'ai peine à la comprendre.

Avouons que chaque animal rend témoignage au suprême fabricateur.

La plus petite herbe suffit pour confondre l'intelligence humaine ; et cela est si vrai qu'il est impossible aux efforts de tous les hommes réunis de produire un brin de paille si le germe n'est pas dans la terre[90]. Et il ne faut pas dire que les germes pourrissent pour produire[91], car ces bêtises ne se disent plus.

> *L'assemblée sentit la vérité de ces preuves plus vivement que tout le reste, parce qu'elles étaient plus palpables. Birton disait entre ses dents : « Faudra-t-il se soumettre à reconnaître un Dieu ? Nous verrons cela ; pardieu ! c'est une affaire à examiner. » Jenni rêvait toujours profondément, et était touché ; et notre Freind acheva sa phrase :*

Non, mes amis, nous ne faisons rien, nous ne pouvons rien faire ; il nous est donné d'arranger, d'unir, de désunir, de nombrer, de peser, de mesurer ; mais faire ! quel mot ! Il n'y a que l'être nécessaire, l'être existant éternellement par lui-même, qui fasse ; voilà pourquoi les charlatans qui travaillent à la pierre philosophale sont de si grands imbéciles ou de si grands fripons. Ils se vantent de créer de l'or, et ils ne pourraient pas créer de la crotte.

Avouons donc, mes amis, qu'il est un Être suprême, nécessaire, incompréhensible, qui nous a faits.

BIRTON

Et où est-il, cet Être ? S'il y en a un, pourquoi se cache-t-il ? Quelqu'un l'a-t-il jamais vu ? Doit-on se cacher quand on a fait du bien ?

FREIND

Avez-vous jamais vu Christophe Ren[92], qui a bâti Saint-Paul de Londres ? Cependant il est démontré que cet édifice est l'ouvrage d'un architecte très habile.

BIRTON

Tout le monde conçoit aisément que Ren a bâti avec beaucoup d'argent ce vaste édifice, où Burgess nous endort quand il prêche. Nous savons bien pourquoi et comment nos pères ont élevé ce bâtiment. Mais pourquoi et comment un Dieu aurait-il créé de rien cet univers[93] ? Vous savez l'ancienne maxime de toute l'antiquité : *Rien ne peut rien créer, rien ne retourne à rien.* C'est une vérité dont personne n'a jamais douté. Votre Bible même dit expressément que votre Dieu fit le ciel et la terre, quoique le ciel, c'est-à-dire l'assemblage de tous les astres, soit beaucoup plus supérieur à la terre que cette terre ne l'est au plus petit des grains de sable ; mais votre Bible n'a jamais dit que Dieu fit le ciel et la terre avec rien du tout : elle ne prétend point que le Seigneur ait fait la femme de rien. Il la pétrit fort singulièrement d'une côte qu'il arracha à son mari. Le chaos existait, selon la Bible même, avant la terre. Donc la matière était aussi éternelle que votre Dieu.

> *Il s'éleva alors un petit murmure dans l'assemblée ; on disait : « Birton pourrait bien avoir raison » ; mais Freind répondit :*

Je vous ai, je pense, prouvé qu'il existe une intelligence suprême, une puissance éternelle à qui nous devons une vie passagère : je ne vous ai point promis de vous expliquer le pourquoi et le comment. Dieu m'a donné assez de raison pour comprendre qu'il existe, mais non assez pour savoir au juste si la matière lui a été éternellement soumise, ou s'il l'a fait naître dans le temps. Que vous importe l'éternité ou la création de la matière, pourvu que vous reconnaissiez un Dieu, un maître de la matière et de vous ? Vous me

demandez où Dieu est ; je n'en sais rien, et je ne dois pas le savoir. Je sais qu'il est ; je sais qu'il est notre maître, qu'il fait tout, que nous devons tout attendre de sa bonté[94].

<div align="center">BIRTON</div>

De sa bonté ! vous vous moquez de moi. Vous m'avez dit : « Servez-vous de vos yeux » ; et moi je vous dis : « Servez-vous des vôtres. » Jetez seulement un coup d'œil sur la terre entière, et jugez si votre Dieu serait bon.

> *M. Freind sentit bien que c'était là le fort de la dispute, et que Birton lui préparait un rude assaut ; il s'aperçut que les auditeurs, et surtout les Américains, avaient besoin de prendre haleine pour écouter, et lui pour parler. Il se recommanda à Dieu ; on alla se promener sur le tillac ; on prit ensuite du thé dans le yacht, et la dispute réglée recommença.*

CHAPITRE NEUVIÈME

<div align="center">SUR L'ATHÉISME</div>

<div align="center">BIRTON</div>

Pardieu ! monsieur, vous n'aurez pas si beau jeu sur l'article de la bonté que vous l'avez eu sur la puissance et sur l'industrie ; je vous parlerai d'abord des énormes défauts de ce globe, qui sont précisément l'opposé de cette industrie tant vantée ; ensuite je mettrai sous vos yeux les crimes et les malheurs perpétuels des habitants, et vous jugerez de l'affection paternelle que selon vous le Maître a pour eux.

Je commence par vous dire que les gens de Glocester-shire, mon pays, quand ils ont fait naître des chevaux dans leurs haras, les élèvent dans de beaux pâturages, leur donnent ensuite une bonne écurie, et de l'avoine et de la

paille à foison. Mais s'il vous plaît, quelle nourriture et quel
abri avaient tous ces pauvres Américains du Nord quand
nous les avons découverts après tant de siècles ? Il fallait
qu'ils courussent trente et quarante milles pour avoir de
quoi manger. Toute la côte boréale de notre ancien monde
languit à peu près sous la même nécessité ; et depuis la
Laponie suédoise jusqu'aux mers septentrionales du Japon,
cent peuples traînent leur vie, aussi courte qu'insupporta-
ble, dans une disette affreuse, au milieu de leurs neiges
éternelles[95].

Les plus beaux climats sont exposés sans cesse à des
fléaux destructeurs. Nous y marchons sur des précipices
enflammés recouverts de terrains fertiles, qui sont des
pièges de mort. Il n'y a point d'autres enfers sans doute ; et
ces enfers se sont ouverts mille fois sous nos pas.

On nous parle d'un déluge universel physiquement
impossible, et dont tous les gens sensés rient ; mais du
moins on nous console en nous disant qu'il n'a duré que dix
mois : il devait éteindre ces feux qui depuis ont détruit tant
de villes florissantes. Votre saint Augustin nous apprend
qu'il y eut cent villes entières d'embrasées et d'abîmées en
Libye par un seul tremblement de terre ; ces volcans ont
bouleversé toute la belle Italie. Pour comble de maux, les
tristes habitants de la zone glaciale ne sont pas exempts de
ces gouffres souterrains ; les Islandais toujours menacés
voient la faim devant eux, cent pieds de glace, et cent pieds
de flamme à droite et à gauche sur leur mont Hécla : car
tous les grands volcans sont placés sur ces montagnes
hideuses.

On a beau nous dire que ces montagnes de deux mille
toises de hauteur ne sont rien par rapport à la terre, qui a
trois mille lieues de diamètre ; que c'est un grain de la peau
d'une orange sur la rondeur de ce fruit, que ce n'est pas un
pied sur trois mille. Hélas ! qui sommes-nous donc, si les
hautes montagnes ne sont sur la terre que la figure d'un pied
sur trois mille pieds, et de quatre pouces sur neuf mille

pieds ? Nous sommes donc des animaux absolument imper-
ceptibles ; et cependant nous sommes écrasés par tout ce qui
nous environne, quoique notre infinie petitesse, si voisine
du néant, semblât devoir nous mettre à l'abri de tous les
accidents [96]. Après cette innombrable quantité de villes
détruites, rebâties et détruites encore comme des fourmi-
lières, que dirons-nous de ces mers de sable qui traversent le
milieu de l'Afrique, et dont les vagues brûlantes, amonce-
lées par les vents, ont englouti des armées entières ? À quoi
servent ces vastes déserts à côté de la belle Syrie ? déserts si
affreux, si inhabitables, que ces animaux féroces, appelés
Juifs, se crurent dans le paradis terrestre quand ils passèrent
de ces lieux d'horreur dans un coin de terre dont on pouvait
cultiver quelques arpents.

Ce n'est pas encore assez que l'homme, cette noble
créature, ait été si mal logé, si mal vêtu, si mal nourri
pendant tant de siècles. Il naît entre de l'urine et de la
matière fécale [97] pour respirer deux jours ; et pendant ces
deux jours composés d'espérances trompeuses et de cha-
grins réels, son corps, formé avec un art inutile, est en proie
à tous les maux qui résultent de cet art même : il vit entre la
peste et la vérole ; la source de son être est empoisonnée [98] ;
il n'y a personne qui puisse mettre dans sa mémoire la liste
de toutes les maladies qui nous poursuivent ; et le médecin
des urines en Suisse prétend les guérir toutes !

> *Pendant que Birton parlait ainsi, la compagnie était
> tout attentive et tout émue ; le bonhomme Parouba
> disait : « Voyons comme notre docteur se tirera de là. »
> Jenni même laissa échapper ces paroles à voix basse :
> « Ma foi, il a raison ; j'étais bien sot de m'être laissé
> toucher des discours de mon père. » M. Freind laissa
> passer cette première bordée qui frappait toutes les
> imaginations ; puis il dit :*

Un jeune théologien répondrait par des sophismes à ce
torrent de tristes vérités, et vous citerait saint Basile et saint
Cyrille, qui n'ont que faire ici ; pour moi, messieurs, je vous

avouerai sans détour qu'il y a beaucoup de mal physique sur la terre ; je n'en diminue pas l'existence ; mais M. Birton l'a trop exagérée. Je m'en rapporte à vous, mon cher Parouba ; votre climat est fait pour vous, et il n'est pas si mauvais, puisque ni vous ni vos compatriotes n'avez jamais voulu le quitter. Les Esquimaux, les Islandais, les Lapons, les Ostiakes, les Samoyèdes, n'ont jamais voulu sortir du leur. Les rangifères, ou rennes, que Dieu leur a donnés pour les nourrir, les vêtir et les traîner, meurent quand on les transporte dans une autre zone. Les Lapons même aussi meurent dans les climats un peu méridionaux ; le sud de la Sibérie est trop chaud pour eux : ils se trouveraient brûlés dans le parage où nous sommes.

Il est clair que Dieu a fait chaque espèce d'animaux et de végétaux pour la place dans laquelle ils se perpétuent. Les nègres, cette espèce d'hommes si différente de la nôtre, sont tellement nés pour leur patrie que des milliers de ces animaux noirs se sont donné la mort quand notre barbare avarice les a transportés ailleurs. Le chameau et l'autruche vivent commodément dans les sables de l'Afrique ; le taureau et ses compagnes bondissent dans les pays gras où l'herbe se renouvelle continuellement pour leur nourriture ; la cannelle et le girofle ne croissent qu'aux Indes ; le froment n'est bon que dans le peu de pays où Dieu le fait croître. On a d'autres nourritures dans toute votre Amérique, depuis la Californie jusqu'au détroit de Lemaire : nous ne pouvons cultiver la vigne dans notre fertile Angleterre ; non plus qu'en Suède et en Canada. Voilà pourquoi ceux qui fondent dans quelques pays l'essence de leurs rites religieux sur du pain et sur du vin n'ont consulté que leur climat ; ils font très bien, eux, de remercier Dieu de l'aliment et de la boisson qu'ils tiennent de sa bonté ; et vous ferez très bien, vous Américains, de lui rendre grâce de votre maïs, de votre manioc et de votre cassave. Dieu dans toute la terre a proportionné les organes et les facultés des animaux, depuis l'homme jusqu'au limaçon, aux lieux où il leur a donné la

vie : n'accusons donc pas toujours la Providence, quand nous lui devons souvent des actions de grâces [99].

Venons aux fléaux, aux inondations, aux volcans, aux tremblements de terre. Si vous ne considérez que ces calamités, si vous ne ramassez qu'un assemblage affreux de tous les accidents qui ont attaqué quelques roues de la machine de cet univers, Dieu est un tyran à vos yeux ; si vous faites attention à ses innombrables bienfaits, Dieu est un père. Vous me citez saint Augustin le rhéteur, qui, dans son livre des miracles [100], parle de cent villes englouties à la fois en Lybie ; mais songez que cet Africain, qui passa sa vie à se contredire, prodiguait dans ses écrits la figure de l'exagération : il traitait les tremblements de terre comme la grâce efficace et la damnation éternelle de tous les petits enfants morts sans baptême. N'a-t-il pas dit, dans son trente-septième sermon, avoir vu en Éthiopie des races d'hommes pourvues d'un grand œil au milieu du front comme les Cyclopes, et des peuples entiers sans tête ?

Nous, qui ne sommes pas pères de l'Église, nous ne devons aller ni au-delà ni en deçà de la vérité : cette vérité est que, sur cent mille habitations, on en peut compter tout au plus une détruite chaque siècle par les feux nécessaires à la formation de ce globe.

Le feu est tellement nécessaire à l'univers entier que, sans lui, il n'y aurait sur la terre ni animaux, ni végétaux, ni minéraux : il n'y aurait ni soleil ni étoiles dans l'espace. Ce feu, répandu sous la première écorce de la terre [101], obéit aux lois générales établies par Dieu même ; il est impossible qu'il n'en résulte quelques désastres particuliers. Or on ne peut pas dire qu'un artisan soit un mauvais ouvrier quand une machine immense, formée par lui seul, subsiste depuis tant de siècles sans se déranger. Si un homme avait inventé une machine hydraulique qui arrosât toute une province et la rendît fertile, lui reprocheriez-vous que l'eau qu'il vous donnerait noyât quelques insectes [102] ?

Je vous ai prouvé que la machine du monde est l'ouvrage

d'un être souverainement intelligent et puissant : vous qui
êtes intelligents, vous devez l'admirer ; vous qui êtes
comblés de ses bienfaits, vous devez l'aimer.

Mais les malheureux, dites-vous, condamnés à souffrir
toute leur vie, accablés de maladies incurables, peuvent-ils
l'admirer et l'aimer ? Je vous dirai, mes amis, que ces
maladies si cruelles viennent presque toutes de notre faute,
ou de celle de nos pères, qui ont abusé de leur corps, et non
de la faute du grand fabricateur. On ne connaissait guère de
maladies que celle de la décrépitude dans toute l'Amérique
septentrionale, avant que nous vous y eussions apporté cette
eau de mort que nous appelons eau-de-vie, et qui donne
mille maux divers à quiconque en a trop bu. La contagion
secrète des Caraïbes, que vous autres jeunes gens vous
appelez *pox,* n'était qu'une indisposition légère dont nous
ignorons la source, et qu'on guérissait en deux jours soit
avec du gayac, soit avec du bouillon de tortue [103] ; l'inconti-
nence des Européans transplanta dans le reste du monde
cette incommodité, qui prit parmi nous un caractère si
funeste, et qui est devenue un fléau si abominable. Nous
lisons que le pape Jules II, le pape Léon X, un archevêque
de Mayence nommé Henneberg, le roi de France Fran-
çois Ier, en moururent.

La petite vérole, née dans l'Arabie Heureuse [104], n'était
qu'une faible éruption, une ébullition passagère sans dan-
ger, une simple dépuration du sang : elle est devenue
mortelle en Angleterre comme dans tant d'autres climats ;
notre avarice l'a portée dans ce nouveau monde ; elle l'a
dépeuplé.

Souvenons-nous que dans le poème de Milton ce benêt
d'Adam demande à l'ange Gabriel s'il vivra longtemps.
« Oui, lui répond l'ange, si tu observes la grande règle :
Rien de trop [105]. » Observez tous cette règle, mes amis ;
oseriez-vous exiger que Dieu vous fît vivre sans douleur des
siècles entiers pour prix de votre gourmandise, de votre
ivrognerie, de votre incontinence, de votre abandonnement

à d'infâmes passions qui corrompent le sang, et qui abrègent nécessairement la vie ?

J'approuvai cette réponse ; Parouba en fut assez content ; mais Birton ne fut pas ébranlé ; et je remarquai dans les yeux de Jenni qu'il était encore très indécis. Birton répliqua en ces termes :

Puisque vous vous êtes servi de lieux communs mêlés avec quelques réflexions nouvelles, j'emploierai aussi un lieu commun auquel on n'a jamais pu répondre que par des fables et du verbiage. S'il existait un Dieu si puissant, si bon, il n'aurait pas mis le mal sur la terre ; il n'aurait pas dévoué ses créatures à la douleur et au crime. S'il n'a pu empêcher le mal, il est impuissant ; s'il l'a pu et ne l'a pas voulu, il est barbare [106].

Nous n'avons des annales que d'environ huit mille années, conservées chez les bracmanes [107] ; nous n'en avons que d'environ cinq mille ans chez les Chinois ; nous ne connaissons rien que d'hier ; mais dans cet hier tout est horreur. On s'est égorgé d'un bout de la terre à l'autre, et on a été assez imbécile pour donner le nom de grands hommes, de héros, de demi-dieux, de dieux même, à ceux qui ont fait assassiner le plus grand nombre des hommes leurs semblables.

Il restait dans l'Amérique deux grandes nations civilisées qui commençaient à jouir des douceurs de la paix : les Espagnols arrivent et en massacrent douze millions ; ils vont à la chasse aux hommes avec des chiens ; et Ferdinand, roi de Castille, assigne une pension à ces chiens pour l'avoir si bien servi. Les héros vainqueurs du nouveau monde, qui massacrent tant d'innocents désarmés et nus, font servir sur leur table des gigots d'hommes et de femmes, des fesses, des avant-bras, des mollets en ragoûts. Ils font rôtir sur des brasiers le roi Gatimozin au Mexique ; ils courent au Pérou convertir le roi Atabalipa. Un nommé Almagro, prêtre, fils de prêtre, condamné à être pendu en Espagne pour avoir été

voleur de grand chemin, vient, avec un nommé Pizarro, signifier au roi, par la voix d'un autre prêtre, qu'un troisième prêtre, nommé Alexandre VI, souillé d'incestes, d'assassinats et d'homicides, a donné, de son plein gré, *proprio motu*, et de sa pleine puissance, non seulement le Pérou, mais la moitié du nouveau monde au roi d'Espagne ;. qu'Atabalipa doit sur-le-champ se soumettre, sous peine d'encourir l'indignation des apôtres saint Pierre et saint Paul. Et, comme ce roi n'entendait pas la langue latine plus que le prêtre qui lisait la bulle, il fut déclaré sur-le-champ incrédule et hérétique : on fit brûler Atabalipa comme on avait brûlé Gatimozin ; on massacra sa nation, et tout cela pour ravir de la boue jaune endurcie, qui n'a servi qu'à dépeupler l'Espagne et à l'appauvrir [108], car elle lui a fait négliger la véritable boue, qui nourrit les hommes quand elle est cultivée.

Çà, mon cher monsieur Freind, si l'être fantastique et ridicule qu'on appelle le diable avait voulu faire des hommes à son image, les aurait-il formés autrement ? Cessez donc d'attribuer à un Dieu un ouvrage si abominable.

> *Cette tirade fit revenir toute l'assemblée au sentiment de Birton. Je voyais Jenni en triompher en secret ; il n'y eut pas jusqu'à la jeune Parouba qui ne fût saisie d'horreur contre le prêtre Almagro, contre le prêtre qui avait lu la bulle en latin, contre le prêtre Alexandre VI, contre tous les chrétiens qui avaient commis tant de crimes inconcevables par dévotion et pour voler de l'or. J'avoue que je tremblai pour l'ami Freind ; je désespérais de sa cause. Voici pourtant comme il répondit sans s'étonner :*

Mes amis, souvenez-vous toujours qu'il existe un Être suprême ; je vous l'ai prouvé, vous en êtes convenus ; et après avoir été forcés d'avouer qu'il est, vous vous efforcez de lui chercher des imperfections, des vices, des méchancetés.

Je suis bien loin de vous dire, comme certains raison-

neurs, que les maux particuliers forment le bien général. Cette extravagance est trop ridicule. Je conviens avec douleur qu'il y a beaucoup de mal moral et de mal physique ; mais, puisque l'existence de Dieu est certaine, il est aussi très certain que tous ces maux ne peuvent empêcher que Dieu existe. Il ne peut être méchant ; car quel intérêt aurait-il à l'être ? Il y a des maux horribles, mes amis. Eh bien ! n'en augmentons pas le nombre. Il est impossible qu'un Dieu ne soit pas bon ; mais les hommes sont pervers ; ils font un détestable usage de la liberté que ce grand Être leur a donnée, et dû leur donner, c'est-à-dire de la puissance d'exécuter leurs volontés, sans quoi ils ne seraient que de pures machines formées par un Être méchant pour être brisées par lui.

Tous les Espagnols éclairés conviennent qu'un petit nombre de leurs ancêtres abusa de cette liberté jusqu'à commettre des crimes qui font frémir la nature. Don Carlos, second du nom (de qui monsieur l'archiduc puisse être le successeur [109] !), a réparé autant qu'il a pu les atrocités auxquelles les Espagnols s'abandonnèrent sous Ferdinand et sous Charles-Quint.

Mes amis, si le crime est sur la terre, la vertu y est aussi

BIRTON

Ah ! ah ! ah ! la vertu ! voilà une plaisante idée ; pardieu ! Je voudrais bien savoir comment la vertu est faite, et où l'on peut la trouver ?

> *À ces paroles je ne me contins pas ; j'interrompis Birton à mon tour : « Vous la trouverez chez M. Freind, lui dis-je, chez le bon Parouba, chez vous-même, quand vous aurez nettoyé votre cœur des vices qui le couvrent. » Il rougit, Jenni aussi ; puis Jenni baissa les yeux, et parut sentir des remords. Son père le regarda avec quelque compassion, et poursuivit ainsi son discours :*

FREIND

Oui, mes chers amis, il y eut toujours des vertus, s'il y eut des crimes. Athènes vit des Socrate, si elle vit des Anitus [110] ; Rome eut des Caton, si elle eut des Sylla ; Caligula, Néron, effrayèrent la terre par leurs atrocités ; mais Titus, Trajan, Antonin le Pieux, Marc-Aurèle, la consolèrent par leur bienfaisance : mon ami Sherloc dira en peu de mots au bon Parouba ce qu'étaient les gens dont je parle. J'ai heureusement mon Épictète dans ma poche : cet Épictète n'était qu'un esclave, mais égal à Marc-Aurèle par ses sentiments. Écoutez, et puissent tous ceux qui se mêlent d'enseigner les hommes écouter ce qu'Épictète se dit à lui-même : *C'est Dieu qui m'a créé, je le porte dans moi ; oserais-je le déshonorer par des pensées infâmes, par des actions criminelles, par d'indignes désirs ?* Sa vie fut conforme à ses discours. Marc-Aurèle, sur le trône de l'Europe et de deux autres parties de notre hémisphère, ne pensa pas autrement que l'esclave Épictète : l'un ne fut jamais humilié de sa bassesse, l'autre ne fut jamais ébloui de sa grandeur ; et quand ils écrivirent leurs pensées, ce fut pour eux-mêmes et pour leurs disciples, et non pour être loués dans des journaux. Et à votre avis, Locke, Newton, Tillotson, Penn, Clarke, le bonhomme qu'on appelle *the man of Ross* [111], tant d'autres dans notre île et hors de notre île, que je pourrais vous citer, n'ont-ils pas été des modèles de vertu ?

Vous m'avez parlé, monsieur Birton, des guerres aussi cruelles qu'injustes dont tant de nations se sont rendues coupables ; vous avez peint les abominations des chrétiens au Mexique et au Pérou, vous pouvez y ajouter la Saint-Barthélemy de France et les massacres d'Irlande ; mais n'est-il pas des peuples entiers qui ont toujours eu l'effusion de sang en horreur ? Les bracmanes n'ont-ils pas donné de tout temps cet exemple au monde ? Et sans sortir du pays où nous sommes, n'avons-nous pas auprès de nous la Pensylvanie, où nos philadelphiens, qu'on défigure en vain par le

nom de quakres, ont toujours détesté la guerre ? N'avons-
nous pas la Caroline, où le grand Locke a dicté ses lois [112] ?
Dans ces deux patries de la vertu, tous les citoyens sont
égaux, toutes les consciences sont libres, toutes les religions
sont bonnes, pourvu qu'on adore un Dieu [113] ; tous les
hommes y sont frères. Vous avez vu, monsieur Birton,
comme au seul nom d'un descendant de Penn les habitants
des montagnes bleues, qui pouvaient vous exterminer, ont
mis bas les armes. Ils ont senti ce que c'est que la vertu, et
vous vous obstinez à l'ignorer ! Si la terre produit des
poisons comme des aliments salutaires, voudrez-vous ne
vous nourrir que de poisons ?

BIRTON

Ah ! monsieur, pourquoi tant de poisons ? Si Dieu a tout
fait, ils sont son ouvrage ; il est le maître de tout ; il fait
tout ; il dirige la main de Cromwell qui signe la mort de
Charles Ier ; il conduit le bras du bourreau qui lui tranche la
tête ; non, je ne puis admettre un Dieu homicide.

FREIND

Ni moi non plus. Écoutez, je vous prie ; vous conviendrez avec moi que Dieu gouverne le monde par des lois
générales. Selon ces lois, Cromwell, monstre de fanatisme et
d'hypocrisie [114], résolut la mort de Charles Ier pour son
intérêt, que tous les hommes aiment nécessairement, et
qu'ils n'entendent pas tous également. Selon les lois du
mouvement établies par Dieu même, le bourreau coupa la
tête de ce roi. Mais certainement Dieu n'assassina pas
Charles Ier par un acte particulier de sa volonté. Dieu ne fut
ni Cromwell, ni Jeffris, ni Ravaillac, ni Balthazar Gérard, ni
le frère prêcheur Jacques Clément. Dieu ne commet, ni
n'ordonne, ni ne permet le crime ; mais il a fait l'homme, et
il a fait les lois du mouvement ; ces lois éternelles du
mouvement sont également exécutées par la main de
l'homme charitable qui la tend au pauvre, et par la main du

scélérat qui égorge son frère. De même que Dieu n'éteignit
point son soleil et n'engloutit point l'Espagne sous la mer,
pour punir Cortez, Almagro et Pizarro, qui avaient inondé
de sang humain la moitié d'un hémisphère, de même aussi il
n'envoie point une troupe d'anges à Londres et ne fait
point descendre du ciel cent mille tonneaux de vin de
Bourgogne pour faire plaisir à ses chers Anglais quand ils
ont fait une bonne action. Sa providence générale serait
ridicule, si elle descendait dans chaque moment à chaque
individu ; et cette vérité est si palpable que jamais Dieu ne
punit sur-le-champ un criminel par un coup éclatant de sa
toute-puissance : il laisse luire son soleil sur les bons et sur
les méchants. Si quelques scélérats sont morts immédiate-
ment après leurs crimes, ils sont morts par les lois générales
qui président au monde. J'ai lu dans le gros livre d'un
Frenchman nommé Mézeray, que Dieu avait fait mourir
notre grand Henri V de la fistule à l'anus, parce qu'il avait
osé s'asseoir sur le trône du roi très chrétien ; non, il mourut
parce que les lois générales émanées de la toute-puissance
avaient tellement arrangé la matière que la fistule à l'anus
devait terminer la vie de ce héros. Tout le physique d'une
mauvaise action est l'effet des lois générales imprimées par
la main de Dieu à la matière ; tout le mal moral de l'action
criminelle est l'effet de la liberté dont l'homme abuse[115].

Enfin, sans nous plonger dans les brouillards de la
métaphysique, souvenons-nous que l'existence de Dieu est
démontrée ; il n'y a plus à disputer sur son existence. Ôtez
Dieu au monde, l'assassinat de Charles I[er] en devient-il plus
légitime ? Son bourreau vous en sera-t-il plus cher ? Dieu
existe, il suffit ; s'il existe, il est juste. Soyez donc justes.

BIRTON

Votre petit argument sur le concours de Dieu a de la
finesse et de la force, quoiqu'il ne disculpe pas Dieu
entièrement d'être l'auteur du mal physique et du mal
moral. Je vois que la manière dont vous excusez Dieu fait

quelque impression sur l'assemblée ; mais ne pouvait-il pas faire en sorte que les lois générales n'entraînassent pas tant de malheurs particuliers ? Vous m'avez prouvé un Être éternel et puissant ; et, Dieu me pardonne ! j'ai craint un moment que vous ne me fissiez croire en Dieu. Mais j'ai de terribles objections à vous faire. Allons, Jenni, prenons courage ; ne nous laissons point abattre [116].

CHAPITRE DIXIÈME

SUR L'ATHÉISME

La nuit était venue, elle était belle, l'atmosphère était une voûte d'azur transparent, semée d'étoiles d'or ; ce spectacle touche toujours les hommes, et leur inspire une douce rêverie : le bon Parouba admirait le ciel, comme un Allemand admire Saint-Pierre de Rome ou l'Opéra de Naples quand il le voit pour la première fois. « Cette voûte est bien hardie », disait Parouba à Freind ; et Freind lui disait : « Mon cher Parouba, il n'y a point de voûte ; ce cintre bleu n'est autre chose qu'une étendue de nuages légers que Dieu a tellement disposés et combinés avec la mécanique de vos yeux qu'en quelque endroit que vous soyez, vous êtes toujours au centre de votre promenade, et vous voyez ce qu'on nomme le ciel, et qui n'est point le ciel, arrondi sur votre tête. — Et ces étoiles, monsieur Freind ? — Ce sont, comme je vous l'ai déjà dit, autant de soleils autour desquels tournent d'autres mondes ; loin d'être attachées à cette voûte bleue, souvenez-vous qu'elles en sont à des distances différentes et prodigieuses : cette étoile que vous voyez est à douze cent millions de mille pas de notre soleil. » Alors il lui montra le télescope qu'il avait

apporté : il lui fit voir nos planètes, Jupiter avec ses quatre
lunes, Saturne avec ses cinq lunes et son inconcevable
anneau lumineux [117] ; c'est la même lumière, lui disait-il, qui
part de tous ces globes, et qui arrive à nos yeux, de cette
planète-ci en un quart d'heure, de cette étoile-ci en six mois.
Parouba se mit à genoux et dit : « Les cieux annoncent
Dieu [118]. » Tout l'équipage était autour du vénérable Freind,
regardait, et admirait. Le coriace Birton avança sans rien
regarder, et parla ainsi :

BIRTON

Eh bien, soit ! il y a un Dieu, je vous l'accorde ; mais
qu'importe à vous et à moi ? Qu'y a-t-il entre l'Être infini et
nous autres vers de terre ? Quel rapport peut-il exister de
son essence à la nôtre ? Épicure, en admettant des dieux
dans les planètes, avait bien raison d'enseigner qu'ils ne se
mêlaient nullement de nos sottises et de nos horreurs ; que
nous ne pouvions ni les offenser ni leur plaire ; qu'ils
n'avaient nul besoin de nous, ni nous d'eux : vous admettez
un Dieu plus digne de l'esprit humain que les dieux
d'Épicure, et que tous ceux des Orientaux et des Occiden-
taux. Mais si vous disiez, comme tant d'autres, que ce Dieu
a formé le monde et nous pour sa gloire ; qu'il exigea
autrefois des sacrifices de bœufs pour sa gloire ; qu'il
apparut pour sa gloire sous notre forme de bipèdes, etc.,
vous diriez, ce me semble, une chose absurde, qui ferait rire
tous les gens qui pensent. L'amour de la gloire n'est autre
chose que de l'orgueil, et l'orgueil n'est que de la vanité ; un
orgueilleux est un fat que Shakespeare jouait sur son
théâtre : cette épithète ne peut pas plus convenir à Dieu que
celle d'injuste, de cruel, d'inconstant. Si Dieu a daigné faire,
ou plutôt arranger l'univers, ce ne doit être que dans la vue
d'y faire des heureux. Je vous laisse à penser s'il est venu à
bout de ce dessein, le seul pourtant qui pût convenir à la
nature divine.

FREIND

Oui, sans doute, il y a réussi avec toutes les âmes honnêtes : elles seront heureuses un jour, si elles ne le sont pas aujourd'hui.

BIRTON

Heureuses ! quel rêve ! quel conte de Peau-d'Âne ! où, quand, comment ? qui vous l'a dit ?

FREIND

Sa justice.

BIRTON

N'allez-vous pas me dire après tant de déclamateurs que nous vivrons éternellement quand nous ne serons plus ; que nous possédons une âme immortelle, ou plutôt qu'elle nous possède, après nous avoir avoué que les Juifs eux-mêmes, les Juifs auxquels vous vous vantez d'avoir été subrogés, n'ont jamais soupçonné seulement cette immortalité de l'âme jusqu'au temps d'Hérode [119] ? Cette idée d'une âme immortelle avait été inventée par les bracmanes, adoptée par les Perses, les Chaldéens, les Grecs, ignorée très longtemps de la malheureuse petite horde judaïque, mère des plus infâmes superstitions. Hélas ! monsieur, savons-nous seulement si nous avons une âme ? Savons-nous si les animaux, dont le sang fait la vie, comme il fait la nôtre, qui ont comme nous des volontés, des appétits, des passions, des idées, de la mémoire, de l'industrie ; savez-vous, dis-je, si ces êtres, aussi incompréhensibles que nous, ont une âme, comme on prétend que nous en avons une ?

J'avais cru jusqu'à présent qu'il est dans la nature une force active dont nous tenons le don de vivre dans tout notre corps, de marcher par nos pieds, de prendre par nos mains, de voir par nos yeux, d'entendre par nos oreilles, de sentir par nos nerfs, de penser par notre tête, et que tout cela

était ce que nous appelons l'âme ; mot vague qui ne signifie au fond que le principe inconnu de nos facultés. J'appellerai Dieu avec vous ce principe intelligent et puissant qui anime la nature entière ; mais a-t-il daigné se faire connaître à nous ?

FREIND

Oui, par ses œuvres.

BIRTON

Nous a-t-il dicté ses lois ? nous a-t-il parlé ?

FREIND

Oui, par la voix de votre conscience [120]. N'est-il pas vrai que, si vous aviez tué votre père et votre mère, cette conscience vous déchirerait par des remords aussi affreux qu'involontaires ? Cette vérité n'est-elle pas sentie et avouée par l'univers entier ? Descendons maintenant à de moindres crimes. Y en a-t-il un seul qui ne vous effraie au premier coup d'œil, qui ne vous fasse pâlir la première fois que vous le commettez, et qui ne laisse dans votre cœur l'aiguillon du repentir ?

BIRTON

Il faut que je l'avoue.

FREIND

Dieu vous a donc expressément ordonné, en parlant à votre cœur, de ne vous souiller jamais d'un crime évident. Et quant à toutes ces actions équivoques, que les uns condamnent et que les autres justifient, qu'avons-nous de mieux à faire que de suivre cette grande loi du premier des Zoroastres, tant remarquée de nos jours par un auteur français [121] : *Quand tu ne sais si l'action que tu médites est bonne ou mauvaise, abstiens-toi ?*

BIRTON

Cette maxime est admirable ; c'est sans doute ce qu'on a jamais dit de plus beau, c'est-à-dire de plus utile en morale ; et cela me ferait presque penser que Dieu a suscité de temps en temps des sages qui ont enseigné la vertu aux hommes égarés. Je vous demande pardon d'avoir raillé de la vertu.

FREIND

Demandez-en pardon à l'Être éternel, qui peut la récompenser éternellement, et punir les transgresseurs.

BIRTON

Quoi ! Dieu me punirait éternellement de m'être livré à des passions qu'il m'a données ?

FREIND

Il vous a donné des passions avec lesquelles on peut faire du bien et du mal. Je ne vous dis pas qu'il vous punira à jamais, ni comment il vous punira, car personne n'en peut rien savoir ; je vous dis qu'il le peut. Les bracmanes furent les premiers qui imaginèrent une prison éternelle pour les substances célestes qui s'étaient révoltées contre Dieu dans son propre palais ; il les enferma dans une espèce d'enfer qu'ils appelaient *ondéra* ; mais, au bout de quelques milliers de siècles, il adoucit leurs peines, les mit sur la terre, et les fit hommes : c'est de là que vint notre mélange de vices et de vertus, de plaisirs et de calamités. Cette imagination est ingénieuse ; la fable de Pandore et de Prométhée l'est encore davantage. Des nations grossières ont imité grossièrement la belle fable de Pandore [122] ; ces inventions sont des rêves de la philosophie orientale ; tout ce que je puis vous dire, c'est que, si vous avez commis des crimes en abusant de votre liberté, il vous est impossible de prouver que Dieu soit incapable de vous en punir ; je vous en défie.

BIRTON

Attendez ; vous pensez que je ne peux pas vous démontrer qu'il est impossible au grand Être de me punir : par ma foi, vous avez raison ; j'ai fait ce que j'ai pu pour me prouver que cela était impossible, et je n'en suis jamais venu à bout. J'avoue que j'ai abusé de ma liberté, et que Dieu peut m'en châtier ; mais, pardieu ! je ne serai pas puni quand je ne serai plus.

FREIND

Le meilleur parti que vous ayez à prendre est d'être honnête homme tandis que vous existez [123].

BIRTON

D'être honnête homme pendant que j'existe ?... oui, je l'avoue ; oui, vous avez raison, c'est le parti qu'il faut prendre.

Je voudrais, mon cher ami, que vous eussiez été témoin de l'effet que firent les discours de Freind sur tous les Anglais et sur tous les Américains. Birton, si évaporé et si audacieux, prit tout à coup un air recueilli et modeste ; Jenni, les yeux mouillés de larmes, se jeta aux genoux de son père, et son père l'embrassa. Voici enfin la dernière scène de cette dispute, si épineuse et si intéressante.

CHAPITRE ONZIÈME

DE L'ATHÉISME

BIRTON

Je conçois bien que le grand Être, le maître de la nature, est éternel ; mais nous, qui n'étions pas hier, pouvons-nous avoir la folle hardiesse de prétendre à une éternité future ?

Tout périt sans retour autour de nous, depuis l'insecte dévoré par l'hirondelle jusqu'à l'éléphant mangé des vers.

FREIND

Non, rien ne périt, tout change ; les germes impalpables des animaux et des végétaux subsistent, se développent et perpétuent les espèces. Pourquoi ne voudriez-vous pas que Dieu conservât le principe qui vous fait agir et penser, de quelque nature qu'il puisse être ? Dieu me garde de faire un système ; mais certainement il y a dans nous quelque chose qui pense et qui veut : ce quelque chose que l'on appelait autrefois une monade[124], ce quelque chose est imperceptible. Dieu nous l'a donné, ou peut-être, pour parler plus juste, Dieu nous a donnés à lui. Êtes-vous bien sûr qu'il ne peut la conserver ? Songez, examinez, pouvez-vous m'en fournir quelques démonstrations ?

BIRTON

Non ; j'en ai cherché dans mon entendement, dans tous les livres des athées, et surtout dans le troisième chant de Lucrèce ; j'avoue que je n'ai jamais trouvé que des vraisemblances.

FREIND

Et, sur ces simples vraisemblances, nous nous abandonnerions à toutes nos passions funestes ? Nous vivrions en brutes, n'ayant pour règle que nos appétits, et pour frein que la crainte des autres hommes rendus éternellement ennemis les uns des autres par cette crainte mutuelle ! Car on veut toujours détruire ce qu'on craint. Pensez-y bien, monsieur Birton ; réfléchissez-y sérieusement, mon fils, Jenni ; n'attendre de Dieu ni châtiment ni récompense, c'est être véritablement athée. À quoi servirait l'idée d'un Dieu qui n'aurait sur vous aucun pouvoir[125] ? C'est comme si on disait : il y a un roi de la Chine qui est très puissant. Je réponds : grand bien lui fasse ; qu'il reste dans son manoir,

et moi dans le mien ; je ne me soucie pas plus de lui qu'il ne
se soucie de moi ; il n'a pas plus de juridiction sur ma
personne qu'un chanoine de Windsor n'en a sur un membre
de notre parlement ; alors je suis mon Dieu à moi-même : je
sacrifie le monde entier à mes fantaisies si j'en trouve
l'occasion ; je suis sans loi, je ne regarde que moi. Si les
autres êtres sont moutons, je me fais loup ; s'ils sont poules,
je me fais renard.

Je suppose (ce qu'à Dieu ne plaise) que toute notre
Angleterre soit athée par principes ; je conviens qu'il pourra
se trouver plusieurs citoyens qui, nés tranquilles et doux,
assez riches pour n'avoir pas besoin d'être injustes, gouver-
nés par l'honneur, et par conséquent attentifs à leur
conduite, pourront vivre ensemble en société : ils cultive-
ront les beaux-arts, par qui les mœurs s'adoucissent ; ils
pourront vivre dans la paix, dans l'innocente gaieté des
honnêtes gens ; mais l'athée pauvre et violent, sûr de
l'impunité, sera un sot s'il ne vous assassine pas pour voler
votre argent. Dès lors tous les liens de la société sont
rompus, tous les crimes secrets inondent la terre, comme les
sauterelles, à peine d'abord aperçues, viennent ravager les
campagnes ; le bas peuple ne sera qu'une horde de brigands,
comme nos voleurs, dont on ne pend pas la dixième partie à
nos sessions [126] ; ils passent leurs misérables vies dans des
tavernes avec des filles perdues, ils les battent, ils se battent
entre eux ; ils tombent ivres au milieu de leurs pintes de
plomb dont ils se sont cassé la tête ; ils se réveillent pour
voler et pour assassiner ; ils recommencent chaque jour ce
cercle abominable de brutalités !

Qui retiendra les grands et les rois dans leurs vengeances,
dans leur ambition, à laquelle ils veulent tout immoler ? Un
roi athée est plus dangereux qu'un Ravaillac fanatique.

Les athées fourmillaient en Italie au quinzième siècle ;
qu'en arriva-t-il ? Il fut aussi commun d'empoisonner que
de donner à souper, et d'enfoncer un stylet dans le cœur de
son ami que de l'embrasser ; il y eut des professeurs du

crime, comme il y a aujourd'hui des maîtres de musique et
de mathématique. On choisissait exprès les temples pour y
assassiner les princes au pied des autels. Le pape Sixte IV et
un archevêque de Florence firent assassiner ainsi les deux
princes les plus accomplis de l'Europe. (Mon cher Sherloc,
dites, je vous prie, à Parouba et à ses enfants, ce que c'est
qu'un pape et un archevêque, et dites-leur surtout qu'il n'est
plus de pareils monstres.) Mais continuons. Un duc de
Milan fut assassiné de même au milieu d'une église. On ne
connaît que trop les étonnantes horreurs d'Alexandre VI. Si
de telles mœurs avaient subsisté, l'Italie aurait été plus
déserte que ne l'a été le Pérou après son invasion.

La croyance d'un Dieu rémunérateur des bonnes actions,
punisseur des méchantes, pardonneur des fautes légères, est
donc la croyance la plus utile au genre humain ; c'est le seul
frein des hommes puissants, qui commettent insolemment
les crimes publics ; c'est le seul frein des hommes qui
commettent adroitement les crimes secrets [127]. Je ne vous dis
pas, mes amis, de mêler à cette croyance nécessaire des
superstitions qui la déshonoreraient, et qui même pour-
raient la rendre funeste : l'athée est un monstre qui ne
dévorera que pour apaiser sa faim ; le superstitieux est un
autre monstre qui déchirera les hommes par devoir. J'ai
toujours remarqué qu'on peut guérir un athée, mais on ne
guérit jamais le superstitieux radicalement ; l'athée est un
homme d'esprit qui se trompe, mais qui pense par lui-
même ; le superstitieux est un sot brutal qui n'a jamais eu
que les idées des autres. L'athée violera Iphigénie prête
d'épouser Achille, mais le fanatique l'égorgera pieusement
sur l'autel, et croira que Jupiter lui en aura beaucoup
d'obligation ; l'athée dérobera un vase d'or dans une église
pour donner à souper à des filles de joie, mais le fanatique
célébrera un auto-da-fé dans cette église, et chantera un
cantique juif à plein gosier en faisant brûler des Juifs. Oui,
mes amis, l'athéisme et le fanatisme sont les deux pôles d'un
univers de confusion et d'horreur. La petite zone de la vertu

est entre ces deux pôles ; marchez d'un pas ferme dans ce sentier ; croyez un Dieu bon, et soyez bons. C'est tout ce que les grands législateurs Locke et Penn demandent à leurs peuples.

Répondez-moi, monsieur Birton, vous et vos amis : quel mal peut vous faire l'adoration d'un Dieu jointe au bonheur d'être honnête homme [128] ? Nous pouvons tous être attaqués d'une maladie mortelle au moment où je vous parle : qui de nous alors ne voudrait pas avoir vécu dans l'innocence ? Voyez comme notre méchant Richard III meurt dans Shakespeare ; comme les spectres de tous ceux qu'il a tués viennent épouvanter son imagination. Voyez comme expire Charles IX de France après sa Saint-Barthélemy. Son chapelain a beau lui dire qu'il a bien fait ; son crime le déchire, son sang jaillit par ses pores, et tout le sang qu'il fit couler crie contre lui [129]. Soyez sûr que, de tous ces monstres, il n'en est aucun qui n'ait vécu dans tous les tourments du remords, et qui n'ait fini dans la rage du désespoir.

CHAPITRE DOUZIÈME

RETOUR EN ANGLETERRE.
MARIAGE DE JENNI

Birton et ses amis ne purent tenir davantage ; ils se jetèrent aux genoux de Freind. « Oui, dit Birton, je crois en Dieu et en vous. »

On était déjà près de la maison de Parouba. On y soupa ; mais Jenni ne put souper : il se tenait à l'écart, il fondait en larmes ; son père alla le chercher pour le consoler. « Ah ! lui dit Jenni, je ne méritais pas d'avoir un père tel que vous ; je mourrai de douleur d'avoir été séduit par cette abominable

Clive-Hart : je suis la cause, quoique innocente, de la mort de Primerose ; et tout à l'heure, quand vous nous avez parlé d'empoisonnement, un frisson m'a saisi ; j'ai cru voir Clive-Hart présentant le breuvage horrible à Primerose. Ô ciel ! ô Dieu ! comment ai-je pu avoir l'esprit assez aliéné pour suivre une créature si coupable ? mais elle me trompa ; j'étais aveugle ; je ne fus détrompé que peu de temps avant qu'elle fût prise par les sauvages : elle me fit presque l'aveu de son crime dans un mouvement de colère ; depuis ce moment je l'eus en horreur ; et pour mon supplice, l'image de Primerose est sans cesse devant mes yeux ; je la vois, je l'entends ; elle me dit : " Je suis morte, parce que je t'aimais. " »

M. Freind se mit à sourire, d'un sourire de bonté dont Jenni ne put comprendre le motif ; son père lui dit qu'une vie irréprochable pouvait seule réparer les fautes passées ; il le ramena à table comme un homme qu'on vient de retirer des flots où il se noyait ; je l'embrassai, je le flattai, je lui donnai du courage ; nous étions tous attendris. Nous appareillâmes le lendemain pour retourner en Angleterre, après avoir fait des présents à toute la famille de Parouba : nos adieux furent mêlés de larmes sincères ; Birton et ses camarades, qui n'avaient jamais été qu'évaporés, semblaient déjà raisonnables.

Nous étions en pleine mer quand Freind dit à Jenni en ma présence : « Eh bien ! mon fils, le souvenir de la belle, de la vertueuse et tendre Primerose, vous est donc toujours cher ? » Jenni se désespéra à ces paroles ; les traits d'un repentir inutile et éternel perçaient son cœur, et je craignis qu'il ne se précipitât dans la mer.

« Eh bien ! lui dit Freind, consolez-vous ; Primerose est vivante, et elle vous aime. »

Freind en effet en avait reçu des nouvelles sûres de ce domestique affidé, qui lui écrivait par tous les vaisseaux qui partaient pour Maryland. M. Mead [130], qui a depuis acquis une si grande réputation pour la connaissance de tous les

poisons, avait été assez heureux pour tirer Primerose des bras de la mort. M. Freind fit voir à son fils cette lettre qu'il avait relue tant de fois, et avec tant d'attendrissement.

Jenni passa en un moment de l'excès du désespoir à celui de la félicité. Je ne vous peindrai point les effets de ce changement si subit : plus j'en suis saisi, moins je puis les exprimer ; ce fut le plus beau moment de la vie de Jenni. Birton et ses camarades partagèrent une joie si pure. Que vous dirai-je, enfin ? L'excellent Freind leur a servi de père à tous ; les noces du beau Jenni et de la belle Primerose se sont faites chez le docteur Mead ; nous avons marié aussi Birton, qui était tout changé. Jenni et lui sont aujourd'hui les plus honnêtes gens de l'Angleterre. Vous conviendrez qu'un sage peut guérir des fous.

POSTFACE

LE DERNIER
DES ÉCRIVAINS HEUREUX

Qu'avons-nous de commun, aujourd'hui, avec Voltaire ? D'un point de vue moderne, sa philosophie est démodée. Il est possible de croire à la fixité des essences et au désordre de l'histoire, mais ce n'est plus de la même façon que Voltaire. En tout cas, les athées ne se jettent plus aux pieds des déistes, qui n'existent d'ailleurs plus. La dialectique a tué le manichéisme, et l'on discute rarement de la Providence. Quant aux ennemis de Voltaire, ils ont disparu ou se sont transformés : il n'y a plus de jansénistes, de sociniens, de leibniziens ; les jésuites ne s'appellent plus Nonnotte ou Patouillet.

J'allais dire : il n'y a plus d'Inquisition. C'est faux, bien sûr. Ce qui a disparu, c'est le théâtre de la persécution, non la persécution elle-même : l'auto-da-fé s'est subtilisé en opération de police, le bûcher en camp de concentration, discrètement ignoré de ses voisins. Moyennant quoi, les chiffres ont pu changer : en 1721, neuf hommes et onze femmes furent brûlés à Grenade dans les quatre fours de l'échafaud de plâtre, et, en 1723, neuf hommes à Madrid, pour l'arrivée de la princesse française : ils avaient sans doute épousé leurs commères ou mangé du gras le vendredi. Répression horrible, dont l'absurdité soutient toute l'œuvre de Voltaire. Mais de 1939 à 1945, six millions d'hommes, entre autres, sont morts dans les tortures de la déportation, parce qu'ils étaient Juifs, eux, ou leurs pères, ou leurs grands-pères.

Nous n'avons pas eu un seul pamphlet contre cela. Mais c'est peut-être, précisément, parce que les chiffres ont changé. Si simpliste que cela paraisse, il y a une proportion entre la légèreté de l'arme voltairienne (petits rogatons, pâtés portatifs, fusées volantes) et le caractère sporadique du crime religieux au XVIII^e siècle : quantitativement limité, le bûcher devenait un principe, c'est-à-dire une cible : avantage énorme pour qui la combat : cela fait des écrivains triomphants. Car l'énormité même des crimes racistes, leur organisation par l'État, les justifications idéologiques dont on les couvre, tout cela entraîne l'écrivain d'aujourd'hui bien au-delà du pamphlet, exige de lui plus une philosophie qu'une ironie, plus une explication qu'un étonnement. Depuis Voltaire, l'histoire s'est enfermée dans une difficulté qui déchire toute littérature engagée, et que Voltaire n'a pas connue : pas de liberté pour les ennemis de la liberté : personne ne peut plus donner de leçon de tolérance à personne.

En somme, ce qui nous sépare peut-être de Voltaire, c'est qu'il fut un écrivain heureux. Nul mieux que lui n'a donné au combat de la Raison l'allure d'une fête. Tout était spectacle dans ses batailles : le nom de l'adversaire, toujours ridicule ; la doctrine combattue, réduite à une proposition (l'ironie voltairienne est toujours la mise en évidence d'une disproportion) ; la multiplication des coups, fusant dans toutes les directions, au point d'en paraître un jeu, ce qui dispense de tout respect et de toute pitié ; la mobilité même du combattant, ici déguisé sous mille pseudonymes transparents, là faisant de ses voyages européens une sorte de comédie d'esquive, une scapinade perpétuelle. Car les démêlés de Voltaire et du monde sont non seulement spectacle, mais spectacle superlatif, se dénonçant soi-même comme spectacle, à la façon de ces jeux de Polichinelle que Voltaire aimait beaucoup, puisqu'il avait un théâtre de marionnettes à Cirey.

Le premier bonheur de Voltaire fut sans doute celui de son

*temps. Il faut s'entendre : ce temps fut très dur, et Voltaire
en a dit partout les horreurs. Pourtant aucun moment n'a
mieux aidé l'écrivain, ne lui a davantage donné la certitude
de lutter pour une cause juste et naturelle. La bourgeoisie,
dont est issu Voltaire, possédait déjà une grande partie des
positions économiques ; présente dans les affaires, dans le
commerce et l'industrie, dans les ministères, dans les sciences,
dans la culture, elle savait que son triomphe coïncidait
parfaitement avec la prospérité de la nation et le bonheur de
chaque citoyen. Elle avait de son côté la puissance virtuelle,
la certitude de la méthode, l'héritage encore pur du goût ;
devant elle, contre elle, tout ce qu'un monde agonisant peut
étaler de corruption, de bêtise et de férocité. C'était déjà un
grand bonheur, une grande paix que de combattre un
ennemi si uniformément condamnable. L'esprit tragique est
sévère parce qu'il reconnaît, par obligation de nature, la
grandeur de l'adversaire : Voltaire n'eut pas l'esprit tragi-
que : il n'eut à se mesurer avec aucune force vive, avec
aucune idée, aucun homme qui pussent lui donner sérieuse-
ment à réfléchir (sauf le passé : Pascal, et l'avenir : Rous-
seau ; mais il les escamota tous deux) : jésuites, jansénistes ou
parlements, c'étaient de grands corps figés, vidés de toute
intelligence, pleins seulement d'une férocité intolérable pour
le cœur et l'esprit. L'autorité, même dans ses manifestations
les plus sanglantes, n'était plus qu'un décor ; il suffisait de
promener au milieu de cette mécanique le regard d'un
homme pour qu'elle s'écroulât. Voltaire sut avoir ce regard
malin et tendre (Le cœur même de Zaïre, dit M^{me} de Genlis,*
était dans ses yeux), *dont le pouvoir de rupture a été de
porter simplement la vie au milieu de ces grands masques
aveugles qui régentaient encore la société.*

 *C'était en effet un bonheur singulier que d'avoir à
combattre dans un monde où force et bêtise étaient continû-
ment du même bord : situation privilégiée pour l'esprit.
L'écrivain était du même côté que l'histoire, d'autant plus
heureux qu'il la sentait comme un couronnement, non*

comme un dépassement qui eût risqué de l'emporter lui-même.

Le second bonheur de Voltaire fut précisément d'oublier l'histoire, dans le temps même où elle le portait. Pour être heureux, Voltaire a suspendu le temps ; s'il a une philosophie, c'est celle de l'immobilité. On connaît sa pensée : Dieu a créé le monde comme un géomètre, non comme un père. C'est-à-dire qu'il ne se mêle pas d'accompagner sa création, et qu'une fois réglé, le monde n'entretient plus de rapports avec Dieu. Une intelligence originelle a établi une fois pour toutes un certain type de causalité : il n'y a jamais d'effets sans causes, d'objets sans fins, le rapport des uns et des autres est immuable. La métaphysique voltairienne n'est donc jamais qu'une introduction à la physique, et la Providence une mécanique. Car Dieu retiré du monde qu'il a créé (comme l'horloger de son horloge), ni Dieu ni l'homme ne peuvent plus bouger. Certes le Bien et le Mal existent ; mais entendez le bonheur et le malheur, non la faute ou l'innocence ; car l'un et l'autre ne sont que les éléments d'une causalité universelle ; ils ont une nécessité, mais cette nécessité est mécanique, et non morale : le Mal ne punit pas, le Bien ne récompense pas : ils ne signifient pas que Dieu est, qu'il surveille, mais qu'il a été, qu'il a créé.

Si donc l'homme s'avise de courir du Mal au Bien par un mouvement moral, c'est à l'ordre universel des causes et des effets qu'il attente ; il ne peut produire par ce mouvement qu'un désordre bouffon (c'est ce que fait Memnon, le jour où il décide d'être sage). Que peut donc l'homme sur le Bien et le Mal ? Pas grand-chose : dans cet engrenage qu'est la création, il n'y a place que pour un jeu, c'est-à-dire la très faible amplitude que le constructeur d'un appareil laisse aux pièces pour se mouvoir. Ce jeu, c'est la Raison. Il est capricieux, c'est-à-dire qu'il n'atteste aucune direction de l'Histoire : la Raison paraît, disparaît, sans autre loi que l'effort tout personnel de quelques esprits : il n'y a jamais entre les bienfaits de l'Histoire (inventions utiles, grandes

*œuvres) qu'un rapport de contiguïté, non de fonction.
L'opposition de Voltaire à toute intelligence du Temps est
très vive. Pour Voltaire, il n'y a pas d'Histoire, au sens
moderne du mot, rien que des chronologies. Voltaire a écrit
des livres d'histoire pour dire expressément qu'il ne croyait
pas à l'Histoire : le siècle de Louis XIV n'est pas un
organisme, c'est une rencontre de hasards, ici les Dragon-
nades, là Racine. La Nature elle-même, bien entendu, n'est
jamais historique : étant essentiellement art, c'est-à-dire
artifice de Dieu, elle ne peut bouger ou avoir bougé : les
montagnes n'ont pas été amenées par les eaux, Dieu les créa
une fois pour toutes à l'usage des animaux, et les poissons
fossiles — dont la découverte excitait beaucoup le siècle — ne
sont que les restes très prosaïques des pique-niques de
pèlerins : il n'y a pas d'évolution.*

*La philosophie du Temps sera l'apport du XIXᵉ siècle (et
singulièrement de l'Allemagne). On pourrait croire que la
leçon relativiste du passé est au moins chez Voltaire, comme
dans tout le siècle, remplacée par celle de l'espace. C'est à
première vue ce qui a lieu : le XVIIIᵉ siècle n'est pas
seulement une grande époque de voyages, celle où le
capitalisme moderne, alors de prépondérance anglaise, orga-
nise définitivement son marché mondial, de la Chine à
l'Amérique du Sud ; c'est surtout le siècle où le voyage
accède à la littérature et emporte une philosophie. On
connaît le rôle des jésuites, par leurs* Lettres édifiantes et
curieuses, *dans la naissance de l'exotisme. Dès le début du
siècle, ces matériaux sont transformés et ils aboutissent
rapidement à une véritable typologie de l'homme exotique :
il y a le Sage égyptien, l'Arabe mahométan, le Turc, le
Chinois, le Siamois, et le plus prestigieux de tous, le Persan.
Tous ces orientaux sont maîtres de philosophie ; mais avant
de dire laquelle, il faut noter qu'au moment où Voltaire
commence à écrire ses* Contes, *qui doivent beaucoup au
folklore oriental, le siècle a déjà élaboré une véritable
rhétorique de l'exotisme, une sorte de* digest *dont les figures*

*sont si bien formées et si bien connues, qu'on peut désormais
y puiser rapidement, comme dans une réserve algébrique,
sans plus s'embarrasser de descriptions et d'étonnements ;
Voltaire n'y manquera pas, car il ne s'est jamais soucié d'être
« original » (notion d'ailleurs toute moderne) ; l'oriental
n'est pour lui, comme pour aucun de ses contemporains,
l'objet, le terme d'un regard véritable ; c'est simplement un
chiffre usuel, un signe commode de communication.*

*Le résultat de cette conceptualisation, c'est que le voyage
voltairien n'a aucune épaisseur ; l'espace que Voltaire par-
court d'une marche forcenée (car on ne fait que voyager
dans ses Contes) n'est pas un espace d'explorateur, c'est un
espace d'arpenteur, et ce que Voltaire emprunte à l'huma-
nité allogène des Chinois et des Persans, c'est une nouvelle
limite, non une nouvelle substance ; de nouveaux habitacles
sont attribués à l'essence humaine, elle prospère, de la Seine
au Gange, et les romans de Voltaire sont moins des enquêtes
que des tours de propriétaire, que l'on oriente sans grand
ordre parce qu'il s'agit toujours du même enclos, et que l'on
interrompt capricieusement par des haltes incessantes où l'on
discute, non de ce que l'on voit, mais de ce que l'on est. C'est
ce qui explique que le voyage n'est ni réaliste ni baroque (la
veine picaresque des premiers récits du siècle s'est complète-
ment tarie) ; il n'est même pas une opération de connais-
sance, mais seulement d'affirmation : c'est l'élément d'une
logique, le chiffre d'une équation ; ces pays d'Orient, qui ont
aujourd'hui un poids si lourd, une individuation si prononc-
cée dans la politique mondiale, ce sont pour Voltaire des
sortes de cases vides, des signes mobiles sans contenu propre,
des degrés zéros de l'humanité, dont on se saisit prestement
pour se signifier soi-même.*

*Car tel est le paradoxe du voyage voltairien : manifester
une immobilité. Il y a certes d'autres mœurs, d'autres lois,
d'autres morales que les nôtres, et c'est ce que le voyage
enseigne ; mais cette diversité fait partie de l'essence
humaine et trouve par conséquent très vite son point*

d'équilibre ; il suffit donc de la reconnaître pour en être quitte avec elle : que l'homme (c'est-à-dire l'homme occidental) se multiplie un peu, que le philosophe européen se dédouble en sage chinois, en Huron ingénu, et l'homme universel sera créé. S'agrandir pour se confirmer, non pour se transformer, tel est le sens du voyage voltairien.

Ce fut sans doute le second bonheur de Voltaire que de pouvoir s'appuyer sur une immobilité du monde. La bourgeoisie était si près du pouvoir qu'elle pouvait déjà commencer à ne pas croire à l'Histoire. Elle pouvait aussi commencer à refuser tout système, suspecter toute philosophie organisée, c'est-à-dire poser sa propre pensée, son propre bon sens comme une Nature à laquelle toute doctrine, tout système intellectuel ferait offense. C'est ce que fit Voltaire avec éclat, et ce fut son troisième bonheur : il dissocia sans cesse intelligence et intellectualité, posant que le monde est ordre si l'on ne cherche pas abusivement à l'ordonner, qu'il est système, à condition que l'on renonce à le systématiser : c'est là une conduite d'esprit qui a eu une grande fortune par la suite : on l'appelle aujourd'hui anti-intellectualisme.

Fait notable, tous les ennemis de Voltaire pouvaient être nommés, c'est-à-dire qu'ils tenaient leur être de leur certitude : jésuites, jansénistes, sociniens, protestants, athées, tous ennemis entre eux, mais réunis sous les coups de Voltaire par leur aptitude à être définis d'un mot. Inversement, sur le plan du système dénominatif, Voltaire échappe. Doctrinalement, était-il déiste ? leibnizien ? rationaliste ? à chaque fois, oui et non. Il n'a d'autre système que la haine du système (et l'on sait qu'il n'y a rien de plus âpre que ce système-là) ; ses ennemis seraient aujourd'hui les doctrinaires de l'Histoire, de la Science (voir ses railleries à l'égard de la haute science dans L'Homme aux quarante écus), ou de l'Existence ; marxistes, progressistes, existentialistes, intellectuels de gauche, Voltaire les aurait haïs, couverts de lazzi incessants, comme il a fait, de son temps, pour les jésuites. En opposant continûment intelligence et intellectualité, en se servant de

l'une pour ruiner l'autre, en réduisant les conflits d'idées à une sorte de lutte manichéenne entre la Bêtise et l'Intelligence, en assimilant tout système à la Bêtise et toute liberté d'esprit à l'Intelligence, Voltaire a fondé le libéralisme dans sa contradiction. Comme système du non-système, l'anti-intellectualisme élude et gagne sur les deux tableaux, joue à un perpétuel tourniquet entre la mauvaise foi et la bonne conscience, le pessimisme du fond et l'allégresse de la forme, le specticisme proclamé et le doute terroriste.

La fête voltairienne est constituée par cet alibi incessant. Voltaire bâtonne et esquive à la fois. Le monde est simple pour qui termine toutes ses lettres, en guise de salutations cordiales, par : Écrasons l'infâme (c'est-à-dire le dogmatisme). On sait que cette simplicité et ce bonheur furent achetés au prix d'une ablation de l'Histoire et d'une immobilisation du monde. De plus, c'est un bonheur qui, malgré son triomphe éclatant sur l'obscurantisme, laissait beaucoup de personnes à sa porte. Aussi, conformément à la légende, l'anti-Voltaire, c'est bien Rousseau. En posant avec force l'idée d'une corruption de l'homme par la société, Rousseau remettait l'Histoire en mouvement, établissait le principe d'un dépassement permanent de l'Histoire. Mais par là même, il faisait à la littérature un cadeau empoisonné. Désormais, sans cesse assoiffé et blessé d'une responsabilité qu'il ne pourra plus ni complètement honorer, ni complètement éluder, l'intellectuel va se définir par sa mauvaise conscience : Voltaire fut un écrivain heureux, mais ce fut sans doute le dernier.

Roland Barthes.

DOSSIER

CHRONOLOGIE

1685 Révocation de l'édit de Nantes.

1688 Début de la guerre de la ligue d'Augsbourg.

1694 21 novembre, naissance de François-Marie, fils de François Arouet, notaire au Châtelet de Paris, et de Marguerite Daumard ; il a pour frère aîné Armand et pour sœur Marguerite Catherine.

1697 Traité de Ryswick, mettant fin à la guerre de la ligue d'Augsbourg.

1699 Mort de Racine.

1700 Mort de Charles II, roi d'Espagne ; Philippe d'Anjou, petit-fils de Louis XIV, lui succède, ce qui entraînera la guerre de Succession d'Espagne (1701-1713).

1701 Mort de Mme Arouet.

1704 François-Marie est mis au Grand Collège des jésuites, futur lycée Louis-le-Grand. — Défaite de Hochstaedt.

1705 En mourant, la célèbre courtisane Ninon de Lenclos, à qui il a été présenté par son parrain l'abbé de Châteauneuf, fait au jeune Arouet un legs « pour s'acheter des livres ». À peu près à la même époque, l'abbé de Châteauneuf l'introduit dans la société libertine du Temple.

1706 Défaites de Turin et de Ramillies.

1709-1711 Déjà célèbre comme poète, le jeune Arouet fait brillamment ses classes de rhétorique et de philosophie. Il est mis ensuite à l'École de Droit. — Mort de Boileau, de Louis, « le grand dauphin ».

1712 Naissance de Jean-Jacques Rousseau, de Frédéric II. Villars remporte la victoire de Denain (24 juillet).

1713 Pour « calmer » son fils, François Arouet l'envoie à La Haye auprès de l'ambassadeur de France, qui négocie la paix d'Utrecht, mettant fin à la guerre de Succession d'Espagne. Le

jeune homme a une liaison avec une jeune protestante, Olympe Du Noyer, dite Pimpette, et doit rentrer en France le 24 décembre. Naissance de Diderot. Clément XI promulgue la bulle *Unigenitus,* qui suscite de longues querelles religieuses.

1714 François-Marie est mis en stage chez le notaire Alain, où il fait la connaissance de Nicolas Thiériot, qui sera son correspondant à Paris et restera son ami.

1715 Le 1er septembre, Louis XIV meurt ; Philippe d'Orléans devient régent. Le jeune Arouet fréquente la cour de Sceaux chez la duchesse du Maine, pour laquelle il compose ses premiers contes, notamment *Le Crocheteur borgne ;* dans ce milieu frondeur, il s'abandonne à sa veine satirique, qui n'épargne pas le Régent.

1716 De mai à octobre, il est en exil chez le duc de Sully, à Sully-sur-Loire. — Mort de Leibniz. Venue à Paris d'une troupe de comédiens italiens, qui jouera plusieurs fois des parodies de pièces du futur Voltaire.

1717 Il commence le *Poème de la Ligue* (future *Henriade*). De nouvelles satires très osées contre Philippe d'Orléans le font envoyer à la Bastille (16 mai). — Naissance de d'Alembert. Début du « système de Law ». Fondation de la Nouvelle-Orléans, ainsi nommée en l'honneur du Régent.

1718 Libéré en avril, et envoyé en exil à Châtenay, François-Marie prend le nom de Voltaire, sans doute par anagramme pour AROUET L(e) J(eune). C'est aussi une façon de rejeter la paternité de François Arouet, dont il prétendra plus tard ne pas avoir été le fils. Le 18 novembre, première représentation d'*Œdipe,* qui obtient un succès retentissant.

1719 Début pour Voltaire d'une existence très mondaine, pendant laquelle il fera notamment la connaissance de milord Bolingbroke. Le système de Law bat son plein. Conspiration de Cellamare : compromise, la duchesse du Maine est reléguée à Sceaux.

1720 Faillite du « système ». Law s'enfuit de France.

1721 Mort de Watteau. Montesquieu publie les *Lettres persanes.*

1722 Mort de François Arouet, qui soumet l'héritage de François-Marie à une tutelle et à des conditions de bonne conduite. Celui-ci reçoit une pension du Régent. Il fait de juillet à octobre un voyage en Hollande avec Mme de Ruppelmonde et, pour apaiser ses scrupules de religion, écrit pour elle une première version de l'*Épître à Uranie* (« Je ne suis pas chrétien, mais c'est pour t'aimer mieux », dit-il en s'adressant à Dieu). À Bruxelles, il choque Jean-Baptiste Rousseau par ses outrances antichrétiennes et se brouille avec lui.

1723 Liaison avec Mme de Bernières. Le poème de *La Ligue* se voit
refuser une approbation, et Voltaire ne peut le dédier au roi. Il
est atteint de la petite vérole au château de Maisons, où il est
soigné par Thiériot. — En février, Louis XV est déclaré majeur.
Le 2 décembre, Philippe d'Orléans meurt et le duc de Bourbon
devient Premier ministre.

1724 Le 6 mars, *Mariamne* est jouée sans succès. Voltaire, qui loge
chez Mme de Bernières, passe l'été aux eaux de Forges avec le
duc de Richelieu.

1725 Grâce à la protection de la marquise de Prie, maîtresse du duc de
Bourbon, Voltaire est chargé de fournir les divertissements pour
le mariage de Louis XV avec Marie Leszczynska. Celle-ci lui
accorde une pension importante. Il forme le projet d'un voyage
en Angleterre et le prépare par des dispositions financières.
Après avoir présenté *Mariamne* remaniée sous le nom d'*Hérode
et Mariamne*, il fait jouer en août la comédie de *L'Indiscret*. —
Mort de Pierre le Grand de Russie, que Voltaire avait rencontré à
Paris.

1726 Querelle avec le chevalier de Rohan, qui, infirme, fait bâtonner
Voltaire par ses gens. Comme Voltaire s'arme et veut provoquer
Rohan en duel, il est mis à la Bastille (17 avril). Libéré, il est
autorisé à réaliser son projet de voyage en Angleterre (mai).
Après un bref voyage secret à Paris, il y séjournera jusqu'en
novembre 1728.

1727 Voltaire apprend l'anglais, est présenté au roi George Ier, voit
représenter Shakespeare, Ben Johnson, les comédies de la
Restauration.

1728 Il travaille à l'*Histoire de Charles XII*, à *Brutus*, rédige quelques
« Lettres anglaises », rencontre Pope, Swift... En novembre, il
rentre clandestinement en France, passant l'hiver à Dieppe.

1729 Il se réinstalle à Paris, où il résidera en principe jusqu'en 1733. Il
se livre à des opérations financières aussi tortueuses que profita-
bles.

1730 Achève et fait imprimer l'*Histoire de Charles XII*. La fin
d'Adrienne Lecouvreur, sans doute sa maîtresse, dont le corps
est jeté à la voirie, lui inspire l'*Ode sur la mort de Mlle
Lecouvreur*. Le 11 décembre, première représentation de *Brutus*,
qu'il fait imprimer avec un *Discours sur la tragédie* et une
dédicace à Bolingbroke. Il développe ses activités financières qui
s'étendront bientôt à la fourniture aux armées et au négoce en
Amérique et aux Indes.

1731 La police arrêtant l'impression de *Charles XII*, Voltaire le fait
imprimer clandestinement à Rouen. Liaison avec Mme de

Fontaine-Martel, qui assure la promotion de son œuvre. — Publication de *Manon Lescaut*, de l'abbé Prévost, et du premier livre de *La Vie de Marianne*, de Marivaux.

1732 Voltaire achève une version des *Lettres philosophiques* en vingt-quatre lettres et en fait exécuter une impression clandestine à Rouen. Il conçoit le premier projet de ce qui deviendra *le Siècle de Louis XIV*. Première représentation et triomphe de *Zaïre*, dédiée à Falkener, un riche marchand anglais (13 août).

1733 Mort de Mme de Fontaine-Martel (janvier). Publication du *Temple du goût*, dont les attaques contre des personnes suscitent de vives querelles. Installé près de Saint-Gervais, Voltaire fait la connaissance de Mme du Châtelet, Émilie, qui devient sa maîtresse et à laquelle il restera attaché jusqu'à la mort de celle-ci (1749). Il écrit la vingt-cinquième *Lettre philosophique*. Elle ne figure pas dans la version anglaise de l'ouvrage qui paraît à Londres par les soins de Thiériot sous le titre *Letters concerning the English Nation* (août). — Début d'un conflit avec l'Autriche (1733-1738) à propos des affaires de Pologne.

1734 Voltaire assiste au mariage du duc de Richelieu qu'il a contribué à faire conclure. Les *Lettres philosophiques* paraissent en français en Angleterre (24 lettres) et en France (25 lettres) (avril) et provoquent un scandale. Le 3 mai une lettre de cachet ordonne l'arrestation de Voltaire qui se réfugie auprès de Mme du Châtelet à Cirey en Champagne, non loin des terres de l'Empire. — Publication des *Considérations sur les Romains* de Montesquieu et de romans de Marivaux (second livre de *La Vie de Marianne*, livres I-IV du *Paysan parvenu*).

1735 À Cirey, Voltaire se livre en compagnie de Mme du Châtelet à des travaux de métaphysique et de physique. — Préliminaires de Vienne, visant à mettre fin à la guerre avec l'Autriche. Auguste III, candidat de l'Autriche, est reconnu roi de Pologne par la France. En contrepartie, son candidat, Stanislas Leszczynski, reçoit le duché de Lorraine, qui deviendra français à sa mort. Dès cette époque, Voltaire et Mme du Châtelet deviennent des familiers de la cour de Lorraine. Le 11 août, les élèves du collège d'Harcourt représentent *La Mort de César*, tragédie sans amour de Voltaire, qui sera imprimée l'année suivante.

1736 Le succès d'*Alzire, ou les Américains*, représentée le 27 janvier, et qui présente sous un jour favorable la religion chrétienne, rend possible un séjour de Voltaire à Paris (mai-juillet). Démêlés avec le libraire Jore, imprimeur des *Lettres philosophiques*, que Voltaire charge pour se protéger. L'héritier de Prusse, le futur Frédéric II, entame avec Voltaire une correspondance (août), qui sera très suivie. En septembre, scandale causé par la publication

du *Mondain*, poème antichrétien. Pendant l'hiver 1736-1737, voyage en Hollande, où Voltaire rencontre la comtesse Bentinck, avec qui il aura une liaison pendant son séjour en Prusse.

1737 Séjour studieux à Cirey. Voltaire s'occupe avec Mme du Châtelet d'exégèse religieuse : leur lecture critique de la Bible laissera des traces dans beaucoup d'œuvres ultérieures, notamment dans *Le Taureau blanc*.

1738 Marie-Louise Mignot, fille de la sœur de Voltaire, se marie avec un sieur Denis (février). À Cirey, Voltaire se livre à des expériences et envoie un mémoire à l'Académie sur la nature du feu. Il écrit les premiers *Discours sur l'homme* et un conte nommé *Gangan* (allusion à un roman de Bordelon, *Gongam* ou *l'Homme prodigieux*) et l'envoie au roi de Prusse : c'est une ébauche de *Micromégas*. Il écrit contre l'abbé Desfontaines et polémique avec Jean-Baptiste Rousseau. En décembre paraissent les *Éléments de la philosophie de Newton*, pour lesquels il a bénéficié des lumières de Maupertuis, déjà sollicité auparavant lors de la rédaction des *Lettres philosophiques* sur le même sujet.
— La signature du traité de Vienne met définitivement fin à la guerre de Succession de Pologne.

1739 Voltaire accompagne Mme du Châtelet à Bruxelles, où il l'aide dans un procès de famille. Il y restera jusqu'en octobre 1741, entrecoupant son séjour de voyages en Hollande pour des affaires de librairie, ainsi que d'un bref voyage à Paris (fin de l'été 1739), qui est suivi en novembre de la « suppression » des premiers chapitres du *Siècle de Louis XIV*. Au même moment paraît à Amsterdam une édition des *Œuvres de M. de Voltaire* en huit volumes, contenant des corrections importantes.

1740 Frédéric II devient roi de Prusse (31 mai). Voltaire, qu'il avait chargé de publier un *Anti-Machiavel*, doit infléchir le sens de cet ouvrage. Le 11 septembre, il rencontre pour la première fois Frédéric II à Clèves (voir le récit qu'il fera de cette rencontre dans ses *Mémoires*, rédigés en 1757). En novembre, il quitte La Haye pour un premier et bref séjour à Berlin.
En décembre, profitant de l'état de santé de l'Empereur, et bien que la Prusse eût accepté, comme la plupart des cours d'Europe, la Pragmatique Sanction par laquelle, en 1712, Charles VI avait proclamé l'indivisibilité des États autrichiens et l'aptitude des femmes à succéder à la couronne au défaut d'héritiers mâles, Frédéric II, au mépris des principes de l'*Anti-Machiavel*, envahit la Silésie.

1741 De Bruxelles où il séjourne, Voltaire fait jouer à Lille *Mahomet* (25 avril), qui obtient un grand succès. Il commence à travailler à un ouvrage qui deviendra l'*Essai sur les mœurs*. À la fin de

l'année, il rentre à Cirey après un détour par Paris. Après la mort de Charles VI, sa fille Marie-Thérèse est couronnée impératrice. Se joignant à la Prusse, la France engage les hostilités contre l'Autriche, entamant ainsi la guerre de Succession d'Autriche (1740-1748). Dupleix est envoyé aux Indes.

1742 Nouveau voyage à Bruxelles avec Mme du Châtelet (août), suivi d'une nouvelle rencontre avec Frédéric à Aix-la-Chapelle (septembre) et d'un retour à Paris (novembre). Entre-temps, *Mahomet*, joué à Paris le 9 août, est interdit après la troisième représentation. — Frédéric II, se dérobant de l'alliance française, signe avec l'Autriche la paix de Breslau.

1743 Fleury, Premier ministre depuis 1726, étant mort, les frères d'Argenson, amis de Voltaire, accèdent au ministère. Voltaire, dont l'élection à l'Académie n'a pas été agréée par le Roi, est chargé d'une mission secrète : feignant d'être mécontent de la France, il doit aller à Berlin sonder les intentions de Frédéric (juin). Sur le plan littéraire, il fait jouer *Mérope* le 20 février, avec un grand succès. La Comédie-Française représente aussi *La Mort de César* (20 août).

1744 Rentré de Prusse à Cirey en mars, Voltaire y compose des pièces commandées pour le mariage du dauphin. L'été, à Paris, il a une liaison avec une comédienne, la Gaussin, et commence à s'intéresser à sa nièce, Marie-Louise Denis, devenue veuve.
 Ayant conclu une alliance avec la Prusse, la France déclare la guerre à l'Angleterre et à l'Autriche. Le marquis d'Argenson, devenu ministre des Affaires étrangères, utilise les services de Voltaire et facilite ses entrées à la Cour.

1745 À Versailles, Voltaire, devenu « historiographe de France » (27 mars), célèbre la victoire de Fontenoy (11 mai). En l'absence du roi, il est reçu à Étioles chez Mme de Pompadour ; il laissera plus tard entendre qu'il a reçu ses faveurs. Tout en restant lié à Mme du Châtelet, il devient l'amant de Mme Denis. Il fait la connaissance de Jean-Jacques Rousseau, qui a été chargé de mettre en un acte *La Princesse de Navarre*, commandée à Voltaire pour le mariage du dauphin (décembre). — Sur le plan international, la paix de Dresde confirme la perte de la Silésie par l'Autriche (décembre).

1746 Voltaire est élu à l'Académie (avril), et devient en novembre « gentilhomme ordinaire de la chambre et du cabinet », avec pension.

1747 Le marquis d'Argenson disgracié (janvier), la position de Voltaire devient moins sûre. Il passe les étés à Anet chez la duchesse du Maine et compose pour elle des comédies et des contes, dont *Memnon*, premier état de *Zadig*. Revenu à la Cour, il a au « jeu

de la reine » un mot imprudent adressé en anglais à Mme du Châtelet. Le scandale les fait se retirer à Lunéville chez le roi Stanislas. Voltaire s'intéresse à la grande édition de ses *Œuvres* qui se prépare à Dresde.

1748 À Lunéville, Mme du Châtelet devient la maîtresse du poète Saint-Lambert. Représentation de *Sémiramis* (29 août). Publication de *Zadig* et du *Monde comme il va*. Publication de l'*Esprit des lois*, de Montesquieu, dont Voltaire ne pense guère de bien. — Le 16 octobre, signature de la paix d'Aix-la-Chapelle, peu favorable à la France, qui restitue ses conquêtes aux Pays-Bas, en Savoie et à Nice.

1749 Retour à Paris en compagnie de Mme du Châtelet. Voltaire s'installe rue Traversière (actuelle rue Molière). Il fait à Frédéric des offres de service. À Lunéville, où elle est revenue avec Voltaire (juillet), Mme du Châtelet meurt des suites d'un accouchement (10 septembre).) Voltaire rentre à Paris (octobre), où il écrit *Catilina, ou Rome sauvée*.

1750 Mme Denis prend possession du logement de la rue Traversière. Voltaire fréquente de nouveau la société de la duchesse du Maine. Il lit à celle-ci les contes qu'il a composés, et elle fait représenter devant la cour de Sceaux sa tragédie de *Catilina* (22 juin). Le 25 juin, quittant Paris où il ne reviendra qu'en 1778, il part pour Potsdam, où il arrive un mois après, ayant fait des étapes dans les Pays-Bas, puis en Westphalie, possession de Frédéric. En Prusse, il retrouve la comtesse Bentinck avec laquelle il noue des liens intimes. Il entre en relations d'affaires suspectes avec le « Juif Hirschel ». — Au Portugal, le nouveau roi, Joseph Ier, prend pour Premier ministre le réformateur Pombal, pour lequel Voltaire professera une vive admiration.

1751 Tout en travaillant assidûment au *Siècle de Louis XIV*, Voltaire poursuit et gagne sans gloire son procès contre Hirschel (mars). Il va se loger au château du Marquisat, près de Potsdam, et aide la comtesse Bentinck dans ses affaires. À Paris, tandis que Lambert publie une édition de ses *Œuvres* en onze volumes (avril-mai), et que *Mahomet* est repris (30 septembre), ses amis essaient en vain d'obtenir son pardon et de le faire revenir en France. Le premier volume de l'*Encyclopédie* paraît. — Au Portugal, Pombal supprime les autodafés. Mort de Bolingbroke.

1752 Une première édition du *Siècle de Louis XIV*, non autorisée en France, paraît à Berlin, ainsi que *Micromégas*. Voltaire se remet immédiatement à ses travaux historiques, puis entre, d'abord secrètement, dans la lutte qui oppose, à l'Académie de Berlin, König et Maupertuis (juillet). Il rédige les premiers articles d'une

« encyclopédie de la raison », plus activement militante que l'autre dans la lutte contre le christianisme. Peu sûr de Frédéric, il place en rentes du Wurtemberg une partie de la fortune qu'il amasse en Prusse (septembre). En décembre, il mécontente fortement Frédéric en faisant paraître la *Diatribe du docteur Akakia* contre Maupertuis, président de l'Académie de Berlin ; le roi fait saisir et brûler la brochure. — En France, condamnation de l'*Encyclopédie*.

1753 Après une éphémère réconciliation avec Frédéric, Voltaire quitte Berlin le 26 mars avec un « congé » de six mois auquel ni lui ni Frédéric n'ajoutent foi. Après un séjour dans les cours de Gotha et de Cassel (avril-mai), Voltaire arrive à Francfort (1er juin), où il est séquestré, ainsi que Mme Denis qui est venue le rejoindre, par les émissaires du roi de Prusse. Il n'est libéré que lorsqu'il peut restituer des manuscrits de Frédéric qu'il avait emportés dans ses bagages. La France lui étant toujours interdite, il s'arrête en Alsace où il s'occupe en travaillant aux *Annales de l'Empire*, en composant *Scarmentado*, conte de ton très pessimiste, et en « récrivant » les lettres qu'il avait adressées de Berlin à Mme Denis pour faire croire à la postérité qu'il n'a jamais été la dupe de Frédéric, dont en fait il parlait comme du « Salomon du Nord » dans sa correspondance authentique.

1754 Publication des *Annales de l'Empire*, promises à la duchesse de Gotha. N'obtenant toujours pas la permission de rentrer en France, il séjourne à Colmar, à l'abbaye de Sénones chez Dom Calmet, où il fait provision de munitions pour la lutte contre la Bible, qui seront employées notamment dans *Le Taureau blanc* (juin), et aux eaux de Plombières, où il retrouve la société parisienne. En novembre, il part pour Lyon, va de là à Genève et Prangins.

1755 Décidé à s'installer en Suisse, il loue une propriété à Lausanne et achète en bail viager à Genève la propriété de Saint-Jean, rebaptisée « Les Délices », qui lui inspire au printemps une *Épître en arrivant dans sa terre près du lac de Genève*. Dès le mois de juin, le consistoire des pasteurs de Genève se plaint des représentations théâtrales données aux Délices (le théâtre est interdit dans la Genève calviniste). Le 20 août, *L'Orphelin de la Chine* est représenté à Paris. Le 1er novembre, le tremblement de terre de Lisbonne, qui fait plus de vingt mille morts, émeut Voltaire et l'amène à se poser plus nettement la question sur la validité de l'optimisme leibnizien. Il compose en décembre le *Poème sur le désastre de Lisbonne*. Mort de Montesquieu.

1756 La France procède à un renversement des alliances ; prenant acte du caractère désormais menaçant de la Prusse, elle s'allie à

l'Autriche. Le 18 mai, la déclaration de guerre de l'Angleterre ouvre la guerre de Sept Ans. Pendant un moment, Voltaire espérera trouver dans les événements le moyen de se venger du roi de Prusse. C'est ainsi qu'il proposera en novembre au ministère les plans d'un char de combat, protégé contre le feu de la mousqueterie et traîné par des chevaux. Ce plan est repoussé, l'engin ne pouvant fonctionner que sur un sol bien dégagé. Sur le plan littéraire, Voltaire reçoit d'Alembert et prépare l'article « Genève » de l'*Encyclopédie*. Première édition Cramer, à Genève, d'une *Collection complète des Œuvres de M. de Voltaire* en dix-sept volumes, contenant plusieurs contes nouveaux, *Les Deux Consolés*, le *Songe de Platon* (composé sans doute dès 1738) et les *Voyages de Scarmentado*. Première publication avouée de l'*Essai sur l'histoire générale et sur les mœurs*.

1757 Divers événements survenus au début de l'année laisseront des traces dans *Candide* : l'attentat de Damiens contre Louis XV (5 janvier), l'exécution de l'amiral Byng, condamné à mort pour trahison, en faveur duquel Voltaire était intervenu non sans maladresse, etc. La cour de Russie le charge officieusement d'écrire une *Histoire de Pierre Ier*. En août, reprise de la correspondance avec Frédéric : celui-ci subit des défaites et songe un moment au suicide. Voltaire joue au consolateur ; il est même mêlé un moment à des pourparlers de paix, mais la France y met fin. Du reste, grâce à la victoire de Rossbach (5 novembre), Frédéric reprend la Silésie. Voltaire y fait longuement allusion dans les *Mémoires* qu'il écrit alors, et qui ne seront publiés qu'après sa mort, en 1784. À Paris, Lambert publie une seconde édition de ses *Œuvres*, en vingt-deux volumes cette fois. La publication de l'article « Genève » de l'*Encyclopédie* fait scandale dans cette ville : le consistoire accuse Voltaire d'en être l'auteur.

1758 Voltaire entreprend la rédaction de *Candide*. Tandis que d'Alembert, par prudence, se retire de l'*Encyclopédie*, lui-même envoie scrupuleusement à Diderot tous les articles qu'il lui a promis (certains ne seront pas retenus pour la publication). En juillet-août, un séjour chez l'Électeur palatin est profitable à l'avancement de *Candide*, terminé en octobre. C'est l'époque où la comtesse Bentinck fait un séjour aux Délices. Jean-Jacques Rousseau répond à l'article « Genève » par sa *Lettre à d'Alembert sur les spectacles*, qui irrite considérablement Voltaire, grand amateur de théâtre. Succès anglais au Canada et aux Indes. En décembre, le duc de Choiseul, ami de Voltaire, qui a des contacts avec lui par Mme du Deffand, amie intime de la duchesse, devient ministre des Affaires étrangères. Peu confiant dans les sentiments des pasteurs de Genève à son égard, et rassuré sur ses

relations avec la France, Voltaire fait l'acquisition des seigneuries de Ferney et de Tournay, situées en territoire français, près de la frontière de la république de Genève (décembre 1758-février 1759). Comme il achète en viager, ce sera pour lui l'occasion d'une série de querelles avec le vendeur, le président de Brosses, de Dijon.

1759 Publication simultanée de *Candide* à Paris, Londres, Amsterdam et Genève (janvier). L'ouvrage est condamné à Paris et à Genève. Voltaire devient un apôtre de la campagne contre « l'Infâme » (le christianisme). Il écrit contre les « antiphilosophes » une *Ode sur la mort de la margrave de Bayreuth*, puis une pièce, *Socrate*, qui ne sera pas jouée. A l'automne, il met ses relations avec Frédéric au service de Choiseul pour des pourparlers de paix qui n'aboutissent pas. Vers la fin de l'année, il se livre à Tournay et surtout à Ferney à une frénésie d'aménagements et de travaux de toute sorte qui ne s'interrompront qu'avec sa mort. — Sur le plan international, Québec capitule ; Montcalm y est tué. Les jésuites sont expulsés du Portugal. Plus sensible aux événements des Indes, où il a des intérêts, qu'à ceux du Canada, où il n'en a pas, Voltaire applaudit à la politique religieuse de Pombal.

1760 Sur sa lancée antichrétienne, Voltaire travaille à ce qui deviendra le *Dictionnaire philosophique*. Tandis qu'à Paris, Le Franc de Pompignan, Fréron, Palissot et Rousseau l'attaquent, il répond au premier par des épigrammes, au second par une comédie diffamatoire, *L'Écossaise*, à Rousseau par la satire du *Pauvre Diable*, etc. Il multiplie les représentations dans le théâtre aménagé à Ferney, et recueille Marie Corneille, petite-nièce du grand Corneille. Dans ses nouveaux domaines, il a déjà des démêlés avec les jésuites, le curé de Moëns, l'évêque d'Annecy. Mais il s'intéresse aussi aux expériences de Spallanzani et à la traduction d'un prétendu manuscrit antique indien, l'*Ezour Veidam*, qui lui permet d'affirmer l'antériorité de la civilisation indienne sur celle des Égyptiens, à plus forte raison des Juifs. En fait, cet ouvrage n'est qu'une fabrication moderne (les anciens ouvrages sanscrits ne seront découverts que plus tard). — Au Canada, Montréal doit capituler.

1761 Le succès de *La Nouvelle Héloïse* de Rousseau, parue au début de l'année, irrite Voltaire qui y répond par des *Lettres sur la Nouvelle Héloïse*, qu'il n'avoue pas. Contre Shakespeare, il lance un *Appel à toutes les nations de l'Europe*. Il prépare une édition commentée de Corneille dont les profits iront à Marie Corneille, mais les jugements qu'il porte au nom de la logique ou de la grammaire sont souvent injustes et dépourvus du sens de l'évolution de la langue. En mai, il entreprend de construire à

Ferney une église « moderne » dont la dédicace, *Deo erexit Voltaire*, est un monument de l'esprit du philosophe. Par la même occasion, il obtient du pape des reliques de saint François pour son église et pour lui un titre de franciscain *ad honorem*. — En Inde, capitulation de Pondichéry, où commandait Lally-Tollendal.

1762 Fin mars, Voltaire apprend l'exécution à Toulouse le 13 octobre 1761, d'un huguenot, accusé d'avoir tué son fils qui s'était converti au catholicisme. D'abord indifférent, il se passionne bientôt pour ce qui devient « l'affaire Calas », non encore résolue de nos jours sur le plan policier ; dès juillet-août, il commence une campagne de requêtes et de mémoires pour faire annuler la décision du parlement de Toulouse. Il lit avec enthousiasme le *Manuel des inquisiteurs*, de l'abbé Morellet. Il se réjouit de l'expulsion des jésuites de France, non sans craindre la toute-puissance des jansénistes. Il travaille au *Dictionnaire philosophique*, au *Traité sur la tolérance*, mené de front avec le *Pot-pourri*. — L'*Émile* de Rousseau est condamné à Paris et Genève. Nonnotte publie *Les Erreurs de Voltaire*, qui mettent ce dernier en fureur. — En Russie, Catherine fait assassiner son mari Pierre III et lui succède sous le nom de Catherine II ; pour rétablir sa réputation en Europe, elle pourra compter sur le dévouement de Voltaire.

1763 Tandis que le traité de Paris (10 février) met fin à la guerre de Sept Ans, Voltaire marie Mlle Corneille, qui devient Mme Dupuits et, le 7 mars, le Conseil du roi autorise la révision du procès Calas. Il termine le *Pot-pourri*, compose le *Catéchisme de l'honnête homme*, publie *Saül*, tragédie grossièrement antireligieuse, et, en novembre, le *Traité sur la tolérance*, de ton modéré. — Mort de Marivaux.

1764 Voltaire intervient en faveur de protestants condamnés aux galères pour des « assemblées » illégales ; il propose de les employer à fonder une colonie en Guyane, pour compenser les pertes coloniales du traité de Paris. Le ministère refuse, à cause des difficultés climatiques. En mars, Voltaire s'intéresse activement à l'affaire Sirven, protestant accusé d'un meurtre, qui s'est réfugié en Suisse avec sa femme. À l'occasion de la mort de Mme de Pompadour (15 avril), il évoque dans ses lettres ses relations avec celle-ci. Sur le plan littéraire, il met en souscription le commentaire sur Corneille, fait créer *Olympie* à la Comédie-Française, publie les *Contes de Guillaume Vadé*, qui outre des mélanges (contre Shakespeare) contient des contes en vers (*Ce qui plaît aux dames...*) et en prose (*Le Blanc et le noir, Jeannot et Colin*) qui rappellent les pièces composées un demi-siècle plus

tôt chez la duchesse du Maine. En juillet, il publie le dangereux *Dictionnaire philosophique portatif*, et oppose les *Sentiments des citoyens* aux *Lettres écrites de la montagne* de Jean-Jacques Rousseau.

1765 Profitant de la réhabilitation des Calas (9 mars), Voltaire relance l'affaire Sirven, notamment par une campagne de souscription internationale. Le 21 mars il revend les Délices, ce qui le débarrasse de certains scrupules envers Genève : à la fin de l'année, il interviendra dans les troubles entre les différentes catégories de Genevois, les uns par le sang (bourgeois et citoyens), les autres par le sol (« natifs »). Publication des *Nouveaux mélanges*, dont le tome III contient le *Pot-pourri*; de *La Philosophie de l'histoire*, dédiée à Catherine II, et qui deviendra l'introduction à l'*Essai sur les mœurs*. — En août, le chevalier de La Barre, avec son ami d'Étallonde, mutile un crucifix lors d'une partie de débauche. Une perquisition à son domicile fait découvrir, parmi des livres défendus, le *Dictionnaire philosophique*, ce qui explique le sentiment — inavoué — de responsabilité qu'éprouva Voltaire. — Joseph II est couronné empereur : il sera un monarque « éclairé ».

1766 Voltaire suggère à Versaille une intervention, militaire éventuellement, en faveur des « natifs » genevois. En mai, Lally-Tollendal, accusé de trahison pour n'avoir pu défendre Pondichéry contre les Anglais, est condamné et exécuté. Voltaire va travailler à sa réhabilitation. Le 1er juillet, La Barre est exécuté à Abbeville, après rejet d'un recours en grâce. Affolé, Voltaire se réfugie en Suisse. Il propose à d'Alembert, Diderot et autres de se retirer à Clèves, terre du roi de Prusse, et d'y fonder une colonie philosophique qui combattra « l'Infâme ». Tous refusent. Sur le plan littéraire, publication d'ouvrages surtout « philosophiques » : *Questions sur les miracles, Dialogue du douteur et de l'adorateur...*, comprenant aussi un « conte », *Le Philosophe ignorant* (incluant la *Petite Digression sur les Quinze-Vingts* et l'*Aventure indienne*); d'un *Commentaire sur le livre des délits et des peines de Beccaria* (supprimer la torture, proportionner les châtiments avec les délits...); et de la tragédie (antireligieuse) des *Scythes*. Mise en chantier de *L'Ingénu*.

1767 Le blocus de Genève par l'armée française gêne Voltaire. Il suggère à Choiseul de recruter les « natifs » et de les installer à Versoix, dont on ferait un port (de guerre : avec une petite frégate armée de canons) pour contrer Genève. Son activité littéraire est presque entièrement consacrée à la lutte contre « l'Infâme », encouragée par l'expulsion des jésuites d'Espagne, qui lui semble promettre une ère nouvelle; représentation des

Scythes à Paris (26 mars) ; publication des *Questions de Zapata*, des *Anecdotes sur Bélisaire*, de l'*Examen important de milord Bolingbroke*, ouvrage violemment antichrétien (qui remonte probablement à l'époque berlinoise), tout comme *Le Dîner du comte de Boulainvilliers* ; seul le conte de *L'Ingénu* présente une vision plus sereine. En Pologne, Stanislas Poniatowski, qui a été élu roi avec l'appui de Catherine en septembre 1764, voit celle-ci saper de plus en plus ouvertement son autorité en fomentant la révolte des « dissidents » protestants. Voltaire soutiendra long-temps cette politique de la tsarine au nom de la lutte contre le « fanatisme ».

1768 Mécontent de Mme Denis, qui a été complice de La Harpe dans un vol de manuscrit, Voltaire la renvoie à Paris. Pendant qu'elle y mène grand train et accumule les dettes, il se livre avec passion au travail en menant une vie recluse. Il reprend la lutte en faveur de Sirven, dont le pourvoi a été rejeté (mars) ; il fait ses pâques avec ostentation, mécontentant à la fois ses amis parisiens et l'évêque d'Annecy ; il anime les travaux de Versoix. Surtout il écrit et publie *L'Homme aux quarante écus* et *La Princesse de Babylone* (février-mars), *La Guerre civile de Genève*, satire contre les Genevois, la *Profession de foi des théistes*, *L'A.B.C.*, le *Précis du siècle de Louis XV*, *Les Singularités de la nature*, *Le Pyrrhonisme de l'histoire*, etc. L'édition collective « quarto » commence à paraître.

1769 Nouvelle comédie autour des pâques de Voltaire, qui feint d'être à l'agonie pour communier chez lui. Il profite encore de l'absence de Mme Denis pour publier : *La Raison par alphabet* (version nouvelle du *Dictionnaire philosophique*), l'*Épître à l'auteur du livre des Trois Imposteurs* (contre l'athéisme professé dans cet ouvrage publié au siècle précédent), *Le Cri des nations*, *Les Lettres d'Amabed*, *Les Guèbres*, nouvelle tragédie antichré-tienne, ainsi que deux œuvres qui tranchent par leur caractère plus apaisé par rapport au Christ, *Dieu et les hommes* et *Les Adorateurs* (fin de l'année). Après le retour de Mme Denis (octobre), il se donne davantage encore à la mise en valeur de Ferney, construisant des maisons qu'il vend ou loue à bon prix aux « colons » genevois qui importent l'horlogerie.

1770 Tout en créant une manufacture de montres et une de bas dont il assure la promotion dans toute l'Europe auprès des souverains ses amis, il modernise la *Sophonisbe* (1627) de Mairet, s'oppose au matérialisme de la « clique holbachique » par *Dieu : réponse au Système de la nature* ; commence une campagne par lettres et factums pour la libération des « serfs du Mont-Jura », dont les seigneurs sont les moines de Saint-Claude. En décembre, dis-grâce de Choiseul.

1771 Voltaire soutient activement la (judicieuse) réforme de Maupeou
 supprimant les parlements et instituant une justice plus proche
 des administrés et gratuite ; mais ses amis, liés à Choiseul, lui en
 font grief. Il publie volume sur volume des *Questions sur*
 l'Encyclopédie qu'il a écrites dans la foulée du *Dictionnaire*
 philosophique (noter que les éditeurs de Kehl fondront ces deux
 ouvrages sous le nom fallacieux d' « Œuvres alphabétiques »). Le
 25 novembre, l'acquittement définitif de Sirven est un nouveau
 succès pour Voltaire, excellent tacticien des guerres juridiques,
 auxquelles il sait intéresser l'opinion publique.

1772 Le partage de la Pologne commence enfin à ouvrir les yeux de
 Voltaire, qui met une sourdine à sa campagne en faveur de
 Catherine II. Il compose pour le théâtre une tragédie, *Les*
 Pélopides (non représentée) et une comédie, *Le Dépositaire*, dans
 laquelle il fait allusion à l'honnêteté avec laquelle Ninon de
 Lenclos avait conservé un dépôt que lui avait confié Gourville,
 disgracié au moment de l'affaire Fouquet. Il écrit des pièces en
 vers, satires *(Les Systèmes, Les Cabales)* et épîtres *(Épître à*
 Horace), hommage au poète latin dont il se souvient fréquem-
 ment. Le 23 novembre, mort de Thiériot, avec lequel il avait
 partiellement renoué, après des années de refroidissement.

1773 En février-mars, douloureuse crise de strangurie qui met la vie de
 Voltaire en danger. C'est sans doute dans la joie de la convales-
 cence qu'il compose *Le Taureau blanc*, dans lequel il reprend
 dans le style burlesque les critiques de la Bible qu'il avait traitées
 sérieusement dans les *Questions sur l'Encyclopédie*. Le roman est
 reproduit à partir de novembre dans les livraisons (non impri-
 mées) de la *Correspondance littéraire*. En novembre également,
 paraît *La Tactique*, poème contre la guerre adressé à Frédéric II.

1774 Voltaire, qui a sollicité de Frédéric un congé pour d'Étallonde,
 condamné avec La Barre, mais qui avait pu s'enfuir et s'était
 engagé dans l'armée prussienne, essaie, en vain, de le faire
 réhabiliter (avril). Le 10 mai, mort de Louis XV. Louis XVI
 prend pour ministre Turgot, un intendant réformateur, ami et
 hôte de Voltaire, qui entreprend des réformes hardies (suppres-
 sion du servage, des corporations...). Elles se heurtent à la
 résistance des parlements, réinstallés après l'échec de la réforme
 Maupeou, alors que Voltaire les approuve et les soutient. Sur le
 plan littéraire, il fait jouer la *Sophonisbe* de Mairet « corrigée »
 par lui (15 janvier). Le *Journal des dames* publie une version
 « châtiée » de son premier conte, *Le Crocheteur borgne*. Dans
 l'hiver 1774-1775 il publie la médiocre tragédie de *Don Pèdre*,
 suivie de l'*Éloge historique de la Raison*, pièce célébrant le
 progrès des « lumières » en Europe, intéressante aussi dans la

mesure où elle témoigne du refroidissement de son enthousiasme pour Frédéric et surtout pour Catherine.

1775 Troubles populaires, attribués à la politique de liberté du commerce des grains de Turgot ; Voltaire l'appuie de son mieux. Il milite en faveur d'une zone franche pour le pays de Gex que Turgot lui accordera (décembre) et qui existe toujours. Désespérant d'obtenir pour le moment la révision du procès de La Barre, il écrit *Le Cri du sang innocent*. L'*Histoire de Jenni, ou le Sage et l'athée*, parue en juillet, confirme qu'il prend ses distances avec le matérialisme, qui ruine la morale commune. À partir de septembre, Cramer entame la publication de la collection des *Œuvres* dites « encadrée » (un filet orné entoure chaque page pour éviter, en vain d'ailleurs, les contrefaçons). Elle contient des contes nouveaux, l'*Aventure de la Mémoire* et *Les Oreilles du comte de Chesterfield*, et comptera au total quarante volumes.

1776 Les *Remontrances du pays de Gex au roi* (mars) demandent de nouvelles réformes, mais le renvoi de Turgot (12 mai) ajourne les espérances de Voltaire, quoique son successeur, le banquier genevois Necker, entretienne, par l'intermédiaire de sa femme, de bonnes relations avec le seigneur de Ferney ; quoi qu'il en soit, l'entreprise de Versoix opposée à Genève n'est plus d'actualité. La déclaration d'Indépendance des États-Unis sera regardée par Voltaire comme un triomphe de la « liberté » (voir l'année 1778). Publication de *La Bible enfin expliquée*. Encouragé dans son amour pour le théâtre classique français par le séjour à Ferney du célèbre comédien Lekain, qui joue ses pièces, Voltaire déclare une guerre sans merci à Shakespeare dans une *Lettre à l'Académie* qui y sera lue le 25 août.

1777 À la grande déception de Voltaire, qui avait organisé une réception avec revue de troupes, etc., Joseph II passe par Ferney sans s'y arrêter (juillet). Devenu le grand homme de tout le pays de Gex, Voltaire est célébré à Ferney pour la Saint-François, mais le rôle qu'il veut jouer lui attire des inimitiés, notamment celle de Fabry, « subdélégué » (de l'intendant) pour le pays de Gex. Il fonde un prix pour récompenser le meilleur projet de réforme de la législation, et publie lui-même *Le Prix de la justice et de l'humanité* (octobre).

1778 Sollicité par Beaumarchais, Voltaire entreprend de corriger ses œuvres en vue d'une grande édition complète (voir l'année 1785), mais ne fait que commencer le travail. Le 5 février, dans une berline où un lit lui est aménagé, il quitte Ferney pour Dijon et Paris, où il retrouve Mme Denis (10 février). Logé chez Villette, rue de Beaune, il mène une vie épuisante, au milieu des cérémonies (députations de l'Académie et de la Comédie-

Française, suivies de visites de remerciement, triomphe populaire lors de la représentation d'*Irène*, le 30 mars, réception de Franklin dont il bénit le petit-fils au nom de « Liberté », réception dans une loge maçonnique, etc.) et des intrigues de son entourage (Villette et Mme Denis essaient de retarder l'arrivée de Wagnière, son fidèle secrétaire, puis de l'écarter). Le 7 mai, il présente à l'Académie le plan d'un nouveau dictionnaire de langue, et se met aussitôt au travail. Mais quelques jours plus tard, une nouvelle crise de strangurie, soignée par des doses de plus en plus fortes d'opium, le cloue au lit. Le 26 mai, il reçoit la nouvelle de la révision du procès de Lally-Tollendal. Il accepte, malgré son entourage, les secours d'un simple curé, l'abbé Gautier (plus tard victime des massacres de Septembre), et meurt le 30 mai en laissant une déclaration autographe : « Je meurs en adorant Dieu, en aimant mes amis, en ne haïssant pas mes ennemis et en détestant la superstition. » Malgré l'interdiction de sépulture, il est enterré en terre chrétienne, à l'abbaye de Scellières (Champagne), dont son neveu Mignot est abbé (avant d'être transféré au Panthéon en 1791). Dès l'été suivant, Mme Denis vend à Catherine II sa bibliothèque et ses manuscrits, dont quelques copies seront faites avant le transport de l'ensemble à Leningrad. — Mort de J.-J. Rousseau (2 juillet).

1784-1789 Beaumarchais, Condorcet et Decroix publient les *Œuvres* de Voltaire, en soixante-dix volumes in 8°. Contrairement à ce qu'on a cru jusqu'à ces toutes dernières années, la plupart des « corrections » de cette édition, imprimée à Kehl, ne sont pas de Voltaire, mais des éditeurs, et doivent donc être rejetées, notamment pour les contes.

BIBLIOGRAPHIE

On trouvera dans l'édition des *Romans et contes* de Voltaire par Frédéric Deloffre et Jacques Van den Heuvel avec la collaboration de Jacqueline Hellegouarc'h à la Bibliothèque de la Pléiade, Gallimard, 1979, une bibliographie détaillée, ainsi que des indications complémentaires concernant la composition, la publication et le commentaire des œuvres contenues dans le présent volume. Seuls les ouvrages de critique les plus importants sont donc mentionnés ici.

I. BIOGRAPHIE

Pendant longtemps, l'ouvrage fondamental sur la biographie de Voltaire fut celui de Gustave Desnoiresterres, *Voltaire et la société française au XVIII[e] siècle* (8 vol., 1871-1876). On dispose maintenant de l'excellente série de cinq volumes publiée sous la direction de René Pomeau, *Voltaire en son temps* (Oxford, Voltaire Foundation), à savoir :
I. 1694-1734 (1985) ;
II. 1734-1749 (1988) ;
III. 1750-1759 (1991) ;
IV. 1759-1770 ;
V. 1770-1778 (ces deux volumes à paraître).

II ÉTUDES GÉNÉRALES SUR VOLTAIRE

LANSON, Gustave, *Voltaire,* Paris, 1906 ; rééd. par René Pomeau, Hachette, 1960.
NAVES, Raymond, *Voltaire,* « L'Homme et l'œuvre », Boivin, 1942.
POMEAU, René, *Voltaire par lui-même,* éd. du Seuil, 1955.
—, *La Religion de Voltaire,* Paris, 1956, 2[e] éd., Nizet, 1969. Étude approfondie de la pensée religieuse de Voltaire.

WADE, Ira O., *The Intellectual Development of Voltaire*, Princeton, New Jersey, University Press, 1969.

MASON, Haydn T., *Voltaire*, Londres, Hutchinson, 1975.

III. SUR LES CONTES EN GÉNÉRAL

VAN DEN HEUVEL, Jacques, *Voltaire dans ses contes*, A. Colin, 1967. Étude fondamentale.

MYLNE, Vivienne, « Literary Techniques and Methods in Voltaire's Contes Philosophiques », *Studies on Voltaire and the Eighteenth Century*, 67, 1967, p. 1055-1080.

RIGO, Dora Bienaimé, *Gli ultimi racconti di Voltaire*, Pise, Libreria Goliardica, 1974. Deux chapitres généraux, un sur la poétique du conte, l'autre sur la « destination philosophique du voyage », suivis d'une étude détaillée du *Blanc et noir*, de *La Princesse de Babylone*, et des *Lettres d'Amabed*.

SHERMAN, Carol, *Reading Voltaire's Contes. A Semiotics of Philosophical Narration*, Chapel Hill, North Carolina, 1985.

IV. SUR DES CONTES PARTICULIERS

SAREIL, Jean, *Essai sur Candide*, Genève, Droz, 1967.

STAROBINSKI, Jean, « Sur le style philosophique de *Candide* » et « L'Ingénu sur la plage », études reprises sous le titre « Le fusil à deux coups de Voltaire » dans *Le Remède dans le mal*, Gallimard, 1989.

Candide ou l'Optimisme, édition critique par René Pomeau, Oxford, Voltaire Foundation, 1980.

Le Taureau blanc, édition critique par René Pomeau, Nizet, 1956.

DÉMORIS, René, « Genèse et symbolique de l'*Histoire de Jenni, ou le sage et l'athée* de Voltaire », *Studies on Voltaire and the Eighteenth-Century*, 199, 1981, p. 87-123. N'ayant pas connu notre édition de la Bibliothèque de la Pléiade, René Démoris a refait l'identification des personnages et est parvenu aux mêmes conclusions. Il n'a pourtant pas vu que le « docteur Freind » combine en fait les traits de deux frères, l'un médecin, l'autre pasteur anglican.

NOTICES ET NOTES

CANDIDE OU L'OPTIMISME

Notice

Candide, qui paraît à Genève en janvier 1759, est une somme des expériences de Voltaire à cette date et à ce titre, rien dans sa vie antérieure ne saurait y être étranger. Pourtant c'est à partir du début de 1755 que se produit cette alchimie intérieure qui va aboutir à l'expression définitive de la parabole. Il vient d'acheter, un peu trop cher à son gré, la propriété des Délices, à Genève. Cette retraite délicieuse, c' « est le palais d'un philosophe avec les jardins d'Épicure [1] ». Mme Denis a fini par rejoindre Voltaire, elle consent à se retirer avec lui dans un pays libre. Le voici donc en compagnie d'une nièce qui, selon son expression même, lui tient « lieu de fille » (à d'Argental, 10 mars 1754). Et peut-être joint-il à cette consolation l'espérance secrète de trouver mieux. Depuis son séjour en Prusse, une autre femme compte dans sa vie : la comtesse Charlotte Sophie de Bentinck. Au moment où il a quitté Berlin, il a cru la perdre définitivement, comme Candide Cunégonde une fois chassé du paradis terrestre. Et ne voilà-t-il pas que par le plus grand des hasards l'imprévisible comtesse cherche à se fixer elle aussi en Suisse. Cette retraite sous les auspices de la liberté et de l'amitié retrouvées représente une incontestable victoire pour qui a ressenti en profondeur ses voyages comme une fuite et une humiliation.

L'immensité du désastre de Lisbonne a pour effet de réveiller brutalement Voltaire de sa somnolence épicurienne, et de le rendre à ses imaginations morbides. Le *Poème sur le désastre de Lisbonne*, composé en quelques jours dans la fièvre, n'est pas à l'origine une dissertation

1. À Jean-Robert Tronchin, 23 janvier 1755

philosophico-théologique, c'est un cri de détresse et de pitié sur le sort
de la créature aux prises avec l'absurdité fondamentale de l'existence.
Alors triomphent, sans restriction aucune, des visions chères à Pascal :
une nature « muette » d'un côté, et de l'autre l'homme en proie à la
déréliction, qui dirige vers Dieu ses interrogations désespérées ; ce
poème, avec ses images atroces, c'est un peu la revanche de Pascal sur le
Mondain :

> *L'homme, étranger à soi, de l'homme est ignoré.*
> *Que suis-je, où suis-je, où vais-je, et d'où suis-je tiré ?*

L'hiver suivant, c'est bien pire. La guerre a fait de l'Allemagne un
vaste champ de carnage. Voltaire est encore mieux informé de ces
atrocités qu'il ne l'a été du tremblement de terre de Lisbonne. On sait en
effet qu'il entretient avec de nombreuses principautés allemandes des
rapports épistolaires, et les relations qu'il reçoit presque jour après jour
ébranlent fortement son imagination. En particulier, une de ses plus
fidèles correspondantes, la duchesse de Saxe-Gotha, voit les troupes de
Soubise et des Croates envahir ses États. Jusqu'au printemps, les
nouvelles qu'elle transmet sont effroyables : ce ne sont en Germanie
que ruisseaux de sang. Or la « meilleure des princesses possibles » est
d'un optimisme tout panglossien. Disciple convaincue de Leibniz, elle
continue à exalter, au milieu même des horreurs de la guerre, les voies
nécessaires et impénétrables de la Providence. Plus le désastre prend
d'ampleur, plus elle se fortifie dans son credo philosophique, se faisant
ainsi l'incarnation vivante de ces docteurs que dénonce le *Poème sur le
désastre de Lisbonne,* entêtés de leur doctrine alors que tout s'écroule
autour d'eux. Voltaire la raillera abondamment, et ce sujet devient entre
eux comme une sorte de « scie ». Mais la raillerie parvient mal à
masquer l'écœurement dont la conclusion de l'*Essai sur l'histoire
générale,* publié à la fin de 1756, porte à coup sûr la trace : « Presque
toute l'histoire est une suite d'atrocités inutiles. » Pendant qu'il fait le
bilan de ces calamités, l'imagination de Voltaire ne cesse pas d'errer
autour du globe. Dans ces années 1755-1757 se constituent, en même
temps que les thèmes dominants, les principaux axes de la topographie
de *Candide.* En l'absence de toute doctrine solide, la seule question
digne d'intérêt est celle que Voltaire se pose sans cesse : comment
arranger son existence de manière qu'elle soit supportable, et en
particulier, dans quel endroit vivre ? Immobilisé sur les bords du
Léman, il reprend en pensée l'*Histoire des voyages de Scarmentado*
dont, on l'a vu, c'était précisément le sujet. Vu des Délices, le tableau
qu'offre la planète est moins sombre. La corruption s'étend il est vrai à
une partie assez considérable de l'Europe dite civilisée : l'Angleterre,
patrie des assassins de Byng ; la Hollande, îlot traditionnel de tolérance
devenu la proie des querelles religieuses ; Rome et sa papauté ; Lisbonne

et la péninsule Ibérique avec l'Inquisition ; la France et en particulier Paris, ce « tripot de la décadence », où les malheureux encyclopédistes sont prisonniers des « Ostrogoths ». Quant à l'Allemagne, c'est proprement un enfer. Quelques principautés mises à part, tout ce qui est germanique est enveloppé d'une même rancœur par Voltaire. Au sud, en revanche, une vision beaucoup plus sereine : Alpes, qui s'élèvent en amphithéâtres, et sur lesquelles « les rayons du soleil forment mille accidents de lumière » (à la comtesse de Luzelbourg, 5 janvier 1758). Au-delà des Alpes se profile l'Italie, pays de l'Arioste, de Métastase, que Voltaire rêva toujours de visiter, et surtout Venise, où va peut-être en définitive se fixer la comtesse Bentinck, où se dirigent tant d'amis voyageurs qui, passant par la Suisse, emportent avec eux les rêves de Voltaire et reviennent pleins d'histoires passionnantes.

Quant à l'axe Est-Ouest, il se matérialise sous ses yeux par ce Léman qui sollicite sans cesse son imagination. Un des aspects poétiques de sa retraite, c'est qu'elle ouvre sur le lac ; par un effet plaisant de grossissement épique, qui lui est familier, ce lac a vite fait de devenir une mer immense sur laquelle il rêve de poursuivre la comtesse Bentinck comme une héroïne de roman. À ce moment-là les deux résidences de Voltaire lui apparaissent comme les deux extrémités du monde. C'est ainsi que de Monriond, près de Lausanne, où il s'est réfugié, il peut écrire à François Tronchin (2 février 1758) : « Quoique nous ne soyons pas à présent sur le même hémisphère, il faut que je songe à cette maison des Délices qui est à l'autre bout de notre grand océan. »

Prolongeons le « côté des Délices » vers l'Occident, on y trouvera, fût-ce au prix d'un léger infléchissement, la voie merveilleuse de l'aventure : Cadix, d'abord, base du commerce vers Buenos-Aires et l'Amérique du Sud. Or Voltaire a des intérêts à Cadix, des correspondants en Argentine. Le Paraguay, aux mains des Jésuites, excite depuis quelque temps sa curiosité ironique. Le Pérou et les rêves de fortune qui s'attachent à son or exercent aussi fortement son imagination.

En allant dans la direction opposée, le « côté de Monriond » s'éloigne tout aussi démesurément jusqu'aux portes de l'Orient fabuleux qui s'appellent la Propontide, Constantinople, et où Voltaire va situer la métairie de Candide. Une lecture de Tavernier, qui avait habité longtemps le château d'Aubonne, à quatre lieues de Lausanne, et fut d'autre part le grand voyageur que l'on sait, lui a appris que la vue de Lausanne ressemble à celle de Constantinople. Il n'en faut pas plus pour que l'imagination de Voltaire se mette à galoper en ce sens. Certes le Grand Turc a peut-être plus de filles que lui à sa disposition, mais il n'a pas une plus belle vue…

Au hasard de ses expériences, de ses recherches, de ses rencontres, se sont donc constitués en profondeur chez Voltaire certains axes géographiques autour desquels gravitent ses rêveries, et qui vont être très précisément ceux de *Candide*. Sa retraite suisse considérée comme un

centre provisoire, l'espace s'organise d'une manière symbolique. Aux
quatre points cardinaux de ses préoccupations : Berlin et l'Allemagne
au Nord, le Pérou à l'Ouest, Venise au Sud, à l'Est Constantinople —
les hauts lieux du roman. Entre ces lieux symboliques se tisse en outre
tout un réseau de rapports. Genève est liée à Cadix et à Lisbonne par
l'intermédiaire de ses banquiers, à Constantinople par celui de ses
dramaturges ; l'Allemagne à Lisbonne par l'optimisme de ses leibniziens
inébranlables ; à Venise, par l'intermédiaire de la comtesse Bentinck, qui
va peut-être s'y installer en brûlant l'étape des Délices ; à la Turquie par
la comparaison du despotisme prussien et du despotisme turc ; à
l'Amérique du Sud par ces jésuites allemands qui font la guerre au
Paraguay, et contre lesquels Voltaire arme un vaisseau, le *Pascal*, ce qui
le réjouit fort : autant de possibilités ouvertes à son humeur voyageuse,
autant de chemins frayés par avance aux personnages du roman.

Qu'existe-t-il de *Candide* au milieu de l'année 1757 ? Bien des
éléments à coup sûr, et déjà solidement organisés, si nous ajoutons que
trois des personnages principaux, sans qu'ils aient encore leurs traits et
leurs noms précis, semblent avoir déjà trouvé leur contour. Avec la
duchesse de Saxe-Gotha, on voit se profiler l'image d'un docteur, qui
s'entête dans ses raisonnements optimistes, alors que tout s'écroule
autour de lui. Avec la comtesse Bentinck, celle d'une princesse
allemande, orgueilleuse et infidèle, pour laquelle on serait prêt néan-
moins à parcourir le monde. Avec le souvenir de Frédéric, peut-être,
celle d'un baron entiché de son titre, plein de séduction et de morgue :
triple image de la philosophie, de l'amour et de la grandeur, fortement
colorée de germanisme, et qui se retrouve dans le paradis de Thunder-
ten-tronckh. Ce bilan impressionnant pourrait amener à faire remonter
la composition du roman à ces années 1755-1757. Mais le problème de la
gestation de l'œuvre et celui de sa naissance sont choses bien différentes.
Il nous manque encore en effet l'essentiel : c'est le personnage de
Candide lui-même, et il semble qu'il n'a pu prendre corps que le jour où
d'une manière particulièrement violente Voltaire a ressenti jusqu'à
l'exaspération *sa* propre candeur. C'est ce qui se produit très exactement
à l'automne de 1757.

Depuis le début de la guerre de Sept Ans, Voltaire, on s'en doute,
avait suivi de fort près les succès et les revers de son ancien protecteur
Frédéric. Il s'agissait pour lui de beaucoup plus qu'une simple curiosité ;
dans la perspective d'émulation où se situent désormais leurs rapports,
c'est la signification même de sa propre vie que met en cause la destinée
du roi de Prusse. Si Pyrrhus triomphe, Cinéas échoue, et inversement.
Pendant l'année 1757 Frédéric s'est mis au ban de l'Empire, il a presque
toute l'Allemagne contre lui. Voltaire touche peut-être au moment
tellement attendu depuis l'humiliation de Francfort : il savoure à
l'avance avec une satisfaction évidente le plaisir de consoler son ancien
protecteur... C'est sur ce fond de jubilation mal contenue qu'arrive la

nouvelle de Rossbach (novembre 1757) ! Lorsqu'il faut se rendre à l'évidence, admettre que Frédéric vient de se couvrir de gloire, Voltaire, touché à son point sensible, s'effondre. De quelle lourde naïveté n'a-t-il pas fait preuve lorsqu'il a cru l'emporter sur son rival ! Candide exclu du paradis westphalien pourrait bien être en partie l'expression mythique de cette défaite : le simple particulier qu'il est n'a plus rien à voir avec les grands de ce monde. Toute la suite de l'histoire qui constitue en fait la revanche de Candide marque l'intensité de l'humiliation initiale : baron et baronne coupés en morceaux, baronnet violé, tué et « retué », et qu'on finit par retrouver aux galères, rois détrônés, bachas condamnés, la répétition obsédante du thème dénote l'ampleur de la crise que Voltaire eut à conjurer.

Les succès de Frédéric ne sont pas seulement un coup porté à l'orgueil de Voltaire. Par une fâcheuse série de conséquences, la victoire de son rival risque de l'atteindre dans ses œuvres vives, à savoir sa fortune, garante à ses yeux, comme elle l'est dans le roman, de sa liberté. Dans ce domaine qui lui tient particulièrement à cœur, Voltaire peut aussi s'accuser d'avoir fait preuve d'une insigne naïveté. Là aussi il sent se creuser sous ses pieds un abîme ; l'obsession d'une ruine inévitable qui s'empare de lui à ce moment-là se retrouvera plus tard dans une réflexion significative du *Précis du siècle de Louis XV* (chap. XXXIII), à propos de la guerre de Sept Ans : « L'Allemagne devint un *gouffre* qui engloutissait le sang et l'argent de la France. » C'est pendant cet hiver 1757-1758, semble-t-il, qu'a été commencé *Candide*, qui porte la marque quasi pascalienne de ce gouffre. Tout s'écroule, au début du roman, tout s'engloutit.

L'architecture de *Candide* présente une symétrie fort remarquable. Au début, le thème du Paradis perdu, celui du château de Thunder-ten-tronckh, qui représente l'univers des valeurs pour le jeune et naïf Candide. Son « expulsion » symbolise parodiquement la chute du premier homme, d'après la *Genèse*. Par l'aspect burlesque de cette parabole — le péché originel, quelques gestes scabreux derrière un paravent —, Voltaire prend une première revanche sur Pascal : quitte à précipiter la créature dans le néant et l'horreur de sa condition (toute la première moitié du roman), il le fait d'une manière radicale, sans lui laisser pour consolation la nostalgie de sa grandeur première. L'épisode de l'Eldorado, qui trouve sa place exactement au milieu du conte, comme un axe de symétrie, figure le premier des paradis retrouvés. Retrouvé, il l'est pour être perdu à son tour, puisque aussi bien il ne s'agit que d'un idéal illusoire, lui aussi, quoique d'une manière différente du paradis westphalien. En effet, ce n'est pas ici le contenu de l'idéal qui est en cause — on peut montrer que le type de société de l'Eldorado est en tout point exemplaire —, mais bien son degré de réalité, sur lequel, à notre connaissance, on ne s'est jamais interrogé suffisamment, alors qu'on en a scruté tous les aspects idéologiques.

L'épisode de l'Eldorado n'est ni une conclusion dérisoire ni une révélation finale : c'est une étape dans la conquête de l'homme par lui-même. Grâce à lui un modèle a été entrevu : sa réalité sera celle que lui conféreront les personnages, en le faisant entrer plus ou moins dans les faits. L'interprétation de l'épisode est donc liée à la suite du roman, par laquelle il prendra tout son sens. Pour l'instant, Voltaire ne se prononce pas : ce paradis reste suspendu entre ciel et terre, et les héros retournent de leur plein gré à la banalité de la vie quotidienne, qui cette fois se déroule sur un fond d'ennui (Venise et sa léthargie, Pococuranté, l'installation dans la métairie). Dernier paradis, non plus illusoire, celui-ci, mais proprement dérisoire : le jardin de la Propontide, qui, lui, existe bien, mais où viennent s'abolir tous les rêves devant le terre à terre de la réalité.

Tel est, semble-t-il, le sens de *Candide* : une liquidation, non seulement de la pensée providentialiste de Leibniz, mais de toutes les illusions quelles qu'elles soient. Après la lecture de ce roman, la voie est libre, et l'on pourra se mettre au travail pour reconstruire. Une lueur subsiste en effet : à l'acharnement d'un destin responsable de l'absurdité de notre condition doit répondre l'acharnement du labeur humain. On s'installera aux confins (et non au centre) du monde civilisé, au milieu d'une petite société dont on essaiera de tirer le meilleur parti, si hétéroclite soit-elle, et on cultivera quelques arpents de terre. Perspective assez peu exaltante, sans doute, au départ : mais, par le biais de la solidarité, la morale du jardin est susceptible d'une certaine ouverture. C'est la « culture de la vigne » commune à tous les philosophes et encyclopédistes, et qui va se développer pour Voltaire pendant les années de Ferney. Ce qui fait la valeur du mythe du jardin, c'est son double aspect, limité et ouvert, solide et prometteur tout à la fois. Dans la mesure où les aspirations les plus hautes de l'homme se sont révélées chimériques, les limites du jardin acquièrent une signification dialectique : la négation d'une négation revêt un sens positif. Pascal opposait au divertissement, symbole de l'existence terrestre, la charité, recherche authentique de la perfection. À quoi Voltaire dans la *XXVe Lettre philosophique* avait répondu en exaltant une morale de l'action, seule fin valable, selon lui, pour l'homme. La fin de *Candide* ne fait que reprendre en la précisant cette position. Le divertissement, symptôme pour Pascal de la misère de l'homme, y devient le seul remède efficace à cette misère. C'est en partant de cette base exiguë, mais stable, que l'homme va se reconquérir peu à peu. La structure romanesque de *Candide* porte elle-même la marque de ce mouvement de confrontation entre les chimères et l'expérience, mais aussi de ce cheminement vers l'idéal limité du jardin à travers les vicissitudes de l'existence.

Sous la trame d'un conte traditionnel, tissu d'aventures apparemment incohérentes, on aperçoit donc dans *Candide* l'ébauche d'un roman suivi où ces aventures contribuent à l'édification d'une personnalité.

Dans une succession d'expériences absurdes, Scarmentado n'avait trouvé que du néant, tandis que le jeune Westphalien s'y révèle peu à peu à lui-même. Sur le plan des idées comme sur celui de la technique, le côté satirique et pamphlétaire de *Candide* n'est que le masque d'une recherche authentique où l'homme, liquidant illusions et chimères, parvient tant bien que mal à se réinventer.

Notes

Page 9.

1. Le nom du « docteur Ralph » est beaucoup plus anglo-saxon que germanique (comme le nom de Thunder-ten-tronckh) : Voltaire méprisait autant l'allemand qu'il aimait l'anglais, et ne se donna jamais la peine de l'apprendre. James Ralph avait publié plusieurs ouvrages pendant que Voltaire était à Londres, par exemple *The Touchstone*, 1728. Il est cité dans un vers du chant III de la *Dunciade* de Pope.

2. Dès son premier voyage à travers l'Allemagne en 1740, Voltaire avait été frappé par l'extrême misère de la Westphalie : « Ô champs westphaliens, faut-il vous traverser ? / Destin où m'allez-vous réduire ! » écrit-il à Frédéric le 28 novembre 1740.

Page 10.

3. C'est le père Castel qui, dans les *Mémoires de Trévoux*, appelle le système de Leibniz une « doctrine physico-géométrico-théologique ». Quant au terme cosmologie, une fois débarrassé de ce *nigo* qui est une espièglerie de Voltaire (rencontrée après plusieurs tentatives), c'est Wolff qui l'a mis à la mode.

4. Scie de Voltaire dans sa correspondance, où il singe la formule leibnizienne du « meilleur des mondes possibles » : « Voilà déjà environ vingt mille hommes morts pour cette querelle, dans laquelle aucun d'eux n'avait la moindre part. C'est encore un des agréments du meilleur des mondes possibles. Quelles misères ! et quelles horreurs ! la meilleure de toutes les demeures possibles est certainement celle de Gotha, et je sais bien quelle est la meilleure des princesses possibles » (à la duchesse de Saxe-Gotha, 11 octobre 1756).

5. Voltaire, qui n'a jamais nié une certaine finalité (les jambes sont faites pour marcher), attaque les excès des cause-finalistes comme l'abbé Pluche (cf. *Spectacle de la nature*, avec ses développements sur la perfection de la jambe), ou « l'illustre vicaire Derham », auteur d'une *Astro-theology* (voir *Micromégas*, p. 45).

Page 12.

6. On a, dans l'expulsion de Candide, une parodie de la chute du premier homme, d'après la Genèse. Comme Adam, Candide a péché ; il devra cultiver la terre et gagner son pain à la sueur de son front : « *ut operaretur eum.* »

Page 13.

7. Hausser la baguette : enfoncer la tige servant à presser la charge dans le canon d'un fusil.

Page 14.

8. Dioscoride est un médecin grec du Iᵉ siècle après J.-C. que ses recettes bizarres ont rendu célèbre. Rabelais y fait de nombreuses allusions dans son *Gargantua*. Les Abares sont une peuplade d'origine mongole qui a envahi l'Europe à plusieurs reprises.

Page 16.

9. Seul personnage désigné dans *Candide* par son prénom, Jacques, d'allure évangélique. Il rappelle singulièrement le Frère-Jean de Rabelais. Les anabaptistes sont les adeptes d'une secte protestante répandue surtout en Hollande et en Allemagne et qui n'autorisait le baptême qu'à l'âge de raison. Elle avait, aux XVIᵉ et XVIIᵉ siècles, déchaîné des passions sanglantes.

Page 18.

10. La « chambrière Paquette » vient tout droit de La Fontaine (*Fables,* VII, XI, « Le Curé et le mort »).

11. Thème favori de Voltaire. Il avait lu, à Cirey, en même temps que Mme du Châtelet, la *Dissertation* du bénédictin Dom Calmet *sur la maladie de Job,* qui identifie la lèpre de Job avec la vérole, tout en reconnaissant que ce mal ne s'est répandu en Europe qu'après la découverte de l'Amérique.

Page 19.

12. Allusion probable à la banqueroute du fils de Samuel Bernard, qui fit perdre, en 1754, huit mille livres de rentes à Voltaire.

13. Cliché de la doctrine « optimiste » c'est le point de vue que défendait Voltaire dans les *Éléments de la philosophie de Newton* (1738) : « Ce qui est mauvais par rapport à vous est bon dans l'arrangement général. » C'est celui qu'il prête à l'ermite dans *Zadig* (chap. XVIII) celui que Memnon ne pourra accepter que lorsqu'il ne sera plus borgne, et qui, enfin, est attaqué de front dans le *Poème sur le désastre de Lisbonne* (1756) : « Et vous composerez dans ce chaos fatal / Des malheurs de chaque être un bonheur général ! »

Page 21.

14. Le désastre de Lisbonne eut lieu le 1er novembre 1755. Sous le coup de l'émotion, Voltaire avait exagéré les pertes en vies humaines : 100 000 victimes d'après une lettre à Tronchin du 24 novembre 1755 (« Cent mille fourmis [...] écrasées tout d'un coup dans notre fourmilière [...]. ») Il revient à 25 000 le 17 décembre dans une lettre adressée également à Tronchin : « Les cent mille hommes péris à Lisbonne sont déjà réduits à vingt-cinq mille. » Dorénavant, il s'en tiendra au chiffre de 30 000 qu'il trouvait dans les relations et qui semble être historiquement le plus exact.

15. Allusion aux théories alors en vogue sur l'origine et la nature des tremblements de terre. Par exemple, Buffon, dans sa *Théorie de la terre* (1749), art. XVI, parlait, « à une profondeur considérable », de « pyrites et autres matières sulfureuses, qui, venant à s'enflammer, produiront une grande quantité d'air, dont le ressort comprimé [...] ébranlera le terrain supérieur », etc. Tout près de Voltaire, son ami Élie Bertrand, pasteur à Berne, lui envoie en 1756 un *Mémoire sur les tremblements de terre* (Berne, 1756).

Page 22.

16. Ce n'est pas sans un malin plaisir que Voltaire reproche aux optimistes leibniziens, au nom de l'orthodoxie, leur contradiction avec le dogme chrétien de la chute. Même idée dans la préface du *Poème sur le désastre de Lisbonne* (1756) : « On crut donc voir dans cette proposition : *Tout est bien,* le renversement du fondement des idées reçues. " Si tout est bien, disait-on, il est donc faux que la nature humaine soit déchue. Si l'ordre général exige que tout soit comme il est, la nature humaine n'a donc pas été corrompue ; elle n'a donc pas eu besoin de rédempteur. " »

Page 23.

17. La commère est celle qui a tenu un enfant sur les fonts baptismaux en même temps que le « compère », ce qui crée entre les deux personnes une parenté spirituelle. L'Église catholique interdisait en principe, sauf dispense, le mariage entre compère et commère, comme entre parrains ou marraines et leurs filleuls.

18. C'est-à-dire qu'ils l'avaient « judaïsé », en observant la pratique de la loi mosaïque qui interdit de manger du lard. Ce trait satirique fréquent chez Voltaire sera encore repris dans *Le Dîner du comte de Boulainvilliers* (dont la composition initiale peut d'ailleurs remonter à l'époque de Potsdam).

19. Ces détails, comme beaucoup d'autres, sont empruntés par Voltaire à un petit ouvrage de Dellon, *Relation de l'Inquisition de Goa,* qui eut de nombreuses éditions de 1688 à 1711.

Page 25.

20. Reprise de la scène des « retrouvailles » entre Zadig et Astarté, en des termes identiques (*taille majestueuse, visage couvert d'un voile*, évanouissement des héros, discours interrompus par des gémissements, etc.).

Page 30.

21. Plutôt que de *moyadors*, il s'agit de *moïdore* ou *lisbonine*, ancienne monnaie du Portugal (*moeda*, en portugais, signifie monnaie). Ils deviendront des « pistoles » au début du chapitre X (nom français de l'*escudo* espagnol). Le « maravédis » cité ensuite est une pièce de menue monnaie en cuivre qui avait cours en Espagne.

Page 32.

22. L'itinéraire est fantaisiste, si le nom des localités est authentique. Chillas ou Chellas est aux portes de Lisbonne : cette localité est citée dans les récits de la catastrophe du 1er novembre 1755. Labriza est proche de Cadix. Quant à Lucena, elle est située bien à l'est de la route de Lisbonne à Cadix. Il reste vrai que les personnages avaient à traverser la sierra Morena.

Page 33.

23. En réalité, comme le remarque René Pomeau, Voltaire avait bel et bien donné d'abord au père de la vieille le nom d'un pape, Clément XII, qui régna de 1730 à 1741 !

Page 36.

24. Traduction : « Oh ! quel malheur d'être sans c… ! »

Page 37.

25. Sur les castrats, voir chap. XXV, p. 89. La question des castrats était à l'ordre du jour dans les années cinquante. À la fin de 1753, le castrat Gaetan Majorano, dit Cafarelli, avait eu une saison triomphale à Paris. Au moment où Voltaire écrit *Candide*, il peut lire le *Saggio sopre l'opera in musica* d'Algarotti, et il félicite ce dernier d'avoir dénoncé l'institution.

Page 39.

26. Robeck est un personnage historique. Né à Colmar en 1672, il soutint en Suède des thèses sur le ridicule d'aimer la vie, et termina la sienne en se noyant volontairement en 1739.

Page 41.

27. Le nom est évidemment caricatural. Ibaraa, Figueora, Souza proviennent de lectures préparatoires aux chapitres de l'*Essai sur les mœurs* relatifs à l'Amérique du Sud.

28. C'est l'histoire d'Abraham et de Sara : voir l'article « Abraham » du *Dictionnaire philosophique,* paru en 1772, mais rédigé dès septembre 1752 à Berlin : « Il est également bien difficile d'expliquer comment Sara, femme d'Abraham, était aussi sa sœur. »

Page 42.

29. Ce cordelier à la grande manche est un religieux de l'ordre de Saint-François. Sur la dispute qui oppose les religieux entre eux sur la forme de leur manche et de leur capuchon, voir la *XIII^e Lettre philosophique,* ainsi que *Les Lettres d'Amabed* (p. 189).

Page 43.

30. Le chapitre CLIV de l'*Essai sur les mœurs,* paru en 1761, a été écrit en janvier 1758. Titre : « Du Paraguay. De la domination des Jésuites dans cette partie de l'Amérique ; de leurs querelles avec les Espagnols et les Portugais ».

31. Facteur : « celui qui fait le négoce pour le compte d'un autre » (*Dictionnaire général,* 9^e éd., 1932).

Page 44.

32. Allusion à une prétendue élection d'un père jésuite comme roi du Paraguay, Nicolas I^er. Ce bruit fut démenti, mais, comme l'écrit Voltaire à Mme de Lutzelbourg (12 avril 1756) : « Il est vrai qu'il n'y a point de roi Nicolas, mais il n'en est pas moins vrai que les Jésuites sont autant de rois au Paraguay. »

Page 47.

33. Le révérend père Croust est un des jésuites avec lesquels Voltaire avait eu maille à partir pendant son séjour à Colmar, au début de 1754, après ses mésaventures allemandes.

Page 48.

34. Garcilaso de La Vega, dans son *Histoire des Incas du Pérou* (1704), donne une carte de « la partie méridionale du Pérou », laquelle porte, au-dessus du mot Paraguai, la mention « Orejones ou Indiens à grandes oreilles ».

Page 49.

35. Le *Journal de Trévoux,* organe des jésuites, commença à attaquer Voltaire vers 1750, lorsqu'il se rallia au parti des Encyclopédistes. Son directeur, le P. Berthier, devint, à partir de 1759, une cible privilégiée pour les quolibets de Voltaire. Voir notamment la *Relation de la maladie, de la confession, de la mort et de l'apparition* [toutes quatre fictives, ainsi qu'on s'en doute] *du jésuite Berthier* (1759).

Page 50.

36. Souvenir des *Voyages de Gulliver,* où le héros est ainsi ligoté pendant son sommeil par les habitants de Lilliput. Voltaire, on le sait, avait la plus grande admiration pour Swift.

Page 52.

37. Sur l'Eldorado, outre les ouvrages de William Raleigh et de Garcilaso de La Vega, souvent cités, les principales sources de Voltaire sont : *Histoire générale des conquêtes et voyages des Castillans,* de Herrera, traduction de La Coste, 1761, lue par Voltaire dès 1740 ; *Histoire de la conquête du Mexique ou de la Nouvelle-Espagne,* traduction de l'espagnol par Antonio de Solis, 1691. Voltaire l'a lue dès septembre 1753.

L'Eldorado, pays fabuleux, avait été imaginé et recherché par les conquistadores du XVᵉ siècle. Situé entre l'Orénoque et l'Amazone, il aurait été le refuge des derniers Incas. Voltaire a toujours raillé l'obstination avec laquelle les voyageurs espagnols avaient recherché ce pays imaginaire. Voir l'*Essai sur les mœurs,* chap. CLI, « Des possessions des Français en Amérique ».

Page 55.

38. *Contour* est le nom indigène du condor.

Page 56.

39. Voltaire se souvient sans doute du vieillard de Tarente, des *Géorgiques* de Virgile (IV, 116-148), ainsi que de Mentor dans le *Télémaque* de Fénelon, symbole de la sagesse.

Page 61.

40. *Guinder,* mot d'origine scandinave, comme l'anglais *winch,* signifie proprement « hisser avec un câble et des poulies ».

Page 62.

41. L'esclavage colonial s'est considérablement développé au XVIIIᵉ siècle. Parallèlement, les protestations de l'opinion éclairée se font de plus en plus vives. (Cf. le chapitre de l'*Esprit des lois* de Montesquieu (XV, 5), les articles « Esclavage » et « Esclave » de l'*Encyclopédie* (1755), etc.)

42. Réminiscence probable de Van Düren, libraire hollandais de La Haye avec lequel Voltaire avait eu maille à partir. Le nom suggère, en outre, la dureté du personnage.

Page 66.

43. Les sociniens sont les disciples de Socin, réformateur siennois du XVIᵉ siècle, bien considéré des déistes du XVIIIᵉ siècle. Il niait en effet

l'existence de la Trinité et la divinité du Christ ; il préconisait, en outre, une interprétation rationnelle des Écritures.

Page 67.

44. Voltaire avait toujours été tenté par la doctrine de Manès, qui expliquait l'univers par la lutte des deux principes du Bien et du Mal ; il lui donnera même l'existence romanesque dans *Le Blanc et le noir*.

Page 70.

45. Voltaire était parisien dans l'âme, et le drame de sa vie fut d'être obligé, à partir des années cinquante en tout cas, de vivre éloigné de la capitale : on sait qu'il n'y revint qu'en 1778, pour y mourir.

46. La foire Saint-Germain était la plus célèbre foire de Paris. Instituée au Moyen Âge, elle se tenait sur l'emplacement de l'actuel marché Saint-Germain, du 3 février au 3 avril de chaque année. C'était donc une foire de printemps, par opposition à la foire Saint-Laurent qui se tenait chaque automne.

47. Allusion aux jansénistes qui s'étaient livrés à des scènes de convulsions sur la tombe du diacre Paris, au cimetière Saint-Médard, de 1729 à 1732. Ce spectacle, auquel il avait assisté, avait profondément marqué Voltaire, et il y revient sans cesse comme un des exemples les plus frappants du « fanatisme » des « Welches ».

48. Ce « gros livre » constitue une allusion à l'ouvrage récent du président de Brosses, l'*Histoire des navigations* (1756), à moins que ce ne soit au traité plus ancien, de Buffon, intitulé *Théorie de la terre* (1749), ou au *Spectacle de la nature* (1732-1750), de l'abbé Pluche. Tous soutenaient que la mer recouvrait primitivement toute la surface du globe, et qu'elle aurait été à l'origine des montagnes.

Page 71.

49. Voltaire vise-t-il l'*Essai de cosmologie* de Maupertuis (1751), qui résumait les lois de la création divine par une formule mathématique, que voici : « Z égale BC divisé par A + B. » ?

Page 72.

50. Le faubourg Saint-Marceau, situé au sud de la capitale, était alors très misérable. Voir *Le Monde comme il va*, chap. II.

51. Allusion aux billets de confession réclamés par le clergé entre 1750 et 1760 pour accorder les sacrements et donner une sépulture chrétienne à ceux qui étaient suspectés de jansénisme.

Page 73.

52. Cet homme qui ne croit pas aux idées innées est, comme Voltaire lui-même, un disciple de Locke.

53. Cette « assez plate tragédie » est *Le Comte d'Essex,* de Thomas
Corneille (1678), qui était encore jouée fréquemment au Théâtre-
Français au XVIIIᵉ siècle.
54. « Mlle Monime » doit être Adrienne Lecouvreur (1692-1730),
qui avait interprété le rôle de Monime dans *Mithridate.* Le curé
de Saint-Sulpice lui ayant refusé la sépulture, son corps fut jeté à la
voirie.

Page 74.

55. Cette « pièce » qui fait « tant de plaisir » est *Tancrède* (1760), où
Mlle Clairon brilla d'un éclat tout particulier. Fréron (1718-1776) dirige
à l'époque, depuis 1754, *L'Année littéraire.* Il ne manque jamais
l'occasion d'y critiquer, d'une manière généralement judicieuse, les
tragédies de Voltaire, excitant ainsi chaque fois la fureur de ce dernier.
56. Folliculaire : terme de dénigrement, synonyme de journaliste.
57. Le pharaon est un jeu de cartes comparable au baccara. Un
banquier mène le jeu et tient un compte personnel de la « banque »
alimentée par la perte des joueurs. Les *pontes* sont des joueurs associés
contre le banquier. Il est d'usage de corner sa carte au moment de la
mise (d'où l'expression *registre cornu*). Le *paroli* est une mise double de
la première, le *sept et le va* une mise de sept fois supérieure à la
précédente, le *sept et le va de campagne* ou *paroli de campagne* (cf.
Encyclopédie, articles « Pharaon » et « Paroli ») est « celui que fait
un joueur avant que sa carte soit venue, comme s'il avait déjà
gagné ».

Page 75.

58. Les *tailles* sont des séries complètes de coups, jusqu'à ce que le
banquier ait retourné toutes ses cartes.
59. Gauchat, docteur en théologie, était un adversaire des encyclopé-
distes et de Voltaire.
60. L'archidiacre T... est l'abbé Trublet (1677-1770), autre adversaire
des encyclopédistes et de Voltaire, qui lança contre lui des mots fameux.

Page 76.

61. Réponse aux critiques qui avaient été soulevées à l'occasion de
Tancrède (1760).

Page 77.

62. Dans sa *Théodicée,* Leibniz soutient que le mal met en valeur le
bien : « Les ombres rehaussent les couleurs ».

Page 80.

63. L'Atrébatie n'est autre que l'Artois, du nom de la peuplade des

Atrébates. Damiens, qui avait tenté d'assassiner Louis XV, était né près d'Arras en 1715.

Page 81.

64. Un barigel est un chef des archers, puis de la police. À noter que Dieppe est en haute, et non en basse Normandie.

65. Des combats pour Louisbourg, à l'entrée du Saint-Laurent, se déroulaient depuis 1741.

Page 82.

66. Cet « amiral » est John Byng, vaincu par l'amiral français Galissonnière dans les eaux de Minorque. Accusé d'avoir manqué de zèle dans le combat et de l'avoir rompu trop tôt, il fut condamné à mort et exécuté le 14 mars 1757 sur son vaisseau.

Page 84.

67. L'ordre des théatins avait été fondé au XVIe siècle par Gian Petro Carafa, évêque de Chieté, et saint Gaétan de Thiennes. Il avait été autorisé à s'établir en France en 1642. Boyer, ennemi de Voltaire, était un théatin.

Page 87.

68. *Pococuranté* signifie « qui se soucie de peu de chose », ou peut-être plutôt « qui se soucie peu des choses ». C'est le *dilettante*, et, comme on le verra dans la suite de ce commentaire, ses vues ne sont pas sans ressemblance avec celles de Voltaire lui-même, quand il se laisse aller au dénigrement.

Page 88.

69. Contrairement à ce qu'on a pu dire, Voltaire s'intéressait à la musique. Il en était resté à la simplicité de la mélodie lulliste, et avait peine à s'adapter à des formules plus savantes, que ce soit la musique française de Rameau, ou la musique italienne avec les raffinements du *bel canto*.

Page 89.

70. Allusion non équivoque aux « airs de bravoure » de l'opéra italien et à leurs exercices de pure virtuosité : grands *airs* qui deviendront sous la plume de Voltaire des *chansons* ridicules. Les opéras sur César et sur Caton fleurissaient dans l'Italie du XVIIIe siècle.

71. Un élément d'appréciation sur les rapports entre Voltaire et Pococuranté : les jugements sur Homère, Virgile, Le Tasse, l'Arioste, sont repris presque textuellement de l'*Essai sur la poésie épique* (1733).

Page 91.

72. Voltaire s'est toujours montré à l'égard de Milton d'une grande sévérité (cf. notamment *Essai sur la poésie épique*, 1733, et article « Épopée » du *Dictionnaire philosophique*).

Page 92.

73. Voltaire condense ici sous la forme d'une maxime tout un passage de la *République* de Platon (475 c).

Page 94.

74. Achmet III fut sultan de Turquie de 1703 à 1730. Détrôné par les janissaires en 1730, il mourut en 1736.

75. Ivan VI Antonovitch, détrôné au profit d'Élizabeth, fille de Pierre le Grand.

Page 95.

76. Charles-Édouard (1720-1788), dit « le jeune Prétendant ». Fils de Jacques III Stuart et petit-fils de Jacques II, il essaya vainement de reprendre le trône d'Angleterre en 1745, à la faveur de la guerre entre la France et l'Angleterre. Son père, Jacques III, également détrôné, mourut à Rome en 1766.

77. Le roi des Polaques, c'est-à-dire des Polonais, est Auguste III, électeur de Saxe et roi de Pologne, qui fut chassé de ses États héréditaires en 1756 par Frédéric II. Le cinquième roi est Stanislas Leszczynski ; élu roi de Pologne en 1704, il perdit son trône en 1709. Sa fille Marie Leszczynska épousa Louis XV en 1725.

78. Le baron Théodore, aventurier au service de la Suède, puis résident de Charles VI, empereur d'Autriche, à Florence. Il aida les Corses révoltés contre Gênes et fut proclamé plusieurs fois roi de Corse. Il fut emprisonné quelques années pour dettes en Angleterre, où il mourut en 1756.

Page 97.

79. François Ragotzki (1676-1735), prince de Transylvanie, aidé des subsides de Louis XIV et avec l'appui des Turcs, souleva les Hongrois contre l'empereur d'Autriche. Vaincu, il se retira effectivement sur les bords de la « Propontide », c'est-à-dire de la mer de Marmara.

Page 100.

80. Les icoglans sont les pages du sérail du sultan.

81. Le cadi est un juge musulman chargé de fonctions civiles et religieuses.

Page 101.

82. Un iman (imam) est un ministre de la religion musulmane.

Page 102.

83. Tout au long des *Éléments de la philosophie de Newton*, Voltaire a raillé les conceptions de la métaphysique cartésienne, « les tourbillons de matière subtile » et cette connexion dans le « plein » qui exclut évidemment l'existence du vide. Quant à l'harmonie préétablie, c'est une des théories de Leibniz les plus connues. Voir déjà, à ce sujet, le dernier chapitre de *Micromégas*.

Page 105.

84. Chez les Turcs, le mot *effendi* est un titre honorifique qui se donne à certains hauts fonctionnaires et qui, de nos jours, s'emploie comme formule de politesse quand on s'adresse à quelqu'un. Les *bachas* ou pachas sont les gouverneurs des diverses provinces de l'Empire ottoman.

85. Le détail est exact : ces têtes empaillées étaient exposées au portail du vieux palais, dans des niches disposées à cet effet.

Page 106.

86. Les *vizirs du banc* sont les ministres admis au conseil du Grand Seigneur. Les muphtis sont les membres du clergé musulman chargés de faire respecter la loi religieuse. Ici, il doit s'agir du grand muphti de Constantinople.

Page 107.

87. Ces souvenirs bibliques semblent provenir des lectures de Dom Calmet (*Histoire de l'Ancien Testament*, 1718, et *Dictionnaire de la Bible*, 1720-1721). On peut relever, dans le *Dictionnaire de la Bible*, des passages comme celui-ci : « Aod, roi des Moabites, tua Eglon » (Juges, III, 15) ; « Absalon fut percé de trois dards » (II Rois, XV, 25), etc.

L'HOMME AUX QUARANTE ÉCUS

Notice

Il s'est formé à Paris une nouvelle secte appelée les Économistes : ce sont des philosophes politiques, qui ont écrit sur les matières agraires ou l'administration intérieure, qui se sont réunis et prétendent faire un corps de système qui doit renverser tous les principes reçus en fait de gouvernement, et élever un nouvel ordre de choses. Ces messieurs avaient d'abord voulu entrer en rivalité contre les encyclopédistes, et

*former autel contre autel ; ils se sont rapprochés insensiblement ;
plusieurs de leurs adversaires se sont réunis à eux, et les deux sectes
paraissent confondues dans une. M. Quesnay, ancien médecin de Mme
la marquise de Pompadour, est le coryphée de la bande ; il a fait, entre
autres ouvrages,* La Philosophie rurale. *M. de Mirabeau, l'auteur de*
L'Ami des hommes *et de* La Théorie de l'impôt, *est le sous-directeur.
[...] Viennent ensuite M. l'abbé Baudeau, qui est à la tête des*
Éphémérides du Citoyen ; *M. Mercier de La Rivière, qui est allé donner
des lois dans le Nord et mettre en pratique, en Russie, les théories
sublimes et inintelligibles de son livre* L'Ordre naturel et essentiel des
sociétés politiques ; *M. Turgot, intendant de Limoges, philosophe
pratique et grand faiseur d'expériences ; et plusieurs autres, au nombre
de dix-neuf ou vingt. Ces sages modestes prétendent gouverner les
hommes de leur cabinet par leur influence sur l'opinion, reine du monde.*

Cette rubrique de Bachaumont dans ses *Mémoires secrets*, à la date du
20 décembre 1767, rend fort bien compte de l'idée que le public averti
pouvait se faire des physiocrates au moment où Voltaire écrivait
L'Homme aux quarante écus : il a dû en effet l'entreprendre après avoir
terminé *L'Ingénu*, lequel avait obtenu une « permission tacite » le 3
septembre 1767. Le nouveau conte parut en effet au début de 1768.

Le terrain sur lequel Voltaire s'engageait en amateur était fortement
occupé par une troupe d'athlètes redoutables, aussi versés dans la
pratique administrative — plusieurs étaient ou avaient été intendants —
que savants dans les arcanes de l'économie politique, dont ils passaient
pour les inventeurs. Il est intéressant de voir comment il saisit ici leurs
faiblesses et avec quelles armes il réussit à les tenir en échec, avant de
devenir plus tard leur allié lorsque Turgot fut appelé au ministère en
1774.

Lorsque l'école physiocratique prit naissance, la pensée économique
dans toute l'Europe était dominée par le « mercantilisme », selon lequel
la force d'un État dépend davantage d'un commerce extérieur prospère
et excédentaire que d'une agriculture florissante. À l'inverse, les
physiocrates prêchaient la précellence de l'agriculture et la réforme du
système des impôts.

Le terme lui-même de *physiocratie*, qui apparaît en 1767, implique
une reconnaissance du règne de la Nature. La plupart des adeptes
imaginaient une société dans laquelle les lois naturelles prévaudraient,
les lois écrites ne devant viser qu'à conforter les précédentes en cas
d'absolue nécessité. Le seul problème était à leurs yeux de découvrir cet
« ordre naturel » et à lui faire confiance, d'où la formule : « Laissez
faire, laissez passer. »

Les sources de la doctrine peuvent être recherchées dans les
avertissements de Boisguillebert et de Vauban. Ils dénonçaient la
lourdeur des impôts directs pesant sur le Tiers État, surtout sur les

paysans, et le caractère vexatoire des impôts indirects, tels que la gabelle, source de nombreuses révoltes paysannes.

Sous Louis XV, une tentative courageuse avait été faite par le chancelier Machault, qui, en 1748, avait institué un impôt du vingtième, frappant aussi la noblesse et le clergé, que Voltaire avait approuvé. Mais ce plan de réforme avait été progressivement vidé de sa substance. C'est alors que les tenants de la nouvelle école proposèrent leurs solutions. Ainsi, en 1763, Roussel, dans une brochure intitulée *Richesse de l'État*, recommandait comme un « remède prompt et efficace » un système d'impôts directs fondé sur la répartition des contribuables en vingt classes, complété par une taxe foncière, variable selon la nature des cultures.

Mais c'est un ouvrage plus ambitieux qui provoqua la réplique de Voltaire. Il s'agit de *L'Ordre essentiel et naturel des sociétés politiques*, de Le Mercier de La Rivière, ancien intendant de la Martinique, paru sans nom d'auteur à Londres en juin 1767.

Le fait que La Rivière eût été invité par Catherine II à venir lui apporter ses conseils avait en lui-même de quoi attirer l'attention jalouse du philosophe : c'est ce dont témoignent ses lettres au prince de Galitzin, qui lui a mandé la nouvelle en lui faisant l'éloge du livre de La Rivière. Mais dès qu'il a lu l'ouvrage, son scepticisme devient une hostilité déclarée. Un passage d'une lettre à Damilaville, du 16 octobre 1767, résume parfaitement son état d'esprit :

J'ai lu une grande partie de L'Ordre essentiel des sociétés ; *cette essence m'a porté quelquefois à la tête, et m'a mis de mauvaise humeur. Il est bien certain que la terre paie tout, quel homme n'est pas convaincu de cette vérité ? Mais qu'un seul homme soit le propriétaire de toutes les terres, c'est une idée monstrueuse, et ce n'est pas la seule de cette espèce dans ce livre qui d'ailleurs est profond, méthodique, et d'une sécheresse désagréable...*

Dès cette époque, ainsi qu'il apparaît par sa correspondance, il réunit une documentation pour réfuter les thèses de La Rivière. En quoi celles-ci pouvaient-elles l'irriter à ce point ?

Ce que La Rivière propose, c'est une synthèse globale, un système entièrement organisé, et l'on sait ce que le « Philosophe ignorant » pense de tels systèmes. Qui plus est, l'idée qui domine ici est celle d'une sorte de finalisme universel ou de providentialisme — fort peu compatible avec la « philosophie » de *Candide*. L'axiome fondamental est la nécessité de l'*ordre*, présenté bientôt comme un *ordre naturel*, qui ne signifie pas l'état de nature cher à Rousseau, mais l'idée que les droits et devoirs de chaque membre du corps social sont déterminés par des lois naturelles, qui assurent l'ordre le plus avantageux à chaque individu et au corps social tout entier.

Si cette thèse générale avait au plus jusque-là de quoi provoquer le

scepticisme de Voltaire, ce qui devait exciter son hostilité était les applications concrètes qui en résultaient.

L'analyse de Le Mercier de La Rivière s'articule en deux développements. Le premier, qui occupe la majeure partie de l'ouvrage, s'attache aux besoins et aux mobiles de l'homme. Il peut se résumer par cette formule : « Propriété, et par conséquent sûreté et liberté de jouir, voilà l'essence de l'ordre naturel et essentiel de la société. » Le second passe en revue les phénomènes de production et leur interdépendance nécessaire.

Quoique l'auteur marque une superbe indifférence à l'égard des conséquences qui peuvent être tirées de ses doctrines, certaines n'en apparaissent pas moins assez clairement. La première est une justification du despotisme. Non pas certes du despotisme arbitraire, tyrannique, mais d'un despotisme éclairé par l'obéissance à l' « ordre ». Alors que pour les physiocrates le souverain électif n'est au plus qu'un usufruitier, le souverain héréditaire est le véritable propriétaire de tout son royaume : à ce titre, il se conduit nécessairement « en bon père de famille ». Nulle crainte qu'il viole les lois, puisque son plus grand intérêt est dans leur conservation. C'est le « despotisme légal », entièrement opposé au « despotisme arbitraire » que Montesquieu définit comme suit dans *l'Esprit des Lois* : « Quand les sauvages de Louisiane veulent avoir du fruit, ils coupent l'arbre au pied et cueillent le fruit. »

Quoique admirateur du système représentatif à l'anglaise, Voltaire aurait pu laisser passer ce système en faveur de ses propres despotes éclairés, au premier rang desquels sa chère Catherine. Mais un autre point ne pouvait manquer d'exciter son ire. Or, Le Mercier de La Rivière préconise un système d'impôts sur la propriété foncière cultivée qui léserait gravement le grand propriétaire foncier *en France* qu'est devenu Voltaire par l'acquisition de Ferney et Tournay en 1758. Ce nouveau système ne procède pas seulement du désir d'éliminer les exactions auxquelles donnait lieu souvent la perception des impôts indirects, il repose sur une théorie économique préconçue, que l'auteur expose avec un grand dogmatisme.

Sa thèse fondamentale, presque unique, est l'affirmation que *tous* les biens consommables viennent de la terre. Cette négation de la plus value apportée par la manufacture et la distribution est si absolue qu'elle entraîne La Rivière à soutenir des paradoxes proches de l'absurdité. Ainsi, le chapitre XLII est tout entier consacré à tenter de démontrer que, « si l'industrie manufacturière peut être utile au commerce des productions, elle n'en augmente jamais la valeur ». Par différents sophismes, l'auteur prétend établir qu'il n'y a pas « augmentation de richesse » par la façon, même lorsque la vente est faite à l'étranger. Citons ce passage : « Je suis convenu [...] que par l'entremise de l'industrie manufacturière, il peut se faire que des

productions parviennent à une valeur vénale dont elles resteraient éloignées sans ce secours. [...] Mais de tels expédients doivent être considérés comme *un pis-aller*. » Sur quoi notre économiste essaie par exemple de démontrer que la Nation « ne gagne pas plus à vendre ses dentelles qu'elle ne gagnerait à vendre ces productions en nature » !

Le Mercier de La Rivière, comme d'autres physiocrates, proposait donc que ne subsistât qu'un seul impôt direct, assis sur le revenu *net* des terres, une fois prélevées toutes les « avances », salaires, frais, etc. Malgré les précautions qu'il prend, en précisant par exemple que le revenu de ceux qui travaillent la terre ne doit en aucun cas être inférieur à celui de ceux qui sont employés à d'autres métiers, il y avait là de quoi inquiéter beaucoup de monde. Et Voltaire ne manqua pas d'apercevoir à quel point il était facile de tourner en ridicule un système qui revenait à supprimer toute taxation frappant non seulement les bénéfices des manufacturiers et des commerçants, mais, pis encore, les profits des traitants et des sous-traitants.

Certes, il néglige, ce faisant, une idée sous-jacente à la pensée des physiocrates, à savoir que, pour compenser l'impôt exclusif frappant le revenu net des terres, il existerait une sorte de double cours des denrées selon leur origine : les produits de la terre devraient être vendus « à bon prix », c'est-à-dire à un prix élevé permettant de rémunérer convenablement les agriculteurs et de les inciter à investir, tandis que les produits transformés seraient vendus à bon marché, en faisant jouer au maximum la concurrence intérieure et extérieure. Mais comme cette idée n'est pas clairement exprimée dans *L'Ordre essentiel et naturel des sociétés politiques*, on ne peut reprocher à Voltaire de n'avoir vu que l'autre aspect de l'ouvrage, à savoir la proposition de remplacer tous les impôts existants par un impôt unique frappant le revenu net des terres, qui, à en juger par quelques exemples proposés par La Rivière, aurait atteint 50 %, de la matière imposée.

L'idée toute simple qui donne naissance au conte de *L'Homme aux quarante écus* est d'imaginer que les économistes sont au pouvoir et appliquent leur programme en édictant cet impôt. L'autre idée — l'autre trait de génie — est de faire vivre la situation en résultant par un Jacques Bonhomme typique, dont le revenu net annuel, quarante écus, soit cent vingt francs, est précisément égal à la moyenne statistique du revenu individuel calculé en divisant le revenu national par le nombre d'habitants.

Cette donnée statistique amène à son tour la création d'un personnage de « géomètre », philosophe polyvalent à la façon de d'Alembert. Ce nouveau masque permet à Voltaire de se faire tour

à tour professeur de démographie, d'économie politique, de biologie et *de omni re scibili.*

Les autres leçons, plus concrètes, sont apportées à l'occasion de différentes rencontres que fait l'Homme aux quarante écus, rencontre d'un financier, d'un carme, du contrôleur général. Pour faire bonne mesure, Voltaire joint encore à son récit des digressions en forme de dissertations, dialoguées ou non, sur la formation des montagnes, sur les impôts payés au pape, sur la proportion des délits et des peines, sur la vérole, etc.

C'est dire que ce nouveau « pot-pourri » est une sorte de *vade-mecum* de la pensée voltairienne, où les contemporains ne manquèrent pas de relever des redites, sinon quelque rabâchage[1]. Il eut pourtant du succès, plus que l'ouvrage de Le Mercier de La Rivière : dix éditions en un an, une condamnation du Parlement dès le 24 septembre 1768, et la mise à l'Index par la cour de Rome le 29 novembre 1771. Inutile de dire que ce ne furent pas les thèses économiques de Voltaire qui lui valurent ces condamnations.

Notes

Page 109.

1. Réminiscence de Boileau, *Art poétique*, III, v. 386 et suiv. : « *La Vieillesse chagrine / [...] / Toujours plaint le présent et vante le passé.* »

2. Sur ce point, Voltaire rejoint la pensée des physiocrates.

3. Historiquement, ceci n'est qu'une pétition de principe. Un historien comme Pierre Chaunu, dans *La Civilisation de l'Europe des lumières* (Arthaud, 1971, p. 29), estime que, si l'on admet que les neuf dixièmes des travailleurs étaient occupés à la terre au XVII[e] siècle, et qu'un dixième de ceux-ci ont été libérés par le progrès des techniques, ce doublement des individus pouvant désormais se consacrer « à l'industrie, au commerce, à l'administration, au commandement, mieux encore, à la réflexion » représente un gain d'autant « plus substantiel que les autres secteurs prolongent l'effet ».

Page 110.

4. Voltaire retrouve à peu près ici les idées de Fénelon, tandis qu'il s'éloigne des siennes propres sur le luxe, telles qu'il les a exprimées par exemple dans *Le Mondain*. Quant aux remarques sur la « négligence » des Français, elles s'inspirent d'une sorte de néo-colbertisme.

1. « Cela devient fastidieux jusqu'à la nausée », remarquent les *Mémoires secrets* de Bachaumont à la date du 21 février 1768.

5. Allusion aux intrigues de Philippe II du temps de la Ligue.

6. *Trigaud*, « qui n'est pas franc, qui use de détours » (*Dictionnaire général*).

Page 111.

7. « M. Le Franc de Pompignan, dans un Mémoire qu'il dit avoir présenté au roi en 1760, s'explique ainsi, p. 17 : *Il faut que tout l'univers sache...* » (note de Voltaire dans *Le Russe à Paris*).

8. Les édits sont ceux que les « nouveaux ministres » (voir plus loin) désormais au pouvoir, dans la fiction voltairienne, sont censés avoir promulgués. La formule en italique n'est pas une citation exacte de *L'Ordre naturel et essentiel des sociétés politiques* de Le Mercier de La Rivière ; mais on ne peut pas dire qu'elle déforme la pensée de l'auteur, ainsi qu'on l'a vu dans la notice.

9. Soit 50 % de son revenu net : voir la notice.

Page 112.

10. Le procédé de Voltaire apparaît déjà en pleine lumière. Au lieu de discuter l'argumentation de La Rivière, et notamment l'insoutenable négation de la « valeur ajoutée », il en montre l'absurdité par un exemple concret.

Page 113.

11. Les éditeurs de Kehl, favorables aux physiocrates, tentent d'appuyer l'argumentation de Le Mercier de La Rivière en la développant et en la simplifiant. Ils expliquent par exemple que si la taxe de 20 % sur les rentes est supprimée, faisant ainsi passer le revenu net de l'argent de 4 % (5 % moins 1 %) à 5 %, cet avantage ne durera pas, la concurrence faisant que l'intérêt de l'argent placé baissera également de 20 %. De même la suppression des taxes à l'exportation fera baisser le prix de vente, ce qui entraîne le retour du profit des négociants au niveau antérieur. On voit que le système fait la part belle à la concurrence. Il ne tient pas compte de la possibilité d'ententes visant à empêcher celle-ci de jouer pleinement. Du reste, la période transitoire serait très favorable, ainsi que le reconnaissent les économistes, à tous ceux qui bénéficieraient de ces détaxes.

Page 114.

12. Le mot de *charlatanerie* n'est pas très heureux, comme le relèvent encore les éditeurs de Kehl. Il y a lieu, disent-ils, de distinguer « la mesure de l'étendue abstraite », qui « est l'objet de la géométrie », et celle des choses existantes, qui « en est l'application ».

13. Les éditeurs de Kehl identifient ce géomètre comme Antoine Deparcieux, qui avait publié en 1741 un *Essai sur la probabilité de la vie humaine* et différents mémoires sur le projet d'amener à Paris l'eau de l'Yvette.

Page 115.

14. Il s'agit des *Recherches sur la population des généralités d'Auvergne, de Lyon, de Rouen et de quelques provinces et villes du Royaume* (Paris, 1766), que Voltaire réclamait à Damilaville par une lettre du 2 novembre 1767 pour réunir la documentation nécessaire à son projet.

Page 117.

15. Statistiquement, ce chiffre est à peu près exact. Mais il faut tenir compte de la très lourde mortalité infantile. Dès qu'un individu atteignait trois ou quatre ans, ses chances de vie augmentaient très sensiblement. On estime que du début à la fin du XVIIIᵉ siècle, le niveau moyen de vie en Europe s'est accru de dix ans; cf. P. Chaunu, *La Civilisation de l'Europe des Lumières*, p. 33.

Page 118.

16. Ainsi que Deparcieux l'avait demandé, mais aussi Voltaire avant lui dans la XIᵉ *Lettre philosophique*.

Page 119.

17. Les éditeurs de Kehl disent que les physiocrates ne prétendent pas que la puissance législatrice ait le droit de prendre la moitié du bien des particuliers; c'est exact, mais, comme on l'a dit dans la notice, Le Mercier de La Rivière fait ordinairement ses calculs sur cette base.

Page 120.

18. Sur la faillite du père La Valette, voir le *Pot-pourri*, chap. VIII.

19. Patouillet et Nonnotte sont les têtes de Turc habituelles de Voltaire; Patouillet (1699-1770) avait eu des démêlés avec le Parlement en tant que directeur du *Supplément des Nouvelles ecclésiastiques*; Voltaire le soupçonnait d'avoir contribué au mandement de l'évêque d'Auch, Montillet, contre lui en 1764.

Page 121.

20. Voltaire ne prend pas garde qu'il contredit ce qu'il a dit plus haut, p. 118 : « Cinq ou six misères ensemble font un établissement très tolérable... »

Page 123.

21. Le porte-parole de Voltaire aperçoit ici le paradoxe qui a été signalé dans la notice. C'est à cette difficulté que répond le principe de la « taxe sur la valeur ajoutée » en vigueur en Europe.

Page 124.

22. C'est une objection sérieuse à la théorie du « bon prix » pour les matières agricoles prônée par La Rivière. Les économistes auraient pu

répondre par le projet d'imposer une taxe à l'entrée des produits agricoles étrangers, s'ils n'avaient pas répugné par principe à toute espèce de taxation indirecte.

23. Pour les économistes, le problème des « publicains » ne se posait plus : ils disparaîtraient, remplacés par des fonctionnaires étroitement surveillés, chargés d'établir et de lever les impôts. Pour les « commerçants et manufacturiers », les éditeurs de Kehl répondent que « leur profit resterait le même, parce qu'ils vendraient meilleur marché, ou achèteraient plus cher les matières premières. Ce ne sont point eux qui paient ces impôts, ce sont ceux qui achètent d'eux ou qui leur vendent. » Même raisonnement si on les délivre d'un « impôt personnel » : la concurrence les obligera à diminuer leur bénéfice.

Page 125.

24. *Encaquer* (de *caque,* baril où l'on entasse les harengs salés) signifie « entasser ». Le *Dictionnaire général* cite un exemple de Sully.

Page 126.

25. Les éditeurs de Kehl relèvent encore ce passage en accusant de routine les « républiques » telles que l'Angleterre (leur préférence va au despotisme éclairé) et en ajoutant que la réforme des physiocrates ne se ferait que progressivement avec toutes sortes de précautions. Mais précisément, ces précautions et ces lenteurs sont en contradiction avec les « évidences » et les « nécessités » proclamées à toutes les pages de *L'Ordre naturel et essentiel des sociétés politiques.*

Page 127.

26. Les droits de *lods et ventes* étaient dus à un suzerain qui autorisait l'aliénation d'un fief.

27. On a ici un exemple de la simplification caricaturale à laquelle Le Mercier de la Rivière prête d'ailleurs le flanc. Chez lui, l'idée de *copropriété* entre le souverain et le propriétaire reste théorique et indivise, et le prélèvement ne porte que sur le revenu annuel net. Voltaire en tire l'idée d'un partage par moitié, comme dans le cas d'un partage d'héritage sur une base d'usufruit.

Page 128.

28. C'est précisément contre la multiplication des impôts vexatoires et onéreux que s'élève La Rivière. — Les « soixante généraux » sont les fermiers généraux.

29. Le premier vers est tiré d'Horace, *Épîtres,* I, 2, v. 16 (« On fait des fautes aussi bien à l'intérieur d'Ilion qu'à l'extérieur ») ; *Est modus in rebus* (« Il faut de la mesure en toute chose ») vient encore d'Horace, *Satires,* I, 1, vers 106 ; enfin, *caveas ne quid quid nimis* (« Rien de trop, prends-y garde ») est une citation de Phèdre, *Fables,* II, 5.

Page 130.

30. Sur cet exemple frappant, Voltaire dénonce le parti pris des économistes de ne faire payer aucun impôt à la propriété bâtie. Ici encore, La Rivière prétend que le loyer « n'étant pas créateur d'une richesse nouvelle » ne « doit plus rien à l'impôt ». Les éditeurs de Kehl soutiennent son point de vue en affirmant que si l'on supprime ces impôts sur la propriété bâtie, les revenus baisseront d'autant du fait de la concurrence.

31. Souvenir de *Candide* : « Le derviche, à ces mots, leur ferma la porte au nez » (chap. XXX).

32. L'hôtel des mousquetaires gris (de la couleur de leurs chevaux) était situé entre les actuelles rues de Beaune, du Bac, de Verneuil et de Lille (qui était alors la rue de Bourbon).

33. Ce passage est significatif de l'anticléricalisme qui régnait parmi les militaires sous l'Ancien Régime.

Page 131.

34. Cette scène est très comparable à une scène de la Première feuille du *Spectateur Français* (*Journaux,* éd. Classiques Garnier, p. 115) de Marivaux, mais le propos de ce dernier reste purement moral, tandis que Voltaire donne au sien un caractère social, et même personnel ; voir la note suivante.

Page 132.

35. Voltaire semble déjà songer à l'entreprise qui l'occupera bientôt, à savoir libérer du servage les paysans du Mont-Jura dépendant des chanoines de Saint-Claude.

36. Adaptation du texte de saint Matthieu, XXV, 21 et 23 : *Euge, serve bone et fidelis, quia super pauca fuisti fidelis, super multa te constituam.* Traduction du texte de Voltaire : « Bravo, puisque tu as été contrôleur bon et fidèle à propos de petites choses, je t'instituerai fermier général. »

37. Il s'agit des « donneurs d'avis », qui, si leur idée était retenue, recevaient une gratification ou même une participation dans les profits.

Page 133.

38. Le Mercier de La Rivière.

Page 134.

39. Ouvrage de Jean-Baptiste Navau, paru en 1757 en 2 vol.

40. C'est en effet Courtilz de Sandras qui publia ce testament apocryphe de Colbert (La Haye, 1693).

41. C'est Voltaire qui se trompe ; le *Projet de dîme royale* (1707) est bien de Vauban. Ce qui est vrai, c'est que, la même année 1707,

Boisguillebert avait fait réimprimer son *Détail de la France*, paru de 1691 à 1699, sous le titre de *Testament politique de M. de Vauban*.

42. Depuis qu'il avait eu connaissance du *Testament du cardinal de Richelieu*, paru pour la première fois en 1687, Voltaire bataillait contre la thèse de l'authenticité et attribuait l'ouvrage à Bourzéis ; cette attribution reste discutée aujourd'hui.

43. Le *Testament politique du cardinal Alberoni*, paru en 1753, est de Duret de Morsan, un protégé de Voltaire, et Maubert de Gouvest. Quant au *Testament politique du cardinal de Belle-Isle* (1761), on l'attribue à Chevrier.

Page 135.

44. Les éditeurs de Kehl pensent qu'il s'agit de Duhamel de Monceau ; d'autres de Thomé, qui avait publié des *Mémoires sur la pratique du semoir*. Ce qui est certain, c'est que le 22 avril 1774 Voltaire écrivit à un certain Rosset, auteur d'un poème intitulé *Géorgiques françaises*, en s'étonnant qu'il ait adopté « la méthode de M. Tull, anglais, de semer par planches » ; méthode selon lui « détestable, du moins dans le climat qu'[il] habite ». On voit que le passage a encore un caractère très personnel.

45. En fait, Antoine Boudet, le libraire qui publiait le *Journal économique*.

Page 136.

46. Au *Quart Livre* de Rabelais.

47. Triptolème, fils de Coleus, roi d'Éleusis, avait été élevé par Cérès. Ayant appris d'elle l'art de l'agriculture, il vint l'enseigner aux Grecs, et spécialement aux Athéniens, qui se gouvernèrent un moment en suivant ses lois.

Page 137.

48. Allusion au célèbre ouvrage de Benoît de Maillet (*Telliamed* est l'anagramme de *De Maillet*), *Telliamed ou Entretiens d'un philosophe indien avec un missionnaire français* (1748). Comme les thèses de Needham sur la génération spontanée, celles de Maillet irritent Voltaire parce qu'il y voit un transformisme qui remet en cause le fixisme auquel il est attaché, et d'après lequel le monde a été créé une fois pour toutes par une intelligence suprême. Dans *Les Singularités de la nature*, il reviendra longuement sur les hypothèses de Maillet concernant la géologie (les montagnes formées par des dépôts marins) et la zoologie (tout le règne animal aurait commencé dans les mers).

Page 138.

49. Voltaire mentionne encore ces *glossopètres* dans *Les Singularités de la nature*, chap. VII.

50. Voir encore *ibid.*

51. La coquille portée au chapeau était l'emblème des pèlerins.

Page 139.

52. Les « anguilles » de Needham ; voir *Les Singularités de la nature*, chap. XX, où Voltaire fait aussi état de l'ouvrage de Spallanzani, *Nouvelles recherches sur les animaux microscopiques*.

53. Faccio de Duiller, célèbre géomètre d'origine italienne (1664-1753), fit des découvertes dans de nombreux domaines des sciences appliquées, avant d'abandonner, vers quarante ans, les sciences exactes pour l'alchimie et la cabale.

54. Allusion à diverses théories sur la matière, notamment celles de Descartes et Leibniz.

Page 140.

55. Voltaire retrouve ici son vieil ennemi Maupertuis, qu'il appelle ainsi parce qu'il avait ramené deux Lapons (ou Laponnes ?) de son grand voyage destiné à mesurer le méridien terrestre.

56. Dans *l'Histoire du docteur Akakia*, Voltaire disait de Maupertuis : « Il espère qu'un peu plus de chaleur et d'*exaltation* dans l'imagination pourra servir à montrer l'avenir, comme la mémoire montre le passé. »

57. Le *globe terraqué* est le globe terrestre. Voltaire revient sans cesse sur ces diverses expériences proposées par Maupertuis.

Page 141.

58. Encore une des « scies » de Voltaire à l'époque.

59. *De sancto matrimonii sacramento* (1602), du jésuite Sanchez, dont Pascal se moque souvent dans les *Provinciales*.

60. Traduction : « Si la Vierge Marie a émis de la semence dans la copulation avec le Saint Esprit. »

Page 142.

61. À Thiériot qui s'étonnait qu'il ait fait de Harvey un « oviste », Voltaire répondait le 15 septembre 1768 : « Il est vrai qu'il [Harvey] y croyait [au système des œufs] ; et même il y croyait si bien qu'il avait pris pour sa devise ces mots : *Tout vient d'un œuf.* »

62. Voltaire a consacré un chapitre entier du *Philosophe ignorant* au thème « Nature partout la même ». La formule *natura est sibi semper consona* est de Newton.

Page 143.

63. Leuwenhoek (1632-1723), qui établit l'existence des spermato-zoïdes, et Hartsoeker (1656-1725), qui les étudia à l'aide de microscopes.

Page 144.

64. Andry de Boisregard (1658-1742), doyen de la Faculté de médecine de Paris, qui écrivit divers ouvrages sur les vers intestinaux.

65. L'onanisme.

66. Maupertuis, dont la *Vénus physique* parut en 1745.

Page 146.

67. C'est le fameux *si le grain ne meurt* de saint Paul, I Corinthiens, XV, 36 : « Insensé, ce que tu sèmes ne reprend pas vie, s'il ne meurt auparavant. »

Page 148.

68. L'édition de Kehl porte ici la note suivante : « Les jésuites n'auraient point été à plaindre, si on eût doublé cette pension de 400 livres en faveur de ceux qui auraient eu des infirmités, ou plus de soixante ans [...]. Mais la haine des jansénistes pour les jésuites, le préjugé qu'ils pouvaient être à craindre [...] ont empêché de remplir à leur égard ce qu'eussent exigé la justice et l'humanité. »

Page 150.

69. Voltaire, à son habitude, calcule mal : deux fois quatre-vingt-dix mille font cent quatre-vingt mille...

70. Les éditeurs de Kehl s'inscrivent en faux contre cette proposition : « C'est une erreur. Le nombre des hommes dépend essentiellement de la quantité des subsistances. »

Page 152.

71. *L'Ami des hommes, ou Traité de la population,* du marquis de Mirabeau.

Page 153.

72. L'édition du père Sanadon de l'*Épître aux Pisons*, d'Horace (1728), vers 101, donne en effet *adsunt* au lieu de *adflent*, que porte par exemple l'édition Dacier. Mais la leçon de Sanadon est parfaitement soutenable : c'est même celle qui est généralement adoptée de nos jours. Traduction : « De même qu'ils rient avec ceux qui rient, les visages humains se joignent à ceux qui pleurent. »

73. Sur l'annate, voir le *Pot-pourri*, chap. XIII.

Page 155.

74. Voltaire lui-même, à l'article « Lois civiles et ecclésiastiques » du *Dictionnaire philosophique* (1764), ainsi que dans son *Commentaire sur le livre des délits et des peines* de Beccaria (1766), qu'on trouvera dans Folio à la suite de *L'Affaire Calas.*

75. Allusion à l'affaire La Barre. Voir la notice de *L'Ingénu*.

76. Frédéric II, qui finit par prendre à son service d'Étallonde, et qui écrivait à Voltaire le 7 août 1766 qu'il aurait, pour sa part, obligé les deux coupables du sacrilège « à [se] présenter quinze jours consécutifs sans chapeau à l'église ».

Page 156.

77. L'abbé Guyon, ancien collaborateur de Desfontaines, s'était attiré la haine de Voltaire par son *Oracle des nouveaux philosophes* (Berne, 1759-1760).

78. Sur Coger, voir *La Princesse de Babylone*, chap. XI.

79. La Beaumelle était devenu protestant. Voltaire l'avait fait chasser de Berlin. La Beaumelle se vengea par des *Notes sur le Siècle de Louis XIV* (1753) et surtout par une édition commentée de *La Henriade* (2 vol., Berlin, 1775), où il jugea Voltaire avec la même suffisance que celui-ci avait jugé Corneille.

80. Sur cette polémique, voir *La Princesse de Babylone*, chap. XI. Voltaire ne pardonnait pas à Larcher d'avoir relevé les erreurs commises par lui dans *La Philosophie de l'histoire*, et de publier ses observations dans le *Supplément à la philosophie de l'histoire*.

81. *Narcisse ou l'Amant de lui-même*, joué et sifflé le 18 décembre 1752.

82. Dans la *Lettre à d'Alembert sur les spectacles*.

83. On reconnaît le sujet — simplifié — de *La Nouvelle Héloïse*.

84. Dans l'*Émile*.

Page 157.

85. Malagrida fut brûlé vif à Lisbonne en 1761 avec une soixantaine de jésuites. Garnet et Oldcorn furent exécutés à Londres en 1606, après la conspiration des poudres ; Guignard fut brûlé et Guéret banni après l'attentat contre Henri IV (1594).

86. Il est difficile de croire que Voltaire juge Le Tellier, confesseur de Louis XIV, digne du bûcher pour s'être opposé aux jansénistes en se prononçant pour la destruction de Port-Royal et pour l'acceptation de la bulle *Unigenitus*. Ce que le philosophe lui reproche est apparemment d'avoir eu part à la révocation de l'édit de Nantes.

Page 158.

87. Joseph-Michel-Antoine Servan, *Discours sur l'administration de la justice criminelle* (1767).

Page 160.

88. Ce mot de *Welche* (qu'il écrit *Velche*) est fréquent sous la plume de Voltaire depuis qu'il a écrit son *Discours aux Velches* (1764). Il est emprunté par lui à l'allemand, où il désigne les Français avec une nuance de mépris.

89. Sur les livres impies vendus par Marc-Michel Rey, voir *La Princesse de Babylone*, chap. VII.

Page 161.

90. Voltaire pense peut-être à Ferney, où une petite garnison avait été mise en août 1767.

91. C'est-à-dire de la dernière levée ou conscription.

92. Un *frater* est un garçon chirurgien.

Page 162.

93. À la demande de la cour des Aides, le contrôleur général Orry avait, vers 1730, établi des cours souveraines en province, dont une à Valence qui subsistait à l'époque où Voltaire écrivait.

94. Voir chap. IV. On observera qu'en l'occurrence ce ne sont pas les Allemands qui eurent la main lourde (l'Allemand était le malade), mais les Hollandais qui le soignaient.

Page 164.

95. Voir l'*Essai sur les mœurs,* chap. LXXII, « Concile de Constance ».

Page 165.

96. En assassinant le roi.

97. Le 6 mars 1496 « vieux style », comme le remarque Voltaire lui-même à l'article « Lèpre et vérole » des *Questions sur l'Encyclopédie.*

98. Chap. IV.

Page 166.

99. Voltaire appelle ainsi le sultan Melik-el-Salah.

100. Allusion à l'ouvrage de Rollin (*Linro,* par anagramme, dans *Le Taureau blanc*), *Traité des études, ou de la manière d'enseigner les belles-lettres par rapport à l'esprit et au cœur* (1726-1728).

101. Maupertuis faisait du *corps calleux* la résidence de l'âme ; sur le séjour de saint Pierre à Rome, voir p. 317.

Page 167.

102. Sur Coger, voir p. 156, n. 78.

103. Autrement dit Marc-Aurèle. On songe au *Bélisaire* de Marmontel, mais le thème du sage païen, notamment Julien l'Apostat, est de toute façon très fréquent chez Voltaire.

Page 168.

104. Variétés d'hérétiques : les carpocratiens tentaient une synthèse du paganisme et du christianisme ; les aloges rejetaient la doctrine du verbe (*logos*).

105. Les billets de confession, voir *Candide*, chap. XXII.

106. Dans la lutte qui opposait à Genève les partisans du Petit Conseil, organe d'un gouvernement de type aristocratique, et les partisans d'un gouvernement de type populaire, les premiers, favorables au droit de *veto* du Petit Conseil à l'égard des élus populaires, avaient reçu le nom de *négatifs*.

Page 169.

107. Les jansénistes et les jésuites.

Page 170.

108. Le *Dictionnaire antiphilosophique pour servir de commentaire et de correctif au Dictionnaire philosophique*, de l'abbé Mayeul-Chaudon, auteur d'un utile *Dictionnaire historique*. D'après les éditeurs de Kehl, Voltaire s'en prendrait ici au jésuite Paulian.

109. Dans la première édition du *Dictionnaire antiphilosophique*, on trouve à la fin une « Lettre du R. P. Routh, jésuite, à Mgr Gualterio, nonce de Sa Sainteté à Paris », relative aux derniers moments de Montesquieu. Selon les éditeurs de Kehl, « il n'est pas rigoureusement vrai que Rout ait été chassé de la chambre de Montesquieu mourant ». On trouvera un extrait de la lettre de Routh dans la *Biographie universelle* de Feller. La phrase qu'il prête à Montesquieu, « J'ai toujours respecté la religion ; la morale de l'Évangile est le plus beau présent que Dieu pût faire aux hommes », est à tout le moins plausible.

Page 171.

110. Litanie habituelle des ecclésiastiques considérés par Voltaire comme ennemis de la tolérance : le célèbre père Garasse ; Guignard (voir note 85) ; Jean Boucher, curé de Saint-Benoît, auteur de *De justa Henrici III abdicatione* (1589), que Voltaire dit « séditieux, emporté jusqu'à la démence » ; Aubry, curé de Saint-André-des-Arcs, « le plus furieux des ligueurs » ; Jean Guincestre ou Wincestre, curé de Saint-Gervais, partisan de la Ligue.

111. En 1624, le parlement de Paris avait condamné deux alchimistes qui mettaient en doute certaines propositions d'Aristote.

112. Allusion à la « roue de la Fortune », qui, dans les fêtes des Flandres, représente encore de nos jours les personnages figurant les différents états (laboureur, prêtre, officier...) alternativement au faîte et en bas, suivant le tour que la roue, solidaire du mouvement des roues de la voiture, accomplit dans un plan incliné.

113. On a ici une esquisse du voyage de la Raison ; voir l'*Éloge historique de la Raison*, p. 277.

114. La Congrégation de l'Index, fondée en 1563.

Page 172.

115. Thomas Gordon, écrivain politique né en Irlande (1684-1750), auteur des *Lettres de Caton* (1739) et de *Discours politiques* traduits en français par Daudé.

116. Trenchard (1669-1723), collaborateur de Gordon ; on lui attribue une *Histoire naturelle de la superstition* (1709), traduite en français par d'Holbach (1767).

117. Shaftesbury, né en 1675, élève de Locke, déiste antichrétien notoire.

118. Dans une lettre à Damilaville du 19 juin 1763, Voltaire évoquait déjà la « guerre » entre « les renards et les loups », c'est-à-dire les jésuites et les jansénistes.

119. Allusion à la liquéfaction du sang de saint Janvier, à laquelle Voltaire fait allusion dans l'*Essai sur les mœurs*, chap. CLXXXIII.

120. Dans le *Précis du siècle de Louis XV*, chap. XXXIX, Voltaire précise que la cour de Naples paie au pape « le tribut du vassal, qui consiste en sept mille écus pendus au cou d'une haquenée ».

Page 173.

121. Isaac Pinto (1717-1787), d'origine portugaise, consacra son immense fortune à des œuvres de bienfaisance.

122. Dmitri III, prince Galitzin, était l'ambassadeur de Russie en France depuis 1763 ; voir la notice.

123. Dans une note de *La Guerre civile de Genève*, Voltaire prétend que Rotalier est un « ex-jésuite nommé Prost, impliqué dans la sainte banqueroute du frère La Valette ».

124. Lettre 122, où on lit notamment : « Comment le monde est-il si peu peuplé en comparaison de ce qu'il était autrefois ? », etc.

125. Montesquieu s'appuie probablement sur Vossius qui, dans son *Variorum observationum liber*, soutient que l'Europe n'a plus que trente millions d'habitants et la France cinq millions. Voir aussi *l'Esprit des Lois*, chap. XXIII.

126. Denis Pétau (1583-1652), historien et théologien ; dans son *Uranologia*, il cherche à éclairer les premiers temps de l'humanité, et s'intéresse spécialement aux problèmes de chronologie.

Page 174.

127. Étienne de Silhouette (1709-1767), contrôleur général en 1759.

Page 175.

128. Vers de *Charlot*, comédie de Voltaire, acte I, sc. 7.

Page 176.

129. Voltaire confond ici avec John Home, qui vivait au XVIIᵉ siècle, Henry Home, auteur dramatique, né en 1724, qui fit représenter en

1750 la tragédie de *Douglas*. Dans cette note, il reprend des idées développées longuement dans un opuscule inséré dans les *Contes de Guillaume Vadé* sous le titre *Du théâtre anglais*.

130. Sévérité bien excusable, si l'on songe que Denina, historien et littérateur piémontais (1731-1813), avait eu l'audace de critiquer Voltaire dans son *Discours sur les vicissitudes de l'histoire* (1760) !

Page 177.

131. Inutile d'insister sur ce nouvel éloge de la politique de Catherine par rapport à la Pologne démembrée.

Page 178.

132. L'une des raisons de ce moindre succès de l'*Histoire de l'empire de Russie sous Pierre le Grand* par rapport à l'*Histoire de Charles XII*, dont s'étonne Voltaire, est tout simplement qu'on n'avait pas manqué de sentir qu'il s'agissait cette fois d'une œuvre de commande destinée à figurer dans la campagne de propagande en faveur de Catherine II, dont Voltaire était le coryphée.

LES LETTRES D'AMABED

Notice

La Princesse de Babylone est un voyage « philosophique » dans le monde contemporain, sous un travestissement oriental et merveilleux. *Les Lettres d'Amabed* commencent presque dans la même contrée : Goa n'est pas si loin, tout compte fait, de l'embouchure du Gange. Mais là s'arrête la ressemblance. Ce dernier roman n'utilise aucun travestissement. C'est, en un sens, une sorte de roman historique, basé sur une documentation fort étendue, utilisée peut-être avec un peu moins de désinvolture que Voltaire n'a accoutumé de le faire. Toute étude un peu sérieuse du roman doit préciser d'abord en quoi consistent ces lectures qui fournissent la matière du conte ; on verra ensuite à quelle occasion la substance livresque est devenue substance narrative, et on se demandera comment, dans ce processus, la réalité historique a été traitée. Il restera à voir ce que les contemporains ont pensé du roman, et si leur opinion doit être pleinement confirmée.

Les matériaux

À l'examen attentif, *Les Lettres d'Amabed* apparaissent comme un vaste travail de marqueterie ; il n'est presque aucun détail, si menu soit-

il, dont on ne trouverait la source dans les innombrables ouvrages que Voltaire a lus à l'époque, et dont on peut reconstituer la liste soit parce qu'il les cite lui-même dans sa correspondance, dans ses écrits sur l'Inde ou dans l'*Essai sur les mœurs*, soit parce qu'ils figuraient, avec des annotations de sa main, dans la bibliothèque de Ferney.

La forme épistolaire, d'abord, doit beaucoup aux *Lettres persanes*, mais la ressemblance va plus loin. Comme dans l'ouvrage de Montesquieu, les personnages du conte de Voltaire sont des Orientaux qui découvrent les étranges mœurs des Occidentaux. Certains portraits — celui du pape, par exemple, « magicien » autrefois « redoutable aux princes mêmes » —, des réflexions sur les dogmes, les sacrements, l'usage de l'alcool, etc., témoignent de souvenirs précis des *Lettres persanes*.

Mais l'Inde n'est pas la Perse. Voltaire s'est renseigné sur ce pays plus sérieusement encore qu'il ne l'avait fait pour *La Princesse de Babylone*. Le nom d'Amabed s'inspire de celui de Mabed, qui figure dans les *Anciennes relations des Indes et de la Chine* d'Eusèbe Renaudot ; Voltaire le développe par l'emploi de l'article indien *a*, dont il parle dans une lettre à Chabanon du 25 décembre 1767 ; *Adaté* rappelle *Odité* de l'*Ezour Veidam* ; *Shastasid* est formé sur Shasta, que Voltaire trouve dans le livre de Holwell, *Interesting historical events relating to the province of Bengal* (3 vol., Londres, 1765-1767). C'est encore à cet ouvrage qu'il emprunte toute l'érudition qu'il déploie dans les deux premières lettres du roman sur l'ancienneté de la civilisation et de la religion indiennes. Il en retiendra aussi quelques images frappantes, ainsi lorsque Adaté compare à l'affreux Mosasor le père Fa tutto qui la viole, ou lorsque est évoquée Drugha, la vertu aux dix bras souvent représentée par les illustrateurs.

D'autres renseignements viennent encore d'auteurs que Voltaire connaissait depuis longtemps, comme Tavernier, qui s'étend sur l'interdiction de tuer des animaux justifiée par la métempsycose. Mais le thème très important de l'Inquisition et de ses méthodes repose sur des lectures toutes fraîches et d'une importance décisive.

C'est, d'abord, la *Relation de l'Inquisition de Goa* (1688). Son auteur, Dellon, un Français, y raconte comment des amoureux jaloux l'ont fait jeter dans les prisons de l'Inquisition de Goa et plaignent hypocritement leur ancien ami. Dellon est interrogé dans une salle d'audience qui, à en juger par la gravure en tête du chap. XIV, fait penser à celle que décrit Adaté. Les conditions matérielles de son emprisonnement ressemblent à celles de la jeune fille. La nourriture est assez bonne ; pour le lieu de détention, c'est d'abord une cellule obscure et basse, puis il est transféré dans une autre blanche et propre. Les inquisiteurs lui font des visites apparemment bienveillantes. Leur indépendance par rapport à l'évêque et au vice-roi est signalée. Après le procès, on embarque Dellon, sinon pour Rome, comme Adaté, du moins pour l'Europe. Ainsi rien, dans

l'histoire authentique de Dellon, ne contredit fondamentalement, sur le plan institutionnel notamment, celle que raconte Voltaire.

Un autre ouvrage, qui ne porte plus sur l'Inde, a pourtant exercé sur Voltaire une influence plus forte encore que le précédent. C'est le *Manuel des inquisiteurs, à l'usage des inquisitions d'Espagne et de Portugal [...] On y a joint une courte histoire de l'établissement de l'Inquisition dans le royaume de Portugal, tirée du latin de Luis a Paramo* (1762). Cet ouvrage de l'abbé Morellet, qui traduit pour une part un ouvrage de 1758, dont la préface signale que l'Inquisition est intervenue à Goa dès le début du XVIᵉ siècle, intéresse d'abord Voltaire dans la mesure où il vise une époque plus ancienne que celle des mésaventures de Dellon. En outre, il ne contient pas seulement un grand nombre de détails de procédure, mais il présente les choses « de l'intérieur », à l'occasion des conseils qu'il donne aux inquisiteurs en leur fournissant les moyens de confondre les accusés par la ruse ou l'intimidation.

« Techniquement », d'abord, Voltaire y apprend tout ce qu'il a besoin de savoir sur la procédure. Le procès commence sans accusateur ni dénonciateur, « par voie d'Inquisition », laquelle a été avertie « par de saints espions ». C'est la « troisième voie » définie par le *Manuel*. Le chef d'accusation, l'apostasie, est le septième des « crimes soumis à la jurisprudence du Saint-Office ». L'interrogatoire se fait de manière simplifiée, sans avocat : c'est ce que recommande le *Manuel*. Que l'Inquisiteur répète trois fois ses questions, qu'il soit en garde contre un évanouissement plus ou moins feint, qu'il fasse transférer l'accusée d'un lieu d'abord sinistre à un autre plus plaisant, et qu'après l'avoir intimidée il use de douceur, qu'il envoie un missionnaire pour la convertir, qu'il lui rende Déra après l'avoir tenue seule, il ne fait que suivre point par point les instructions de son manuel.

La procédure de l'appel est aussi des plus régulières. L'appel à la justice séculière a peu de chances de réussir, les « seigneurs temporels » risquant l'excommunication s'ils entravent « l'exécution des lois contre les hérétiques ». Tant qu'un « Grand Inquisiteur » n'est pas établi en un lieu — et il n'y en avait pas encore à Goa — le recours au pape est normal, pour peu que l'évêque et l'Inquisition n'agissent pas en plein accord. L'accusé doit alors être envoyé à Rome sous bonne escorte, et les pièces de son procès doivent être confiées au capitaine du navire. C'est bien ce qui se passe : « On a remis à l'Espagnol une grosse liasse de papiers... » L'auteur du *Manuel* conseille aux inquisiteurs de ne pas aller eux-mêmes à Rome, et s'il leur arrive d'être « cités en personne à la réquisition des accusés » — ce qui est ici le cas pour Fa tutto —, ils sont avisés de « ne point entrer en cause, et réduire toute la procédure à la discussion des pièces du procès ».

On voit dans le conte que Fa tutto est transféré à Rome pour être jugé. Il pourrait être condamné aux galères, mais le pape fait preuve

d'indulgence à son égard : il n'est pas difficile de penser que Voltaire s'est souvenu ici encore de l'ouvrage de Morellet, et plus précisément d'un épisode raconté dans l'*Histoire de l'établissement de l'Inquisition* traduite du latin de Luis a Paramo. Il s'agit d'un inquisiteur nommé Sahavedra, accusé d'avoir fait condamner des innocents par imposture. Convoqué devant l'archevêque de Tolède, il est renvoyé devant le pape, qui demande qu'il ne soit pas jugé « selon toute la rigueur des lois ». Effectivement, s'il est emprisonné en Espagne et condamné à dix ans de galères, il sera bientôt remis en liberté à la requête de Paul III, qui fait preuve à son égard de la même mansuétude que Léon X à l'égard de Fa tutto.

D'autres récits de caractère historique ont dû contribuer à alimenter l'imagination de Voltaire. Comme nos héros, saint Paul a fait appel du Sanhédrin au tribunal civil. Après avoir comparu devant le gouverneur, il en appelle à César : il est donc transféré à Rome, et fait escale à Malte : ne serait-ce pas la source de l'étrange escale des Indiens, qui y font bizarrement relâche, puisqu'ils viennent de l'Ouest ?

Leur voyage vers l'Europe comporte d'autres particularités que Voltaire a retenues de ses lectures. Ainsi, lorsque dans son second voyage le père Tachard et ses Siamois s'embarquent à Goa sur un vaisseau portugais, ils y trouvent des voyageurs semblables à ceux du conte, religieux, indiens, soldats enrichis. Les descriptions des Hottentots viennent d'un ouvrage de Kolbe, la *Description du Cap* (1719, traduit en français en 1741), que Voltaire cite dans l'*Essai sur les mœurs*. La façon dont les missionnaires, jésuites surtout, convertissent les païens a été dénoncée dans *Le Militaire philosophe*, un ouvrage clandestin de Robert Challe, composé en 1710-1711 et intitulé alors *Difficultés sur la religion proposées au père Malebranche*, rebaptisé, transformé dans le sens de l'athéisme par d'Holbach et Naigeon, et dont Voltaire fait à l'époque un grand éloge auprès de ses amis. C'est dans le second voyage de Tachard, cité plus haut, qu'il trouve les détails de l'accueil fait aux mandarins siamois qui lui serviront pour la réception de ses Indiens. Les Siamois ont, comme eux, la même impression de misère et de pauvreté en arrivant à Civita-Vecchia, et comme eux sont entourés, admirés, transportés dans un carrosse par le secrétaire de la *Propaganda* et un cardinal. Les uns et les autres sont reçus sans retard par le pape avec la même « magnificence ». Enfin, Amabed est bien tenté de rester à Rome, plus agréable que Maduré, comme un mandarin dira à Tachard qu'il voudrait rester en France.

Genèse

Pour que ces sources livresques prennent vie et forme dans l'esprit de Voltaire, il a fallu un événement qui, si curieux que cela paraisse, semble bien avoir été une aventure personnelle.

En juin 1753, le courtisan de Frédéric quitte la Prusse après s'être

brouillé avec le souverain. Passant par Francfort, terre d'Empire, il y est arrêté, avec son secrétaire Collini et sa nièce, Mme (veuve) Denis, qui l'a rejoint, par des agents du roi de Prusse. Ceux-ci, Freytag et son commis Dorn, lui réclament de la part de leur maître un recueil de poésies de Frédéric II qu'il a emporté. Selon Voltaire écrivant au ministre autrichien Ulfeld le 21 juin 1753, Mme Denis aurait subi à cette occasion de mauvais traitements : « Dorn [...] la traîne évanouie dans un grenier de la prison où est enfermé son oncle, met quatre soldats à la porte de cette dame, lui ôte sa femme de chambre et ses laquais, se fait apporter à souper dans sa chambre et y passe seul la nuit, et à l'insolence de vouloir abuser d'elle. » Elle crie, et Dorn renonce à son entreprise. Toujours à en croire Voltaire, Freytag et ses acolytes, non contents de dépouiller les prisonniers de leur or, leur auraient réclamé de fortes sommes pour payer les frais de leur détention.

Les choses finissent par s'arranger tant bien que mal. Voltaire rend les poésies, Frédéric donne ordre de les libérer, et Freytag lui-même ne cherche plus qu'à obtenir le silence de ses victimes. Mais Voltaire, sorti de cette prison, s'en souvient comme d'une « caverne » et résume à d'Argental son odyssée de Potsdam à Strasbourg en disant qu'il est allé « de palais en prison et cabarets ».

On reconnaît aisément les faits de la première partie du conte. Un couple voyageant en pays étranger, avec un domestique, est injustement arrêté. La femme subit les mêmes sévices. Elle est traînée en prison par des soldats, s'évanouit, est privée de sa femme de chambre ; un homme vient dans sa chambre et tente de la violer. L'issue de l'entreprise est seule différente. D'autres circonstances sont les mêmes. La cupidité est le premier mobile de l'emprisonnement ; des recours sont présentés devant les autorités du lieu, et celles-ci se compromettent aussi peu dans un cas que dans l'autre. À Francfort comme à Rome, on essaie de faire taire les victimes en leur assurant qu'il s'agit d'une « facétie » qui ne tire pas à conséquence.

Un autre événement très particulier semble même laisser des traces dans le conte. En ces mois d'été 1753, Voltaire se réjouit que Mme Denis soit enceinte. Il lui demande sans cesse confirmation. En octobre elle fait une fausse couche, et il s'en montre très déçu. D'Alsace où il est en exil il écrit à sa nièce, rentrée à Paris : « Comment réparerons-nous cette perte ? » On comprend pourquoi Adaté, dans sa seconde lettre, déplore l'emprisonnement qui la sépare d'Amabed et qui la privera peut-être de la joie d'avoir des enfants de lui. Pendant le voyage, Amabed fait croire qu'Adaté est enceinte pour préserver son honneur. La récurrence du thème est frappante.

Certes, on ne s'attendait pas à trouver sous les traits du charmant Amabed le corps squelettique et goutteux de Voltaire, ni la corpulente Mme Denis sous ceux de « Charme des yeux ». Pourtant, la correspondance semble appuyer la thèse qu'on vient de présenter.

Le 3 septembre 1753, Voltaire écrit à sa nièce : « J'ai une besogne en tête que vous m'avez conseillée, qui est nécessaire et que je veux faire en forme de lettres. Je tâcherai de rendre la chose sage, agréable, plaisante ; et quoique mesurée je vous promets qu'elle couvrira d'opprobre dans la postérité ceux qui vous ont fait traîner par des soldats. » Dès lors, il réclame à sa nièce des « papiers » que celle-ci hésite à lui communiquer : « Les lettres surtout, voilà ce qui m'est nécessaire. Il faut un ouvrage dans le goût de *Pamela*. »

Le 20 décembre 1753, le projet semble prendre forme : « Je suis actuellement occupé à rédiger, à mettre en ordre les lettres à une certaine Mme Daurade. C'est un manuscrit du XVIᵉ siècle qu'un fureteur m'a confié. On peut faire de ce rogaton un ouvrage dans le goût de *Pamela*, une espèce d'histoire intéressante et suivie qui sera curieuse pour le XIXᵉ siècle. » De quoi s'agit-il donc ?

Certes, on sait depuis peu, grâce aux travaux d'André Magnan[1], que le projet dont parle Voltaire, et qui devait aboutir « après sa mort » à une publication sous les auspices de sa nièce, consistait en une remarquable mystification : reprenant les lettres écrites à Mme Denis, Voltaire les remaniait entièrement, laissant tomber certaines d'entre elles, fondant entre elles certaines autres, modifiant le texte pour donner l'impression qu'il avait dès le début percé à jour les procédés de Frédéric et qu'il n'avait jamais été son courtisan et son adulateur. En même temps, il détruisait les lettres authentiques. Ainsi n'aurait subsisté de l'épisode berlinois que l'image du sage restant auprès du roi de Prusse le temps nécessaire pour composer le manuel du philosophe contraint par la destinée d'avoir affaire au tyran. C'est bien ce que Voltaire avait réalisé quand il annonçait à sa nièce le 9 janvier 1754 qu' « une cinquantaine de lettres » composaient le recueil et que « Cernin », c'est-à-dire Frédéric, « n'y trouvait pas son compte ».

Pourtant, la référence à *Pamela*, un roman épistolaire dans lequel l'héroïne reste enfermée pendant quarante jours en proie au désespoir et à la tentation, suggère aussi autre chose que les lettres dans lesquelles Voltaire décrit d'un œil ironique la vie à la cour de Prusse. Est-il exclu que les épisodes intimes vécus par Voltaire à Francfort, qui ne sont guère exploités dans les prétendues « lettres » à Mme Denis — et pour cause, puisqu'il ne pouvait être alors question de correspondance entre eux — aient été en quelque sorte mis en réserve dans un coin de son imagination pour resservir plus tard ?

Si cette hypothèse est exacte, c'est au moins la situation initiale du roman qui se trouve placée dans un jour nouveau. La formule épistolaire est du même coup toute naturelle. Quant à préciser

1. « Dossier Voltaire en Prusse » (1750-1753), *Studies on Voltaire and the Eighteenth Century*, 244 (1986) ; voir le chap. I, « Une œuvre inconnue de Voltaire : les lettres de Prusse à Mme Denis ».

exactement dans quelles circonstances l'idée en a germé dans l'esprit de Voltaire, il est bien difficile de le faire. Tout au plus peut-on noter quelques étapes indispensables à cette genèse. L'une des premières est, en février 1761, la découverte de l'*Ezour Veidam* prétendu manuscrit antique indien. Un chapitre de l'*Essai sur les mœurs*, écrit à la suite de cette découverte, fait en effet état des inquisiteurs de Goa, ces « missionnaires » portugais qui n'oublient pas leur « premier métier » de malfaiteurs. Un autre pas est fait avec la lecture, en janvier 1762, du *Manuel des inquisiteurs* de Morellet qui excite l'enthousiasme ironique de Voltaire pour « la belle jurisprudence de l'Inquisition », comme il dit dans une lettre à d'Alembert du 10 février 1762. Enfin, la lecture du livre de Holwell en décembre 1767 a été un passage obligé vers la composition du conte. Tout ce qu'on peut dire encore, d'après quelques indices, c'est qu'une bonne partie du travail de composition a dû se placer au printemps et à l'été de 1768. Enfin, comme Mme Gallatin annonce le 28 janvier 1769 que la publication de l'ouvrage est alors proche, la révision a dû prendre place vers décembre 1768 ou janvier 1769.

Les Lettres d'Amabed : histoire et « philosophie »

Avec *Les Lettres d'Amabed*, le conte philosophique voltairien se fait plus historique que de coutume. L'auteur n'exclut pas seulement toute forme de merveilleux, il prétend brosser un tableau de l'Inde et de Rome à une époque bien définie, les années 1512-1513. En outre, loin de présenter ses idées comme un système, il ne les expose que dans la mesure où elles ressortent de l'observation des réalités géographiques, économiques ou historiques.

Ainsi, les richesses de l'Inde, le caractère pacifique de ses habitants, opposé à l'avidité des Européens, expliquent pourquoi les seconds ont poussé leurs conquêtes chez les premiers. Les différences constatées entre les nègres hottentots et les blancs permettent d'inférer que la Bible a tort d'enseigner que tous les hommes ont la même origine : la même idée est fortement soulignée par Robert Challe dans les *Difficultés sur la religion*, mais précisément le fait n'est allégué que pour appuyer la thèse, alors que chez Voltaire c'est la thèse qui procède implicitement du fait. Les prédécesseurs de Léon X ont vécu dans la débauche : comment croire à l'infaillibilité du pape ? On rit à Rome d'une croyance au nom de laquelle on persécute à Goa ; franciscains et dominicains ne sont même pas d'accord sur les dogmes : pourquoi les fidèles devraient-ils croire ? etc.

On comprend dès lors pourquoi ce tableau comporte si peu de traits pittoresques, et tant de détails « économiques » sur les productions naturelles des Indes : ce sont ces ressources qui, assurant aux habitants une vie agréable et facile, les ont rendus pacifiques, même à l'égard des animaux. L'inverse est vrai pour l'Europe, comme en témoigne et le

spectacle misérable du Latium et le festin sanglant chez la princesse de Piombino, etc.

Mais pourquoi situer l'histoire précisément en 1512-1513 ? Les mêmes raisons qui expliquent le parti pris historique de Voltaire rendent compte du choix de l'époque. Il est à la fois attiré et indigné par elle, et cette indignation comme cette admiration qu'il veut faire partager servent les idées qu'il souhaite répandre. Il admire les Portugais, petite nation qui découvre de nouveaux mondes, et s'indigne des atrocités qu'ils commettent ou laissent commettre. Il se plaît à évoquer la Rome où Léon X protège les arts, où fleurissent l'Arioste et Machiavel. La tolérance même que pratique le pape lui permet de dénoncer implicitement la cruauté dont ont fait preuve les juges français dans l'affaire du chevalier de La Barre. Ce qui ne l'empêche pas de réprouver les mœurs de la cour pontificale et les crimes du pape précédent, Alexandre VI. Ce n'est donc pas un hasard s'il place l'action exactement à la charnière des deux pontificats sur lesquels il s'est longuement étendu dans l'*Essai sur les mœurs*. Ce moment représente en effet pour lui un des grands tournants de l'histoire.

Tournant dans l'histoire de l'Église. On est à la veille de la Réforme, que prophétise Amabed : « Il faudra donc qu'il y ait des révolutions dans la religion de l'Europe [...]. Cent coups de bélier n'ont pu ébranler le colosse, un caillou le jettera par terre » (p. 230-231). Or les causes de la Réforme, telles que les présentent l'*Essai sur les mœurs*, chap. CXXVII, « De Léon X et de l'Église », ressortent du tableau qu'il fait ici : ainsi, la vente des billets d'indulgence institutionnalisée par Léon X, notamment pour financer des constructions grandioses, est le « caillou » qui déclenchera la révolte de Luther.

Tournant dans l'histoire des Indes et de l'Occident. C'est aux Indes, vers 1510, date de la prise de Goa, qu'on assiste aux premières guerres clairement économiques. Comme le note avec lucidité Voltaire au chap. CXLI, « Des découvertes des Portugais », de l'*Essai sur les mœurs* : « Les princes avaient jusque-là fait la guerre pour ravir des terres ; on la fit alors pour établir des comptoirs. »

Mais si Voltaire n'invente à proprement parler aucun détail, si même il n'enfreint la vérité historique que dans quelques cas particuliers qui seront signalés en note, cela ne signifie pas qu'il s'interdise de retoucher, d'interpréter les faits dans un sens toujours secrètement négatif. Ainsi, qu'un inquisiteur demande à un accusé s'il a été baptisé, c'est l'usage ; que ce dernier réponde d'une façon équivoque l'est aussi. Mais que cette équivoque soit involontaire et naïve, comme celle dont use Adaté, p. 190, voilà qui met en cause le caractère sacré du baptême chrétien, donc du sacrement et de toute la religion.

C'est plus encore en modifiant le ton des œuvres dont il s'inspire que Voltaire retrouve ses intentions « philosophiques » coutumières. Ainsi, toutes les modalités de l'épisode de l'inquisition de Goa sont empruntés

à Dellon. Mais l'innovation qu'apporte Voltaire — et dont se souviendra Mérimée dans *Une femme est un diable* — change tout. C'est ici une femme jeune et jolie qui est la victime. Mieux, c'est à elle qu'il revient, dans les seules lettres mises sous son nom, de conter ses scabreuses aventures avec une naïveté chargée d'équivoques. Du coup, plus besoin de mentionner les brimades relevées par Dellon et autres. Ici, on ne coupe pas les cheveux des détenus, on ne les chargera pas de fers pour les transporter à Rome : le marquis de Sade est bien loin encore. Voltaire ne mentionne même pas l'ignorance des inquisiteurs, sur laquelle s'étendait Dellon. En est-il plus indulgent ? Tant s'en faut. Fa tutto n'est pas un fanatique ignorant. C'est un Tartuffe qui excelle à exploiter la sottise ou la naïveté de ses victimes. L'absence des brimades, les bonnes conditions matérielles de la détention ne sont pas des circonstances atténuantes, elles aggravent son cas. Certes, il n'est pas un « loup », mais un « renard » ne vaut pas mieux...

Le cas du *converteró* est significatif. Ce n'est pas un simple jeu de mots, ni même une équivoque de Fa tutto pour duper ses confrères. Son hypocrisie va plus loin, puisque c'est de la religion même qu'il se moque. Le zèle des inquisiteurs, discutable certes, mais inspiré par une foi réelle, a tristement dégénéré en papelardise lubrique.

L'attitude de Voltaire à l'égard de la cour de Rome et plus généralement de la religion chrétienne est du même ordre. La barbarie n'est plus à ses yeux un trait essentiel du tableau. Il n'est fait à Rome aucune violence aux jeunes Indiens pour les amener à changer de religion ; à vrai dire le problème ne se pose même plus. Amabed et Adaté ont eu à peine le temps de s'indigner qu'ils en sont à la stupéfaction, puis à la complicité, d'abord résignée, puis active : « Ce monsignor, remarque Amabed, me paraît bien dessalé ; je me forme beaucoup avec lui, et je me sens déjà tout autre » (p. 224).

Si *Les Lettres d'Amabed* vont plus loin, dans l'entreprise antireligieuse de Voltaire, si leur pouvoir corrosif est plus grand à certains égards que celui d'œuvres incontestablement plus fortes, comme *Candide*, c'est que l'auteur ne s'attaque plus seulement au fanatisme et à l'intolérance, qui peuvent accompagner la foi sans en être des accessoires nécessaires, mais détruit subtilement, comme le fait un poison circulant dans les veines, le sens du sacré qui en est l'essence. La religion des brames elle-même s'en trouve disqualifiée. Sans peut-être s'en rendre clairement compte, Voltaire a travaillé pour l'athéisme, lequel sera bientôt son principal sujet d'inquiétude et son adversaire privilégié. Paradoxalement, cette conversion de front qui lui fera écrire l'*Histoire de Jenni* est peut-être inscrite dans la dérision outrée des *Lettres d'Amabed*.

Accueil et jugements contemporains

Voltaire pensait du bien de ses *Lettres d'Amabed* : c'était à ses yeux, comme il l'écrivait à Thieriot le 29 mai 1769, un livre « un peu libre, mais curieux, naïf et intéressant ». Il ajoutait, en revenant encore à *Pamela* dont la pensée ne semble pas l'avoir quitté : « Dans les six tomes de *Pamela* il n'y a rien. Ce n'est qu'une petite fille qui ne veut pas coucher avec son maître à moins qu'il ne l'épouse ; et *Les Lettres d'Amabed* sont le tableau du monde entier, depuis les rives du Gange jusqu'au Vatican. »

Le « vieux malade de Ferney », qui connaissait Thiériot, comptait que ce jugement sur son roman circulerait et s'imposerait. Mais l'époque ne lui était plus favorable. Bachaumont ne parle de ce nouvel ouvrage dans ses *Mémoires secrets*, à la date du 27 juin 1769, que comme d'une « répétition fastidieuse de mille choses qu'on trouve dans vingt ouvrages du même genre de cet auteur ». La *Correspondance littéraire* de Grimm, Diderot et autres, ne fit même pas mention des *Lettres d'Amabed*. On a pourtant l'avis de Diderot, qui, dans une lettre à un destinataire inconnu [1], formule un jugement circonstancié, mais très dur :

« Je sais bien que je vais faire jeter les hauts cris à tous les adorateurs de Voltaire, mais je vous dirai à l'oreille que ce dernier ouvrage est sans goût, sans finesse, sans invention, un rabâchage de toutes les vieilles polissonneries que l'auteur a débitées contre Moïse et Jésus-Christ, les prophètes et les apôtres, l'Église, les papes, les cardinaux, les prêtres et les moines ; nul intérêt, nulle chaleur, nulle vraisemblance, force ordures, une grosse gaieté. Il ne faut comparer cela ni à *Zadig*, ni à *Memnon*, ni à *L'Ingénu*. C'est pourtant Voltaire ; mais c'est la meilleure réparation qu'il pût faire à l'auteur des *Lettres persanes*. Si l'on y reconnaît par-ci par-là l'ongle du lion, c'est l'ongle du lion caduc [...]. Je n'aime pas la religion, mais je ne la hais pas assez pour trouver cela bon. »

Plusieurs des critiques de Diderot, sur le manque de chaleur, d'intérêt, de vraisemblance, sont assez fondées. Celle de « rabâchage » l'est moins, mais ne surprend pas. En effet, l'originalité de Voltaire n'est pas ici dans le fond des choses : elle est dans une forme radicale de critique qui semble même avoir échappé à la plupart des commentateurs modernes. Nous voulons parler notamment de celle qui attaque les idées et les institutions dans leurs racines linguistiques. Le démontage étymologique de mots tels que *converteró*, *prélats*, *cardinaux* a une puissance « implosive » considérable. À cet égard, la fameuse diatribe de Musset au chant IV de *Rolla*,

1. *Œuvres complètes*, éd. Assézat, t. VI, p. 367.

> *Es-tu content, Voltaire, et ton hideux sourire*
> *Voltige-t-il encor sur tes os décharnés ?*

qui du reste ne vise pas spécialement *Amabed*, rend peut-être mieux justice à l'entreprise voltairienne, dont la verve quasi satanique ne manque pas de grandeur.

Notes

Page 179.

1. L'abbé Tamponet, docteur de Sorbonne, avait contribué à faire arrêter la publication de l'*Encyclopédie*. Voltaire lui avait déjà attribué facétieusement les *Questions de Zapata*.

2. Cf. plus loin la pleine lune de l'éléphant, p. 182, le mois du tigre, p. 188, du rhinocéros, p. 208, de la brebis, p. 218 ; Voltaire construit ces noms à partir de la connaissance qu'il a des mois lunaires des Indiens et du fait que les Égyptiens donnent à ces mois des noms d'animaux.

3. Voici quelques indications concernant ces personnages avec les dates permettant de vérifier les synchronismes qu'il établit. Alphonse d'Albuquerque, surnommé le Grand (1453-1515), fit une première expédition en Orient par le cap de Bonne-Espérance, à la suite de laquelle le roi Emmanuel lui confia une escadre de seize vaisseaux, qui partit pour les Indes en 1496. Il assura aux Portugais la plupart de leurs possessions aux Indes, notamment Goa. Babar ou Baber (1483-1530) conquit une grande partie de l'Inde et y fonda la dynastie des Mogols. Ismaël Sophi (1485-1522) rétablit le royaume de Perse. Sélim (1465-1521) succéda à son père après l'avoir détrôné et mis à mort en 1512. Maximilien Ier (1459-1519) fut empereur d'Allemagne à partir de 1493. Louis XII (1455-1515) commença les guerres d'Italie. Jules II fut pape de 1503 à 1513 et s'opposa aux visées françaises. Jeanne la Folle fut reine de Castille de 1504 à 1555, et Emmanuel, dit le Fortuné, régna en Portugal de 1495 à 1521.

Page 180.

4. Cet alinéa, qui n'a rien à voir avec le récit, est destiné à détruire l'idée qu'on avait de l'antiquité relative de la Bible. Il est question des « cinq Kings » dans l'*Essai sur les mœurs*, introduction, alinéa 17, « De la Chine », où ils sont datés de 300 ans avant notre ère ; le Shasta, sur lequel Voltaire se faisait beaucoup d'illusions, puisqu'il lui accorde 4 552 ans, n'est qu'un petit traité philosophique récent, transmis à Holwell par un brame ; le premier Zoroastre (le second vécut sous Darius) aurait, selon Voltaire dans l'*Essai sur les mœurs*, chap. V, « neuf mille ans d'antiquité ». Enfin, dans l'introduction à l'*Essai sur les mœurs*,

alinéa 20, Voltaire dit de « Thaut, le premier Hermès », qu'il vivait « plus de huit cents ans avant le temps où l'on place Moïse ».

5. Tout cet alinéa, dont la matière est empruntée à Holwell, est également destiné à discréditer l'idée qu'on se faisait du caractère exceptionnel de la Bible.

6. Dans l'introduction à l'*Essai sur les mœurs*, alinéa 19, « De l'Égypte », Voltaire tâche de démontrer que la civilisation indienne est antérieure à la civilisation égyptienne : ce qui du même coup rajeunit la civilisation hébraïque, qu'il donne pour dérivée de la précédente.

7. Une fois de plus, Voltaire se trompe dans ses calculs. Holwell compte 4 866 ans depuis que les dogmes ont été réduits en un corps écrit, ce qui donne pour l'année 1513 : 4 866 − 253 = 4 611 ans.

8. Le personnage de Fa tutto est une création complexe ; il semble résulter d'une contamination entre les missionnaires italiens établis à Maduré et les religieux portugais de Goa, qui selon Niecamp, dans son *Histoire de la mission danoise dans les Indes orientales*, étaient « dans un plus grand discrédit » que les autres missionnaires des Indes par « leur conduite irrégulière et leurs mœurs criminelles ».

9. Ces idées sur la langue italienne sont familières à Voltaire. Dans une lettre à Déodati de Tovazzi, du 24 juillet 1761, il veut faire avouer à son correspondant que le fait que tous les mots italiens se terminent par une voyelle est un « vice radical », par opposition à la « prodigieuse variété » des terminaisons françaises.

10. L'ancienne forme *européan(e)* est encore assez fréquente au XVIIIe siècle.

11. Holwell signalait que « certains auteurs » distinguaient « Birmah, signifiant créateur ou création », et Bramah désignant « celui qui a publié le Shasta ».

Page 181.

12. On a vu dans la notice qu'une figure du livre de Holwell représentait ainsi Drugha.

13. La priorité des Chaldéens dans le domaine scientifique est aussi affirmée par Voltaire dans l'introduction à l'*Essai sur les mœurs*, alinéa 10 ; voir aussi *La Princesse de Babylone*.

Page 182.

14. Dans l'introduction à l'*Essai sur les mœurs*, alinéa 48, Voltaire dit que « le faux Énoch que cite saint Jude est reconnu pour être forgé par un Juif. Secondement, ce faux Énoch ne dit pas un mot de la rébellion et de la chute des anges avant la formation de l'homme ».

15. Même idée dans l'introduction à l'*Essai sur les mœurs* ; alinéa 17.

16. Selon Dellon, chap. VI, la secte la plus nombreuse est celle des banians, « qui sont extrêmement adroits, et qui entendent si parfaitement le négoce que tout celui des Indes leur passe par les mains ».

Page 183.

17. Coup de patte à Bossuet, qui, dans son *Histoire universelle*, « oublie dans l'histoire du monde », comme l'écrit Voltaire dans la première remarque de l'*Essai sur les mœurs*, « les mahométans qui ont changé la face de l'Asie, de l'Afrique et de la plus belle partie de l'Europe », « l'Inde dont notre luxe a un si grand besoin », et le « vaste empire de la Chine ».

18. Voltaire relève déjà les contradictions de la Vulgate, du texte samaritain et de la Bible des Septante, sur l'âge de la création du monde dans l'introduction de l'*Essai sur les mœurs*, alinéa 18.

Page 184.

19. Autre thème traité, comme le précédent, dans plusieurs ouvrages de Voltaire, notamment dans l'article « Adam » du *Dictionnaire philosophique* : « J'ai toujours été étonné qu'Adam et Ève [...] Abel, Caïn, Seth, n'aient été connus de personne au monde que de la petite horde juive... »

20. « Dès l'an 1500, on ne put avoir du poivre à Calicut qu'en répandant du sang », dit Voltaire dans l'*Essai sur les mœurs*, chap. CXLI, « Des découvertes des Portugais ».

Page 185.

21. Voltaire néglige ici les raisons religieuses (croyance en la métempsycose notamment) qui explique l'abstinence de viandes : elles relèveraient de la « superstition ». Comme dans l'introduction à *Essai sur les mœurs*, alinéa 17, il préfère insister sur les raisons climatiques ou diététiques (par exemple le fait que, les viandes se corrompant facilement sous ces climats, on préfère les nourritures rafraîchissantes).

Page 186.

22. Idées chères à Voltaire, développées notamment dans l'article « Juifs » du *Dictionnaire philosophique*.

23. Par « les Noé », Voltaire entend sans doute les fils de Japhet, petits-fils de Noé, qui, comme il l'écrit dans la préface de l'*Histoire de l'empire de Russie*, « allèrent vite s'établir à mille lieues les uns des autres, de peur de se donner des secours, et firent, probablement avec leurs sœurs, des millions d'habitants en très peu d'années ».

24. Niecamp, dans son *Histoire de la mission danoise*, signale que, pour convertir les Indiens, les missionnaires étaient fort tolérants sur les cérémonies religieuses locales.

Page 187.

25. C'était effectivement, selon Dellon, chap. VIII, « la plus belle ville de l'Inde ». Paramo vante déjà sa beauté.

Page 188.

26. L'Inquisition de Goa, établie officiellement en 1560, fut abolie en 1814.

27. Dans la prison décrite par Dellon, chap. XI, « les hommes sont en bas et les femmes en haut ».

28. Rien d'invraisemblable dans ce détail. De sa prison, Dellon peut aussi écrire des lettres, et même, non sans difficulté, en recevoir.

Page 189.

29. La description est en gros inspirée de celle de Dellon. Pourtant, alors que le Christ selon Dellon est peint « en relique », Voltaire le présente à la façon du tableau qu'il a acheté pour son église, comme on l'a vu à propos du *Pot-pourri*, chap. V.

30. Il s'agit d'une étole.

Page 190.

31. La question est perfide ; Dellon précise, chap. XXII, que l'Inquisition, « qui punit de mort les chrétiens relaps, ne condamne jamais au dernier supplice ceux qui n'ont pas reçu le baptême ».

32. Le jeu sur ce *converteró* représente le point fort du conte. C'est la naïve Adaté qui, non contente d'en souligner la valeur obscène, la renforce en parlant de « convertir » Amabed. Et, finalement, on en reviendra à la valeur morale du terme quand Amabed et Adaté adhéreront volontairement à la partie carrée du dernier chapitre.

33. L'Inquisition de Goa, selon Dellon, chap. XIII, disposait en effet de ces deux sortes de chambres, les unes « obscures, sans aucune fenêtre », les autres « blanchies, propres et éclairées par une petite fenêtre grillée ».

Page 191.

34. C'est ainsi, selon le *Manuel* de Morellet, qu'on en usait envers les « hérétiques impénitents non relaps », lorsque la contrainte n'avait pas eu d'effet.

35. Le *Manuel* prescrit d'enfermer les prisonniers seuls, sauf raisons particulières. Dellon avait eu un compagnon de cellule quand on avait craint qu'il ne se suicidât. La promesse de Fa tutto n'a donc rien d'invraisemblable.

Page 192.

36. Le baptême, comme l'explique Voltaire dans une lettre à des Hauterayes le 21 décembre 1760, vient des « usages des anciens

Gangarides, qui passèrent chez les Arabes, et que Notre-Seigneur Jésus-Christ a sanctifiés ».

Page 194.

37. Adaté renouvelle naïvement la prière qu elle avait faite à Fa tutto de « convertir » son mari.

Page 195.

38. Le *cinnamum* est la cannelle ; l'*amomum*, écrit *amonum* dans toutes les éditions, est un fruit sec qui contient une essence aromatique.

Page 196.

39. D'après le père Catrou, dans son *Histoire générale de l'empire du Mogol*, les omrahs sont « les plus grands seigneurs, les vice-rois, les gouverneurs de province, le premier ministre... » ; les rajas idolâtres sont les descendants des roitelets et seigneurs indiens qui gouvernaient avant la conquête mogole.

40. C'est probablement encore de l'ouvrage de Catrou que provient la généalogie qui précède ; elle parodie les généalogies bibliques. Timur est Temur-Leng, ou Tamerlan.

41. Voltaire parle de Gengis-Khan (1162-1227), fondateur de l'empire mogol, de Tamerlan qu'il compare à Alexandre, et de Sésac, roi d'Égypte qui s'empara de Jérusalem, dans l'*Essai sur les mœurs ;* mais c'est ici la première fois que, d'après le père Catrou, il mentionne Ogus-Khan, fils de Kara-Khan.

Page 197.

42. Le parallèle entre Bacchus et Moïse et l'antériorité de Bacchus sont des thèmes favoris de Voltaire ; voir notamment *Dieu et les hommes* (1769), chap. « Des plagiats reprochés aux Juifs ».

43. La source de Voltaire est Niecamp, *Histoire de la mission danoise,* ainsi qu'il ressort de l'*Essai sur les mœurs,* chap. IV ; addition de 1761.

Page 198.

44. La source de cette note est Holwell, qui raconte comment les anges rebelles furent précipités dans l'Onderah pour avoir troublé la joie et l'harmonie céleste ; mais Voltaire confond Shasta et Autorashasta, que Holwell distingue soigneusement.

Page 199.

45. Ce repas est, bien sûr, contraire aux principes des Indiens. En réalité, les Européens offraient toujours du riz à ces derniers, et l'Inquisition de Goa même en usait ainsi. Voltaire s'amuse en composant ce menu.

46. *Quod intrat in corpus non coinquinat animam*; cette formule de l'Évangile est aussi citée par Robert Challe avec la même signification libertine dans une lettre au *Journal littéraire* du 30 avril 1714.

Page 200.

47. Le mot *alguazil* est espagnol, non portugais.

Page 201.

48. « J'excommunierai, j'excommunierai ». Ce passage peut venir du *Manuel* de Morellet, qui précise que si les « seigneurs temporels » s'opposent « directement ou indirectement » à l'exécution des lois contre les hérétiques, ils encourent l'excommunication, mais seulement après consultation du Grand Inquisiteur et du Souverain Pontife. Fa tutto s'en tient sagement aux menaces.

49. L'évêque n'a pas en la matière de pouvoir souverain : « l'archevêque de Goa ni le vice-roi même n'osent s'en mêler », note Tavernier.

50. L'usage des gants n'était pas connu aux Indes.

51. Voltaire évoque le problème des rapports entre l'évêque et les inquisiteurs dans l'*Essai sur les mœurs*, chap. CXL. D'une façon générale, les évêques devaient être consultés par les inquisiteurs, mais ceux-ci ne dépendaient pas d'eux. Plusieurs auteurs soulignent que dans les cas graves, ils n'ont que la ressource de l'appel au pape. Vayssière de La Croze raconte en détail dans son *Histoire de l'établissement du christianisme aux Indes* (1758), livre I, comment, accusé d'hérésie, il est d'abord transféré à Goa ; il est ensuite conclu de l'envoyer à Rome, ce qui est exécuté « du moins autant qu'il dépendait de l'archevêque et du vice-roi ».

52. Sous l'apparence inoffensive d'un trait d'ironie, on a ici une forme de blasphème très voltairienne.

Page 202.

53. Voltaire contredit implicitement, dans l'introduction à l'*Essai sur les mœurs*, alinéa 17, certains auteurs qui attribuent aux brames des cheveux longs.

Page 203.

54. Anachronisme, puisque l'infaillibilité ne devint un dogme qu'à partir du concile de Trente (1545). Mais Voltaire ne peut manquer un aussi beau sujet de recourir à l'infaillibilité du pape, sur un point qu'Amabed n'ose trancher lui-même.

55. Les chanteurs malabares étaient célèbres.

56. Tavernier signale que, du temps de la splendeur des Portugais, « les simples soldats aussi bien que les gouverneurs et les capitaines amassaient de grands biens par le négoce ».

Page 204.

57. Effectivement, dans les voyages de ce genre, les missionnaires eux-mêmes logeaient pêle-mêle dans la Sainte-Barbe.

58. Le système de Copernic, qui met le soleil à la place de la terre au centre du monde, ne fut condamné que plus tard par l'Inquisition. En 1512, il ne pouvait en être question que confusément.

59. Anachronisme (voir la note 3); Bombay ne fut cédé aux Portugais par le sultan Bahadour qu'en 1534.

60. Le détail vient de l'*Ezour Veidam*, et Voltaire le note déjà dans l'*Essai sur les mœurs,* chap. IV.

Page 205.

61. Voltaire évoque longuement ces luttes entre franciscains et dominicains dans l'*Essai sur les mœurs,* chap. CVIII. Le sujet essentiel de la dispute concernait l'Immaculée Conception, que défendaient les premiers et que combattaient les dominicains.

Page 206.

62. Une écourgée est un fouet à plusieurs lanières, ou le coup porté par ce fouet. L'attention de Voltaire semble s'être portée sur saint Paul à la suite des déistes anglais ; voir le *Pot-pourri,* chap. VII, ainsi que le *Dictionnaire philosophique,* article « Paul ».

63. Vers de Quinault *Phaéton,* acte IV, sc. 2 ; Voltaire rend hommage à Quinault dans le « Catalogue des écrivains » du *Siècle de Louis XIV.*

Page 207.

64. Le zamorin est le souverain de Calicut.

65. Dans la première édition, des notes renvoyaient pour les « choses merveilleuses » qui suivent à différents livres de la Bible. Elles étaient moins à leur place ici que dans *Le Taureau blanc,* où on les retrouvera.

66. En fait, c'est à Adaté que Shastasid a donné ces leçons ; voir p. 197.

67. Dans le chap. XII, « Extrême tolérance des Juifs », du *Traité sur la tolérance,* Voltaire remarque lui-même que la Synagogue ne permettait pas la lecture du livre d'Ezéchiel avant l'âge de trente ans, de peur que « la jeunesse n'abusât des peintures trop naïves qu'on trouve dans les chapitres XVI et XXIII du libertinage des deux sœurs Oolla et Ooliba ».

Page 208.

68. Ce paragraphe renvoie successivement à l'histoire d'Abraham et de Jacob, à celle de Raben, à celle du patriarche Juda, à celle des Benjamites et d'un lévite, aux filles de Loth.

69. Cet épisode particulièrement scandaleux aux yeux de Voltaire, et qui est survenu à Sodome, est commenté par lui dans la cinquième de ses *Homélies prononcées à Londres*.

Page 209.

70. Dellon parle aussi de « Moqua », où se trouve le tombeau de Mahomet.

71. Voltaire semble placer à La Mecque la fameuse pierre noire de la mosquée d'Omar, qui est en fait à Jérusalem.

72. À l'embouchure du Zambèze.

73. Le mot *tablier* est le terme propre, donné par la *Grande Encyclopédie*. Kolbe, dans sa *Description du cap de Bonne-Espérance*, le définit « une espèce de peau assez dure et large, qui leur croît au-dessus de l'os pubis, et qui descendant assez bas, semble destinée par la nature à couvrir leur nudité ».

74. Voltaire force la réalité ; Tavernier et Tachard disent qu' « il n'y a que les plus aisés d'entre eux qui soient couverts », mais ajoute que « les autres n'ont que quelque méchant morceau de toile pour cacher les parties honteuses ».

75. Voltaire examine la signification du jeu des échecs dans l'*Essai sur les mœurs*, introduction, alinéa 17 et chap. III.

Page 210.

76. Kolbe donne des détails sur ce langage, qui « n'a rien de commun avec aucune langue connue, jusque-là que quelques personnes lui refusent le nom de langage [...]. Il ressemble, disent-ils, au bruit confus que fond des coqs d'Inde en colère ». C'est bien le « gloussement » de Voltaire, qui emploie encore ce terme dans l'*Essai sur les mœurs*, chap. CXLI.

77. C'est bien le propos de Voltaire. Tandis que Kolbe se contentait de poser le problème de l'origine des Hottentots, Voltaire, après Robert Challe dans les *Difficultés sur la religion*, en voit l'intérêt « philosophique » : c'est un argument contre l'explication de l'origine de l'humanité par une souche commune, qu'il utilise aussi dans une addition au chap. III de l'*Essai sur les mœurs*. En même temps, du reste, Voltaire se bat sur un autre front : il défend la fixité des espèces, spécialement de l'espèce humaine, à laquelle il est attaché comme à un dogme fondamental.

78. C'est le mot propre au Cap, où l'on parle le néerlandais. *Cabaret* est un mot hollandais, emprunté d'ailleurs au picard *cambrette*.

Page 211.

79. Les bonzes sont les prêtres bouddhistes, vêtus de jaune. Mais le mot s'employait aussi par précaution au XVIII[e] siècle pour désigner les prêtres.

80. Voltaire évoque ailleurs (voir la note 61) les luttes entre dominicains et franciscains, et insiste même sur une bagarre survenue entre eux à Francfort en 1503 au sujet de la Vierge, à laquelle la foule s'était mêlée.

Page 212.

81. Voltaire évoque ce sujet dans l'*Essai sur les mœurs*, chap. CXXVII, où il cite Pie II disant « que pour de fortes raisons on avait interdit le mariage aux prêtres, mais que pour de plus fortes il fallait le leur permettre ».

Page 213.

82. Dans le chap. CXLI de l'*Essai sur les mœurs*, Voltaire précise pourquoi à ses yeux « la race des nègres est une espèce différente de la nôtre, comme la race des épagneuls l'est des lévriers ». La membrane muqueuse « est blanche chez nous, chez eux noire ». Quant à leur intelligence, « si [elle] n'est pas d'une autre espèce que notre entendement, elle est fort inférieure ».

Page 214.

83. Dellon note qu'on vend au Brésil « grand nombre d'esclaves, des côtes de Guinée, d'Angola et d'autres lieux de l'Afrique » Il ajoute qu' « on les vend publiquement au marché, comme on fait ici les bêtes ».

84. Dellon dit que Lisbonne est située sur le Tage, « dans lequel les Anciens ont cru qu'on trouvait de l'or ». Voltaire ne retient le détail qu'en faveur de l'antithèse qui suit.

Page 215.

85. Dans l'*Essai sur les mœurs*, chap. CXL, Voltaire attribue la taciturnité des Espagnols à l'atmosphère de suspicion et de défiance entretenue par l'Inquisition.

Page 216.

86. C'est la traduction d'un fragment de Claudien, dans le *Panégyrique sur le IVe consulat d'Honorius*. Voltaire s'était intéressé à Claudien en tant que poète de l' « ancienne religion » païenne ; voir l'article « Initiation » dans les *Questions sur l'Encyclopédie*.

87. C'est ainsi que Voltaire décrit Malte et ses chevaliers, adversaires du « turban », mot qu'ignore Amabed.

Page 217.

88. Le père Tachard présente le Latium comme un pays malsain.

Page 218.

89. C'est-à-dire avec le fameux capuchon qui avait été une source de dissensions dans l'ordre des franciscains.

90. Les histoires de conversions de masse étaient surtout mises sur le compte des jésuites ; les missionnaires, au témoignage de Challe, dans son *Journal de Voyage*, faisaient moins de conversions, mais elles étaient plus solides.

91. Le seul fait de traduire la formule du canon de la messe, *Gloria in excelsis*, la désacralise, et la proximité de *cazzo*, « membre viril », accentue l'effet de blasphème.

Page 219.

92. L'idée vient de Tachard, mais il y a ici un anachronisme : la Congrégation de la propagande ne fut fondée qu'en 1597.

93. Le détail vient de Dellon : « Tous les hommes sujets du Grand Mogol s'habillent de longues vestes [...]. Ils portent aussi des caleçons qui descendent jusques aux talons. »

94. Les modalités de cet accueil sont empruntées à Tachard, mais l'idée générale vient des *Lettres persanes*.

Page 220.

95. Le titre de prince de Piombino existait. Il avait été apporté en dot par Ippolita Piombino lorsqu'elle épousa en 1701 un Buoncompagno descendant du pape Grégoire XIII, dont Voltaire parle dans l'*Essai sur les mœurs*, chap. CLXXXIII, « De l'Italie, et principalement de Rome, à la fin du XVIe siècle ».

96. C'est le procédé de la « traduction naïve », déjà rencontré ; le sens premier de *praelatus* est en effet « préféré ».

Page 221.

97. Un des bons traits d'esprit du roman, qui renvoie toujours au *converteró* central.

98. Voltaire pense à la formule *papa factus est*. Mais, si on l'applique à ce que représente le pape, notamment à l'infaillibilité, elle prend une valeur destructrice en rapport avec le reste du roman.

99. Pour les besoins de la cause, Voltaire, tout en gardant l'expression « chars dorés », modifie le point de vue qu'il avait adopté au chap. CXXI de l'*Essai sur les mœurs*, où il avait opposé la simplicité des cours de Charles Quint, François Ier et spécifiquement de Léon X à « la foule des chars dorés » et aux « milliers de fanaux » qui « de nos jours » forment, dit-il, « un spectacle plus brillant que les plus brillantes cérémonies des monarques du XVIe siècle ».

Page 222.

100. Le mot *facétie* caractérise assez bien le conte lui-même.

101. Dans *Le Pauvre Diable* (1756), Voltaire oppose déjà au peuple le moine, « saltimbanque indocile », et l'on a rencontré dans le *Pot-pourri* l'expression « tours de passe-passe » employée à propos de « Bienfait ».

Page 223.

102. La conversation qui suit est plus dans le ton du *Pot-pourri* que dans celui de notre conte. C'est à une telle dérive que pensait notamment Diderot dans le jugement de lui qu'on a vu plus haut.

103. Le passage du *Pauvre Diable* cité à la note 101 se terminait par le vers « *Le peuple est l'âne, et le moine est le singe* ».

104. On songe encore au *Pot-pourri*

Page 224.

105. C'est au chap. CXXVII de l'*Essai sur les mœurs* que Voltaire développe l'histoire des indulgences et de la Réforme qui en fut la conséquence.

Page 225.

106. On a ici quelques-unes des « scies » antichrétiennes de Voltaire, qui réapparaissent dans le *Traité sur la tolérance*, chap. XIV, dans le *Dictionnaire philosophique*, article « Christianisme », dans *La Bible expliquée*, alinéa 13, etc.

Page 226.

107. Le fleuve est le Danube, le pays l'Allemagne. Sur le fond, voir l'*Essai sur les mœurs*, chap. CXX, « De l'Allemagne et de l'Empire aux XVᵉ et XVIᵉ siècles » : « Maximilien n'étant encore que le roi des Romains [...] (1508), le pape et les Vénitiens l'empêchèrent de venir se faire couronner à Rome ; et il prit le titre d'*empereur élu*, ne pouvant se faire couronner par le pape. »

108. On attendrait *avec nous* plutôt qu'*avec lui*.

109. Dans l'*Essai sur les mœurs*, chap. II, « De la religion de la Chine », Voltaire explique que, dans l'esprit de la métempsycose, « les prêtres nourrissent toujours un jeune lama, désigné successeur secret du souverain pontife, qui prend sa place dès que celui-ci, qu'on croit immortel, est mort. »

110. Voltaire donne ses sources pour cette liste dans les chap. XXXI et CXI de l'*Essai sur les mœurs* ; certaines sont fort suspectes. Pour Benoît VII, il y a une erreur : il s'agit en l'occurrence de Benoît VI.

Page 227.

111. Allusion au grand schisme d'Occident, au XIVᵉ siècle, raconté au chap. LXXI de l'*Essai sur les mœurs*.

112. Tous ces thèmes « antipapistes » se trouvent groupés dans une

addition au chap. CXCVII de l'*Essai sur les mœurs*; en voici la conclusion : « Ces dieux sur terre, tantôt assassins, tantôt assassinés […] étaient à la fois le scandale, l'horreur et la divinité de l'Église catholique. »

113. C'est en fait le 15 mars que le nouveau pape fut élu.

Page 228.

114. Le détail vient de Bayle, qui ne le donne pas pour assuré : « On prétend qu'il n'y eut rien qui contribua davantage à l'élever à la papauté que les blessures qu'il avait reçues dans les combats vénériens. » Léon X, qui avait en fait trente-huit ans, était l'arrière-petit-fils de Cosme de Médicis.

115. En réalité, *La Mandragore*, de Machiavel, que Voltaire estimait plus que toutes les comédies d'Aristophane ensemble, ne fut jouée qu'en 1520.

Page 229.

116. Voltaire avait évoqué cette scène dans le chap. CX de l'*Essai sur les mœurs*, « Du pape Alexandre VI et du roi Louis XII ». Il y était revenu dans *Les Droits des hommes* (1768).

117. Voltaire traite du pontificat de Jules II dans l'*Essai sur les mœurs*, chap. CXIII.

Page 230.

118. Il est curieux de penser que les potentats qui, quatre siècles plus tard, tentèrent de briser par la force le pouvoir spirituel de la papauté au nom de la lutte contre la « superstition », notamment dans ce qui avait été l'empire de Catherine, trouvèrent dans ce pouvoir même leur adversaire le plus redoutable.

119. La Réforme. Mais Voltaire pense sans doute aussi aux changements qui se préparent en Europe et dont il fera l'inventaire dans l'*Éloge historique de la Raison* (1775).

120. Alexandre VI, qui d'ailleurs ne précéda pas immédiatement Jules II comme pape.

121. Voltaire en parle dans le chap. CXX de l'*Essai sur les mœurs*

122. Il s'agit de César Borgia ; voir les chap. CX et CXI de l'*Essai sur les mœurs*.

Page 23..

123. Le pape regarde toute cette cérémonie comme une farce.

Page 233

124. « Il ne sait ce que c'est que l'amour, il ne sait ce que vaut la charité, et c'est ce qui fait que les moines sont une si avide et si cruelle canaille » (*Satire sur le mariage*). Voltaire modifie légèrement le texte ;

par exemple, il remplace *preti*, les prêtres, par *frati*, les frères ou les moines.

125. Ces « vers », qui n'ont rien d'indien, ont sans doute par anagramme un sens en français ou en italien, mais nous n'avons pu le découvrir.

Page 234.

126. Nouvelle étymologie « naïve » ; *cardo* signifie effectivement « gond » en latin, mais, dès le latin impérial, *cardinalis* veut aussi dire « principal ». Quant aux noms des deux « jeunes gens », *Sacripante* vient de l'Arioste, et *Faquinetti* est bien sûr une création plaisante.

127. C'est la traduction d'un vers latin que Voltaire cite dans l'avant-propos de l'*Histoire du parlement de Paris* (1769), *Principibus praestant, et regibus aequiparantur*.

128. Ce genre de feinte est habituel chez Voltaire, mais l'intérêt de cette fin « ouverte » est de suggérer qu'Amabed a été si bien « formé » (cf. p. 224) à Rome qu'il n'a plus écrit à Shastasid.

LE TAUREAU BLANC

Notice

L'une des lectures qui ont le plus marqué Voltaire est celle de la Bible. Il l'avait lue attentivement à Cirey avec Mme du Châtelet, et celle-ci consigna leurs remarques critiques dans un *Examen de la Bible*. Plus tard, il s'en moqua à Berlin dans l'entourage de Frédéric, et fit passer sarcasmes et plaisanteries dans plusieurs ouvrages. Après les articles qu'il lui consacra dans le *Dictionnaire philosophique* (1764) et les volumineuses *Questions sur l'Encyclopédie* (1771), on pouvait croire sa verve antibiblique épuisée pour quelque temps : tout au contraire, il reprend l'ensemble de ses critiques dans *Le Taureau blanc* (1773) et tente de communiquer à ses lecteurs le plaisir qu'il y prend lui-même.

Ce conte est en effet pour Voltaire une sorte de récréation. Toutes les attaques qu'il a portées sérieusement dans les additions à l'*Encyclopédie* contre les invraisemblances, les cruautés, et plus impardonnables encore à ses yeux, les fautes de goût de l'Ancien Testament, se retrouvent ici sous une forme burlesque ou seulement allusive. En fait, tous les personnages, tous les épisodes, tous les détails topographiques ne sont que des prétextes pour amener critiques ou plaisanteries. Il suffit, par exemple, de citer ce paragraphe d'un article « Tolérance », écrit en 1772

pour y trouver la source de cinq ou six passages du *Taureau blanc*; il se place après l'invitation à souper adressée au Turc et au Chinois :

Mais que dirai-je à mon frère le Juif ? Lui donnerai-je à souper ? Oui, pourvu que pendant le repas l'âne de Balaam ne s'avise pas de braire; qu'Ézéchiel ne mêle pas son déjeuner avec notre souper; qu'un poisson ne vienne pas avaler quelqu'un des convives, et le garder trois jours dans son ventre; qu'un serpent ne se mêle pas de la conversation pour séduire ma femme; qu'un prophète ne s'avise pas de coucher avec elle sans souper, comme le fit le bonhomme Osée, pour quinze francs et un boisseau d'orge; surtout qu'aucun Juif ne fasse le tour de ma maison en sonnant de la trompette, ne fasse tomber les murs, et ne m'égorge, moi, mon père, ma mère, ma femme, mes enfants, mon chat et mon chien, selon l'ancien usage des Juifs. Allons, mes amis, la paix; disons notre Benedicite.

Le conte peut d'autant plus être considéré comme un badinage que Voltaire semble l'avoir écrit au sortir d'une grave et douloureuse crise de strangurie (février 1773). Il n'en est pas moins aussi le prolongement, auprès d'un public différent, de l'entreprise de propagande antichrétienne poursuivie dans les œuvres « philosophiques ». Mais puisque c'est la Bible qui est visée, pourquoi choisir un cadre égyptien ?

Une première raison est sans aucun doute d'ordre tactique : mettre en scène les Égyptiens est une façon de rabaisser les Juifs. À côté des premiers, dont Voltaire célèbre les immenses travaux, dérivation du Nil, construction de « superbes villes qui firent l'étonnement de toutes les nations », comme il le dira dans l'avertissement de *La Bible enfin expliquée* (1776), la misérable « horde » juive est ramenée à une juste estimation.

Mais aussi, cette civilisation égyptienne intéresse Voltaire pour elle-même. Dans la même *Bible enfin expliquée*, il admire la religion des Égyptiens, « sublime avant qu'elle ne dégénérât en ridicule ». « Ils n'adoraient, dit-il encore, qu'un Dieu maître de toute la nature. » Ainsi, écrire un conte se déroulant en Égypte au temps de Moïse, ce n'est pas seulement pour lui le moyen de juger avec une apparence d'objectivité le monde biblique, à peu près comme Amabed et Adaté jugeaient Rome dans *Les lettres d'Amabed*, c'est aussi une façon d'approfondir les énigmes de l'ancienne Égypte, et spécialement celle qui l'intéresse le plus : la religion égyptienne était-elle un théisme ou une superstition ?

Ces deux faces du problème religieux sont incarnées. La superstition, c'est Amasis, dont il dit déjà, dans *La Défense de mon oncle* (1767) : « Je n'ai […] nulle répugnance à croire qu'un roi d'Égypte, nommé par les Grecs Amasis, cruel et efféminé, fut vaincu, lui et ses ridicules prêtres, par un chef éthiopien. »

En face de ce prince, Voltaire imagine un prêtre qu'il « ne soupçonne pas d'avoir été assez imbécile pour adorer sérieusement des crocodiles,

des boucs, des singes et des chats », mais qui « laissait le peuple s'abrutir dans un culte qui le mettait fort au-dessous des animaux qu'il adorait ». C'est un des deux mages égyptiens qui, dans la Bible, discute avec Moïse, et qui comme le dit ironiquement le conte, ne succomba « que par la protection visible des puissances célestes qui favorisèrent son rival : il fallut des dieux pour vaincre Mambrès. » Cet « eunuque, enfant d'un eunuque, ce qui était le plus grand des miracles », tant par ce qu'on vient de lire que par tous les autres traits (âge, âme compatissante à l'égard des jeunes filles...), ressemble comme un frère à Voltaire lui-même.

Parmi les animaux vénérés des Égytiens, le bœuf est le plus célèbre : « Le sage commence par consacrer à Dieu le bœuf qui laboure la terre ; le sot peuple adore à la fin le bœuf », remarquait Voltaire dans *La Défense de mon oncle*. À ce bœuf, Apis, Voltaire avait consacré un article du *Dictionnaire philosophique*. Mais il est un autre bœuf connu en Égypte, grâce à la Bible, c'est celui qui résulte de la métamorphose de Nabuchodonosor en cet animal (*Livre de Daniel*, IV, 29, rendu dans la Vulgate par *fœnum quasi bos comedes*, « tu mangeras du foin comme un bœuf »). Sans doute serait-il passé inaperçu de Voltaire, si le bon Dom Calmet, dans son *Commentaire littéral*, n'avait consacré treize pages à cet épisode, dans lequel il voit comme la plupart des autres commentateurs, un cas de lycanthropie. Dans une remarque au chapitre XII du *Traité sur la tolérance*, Voltaire avait pris la métamorphose au sens propre, ce qui lui avait valu une correction de l'abbé Guénée dans l'édition de 1772 des *Lettres de quelques Juifs*. Le meilleur moyen d'empêcher Voltaire de se taire était d'avoir raison contre lui. Non seulement il ne s'avoua pas vaincu, mais l'idée lui vint de reprendre la question de la prétendue métamorphose de Nabuchodonosor et d'y greffer toute une histoire qui lui permettrait de traiter à la fois des légendes de la Bible et du problème de la religion égyptienne. C'est celle d'Amaside, fille d'Amasis, qui a aimé Nabuchodonosor sous sa forme humaine, et le retrouve sous sa forme de taureau. Il est entouré d'autres figures : la magicienne d'Endor, le sage Mambrès, eunuque, les animaux communs aux cultes égytiens et juifs, les prophètes, les conseillers du roi, etc., dont il est question dans la Bible.

La partie négative du propos de Voltaire, « tourner en ridicule les événements extraordinaires dont est remplie l'histoire sainte, en les assimilant à quantité de fables de l'Antiquité, dont celles de la Bible paraissent dérivées », fut bien aperçue, comme en témoigne le jugement des *Mémoires secrets* à la date du 11 mai 1774 qu'on vient de lire. En revanche, l'aspect « égyptien » de l'ouvrage ne fut guère remarqué, ce qui ne surprend pas : effectivement, la réflexion de Voltaire ne va pas loin. La lecture du livre de Daniel, où sont évoquées les « rencontres » des mages égyptiens et hébreux est à cet égard bien plus instructive.

Ce qu'il y a de meilleur dans le conte réside, comme souvent chez

Voltaire, dans le ton. Le merveilleux est constant, mais il est apprivoisé, familier ; c'est à juste titre que le rédacteur de *Mémoires secrets*, déjà cité, dit que l'ouvrage « ressemble assez aux contes des *Mille et Une Nuits* ». La version des *Mille et Une Nuits* que lisait Voltaire avait été composée par Galland un peu plus d'un demi-siècle auparavant ; précisément, comme dans les contes de Mme d'Aulnoy ou de Mme de Beaumont, un effet de cocasserie légère y est sans cesse obtenu par un ton de politesse aisée, à la façon de « l'ancienne cour ». Ici également, Mambrès a la galanterie surannée d'un Fleury, aussi bien auprès de « Mademoiselle d'Endor » qu'avec Amaside ; le serpent n'est pas moins poli en compagnie des dames, qui confessent qu'elles trouvent en lui « un aimable vainqueur » ; la lettre de Mambrès au grand prêtre de Memphis est du pur style de la chancellerie de Louis XIV. Enfin, à mainte reprise, la cocasserie malicieuse de l'expression (« Ce grand et malheureux prince broutait l'herbe auprès de la tente ») rappelle que Voltaire, en écivant *Le Taureau blanc*, n'avait que soixante-dix-huit ans.

Notes

Page 235.

1. La première version du conte était simplement intitulée : *Le Taureau blanc, traduit du syriaque. Par Dom Calmet.* C'est peut-être par un scrupule que Voltaire supprima la mention de Dom Calmet dans les éditions autorisées. — Mamaki est un nom grec bien attesté, mais on ne connaît pas à l'époque de Mamaki « interprète des langues orientales ».

2. D'après Hérodote, Nabuchodonosor détrôna le roi de Tanis au profit d'Amasis, son allié. Voltaire en fait un père de comédie imbécile et un tyranneau crédule. — Péluse, dont il est question dans la même phrase, était situé comme Tanis sur le delta du Nil, mais plus à l'ouest.

3. Il est question dans l'Exode de deux magiciens qui s'opposèrent à Moïse, et saint Paul donne leur nom : Jannès et Mambrès.

Page 236.

4. Souvenir de l'Exode : « Et les magiciens dirent à Pharaon : c'est le doigt de Dieu. » Si l'on se souvient que Voltaire s'incarne plus ou moins dans Mambrès, le sel de la phrase se fait sentir. Du reste, la première version comportait ici un passage supplémentaire : « *L'âge affaiblit cette tête si supérieure aux autres têtes, et cette puissance qui avait résisté à la puissance universelle ; mais il lui resta toujours un grand fond de raison ; il ressemblait à ces immenses bâtiments de l'antique Égypte dont les ruines attestent la grandeur. Mambrès était encore fort bon pour le conseil, et quoique un peu vieux, il avait l'âme très compatissante.* »

C'est sans doute parce qu'il avait un caractère trop directement personnel que Voltaire a jugé bon de le supprimer.

5. Le chiffre de sept ans vient du Livre de Daniel, IV.

6. La Bible, suivie par Bossuet dans son *Discours sur l'histoire universelle*, célèbre la sagesse égyptienne ; Voltaire est d'autant plus sceptique qu'il a découvert depuis quelque temps l'antériorité des sages Indiens.

7. La source de Voltaire est l'*Histoire ancienne* de Rollin ; on retrouvera Rollin p. 266, n. 66.

Page 237.

8. Dans le syncrétisme romain, Isis, qui est figurée avec des cornes, est assimilée à Io, aimée de Jupiter et transformée par lui en génisse ; voir les *Métamorphoses* d'Ovide, I et X.

9. Dans l'article « paradis » qu'il vient d'écrire (1772) pour les *Questions sur l'Encyclopédie*, Voltaire parle des « jardins de Saana vers Éden dans l'Arabie heureuse, connus si longtemps avant que la horde des Hébreux eussent envahi une partie de la Palestine ».

Page 238.

10. Exemple d'un type de trait d'esprit voltairien (qu'il définit dans l'article « Esprit » de l'*Encyclopédie*), qui consiste à présenter un mot alors qu'on en attend un autre (en l'occurrence *harem*, si Amaside était un homme).

11. Voltaire joue d'une remarque du *Dictionnaire* de Dom Calmet, article « Chérub » : « Le terme de Chérub en hébreu se prend quelquefois pour un veau ou pour un bœuf. »

Page 239.

12. Voltaire feint de prendre *impayable* dans son sens ancien, « qui n'a pas de prix » ; mais, dès le XVII^e siècle, le mot, très usité dans le jargon à la mode, prend une valeur ironique.

13. Les noms sont égyptiens, mais la chronologie est fantaisiste.

14. Voltaire se pastiche lui-même ; il utilise la même expression « la première personne du monde pour faire venir des ombres » dans l'article « Enchantement » des *Questions sur l'Encyclopédie*. D'ordinaire, on parlait de « la première personne du monde » en l'appliquant, comme dans *Les Précieuses ridicules*, à quelque « bon faiseur ».

15. Il est dit dans l'Exode que les magiciens d'Égypte, concurremment avec Moïse, changèrent les baguettes en serpents et les eaux du Nil en sang.

Page 240.

16. Salmanazar, roi d'Assyrie, envoya Osée en prison. Il s'empara d'une grande partie de la Phénicie et mourut en 714 avant Jésus-Christ.

17. Le silence des historiens sur le Déluge, mentionné dans la Genèse et l'Exode, est souvent relevé par Voltaire, notamment dans l'article « Genèse » du *Dictionnaire philosophique*.

18. À l'article « Prophète » de son *Dictionnaire*, Dom Calmet explique que « les Hébreux, dans les commencements, appelaient les prophètes voyants ». Ceux sur qui ils règnent sont les chrétiens.

Page 242.

19. Voir p. 238, n. 11.

Page 243.

20. À une époque où les ouvrages sur les emblèmes, souvent illustrés, étaient très appréciés, celui du serpent qui se mord la queue signifiant l'éternité a frappé Voltaire, puisqu'il le cite dès le premier paragraphe de l'article « Emblème » (1771) du *Dictionnaire philosophique*.

Page 244.

21. Le mot est bien sûr ironique, comme beaucoup d'autres. Ce type d'ironie est même caractéristique du conte.

22. Cette insistance sur le fait que Mambrès est un eunuque est à rapprocher de plusieurs allusions de Voltaire à son propre état dans ses lettres de l'époque.

Page 245.

23. Mme du Châtelet, dans son *Examen de la Bible*, avait déjà remarqué que cette révolte des anges n'est mentionnée que par une épître de saint Jude d'authenticité douteuse. Mais ce qui importe ici davantage à Voltaire, c'est de marquer l'antériorité de ses chers Indiens en s'appuyant sur l'ouvrage de Holwell. — Dans la phrase qui suit, il fait allusion au prétendu poème d'Ossian, publié en 1760 par Macpherson, dont il parle avec scepticisme dans l'article « Anciens et Modernes » du *Dictionnaire philosophique*.

Page 246.

24. Cette idée que la connaissance est nécessaire à la morale, à laquelle ses maîtres jésuites ne se seraient guère opposés, a déjà été exprimée par Voltaire, notamment dans les *Questions de Zapata* (1767).

25. Dans *La Bible enfin expliquée* (1776), Voltaire dénonce comme « le comble de l'extravagance » l'idée de « faire entrer un esprit malin, un diable dans le conseil de Dieu ».

Page 248.

26. La note appelée par le mot de *bœuf*, d'allure innocente, prépare en réalité la pointe finale du conte. Sur la métamorphose de Nabuchodonosor en bœuf, voir la notice.

Page 249

27. Il s'agit là non seulement de parfums, mais de remèdes mentionnés dans *Les Mille et Une Nuits,* notamment dans l'épisode des Trois Calenders où Zobéide entre dans la boutique d'un droguiste. Dans le même conte, un personnage amputé de quatre doigts est guéri en peu de temps par du « baume de La Mecque ». Un détail tel que celui-là révèle une des sources de l'imagination de Voltaire.

Page 250.

28. Pasiphaé était la femme, non la fille de Minos ; Voltaire a été abusé par la réminiscence du vers de Racine, « La fille de Minos et de Pasiphaé ».
29. Souvenir des *Métamorphoses,* I ; voir la note 8.

Page 251.

30. Par la note au mot *dynastie,* Voltaire, poursuivant une polémique, tente de défendre un emploi indéfendable qu'il avait fait du mot dynastie. Au cours d'un épisode de sa querelle avec Larcher, il avait eu l'imprudence de parler, dans *La Défense de mon oncle,* des « dames de la dynastie de Mendès », et Larcher lui avait fait justement remarquer qu'en grec, mais surtout en français, *dynastie* ne se dit que « d'une suite de rois de même famille ». Dans sa note, Voltaire use, avec une propriété affectée, du terme de palais *cavillations,* « arguties de mauvaise foi ».

Page 252.

31. Ceci est ironique, puisque cette « histoire véritable » est constituée par plusieurs récits des *Métamorphoses* d'Ovide. Voltaire se moque de ce sous-titre, très galvaudé à l'époque, mais il l'a utilisé lui-même dans *L'Ingénu.*
32. Traduction des deux citations latines de la note ; « On dit que son sexe, resté vivant sous un autre corps, marque certains jours du mois du sang accoutumé » ; et « faisant voir par les parties naturelles les écoulements propres au sexe féminin ».
33. Ce ne sont ni Tertullien ni saint Irénée qui ont donné à Voltaire l'idée de ce développement (rattaché au récit, comme les autres, de façon artificielle), c'est une imprudence de Dom Calmet, qui cite Tertullien et saint Irénée rapportant le phénomène. On peut ajouter que le poème sur Sodome n'est plus attribué à Tertullien, et que le texte grec de saint Irénée ne nous est parvenu qu'à travers une traduction latine suspecte.
34. Le texte de la Genèse parle seulement de deux villes détruites ; c'est encore Dom Calmet qui ajoute : « Les voyageurs assurent que lorsque les eaux sont basses, on voit les ruines de ces villes dans la mer morte. »

35. Au livre X des *Métamorphoses.*

36. C'est le thème des *Deux Consolés.*

Page 254.

37. Allusion au proverbe ; Sosie dit dans *Amphitryon,* acte I, sc. 2 :
« Il est seul comme moi ; je suis fort, j'ai bon maître. »

38. Pour aller de Tanis au lac Sirbon, on ne passe pas par Canope, qui
est à l'extrémité occidentale du delta du Nil.

Page 255.

39. Voltaire, qui sait par l'*Histoire ancienne* de Rollin que le papyrus
a été inventé à l'époque d'Alexandre, en profite pour attaquer les
anachronismes de la Bible, qui n'a pu être mise par écrit qu'à travers des
traditions orales et longtemps après les événements.

40. Tout ce passage est un pastiche du style et des usages diplomati-
ques, que Voltaire a pratiqués (voir la chronologie, années 1743-1744).

41. Voltaire a dû trouver le mot d'*onocrotale* dans le *Gargantua* de
Rabelais, mais il désigne un pélican ; sans doute confond-il *onocrotale*
avec *onagre.*

Page 256.

42. L'idée vient encore d'un scrupule de Dom Calmet qui, hésitant à
traduire par *corbeau* le mot hébreu désignant l'animal employé par Dieu
pour nourrir Élie, justifiait cette traduction en remarquant que le
corbeau, vivant « de proie et de viande » et « aimant les torrents », était
finalement fort propre à l'usage en question.

43. Ovide, *Métamorphoses,* II.

Page 257.

44. Pour la dixième fois peut-être, Voltaire revient sur les invraisem-
blances du récit de la Genèse concernant l'arche ; voir en dernier lieu
l'article « Déluge universel » des *Questions sur l'Encyclopédie* (1771).
De leur côté, les apologistes, ou des techniciens de la marine, comme le
père Fournier dans sa remarquable *Hydrographie,* avaient tenté de
montrer la plausibilité du récit biblique.

45. La source initiale de Voltaire est encore Dom Calmet, qui signale
« l'extrême conformité » de l'histoire de Xissutre et de celle de Noé ;
Voltaire reprend l'affaire dans ses *Fragments historiques sur l'Inde,*
écrits en 1773, et se prononce naturellement pour l'antériorité de
Xissutre.

Page 258.

46. Le comique provient ici de l'allusion à la fable « Le gland et la
citrouille », de La Fontaine :

> *C'est dommage, Garo, que tu n'es point entré*
> *Au conseil de celui que prêche ton curé.*

47. C'est-à-dire « concorde dans la discorde de l'univers » ; c'est Horace qui disait cela dans une épître, mais l'idée est chère à Voltaire : « le monde ne subsiste que de contradictions », dit-il dans l'article « Contradiction » des *Questions sur l'Encyclopédie*.

Page 259.

48. Pour raffinés qu'ils soient, ces plats appartiennent à la cuisine du temps. On notera que des innocents sont de jeunes pigeons qui n'ont pas encore couvé, et le ou la chipolata est un ragoût à l'oignon et à la ciboule.

Page 260.

49. Le vin d'Engaddi vient de Dom Calmet ; Tadmor est la même ville que Palmyre ; le vin de Chiraz est souvent mentionné dans *Les Mille et Une Nuits*.

50. C'est, cette fois encore, au moins la dixième fois que Voltaire n'ose pas — ou ose — dire de quoi le Seigneur garnit les tartines d'Ézéchiel. Citons seulement les *Notebooks*, carnets personnels de Voltaire : « On peut dire d'un homme qui pue de la bouche qu'il a déjeuné avec Ézéchiel. »

Page 261.

51. Encore une des « scies » de Voltaire, qui apparaît presque toujours en conjonction avec la précédente.

52. Ovide, *Métamorphoses*, V ; la fin de la phrase est bien entendu ironique.

Page 262.

53. Ces instruments sont décrits dans le *Dictionnaire* de Dom Calmet, et même représentés sur une planche de l'ouvrage.

54. La phrase est à double détente ; elle signifie qu'on réussit à la cour par l'art de conter, talent de société comme le billard, qui avait mis Chamillard en faveur auprès de Louis XIV ; mais on peut aussi comprendre que Voltaire a fini par découvrir le pouvoir du conte en tant que genre littéraire.

Page 263.

55. Voltaire a pu trouver le nom de Manéthon en lisant Eusèbe ou Flavius Josèphe, mais la citation qu'il lui prête est de pure fantaisie.

56. Encore une réminiscence biblique (Samuel, I ; Daniel, II).

57. Josué, selon l'Exode.

58. Le chiffre de trente et un vient de Josué, XII, mais il n'y est pas dit que tous ces rois furent pendus.

Page 264.

59. Voltaire insiste encore sur l'antériorité d'une légende païenne, d'autant plus qu'elle se rapporte aux Indes.

60. Allusion à la « prudence de serpent » que le Christ recommande à ses disciples (Évangile selon saint Matthieu, X).

61. On a dans ce paragraphe une accumulation de tous les épisodes bibliques jugés par Voltaire scandaleux. Il a procédé ainsi à de nombreuses reprises, surtout à partir du *Catéchisme de l'honnête homme* (1763). Ses sources sont presque toujours les ouvrages de Dom Calmet.

Page 265.

62. L'apologétique du protestant Abbadie, *Traité de la vérité de la religion chrétienne*, était fréquemment utilisée, même par les catholiques ; *La Religion chrétienne prouvée par les faits*, de l'abbé Houtteville (1721), avait été critiquée, notamment pour son style affecté.

63. *La Matrone d'Éphèse*, par exemple dans la version qu'en avait donnée La Fontaine, figure une morale « naturelle », par opposition à une morale fondée sur un héroïsme de roman.

64. Voltaire donne ici des exemples de « style oriental », tirés notamment des Psaumes.

65. Les « contes moraux » venaient d'être mis à la mode par Marmontel ; Voltaire trouvait le genre assez ennuyeux.

Page 266.

66. *Linro* est Rollin, dont le *Traité des Études* porte en sous-titre *De la manière d'étudier les belles-lettres par rapport à l'esprit et au cœur* (1726-1728).

67. C'est le nom du génie qui a « le département de la Haute Asie » dans *Le Monde comme il va*.

Page 267.

68. Voltaire profite de l'occasion pour glisser comme toute naturelle une conception antique de l'âme considérée comme matérielle.

Page 269.

69. Comme la fille de Jephté (Juges, XI).

70. L'évocation d'ensemble est dans le ton du *Séthos*, de l'abbé Terrasson, dont l'action se passe dans l'Égypte antique ; mais celle des prêtres sur leur monture est toute voltairienne.

71. Ce sont les dieux-animaux des Égyptiens, dont plusieurs sont décrits par Hérodote. Voltaire avait spécialement discuté avec Larcher des privilèges des boucs par rapport aux dames de Mendès.

Page 270.

72. « Saintes nations qui cultivent leurs dieux dans leurs jardins ! » avait dit Juvénal à propos du culte des Égyptiens pour les oignons.

Page 271.

73. Faiblesse d'autant plus excusable qu'elle était presque un devoir ; pendant le stage probatoire de quarante jours imposé au bœuf Apis, des femmes avaient seules le privilège de le servir : « elles se présentaient au divin taureau dans un déshabillé dont les prêtres auraient mieux connu les avantages que le dieu », écrit Diderot dans l'article « Apis » de l'*Encyclopédie*.

Page 272.

74. Voltaire traite de l'usage du bouc émissaire dans l'article « Expiation » des *Questions sur l'Encyclopédie* (1771).

75. Ces noms des fils de Japhet viennent de la Genèse, X, et Dom Calmet avait essayé de localiser les peuples issus de chacun d'entre eux.

76. Jeu de mots sur le sens propre de *bœuf* et sur le sens figuré, ainsi défini par Furetière : « un homme stupide, grossier, tant de corps que d'esprit ».

AVENTURE DE LA MÉMOIRE

Notice

Pour n'être qu'une anecdote, l'*Aventure de la Mémoire* n'en est pas moins chargée de signification philosophique. Dès 1724, lord Bolingbroke écrivait à Voltaire de se détourner des idées innées de Descartes et du « galimatias » de Malebranche pour s'attacher à la philosophie de Locke. Ce petit conte témoigne que son correspondant et admirateur, aisément converti à Locke, devait lui rester fidèle.

Le traitement que Voltaire donne à la défense et illustration de la Mémoire procède de sa conception de la fable, telle qu'il l'expose au chapitre XXI de la *Défense de mon oncle :* « [Certaines] fables sont des allégories ingénieuses. Ainsi [...] les Muses, filles de la Mémoire, vous enseignent que sans mémoire on n'a point d'esprit ; et que, pour combiner des idées, il faut commencer par retenir des idées. »

Pour démontrer que sans mémoire il n'existerait ni arts, ni lettres, ni philosophie, il suffit de voir ce qui se passerait si la mémoire n'existait pas. C'est l'hypothèse que Voltaire imagine de mettre en œuvre ici. Ce faisant, il s'en prend à la fois à la Sorbonne, aux jésuites et aux jansénistes, coalisés pour une fois en faveur des idées innées de Descartes et surtout contre la théorie sensualiste de Locke, dans laquelle ils perçoivent le danger du matérialisme (voir *L'Homme machine* de La Mettrie).

La date de composition du conte est à peu près fixée par la pointe finale contre Coger, sur lequel Voltaire s'acharne depuis que ce dernier a eu le tort de publier un *Examen du Bélisaire de Marmontel* (1767). La citation de Coger sur laquelle il ironise (voir la note 12) étant tirée d'un sujet de discours latin proposé pour l'année 1772, l'*Aventure de la Mémoire* ne peut avoir été rédigée (ou du moins avoir trouvé sa conclusion) avant cette date. Elle parut dans le tome XVII des *Nouveaux Mélanges philosophiques, critiques et historiques*, Genève, Cramer, 1775.

Notes

Page 273.

1. Du point de vue mythologique, cette présentation ne se soutient pas. Les Muses et Mnémosyne appartiennent à un domaine (la Grèce) et à une époque très différents de Jupiter, présent dans les religions indo-européennes les plus anciennes.

2. La Sorbonne, par anagramme.

3. Descartes.

4. Seulement, pour Descartes, les notions d'espace et de temps.

Page 274.

5. Locke, dans son *Treaty on Human Understanding* (1700).

6. Helvétius, dont le livre *De l'esprit* (1758) fut condamné par la Sorbonne, par le parlement et par la congrégation de l'Index.

7. Les loyolistes, disciples de Loyola (ou jésuites).

8. Par anagramme, les jansénistes.

9. Les membres de l'ancien parlement exilés par Maupeou (1771).

10. Les parlementaires pour la raison qu'on a vue, les jésuites parce qu'ils furent exilés (voir la chronologie, année 1762), et peut-être les jansénistes à qui le progrès des « Lumières » fait perdre leur influence.

Page 276.

11. *Les Nouvelles ecclésiastiques*, qu'on appelait couramment la *Gazette ecclésiastique*.

12. Comme on l'a dit, Voltaire fait allusion au sujet proposé en 1772 pour le prix de discours latin offert par l'université de Paris (l'équivalent de notre Concours général), dont Coger était recteur. Il était ainsi conçu : *Non magis Deo quam regibus infensa est ista quae vocatur hodie philosophia*, ce qui revenait à dire : « Ce que l'on appelle aujourd'hui philosophia n'est pas moins l'ennemie des rois que de Dieu. » Voltaire s'était moqué du sujet en prétendant qu'il fallait l'entendre : « Ce qu'on appelle aujourd'hui philosophie n'est pas plus

ennemie de Dieu que des rois. » Telle que Voltaire a remanié la phrase, elle signifie : « Celle qu'on appelle mémoire n'est pas plus ennemie des muses que des hommes », ce qui revient à dire : « Celle qu'on nomme mémoire n'est pas moins ennemie des hommes que des muses. »

ÉLOGE HISTORIQUE DE LA RAISON

Notice

« Il s'est fait, depuis douze ans, une révolution dans les esprits qui est sensible [...]. La lumière s'étend certainement de tous les côtés. » C'est le 26 juin 1765 que Voltaire faisait cette remarque dans une lettre à Helvétius. Moins de dix ans plus tard, le progrès des « lumières » lui paraissait assez grand pour qu'il le célébrât, dans les circonstances que voici.

Le 10 mai 1774, Louis XV mourait de la petite vérole. Le 31 mai, Voltaire envoyait à ses amis une oraison funèbre du défunt prononcée par un prétendu « M. de Chambon dans l'Académie de Valence ». Ce « M. de Chambon » est le pseudonyme qu'il utilise pour publier, six ou huit mois plus tard, un autre « éloge », celui de la Raison, mais aussi de Louis XVI, le nouveau roi.

Pour Voltaire, les premières mesures du nouveau règne, à savoir l'élévation de Turgot au ministère et les réformes qu'il entreprend (voir la chronologie), mettent la France sur un pied d'égalité avec les autres nations déjà « éclairées » de l'Europe : « J'admire le roi de s'être rendu à la raison », écrit-il ainsi le 8 juillet 1774 à Mme d'Épinay ; « s'il continue, il ne sera plus question du siècle de Louis XIV. » Dans ce nouveau « voyage », celui de la Raison et de sa fille la Vérité, la France passe cette fois au premier plan.

La particularité la plus notable de l'*Éloge historique de la Raison* est la place qu'y tiennent — provisoirement — les éloges de Frédéric et de Catherine. Après un moment d'hésitation au moment du partage de la Pologne, Voltaire reprend les armes en leur faveur. Un témoignage des *Mémoires secrets*, daté du 23 novembre 1774, précisément au moment où il compose son ouvrage, donne la clé de cette adulation, envers la seconde surtout :

M. de Voltaire montre aux amateurs qui vont le voir à Ferney le portrait du roi de Prusse, dont cette majesté lui a fait présent, ainsi que le sien, en porcelaine, qu'elle lui a également envoyé. Au bas de celui du philosophe de Ferney, on lit ce mot, Immortali [« à l'immortel »], devise bien glorieuse, étant donnée par un monarque si connaisseur en gloire et en mérite [...].

M. de Voltaire ne peut s'empêcher aussi de s'épancher sur le compte de l'impératrice des Russies, qui le comble de louanges dans le commerce réciproque de lettres qu'elle soutient avec ce grand poète. Il l'appelle familièrement et en causant avec ses amis la Cathau, abréviation mignarde du mot Catherine, dont on se sert envers une servante, ou envers une perruche. Mais tout est permis à un vieillard qui depuis longtemps veut traiter de pair avec les souverains.

Lorsque l'*Éloge historique* parut, les mêmes *Mémoires secrets* notèrent (11 février 1775) que l'auteur « encense ici les divers souverains dont il ménage les faveurs. Il les trouve tous occupés à faire le bien ». On ne sait si Voltaire eut des échos de ce genre de remarques. Ce qui est sûr, c'est qu'il rend compte au roi de Prusse, dans une lettre du 15 février de la même année, de la lecture qu'il vient de faire d'un ouvrage intitulé *Le Partage de la Pologne*, où il est, dit-il (qui s'en étonnera ?), « très maltraité ». D'autres réactions internationales étaient à peine moins sévères. Écho de l'opinion anglaise, la *Monthly Review* relevait dans l'ouvrage de Voltaire « des marques écœurantes de sa vanité et de son importance ».

Autres raisons de le faire réfléchir : il espérait trouver avec le nouveau règne une permission de rentrer à Paris, et sollicitait de la cour des privilèges pour Gex. Ayant envoyé à Catherine et à Frédéric des exemplaires reliés en maroquin de la première édition, il rendit son texte plus acceptable au public français en y apportant d'importantes coupures : ces variantes seront signalées en note.

Notes

Page 277.

1. La première édition de l'*Éloge de la folie* est datée de Bâle, 1510.

Page 278.

2. L'allusion est aux guerres de religion. On sait que *oc* et *oueil* (ou *oui*) sont les deux façons d'acquiescer qui distinguent le provençal du français (et du franco-provençal).

3. André-Jean et Constantin Lascari. Le premier fut accueilli à Florence, puis à Rome par le pape Léon X. Constantin enseigna les belles-lettres en Italie et publia, avec sa *Grammaire grecque*, le premier livre imprimé en caractères grecs.

Page 279.

4. Comme Étienne Dolet.

5. Nouvelle allusion au mot de saint Paul, voir *L'Homme aux quarante écus*, n. 67.

6. Jean-Vincent-Antoine Ganganelli, né en 1705, proclamé pape en 1769. Il fut obligé, après une longue résistance, de donner le bref du 21 juillet 1773 qui éteignait la Compagnie de Jésus, et mourut peu après, le 22 septembre 1774.

7. Ce « cuisinier » est frère François, nommé dans la première édition ; Voltaire parle de sa mort, qui suivit de près celle de son maître, dans une lettre du 28 octobre 1774.

Page 280.

8. La bulle *In coena Domini*, fulminée par Jules II, prononçait l'excommunication majeure contre ceux qui tenteraient de restreindre la juridiction ecclésiastique ou d'empêcher l'exécution des décrets apostoliques. L'usage était de la fulminer tous les ans le jour du vendredi saint ; c'est cet usage que Clément XIV supprima.

Page 281.

9. Pierre-Paul Sarpi, dit Fra Paolo, soutint les droits de Venise contre le pape avec une telle vigueur qu'il fut excommunié (1606). Son *Histoire du concile de Trente* (1619) marque des sentiments quasi calvinistes. Il mourut en 1623.

10. Les *pregadi* sont les membres du sénat de Venise, les *citadins* sont les citoyens.

11. Le comte Aranda, ministre de Charles III, qui fit chasser les jésuites d'Espagne.

Page 282.

12. Marie-Thérèse d'Autriche, et plus loin Joseph II.

13. Allusion au coup d'État par lequel Gustave III restaura le pouvoir royal, fortement diminué depuis 1719-1720 ; voir *La Princesse de Babylone*, chap. VI.

14. Voltaire « plaint » Stanislas Poniatowski (s'il se garde de le soutenir) parce qu'il avait participé à la campagne d'appui financier aux Calas, reçu Mme Geoffrin, etc.

15. Les deux paragraphes qui suivent remplacent, dans les éditions définitives (« encadrée » notamment), un texte beaucoup plus long et plus explicite (voir l'Introduction), que voici :

Elles continuèrent leur voyage dans le Nord, et voulurent voir les bords de la Sprée. On leur avait dit qu'elles y trouveraient un philosophe ; mais elles n'y virent d'abord que des multitudes de grands garçons bien faits qui marchaient en cadence au son du tambour, le jarret tendu, l'air fier et posé, la mine assurée, et se servant merveilleusement d'une machine infernale qu'ils portaient sur l'épaule. Voilà de plaisants philosophes, dirent-elles ; mais enfin elles entrèrent dans la tente de leur maître ; elles le trouvèrent assis tranquillement à une petite

table, l'air doux et recueilli, ne faisant nulle attention au tintamarre dont il était l'auteur, lisant, comme Ganganelli, les ouvrages de Marc-Aurèle et du neveu de Constantin, écrivant sous la dictée de Minerve et des Grâces, se moquant des mensonges qui ont gouverné le monde. Il y avait auprès de lui une aigle romaine ornée de lauriers ; mais dans le fond de son cœur, il aimait mieux le cygne de Mantoue. Les deux voyageuses s'entretinrent avec lui comme avec leur frère. La Vérité lui fit un léger reproche de s'être brouillé une fois avec un des plus sincères serviteurs de cette Vérité et de lui ; mais apprenant que tout était raccommodé, elle fut extrêmement satisfaite.

De là elles coururent au grand objet de leur voyage, à cette immense région hyperborée, que les Anciens croyaient couverte de ténèbres éternelles, et d'où part aujourd'hui la lumière. C'était une création, un autre univers. Elles y virent le temple de la Gloire entre ceux de la Guerre et des Beaux-Arts. Elles perçurent de loin, sur un rocher de pierres précieuses, un cheval qui semblait s'élancer vers le ciel. Ce cheval colossal portait un héros vainqueur d'un autre héros [Pierre Ier vainqueur de Charles XII].

La Vérité dit à sa mère : J'ai vu il y a sept ou huit mille ans construire les grosses masses égyptiaques. Elles m'étonnèrent ; mais ce monument m'étonne et me ravit. En voici un autre, dit la Raison, qui vous plaira davantage. C'est une femme victorieuse des Ottomans, et législatrice du plus vaste empire de l'univers, qui cause dans un coin avec un philosophe, après avoir accordé la paix au Sultan, et donné un carrousel et un bal, tandis qu'un de ses courtisans* écrit en vers français à Ninon dans un style supérieur à celui de l'abbé de Chaulieu, et qu'un autre** écrit à vous et à moi dans le même style.

Quand les pèlerines furent en Angleterre...

* Le comte Schouvalof, chambellan, et l'un des présidents de la législation [note de l'édition originale].

** Un fils du maréchal de Romanzov, qui a tant battu les Turcs, et qui les aurait chassés d'Europe si... [note de l'édition originale].

On observera que les contemporains avaient, non sans de bonnes raisons, suggéré que Voltaire avait corrigé l'*Épître à Ninon* de Schouva-lof, comme il avait autrefois corrigé les poésies du roi de Prusse. Les deux hommes étaient en correspondance suivie à cette époque, et Schouvalof avait été reçu à Ferney.

Page 283.

16. Voltaire fait allusion aux difficultés que l'Angleterre commençait à éprouver après l'affaire de la *tea party* de Boston.

17. Louis XVI avait renoncé à faire lever l'impôt dit « don de joyeux avènement ».

Page 284.

18. Reprise d'un thème traité dans le *Pot-pourri*, et dans *L'Homme aux quarante écus*, p. 147 et suiv.

19 Les mariages entre protestants étaient réputés nuls s'ils n'avaient pas été conclus devant un prêtre.

20. La Barre et d'Étallonde avaient été condamnés en vertu d'un édit de 1666 contre les blasphémateurs.

Page 285.

21. Autre idée chère à Voltaire, qui la développe au chap XLVI de l'*Essai sur les mœurs*.

Page 286.

22. Voltaire pense à l'inoculation ; il avait fait déjà campagne en sa faveur dans les *Lettres philosophiques,* et venait de la reprendre à l'occasion de la mort de Louis XV.

23. À l'initiative de Pia, le gouvernement venait d'organiser les secours aux noyés.

24. Par le paratonnerre ; Voltaire en avait fait installer un à Ferney.

25. Le calcul des longitudes venait d'être amélioré grâce à la fabrication de chronomètres plus précis et par de meilleurs calculs relatifs à la précession des équinoxes.

26. Allusion à l'affaire Calas.

27. Cet « on » est bien sûr Voltaire, avec son *Traité sur la tolérance* (1763)

LES OREILLES DU COMTE DE CHESTERFIELD
ET LE CHAPELAIN GOUDMAN

Notice

Quoique court, le conte intitulé *Les Oreilles du comte de Chesterfield* n'est pas un des plus clairs de Voltaire. L'hésitation porte tant sur les thèmes, qui sont nombreux, que sur le personnage principal. Chesterfield, qui donne son titre à l'ouvrage, n'apparaît qu'au début. Le chapelain Goudman n'a qu'une personnalité effacée ; Sidrac a plus d'autorité, mais le nommé Grou lui ôte le premier rôle au chapitre V, qui donne peut-être la clé du récit. Le titre, excellent, n'est-il qu'une plaisanterie sans double fond, ou faut-il lui chercher une signification cachée ?

La personnalité du comte de Chesterfield fournit un premier repère

concernant la date de composition du conte. Né en 1694, Philip Dormer Stanhope, quatrième comte de Chesterfield, séjourna à Paris en 1714, puis en 1715-1716 : c'est alors que Voltaire put faire sa connaissance, avant de le revoir en Angleterre. Ambassadeur en Hollande, Chesterfield y eut en 1732 un fils illégitime, Philip Stanhope, pour lequel il écrivit les fameuses *Letters to his son*. Revenu en Angleterre, il exerça différentes fonctions, notamment en Irlande ; il fut secrétaire d'État de 1746 à 1748. Alors que sa maison de Chesterfield House était à Londres un foyer de la vie cultivée, sa surdité l'isolait de plus en plus des affaires publiques et privées. Son plaisir était alors de former l'esprit de son fils et d'entretenir une vaste correspondance. Il mourut en stoïque le 24 mars 1773. Le conte a dû être composé peu après. Les événements auxquels il y est fait allusion se réfèrent d'ailleurs à cette année 1773.

Sa surdité, le seul trait de lui retenu ici, intervient comme un prétexte à une nouvelle démonstration du « petite cause, grands effets ». Une seule autre allusion y est faite lorsque Sidrac remarque que la possibilité pour deux « facultés pensantes » de communiquer par la parole « est une chose merveilleuse que les hommes n'admirent pas assez ».

L'autre thème nouveau, et important, est celui de Tahiti et des nouvelles explorations. Il se réfère au voyage de Bougainville, parti de Saint-Malo le 15 novembre 1766, et qui y revint le 16 mars 1769, après une relâche notable à Tahiti ; ainsi qu'à celui de Cook, davantage mis en lumière par Voltaire. Il était parti de Plymouth le 25 août 1768, avec le jeune Joseph Banks et le botaniste suédois Daniel Solander. Son bateau, l'*Endeavour*, fit à Tahiti une longue escale, du 13 avril au 13 juillet 1769. Il fit ensuite le tour de la Nouvelle-Zélande et rentra par la côte est de l'Australie, arrivant à Plymouth le 12 juillet 1771. Le récit de ce voyage fut publié en 1773 par John Hawkesworth : il est dit au chapitre V du conte que « le docteur Hakerovorth [*sic*] achève actuellement de faire imprimer nos découvertes dans l'hémisphère méridional ». Mais l'intérêt que Voltaire attache à ce récit ressort surtout d'une lettre au chevalier de Lisle, du 11 juin 1774 :

Ne pouvant voyager, je me suis mis à lire le Voyage autour du monde *de MM. Banks et Solander. Je ne connais rien de plus instructif. Je vois avec un plaisir extrême que M. de Bougainville nous a dit la vérité. Quand les Français et les Anglais sont d'accord, il est démontré qu'ils ne nous ont point trompés. Je suis encore dans l'île de Tahiti : j'y admire la diversité de la nature ; j'y vois avec édification la reine du pays assister à une communion de l'Église anglicane, et inviter les Anglais au service divin qu'on fait dans son royaume. Ce service divin consiste à faire coucher ensemble un jeune homme et une jeune fille tout nus, en présence de Sa Majesté et de cinq cents courtisans et courtisanes. On peut assurer que les habitants de Tahiti ont conservé dans toute sa pureté la plus ancienne religion de la terre. Un jeune capitaine comme vous doit*

être fait pour être le roi ou le grand-prêtre de l'île. Dites votre
Pervigilium Veneris *pendant que je récite mon* De profundis.

Mais quel lien peut-on établir entre le comte de Chesterfield, ou plus
exactement entre le titre du conte et le thème tahitien ? Risquons une
hypothèse. En 1775, la Comédie-Française se préparait à donner une
tragédie de la comtesse de Beauharnais, et les incrédules disaient qu'elle
était l'œuvre de Dorat ; ils citaient ce mot de Corneille à Mme Deshou-
lières qui prétendait « chausser le cothurne », c'est-à-dire faire jouer
une tragédie : « Madame, pour ce métier il faut avoir des oreilles. » Ce
que le rédacteur de la *Correspondance secrète* qui rapporte l'anecdote,
explique : « Il est aisé d'entendre de quelles oreilles parlait ce grand
homme, et il lui appartenait de faire les honneurs de son sexe. »

Protecteur de la petite-nièce du grand Corneille, Voltaire ne pouvait
laisser échapper le mot, s'il fût venu à sa connaissance. Si c'est le cas, on
comprend non seulement la plaisanterie recelée par le titre, mais aussi le
lien entre ce titre et le contenu de l'ouvrage : il manifesterait, dans la
meilleure manière voltairienne, l'importance du thème de la génération,
en même temps que le rôle privilégié de Tahiti dans l'interprétation de la
signification religieuse de ce phénomène.

Notes

Page 287.

1. Le Guildhall est l'hôtel de ville de Londres.

2. Tailler est faire l'opération de la pierre, c'est-à-dire ouvrir le ventre
pour retirer la pierre de la vessie. L'opération avait été mise au point au
XVIIIᵉ siècle.

Page 288.

3. Ce nom de miss Fidler rappelle celui d'un personnage du *Doyen
de Killerine*, de l'abbé Prévost, avec lequel le conte de Voltaire n'est pas
sans présenter des analogies.

4. Thèse importante pour Voltaire : Dieu est horloger ; on retrouve
la thèse dans l'*Histoire de Jenni*, p. 349 · dans la nature, « tout est art
sans aucune exception ».

Page 289.

5. C'est-à-dire la primeur. D'origine espagnole, l'expression *avoir les
gants de quelque chose* se rapporte à l'usage consistant à donner une
gratification à qui apportait le premier une bonne nouvelle.

6. Comme l'explicite la note, le « rêveur » est Voltaire ; dans l'article
« Nature » des *Questions sur l'Encyclopédie*, la nature démontre au

philosophe qu'il y a autant d'art dans les choses brutes que dans les animaux ou les végétaux.

Page 290.

7. Voltaire est moins affirmatif sur ce point dans *L'Homme aux quarante écus;* voir le chapitre « Mariage de l'Homme aux quarante écus », p. 140 et suiv.

8. Et avant l'École, saint Paul ; voir encore *L'Homme aux quarante écus,* p. 146, n. 67.

9. Voltaire pense peut-être à Warburton, qui fut évêque de Gloucester.

Page 291.

10. Les Indes proprement dites.

11. John Philips (1676-1709), dans un poème burlesque célèbre, *The Splendid Shilling.*

Page 292.

12. Les idées qui sont brièvement présentées ici sont longuement développées dans les articles « Âme » du *Dictionnaire philosophique* et des *Questions sur l'Encyclopédie.*

Page 293.

13. *The Essay on Human Understanding.*

14. Panurge et Thaumaste discutant par signes, au livre I de *Pantagruel.*

Page 294.

15. Sur ce lieu commun de Voltaire, voir notamment *L'Homme aux quarante écus,* p. 141 et n. 58.

Page 296.

16. Voltaire lui-même, dans l'article « Passion » des *Questions sur l'Encyclopédie,* qui est une attaque contre les théologiens.

17. Toujours Voltaire ; voir, outre la note précédente, la notice du *Pot-pourri.*

Page 297.

18. Nous voici revenus à la philosophie de *Zadig :* « Mais, dit Zadig, s'il n'y avait que du bien, et point de mal ? — Alors, reprit Jesrad, cette terre serait une autre terre. »

Page 298.

19. Sur ces deux personnages, voir la notice.

20. Le comte de Bonneval, qui avait servi sous Catinat et Vendôme, quitta le service et fut condamné comme déserteur. Il servit l'Empereur,

mais fut disgracié et emprisonné en 1720 pour des propos satiriques contre le prince Eugène. Il passa en Turquie, et organisa l'artillerie turque, dont il devint général. Il disait en se faisant mahométan qu'il n'avait fait que « troquer son bonnet de nuit contre un turban ».

21. D'origine irlandaise, l'abbé Mac Carthy (on écrivait son nom *Makarti*) joua un certain rôle dans la vie littéraire. On ne sait rien d'une conversion à l'Islam.

22. Le chevalier Ramsay (1686-1743), d'une noble famille écossaise, fut converti au catholicisme par Fénelon, dont il devint le disciple. On ne sait rien non plus de cette prétendue conversion à l'Islam.

23. Sur Malagrida, voir le *Pot-pourri*. Il avait été condamné par l'Inquisition, qui s'était fondée sur certaines extravagances contenues dans ses ouvrages de théologie. On lit dans sa *Vie de sainte Anne* que « dans le sein de sa mère, [elle] entendit, connut, aima, servit Dieu de la même manière que font les anges dans le ciel ».

Page 300.

24. Après l'avoir placé dans le pays des Gangarides, Voltaire transporte l'Éden en Polynésie. On se souvient aussi de l'Eldorado de *Candide*.

25. En fait, Tahiti.

26. Les *Lettres édifiantes et curieuses* des pères jésuites parurent à partir de 1703 ; il en est encore question dans l'*Histoire de Jenni*, p. 344 et n. 77.

27. Hawkesworth ; voir la notice.

Page 301.

28. Dawkins et Wood avaient publié, en 1753 et 1757, le résultat de leurs fouilles dans les oasis de Palmyre et de Balbek.

29. William Hamilton, ambassadeur d'Angleterre à Naples (1764), auteur d'*Observations sur le Vésuve, l'Etna et autres volcans* (1772).

Page 302.

30. C'est le thème « philosophique » du *Taureau blanc*.

Page 303.

31. Dans son *Voyage autour du monde* (1771). Effectivement, ce sont les Anglais qui, avec Wallis, passèrent les premiers à Tahiti.

32. Voltaire songe à un passage de *Candide* : « ... cette maladie qui empoisonne la source de la génération, qui souvent même empêche la génération, et qui est évidemment l'opposé du grand but de la nature... » (chap. IV)

33. Ovide, *Métamorphoses*, I, 83 ; traduction : « Il les fit à l'image des dieux, qui règlent toute chose. »

34. Sur Rochester, voir l'*Histoire de Jenni*, p. 345, n. 78.

Page 305.

35. Il faut lire : *le réservoir de Pecquet.* Jean Pecquet, mort en 1674, était un médecin qui se rendit célèbre par la découverte d'un vaisseau portant le chyle au cœur, nommé ainsi d'après lui. Sa découverte confirmait la théorie de la circulation du sang.

36. *Aduste :* terme de médecine signifiant : « brûlé ».

Page 306.

37. Voltaire reprend une critique qu'il avait déjà formulée dans la *Gazette littéraire de l'Europe* du 30 septembre 1764 contre le style trop familier du père Daniel, déjà traité avec ironie dans le *Pot-pourri,* chap. I et III. Il écrivait : « Le père Daniel fait battre trop souvent une armée *à plate couture ;* on fuit trop *à vau de route ;* et quand, *sur ces entrefaites, les ennemis sont aux trousses et qu'on est à la débandade,* le lecteur est trop dégoûté. »

38. Vers de *Charlot ;* voir *L'Homme aux quarante écus,* p. 175, n. 128.

39. Ces réflexions ont été déjà faites dans l'*Essai sur les mœurs,* chap. LXXV.

40. Dans la Bible, Gédéon est un libérateur du peuple juif. Avec trois cents hommes, il s'introduit de nuit dans le camp des ennemis ; à un signal, ses hommes cassent bruyamment les pots qu'ils ont apportés. Les ennemis sortent en désordre et s'entretuent. Gédéon et les siens achèvent les survivants.

Page 307.

41. Dans sa *Telluris theoria sacra* (1681), Thomas Burnet soutient qu'au début la terre n'avait ni vallées, ni montagnes, ni mers.

42. William Whiston, autre auteur d'une *Théorie de la terre* (1696). Ayant embrassé l'arianisme, il perdit son poste à l'université de Cambridge.

43. John Woodward, auteur d'un *Essai sur l'histoire naturelle de la terre* (Londres, 1714).

44. Sur Maillet, voir *l'Homme aux quarante écus,* p. 137, n. 48.

HISTOIRE DE JENNI,
OU LE SAGE ET L'ATHÉE

Notice

Comme *Les Oreilles du comte de Chesterfield,* l'*Histoire de Jenni* s'inscrit dans un cadre résolument anglais ; ce n'est pas seulement le

sujet et les personnages qui sont anglais, mais le narrateur, Sherloc. Ce choix initial répond à la fois au genre de narration auquel l'auteur recourt, une sorte de roman « réaliste » à la façon de Defoe, et à des intentions « philosophiques ».

Intentions philosophiques

Aussi loin qu'on remonte dans l'histoire de sa pensée, Voltaire a toujours professé des opinions déistes. C'est-à-dire qu'au Dieu des chrétiens et des religions révélées, il oppose un archétype de Dieu, une intelligence suprême, architecte de la nature, en même temps que soutien de la société civile, en sa qualité de « rémunérateur des bonnes actions, punisseur des méchantes, pardonneur des fautes légères » (chap. XI, p. 373). C'est à peu de chose près le Dieu des déistes français, notamment Robert Challe avec ses *Difficultés sur la religion proposées au P. Malebranche*, écrites en 1710-1711, mais tandis que les ouvrages de ces derniers sont restés clandestins et anonymes, ceux des déistes anglais, au premier rang desquels Voltaire place Newton et le « docteur Clarke », sont publiés et célèbres. La VII[e] *Lettre philosophique* les considérait déjà comme les pères de l'Église déiste, et Voltaire le répétera sans cesse. Il était donc naturel pour lui et vraisemblable aux yeux des lecteurs anglais de faire soutenir par un Anglais des thèses hostiles au catholicisme, mais aussi à l'athéisme. N'est-ce pas de Newton qu'il emprunte la formule fameuse : « Je serai toujours persuadé que l'horloge prouve un horloger, et que l'univers prouve Dieu » ?

Mais il faut aussi se remémorer les circonstances dans lesquelles Voltaire s'est trouvé progressivement amené à combattre sur deux fronts : contre « l'infâme », certes, et c'est ici le sens de la discussion entre Freind et le bachelier espagnol, pauvre fantoche incapable de se défendre contre le redoutable chapelain ; mais aussi contre le « quatrième imposteur [1] », c'est-à-dire l'athée.

La phase de la lutte qui trouve ici son couronnement semble avoir commencé vers 1765. À l'origine, une visite de Damilaville envoyé à Voltaire par Diderot : dès lors Voltaire comprend les implications athéistes de la philosophie de Diderot telle que l'exposent les *Pensées philosophiques*, la *Lettre sur les aveugles* et l'*Interprétation de la nature*. Il voit le lien entre cette philosophie et les expériences de Needham qui semblent appuyer la thèse matérialiste. Dès lors aussi Voltaire attaque Needham, qu'il appelle dédaigneusement « le jésuite irlandais », et lui oppose les observations de Spallanzani. Dès 1766 encore, *Le Philosophe ignorant* tente de réfuter le « spinozisme moderne ». En décembre 1766, *Le Christianisme dévoilé* d'Holbach l'irrite encore davantage

1. Les « trois imposteurs », rendus célèbres par le *Traité des trois imposteurs*, sont Moïse, le Christ et Mahomet.

parce qu'il lui paraît détruire la morale : il note en marge de son exemplaire que la morale du Christ *n'est pas* perverse.

Si ses prises de position publiques restent timides, sa correspondance est bien plus explicite. On lit ainsi dans une lettre du 26 août 1768 au marquis de Villevieille :

Quoi qu'en disent quelques savants de nos jours, on peut être très bon philosophe et croire en Dieu. Les athées n'ont jamais répondu à cette difficulté qu'un [sic] *horloge prouve un horloger ; et Spinoza lui-même admet une intelligence qui préside à l'univers. Il est du sentiment de Virgile :*

Mens agitat molem, et magno se corpore miscet [1] (*Énéide*, VI)

[...] Croiriez-vous bien qu'un jésuite irlandais a fourni en dernier lieu des armes à la philosophie athéistique en prétendant que les animaux se formaient tout seuls ? [...] Voilà aussitôt un autre fou, nommé Mauper-tuis, qui adopte ce système [...]. Dieu nous préserve de tels athées ! [...]

Enfin il a fallu que M. Spallanzani, le meilleur observateur de l'Europe, ait démontré aux yeux le faux des expériences de cet imbécile Needham [...]

Mon cher marquis, il n'y a rien de bon dans l'athéisme. Ce système es. fort mauvais dans le physique et dans le moral [...]. Les hommes en seront-ils plus vertueux pour ne pas reconnaître un Dieu qui ordonne la vertu ? [...] Sans ce frein, je regarderai [les princes] comme des animaux féroces [...] qui certainement me mangeront, s'ils me rencontrent sous leurs griffes, quand ils auront faim [...].

L'athéisme était très commun en Italie aux XVe et XVIe siècles. Aussi, que d'horribles crimes à la cour des Alexandre VI, des Jules II, des Léon X ! [...] Il n'y a que le fanatisme qui ait produit plus de crimes.

Les sources les plus fécondes de l'athéisme sont, à mon avis, les disputes théologiques. [Des sottises des théologiens, on déduit que la religion ne vaut rien, « donc il n'y a point de Dieu ».] C'est horriblement raisonner Je dirais plutôt : donc il y a un Dieu qui punira les théologiens, et surtout les théologiens persécuteurs. [...]

Je ne persuaderai pas l'existence d'un Dieu rémunérateur et vengeur a un juge scélérat, à un barbare avide de sang humain [...]. Mais je le persuaderai à des âmes honnêtes, et, si c'est une erreur, c'est la plus belle des erreurs.

Ainsi, dès cette époque toute l'argumentation de l'*Histoire de Jenni* est prête dans l'esprit de Voltaire. On voit comment la lutte contre les théologiens pourra constituer dans son plan un préliminaire destiné à préparer le terrain en vue de la bataille contre l'athéisme. Et on sent même, à la dernière phrase, quelles résistances il devra surmonter à

1. Traduction : « L'esprit anime la matière, et se mêle à cette masse immense. »

l'intérieur de lui-même, quels doutes il devra mettre de côté pour faire preuve d'une force de conviction suffisante dans l'exposé de sa foi déiste.

Cependant les liens de Voltaire avec la coterie holbachique sont encore trop étroits pour qu'il se décide à prendre dès lors publiquement position contre leurs thèses. Il approuve même *Le Militaire philosophe*, version tirée dans le sens matérialiste par d'Holbach des *Difficultés sur la religion proposées au père Malebranche*, dont l'original était ardemment déiste. Son *Épître à l'auteur du livre des Trois Imposteurs* est une réponse bien faible à l'ouvrage lui-même, quoique en l'envoyant le 12 mars 1769 à Mme Denis il tienne à préciser qu'il « croi[t] l'athéisme aussi pernicieux que la superstition ». De même, sa *Réponse au système de la nature* (1770), brochure de 56 pages opposée aux trois gros volumes d'Holbach, est jugée par les contemporains plus nuisible qu'utile dans la mesure où, selon un mot des *Mémoires secrets* à la date du 8 septembre 1770, elle « rapproche les divers arguments de l'adversaire, qui restent dans toute leur force ».

Conscient de cette insuffisance, d'origine tactique, Voltaire prend encore l'occasion de l'ouvrage des *Cabales*, qu'il publie en 1772, pour reprendre ses attaques contre le *Système de la nature*. Mais c'est surtout un nouvel ouvrage d'Holbach, *Le Bon Sens, ou Idées naturelles opposées aux idées surnaturelles* (1772) qui l'irrite. Sa raison est toujours la même : qui sera en sécurité dans un pays d'athées ? Ce qui l'amène non seulement à répondre à d'Holbach dans les marges de son exemplaire de l'édition de 1774 sur le plan théorique, par exemple en lui opposant le *mens agitat molem*, mais aussi à parsemer sa correspondance de remarques plus équitables envers le clergé, ainsi quand il écrit à Marin le 16 août 1774 qu'il ne peut approuver qu'on dise du mal des prêtres « sans aucun correctif » : « Il est très certain qu'il y a parmi eux de très belles âmes, des évêques, des curés sages et admirables. » À un ton si nouveau, on voit que Voltaire est mûr pour écrire l'*Histoire de Jenni*.

Quelle fut l'occasion proche de la rédaction ? Quand commença-t-elle et quand fut-elle terminée ? On ne peut le dire avec certitude. On sait seulement que vers le 10 avril 1775, il demande à son éditeur Cramer de lui « garder six exemplaires de *Jenni* à part », et que les auteurs de la *Correspondance littéraire* en eurent connaissance en juillet 1775.

Pour en terminer avec le contenu philosophique de l'ouvrage, on citera ce que Voltaire en dit lui-même dans une lettre à d'Argental :

Papillon philosophe [Mme de Saint-Julien, sa correspondante] m'a appris que la petite cabale du Bon Sens m'attribuait ce cruel et dangereux ouvrage. Je réponds à cette imputation :

> Seigneur, je crois surtout avoir fait éclater
> La haine des forfaits qu'on ose m'imputer.

J'ai toujours regardé les athées comme des sophistes impudents. Je l'ai dit, je l'ai imprimé. L'auteur de Jenni *ne peut pas être soupçonné de penser comme Épicure. Spinoza lui-même admet dans la nature une intelligence suprême. Cette intelligence m'a toujours paru démontrée. Les athées qui veulent me mettre de leur parti me semblent aussi ridicules que ceux qui ont voulu faire passer saint Augustin pour un moliniste*

La technique du récit

En publiant son *Cleveland* comme les Mémoires authentiques de « Cleveland, fils naturel de M. Cromwell », l'abbé Prévost avait pris la curieuse précaution d'en faire paraître d'abord une version anglaise, de façon que la version française pût, au moins aux yeux des naïfs, passer pour une traduction d'un original anglais. En s'inspirant du roman de Prévost, Voltaire ne va pas tout à fait si loin dans le scrupule, ou dans la mystification, mais il n'en prend pas moins un soin exceptionnel pour fonder la vraisemblance de son récit en dessinant minutieusement son cadre historique, personnages compris.

Le roman n'est pas attribué à un auteur omniscient, il est mis dans la bouche d'un narrateur délégué, témoin des événements, qui va jusqu'à céder lui-même la plume à d'autres acteurs (en l'occurrence Boca Vermeja) lorsqu'il faut rendre compte de faits qu'il n'a pu connaître directement. Ce substitut de l'auteur est choisi avec soin, c'est « Sherloc », c'est-à-dire Thomas Sherloc, né en 1678, donc contemporain du principal personnage, Freind ; mort en 1761, ce qui laisse toute latitude à Voltaire pour lui faire tenir le rôle qu'il lui attribue. Du point de vue des idées, Thomas Sherloc présente deux caractères intéressants D'une part il a écrit, en faveur de la tolérance à l'égard des presbytériens, *The Rights of Protestant Dissenters to a Compleat Toleration*, mais aussi, et ce n'est pas le moins significatif, il fut un apologiste de la religion chrétienne. Ainsi le porte-parole de Voltaire se trouve être un représentant sincère, un peu naïf même, de l'orthodoxie anglicane.

Les autres personnages principaux mis en scène sont également historiques. On le savait pour milord Peterborough ; ses hauts faits à l'armée d'Espagne, lors de l'intervention anglaise en Catalogne pendant la guerre de Succession d'Espagne (1705), sont exactement rapportés, ainsi que sa mission à Gênes pour trouver les fonds nécessaires à l'archiduc, et les ennuis que lui firent ses accusateurs lors de son retour en Angleterre. Les aventures de la duchesse Popoli pendant la prise de Barcelone correspondent aussi à la réalité.

En revanche, l'historicité du « docteur Freind » était restée long-temps inaperçue. En effet, un nommé John Freind, né en 1675, nommé en 1704 professeur de chimie à l'université d'Oxford, abandonna ce poste pour accompagner pendant deux ans milord Peterborough à

l'armée d'Espagne, non en qualité de chapelain, comme le dit Voltaire,
mais de médecin. Revenu en Angleterre, il accompagna encore le lord en
Italie. Plus tard, il fut membre de la Société Royale, entra au Parlement
en 1723, et mourut en 1728.

Pourtant, à y regarder de près, des difficultés apparaissent. Puisque
Freind n'a été député au Parlement qu'en 1723, la visite que lui fait Boca
Vermeja n'aurait lieu qu'à cette date : or l'histoire se passe bien plus tôt,
en 1706. Ce pourrait être une inadvertance, mais voici plus grave. John
Freind a bien eu un fils ; mais en 1705, son fils ne peut avoir eu une
vingtaine d'années, puisque lui-même est né en 1675. En fait, Voltaire a,
sans doute consciemment, « contaminé » deux personnages, John
Freind, dont nous parlons, et son frère aîné, Robert, né en 1666, dont le
fils aurait pu avoir l'âge de Jenni. C'est lui, comme le Freind du roman,
qui fut ministre anglican, mais qui n'accompagna pas milord Peterbo-
rough en Espagne, et ne fut pas membre du Parlement[1].

L'épisode américain, inspiré des épisodes comparables du *Cleveland*
de Prévost, témoigne aussi d'une recherche de ce réalisme « à l'an-
glaise » dont Defoe avait donné le meilleur modèle. Relèvent de cette
recherche quelques détails sur l'embarquement de Jenni « à Neuport
dans le comté de Pembroke, sur un petit vaisseau qui était à la rade,
plein de contrebandiers », ou sur l'existence de services réguliers avec le
Maryland et la Pennsylvanie. Mais ce réalisme s'essouffle vite. C'est au
plus si, de l'Amérique, Voltaire s'intéresse à quelques particularités très
générales, comme le contraste administratif entre le Maryland et la
Pennsylvanie. Les épisodes avec les « sauvages » ne laissent pas
l'impression qu'il ait jamais regardé l'*Histoire générale des voyages*,
qu'avait alors terminée Prévost, autrement que par la reliure. On est
loin avec l'*Histoire de Jenni* d'*Atala* ou des *Natchez,* dont un quart de
siècle seulement la sépare pourtant, à plus forte raison de Fenimore
Cooper.

Il est pourtant une page du roman où les sens et l'abstraction,
l'enthousiasme poétique et l'intuition se rejoignent. C'est celle qui
évoque le ciel étoilé de la nuit américaine. Les termes en sont bien
conventionnels — le romantisme n'est pas encore passé par là, et
Voltaire se garde bien d'en être le précurseur. Mais le sentiment qui
s'exprime est sincère. On n'en donnera pour preuve qu'une scène
rapportée par un voyageur, le comte de La Tour. Séjournant à Ferney, il
avait été invité par Voltaire à une promenade très matinale afin
d'observer le lever du soleil dans le pays de Gex. Voici la fin de son
récit :

1. Voltaire ne peut guère avoir cru que John Freind était ministre anglican ; lorsqu'il
apprend sa mort, il plaisante en effet, dans une lettre à Richard Towne du 23 juillet 1728,
sur son état de médecin : « He was the only patient whom he treated so ill. » ; voir aussi
p. 326, n. 50.

Le spectacle était magnifique [...]. Devant cette sublimité de la nature, Voltaire est saisi de respect : il se découvre, se prosterne, et quand il peut parler, ses paroles sont un hymne : « Je crois, je crois en toi, s'écrie-t-il avec enthousiasme ; puis, décrivant avec son génie de poète et la force de son âme le tableau qui réveillait en lui tant d'émotions, au bout de chacune des véritables strophes qu'il improvisait : « Dieu puissant, je crois ! » répétait-il encore. Mais tout à coup, se relevant, il remit son chapeau, secoua la poussière de ses genoux, reprit sa figure plissée, et regardant le ciel comme il regardait le marquis de Vilette lorsque celui-ci disait quelque naïveté, il ajoute vivement : « Quant à Monsieur le Fils et Madame sa Mère, c'est une autre affaire[1]. »

« Je crois en Dieu », dit aussi Birton ; et l'on peut admettre qu'en ajoutant « et à vous », l'hommage qu'il rend à Freind, maître du déisme, correspond, positivement, à la négation du Christ professée par l'adorateur de Ferney.

Notes

Page 309.

1. Sur Sherloc, voir la notice.

2. L'abbé Nicolas Louis de La Caille (1713-1762), mathématicien et astronome ; il était allé au cap de Bonne-Espérance observer le ciel austral et avait identifié près de dix mille étoiles et des nébuleuses nouvelles.

3. Sur milord Peterborough, voir la notice ; sa « retraite » doit se placer en 1717, après sa dernière mission diplomatique en Italie.

4. On a vu dans la notice, que Freind n'était pas chapelain, mais médecin. Au reste, chapelains et médecins avaient à l'époque un statut comparable dans l'armée anglaise ; ainsi leur nomination était dans les deux cas à la disposition du colonel du régiment ou de son équivalent dans la Marine.

5. Montjuich, citadelle de Barcelone, située au sud de la ville et dominant le port.

Page 310.

6. Ce nom signifie « les fesses ».

7. La ville de Manresa, avec son sanctuaire de la Vierge, est située au nord de Barcelone, sur la rivière Cordonoer.

1. Ce passage, publié par Lord Brougham en 1845, fut exhumé par René Pomeau et publié dans son ouvrage, *La Religion de Voltaire*, éd. de 1969, p. 417.

8. Ce mot suggère le sens de « qui a la mine violette » ; mais les syllabes *cucarador* font aussi penser à *cucaracha*, « punaise ».

9. Ou Notre-Dame de Pino, proche du couvent de l'Inquisition.

Page 311.

10. Ce mot signifie « bouche vermeille ».

11. À l'origine, les professions de barbier et de chirurgien étaient confondues ; mais la distinction était couramment faite dès le XVIIᵉ siècle.

12. L'Apollon du Belvédère est la copie d'une statue de Praxitèle ; ce type de beauté convient à Jenni, personnage moins viril, par exemple, que son ami Birton.

13. Traduction : « Oh ! quel beau jeune homme ! »

14. Cette formule est chez Voltaire un cliché ; voir *La Princesse de Babylone*, chap. I.

Page 312.

15. Melchisédech est un personnage mentionné dans la Genèse. Son sacerdoce, dans la tradition chrétienne, est opposé à celui de l'ancienne Alliance. Saint Paul voit en lui une figure prophétique du Christ. C'est pourquoi son nom est substitué à celui du Christ pour éviter un blasphème.

16. *Agudeza* signifie finesse, perspicacité.

Page 313.

17. On a vu dans la notice, que Voltaire confond les attributs des deux Freind ; voir J. Freind, *Opera omnia medica* (Londres, 1733), avec une préface contenant la vie de l'auteur.

18. Voltaire utilise ici la documentation qu'il avait recueillie pour *Le Siècle de Louis XIV*. Il y raconte au chapitre XX la prise de Barcelone « par un hasard qui fut l'effet de la témérité des assiégeants ». Il y fait aussi le portrait du comte Peterborough et de la magnanimité des Anglais, qui s'étaient opposés au sac de la ville par leurs alliés allemands et catalans. Il y conte enfin l'aventure de la duchesse de Popoli, qui se trouvait à Barcelone avec la garnison de Napolitains qui la défendaient ; l'une des raisons que pouvait avoir Peterborough de lui porter secours est qu'elle était apparentée à la dynastie Stuart.

19. Où avaient lieu les courses de chevaux que la France commençait à imiter à l'époque où écrit Voltaire.

20. La scène est substantiellement la même que celle qui conclut *La Princesse de Babylone* ; c'est dire qu'elle hante l'imagination de Voltaire.

Page 314.

21. Le sang-froid de Jenni est un trait britannique ; on le retrouvera chez Freind (par exemple p. 330) aussi bien que chez Birton (p. 342-343).

Page 315.

22. Idée chère à Voltaire, qui la développe plusieurs fois à propos de l'affaire La Barre ; voir *L'homme aux quarante écus*, p. 155 et suiv.

23. *The British Channel*, La Manche.

24. Anne Dubourg avait appelé le Parlement, dont il était conseiller, à rallier le parti calviniste. Il fut condamné à être pendu ; entre-temps, l'assassinat du président Minart, un de ses juges, hâta l'exécution de la sentence (1559).

25. Michel Servet, antitrinitaire, avait quitté l'Espagne pour échapper à l'Inquisition. Réfugié à Vienne, il entra en polémique avec Calvin, qui l'en fit chasser. Il se réfugia alors à Genève, où Calvin le fit poursuivre, et réussit à le faire condamner à être brûlé vif (1553). Pour se justifier, Calvin écrivit un ouvrage pour prouver qu'il y avait lieu de faire périr les hérétiques. — *Ars*, dans la même phrase, signifie « brûlés ».

26. Voir p. 309, n. 3.

Page 316.

27. *Medroso* signifie « poltron » ; *Inigo* peut être rapproché de l'espagnol *inicuo*, « injuste », ou du français *nigaud ; Comodios* signifie « mange-Dieu » ; *Papalamiendo* « lèche-pape ».

28. Ce nom rappelle la « lettre des *mais* », prétendument écrite par Voltaire à Mme Denis le 6 novembre 1750, mais en fait forgée par lui quelques années plus tard ; voir la chronologie, année 1753.

29. Œcolampade (1482-1531), prêtre, ami d'Érasme, passa au protestantisme, se maria, et eut beaucoup de part à la Réforme en Suisse. Il était pour Zwingle contre Luther sur l'Eucharistie.

Page 317.

30. Le futur proche.

31. En fait, selon les *Actes des apôtres*, Pierre est au moins le porte-parole des douze.

32. Sur Sanchez, voir *L'Homme aux quarante écus*, p. 141 et n. 59 ; Voltaire fait ici allusion à ses ouvrages d'exégèse, spécialement à son commentaire des *Actes des apôtres*.

33. L'ouvrage de Grillandus auquel Voltaire se réfère est son *Tractatus de hereticis sortilegiis* (1536) ; s'il fait de Grillandus le prototype de l'Inquisition, c'est à cause de son nom.

Page 318.

34. Voltaire revient plusieurs fois sur les démêlés de saint Pierre avec Simon le magicien ; voir l'article « Pierre » du *Dictionnaire philosophique*.

35. Abdias, d'après un manuscrit retrouvé au XVIe siècle, prétendait avoir connu le Christ ; Marcel, évêque d'Ancyre, mort en 374, prit parti contre les Ariens ; d'Hégésippe, mort en 181, il ne reste que quelques

fragments dans l'*Histoire ecclésiastique* d'Eusèbe ; ce dernier ouvrage marquait lui-même un progrès de la critique par rapport à l'histoire de l'Église, mais aucun de ces personnages n'est reconnu comme docteur de l'Église, comme le laisse entendre Voltaire.

36. Allusion à l'expression *jouer des gobelets,* faire des tours de prestidigitation (avec des gobelets truqués).

Page 319.

37. On a ici une revue rapide des « scies » voltairiennes, concernant cette fois le Nouveau Testament ; on les retrouve dans l'article « Christianisme » du *Dictionnaire philosophique.*

Page 320.

38. Saint Bonaventure, auteur de *Commentaire sur l'Écriture,* est non un père, mais un docteur de l'Église ; Albert Groot, dit le Grand, est l'auteur d'ouvrages sur la sorcellerie ; il n'est guère estimé comme docteur. Tamburini (1591-1675), jésuite d'origine sicilienne, est l'auteur d'ouvrages de théologie morale dont certaines propositions ont été trouvées répréhensibles, mais qui n'ont pas été censurées ; Escobar (1589-1669) est sans doute cité à cause de ses *Commentaires sur l'Écriture sainte* (1667).

39. Albert le Grand était dominicain, Bonaventure franciscain, les trois autres jésuites.

Page 321.

40. C'est à peu près à cela que Voltaire réduit le message du christianisme dans sa tragédie d'*Alzire.*

41. Ordinairement, on fait de saint Jacques le Mineur le frère de saint Jude, et le fils de Cléophas et de Marie, « sœur », c'est-à-dire cousine germaine de la Vierge.

Page 322.

42. Saint Paul a dit (ce qui ruine la thèse de Voltaire concernant son prétendu mariage) : « Je dis aux célibataires et aux veuves : Il leur est bon de demeurer comme moi » (I Corinthiens, 7, 8).

43. Voltaire modifie malignement le texte de la *I*re *aux Corinthiens ;* il remplace notamment l'expression *une femme sœur,* c'est-à-dire une croyante, une fidèle, par « notre femme, notre sœur », etc. Dans le même chap. VII, saint Paul dit aussi en parlant du célibat : « Ce n'est donc pas un piège que je vous tends ; je vous propose une chose honorable qui vous attachera sans partage au Seigneur. »

Page 325.

44. C'est-à-dire « quitte-pape ».

45. Voltaire parle longuement de Penn dans la quatrième *Lettre*

philosophique (éd. Folio, p. 49-54). Né en 1644, il hérita en 1670 de
créances qu'il échangea du gouvernement britannique pour la propriété
et la souveraineté d'une province au sud du Maryland. Déjà connu par
ses écrits en faveur de la tolérance, il s'y rendit avec deux vaisseaux
chargés de ses coreligionnaires quakers et y fonda Philadelphie, capitale
de la Pennsylvanie. Il y conclut un traité avec les Indiens voisins qui fut
scrupuleusement respecté de part et d'autre. De retour en Angleterre
(1701), il vendit à la reine Anne la province qu'il avait fondée pour
280 000 livres sterling. Il mourut en 1718.

Quant à la filiation qui est ici prêtée à Freind, elle est impossible.
Penn se maria deux fois, en 1672 et 1696. Mais s'il eut beaucoup
d'enfants, aucun ne peut avoir été le père de Freind qui, pour avoir un
fils de l'âge de Jenni ne peut être né après 1666. Comme on ne peut
croire que, dans l'esprit de Voltaire, les Anglais aient consciemment
menti aux naïfs Indiens, il faut croire qu'inconsciemment il place la
scène à une date plus récente que 1706 ou 1707, en fait proche de celle
où il écrit.

46. Le détail est historique ; une polémique s'étant engagée au sujet
de la conduite de Peterborough dans sa campagne, Freind écrivit
plusieurs opuscules en sa faveur.

Page 326.

47. Voltaire trouve ici une occasion d'employer le mot *auguste* qu'il
cherchait à imposer à la place d'*août*, qui lui paraissait « welche » ; un
peu plus loin, *yo el rey* signifie « moi le Roi ».

48. Effectivement, Locke, rentré en Angleterre avec la flotte qui y
ramenait Guillaume d'Orange (il avait été auparavant soupçonné de
trahison par le gouvernement de Jacques II), se contenta d'un emploi de
commis du Commerce et des Colonies ; c'est à ce titre qu'il proposa un
projet de refonte des monnaies qui fut agréé et réussit.

49. Comme de coutume, Voltaire juge vite : l'*Encyclopaedia Britannica* conclut l'article sur Peterborough en ces termes : « D'esprit fier et
turbulent, Peterborough semble avoir été incapable d'obéir aux ordres
donnés. »

50. Sur la confusion par Voltaire des deux frères Freind, voir la
notice.

51. Sur la difficulté chronologique, voir la notice ; du reste, il est dit
plus loin que Freind et Peterborough retournent ensuite en Espagne ; il
peut s'agir de la campagne de 1706.

Page 327.

52. Clive est le nom d'un colonel anglais servant aux Indes que
Voltaire mentionne en 1773 dans sa correspondance, et Harte, sinon
Hart, celui du précepteur de Philip Stanhope (voir la notice des *Oreilles
du comte de Chesterfield*). Mais il est très douteux que Voltaire songe ici

à ces personnages ; *cleave-hart* (prononcé en français Clive-Hart) signifie « fend le cœur », ce qui est un nom « parlant » typique de Voltaire (cf. *Goudman, Mansebo, Boldmind*, etc.).

Page 328.

53. Écrivant à d'Argental le 18 mars 1775, Voltaire lui dit que le jeune d'Étallonde « fera son mémoire lui-même », et qu'il ne parlera pas « comme les magistrats éloquents, qui *invoquent* une loi et un témoignage, qui *apportent des raisons victorieuses* », etc.

54. L'ouvrage de Warburton auquel pense Voltaire est intitulé *The Divine Legation of Moses*. Voltaire l'avait reçu par Keate en 1757 et disait alors que Warburton « prouve [...] pour la plus grande gloire de Dieu et l'édification du prochain que ni Moïse ni les prophètes ne connurent jamais rien de l'immortalité de l'âme... » (voir n. 119). On notera qu'il y a ici un nouvel anachronisme, puisque la présente scène se passe une trentaine d'années avant la publication de l'ouvrage de Warburton : autre indication que Voltaire la rapproche inconsciemment de l'époque où il écrit.

Page 329.

55. Voir la notice ; on notera que, contrairement à ce que Voltaire laisse entendre, Needham n'avait lui-même rien d'un athée ; il prétendait au contraire « réconcilier la religion et la philosophie » dans la conception d'un Dieu qui anime toute la création.

Page 330.

56. Nouvel exemple du sang-froid britannique ; cf. p. 314, n. 21.

57. Nous ne pouvons dire si Freind avait effectivement un oncle nommé George Hubert.

58. William Cheselden (1688-1754), auteur d'une *Anatomy of Human Body* (1713), fut surtout célèbre pour avoir rendu la vue à un jeune homme en lui ouvrant le cristallin des deux yeux.

59. Monnaie d'or valant vingt et un shillings, ainsi nommée du nom du pays ayant à l'origine fourni l'or nécessaire à sa fabrication.

60. L'emploi du présent renvoie, cette fois, à l'époque où se déroule l'action (1706) ou à celle où elle est racontée, après la retraite de Peterborough (1717).

Page 332.

61. John Hervey, baron d'Ickworth (1696-1743), avait épousé une brillante aristocrate, Mary Lepell, qui contribua à son élévation ; il est longuement question des Hervey dans la XXᵉ *Lettre philosophique*, éd. Folio, p. 134-136 ; Voltaire y traduit un poème « anti-papiste » que lui a envoyé Hervey.

Page 334.

62. Leontium était une courtisane athénienne, dont Épicure fut le maître et l'amant ; pour Voltaire, elle devait ressembler à Ninon de Lenclos (voir la chronologie, année 1705).

63. Memnius est un chevalier romain à qui Lucrèce dédia son poème ; on se demande s'il fut aussi « homme de bien » que le dit Voltaire : en 61 il fut exilé en punition des concussions qu'il avait exercées en tant que préteur de Bithynie.

64. Hobbes ne trahit pas Charles Iᵉʳ. Mais, dès 1640, il quitta l'Angleterre pour Paris, craignant d'être inquiété ; aussi ne se trouva-t-il pas aux côtés du roi quand il fut exécuté (1649).

65. Ce personnage de mari est fréquent dans les comédies de la Restauration.

Page 336.

66. La Clive-Hart fuit comme si elle avait été convaincue de crime ; or il n'a pas été question d'enquête, ni même de dépôt de plainte.

Page 337.

67. Le récit est elliptique ; arrivé aux Sorlingues, pour les Anglais les îles Scilly, le vaisseau doit d'abord attendre que le vent change ; mais celui qui s'établit les porte trop au nord, vers la Nouvelle-Angleterre.

Page 338.

68. En fait, les Montagnes bleues *(Blue Mountains)* sont au nord par rapport à l'entrée de la baie.

69. Tandis que Penn avait en fief la rive ouest de la rivière Delaware, plus les trois *lower counties* (qui formèrent plus tard le Delaware), lord Baltimore avait en fief le Maryland. Lorque Penn arriva en Amérique, il eut avec Baltimore des conférences pour régler les problèmes de frontière qui n'aboutirent pas, et il dut retourner en Angleterre pour y défendre ses droits (1684). Le lord Baltimore dont il est ici question, Charles Calvert (1637-1715), était resté catholique : est-ce à cela que pense Freind en posant sa question ?

Page 340.

70. De quoi le restaurer, au sens ancien du mot.

Page 341.

71. C'est une idée familière aux déistes, qui rend inutile à leurs yeux la prière propitiatoire.

Page 342.

72. On a dit, n. 45, que Penn signa avec les Indiens Leni-Lenape des traités — non jurés, puisque les quakers ne jurent pas — qui furent la

base de bonnes relations avec les tribus du voisinage. Le peintre Benjamin West, dans un tableau fameux, a imaginé et fixé la scène de ce « grand traité » de Shackamxon.

Page 343.

73 Ces réflexions sur l'anthropophagie, compatible avec la morale naturelle, sont familières à Voltaire depuis longtemps. Dans une lettre du 15 octobre 1737 à Frédéric, prince-héritier de Prusse, il évoque la rencontre qu'il fit en 1723 de quatre sauvages louisianais qu'il avait interrogés à ce sujet, et conclut . « Le mal n'est pas de les mettre à la broche, le mal est de les tuer. »

74. Coup de patte en passant aux idées innées, déjà attaquées dans *Micromégas*, chap. VII, et qui le seront encore dans l'*Aventure de la Mémoire.*

Page 344.

75. Tillotson (1629-1694) avait combattu l'athéisme dans ses sermons et dans son *Traité de la règle de la foi* (1665) par des arguments purement rationnels, si bien qu'on l'accusa de ne croire que ce qui était à portée de la raison, position assez proche de celle de Voltaire.

76. George Smaldridge (1663-1718), prélat et poète, évêque de Bristol et aumônier de la reine en 1714.

77. Sur les *Lettres édifiantes et curieuses,* qui avaient exercé sur le jeune Voltaire plus d'attrait qu'il ne le dit, d'autant plus qu'il avait connu au Grand Collège les correspondants parisiens des missionnaires jésuites, voir *Les Oreilles du comte de Chesterfield,* p. 300, n. 26.

Page 345.

78. Le comte de Rochester (1648-1680), homme de plaisir et d'étude, poète satirique, a toujours impressionné Voltaire. Il en parle dans la XXIᵉ *Lettre philosophique,* éd. Folio, p. 137 ; il cite aussi un mot de lui dans le *Dictionnaire philosophique,* article « Amour » : « L'amour, dans un pays d'athées, ferait aimer la divinité. »

Page 346.

79. Ce juron, signifiant « vérole », revient sans cesse dans la bouche des jeunes seigneurs anglais dans les comédies de la Restauration.

80. Newton, toujours intéressé par les problèmes ésotériques, écrivit une *Apocalypse of St. John,* qui parut en 1733.

81. Dans *Le Philosophe ignorant,* Voltaire cite, parmi les exemples de la naïveté de Locke, le conte « du perroquet qui eut une si belle conversation en langue brasilienne [*sic*] avec le prince Maurice [stathouder de Hollande], conversation que Locke a la simplicité de rapporter, sans se douter que l'interprète du prince avait pu se moquer de lui ».

Page 347.

82. L'influence de Clarke sur Voltaire se manifeste clairement dès la VII^e *Lettre philosophique,* dans laquelle Voltaire cite pêle-mêle « MM. Newton, Clarke, Locke, Leclerc... » dans la secte des « sociniens, ou ariens, ou antitrinitaires » (éd. Folio, p. 64). La démonstration de l'existence de Dieu par Clarke, selon Voltaire dans son *Traité de métaphysique,* est la suivante : « J'existe, donc quelque chose existe, [...] quelque chose a donc existé de toute éternité ; car ce qui est, ou est par lui-même, ou a reçu son être d'un autre. S'il est par lui-même, il est nécessairement, [...] et c'est Dieu. S'il a reçu son être d'un autre, et ce second d'un troisième, celui dont ce dernier a reçu son être doit nécessairement être Dieu. »

Malgré l'enthousiasme qu'il manifeste parfois pour l'argumentation de Clarke, Voltaire sait qu'il s'agit plutôt d'un acte de foi que d'un « élancement divin de notre raison », comme il l'écrit à Frédéric en avril 1737 : « Je la crois, cette vérité ; mais je la crois comme ce qui est le plus vraisemblable ; c'est une lumière qui me frappe à travers mille ténèbres. »

Page 348.

83. Voltaire lui-même, dans la XIV^e *Lettre philosophique,* « Sur Descartes et Newton ».

Page 349.

84. Esdras, grand-prêtre pendant la captivité de Babylone, passe pour avoir réuni le corps des ouvrages qui constituent l'Ancien Testament.

85. Nieuwentyt (1654-1718), laissa un traité traduit en français sous le titre *L'Existence de Dieu démontrée par les merveilles de la nature.*

86. D'Holbach, dans son *Système de la nature* (1770) ; la mention de cet ouvrage est évidemment anachronique. Mais la formule est assez vague pour ne pas attirer l'attention.

87. Même idée dans *Les Oreilles du comte de Chesterfield,* p. 288 et n. 4.

88. George Graham avait dédié le planétaire qu'il avait imaginé à milord Charles Boyle d'Orrery (1676-1731), en mémoire de son père, physicien illustre, et lui avait donné son nom.

Page 350.

89. Le mot est sincère : « Notre terre est un temple de la divinité », écrit Voltaire à Mme du Deffand le 13 août 1773.

Page 351.

90. Allusion aux expériences de Needham et de Spallanzani ; voir *L'Homme aux quarante écus,* p. 139.

91. Voir le même ouvrage, p. 146 et n. 67

Page 352

92. Christopher Wren, fameux architecte ; ayant dessiné les plans de l'église Saint-Paul à Londres, il eut l'honneur exceptionnel d'y être inhumé.

93. Dans son *Traité de métaphysique*, tout en admettant la démonstration de Clarke (voir n. 82), Voltaire avoue qu'elle ne prouve pas que la création soit *ex nihilo*, ni que Dieu soit « infini en tout sens ».

Page 353.

94. Cette phrase, que va relever Birton, marque un tournant dans le dialogue, comme dans la démonstration de Freind.

Page 354.

95. On retrouve ici, depuis le début de l'intervention de Birton, une objection que Voltaire s'est souvent trouvé amené à examiner : comment, si Dieu existe, y a-t-il tant de mal dans le monde ? La même référence aux peuples vivant dans des climats glacés est déjà utilisée dans cette perspective dans une première version de la *Métaphysique de Newton* (1740), omise ensuite.

Page 355.

96. On voit ce que ce passage doit aux « Deux Infinis » de Pascal, avec une conclusion provisoirement différente, l'athéisme.

97. Avec cette idée du cloaque originel, on a une véritable obsession de Voltaire, rencontrée déjà à propos de *L'Homme aux quarante écus*, p. 141, et des *Oreilles du comte de Chesterfield*, p. 294.

98. Nouvelle hantise de Voltaire dans l'idée et dans les termes. Le 23 avril 1768, il écrit à Paulet : « C'est un si énorme ridicule dans la nature d'empoisonner les sources de la génération, que je ne sais plus où j'en suis, quand je fais l'éloge de cette bonne mère » ; voir aussi *L'Homme aux quarante écus*, p. 161 et suiv. Ici, Voltaire se décharge en quelque sorte de la difficulté sur le libertin Birton, qui apparaît de ce fait comme une partie de lui-même.

Page 357.

99. L'idée renvoie au chapitre de l'Ermite (XVIII) dans *Zadig*

100. *De mirabilibus Sacrae Scripturae*. — Saint Augustin exerça effectivement la profession de rhéteur, mais seulement jusqu'à sa conversion, à l'âge de trente-deux ans.

101 Voltaire ne croit pas au « feu central » ; il le limite à la « première écorce » de la terre.

102. Cf. *Candide*, p. 106 : « Quand sa Hautesse envoie un vaisseau en Égypte, s'embarrasse-t-elle si les souris qui sont dans le vaisseau sont à leur aise ou non ? » Freind tire davantage vers l'optimisme leibnizien l'explication du mal physique et moral.

Page 358.

103. Effectivement, le bouillon de tortue passait pour guérir de la syphilis. Robert Challe, dans son *Journal de voyage aux Indes*, raconte comment des matelots portugais se guérissent ainsi à l'île de l'Ascension.

104. Voltaire soutient avec raison, contre Paulet (voir la lettre citée à la note 98) qui voulut trouver une origine égyptienne à la vérole, que celle-ci est originaire d'Arabie.

105. La règle du « Rien de trop » est bien antérieure à Milton ; c'est un lieu commun de la sagesse grecque.

Page 359.

106. C'est une objection que Voltaire s'est faite à lui-même, et l'on voit encore à quel point Birton lui ressemble ; il y avait répondu à l'occasion du *Testament du curé Meslier* : « Ne voyez-vous pas, au contraire, que des générations continuelles, toujours dévorées et toujours reproduites, entrent dans le plan de l'univers ? »

107. Voltaire est dupe, quand il accorde une telle antiquité à l'*Ezour Veidam* ; voir *La Princesse de Babylone*, chap. I, p. 304 et n. 8.

Page 360.

108. Il y a là beaucoup de lieux communs, et Voltaire ne rend pas justice à la politique d'assimilation poursuivie par les Espagnols. Par une ironie du sort, au moment où il écrivait (août 1775), un acte de barbarie frappait ces derniers : deux mille prisonniers perdus par eux dans une expédition contre la piraterie des barbaresques dont étaient victimes leurs vaisseaux étaient brûlés vifs dans un immense bûcher.

Page 361.

109. Cette fois, la parenthèse rappelle que l'action se passe pendant la guerre de Succession d'Espagne.

Page 362.

110. Anytus, rhéteur athénien, ennemi et dénonciateur de Socrate.

111. John Kyrle, un philanthrope que Pope rendit célèbre par son *Épître sur l'emploi des richesses.*

Page 363.

112. Ce qui est vrai, c'est que Locke, secrétaire et confident de lord Ashley, chancelier de l'Échiquier, puis lord Chancelier (1672-1673), l'aida à rédiger les lois de la colonie nouvellement créée de la Caroline.

113. Restriction d'importance : les athées n'ont pas leur place en Caroline ou en Pennsylvanie ; et Voltaire n'y voit guère d'inconvénient.

114. La formule est plus naturelle de la part d'un Français que d'un Anglais, qui plus est anglican.

Page 364.

115. Voltaire pose ici le difficile problème du libre arbitre sur lequel il a beaucoup hésité. Sa position est finalement plus ou moins la même à cet égard qu'à l'égard de l'existence de Dieu. Comme il l'écrit à Frédéric le 26 janvier 1749, après avoir renoncé dans la seconde édition des *Éléments de la physique de Newton* à la thèse du libre arbitre qu'il avait soutenue dans la première : « J'avais grande envie que nous fussions libres. J'ai fait tout ce que j'ai pu pour le croire. »

Page 365.

116. À la suite de ces mots, l'édition de Kehl présente l'addition suivante :

Birton : *Et vous, monsieur Freind, qui parlez si bien, avez-vous lu le livre intitulé* Le Bon Sens ?

Freind : *Oui, je l'ai lu, et je ne suis point de ceux qui condamnent tout dans leurs adversaires. Il y a dans ce livre des vérités bien exposées, mais elles sont gâtées par un grand défaut. L'auteur veut continuellement détruire le Dieu de Scot, d'Albert, de Bonaventure, le Dieu des ridicules scolastiques et des moines. Remarquez qu'il n'ose pas dire un mot contre le Dieu de Socrate, de Platon, d'Épictète, de Marc Aurèle, contre le Dieu de Newton et de Locke, j'ose dire contre le mien. Il perd son temps à déclamer contre des superstitions absurdes et abominables dont tous les honnêtes gens sentent aujourd'hui le ridicule et l'horreur. C'est comme si on écrivait contre la nature parce que les tourbillons de Descartes l'ont défigurée ; c'est comme si on disait que le bon goût n'existe pas parce que la plupart des auteurs n'ont point de goût. Celui qui a fait le livre du* Bon Sens *croit avoir attaqué Dieu, et en cela il manque tout à fait de bon sens : il n'a écrit que contre certains prêtres anciens et modernes. Croit-il avoir anéanti le maître pour avoir redit qu'il a été souvent servi par des fripons ?*

Birton : *Écoutez, nous pourrions nous rapprocher. Je pourrais respecter le maître si vous m'abandonniez les valets. J'aime la vérité, faites-la-moi voir, et je l'embrasse.*

Certes, ce passage porte la marque de Voltaire. Par exemple, la phrase « Je pourrais respecter le maître si vous m'abandonniez les valets » peut représenter une sorte de pacte proposé par Voltaire à la secte d'Holbach. Mais elle se raccorde mal avec ce qui précède et ce qui suit. En outre, et cette raison suffirait, elle introduit un anachronisme grossier, puisque *Le Bon Sens* n'a été publié qu'en 1772. Il nous paraît à peu près certain que Voltaire, après avoir écrit ce morceau (il ne figure dans aucune des éditions parues de son vivant), l'a écarté de sa rédaction définitive ; il a dû être transmis aux éditeurs de Kehl par le secrétaire Wagnière, qui a agi ainsi dans plusieurs occasions.

Page 366.

117. Voir *Micromégas*, chap. III.

118. Paraphrase du fameux passage de l'Écriture, *Coeli enarrant Dei gloriam*. Pour le sentiment qui s'exprime ici, voir la fin de la notice.

Page 367.

119. Voltaire fait état depuis longtemps de la remarque qu'il prête à Birton et qui était bien connue des libertins ; il la développe déjà dans la XIII^e *Lettre philosophique*, éd. Folio, p. 89 ; voir aussi n. 54.

Page 368.

120. La « voix de la conscience », notion chère à Rousseau, n'est pas très familière à Voltaire. Ici, elle apparaît comme une seconde phase de la révélation déiste ; après avoir fait appel à l'esprit de son interlocuteur (par la vue du spectacle de la nature), Freind fait appel à son cœur.

121. Voltaire lui-même, notamment dans l'article « Zoroastre » des *Questions sur l'Encyclopédie*.

Page 369.

122. Avec le mythe du péché originel ; Voltaire ne perd pas une occasion de faire ressortir l'antériorité de la mythologie grecque sur la Bible.

Page 370.

123. On voit la parenté avec la proposition du pari de Pascal ; mais chez Voltaire, le pari ne concerne que la morale, non la foi.

Page 371.

124. Le terme de *monade* est bien connu par les écrits de Leibniz, mais il est ancien, puisqu'on lui attribue une origine pythagoricienne ; il désigne « les éléments simples dont est fait l'univers ».

125. Voltaire répond ici à un argument que lui avait opposé Frédéric : « Je crois bien qu'il y a un dieu, mais je ne me figure pas qu'il se mette en peine d'individus. »

Page 372.

126. Freind-Voltaire n'est pas partisan de la mansuétude en matière de répression.

Page 373.

127. Comme on l'a dit dans la notice, l'idée du danger que font courir les athées est familière à Voltaire ; voici du reste la conclusion de l'article « Athée, athéisme » du *Dictionnaire philosophique* : « Il est donc absolument nécessaire, pour les princes et pour le peuple, que l'idée d'un Être suprême, créateur, gouverneur, rémunérateur et vengeur, soit profondément gravée dans les esprits. »

Page 374.

128. Retour à l'idée de pari ; voir la note 123.

129. Sur la maladie dont mourut Charles IX, voir *Les Oreilles du comte de Chesterfield*, p. 305. On notera que Voltaire, emporté par son indignation à l'égard de la Saint-Barthélemy, en vient à laisser entendre, sinon à dire explicitement, que Dieu a fait mourir Charles IX d'une maladie particulière pour lui faire payer, par une sorte de loi du talion, le sang de la Saint-Barthélemy.

Page 375.

130. Dernier personnage historique du roman. Richard Mead, fameux médecin anglais (1673-1754), médecin du roi en 1727, était l'auteur d'un *Essai sur les poisons*, que Voltaire cite dans l'article « Empoisonnement » des *Questions sur l'Encyclopédie*. Une action de la vie de Mead touche au propos de l'*Histoire de Jenni*. Au moment des affaires de Catalogne, Freind avait été mis en prison pour « intelligence avec les ennemis de l'État ». Comme on refusait son élargissement, Mead, son confrère, refusa de soigner le ministre tant qu'on ne le mettrait pas en liberté.

CANDIDE OU L'OPTIMISME

L'HOMME AUX QUARANTE ÉCUS

Table 505

Table 507

DU MÊME AUTEUR

Dans la même collection

Impression Bussière Camedan Imprimeries
à Saint-Amand (Cher),
le 25 juin 1996.
Dépôt légal : juin 1996.
1er dépôt légal dans la collection : mai 1992.
Numéro d'imprimeur : 1/1418

ISBN 2-07-038482-9./Imprimé en France.